U0145819

中国文学图像关系史 清代卷下

总主编　赵宪章

副总主编　许结　沈卫威

本卷主编　解玉峰　本卷副主编　何萃　周欣展

江苏凤凰教育出版社
Phoenix Education Publishing, Ltd

"十三五"国家重点出版物出版规划项目
2020年国家出版基金资助项目
南京大学"985"工程重点项目
北京大学人文社会科学研究院支持项目

编 委（按音序排列）：

包兆会 陈 明 陈平原 高建平 高小康 顾华明

黄万华 李昌舒 李彦锋 马俊山 沈卫威 沈亚丹

汪正龙 王瑞书 吴 昊 解玉峰 徐兴无 徐宗文

许 结 衣若芬 章俊弟 赵宪章 周 群 周欣展

朱良志 邹广胜

中国文学图像关系史·先秦卷
中国文学图像关系史·汉代卷
中国文学图像关系史·魏晋南北朝卷
中国文学图像关系史·隋唐五代卷
中国文学图像关系史·宋代卷
中国文学图像关系史·辽金元卷
中国文学图像关系史·明代卷上
中国文学图像关系史·明代卷下
中国文学图像关系史·清代卷上
中国文学图像关系史·清代卷下

第十一章 《红楼梦》小说及其各类图像

《红楼梦》为中国古典文学名著,自小说问世以来,即产生了与之相关的众多图像。从图像类型上来说,则主要包括三类:一类是版刻插图,主要是人物绣像及回目图;一类是文人彩绘本,主要描绘小说叙事图景;一类是《红楼梦》的影视剧改编。相对小说文本而言,版刻插图主要为增加读者的阅读兴趣,可谓是小说的附庸,虽然其人物绣像也反映了绘刻者对小说主题、结构、人物关系等宏观层面的个性化理解。而文人彩绘本相对版刻插图而言,则无疑有更高的艺术观赏性,也因此具有相对独立于小说文本的特点,更多带有传统文人画的特征。《红楼梦》的各类影视剧,虽然以小说为其故事资源,但影视剧实质乃是借助于新型的视听语言实现叙事,这与《红楼梦》小说的文字叙事是根本不同的,可称为独立于文学之外的另类叙事。有鉴于此,我们下面将主要对前两类图像分别加以探讨。

第一节 《红楼梦》的绣像插图

中国古典小说名著《红楼梦》自刊行之日起,就不是以纯文本的形式存在与流传,而是与明清时代大量戏曲小说刊本一样,附加了数量不等的版刻插图。这些插图,按形制可略分为两类,一类是书中人物图像,附于卷首,一般称为绣像;另一类则描摹情节场面,一般与回目对应,且多插于回前,一般称为回目图。

《红楼梦》插图虽然数量很多,难以计数,但阶段性特征还是比较明显的,各刊本图版之间的承继关系也比较清晰。大体可分为三种类型:一是刊行初期,从乾隆五十六年(1791)萃文书屋活字本《新镌全部绣像红楼梦》(即程甲本)首次图文并刊,一直到同治初年,其间大量刊本沿袭程甲本卷首绣像之图版,或有所删改,可统称为程本系统;二是刊行中期,以道光十二年(1832)双清仙馆本卷首绣像为代表,形制很有特点,一直绵延到光绪初年,是可谓双清仙馆系统;三是清末民初,以同文书局石印本和上海广百宋斋铅印本为代表,不仅有卷首人物绣像,还出现了大规模的回目图,可称为石印铅印系统。

《红楼梦》插图,尤其是绣像,是《红楼梦》刊本的重要组成部分。自近代郑振铎、阿英等前辈学者以来,学术界对《红楼梦》绣像也一直有所关注和研究。除图像资料的搜集和汇编外,近年已有的研究或是概述《红楼梦》图像资料总体状况①,或是针对某部或某类绣像进行梳理②,也有尝试从图文关系角度对图像资料进行解读③。从总体看,学术界对《红楼梦》绣像的关注度还不够,系统性、深入性的研究仍非常缺乏。

对《红楼梦》绣像的研究,应当涵括宏观的结构层面和微观的形态层面。而绣像的宏观结构,即绣像选取小说中哪些人物以及怎样组织安排这些人物,则是绣像制作者首先要考虑的。而且,绣像对小说人物的不同选取与安排方式,往往能体现绣像绘刻者对小说主题、结构、人物关系等宏观层面的个性化理解。故本书拟就《红楼梦》刊本绣像的人物选取与组织结构做一系统性考察,尝试揭示绣像刻绘者这一特殊的接受群体对《红楼梦》小说的解读和阐释。

一、程本系统绣像

乾隆五十六年,程伟元、高鹗在萃文书屋以木活字排印了 120 回本《红楼梦》,后世多以"程甲本"称之。这是《红楼梦》的第一个刊本,也是首个图文并刊本。此刊本在《序》之后、目录之前插有绣像 24 页,分别为:石头、宝玉、贾氏宗祠、史太君、贾政王夫人、元春、迎春、探春、惜春、李纨贾兰附、王熙凤、巧姐、秦氏、薛宝钗、林黛玉、史湘云、妙玉、薛宝琴、李纹李绮邢岫烟、尤三姐、香菱袭人、晴雯、女乐、僧道。

"程甲本"之后,程乙本、程丙本、程丁本等以"程甲本"为底本的版本,主要在文字内容上对"程甲本"进行了修订,其卷首绣像还是基本沿承"程甲本"24 页绣像的原貌,仅刻印之精粗略有差异。

由于活字本工序繁难且错乱极多,"程甲本"刊行次年即出现了《红楼梦》木板刻本,其后一直以刻本形式流行。"程甲本"的众多翻刻本、覆刻本中,基本沿袭其卷首绣像的有:本衙藏板本④、抱青阁刊本⑤;东观阁初刻本、东观阁嘉庆十六年(1811)本、嘉庆十九年(1814)本、嘉庆二十三年(1818)本、道光二年(1822)本、储英堂本。⑥

---

① 孙逊:《〈红楼梦〉绣像、文学和绘画的结缘》,文见《中国古代小说国际研讨会论文集》,开明出版社 1997 年版。

② 李芬兰:《浅析以"程甲本"绣像为代表的〈红楼梦〉卷首木刻绣像》,《郧阳师范高等专科学校学报》2007 年第 4 期。

③ 王珍:《图绘〈红楼梦〉及其"语—图"互文》,《江西社会科学》2007 年第 9 期。

④ 一般认为,本衙藏板本是"程甲本"的最早翻刻本。

⑤ 抱青阁刊本,是嘉庆四年(1799)本衙藏板本的翻刻本。

⑥ 东观阁系统中,仅同治元年(1862)宝文堂本,卷首人物绣像却与此前迥异,属《红楼梦》双清仙馆本绣像系统。

程本系统刊本中,卷首绣像出现较为明显差异的主要是金陵藤花榭本系统。藤花榭本最早刊刻于嘉庆二十三年左右。其文字内容据东观阁嘉庆十六年本覆刻,但卷首绣像只保留了15页,分别为:石头、宝玉、元春、迎春、探春、惜春、李纨、王熙凤、巧姐、秦可卿、宝钗、林黛玉、史湘云、妙玉、僧道。其图像形态较程甲本明显粗陋简略,部分图像为新创,对后续刊本影响也很大。

藤花榭本的重刻本和翻刻本主要有:藤花榭重刊本、道光十一年(1831)凝翠堂刊本、同治三年(1864)耘香阁刊本、济南会锦堂刊本、济南聚合堂刊本,以及三让堂本系统的众多刊本①。这些刊本均沿承藤花榭本15页卷首绣像体制。

另外,妙复轩评本卷首绣像也属于程本绣像系统。妙复轩评本系统有道光三十年(1850)抄本和光绪七年(1881)湖南卧云山馆刊本,分别有卷首绣像24页和20页。抄本中也加入图像,这在整个《红楼梦》抄本系统中是比较少见的。卧云山馆刊本卷首20页绣像分别为:石头、宝玉、太君、元春、迎春、探春、惜春、李纨、王熙凤、巧姐、秦可卿、宝钗、林黛玉、史湘云、妙玉、薛宝琴、尤三姐、香菱袭人、晴雯、僧道。图像人物与藤花榭本大致相同,但增加了太君、薛宝琴、尤三姐、香菱袭人、晴雯5页。这5页绣像虽在早期“程甲本”中就有,但具体形态却不尽相同。

故《红楼梦》程本系统绣像,主要有上述24页、15页和20页这三种类型,其中又以24页和15页为两种主要类型。

程本系统绣像与其他系统相比,结构特征非常明显,即都以石头(图11-1)起首,而以僧道(图11-2)作结,中间则是红楼诸人物。这种安排其实反映了绣

图 11-1

图 11-2

---

① 三让堂本是藤花榭本的重要翻刻本,主要包括:同文堂刊本、纬文堂刊本、三元堂刊本、佛山连云阁刊本、翰选楼刊本、五云楼刊本、文元堂刊本、忠信堂刊本、经伦堂刊本、务本堂刊本、经元堂升记刊本、登秀堂刊本等。详见李芬兰:《浅析以“程甲本”绣像为代表的〈红楼梦〉卷首木刻绣像》,《郧阳师范高等专科学校学报》2007年第4期。

像刻绘者对《红楼梦》结构与本旨的把握。《红楼梦》开卷第一回就交代了本书之始末：灵石为僧道所携，入红尘中声色历练；几世几劫之后，空空道人将石上所记字迹检阅传抄，以闻世传奇；故有"石头记""情僧录"之名。整部故事，则是"因空见色，由色生情，传情入色，自色悟空"的一场幻梦，故又有"红楼梦"之名。观书者开卷细品一帧帧绣像，由石头而见前缘份定，由公子佳人而见红尘色相，由僧道而悟万般皆空。奠定了这种情绪再读红楼，是更能领会红楼不同于一般才子佳人小说执着现世色相的独特况味的。

观其首尾之后，再看中段。程本系统绣像中不同类型的主要差别就在于中段对红楼诸多人物的选取和安排。程甲本原刻绣像有 24 页，作为翻刻本的藤花榭本系统则缩减为 15 页，除石头、僧道之外，只保留了宝玉和十二正钗，而去掉了贾氏宗祠、太君、贾政王夫人、宝琴、李纹李绮邢岫烟、尤三姐、香菱袭人、晴雯、女乐这 9 页。太平闲人[①]对这两种处理方法有非常明确的褒贬，他的评价涉及人物选取、场景描绘、诗文题赞等诸多方面。他认为，综合来看，24 页绣像合书旨，而 15 页绣像则大谬。所以，他的抄本补回了被 15 页绣像弃除的太君、宝琴、尤三姐、菱袭、晴雯这 5 页，成 20 页，且图赞皆"照原本摹绘"。但较 24 页绣像而言，仍弃除了贾氏宗祠、贾政王夫人、李纹李绮邢岫烟和女乐这 4 幅。这些取舍其实都不是无意为之，都蕴含着绘刻者的某种理念。

程本绣像系统中 24 页型是一个规模不大却相当严整的系统。除首尾石头、僧道之外，第一个人物是主人公宝玉，其后依次为：

贾氏宗祠　史太君　贾政王夫人

元春　迎春　探春　惜春　李纨贾兰附　王熙凤　巧姐　秦氏　薛宝钗

林黛玉　史湘云　妙玉

薛宝琴　李纹李绮邢岫烟　尤三姐　香菱袭人　晴雯　女乐[②]

从这样的序列里不难看出，程本 24 页绣像有着非常强烈的家族伦理意识。贾氏宗祠这一幅尤其明显，后续版本基本不保留此幅。宗祠是供奉、祭祀祖先的地方，是传统宗法社会的象征。史太君是贾家尚在的最高家长，贾政、王夫人为其嫡子嫡媳，元、迎、探、惜四春为贾家四位孙女，李纨、王熙凤是孙媳，秦氏则是重孙媳；宝钗、黛玉二人是姨表亲；湘云是贾母娘家侄孙女，宝琴、李纹、李绮、邢岫烟、尤三姐则又是姨表亲之亲；晴雯身份是奴婢，女乐身份则更为低贱。整个绣像几乎是按照以父权为中心的家族长幼、亲疏、尊卑顺序排列下来的。

---

① 张新之号"妙复轩"，另号"太平闲人"。

② 本段所列，乃所引刊本绣像名目，故有"贾政王夫人""李纨贾兰附""李纹李绮邢岫烟"这三处合称的情况。所列名目皆遵照所引刊本原次序，但为清楚及论述方便起见，将绣像人物分出板块，十二钗正钗以仿宋显示。下文类似部分亦如此处理。

除贾氏宗祠、史太君、贾政王夫人这三幅最为明显的家族符号之外,绣像对红楼众女子的排列次序与《红楼梦》文本的立意也殊为不同。《红楼梦》十二钗正册的人物按序为:黛钗、元春、探春、湘云、妙玉、迎春、惜春、李纨、熙凤、巧姐、可卿。副册则以香菱为首;又副册以晴雯为首,袭人居其后。稍加琢磨便知,文本排序虽在正册、副册、又副册这三者的划分中含有等级的考虑,但显然是以众女子的品貌才情为主要标准。正因为更看重品貌才情,才会出现黛、钗并列于众女子之首,四春也不是按长幼排序,而是探春被提前,迎春、惜春被列于湘云、妙玉之后,晴雯则得以排在袭人之前的情况。而绣像则将黛、钗排在贾氏直系亲属之后,四春也顺序而下,足见其立意不同。然而,将与贾家无任何亲缘关系的妙玉排于湘云之后、宝琴之前,则是受了文本的影响。妙玉为十二正钗之一,且位次很靠前,绣像也不便把她直接排除,或列于非正钗的女子之后。绣像与文本意识之间的张力和妥协还是相当明显的。其实,家族伦理、女儿世界都在红楼的世界里,只不过一为阴面、一为阳面,程本绣像系统关注并呈现出这两个维度是不错的,只是将女儿世界打乱编排进家族序列里,则又反映了某种与红楼文本异质的根深蒂固的东西。

以藤花榭本为首和主要代表的 15 页绣像,则除石头、宝玉、僧道之外,只保留了十二正钗。虽然十二正钗的顺序沿袭程甲本,以家族长幼为序,而不同于红楼文本的十二钗排序,但是它果断去除了贾氏宗祠(图 11-3)、太君(图 11-4)、贾政王夫人(图 11-5)这几个纯粹家族符号。这样的安排足见绣像绘刻者偏向女儿世界的立意。虽然这并不意味着绣像绘刻者解雪芹之意,同红楼之情,将家族伦理视为束缚,而能领略女儿世界的纯粹清净与脆弱易逝,或许只是将十二钗附于卷首作为美人图,用以招徕看客而已。这其实是将红楼的旨意缩减为才子佳人小说的一种举措。由此也容易理解,为何讲究性理之学的太平闲人会怒斥这些"坊刻另本"为"大谬",虽然他的性理也未必是红楼之性理。

图 11-3

图 11-4

图 11-5

二、双清仙馆系统绣像

双清仙馆系统绣像流行于《红楼梦》刊行中期，以道光十二年双清仙馆本卷首绣像为代表，另外如北京聚珍堂本、东观阁刻本宝文堂藏板等。这一系统绣像最显著的特点在于其形制：绣像规模较大，有64幅；每幅人像上配一句西厢曲词，后幅配一种花卉。

双清仙馆系统绣像人物按序为：

警幻

宝玉

黛玉　宝钗

可卿

元春　迎春　探春　惜春

史湘云　薛宝琴　邢岫烟　妙玉

李纨　李纹　李绮　熙凤　尤氏　尤二姐　尤三姐　夏金桂　傅秋芳

巧姐

娇杏　佩凤　偕鸾　香菱　平儿

鸳鸯　袭人　晴雯　紫鹃　莺儿　翠缕　金钏　玉钏　彩云　彩霞　司棋

侍书　入画　雪雁　麝月　秋纹　碧痕　柳五儿　小红　春燕　四儿　喜鸾

宝蟾　傻大姐　万儿

文官　龄官　芳官　藕官　蕊官　药官　葵官　艾官　荳官　智能

刘姥姥

此版绣像在人物选取方面很有特点，所取人物达64人之多，但除宝玉一人外，全是女性人物。这足以见出此版绣像绘刻者对红楼女儿世界和情感主题的强调。至于宝玉，他是《红楼梦》的主人公，是红楼女儿世界的见证者、联结者与护卫者，原是女儿般的人品，列于其中自属当然。

图 11-6

图 11-7

图 11-8

在人物组织方面,此版绣像的首尾并未沿袭程本系统绣像的"石头—僧道"模式,而是以警幻(图 11-6)为首,以刘姥姥(图 11-7)作结。警幻这一人物在绣像中出现,并非此版创举。早在程甲本中,警幻就存在于"宝玉"(图 11-8)一图中。然而,此版将警幻单独列出并居绣像之首,统领宝玉与众女子,则是有所考虑的。警幻掌管天下儿女情缘之结解、情债之负偿。警幻居首,红楼情旨愈加昭然。将刘姥姥列入绣像,处于众女子之末作结,似较突兀,但与此版绣像人物的取舍标准并不冲突。首先,她不是须眉浊物(男人),而是女性;而且,这位善良鄙俗的老妇某种意义上可以说是红楼女儿的又一爱赏者与护卫者。这从她进大观园对触目所见的每位小姐甚至丫头,从那般发自内心的赞叹中可以看出,也可从她与巧姐的因缘际会以至最终拯救巧姐脱离险境中看出。这样不妨将此版绣像从警幻到刘姥姥,看作是另一番天上人间,只不过这种设置出世之味淡,而入世之情浓。①

图 11-9　　　　　　　　图 11-10　　　　　　　　图 11-11

中间的诸多人物,此版绣像的排列还是有它的特点的。此版绣像首次将黛玉(图 11-9)、宝钗(图 11-10)列于宝玉之后、众女子之首,而非如程本系统绣像那样列于四春等贾氏亲眷之后,这反映了绘刻者领略并认同了小说中对女子品貌才情的强调。小说用很多方式表达了黛、钗的出类拔萃,包括判词对众女子的排序,也借元春之口明确表达过薛、林二人胜过四春、湘云等人。黛、钗之间,黛玉又列于宝钗之前,这也是此版绣像首创。此前一直是宝钗在前,黛玉在后。不但符合了长幼次序,似乎也有宝钗为宝玉之妻、贾家孙媳的考虑②。而此版先黛玉而后宝钗,则是对黛玉较宝钗而言更为纯粹清高的品性和卓越才情的认同。

---

① 当然也不排除另一种触发的因素:因为此版皆以人物配西厢曲词,熟悉西厢和红楼的人,可能会因一句"真是积世老婆婆"而想起刘姥姥,并将其列入绣像也是有可能的。笔者此处并非试图论证此版绣像中刘姥姥非有不可,而只是认为刘姥姥一图的出现也是可以理解的。

② 自程甲本首次将《红楼梦》前八十回和程伟元、高鹗所续后四十回刊成全璧,此后刊本几乎都是百二十回本。由此可见文人和民众对此的接受度还是很高的,这从绣像中也可见出,如此处对宝钗位置的处理,就是对后四十回宝玉、宝钗关系的一种认可。

而宝玉、黛玉、宝钗这样一个序列，还有一种提炼男女主人公和凸显小说某方面主题与情节线的意思。故这一排序暗示了宝玉和黛玉性情更为投合，类似男女一号，却有缘无份；宝钗虽德才兼备，得天时、地利、人和，但与宝玉究竟是有份无情，类似女二号。这三者列于众人物像之首，凸显了《红楼梦》中宝、黛、钗三者情感纠葛这一主脉络。

值得注意的还有"可卿"（图 11 - 11）的位置。"可卿"是秦氏的小名，又是警幻之妹的表字。这里的"可卿"一图其意显然不在为警幻之妹列像，而所指当为秦氏。小说中是将秦氏列于十二正钗之末的，原因主要应是秦氏已由情至淫。小说虽隐去了很多真情，只通过贾珍、瑞珠、焦大等侧面点出，然而《红楼梦》十二曲以最末一首【好事终】作为秦氏的注脚，其意已昭然。此版绣像将"可卿"提前到警幻、宝玉、黛钗之后，四春、湘云、妙玉等之前，应该是考虑到秦氏与警幻、宝玉、黛钗之间复杂而又紧密的关系。如前所述，秦氏与警幻之妹同名号，警幻之妹又兼黛、钗之美，宝玉于太虚幻境与警幻之妹柔情缱绻，在大观园里与黛、钗聚散离合。某种意义上，秦氏可卿已经成为一个集合天上人间众多关节的复杂镜像。这种特性，是其他女子所不具有的。绣像如此处理，当是对此有所领略，亦颇有用心的。

黛钗、可卿之下，便是四春、其他姑娘、媳妇、侍妾、丫鬟及女乐等。这种大的架构又呈现出了我们所熟悉的家族长幼尊卑的考虑。具体安排之中，不同于小说排序的地方也不少。如类似程本系统绣像的处理，十二钗正册中四春仍以长幼为序，湘云、妙玉这两位非贾氏嫡亲则位于四春之后；又如，副册中香菱并未居首，而居于娇杏、佩凤、偕鸳这些贾氏子弟的侍妾之后；再如，又副册中晴雯也不居首，而是居于贾母的丫鬟鸳鸯、宝玉的大丫鬟袭人之后；丫鬟这一群体的排序主要是各自主人位次的对应，当然也兼及丫鬟自身的性情戏份主次①。另一个值得注意的现象是，此版绣像在与小说正钗人物相对应的板块（由黛玉到巧姐）里插入了另外一些非正钗人物。这主要指的是，将李纹、李绮补入李纨之后，在熙凤之后又补入尤氏、尤二姐、尤三姐一组，及夏金桂、傅秋芳，最后是巧姐。补入的标准显然主要是辈份与亲缘关系。巧姐虽在小说中年纪较小，所占篇幅也较少，但其"评女传""慕贤良"②，也可见性情，所以将其列入正钗。此版绣像将巧姐列于诸多非正钗人物之后，所考虑的恰恰主要是长幼（兼及戏份），至于将其排在娇杏等大量比她年长的女子之前，服从的则又是尊卑的标准了。

其实，此版绣像能够一改程本系统绣像完全按家族伦理排序的惯例，将黛、

---

① 如同是黛玉的丫鬟，紫鹃的性情更为凸显，地位更为重要，雪雁在性情方面则作为对照物，地位也次要很多，所以紫鹃排序靠前，而雪雁则靠后。

② 见《红楼梦》第九十二回。

钗等主要人物提前居首，已可谓个性分明，难能可贵。至于其余众多人物主要按长幼尊卑去排列，也可以说是符合一般人的表达和接受习惯，比较清楚易懂，无可厚非。况且在整体之下，也还有些显示个性化理解的细处。比如，绣像将小说中不属于正钗的薛宝琴、邢岫烟列于史湘云之后，李纨、熙凤之前。此举应是考虑到宝琴的姿容才情、岫烟的德行品性都是非常出众的；甚至作为未嫁之少女，其位次在李纨、熙凤诸媳妇之前，也可谓甚合小说中宝玉的一个痴念："女孩儿未出嫁，是颗无价的珠宝；出了嫁，不知怎么就变出许多不好的毛病来；再老了，更变得不是珠子，竟是鱼眼睛了。"①而且，岫烟位次前于妙玉，这一设置也当是源于对小说相关内容的深入理解。岫烟是妙玉很少数肯青眼相待的人物之一，更几乎是唯一堪称知己的人，可见岫烟品性之清净脱俗；而且，相较妙玉之"欲洁何曾洁，云空未必空"②，岫烟则更为纯粹。绘刻者如此安排，可谓有见解、有魄力。

三、石印铅印系统绣像

清末民初，随着石印技术和铅印技术的传入并推广，小说插图在数量规模上出现了又一度繁荣③。这一阶段的《红楼梦》插图，以同文书局石印本和上海广百宋斋铅印本为代表，不仅有卷首人物绣像，而且基本都有回目图，每回一图或每回两图，实堪称"全图"。这是就宏观而言，具体到绣像本身，其刻绘形态，与此前相比，也有自身特色。

这里暂不涉及绣像形态等具体问题，仅就绣像人物选取与组织方式而言，这一阶段的绣像大体以两种类型为主。一种是以《增刻红楼梦图咏》为图版，小有改动，以《新评补像全图金玉缘》(清光绪十五年石印本)为代表；一种则基本延续藤花榭版绣像的图版，以《增评补图石头记》(清光绪二十四年石印本)为代表。另外也有对前述两种类型的混合取用，如《增评加注全图红楼梦》(民国石印本同文书局藏板)，因其并不单独成为类型，故下文不作专门论述。

《增刻红楼梦图咏》属于《红楼梦》文人画册系统。《红楼梦》问世之后，殊得文人爱重。前80回在曹雪芹身后三十年间被争相传抄，在文人圈中盛行；程甲本刊行后，更是风靡一时，为之绘像题咏者甚多，其中以改琦《红楼梦图咏》最为有名。改琦《红楼梦图咏》绘红楼人物55人，先后得34位文人75则题咏，并于光绪六年(1879)浙江杨氏文元堂刊行。时人十分推重，但"玩者恒病其少"，红楼若许人物，何止55个。故有"精绘人物"又"爱读是书"的王墀，著《增刻红楼梦图

---

① 此语见《红楼梦》第五十九回。曹雪芹、高鹗：《红楼梦》，江苏古籍出版社2000年版，第721页。

② 同①，见《红楼梦》第五回，第64页。

③ 清代小说木版插图较明代而言，总体规模明显减小，以绣像为主。直至清末民初，石印、铅印技术广泛运用，才又出现绣像与回目图并存的大规模插图。

咏》，在改琦《图咏》的基础上踵事增华，"自林、宝而下正副金钗，旁及贾氏宗支"及其他人物，"各系以事"，成120幅，"巾帼须眉皆能神似"[①]；并配名家及自创题咏，后附青山山农《红楼梦广义》，使之成为图咏、义理兼备的文人画册巨制。光绪八年（1882），经上海点石斋刊印，上海申报馆申昌画室发行，影响很大，流及后续诸多《红楼梦》刊本绣像，典型者为清光绪十五年（1889）石印本《新评补像全图金玉缘》。

此版卷首大观园全图（有人物）之后，为绣像120幅，基本全袭《增刻红楼梦图咏》，仅部分图像形态与背景稍异，依次为：

绛珠仙草通灵宝石　跛道人疯僧

宝玉　黛玉

贾母

贾赦贾琏　贾政　贾敬　贾珍　贾蓉　贾兰

邢夫人　王夫人　熙凤　李纨　宝钗　尤氏　可卿

元春　迎春　探春　惜春　湘云　岫烟　宝琴　李纹　李绮　巧姐　薛姨母　夏金桂　尤三姐　傅秋芳　姽婳将军　胡氏

贾蔷　贾芸　贾芹　贾环赵国村[②]　贾代儒贾瑞　薛蟠　薛蝌　秦钟　甄宝玉　邢大舅王仁　北静王　柳湘莲　詹光程日兴单聘仁　张友士

晴雯　紫鹃　鸳鸯　平儿　香菱　妙玉　智能　秋纹　麝月　雪雁　柳五儿　金钏　玉钏　绣橘　侍书　蕙香　春燕　翠缕　莺儿　司棋　入画　小螺　翠墨　佩凤　碧痕　偕鸾　素云　碧月　娇杏　秋桐　翡翠　丰儿　宝珠　瑞珠　喜鸾　茜雪　琥珀　珍珠　抱琴　善姐　小红　小鹊　嫣红　万儿　彩云　傻大姐　赵姨娘　周姨娘　尤二姐　袭人　芳官　龄官　藕官　蕊官　豆官　葵官

焦大　包勇　赖大　焙茗　潘又安

周瑞家　来旺妇　王善保家　李嬷嬷　刘姥姥　板儿　马婆

蒋玉菡

甄士隐　贾雨村

警幻仙姑

此版绣像在人物选取方面最为显著的特征在于范围之广，不仅包括了历来作为绣像主体的正副金钗，还涵括了由贾母而下贾氏四代宗支、姻亲、仆妇，甚至其他相关人等。尤其是其中的男性人物，数量之多，层次之全，非常有特色。此前，除了宝玉外，几乎没有男性人物正面进入绣像之中。双清仙馆系统绣像自不必说，即便是程甲本，贾氏宗祠一图或有男性象征，"贾政王夫人"一图中贾政有

---

① 王墀：《增刻红楼梦图咏》，上海书店出版社2006年版。

② 按，此处"赵国村"当为"赵国基"。

名而无像,贾兰为李纨之附,僧道乃方外之人。此版绣像首次将《红楼梦》男性人物群体呈现出来,包括贾氏嫡系:贾赦、贾琏、贾政、宝玉、贾环(图 11-12)、贾兰、贾敬、贾珍、贾蓉、贾蔷;贾氏姻亲:邢大舅、王仁(图 11-13)、赵国基、甄士隐、薛蟠、薛蝌、秦钟;贾氏旁支:贾代儒、贾瑞(图 11-14)、贾雨村、贾芸、贾芹;贾家仆从:焦大、包勇、赖大(图 11-15)、焙茗;甚至外至与贾家有涉人等:北静王、甄宝玉、柳湘莲、蒋玉菡、詹光、程日兴、单聘仁(图 11-16)、张友士、潘又安。其中很多人物在《红楼梦》文本里非常次要,甚至没有正面描述,如邢大舅、王仁、赵国基等。

图 11-12

图 11-13

图 11-14

图 11-15

图 11-16

　　这些男性人物在整个绣像体系中的位置安排也值得注意。自贾母以下,基本是男女相间排列,上为贾氏嫡系男性成员,下则对应安排贾氏家族主要女眷;继而是贾氏旁支僚友,下为贾府侍妾丫鬟;最后一组则上为贾家男仆,下为女性仆妇。这样的人物选取和大局安排,显示出了较为宏大的视野和严整的家族序列意识。

　　此版绣像在首尾结构上也是有所用心的。绣像起首两幅为"绛珠仙草通灵宝石"(图 11-17)、"跛道人疯僧"(图 11-18);中段为贾氏及周边人物,以甄士隐(图 11-19)、贾雨村(图 11-20)作结;最末则为警幻仙姑(图 11-21)。这样的安排,与小说的叙事结构是对应的:绛珠仙草得神瑛侍者浇灌之恩,决意随他至下界,以一生之眼泪作为偿还;灵石凡心偶炽,得僧道点化,携带着一干儿女的风月情债,同往红尘中声色历练;至末情缘历尽,一干人等回警幻仙姑处销号。至于甄士隐、贾雨村,原也属贾氏远亲,绣像却将其殿后,也是考虑到小说叙事以这二人起,亦以此二人结①。这两方面都显示了绣像对小说结构的尊重。深层意义上,这样的结构也暗合了《红楼梦》由空入色、由色入空的旨意。此版绣像的首尾安排,虽不同于此前程本系统绣像惯用的以"石头"起首、以"僧道"作结的具体设置,但仍不难见出绘刻者对于小说结构与旨意的相似见解。

图 11 - 17

图 11 - 18

图 11 - 19

图 11 - 20

图 11 - 21

此版绣像的组织方式还透露了绘刻者对于小说主要人物和情节线索的一些看法。首幅"绛珠仙草通灵宝石"未见于此前刊本绣像。程本系统绣像首幅只是"石头",并未如此版将"绛珠仙草"与"通灵宝石"合于一图,这种安排意在凸显"木石前盟"②。"绛珠仙草通灵宝石""跛道人疯僧"两幅之后,绣像将"宝玉"(图

---

① 《红楼梦》第一回为"甄士隐梦幻识通灵　贾雨村风尘怀闺秀";第一百二十回为"甄士隐详说太虚情　贾雨村归结红楼梦"。

② 其实,宝玉、黛玉的前身是神瑛侍者与绛珠仙草,而非灵石与绛珠仙草,然而《红楼梦》中确有"木石前盟"之说,通灵宝石也确为随神瑛侍者入世之物,且始终是宝玉心魂灵性之所在所系,故以"绛珠仙草通灵宝石"图喻宝黛前缘也是可以成立的。

11-22)、"黛玉"(图11-23)列在以贾母为首的贾家众人之前,也是有意将宝玉、黛玉处理为《红楼梦》的男女主人公,与此前的"绛珠仙草通灵宝石"相呼应。而"宝钗"(图11-24)则被排在邢、王二夫人之后,与熙凤、李纨、尤氏并处贾氏孙媳辈之列。这是对宝钗地位的某种认可,但终究是在家族身份地位意义上的认可,而不如将宝、黛并列为众人之首那种情感及叙事地位上的认可。

图11-22　　　　　　图11-23　　　　　　图11-24

　　然而,尽管如上所述,此版绣像的组织结构显示了对小说结构旨意的尊重,也显示了对主要人物和某些叙事层面的强调。然而,就整体而言,按长幼尊卑序列呈现以贾氏家族为核心的男女群像,仍是此版绣像最为显著的特质。除宝、黛得到突出以外,所谓正副金钗的其他人员均服从家族标准分排入相应的板块,并不像此前程本系统、双清仙馆系统绣像般,有相对独立、突出的存在。作为十二正钗之一的妙玉,甚至因为与贾氏家族无亲缘关系,而被列与丫鬟、侍妾同一板块。这在很大程度上弱化了对《红楼梦》女儿世界、情感主题的提示,而将观者注意力引向宏大的家族乃至社会、人生的图景上去了。当然,这种开拓也正是其个性所在,是其对整个《红楼梦》绣像家族的独特贡献所在。

　　清末民初的《红楼梦》绣像,也有不那么大规模的。如《增评补图石头记》(清光绪二十四年石印本)、《增评补图石头记》(清光绪二十六年铅印本)、《全图增评金玉缘》(民国上海石印本)等,从人物选取与组织乃至部分构图上,都能看出与藤花榭本系统绣像明显的承继关系。此阶段《红楼梦》刊本比较普遍的插图形制是"大观园图(有人物或无人物)+人物绣像+回目图"。因为回目图达到了每回一图甚至每回两图的规模,所以一般刊本会缩减人物绣像的数量,这也是选取较为小巧紧凑的藤花榭本系统绣像作为图版的重要考虑所在。此类绣像一般目次如下[①]:

　　青埂峰石绛珠仙草
　　通灵宝玉　辟邪金锁
　　警幻仙子

——————————

① 此处取《增评补图石头记》清光绪二十四年石印本为例。

宝玉

元春　迎春　探春　惜春　李纨　王熙凤　巧姐　秦可卿　薛宝钗　林黛玉　史湘云　妙玉

茫茫大士　渺渺真人

绣像共计19幅。警幻仙子、宝玉、十二正钗、茫茫大士、渺渺真人,这些人物的选取皆同藤花榭本绣像,仅少数分合有别。"青埂峰石绛珠仙草"与"通灵宝玉"(图11－25)、"辟邪金锁"(图11－26)一组,倒有几分趣味。前者创意袭《增刻红楼梦图咏》,暗示"木石前盟";后者为此类绣像特有,强调"金玉良缘"。这种设置也可明显见出刊本刻绘发行者对《红楼梦》小说主题与叙事中才子佳人情感纠葛一脉的特别强调。

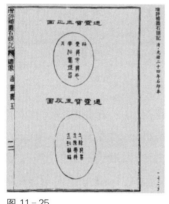
图 11－25

图 11－26

但是需要特别指出的是,此类绣像看似藤花榭本绣像的沿袭,但与后者已有质的不同。这种不同来自绣像所处的文本环境。此类人物绣像处于与大量回目图并存的刊本环境中,绘刻者的立意应于全部插图整体中予以展现,观阅者所获取的信息与感受也来自插图整体,而非某一部分。所以,就整体而言,此类绣像虽呈现了对情感主题一定程度的提示,但其与大量回目图构成的整体,仍然指示了一个更为阔大的视野,更为丰富的叙事内涵,更为多层次的主题指向。这与前述以《增刻红楼梦图咏》为图版的120幅绣像系统倒是异曲同工的。

故从总体看,《红楼梦》刊本绣像是小说除语言文字外的重要组成部分,绣像不同的人物选取与组织方式,反映了刻绘者这一特殊群体对小说主题、结构、人物关系、叙事重点等方面的不同理解和呈现。

通过以上梳理与比较,我们可以发现,《红楼梦》自乾隆末期到清末民初的刊行过程中,不同绣像系统的特点和旨意是有一定规律可循的。《红楼梦》刊行初期,以程甲本为代表的24页绣像体系,体现了对家族主题的特别强调。作为《红楼梦》女儿世界和情感主题主要载体的众钗,虽得以集群出现,并作为绣像的主体;但绣像并没有遵守小说中按品貌才情所赋予众钗的位次,而是将其打乱重新编排进严整的家族长幼尊卑序列之中;再加上几幅纯家族符号的出现,这些都反映了此类绣像对小说两重观照之间产生的复杂张力。而坊间流行的以藤花榭本为代表的15页绣像体系,则悉数去除家族符号,只保留十二正钗。这种设置与其看作对小说情感主题的强调,不如看作将小说旨意缩减为才子佳人以招徕看客。到了《红楼梦》刊行中期,以双清仙馆本为代表的64页绣像体系,则第一次非常纯粹地展现了女儿世界,并将宝、黛、钗三者的情感纠葛有力凸显出来。及至清末民初,石印、铅印技术使得大规模版刻插图再次兴起,《红楼梦》刊本人物绣像与回目图一起,呈现了一幅甚为广阔丰富的社会生活图景;特别是以《增刻红楼梦图咏》为图版的绣像体系,以贾氏家族为核心的男女群像得以充分展现。这于红楼绣像而言,可谓又一突破。

第二节　《红楼梦》孙温绘本的图像与小说叙事

《红楼梦》写成尤其是刊行之后,流传甚广,影响深远,各类图像也随之产生。二百余年来,从民间艺人到文人画师,制作了版画、年画、壁画、人物绣像等,种类甚多,数量颇丰。

孙温绘全本《红楼梦》,产生于清末同治、光绪年间(1862—1908),是一部大型红楼梦画册。经初步考证,孙温系河北丰润人,字润斋,嘉庆年间出生。全本主要由孙温构思绘制,并由孙允谟参与完成。在技法上,它不同于以往小说绣像插图采用的单色勾线画法,而是采用着色彩绘绢本画的形式。孙温是清末民间画家,在设色上以民间传统的绛红色和翠绿色为主色,不如文人画清雅,但整体又能做到协调,秾丽而不至于太过俗艳。画册在沿用中国传统画法的同时,还大胆借鉴了西洋画的焦点透视技法,增加了绘画的表现力。

绘画作为一种造型艺术,免不了对景观、场面的迷恋。该画册不惜用专门的篇幅去描绘故事性较弱而景观性较强的场面,如第十七回"大观园试才题对额",写贾政携宝玉及门客游大观园事,画册竟用了13幅对各处景观进行逐一描绘。加上画册首页"大观园全图",仅大观园一景便达14幅之多。如"稻香村"一处,小说中文字描述为:一面走,一面说,俄尔青山斜阻。转过山怀中,隐隐露出一带黄泥筑就矮墙,墙上皆用稻茎掩护。有几百株杏花,如喷火蒸霞一般。里面数楹茅屋,外面却是桑、榆、槿、柘。各色树木新条,随其曲折,编就两溜青篱。篱外山坡之下,有一土井,旁有桔槔、辘轳之属。下面分畦列亩,佳蔬菜花,漫然无际①。再看图画(图11-27),"黄泥墙""杏花""茅屋""青篱""土井""辘轳"以及规整的田地,一应俱全,让人触目即知是小说中何处何景。再如"蓼汀花溆"一处,原文描述为:转过山坡,穿花度柳,抚石依泉,过了荼蘼架,再入木香棚,越牡丹亭,度

---

① 曹雪芹、高鹗:《红楼梦》,第191页。

芍药圃,入蔷薇院,出芭蕉坞,盘旋曲折。忽闻水声潺潺,泻出石洞,上则萝薜倒垂,下则落花浮荡。众人都道:"好景,好景!"①在绘画(图 11-28)中,构图遵从文中所描绘的地形而成几度曲折状,沿路各色群花繁盛如火,相当鲜丽抢眼,青山石洞间流泻而出的泉水则占据图画中心位置,可谓十分符合文意。

图 11-27

图 11-28

　　除此类宏阔的自然或建筑景观外,画册也津津于贵胄之家的豪华仪典或聚会场面。如元妃省亲贾母阖族迎接的阵仗,前后用了两幅图,以后幅为例(图 11-29)。书中此节文字描述为:一对对龙旌凤翣,雉羽夔头,又有销金提炉焚着御香;然后一把曲柄七凤金黄伞过来,便是冠袍带履。又有执事太监捧着香珠、

---

① 曹雪芹、高鹗:《红楼梦》,第 193 页。

绣帕、漱盂、拂尘等类[1]。文字描述中的仪仗序列和一应标志性物件在画面中都有精准的再现。再如第七十一回（图 11-30）贾母八十大寿，小说中有言：至二十八日，两府中俱悬灯结彩，屏开鸾凤，褥设芙蓉，笙箫鼓乐之音，通衢越巷。宁府中，本日只有北静王、南安郡王、永昌驸马、乐善郡王并几个世交公侯荫袭。荣府中，南安王太妃、北静王妃并几位世交公侯诰命。贾母等皆是按品大妆迎接。大家厮见，先请大观园内嘉荫堂，茶毕更衣，方出至荣庆堂上拜寿入席。大家谦逊半日，方才入座。上面两席是南、北王妃；下面依序便是众公侯诰命。左边下手一席，陪客是锦乡侯诰命与临昌伯诰命。右边下手一席方是贾母主位。邢夫

图 11-29

图 11-30

① 曹雪芹、高鹗著：《红楼梦》，第 202 页。

人、王夫人带领尤氏、凤姐，并族中几个媳妇，两溜雁翅，站在贾母身后侍立。林之孝、赖大家的带领众媳妇，都在竹帘外面，侍候上菜上酒。周瑞家的带领几个丫环，在围屏后侍候呼唤①。

然而，这类景观性的呈现在这部大型画册中所占分量很少，画册绝大多数册页是对红楼故事中的人物、情节、场景进行精心选择和有力描绘。卷帙浩繁，场面宏阔，人物众多（据统计有 3 700 多人次），形态鲜活，表现出了强烈的叙事意识。

如"林潇湘夺魁菊花诗"一回，贾母等先行回去后，宝玉与众姊妹准备做诗。湘云命人在山坡桂树底下铺下两条花毯，命支应的婆子并小丫头等也都坐了，只管随意吃喝，等使唤再来。湘云取了诗题，用针绾在墙上，众人看了，都说新奇。黛玉因不大吃酒，又不吃螃蟹，自命人掇了一个绣墩，倚栏坐着，拿着钓竿钓鱼。宝钗手里拿着一枝桂花，玩了一回，俯在窗槛上，掐了桂蕊，扔在水面上，引的那游鱼浟上来唼喋。湘云出一回神，又让一回袭人等，又招呼山坡下的众人只管放量吃。探春和李纨、惜春正立在垂柳阴中看鸥鹭。迎春却独在花阴下，拿着个针儿穿茉莉花。宝玉又看了一回黛玉钓鱼；一回又俯在宝钗旁边说笑两句；一回又看袭人等吃螃蟹，自己也陪他喝两口酒，袭人又剥一壳肉给他吃。依据这段内容而绘制的画面（图 11－31），可谓既有景观、有人物，又有叙事。"藕香榭"盖在池中，四面有窗，左右有回廊，跨水接峰，后面又有曲折桥；那山坡下两棵桂花开的又好，河里的水又碧清；完全符合小说中特定地点时节的视觉特征。宝玉与众姊妹所在位置、每个人的形态动作，人物之间的互动，乃至丫头婆子们的表现，都逐一按文意描摹，十分精细契合。

图 11－31

---

① 曹雪芹、高鹗：《红楼梦》，第 873 页。

再如"纵淫心宝蟾工设计"一回,画面(图 11 - 32)主要描绘宝蟾色诱薛蝌。原文为:刚到天明,早有人来叩门。薛蝌忙问是谁,外面也不答应。薛蝌只得起来,开了门看时,却是宝蟾,拢着头发,掩着怀,穿一件片锦边琵琶襟小紧身,上面系一条松花绿半新的汗巾,下面并未穿裙,正露着石榴红洒花夹裤,一双新绣红鞋。[①] 画面描绘的重点是占据构图中心位置的宝蟾,虽未完全遵守文中细节,如"片锦边琵琶襟小紧身",但长发微拢,衣衫不整的风流态度已然托出,尤其是"石榴红洒花夹裤""新绣红鞋"(重点在三寸金莲)得到了有力突显。

图 11 - 32

画册的叙事意识之强烈更主要表现在画面叙事容量之大。整部画册 245 幅画作中,单幅描绘单一场景的很少,大多是单幅多场景并置。根据场景的实际情况及其组合形式,可略分为以下五种类型。

第一种是择取的场景原本就包含非常丰富的叙事内容。如第九十四回"宴海棠贾母赏花妖",说怡红院里的海棠本来枯萎了几棵,也没人去浇灌,没想到在隆冬十一月盛开了。众人诧异,争相去看,连老太太、太太都惊动了。大家觉得这花开得古怪,贾母却说应着小阳春的和暖开花也是有的。在王夫人、邢夫人、李纨甚至黛玉的附和之下,贾母认定这是喜兆,命人预备酒席,大家赏花。画面(图 11 - 33)左侧大半为贾母、邢王二夫人、宝黛等众人宴席,门里门外丫鬟们正传酒传菜。中庭一树海棠红艳妖冶,探春独自立于树下抬头凝望,心下担忧"必非好兆。大凡顺者昌,逆者亡;草木知运,不时而发,必是妖孽。"画面中部近前端抱着两匹红向内屋走去的是平儿,凤姐也觉得这花开的怪,故而让她悄悄吩咐袭人铰块红绸子挂挂,希望能应到喜事上去。画面右侧圆门外则是贾赦、贾政,他们

① 曹雪芹、高鹗:《红楼梦》,第 1121 页。

认为这是花妖作怪,先前一个力主砍去,一个主张置之不理,遭贾母责骂训斥,讪讪而去。一幅画中这么多内容,可谓无一闲人,无一闲笔。比照小说相应部分我们会发现,画面上的这些人事其实在时间上是有前后错落的:探春之担忧和贾赦、贾政之被责骂都在贾母设宴赏花之前,而凤姐命平儿送红布则在贾母离席之后。作画者将这些相关内容全部汇集在一幅画面中,正是受强烈的叙事意识所驱使。

图 11-33

再如紧随其后的"失宝玉通灵知奇祸",也是个很大的场面。宝玉见海棠花开,心中悲喜交集,都在这株花上去了。听说贾母要来,匆匆穿换,未将通灵宝玉挂上,待赏花过后,却发觉那玉丢了。画面(图 11-34)表现的正是失玉之后众人的反应:画面中部坐在椅子上的是王夫人,跪在她面前含泪欲禀的则是袭人。左侧三人为平儿、贾环与赵姨娘——有人疑是贾环所为,平儿笑问贾环,贾环急怒,赵姨娘也赶来哭天喊地。右侧坐于椅上的则是宝玉。另有一些丫鬟女众面面相觑或互相商量。画面秩序井然,内容丰富。

第二种是主副场景式。即一幅图中有一个主场景,外加一个与主场景有关

图 11-34

联的副场景。如"金兰契互剖金兰语　风雨夕闷制风雨词"一回,说的是秋分时节,天气渐凉,黛玉旧疾又犯。这日宝钗来探望她,关切她的病症、用药,提议食养,并主动应承送燕窝过来,二人还互诉处境衷肠,情同姐妹。画面(图 11－35)整体景观色调为秋日雨夜,右侧竹篱围绕的是潇湘馆,圆窗内宝钗、黛玉正互诉心曲;左后方宝玉正披着蓑衣、扶着丫鬟们走来。按文意,宝玉是在宝钗走后才来黛玉处的,但毕竟相关,画面将其作为副场景无疑增加了叙事容量,宝、黛、钗齐集,也增强了画面的可看性与戏剧性。

图 11－35

　　再如第八十六回"寄闲情淑女解琴书",说宝玉来到潇湘馆,见黛玉靠在桌上看书,不识得那是琴谱,便央黛玉讲解,黛玉讲到"高山流水,得遇知音",心下一动。画面(图 11－36)中后部主场景即为黛玉在屋内给宝玉讲解琴谱,紫鹃陪侍一旁。画面前部还添加了一个副场景——秋纹带着小丫头,捧着一小盆兰花来,说:"太太那边有人送了四盆兰花来,因里头有事,没空儿顽他,叫给二爷一盆,林姑娘一盆。"黛玉看时,却有几枝双朵儿的,心中忽然一动,也不知是喜是悲,便呆呆的呆看。[①] 这一副场景通过黛玉的眼光与主场景联结起来,且和主场景一起有力突显了黛玉的微妙心思,情韵和叙事效果可谓加倍。

　　又如第一百零九回说到贾母病了,一日重似一日,贾政及合宅女眷无日不来侍奉,连妙玉都上门请安。这日众人都在,贾政与王夫人正亲侍汤药、饮食,画面(图 11－37)左侧大部即是描绘这一场景。画面左侧则添加了在主场景事件过程中发生的另一个事件——只见老婆子在门外探头,王夫人叫彩云看去,问问是谁。原来是陪迎春嫁到孙家去的人,来报说姑娘不好了。彩云怕贾母听见增加

---

① 曹雪芹、高鹗:《红楼梦》,第 1079—1080 页。

图 11-36

图 11-37

烦恼加重病情,正摆手阻挡她言语。这一副情节的加入增加了画面叙事容量,同时制造了张力,增强了期待。

第三种是事件序列式。即同一个事件的不同时间节点形态共在于同一幅画面之中。如"滴翠亭杨妃戏彩蝶"一回,串联性事件为宝钗扑蝶,画面(图11-38)展现了这一事件的三个节点:右后部为宝钗忽见一双玉色蝴蝶,大如团扇,迎风蹁跹,十分有趣,意欲扑了来玩;中后部为宝钗追蝶至滴翠亭外,只听亭里嘁嘁喳喳有人说话,便煞住脚,往里细听,原来是小红和坠儿正密谈情事;忽然二人因怕人偷听而推开窗子,宝钗急忙作出寻找黛玉之态;左前部则是小红、坠儿见了宝钗都唬怔了,宝钗故意问她们林姑娘藏哪儿了,将她们的疑心与惧怕转到了黛玉身上;此时文官、香菱等人过来了,二人只好掩住话头,和她们玩笑。以宝钗扑蝶贯串了三个关键节点,可谓轨迹完整清晰。

图 11-38

　　再如"送宫花贾琏戏熙凤"一回,画面(图 11-39)以周瑞家的受薛姨妈之命给姊妹们送宫花这一事件串联了四个场景——右前部为抱厦内迎春、探春二人正在窗下下围棋;左侧为惜春正和智能儿玩耍;中后部,周瑞家的送至凤姐院中,小丫头丰儿忙摆手儿,叫她往东屋里去;右后部则是怡红院,黛玉正和宝玉一处解九连环作戏,黛玉嘲讽道别人不挑剩的也不给她,宝玉连忙岔开话题。这几处场景按时序排位是从右前部到左侧,再到中后部,最后到右后部的椭圆形。黛玉处就位置和朝向而言,给人主场景的感觉。这种画面构图方式,兼收空间与时序的双重功效。

图 11-39

　　这种事件序列式的场景组织方式,还常常用于组织时间跨度比较大的事件。如第十二回"王熙凤毒投相思局　贾天祥正照风月鉴",讲述的是贾瑞调戏熙凤,遭熙凤几番算计至死的完整过程。画面(图11－40)右部一栋臆造的建筑里其实叠合了两个场景,室内正发生的是熙凤佯应夜会,诱贾瑞进空屋,被贾蓉捉住,罚写借条;室外是贾瑞蹲在过道等清晨开门好逃走,却被淋了一桶粪便。画面左部是贾瑞死后,贾代儒命人架起火来烧掉风月宝鉴,跛足道人忽又现身抢了镜子飘然离去。画作者选取了有代表性的几个节点在一幅画中轮廓了整个事件。

图 11－40

再如"苦尤娘赚入大观园""弄小巧用借剑杀人"两回,讲述王熙凤设计对付尤二姐之事。画面(图11－41)右半部描绘凤姐假意哄贾母应允尤二姐入园;中部为凤姐在人前挑唆、打压尤二姐;后部云雾引出的则为尤二姐的梦境——尤三姐入梦,点破凤姐毒计,催促二姐反攻,二姐却自言认命。

图 11－41

　　类似的更有尤三姐、柳湘莲二人之事。第六十六回"情小妹耻情归地府　冷二郎心冷入空门",讲述了柳湘莲从悔婚到遁入空门的一系列惊心动魄的事件。画面(图11-42)右部为柳湘莲听了宝玉无心之言,疑三姐品行不端,决意悔婚。柳湘莲上门索回作为定礼的家传鸳鸯宝剑,尤三姐从满心期待瞬间滑落到绝望幻灭,竟当面拔剑自刎,尤老娘、贾琏等皆大骇。尤其是柳湘莲,见三姐如此标致刚烈,心中十分悔恨。画面中部为柳湘莲梦境——三姐入梦倾诉衷肠并与之诀别;画面左部则为柳湘莲看破红尘,于破庙门口挥剑斩青丝,随一瘸腿道士出家而去。一幅画中,内容如此之多,实在非常经济!

图11-42

　　这种组织方式也可以容纳时间跨度未必大,但数量相当多的场景。如"贾宝玉神游太虚境"一回,画面(图11-43)追随宝玉游历行踪,并置了5个场景——右下角小圆窗中引出云雾,寓意宝玉在秦氏房中午睡入梦,此为隐含场景;然后由右后到左前,椭圆形排布四个场景——太虚幻境前宝玉遇警幻仙姑;警幻仙姑携宝玉游览各处;警幻仙姑将宝玉引荐给众仙子;警幻仙姑给宝玉看金陵十二钗图册。人物造型基本稳定可辨认,但也不是十分严格——宝玉在其中两处有红色宽袖,另两处则为浅色窄袖。可谓一图看尽太虚梦。

　　与之呼应的第百十六回"得通灵幻境悟仙缘　送慈枢故乡全孝道",画面(图11-44)容量同样十分之大。右下角为现实场景——宝玉昏迷,众人恸哭。画面其他大部都是宝玉魂魄随和尚去太虚幻境之所见。幻境所见又分先后三个场景——先是宝玉见鸳鸯、黛玉、晴雯、凤姐、秦氏、迎春等姐妹,待上前搭话,那些人又不理他,这一场景在画面后部;然后是几个执鞭力士赶来喝他,这在画面中部;之后,又一群女子说笑前来,又像迎春等人,宝玉呼救。谁知一群女子都变作鬼怪扑来。正着急间和尚拿镜子一照,顿时鬼怪全无,仍是一片荒郊。

图 11 - 43

图 11 - 44

这个场景则在画面前部。画面 S 型构图、层层展现，容量非常之大，景观效果也非常好。

第四种是事件并置式。所谓事件并置式，不同于事件序列式，指的是不相关的事件并置于同一幅画面之中。如图 11 - 45 即并置了"因麒麟伏白首双星"与"诉肺腑心迷活宝玉"这两个独立事件。以画面正中一带假山为区隔，右半部为史湘云对翠缕说论阴阳，并捡到了金麒麟，宝玉正从后面过来。左半部则是宝黛之间的事情——宝玉经历了湘云、宝钗皆劝他仕途经济之语后，更觉黛玉为唯一知己；黛玉因宝玉当众称扬自己，悲喜交加。二人路遇，宝玉禁不住表白，黛玉流泪离去，宝玉正出了神，竟对着袭人说出了对黛玉的心意。这两件事情并无任何关联，画作者将其并置纯粹是为了增加画面叙事容量。

再如图 11 - 46，并置了"宝玉进府茗烟求恕"与"情切切良宵花解语"这两个事件的三个场景——画面右部为宝玉撞见茗烟与丫鬟偷情；中后部为宝玉令茗

图 11 - 45

图 11 - 46

烟带他去袭人家;左部是次日中午,宝玉去黛玉房中探视,黛玉讥讽他"冷香""暖香"之事,宝玉胡编林子洞耗子精故事,说笑间宝钗正欲走进来。时间、空间及事件本身都没有关联的场景仍以建筑区隔,共处于同一画面空间内。

又如图 11 - 47,并置了"林黛玉俏语谑娇音""俊袭人娇嗔箴宝玉"和"俏平儿软语庇贾琏"这三个不同的人物、事件、场景。画面右后部为黛玉讥笑湘云咬舌,湘云以她日后得个咬舌的"林姐夫"回敬,二人追闹,宝玉、宝钗劝和。画面左前部室内,袭人正以宝玉想留她不走为契机,对他有所箴规。画面右前部,平儿帮贾琏在凤姐前瞒了赃证,贾琏想抢回未遂,拉住平儿欲行欢,平儿忌惮凤姐便跑出,与贾琏隔门拌嘴,凤姐讥讽平儿,不料被平儿驳回。这三个事件毫不相关,至多有一些内涵或风格上的关联,但并置在一起确实使画面显得丰满有趣。

图 11-47

　　这种情形很常见。如图11-48并置了三个场景——远景为宝玉闲步，见贾兰持弓追逐两头小鹿，上前喝住。这不是重要的情节点，但沁芳溪、小鹿等元素可观，不妨加上。右前部为"潇湘馆春困发幽情"，宝玉来到潇湘馆帮黛玉驱散睡意。左侧则为"哄宝玉薛蟠做生辰"，薛蟠假传贾政之名哄宝玉出来喝酒行乐。图11-49则并置了"埋香冢黛玉泣残红""花园中暇游观鹤舞"这两个事件序列中的五个小场景——以假山对角线为分隔，对角线之后两个场景关于王熙凤和小红，中后部是王熙凤吩咐小红办事，右中部是小红回话；对角线前部是宝黛系列，右前方是宝玉找黛玉，黛玉不理他。中部略后是宝钗探春在看鹤舞。偏左后部是黛玉泣残红，宝玉在假山后听了痴倒。观览这样的画面如同把玩八宝锦盒，兴味盎然。

图 11-48

图 11 - 49

　　第五种是真幻并置式。这一种与前面数种不是截然区分,指的是画册常用的一种组织场景的方式,即将真实场景与各类梦幻场景并置。

　　所谓的梦幻场景,常见的一种形式是梦境。上面提到的贾宝玉梦游太虚幻境、柳湘莲梦会尤三姐之类皆是。再如小说第五十七回中叙及甄府进京至贾府探亲请安,闲话中得知甄宝玉与贾宝玉竟一般模样,一般行径。贾宝玉听说之后心中闷闷,默默盘算,不觉昏昏睡去,梦中得会甄宝玉,那甄宝玉竟也在梦中会了贾宝玉,二人忽然对面,似真似幻,十分奇谲。画面(图 11 - 50)右半部为真实场景,甄家见贾宝玉皆惊叹不已。左半部为贾宝玉梦境——后部为甄家丫鬟嫌避贾宝玉;前部为贾宝玉隔窗观察甄宝玉,心下十分吃惊。

图 11 - 50

　　再如"病潇湘痴魂惊恶梦"一回，写黛玉病中，又受了宝钗使来的婆子言语冒犯，黄昏时分，千愁万绪，和衣倒下，噩梦连连。画面（图11-51）中左下角为"梦窗"，这是很常用的一种方式——当现实场景并不是作画者意欲表现的内容时，常常仅用一扇窗子引出一缕云烟，将画面大部空间用于梦境描绘。画面右半部便为黛玉梦里三个场景：后部为凤姐、邢王二夫人、宝钗等来向她道喜并送行，称其父已再娶，且贾雨村做媒已将她许了继母的什么亲戚，还说是续弦，所以着人到这里来接她回去；中部为黛玉向贾母求收留，贾母呆着脸儿笑道不关她的事；前部为黛玉拉着宝玉哭诉，宝玉剖开胸膛掏出心来给她看，黛玉拼命放声大哭。

图11-51

　　幻景除了梦境之外，常见的还有鬼神、僧道之属。幻景涉及鬼怪的，如图11-52中并置了"王凤姐接风迎贾琏"（右前大部）和"秦鲸卿夭逝黄泉路"（左后小部）这两个独立的事件。后者又包含了实景和幻景两个场面——实景为秦钟病卧床上，贾宝玉在一旁探视；幻景则是秦钟之魂魄被阎王小鬼勾去。图11-53描绘的是"开夜宴异兆发悲音"：贾珍居丧期间竟公然聚赌饮宴，中秋前夜在会芳园丛绿堂家宴，忽听边墙下有人长叹之声，并恍惚闻得祠堂内隔扇开阖之音，令人毛骨悚然。画面右侧大部为家宴实景，左侧则用云雾形式引出了祖先魂灵，身着红衣，仪态威严，十分抢眼。

　　类似的还有"死雠仇赵妾赴冥曹"一回，讲述贾政等在铁槛寺为贾母辞灵之后正要走时，只见赵姨娘还趴在地上不起，满嘴白沫，眼睛直竖，舌头吐出，醒来之后说了许多胡话鬼话，说阎王差人拿她，要问她和马道婆用魔法害宝玉和凤姐之事。众人见一时救不过来，都撒手走了。赵姨娘双膝跪地，有时趴在地上求饶，有时双手合十叫疼，最后惨死寺内。画面（图11-54）右部为现实场景，左部云雾引出的则是赵氏被小鬼拖至冥曹受训的场景。这一场景在小说的文字里并未具体描述，画作者显然对这种画面有兴趣，且发挥了想象力加以具象化。

图 11 - 52

图 11 - 53

图 11 - 54

幻景涉及僧道的,如"栊翠庵妙玉扶乩玉"这一情节,讲述宝玉失玉之后,众人怂恿邢岫烟去栊翠庵请妙玉扶乩,占卜玉之去向之事。图 11-55 展现的即为妙玉扶乩、岫烟录乩语的场景。乩语为:噫!来无迹,去无踪,青埂峰下倚古松。欲追寻,山万重,入我门来一笑逢①。这一占卜结果不宜用文字的形式展示在画面中,故而画面别出心裁地用香烟云雾引出了跛足道人的形象,便于人们在此处回想起宝玉的渊源。

图 11-55

幻景涉及神仙的,如图 11-56,右半部实景展现的是:贾母过世,凤姐忙乱捉襟见肘,昏晕过去,家下人越发偷闲乱吵,丧事闹得七颠八倒更不成事体了。鸳鸯决意殉主,上吊自尽。然而画面并未展现鸳鸯上吊自尽的惨烈场面,而是以云雾引出幻景:可怜香魂出窍,缥缥缈缈,在秦氏的引领下直奔太虚幻境去了。这种形式比较唯美,也体现了画作者对鸳鸯这类正面人物的尊重。类似的如图

图 11-56

① 曹雪芹、高鹗:《红楼梦》,第 1165 页。

图 11-57

11-57,展现的是"苦绛珠魂归离恨天"一回的内容。黛玉之死的实景亦未正面展现,仅以画面左下角的一带建筑与三个背影表示,画面主体则是右上部的众仙子在仙乐声中飘然而至,接引黛玉灵魂回去的凄美场面。

综上可知,孙温绘全本《红楼梦》确实有着非常自觉的叙事意识,所用手法亦可谓集中国古典绘画叙事手法之大成,自有其独特的趣味与价值。

《红楼梦》相关图像,除了前述小说版刻插图、文人画以及民间图像之外,连环画可能是影视剧出现之前最广为流传的改编形式。一般认为,清末的相关画作只可视为《红楼梦》连环画的接近形态或过渡形态,民国期间现今意义上的连环画已比较流行,《红楼梦》连环画却只有《红楼春深》(沈曼云绘,广济书局 1934年版,42 开)等三种。1949 年以后,连环画编绘出版成为一项国家工程,《红楼梦》连环画可谓成就斐然,尤其是 50 年代和 80 年代,出现了堪称经典的系列套书作品。

50 年代《红楼梦》连环画最具代表性的是沪版套书,自 1954 年陆续开始直至 1962 年方最后完成,总计 18 册。此版绘者多为名家,如张令涛、胡若佛、董天野等,人物环境皆工笔白描,风格写实。80 年代《红楼梦》连环画最重要的当是上海人民美术出版社 1981 年 9 月版套书,共计 16 种。此套书编绘阵容强大,尤其是戴敦邦,一改单一的平面线描传统,采用了多视角、多层次构图,使得画面充实、细节丰富却不失焦点与层次感;同时在人物造型及器物的时代定位上以明代为主,兼有清初元素,体现了对原著的用心体会。此后许多《红楼梦》连环画基本上承续了戴敦邦风格,可见影响之大。90 年代以后,也陆续有《红楼梦》连环画作品出现,形式多样,如剪纸版、漫画版等,此不赘述。

《红楼梦》电影、电视剧改编并非小说的"重现",而是一种深层的符号转译,这是因为影像语言有其独特的叙述方式与可能性。从 1924 年开始,《红楼梦》影视剧改编摄制至今不衰。1924 年到 1949 年这段时间经历了从默片到声片的发展过程,影片既有古装片,也有时装片,既有一般故事片,也有戏曲艺术片。1950年至 1978 年,《红楼梦》电影经历了从黑白片到彩色片的发展过程。经过 1979年至 1987 年的沉寂期,2000 年之后《红楼梦》电视剧的改编摄制则开始发展和繁荣,"1987 版"36 集电视连续剧《红楼梦》(央视版,王扶林导演)更是被誉为"中国电视史上的绝妙篇章"和"不可逾越的经典"。

由于以《红楼梦》为母题的连环画和影视剧大多产生于清代以后,具有新的时代特征,故其文图关系将在清代以后各卷中进行阐述。

第十二章 《镜花缘》小说文本与其图像之关系

　　清代著名的长篇章回小说《镜花缘》为博学多才的小说家李汝珍所作。《镜花缘》共100回,前50回主要写秀才唐敖和林之洋、多九公三人出海游历各国,所见奇闻之异事;后50回主要写100名才女各种宴集中表现出的各种才华。李汝珍实欲借《镜花缘》小说表现其各方面之才学,故鲁迅先生在《中国小说史略》中称之为能"与万宝全书相邻比"的奇书。

　　《镜花缘》问世以后,以多种版本流行于世,仅清代就有20余种版本①,现存最早者为嘉庆二十三年(1818)刻本。在众多的《镜花缘》版本中,以道光十年(1830)芥子园刻巾箱本最为著名,诚如王韬在《绘图镜花缘序》中所云:"首册所绘图像工巧绝伦,反覆细际,疑系出粤东剞劂手,非芥子园新镌本也。后虽有翻板者,远弗能逮。"②于是,广东芥子园所刊绣像本长期居于《镜花缘》传播的主导地位,这得益于绘工的精心构图。芥子园本《镜花缘》由于插图的存在,图像与文本交互作用,使《镜花缘》产生文本增殖,而这正是插图本的独特魅力所在。绘工与像赞作者由《镜花缘》插图,流露出其对文本的接受态度。故我们主要以芥子园本《镜花缘》为例,探讨《镜花缘》插图之与文本的关系。

第一节　芥子园《镜花缘》绣像本之出现

　　现存《镜花缘》最早的插图本即道光十年问世的广东芥子园本《镜花缘绣像》,《古本小说集成》收道光十二年(1832)本便是据此翻刻。该本白口单黑鱼尾,左右双边,正文半叶十行二十字,前有许乔林、洪棣元、麦大鹏、谢叶梅所作序言以及讱斋孙吉昌等人所作的十四家题词,文本内含蔬庵、菊如等人的眉批、回评,封面题为"镜花缘绣像芥子园藏板",上端椭圆图案中镌有"有志竟成"四字。扉页有芭蕉叶形状的牌记,署为:"道光十二年岁次壬辰春王新摹;四会谢叶梅灵山氏画像、顺德麦大鹏抟云子书赞。"插图排版在目录前。芥子园《镜花缘绣像》全书共100回,有插图216幅,均为大幅整页竖版,其中包括108幅人物绣像插

---

① 李雄飞、郭琼:《〈镜花缘〉版本补叙》,《中国文化研究》2007年秋之卷,第151页。
② 王韬:《绘图镜花缘序》,见《绘图镜花缘》(全二册),中国书店出版社1985年版,卷首。

图,108 幅花鸟器物图。人物绣像除百花仙子之外,还有武则天、女魁星、麻姑、风姨、月姊、唐以亭(敖)、多九公、林之洋八人①。该本插图原绘工谢叶梅以及像赞作者麦大鹏,生平事迹均不详。惟《中国美术家人名辞典》云:"清嘉庆、道光(1796—1850)时人,善画。李汝珍撰《镜花缘》,插图为其所绘。十二年广东有重刻本。"②根据麦大鹏序云:"先生固会邑之端人也,少时癖嗜画学,人物最工。"③可知谢叶梅是广东四会人,擅长画人物。而牌记云"王新摹",当为王新临摹谢本而成。王新,生平事迹亦不详。麦大鹏与谢叶梅在序言中交代的《镜花缘》绘像的经过,麦大鹏序云:

> 李子松石《镜花缘》一书,耳其尽善,三载于兹矣。戊子(1828)清和偶过张子燮亭书塾,得窥全豹,不胜舞蹈。复闻芥子园新雕告竣,遂购一函,如获异宝。玩味之馀,忠孝节烈,文词典雅,百戏九流,聪明颖悟,闺秀团聚,谈笑诙谐,足见一斑。虽事涉荒唐,不啻却有其人其事,如在目前也。翻若弗克,身历其境。睹兹彬彬,文盛济济,同时为恨。适上林谢先生过访,因共赏鉴,累日评阅不倦。先生固会邑之端人也,少时癖嗜画学,人物最工,故相与赞扬而乐为之像。神存意想,而把其丰姿,得一百八人。晤对之下,性情欲活,恍聆啸语一堂,披其图而如见其人,岂非千古快事乎!先生尚友古人,于其间意兴所至,慕之爱之,而不得见,即执笔图之,不必求其肖也。是图一成,渴怀顿释,吾知先生之风由是千古矣。
>
> 己丑(九年 1829)嘉平月既望拚云麦大鹏谨志其巅末④

其中透露出两个重要信息,一是《镜花缘》的早期发行情况。麦氏多年关注《镜花缘》一书,但直至"戊子"年始"得窥全豹",逆推三年,麦大鹏当在道光五年(1825)前后"耳其尽善",此时,《镜花缘》的刻本见文献记载的仅有三种:江宁桃红镇之坊刻本(1817)、苏州原刻本(1818)以及道光元年(1821)刻本⑤。道光八年(1828)麦大鹏在"张子燮亭书塾,得窥全豹"的究竟是哪一种版本,难以推测。"复闻芥子园新雕告竣"当指 1828 年的广州芥子园本,该书坊与南京芥子园之关系待考。但可以肯定地说,这四种版本均无插图。二是麦大鹏与谢叶梅绘图作赞的缘由。麦氏感慨"翻若弗克,身历其境。睹兹彬彬,文盛济济,同时为恨",因此怂恿谢叶梅为《镜花缘》绘图。由于麦氏生平不详,序言也看不出其是基于市场利益考虑。但是两年后谢、麦二氏绘图与像赞为芥子园所采纳,并由王新临摹而刊刻。这一过程颇耐人寻味。谢叶梅序文不长,为论述方便,于此亦全文引出:

---

① ③ ④ 李汝珍:《镜花缘》,《古本小说集成》第二辑第 119 册所收道光十二年芥子园本,上海古籍出版社 1991 年版。

② 俞剑华:《中国美术家人名辞典》,上海人民美术出版社 1981 年版,第 1471 页。

⑤ 李雄飞、郭琼:《〈镜花缘〉版本补叙》,第 151 页。

原夫日丽风和,气清天朗,益友扳谈,奇文共赏。既遘锦心,亟宜绣像,神游幻化之间,品在羲皇以上,洵可乐也。道光己丑(1829)葭月长至日抟云麦子以《镜花缘》示予。其中忠孝节义、诗赋品艺、闺阁风流、咸归于正。翻阅之下,令人起敬起爱,实传奇之大观也。嘱予拟像一百八人,于是神凝梦想,略摹梗概,而巾帼尽见于其间,不啻萃古人于一时,如亲聆其声咳也。敢谓笔法无讹,聊以应酬,是亦物聚于所好耳。或诮予师心自用,予惟顺受而已。古者见尧于羹,见舜于墙,后人岂尝亲炙之哉?要其精神所注,结而成像,遂有旷百世而相遇者。予之绘此,亦若是而已矣。后之览是集者,翰墨同缘,可为百花一助云尔。时道光十年,岁在上章摄提格清和月朔灵山谢叶梅摹像并序。[①]

麦、谢二君"共赏鉴,累日评阅不倦",应该说对《镜花缘》颇下了一番工夫研读,也达成了某些共识。麦、谢二氏均谈及《镜花缘》之读后感,麦氏云:"玩味之余,忠孝节烈,文词典雅,百戏九流,聪明颖悟,闺秀团聚,谈笑诙谐,足见一斑。"谢氏也说:"其中忠孝节义、诗赋品艺、闺阁风流、咸归于正。"均肯定《镜花缘》的"忠孝节义""百戏九流""闺阁风流"等。谢君进而"神存意想,而挹其丰姿""神凝梦想,略摹梗概",由揣摩《镜花缘》文本,发之为图像,"其精神所注,结而成像",并在插图中展示了对《镜花缘》文本的认识。

第二节 图像世界与《镜花缘》之"才学"

众所周知,《镜花缘》是一部典型的才学小说,诚如第二十三回中借林之洋之口说:"这部《少子》乃圣朝太平之世出的,是俺天朝读书人做的,这人就是老子后裔。老子做的是《道德经》,讲的都是元虚奥妙;他这《少子》虽以游戏为事,却暗寓劝善之意,不外风人之旨,上面载著诸子百家,人物花鸟,书画琴棋,医卜星相,音韵算法,无一不备;还有各样灯谜,诸般酒令,以及双陆、马吊、射鹄、蹴球、斗草、投壶,各种百戏之类,件件都可解得睡魔,也可令人喷饭。"[②]也就是说,李汝珍之本意是以百科知识见长,以游戏而"暗寓劝善之意"。谢、麦二君均充分意识到该书"百戏九流、诗赋品艺"见长的特点,"师心自用",以插图的感官形式强化了文本的这一特点。

《镜花缘》才学化的插图与文本"才学小说"的特质相得益彰。约略统计,全书的 216 幅插图中除了 108 幅人物像外,尚有 108 幅用来装饰像赞的古玩与花草,其中 50 余幅是标明名称的上古器具,包括盉、象尊、方明、觯、站、甒、黄琮、镳斗、敦、铘、蜼彝、瓠、斝、虎节、侈耳区鼎、杯、瓶、簠、敦、伯盏额盘、龙节、觯、簋、珪、壶、彝、组琮、鍑、盦、冐、盆、锭、尊、罍、温壶、铺、虎符、大官铜链、乌彝、癸举、

① 李汝珍:《镜花缘》,见《古本小说集成》第二辑第 119 册,第 22 页。
② 李汝珍:《镜花缘》,见《古本小说集成》第二辑第 120 册,第 402 页。

匜、鬶、携瓶、卣、镫、舟、匜盘、釜、罂、杆等,尚有一些没有标出名称的古器物。谢叶梅乐此不疲地描绘出这么多的古代器皿,绝非仅仅用来装饰图赞,而正是以自己"师心独具"的方式与小说文本发生共鸣。如图 12‑1 分别为用来装饰像赞的"盉、象尊、方明、觥"四种器皿,其中"盉"是古代盛酒器,是古人调和酒、水的器具,用水来调和酒味的浓淡;"象尊"也是古代的一种酒器,其形如象或凤凰,一说以象牙饰尊;"方明"则是上下四方神明之象,古代诸侯朝见天子、会盟或天子祭祀时所置;"觥"是盛酒或饮酒器,古代用兽角制,盛行于商代和西周前期。诸如此类的器皿,不仅今人难得一见,即在清代中叶也罕见熟悉其形制者。但麦、谢二君以 50 余种上古器皿装饰像赞,其意与李汝珍《镜花缘》文本一样,皆以文艺为学术耳。麦、谢二君试图穷尽上古器皿,借以与《镜花缘》文本相唱和,实即强化了文本的学术特色,也丰富了《镜花缘》文本的百科知识。

图 12‑1　《镜花缘》插图

　　除了如此众多的上古器皿外,谢叶梅还直接描绘"诗赋品艺""百戏九流"等图案,以此强化文本的游戏科目。如前所述,《镜花缘》文本中百戏、酒令、算法、灯谜无处不见,其中尤以苏蕙兰织锦回文璇玑图最为著名,上海古籍出版社1991 年版本特意将此图彩页印出。麦大鹏、谢叶梅也充分意识到《镜花缘》文本的游戏娱乐特色,但二君没有简单地将文本游戏内容图绘出来,而是以自己的游戏方式增补了文本的内容,如图 12‑2。谢叶梅、麦大鹏将像赞文字排列成图案形式,让读者自己寻求解读的方式。其中,骆红蕖像赞以正常顺序可以读出:"除虎卫乡闾,志同周处;为亲图报复,孝以杨香。"但是阅读尹红萸像赞,我们倒颇费了一份工夫;而米兰芬像赞则涉及篆文知识,个别字迹辨认也需有篆书功底。也就是说,谢、麦二人将《镜花缘》文本中的游戏延伸至读者的阅读过程中,读者不再是图像被动的接受者,更需要积极地参与,这无疑刺激了读者的阅读兴趣。再如,纪沉鱼的像赞以"连环印纽"图案、风姨的像赞以神话中的"飞廉"为装饰①,分别涉及"巧解九连环"以及上古神话,同样是文本不曾描述到的。

____

① 参见《镜花缘绣像》,《古本小说集成》第二辑第 119 册所收道光十二年芥子园本,第 8、22 页。

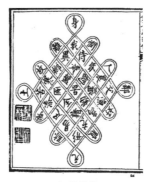

骆红蕖像赞　　　　　　尹红萸像赞　　　　　　米兰芬像赞

图 12-2

绘工系统图绘上古器皿与游戏图案作为插图,旨在《镜花缘》文本之外,增加、丰富小说的才学与游戏内容,进而强化《镜花缘》的"才学小说"特质。

第三节　绣像图赞与《镜花缘》之文本接受

学术史上最先关注《镜花缘》文本中的女性群体者,当推谢叶梅、麦大鹏。其插图首次将百花仙子以女性群体形式集体亮相,大力渲染李汝珍《镜花缘》中的才女形象,从而引起后来学者的持续关注。《镜花缘》问世之初,苏州原刻本(1818)只有六家题词,道光十年本已增至十四家题词①,然在诸家题词中,只有少数只言片语涉及《镜花缘》中的女性,如朱枚女士题词:"万言洒洒笔无痕,都是伶俜倩女魂。"休宁女士金若兰者香云:"……才笔描成百美图……才女抽思笔墨灵。"陈瑜评云:"最爱挑灯深夜读,卷中常对美人魂。"对《镜花缘》做过深入评点的许祥龄赞,偶有评点文字涉及《镜花缘》中的女性,其题词云:"石破天惊秋雨滴,居然女榜试闺才。"②回评亦有称:"旧闻施耐庵著《水浒传》,先将一百八人图其形象,然后揣其性情,故一言一动,无不肖其口吻神情;此书写百名才女必效此法,细细白描,定是龙面粉本。"③许祥龄的回评论及人物白描与文学形象之间的关系,可能给谢、麦二人以诸多启示。至道光十年,谢、麦二君始系统将《镜花缘》中人物绘图予以像赞。从对《镜花缘》中女性人物的评论与接受来看,麦、谢二人超越了以往任何评点者。仅字数而言,麦大鹏的人物像赞总字数超过七千字,呈现出系统化、模式化之趋势,实则开启了后世《镜花缘》女性研究之先河。

《镜花缘》像赞首次对小说人物事迹进行了系统梳理与评论。芥子园藏板牌

---

① 李雄飞、郭琼:《〈镜花缘〉版本补叙》,第 151 页。
② 诸家题词可参见《镜花缘》题词部分,见《古本小说集成》第二辑第 119 册。
③ 《镜花缘》第八十七回回评,《古本小说集成》第二辑第 122 册所收道光十二年芥子园本,第 1580 页。

记与麦大鹏之《〈镜花缘〉序》均交代了像赞作者为麦大鹏,号抟云子,广东顺德人。将麦氏《镜花缘》人物像赞罗列,即可发现其模式化的写作程式。像赞一般分为两个部分,一是写在人物绣像图上,一是写在器物等装饰图上。如五色笔纪沉鱼的像赞是:"河北道高阳郡人,济北龙头,临湘凤翼,貌美才华,名成鼎足。"此部分文字直接写在纪沉鱼的绣像上;而写在连环印纽上的像赞则为:"凝神惊绝技,妙笔喜深思。"绣像图上的像赞先介绍人物籍贯,继之以评论;而镌在器物上的像赞一般为诗歌或对仗的联句。这种布局模式,既系统整理了百花仙子以及小说其他主要人物的生平事迹,又对其学识与品行进行评论,实际建构了《镜花缘》人物论的整体框架。

像赞即借图像以称颂人物,其中必然寄托麦大鹏的见解。众所周知,由于《镜花缘》以才学见长,小说关注的重点是学术,对故事情节之经营远逊于对才艺的描绘,因此小说的才学特色往往给读者留下极深印象,而对于小说人物的生平事迹,读者可能不甚了解。麦大鹏的人物像赞则系统归纳了小说人物之籍贯、生平大略,如骆红蕖形象,尽管《镜花缘》文本有颇多描述;但"骆龙之孙,宾王之女,中原人,祖孙逃居东口山莲花庵,猛虎逐兽压倒住房,致母身毙,立誓尽除此害,后果连杀四虎,方回岭南。配唐以亭之子唐小峰为妻"的评语,言简意赅,不仅交代了骆红蕖的家世、籍贯,且对其主要事迹也予以简要介绍,毫无疑问深化了文本。对于小说文本着墨不多的人物,如仁风扇谭蕙芳,读者对其事迹可能不甚了解,毕竟她只是作者书写才艺的一个符号,但麦大鹏的像赞则云:"江南人,河东节度使章更二小姐,许与翰林院谭老爷公子谭太为妻,熏香摘艳,茹古涵今。"这种介绍,可以促使读者从繁琐的才艺描述中超脱出来,帮助读者梳理小说中的人物关系。诸如风姨、麻姑、月姊等诸神,李汝珍的文本压根没有交代其姓氏及职掌等,但麦氏的像赞对诸神作了详细介绍,如麻姑:"长指仙,麻姑。姓黎字琼仙,尝与方平降蔡经家,姑取米数升掷于地,米尽成珠。禀性敦睦,为人排难解纷,大能和事。"这无异于为《镜花缘》文本作注释,可以深化读者对于文本的理解。

麦大鹏的像赞也反映了其对小说女性的看法。对《镜花缘》中"女榜试闺才"情节构思,历来存在"屠门大嚼"或高扬女权的不同评论,但论者都承认其"石破天惊","无一处落前人窠臼"的艺术构思。麦大鹏的像赞充分赞扬了《镜花缘》中女性的才学、道德与美貌。即以百花才女前书名而言,蠹书虫史幽探的像赞为:"江南道京兆郡人,贯穿经传,驰骋古今,将璇玑图五彩标出,分而为六,合而为一,尽发奥妙,固女科之殿元,亦苏氏之功臣也。笔原扛鼎重,词拟冠军雄。"万斛愁哀萃芳像赞为:"淮南人,龙腾学海,鹤骞文场,细绎织锦回文,将史氏六图之外,复又分出一图,足证心灵,殿试亚元。曲绪抽思巧,旋图琢句工。"蝌蚪书言锦心像赞为:"河东道汝南郡人,精理为文,秀气成采。公春秋之褒贬,通篆镏于古今。"麦大鹏对女榜中试前四名——史幽探、哀萃芳、纪沉鱼、言锦心的像赞,是其对《镜花缘》女性基本态度的缩影,即肯定其女性才华,无论"贯穿经传""旋图琢句""通篆镏于古今",举凡一技之长,皆可肯定,这与文本所主张的分科考试也是一致的。纵观百花仙女的像赞,诸如"名高七彦,才擅六奇"(陈淑媛)、"才高柳絮,颂拟椒花"(国瑞徵)、"天姿颖悟,谈笑诙谐"(孟紫芝)此类的赞语随处可见。

除了才华,麦大鹏还肯定了《镜花缘》中的女性道德,诸如"道德囊伦,仁义陶钧"(谢文锦)、"蕴义怀仁,澄波万顷"(郦锦春)、"戴仁而行,抱义而处"(邺芳春)对于女性道德的赞誉也随处可见。值得注意的是,麦大鹏对女性"道德仁义"之赞语多泛泛而谈,并没有超出儒家伦理范围。麦大鹏的唐敖像赞有"不藉文章朝圣主,全凭忠孝学神仙"之句,但对文本中,"为了功名,唐敖居然令唐小山改其名而应考,既要功名,又要忠义,岂非俗话所谓'既要做婊子又要立牌坊?'"①采取了悬置与逃避态度,即屏蔽了这一矛盾,其唐闺臣像赞云:"岭南人,唐以亭之女,原名小山,产时异香满室,三日不散。仙根夙种,佛果前生,美貌端庄,天姿聪俊。性至孝,二次寻亲小蓬莱,亲录玉碑,后与颜紫绡偕隐焉。红光眩耀镜花台,此日登临眼界开。严命岂灵前度约,寻亲两到小蓬莱。"像赞突出了唐小山的"聪俊"与"至孝",对李汝珍文本流露出的"才学与忠节"矛盾,更多采取了回避态度。再如,像赞称花再芳:"百香衢乡宦之女,受业于唐敏,资忠履信,直干千寻。"称将秋辉:"礼为教本,信在行先。"也都是从传统儒家礼义忠信的伦理道德角度肯定女性。至于玉无瑕林书香、百炼霜阳墨香以及小嫦娥褚月芳姊妹等,麦大鹏也特别强调其"仍用夫家之姓",应该说,距离女性个体意识的觉醒还相距遥远。

对于女性美貌,麦大鹏像赞或直接借用《镜花缘》文本,或予以补充强化。如天孙锦蒋春辉的像赞:"河北道平原郡人氏,吏部考功员外郎蒋进大小姐,丽品疑仙,颖思入慧。"这段文字直接摘自文本:"原来这蒋进乃河北道广平郡人氏,现任吏部考功员外郎。夫人赵氏,膝下一子四女:子名蒋绩,尚在年幼;长女名唤蒋春辉、次蒋秋辉、三蒋星辉、四蒋月辉。还有寡嫂跟前两个侄女,一名蒋素辉、一名蒋丽辉。姊妹六人,都生得丽品疑仙,颖思入慧。"②但是麦大鹏评蒋星辉语:"胸涵圭璧,口唾珠玑。"评蒋月辉:"返虚入浑,积健为雄。"则是其由文本而延伸补充。又如麦大鹏评掌红珠:"河东道太原郡人氏,祠部员外郎掌仲大小姐。神凝静水,光照琪花。"此段文字也基本沿袭文本:"这掌仲乃河东道太原郡人氏,现任祠部员外郎。夫人朱氏,三胎生育二子四女:二子俱幼,大女名叫掌红珠、次掌乘珠、三掌骊珠、四掌浦珠。姊妹四个,都生得神凝镜水,光照琪花。"③但是,对于掌乘珠"眸凝秋水,指露春葱"以及掌骊珠"花能解语,玉能生香"等评语,则是麦大鹏自己由文本而作的发挥。总体而言,相对于李汝珍原作中女性外貌描写的弱化而言,麦大鹏的像赞有所补充。

---

① 王学钧:《功名情结的幻梦:〈镜花缘〉主题论》,《明清小说研究》2010年第3期。
② 李汝珍:《镜花缘》第六十五回,见《古本小说集成》第二辑第121册,第1150页。
③ 同②,第1152页。

麦氏像赞受《史记》纪传体"列传"风格影响,述评结合,首次突出了《镜花缘》中的女性人物形象,强化了读者对文本的接受;同时,麦大鹏像赞充分赞扬了百花仙女的才华,并以儒家伦理肯定女性的道德,并对文本中缺失的女性外貌予以补充,凡此,均反映了《镜花缘》问世之初读者对于文本的接受。

第四节　女性绣像与《镜花缘》之女性思想

谢叶梅所绘《镜花缘》108 幅人物绣像,包括武则天、女魁星、麻姑、风姨、月姊、唐敖、多九公、林之洋以及百花仙子,麦大鹏对其人物绣像赞不绝口:"是图一成,渴怀顿释,吾知先生之风由是千古矣。"[①]而王韬在半个世纪后(1888)也称赞不已,可见谢叶梅绘本的持久影响力。

如前所述,李汝珍《镜花缘》重在才学而略于叙事,其笔下的百位才女虽"个个花能蕴藉,玉有精神,于那娉婷妩媚之中,无不带着一团书卷秀气"[②],但个性不甚鲜明,读者也很难分辨出每一位才女的独特之处。谢叶梅所绘小说人物,重在"师心自用""要其精神所注,结而成像""不必求其肖也",在小说《镜花缘》中谢叶梅以自己的方式解读《镜花缘》人物,有力强化了人物的个性。纵观108 幅人物绣像图,大致可以分为两类,一类是标准绣像;一类是闲适绣像。前者如武则天、麻姑、风姨、月姊、唐敖、多九公、林之洋、史幽探、哀萃芳、纪沉鱼、言锦心等,画面严肃而沉重;后者如掌骊珠、董珠钿、姜丽楼、潘丽春、吕瑞蓂、董翠钿等,画面轻松而闲适,如图 12-3 及 12-4 所示。对于绘工谢叶梅来言,其特别注重以细节强化人物特征,图 12-3 中的廉锦枫绣像,因文本述其"父死家贫,母病需参,习熟水性,竟能入海一日之久,母食即愈",麦氏即绘其游水图以强化她的性格特征;骆红蕖绘像则突出其"连杀四虎"之义行。即使林婉如绣像,谢叶梅抓住了其雅号"赛钟繇"及善写隶书的细节,描绘了林婉如写字的一瞬间。但是,《镜花缘》文本中尚有诸多参与才学游艺而没有具体义行孝节之人物,谢叶梅则无受拘束,大胆描绘了众多的女子休闲绣像,如图 12-3、12-4 所示。画面中人物穿着宽松,或躺或卧,与正统端庄之淑女迥异。我们以为,此类女子休闲图呈现出反传统的色彩,与李汝珍《镜花缘》文本高扬女性才华正相呼应。在《镜花缘》文本中,李汝珍常常采用男女换位思维以突出女性地位;在绣像中,谢叶梅继承了这一模式,以种种女性不雅姿势入图以抗衡男性中心地位,意味着女性也可以拥有与男性一样的地位。相对于李汝珍《镜花缘》文本不敢或不屑描写女性娇态、闲逸之态,谢叶梅《镜花缘》大量描绘女性"不雅"绣像,意味着同时期的广东人对于女性独立自主的要求更为强烈。

---

① 麦大鹏:《镜花缘绣像序》,见《古本小说集成》第 119 册。
② 李汝珍:《镜花缘》第六十六回,见《古本小说集成》第 121 册,第 1184 页。

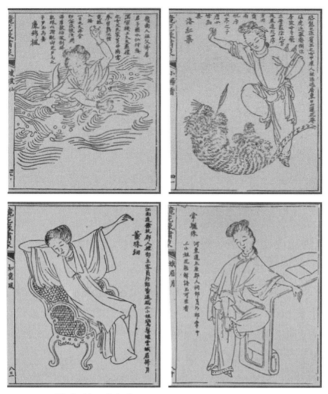

图 12-3 《镜花缘》人物绣像图

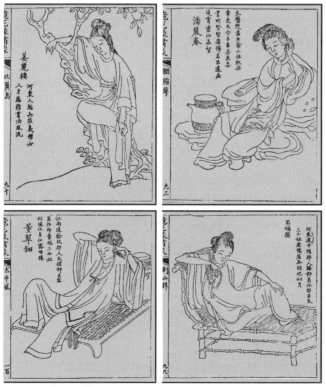

图 12-4 《镜花缘》人物绣像图

值得注意的是,谢叶梅所绘女性休闲图虽具有反传统之色彩,但是这些女性无一不是三寸金莲。文本三十三、三十四回中,李汝珍描述了林之洋在女儿国被迫缠脚的痛苦,在十六回却流露出对女性小脚的欣赏心理,唐敖等人在黑齿国见到女学生红红和亭亭,两人"弯弯两道朱眉,盈盈一双秀目,再衬著万缕青丝,樱桃小口,底下露出三寸金莲",唐敖等人的评价是"倒也不俗"①,文本反映出李汝珍的复杂心态。无独有偶,谢叶梅以女性不雅姿势反抗传统时,恰恰也流露出对女性小脚的艳羡之情。我们以为,李汝珍、谢叶梅等人对于女性平等的思考与嘉庆、道光时文人的历史局限密不可分。诚如陈东原所评:"李汝珍破坏方面的主张,并不能超过在他六百年以前的袁采和与他同时的俞正燮。……他比袁、俞,也有特到的地方,便是他承认男女平等和女子参政的主张。……因为在他当时和稍前曾出了许多女诗人,清代妇女才学底发达,是二千余年来所未有的。"李汝珍、谢叶梅推崇女性的才学,同情女性命运,也是特定时代的产物。

道光十年的《镜花缘绣像》在广州的出现绝非偶然。清代自乾隆起,出版中心开始南移,金陵、苏州等地书坊多聘请广东刻工雕版,再将书版运回印刷。著名文人袁枚曾写信给他在广东做官的弟弟说:"又闻广东刻字甚便宜,不过不好耳。然刻《子不语》,原不必好也。弟为留意一问。"②可见,广东刻工的低廉已经引起了袁枚的关注。而郑振铎在《中国古代木刻画史略》称,清代中后期(嘉庆到清末),"因地方经济的繁荣,广州派的木刻画也开始问鼎中原了","最早的广州派木刻画可以追溯到道光四年(1824)梁廷枏的《小四梦》的插图"。②在众多的粤版插图本中,《镜花缘绣像》不仅刊刻精美,绘工与像赞别具用心,"后虽有翻板者,远弗能逮",可以称得上粤版插图之代表,长期以来占据《镜花缘》传播的主导地位。

---

① 李汝珍:《镜花缘》第十六回,见《古本小说集成》第二辑第 120 册,第 265 页。
② 郑振铎:《中国古代木刻画史略》,上海书店出版社 2006 年版,第 193、200 页。

第十三章 孟姜女故事及其文学图像

作为中国四大民间传说之一,孟姜女的故事在中国有着悠久广泛的流播,被各类艺术样式反复不断地演绎,特别是文学和图像的成果丰富多彩,展现出独特的艺术魅力和强大的文化生命力。孟姜女故事的母题及文学和图像加工是在世代累积中萌芽、成型、发展、变化的,难以将其严格归入某一特定朝代。从现存文献考察,该故事的定型化表述在清代的文学和图像材料中最为明确和多样,故我们将之放入本卷予以讨论。

第一节 孟姜女故事的源起

据现代历史学家顾颉刚的考证,在中国流传深广的孟姜女传说实发源于春秋时期齐国的一个叫做"杞梁妻拒郊吊"的真实历史故事。在两千五百多年的源远流长的传播过程中,经过历代文人和民间艺术家们的加工、演绎,杞梁妻到孟姜女故事的交织演变和逐渐定型,我们可以择其重点地从以下历史和文学的文字资料中简要系统地梳理一番。

1. 先秦时期

杞梁妻最早见载于《左传》"襄公二十三年":

齐侯还自晋,不入,遂袭莒,斗于且于,伤股而退。明日,将复战,期于寿舒。杞殖、华还载甲夜入且于之隧,宿于莒郊。明日,先遇莒子于蒲侯氏。莒子重赂之,使无死,曰:"请有盟"。华周对曰:"贪货弃命,亦君所恶也。昏而受命,日未中而弃之,何以事君?"莒子亲鼓之,从而伐之,获杞梁。莒人行成。齐侯归,遇杞梁之妻于郊,使吊之。辞曰:"殖之有罪,何辱命焉? 若免于罪,犹有先人之敝庐在,下妾不得与郊吊。"齐侯吊诸其室。[①]

作为杞梁妻故事的源头记载,这段历史资料的核心在表彰杞梁妻之知礼明义,她认为杞殖为国而亡,齐侯郊吊不合于礼,而应到其家中凭吊。齐侯果然听从劝告,"吊诸其室"。杞梁妻的言行因此能够在史家那里留下记载。

《礼记·檀弓》对杞梁妻也有记述:

---

① 杨伯峻:《春秋左传注》,中华书局 1990 年版,第 1084—1085 页。

哀公使人吊蒉尚,遇诸道,辟于路,画宫而受吊焉。曾子曰:"蒉尚不如杞梁之妻之知礼也!齐庄公袭莒于夺,杞梁死焉。其妻迎其柩于路而哭之哀。庄公使人吊之。对曰:'君之臣不免于罪,则将肆诸市朝而妻妾执。君之臣免于罪,则有先人之敝庐在,君无所辱命。'"①

《礼记·檀弓》是一部儒家学子以儒家之"礼"为标准,评价历史和现实中的人物事件,解释儒家所推崇的"礼"之要义,进而宣扬儒家礼教的著作,创作宗旨决定了它所肯定的事例在某种意义上往往具有典范性质。儒家重礼,尤重丧礼,以曾子的口吻比较蒉尚与杞梁妻的同类丧礼行为,并作出导向性分明的评价,显然是因为杞梁妻的行为更符合儒家的礼教规范。曾子的赞赏,为杞梁妻接下来进入封建社会女范的榜样之林开了正统舆论的先河。此外,通过曾子之口转述的故事还多了一层"哭之哀"的情感色彩,虽然从文献语境中很难排除转述者有为了加强其道德判断而增添的想象性渲染之嫌,但从故事本身的情境来看,这种添加有着合理的世俗的情感依据,所以真实自然。更重要的是,它无意中为以后这个千百年流传的故事打上了深深的民间认同的情感基调。

2. 汉代

关于杞梁妻故事在历史演变中的叙述中心的转变,顾颉刚做过简练的概括:"杞梁之妻的故事中心,在战国以前是不受郊吊,在西汉以前是悲歌哀哭。在西汉的后期,这个故事的中心又从悲歌而变为崩城了。"②从"悲歌而变为崩城"的视角的转移主要是由汉代的刘向完成的,他在自己的多篇著作中展开小说家般的想象力补充和丰富了这一传统故事:

杞梁、华舟……进斗,杀二十七人而死。其妻闻之而哭,城为之阤而隅为之崩。③

庄公袭莒,殖战而死。庄公归,遇其妻,使使者吊之于路。杞梁妻曰:"今殖有罪,君何辱命焉!若令殖免于罪,则贱妾有先人之弊庐在,下妾不得与郊吊!"于是庄公乃还车诣其室,成礼,然后去。杞梁之妻无子,内外皆无五属之亲。既无所归,乃枕其夫之尸于城下而哭。内诚动人,道路过者莫不为之挥涕。十日而城为之崩。既葬,曰:"吾何归矣!夫妇人必有所倚者也:父在则倚父,夫在则倚夫,子在则倚子。今吾上则无父,中则无夫,下则无子,内无所依以见吾诚,外无所倚以立吾节,吾岂能更二哉!亦死而已!"遂赴淄水而死。君子谓杞梁之妻贞而知礼。诗云:我心伤悲,聊与子同归。此之谓也。颂曰:杞梁战死,其妻取丧。齐庄道吊,避不敢当。哭夫于城,城为之崩。自以无亲,赴淄而薨。④

刘向的加工使得这一故事的情节由单一走向曲折,杞梁妻的生命结局由之

① 阮元编:《十三经注疏》,中华书局影印本 1980 年版,第 1312 页。
② 顾颉刚:《孟姜女故事研究集》,上海古籍出版社 1984 年版,第 7 页。
③ 赵善诒疏证:《说苑疏证》,华东师范大学出版社 1985 年版,第 95 页。
④ 刘向:《古列女传》卷四贞顺篇,中华书局影印本 1985 年版,第 105—106 页。

前的语焉不详、戛然而止走向明确和悲壮，不仅如此，借杞梁妻之口叙述的两段话语，前段突出主人公的知礼，后者强化主人公的贞节，都是为君子的道德判断做铺垫。由于刘向的著作特别是《古列女传》在中国封建社会中被树为女教、女训的经典而影响深远，《齐杞梁妻》一篇因之成为该故事文本的权威版本，不仅如此，对它的图像表现也由此正式开始，历代不绝。

3. 唐代

唐代的文字资料中，杞梁妻与孟姜女先是有了某种程度的交织，其次逐渐向孟姜女故事转型。

唐末诗僧贯休曾写过一首题名《杞梁妻》的诗歌：

秦之无道兮四海枯，筑长城兮遮北胡。筑人筑土一万里，杞梁贞妇啼呜呜。上无父兮中无夫，下无子兮孤复孤。一号城崩塞色苦，再号杞梁骨出土。疲魂饥魄相逐归，陌上少年莫相非！[①]

这是将杞梁夫妇与秦朝和秦长城的首次明确的关联，顾颉刚认为，"它是总结'春秋时死于战事的杞梁'的种种传说，而另开'秦时死于筑城的范郎'的种种传说的""这件故事的一个大关键"[②]，为后来妇孺皆知的孟姜女传说确定了重要而稳定的情节背景。

同样作为唐代文献，敦煌写本中保存有一首"孟姜女小唱"：

孟姜女，犯（杞）梁清（情），一去烟山更不归。造得寒衣无人送，不免自家送征衣。长城路，实难行，□□山下雪纷□吃酒则为□饭病，愿身强健早还归！[③]

这是从名称上将杞梁妻与孟姜女衔接在一起的最早材料，而小唱中的主要情节显然是送寒衣，这也标志着孟姜女传说中的一个新的故事单元的出现，并在随后进一步定型的孟姜女传说中逐渐取代了早期的"拒郊吊"而同"哭城崩城"一起成为新的中心单元。这一情节单元的出现十分重要，尤其在戏曲艺术和民间说唱文学中得到了强烈的呼应，以至于渲染个人情感为主的"送寒衣"成为明清以孟姜女故事为题材的戏曲作品中最流行的一出。

唐类书《同贤记》中记载了这样一段材料：

杞良，秦始皇时北筑长城，避苦逃走，因入孟超后园树上。超女仲姿浴于池中，仰见杞良而唤之，问曰："君是何人？因何在此？"对曰："吾姓杞名良，是燕人也。但以从役而筑长城，不堪辛苦，遂逃于此。"仲姿曰："请为君妻！"良曰："娘子生于长者，处在深宫，容貌艳丽，焉为役人之匹！"仲良姿曰："女人之体不得再见丈夫，君勿辞也！"遂以状陈父而父许之。夫妇礼毕，良往作所。主典怒其逃走，乃打煞之，并筑城内。超不知死，遣仆欲往代之；闻良已死，并筑城中。仲姿既

---

① 郭茂倩编：《乐府诗集》卷七十三，中华书局 1979 年版，第 1033—1034 页。

② 顾颉刚：《孟姜女故事研究集》，上海古籍出版社 1984 年版，第 14 页。

③ 同②，第 276 页。

知,悲咽而往,向城号哭。其城当面一时崩倒;死人白骨交横,莫知孰是。仲姿乃刺指血以滴白骨,云:"若是杞梁骨者,血可流入。"即沥血。果至良骸,血径流入,使将归葬之也。①

这一故事材料为杞梁妻赋予了孟仲姿的姓名,虽然与后来常说的孟姜女还未完全重合,但彼此的接近或影响已是显然的了,它将杞梁夫妇的悲惨遭遇与秦始皇筑长城联系在一起,明确交代杞梁的身份是筑长城的役工而非战死疆场的将军。更重要的是,哭倒长城的情节还仅仅是承上启下,但杞梁避役逃入花园、无意窥浴、孟女主动示爱和滴血验骨等系列情节特别开启了后世民间孟姜女传说的几个新的重要单元,和上述敦煌写本小唱烘托的送寒衣的重头戏一起,几乎已将明清定型的孟姜女传说的主要因素凑聚在一处。《琱玉集》中转载的《同贤记》的孟姜女故事和现在的传说已经相差不远,故学者们对这段资料都特别重视,把它看作孟姜女故事转变的另一大关键,"这个记载比较了以前的传说顿然换了一副新面目"②。另外,故事的主题也发生了更深刻的变化,从个人痛苦情感的抒发转向人民反劳役、反暴政心声的表达。

4. 宋元时期

宋代郑樵在《通志·乐略》中提及:

……又如稗官之流,其理只在唇舌间,而其事亦有记载。虞舜之父,杞梁之妻,于经传所言者数十言耳,彼则演成万千言。③

这段资料说明,宋代孟姜女的题材曾经被说书人敷衍成"万千言"的故事,那么,《左传》《列女传》中几十、上百字的历史或传记资料应该被充实和丰富了许多,其中当然离不开说书人的虚构和想象。另一方面,说书面向普通大众,随着孟姜女故事受众面在扩大,民间大众的期待视野与情感愿望开始越来越多地发挥作用,而不必如《列女传》那样主要以"礼"为中心。

以上关于宋代小说中的杞梁妻与孟姜女故事的创作情形绝非无端的臆测,因为从宋元时代与小说同属叙事文体又同样为不同层次的接受者所喜闻乐见的同一题材的戏剧创作中,我们也可以找到旁证。

庄一拂《古典戏曲存目汇考》中介绍了孟姜女作为戏剧创作题材的来源、演变及在宋元以来戏剧作品中的体现:"《永乐大典·戏文二》《南词叙录·宋元旧篇》著录。《宋元戏文辑佚》本,存残曲十一支。《九宫正始》题《孟姜女》,注云:'元传奇。'《寒山堂曲谱引作《贞节孟姜女》,注云:'极古拙。'《宝文堂书目》著录有《孟姜女贞烈戏文》《孟姜女死哭长城》。'送寒衣'与'哭长城'俱为故事中一大节目,疑即与此本戏相关。事本《左传》杞梁妻事加以演变。……宋、金以来,故

---

① 转引自顾颉刚:《孟姜女故事研究集》,第 277 页。
② 同①,第 28 页。
③ 郑樵:《通志二十略》,中华书局 1995 年版,第 911 页。

事发展,几乎妇孺皆知。宋有话本《孟姜女》,金院本有唱尾声《孟姜女》一本。元杂剧有郑廷玉《孟姜女送寒衣》。"①遗憾的是以上作品大多已佚,虽然我们今天已很难看到它们的原貌,但从存目和残曲上依然可以见出宋元戏剧作家们对该题材的青睐和艺术处理。

　　除了对戏曲存目的考证,还有学者如郑宾于在《孟姜女在元曲选中的传说》一文中详细梳理了《元曲选》所收戏曲作品的一些折目中所涉及的孟姜女故事的唱词。他从无名氏《渔樵记》、关汉卿《窦娥冤》、郑廷玉《后庭花》、贾仲名《玉梳记》、李致远《还牢末》、马致远《任风子》、武汉臣《生金阁》等作品中共统计到八处孟姜女故事唱词,从文本上看,内容涉及孟姜女寻夫送寒衣、哭倒长城和杞梁屈死长城等情节以及孟姜女九烈三贞的性格等,在其他戏剧中作为唱词,说明孟姜女的故事已经成为典故,从一个侧面证明宋元时期孟姜女的传说在民间已经有了相当的流传基础。

　　5. 明清时期

　　明清之际是孟姜女故事的定型期,其影响也日益显著。

　　庄一拂《古典戏曲存目汇考》中也介绍了明清关于孟姜女题材的戏剧作品情况,明、清传奇有阙名《杞梁妻》《长城记》等。另据王秋桂主编《善本戏曲存刊》资料可以发现,明清诸多戏曲选集中出现了孟姜女的故事内容。从时间的顺序看,重刊于明嘉靖年间徐文昭编选的《风月锦囊》收有《孟姜女寒衣记下》,刊于明万历年间的《摘锦奇音》《词林一枝》《大明春》《尧天乐》《群音类选》等明代戏曲选刊中共同收有阙名传奇《长城记》之散出,篇名大同小异:《姜女亲送寒衣》《姜女送衣》《孟姜女送寒衣》等,明崇祯间刻本《怡春锦》亦收有同篇传奇散出,另外,清乾隆年间的刻本《纳书楹曲谱》收有时剧《孟姜女》。这些戏剧作品虽名称略有差别,但题材却是一个——孟姜女送寒衣的故事,《大明春》所收传奇名称就叫《寒衣记》。除了《风月锦囊》和《纳书楹曲谱》之外,其余选集所选作品十分雷同。可见,虽然该传奇作品的详尽资料如全本、作者、其他剧情等没能完整保存下来,但它在多部戏曲选刊中的存在本身说明:明清之际,孟姜女的故事在戏曲舞台上应该是一个颇为流行的剧目。除孟姜女故事的戏曲选萃和散出外,孟姜女戏剧作品中的某些佚曲也得以保留。另外,在明清流行的诸多其他戏剧作品的唱词中,更是经常可见孟姜女哭长城、送寒衣等典故的羼入,可见这一故事在那时已是文人得心应手的创作材料了。

　　但是,更需要强调的是,这一时期,孟姜女的故事不仅得到文人书面艺术创作的重视和实践,更是在民间赢得了广泛的共鸣和推崇。用顾颉刚的话说,这一时期"各地的民间的孟姜女传说像春笋一般地透发出来"②。当然,这一广泛传

① 庄一拂编:《古典戏曲存目汇考》,上海古籍出版社1982年版,第40页。
② 顾颉刚:《孟姜女故事研究集》,第34页。

播的前提离不开特定的社会背景。明王朝建立后,统治者再一次大规模地修筑长城,无数民丁被奴役摧残,家庭离散,巨大的身体和心灵的血泪创伤,使得民间需要一个适合的故事载体宣泄心声。正是在民间智慧的参与中,孟姜女这样一个长久流传的故事在日益丰富中走向成熟形态,并最终从故事形态学或叙事学的角度确立了其作为中国四大民间传说之一的文化地位。应该说,这一过程主要是在民间传说的口耳相传中由人民大众出于自己的命运遭际,融入自己的情感愿望而进行的加工创造,许多情节已经摆脱了杞梁妻故事所传递的正统文人强调的那种单一的或知礼或贞顺的主题,而走向了坚定地捍卫纯真美好的情感,机智地反抗暴政和淫威的思想,处处闪耀着人民性的光芒。

当然,作为民间传说,情节的定型只是相对而言,在不同地域的传播中,它又打上了不同地域的鲜明色彩(有学者曾考证除台湾地区外,中国其余省份均有孟姜女传说的印迹,而据台湾学者黄瑞旗的研究,台湾其实也有孟姜女传说的余响)。但总体而言,定型的孟姜女故事主要包括了如下结构要素和情节单元:

开端:秦始皇统一六国后下令修长城,书生万喜良被征,逃役途中偶遇孟姜女,二人结为夫妻,新婚之际万喜良被官兵抓走押往长城。

发展:万喜良不堪劳役之苦,被折磨致死并筑进长城。孟姜女家中思念丈夫,为万喜良缝制寒衣。孟姜女梦中与万喜良相遇,决定亲自去长城送寒衣。孟姜女一路千辛万苦为丈夫送寒衣。

高潮:孟姜女终于走到长城,得到的却是丈夫身死的噩耗,孟姜女悲愤交集,哭倒长城,并用滴血入骨的方法找到丈夫的尸首。

结局:孟姜女的事迹惊动秦始皇,垂涎于孟姜女的美色,秦始皇要纳孟姜女为妃,孟姜女机智应对,先是假意应允,提出礼葬其夫等条件,待愿望达成后,纵身跳入大海,以死殉节。

尾声:孟姜女跳海后,不同地域结合各自的风物及历史编制不同的传说。

特别值得一提的是,明代孟姜女的传说还从单纯的文人创作成果和民间故事形态扩展至社会风俗及信仰的一个组成部分,从"明代的中叶到末叶,这一百八十年中忽然各地都兴起了孟姜女立庙运动"[1]。由于当时孟姜女庙的普遍,以至于今日许多地方,如同官、安肃、杞县、澧州、山海关等地,或因保留孟姜女庙,或可从志书中寻找其事迹依据,故争抢孟姜女作为其文化资源,成为当代的特殊景观。

至此,从先秦时期杞梁妻拒郊吊的真实历史记载到汉代文人令杞梁妻崩城投水的人为演绎再至唐代将杞梁妻与孟姜女、孟姜女与秦始皇修长城相关联的尝试直至明清孟姜女万里寻夫送寒衣感人故事的定型,伴随着孟姜女的艰难脚步,孟姜女的传说亦走过了两千余年的漫漫征程。从大漠边关到江南水乡,从黄

---

[1] 顾颉刚:《孟姜女故事研究集》,第 32 页。

土高原到神奇楚地,孟姜女的传奇感动了一代代的人们,孟姜女也最终成为中国传统文化中一个具有典型意义的象征符号。

第二节　杞梁妻、孟姜女的故事与图像

1. 中国古代木刻版画中的杞梁妻故事

关于汉代刘向《列女传》的文本图像及其关系,李征宇在《语图关系视野下的〈列女传〉文本及其图像》中已做了详细的考察。从语言文本上看,《列女传》在西汉写定后,宣扬封建礼教的内容及宗旨决定了它在漫长的封建社会中一直受到统治阶级和官方正统势力的重视,出于意识形态宣传的需要,对《列女传》及其衍生产品如《闺范》《女范》等文本的抄写、评注、刻印、出版一直没有中断。特别是明清以来随着印刷技术的普及和书籍刻印的兴盛,不同版本的相关作品更是层出不穷。从图像文本上看,据刘向自述,《列女传》文本产生时起就是以传、颂、图"三位一体"的编撰方式而独具特色的。自那以后,千百年来,《列女传》的图像以屏风图像、壁画图像、画像石与画像砖图像、绢本与纸本图像、版画图像等多种风貌存在着。由此我们可以自然地推论,杞梁妻故事的不同图像形式亦应是古已有之,可惜的是,许多没能留存下来,今天能够成为我们研究对象的主要是木刻版画图像。下面介绍较有代表性的六幅插图。

建安版《列女传》。北宋嘉祐八年(1063)建安余氏靖安勤有堂刻本《列女传》是目前所见最早的《列女传》文图合一版本,那么此画也就应是《列女传》中杞梁妻故事现存年代最早的版画图本。

建安版《列女传》书式为上图下文,在宋代插图文本中颇为常见,而以"《列女传》为最著"。其绘图据说为晋代大画家顾恺之所作或其摹本,但据郑振铎考证,认为"实出建安的木刻画家之手"[①]。

如图 13-1,从画面内容看,右首一女子(有文字纪实为杞梁妻,以姓名文字强调人物是古本《列女传》插图的一个鲜明特点)坐在城前掩面哀哭,动作、神情、姿态与文本相吻合;中间横亘一处城墙,其中两处崩塌,砖石纷纷坠落;左面有淄河微微荡漾,缓缓流淌而过。人物、城墙、淄河三因素并列,但杞梁妻的哀哭和城墙的崩塌更见醒目,显然是对曾子"哭之哀"和刘向"城为之阤而隅为之崩"叙事话语的模仿和强调,文图互证,体现了图像对文学文本的顺势再现。

从艺术表现来看,一方面,建安木刻版画上图下文的版式决定了插图幅面的横向延伸,给人"狭长而不广"的直观感受,固然不够饱满,但"咫尺而具千里之势"[②],运用得当,依然能够给人留下深刻的印象。这一特点在建安版《列女传》

---

① 郑振铎:《中国古代木刻画史略》,上海书店出版社 2006 年版,第 19 页。

② 同①,第 24 页。

之《杞梁妻》绘本中就表现得很鲜明。如图13-1,此图受狭长画幅的限定,呈现出大比例环境与小比例人物的相互映衬,虽没有在人物形象的刻画上倾注过多笔墨,但蕴含了比较强的故事性,吸引观者从人物与环境的冲突中去探究故事始末。另一方面,建安版画因为产生较早,所以具有艺术风格上的比较突出的古朴自然的特点。从《杞梁妻》来看,整幅画作基本采用了艺术再现的手法,人物形象和动作简单质朴,城门与城楼虽没有遵循严格的比例关系,却与城墙形成一个朴拙的环境整体,只有河水的波纹和河边的小草起到些微装饰效果,整体缺少文人画的专业和精致,却多了木刻画家和刻印匠人基于刻版经验的临场发挥和几分去雕饰后的自然。值得注意的是,简单的艺术再现中,画家在一些细节的处理上采用了对比的艺术技巧,如城墙的画法:粗黑色块描绘的城砖堆放齐整,色彩浓重;城墙之间的缝隙以阴线绘就,疏密有致;城垛则用细细黑色线条勾勒,排列均衡;而黑色城砖又与两个透明的大窟窿黑白相间,构成一组丰富的线条和视觉的鲜明对比。

图13-1　宋代建安版《列女传》之《杞梁妻》

建安版《杞梁妻》画面朴素,形象质朴,动作简单,但仍然给人留下回味的联想空间,许多画面虽未画出,却仿佛令观者已然看到城墙之外战场上的硝烟和将士的尸骨,联想到战争的惨烈和无情,联想到杞梁妻倚墙面水之际激烈的心路历程和刻骨的心灵创痛,联想到看似平静的汤汤流水将很快吞噬掉一个鲜活的生命……所有这些复杂的情感,激荡的故事就这样被画家以寥寥数笔涂来,不得不让人感佩画家对绘画艺术特质的熟练把握。

作为对杞梁妻故事的最早木刻插图呈现,此版画面简单而不繁复,重点突出,主题明确,以悠长的历史和朴实无华的风格而独具特色。

真诚堂刊本《列女传》。郑振铎作为明刊书籍的收藏大家,对真诚堂本《列女传》青睐有加,称其为"所藏诸明刻残本书中,最动人之物"①,对于书中的插图更是赞不绝口,用"精美极了"来形容,并据此毫不犹豫地判断"一见即知其是出于

---

① 郑振铎:《中国古代木刻画史略》,第126页。

徽派名家之手",并从"风格和汪廷讷的《人镜阳秋》十分类似"①推测其绘图者并非仇英,而更有可能是明代另一位善画人物山水的著名插图画家汪耕,或者是深受汪耕作风影响的画家所绘。

郑振铎对此版插图的赞赏和考证都是以他对明代徽派版画艺术风格的了解为基础的,因为从刻版风格看,此图确实将徽派版画线条细腻流畅、人物优雅生动的特色发挥得淋漓尽致,尤其在人物的绘制方面,作者的用心是在在可见的:细致入微的刻画和描摹人物的神情、动作、肖像、服饰,一个细节都不放过,通过惟妙惟肖的逼真刻绘,力图令每个人物都呈现出一定的个性特征。在观者眼中,主要人物固然令人印象深刻,次要人物也毫不逊色,甚至身份、年龄相似的群体形象也不会被混淆。

但此图在人物的刻画方面还另有其独到之处。从画面上看,此版图像对作为男女主人公的杞梁与杞梁妻的描绘可谓中规中矩,杞梁的将军身份和战死结局在历史资料和《列女传》中本是叙事重点,杞梁妻的伤心哀哭更是文本和其他图像展开的中心,显得颇为独特和可贵的地方在于它对观者的强调和渲染。现存同类题材的木刻版画中,此幅插图是仅见的在画面中出现杞梁妻和杞梁之外人物的画图(图 13‐2)。画面以远处崩塌城墙、河水、树木为背景,近处内容一分为二:左面,杞梁妻在武士装扮的杞梁尸体前掩面痛哭;右面,四个旁观者依次排列,左二人背负雨伞、行囊,似为路人,凝望杞梁妻哭夫,似表同情;右二人拄杖

图 13‐2 真诚堂刊本《列女传》

---

① 郑振铎:《中国古代木刻画史略》,第 118 页。

有须、年龄较长,似为士人乡贤,旁观杞梁妻哭夫,似在悄声议论着什么。这一组旁观者从以图证文的角度看,所传达的倾向性要比前者丰富得多。比如我们既可以将之看作《列女传》文本中"君子谓杞梁之妻贞而知礼"的图像呈现,无疑这是一种包含了肯定态度的呈现;但另一方面,它也可能是带有某种否定意味的暗示,例如,此幅插图在汪道昆增辑本《列女传》中亦有出现,汪道昆在编辑杞梁妻的故事时特别加上了这样的评注:

> 杞梁之妻不受郊吊,哀声感而俗化,枕尸哭而城崩,伤无依以立节,投清流而自甘,可谓知礼守义者矣。然使其通于礼义之大,宜以时启其夫,谓夫之一身,上系五世之重,不孝有三,无后为大,致为臣而弗求仕焉,可也,即不得谢,亦宜择事而任之。袭莒之役,恃大陵小,辞于君而弗敢将焉,可也夫。既无禄,而内无所依,外无所倚,杞梁之鬼不其馁,而更为立后,以继其绝,可也。三者不能,徒杀身以相从,无益于夫,夫之目愈不瞑于地下矣。①

很明显,汪氏对杞梁妻的所作所为进行评价时,观点与众不同,与君子的赞扬传统形成了一定的反差,是主流声音中的另类。这样看来,汪氏在表达自己的观点时选择此幅图,是不是想借助这幅图中他者身份的多元特征(可以是赞叹,也可以是非议)呢?

总之,这是一幅多了他者身份的图像,多元旁观者与评论者的在场突破了造型艺术对文本故事单一的、瞬间的、静止的空间再现的特点,而走向对文本故事散点的、多视角的画面再现,内在蕴含着一种更强烈的时间的延展力量,因为他者的目光注视使得这一历史故事的存在因为有了不同关注者的阐释而有了不同的解读。

显然,随着时间的流逝,从宋人对杞梁妻故事叙述内容的重视到明代画家对同一故事叙述内容和叙事视角的兼重,充分说明图像再现文学的灵活性和张力。

另外,如果将此图与图 13-1 做进一步的比较,我们不仅可以看到同一艺术题材在不同艺术家笔下艺术处理方式的不同,还可以看到它们在具体构筑画面时侧重点的不同。图 13-1 的重点显然在环境,城墙、城门、城楼构成一个有机整体,以突兀之势横跨画面三分之二,且色彩浓重,给人极为鲜明印象,反观人物,只出现在画幅右侧一角,所占比重较小,可见画家对人物形象的艺术处理并没有太过用心,显得较为随意;图 13-2 的重点显然在于人物,人物突出成为作品最显著的特色,除了主人公杞梁夫妻之外,画家还不吝笔墨重点刻画了四个在文本中原本并不重要的作为局外人的路人等旁观者形象,不仅如此,画家对人物的动作、神态等刻绘得细致精微,四个路人的神情、姿态乃至装扮都各不相同。而原本在文字故事中极为重要的城墙和河水则被画家远远宕开,成为远景中较

---

① 汪道昆增辑本:《列女传》卷二,郑晓霞、林佳郁编:《列女传汇编》,北京图书馆出版社 2007 年影印明万历本,第 127—128 页。

为模糊的组成部分。所以此图给人最深刻印象的无疑是人物,不同人物之间的关系应是观者欲了解画中故事及其冲突的切入点。以上比较也可以让我们初步了解建安版画与徽派版画不同的风格追求。

黄嘉育刊本《古列女传》。如图13-3,单从艺术构图上看,此幅作品画面只勾勒了一组形象:充当背景的是包括城楼、城门在内的一面城墙,其中一角已然崩落;城墙前面是故事的男女主人公:杞梁夫妻。此外,周围既无体现杞梁妻最终结局的淄水,也没有任何可以渲染情感氛围的物象点缀,艺术视角单一而集中。那么,此画在同类作品中有何特色呢?

图13-3 黄嘉育刊本《古列女传》

同真诚堂刊本《列女传》一样,黄镐为黄嘉育所刻的《古列女传》也得到了郑振铎的极高评价:"这部书的插图,甚为丰富,人物形象清秀极了。全部木刻画几乎全是以绝细绝柔却又绝为刚劲的线条构成的。全部是一部完整的美术创作集,没有丝毫的火气,是徽派木刻画里最成熟的作品之一。"[1]

同样是赞美,但郑振铎的角度不同,前者是人物,后者却是基于中国传统版画最重要的艺术特征之一——注重线描而言的。线描是中国古代版画的基本艺术手段,而对线条的运用在徽派版画家那里,更是达到了得心应手的地步。"徽

① 郑振铎:《中国古代木刻画史略》,第105—106页。

派版画……无论场景描写或绣像人物刻画，都能细若擘发，拙如画沙，不论是写实的、寓意的、象征的或程式化、类型化的处理，无不注重线条的运用，所以线描被认为是徽派版画的主要特征……从技法上讲，徽派版画舍弃大面积的黑白对比，在线描上下工夫，也是他们深知人民的爱好和长期实践经验的积累。他们长期与线描打交道。熟娴线的功能，以线条的粗细、曲直、起落、繁简、疏密来表现客观事物的远近、体积、空间和质量等关系，并运用虚实相生、动静对照、繁简互衬等对立统一的规律来刻画人物……"①这些特点在此幅作品中的人物刻画和场景描写上都有分明的体现。就拿主要人物杞梁妻来说吧，虽然占据的画幅面积不大，人物的动作也不激烈，但通过绘刻者精心的线条勾勒，从优雅的发髻到清秀的五官再到宛转有致的衣裙服饰，历历如现，加上举手托腮、无语凝咽、含悲忍泪的动作，使得整个人物充满了女性柔弱悲伤的美感和韵致。再以场景描写为例，此幅作品的完整场景包括崩落一角的城墙、城墙上的一角楼台、城墙中的一截城门，不论大小，刻者都是一丝不苟，楼台上的砖石础基也好，城门上的装饰也好，比例严丝合缝，俨然用模子复制一般。尤其是城墙，已全然不像其他作品那般的写实，而是用密密的线条浇铸为一体，少了几分朴质，多了几分精致。

此幅作品作为徽派木刻画的典范之作，也存在一定不足，最突出的是人物形象塑造得过于清秀以至纤弱，没有很好地顾及人物的身份、年龄、性格与遭际，显得不够真实。尤其画中的杞梁无论着装、动作还是神情都令人无法与身经百战、殉难疆场的将军相联系，更像是一位手无缚鸡之力的文弱书生。这种人物形象的艺术处理削弱了这一悲剧题材本应具有的感染力和震撼力，虽然作品本身的艺术技巧可圈可点，但形式与内容并未达到完美的统一。当然，客观地说，对士兵、武将等形象刻画得纤巧柔弱的情形在明代木刻画尤其是徽派木刻画作品中较为常见，实属通病，一定程度上反映了明代商品经济和市民阶层兴起后某种追求自我享受的审美趣味所导致的萎靡倾向。

与前两幅作品相较，图 13-3 虽在人物的塑造上存在一些瑕疵，但在人物与环境关系的处理上最为相得益彰，二者构成此图的全部和重点，而且比重相当，可见画家在艺术处理上对二者均分了力气。杞梁妻托腮俯抱丈夫的动作放在城砖纷纷堕下的城墙背景前，使得其中蕴含的故事性因素层层叠加，即使没有过多其他因素的渲染，也已经呼之欲出，引人遐想了。

值得一提的是，此图亦被冯梦龙《新镌批评绣像列女演义》一书所采用。《新镌批评绣像列女演义》共六册，第一册正文前收有 12 幅插图，《齐杞梁妻》是其中一幅。"齐杞梁妻"的故事收入卷四《贞顺》，冯梦龙在刘向文字后加评曰：

人不难于一死，或死节或死义，要死得分明，方不为轻陨其命。若杞梁妻者，

---

① 周芜：《徽派版画史论集》，安徽人民出版社 1983 年版，第 14—15 页。

斟酌于无所归，认定于不再嫁，可谓审处其死而得其死之正者矣。舍此而惑于情、忿于气，皆浪死耳，不足取也。①

这番话的着眼点是评判贞妇列女死生大义前的不同选择，作者认为杞梁妻之所以被君子们冠以"贞而知礼"的美名，正是因为她在生死面前"斟酌于无所归，认定于不再嫁"，这种审慎的选择令其得"死之正者"而不是那种毫不足取的"浪死"。从这段文字看，冯梦龙对"齐杞梁妻"故事的关注重点体现在对杞梁妻投河死节死义的赞赏，但从其刊本所选画图来看，重点在于崩城哀哭，评注文本与图像文本的互文阐释方面存在着一定的偏差。

金陵富春堂刻本《古今列女传评林》。此版图像有文有图，文字包括标目和联语两部分，标目强调"哀声动地"，并未出现文本故事中人物姓名、身份等信息，只是将故事情节关键要素之"哭"加以提炼，辅之以左右联语对故事主题进一步强调："回首无亲城纵不崩非所倚""烈心有死水虽欲涅岂能淄"。

如图13-4，图画部分也通过左右两栏一分为二，好似一幅小型连环画，将故事情节的进程予以某种动态的展示。第一栏背景为完好城墙，城墙前古战场上只出现半截战马和一顶战盔，更丰富的形象虽没有直接呈现，但战争的全景已然裹挟在漫卷的硝烟、仓惶的马蹄和斜贯欲坠的战盔中。最关键的是战争给人

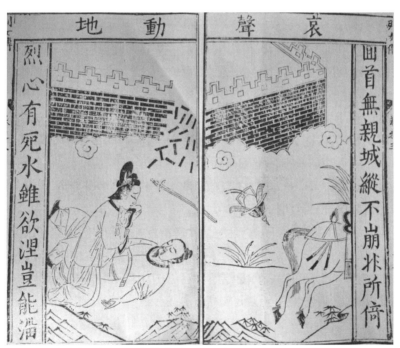

图13-4　金陵富春堂唐氏刻本《古今列女传评林》

① 冯梦龙：《古今列女传演义》，上海古籍出版社1990年版，第257页。

们带来的无尽伤痛，所以，作者在接下来的一栏中着重展现了杞梁妻在杞梁尸体前的崩城哀哭，痛不欲生。从形象的塑造上看，两栏插图彼此承接，构图饱满，完整传达了故事内容。

值得一提的是，"上标图目，左右两旁联句"的格式本是建安版画的特征，后为金陵版画沿袭，单以《列女传》版本而言，从建安版的上图下文到富春堂版的文图合一，后者对前者既有呼应也有发展，从中可见文字与图像关系的处理已成为版画绘刻艺术家们艺术探索的内容之一。

作为金陵版画作品的代表，该图的艺术风格也是独特的。范志民在《古今列女传评林跋》中这样概括了该版本插图的艺术特色及成就："此富春堂本先图后文，不知何人所绘，但极为古朴厚实。人物布景，线条粗犷，着墨不多，然而风格极为劲健。又善于利用版刻的特点，阴阳刻相间，如人物的危冠高髻，屋室楼榭，桌椅山石，每幅都有大量的'留黑'，加以富春堂特有的通栏标题、左右对联的版式，又是合叶连式，故更显得画面广阔，疏朗明快，黑白分明，突出了刀工木味，艺术效果极佳，使人展卷之后，爱不释手，实为万历初元的代表作品之一。"①

这些风格特点在此幅画作中都表现得很充分，无论作为形象造型重点的人物面部轮廓、五官发髻，还是充当环境因素的马匹的动作、战盔、城墙、山石与植物的点缀，无不突出地表现了绘者与刻者艺术处理时所擅长的线条、笔锋的硬朗大气、粗实有力。这一点也与图13-2、图13-3所代表的徽派版画的风格呈现出较大的差异，前者豪迈刚健、疏朗粗放，后者更趋向阴柔典雅，纤巧精细。用郑振铎的话来说：富春堂的《新镌增补全像评林古今列女传》，"几乎每幅都有功力，是一部大杰作"②。

除此之外，此版画与众不同的地方还在于绘刻特别注重黑白点、线、块、面的综合运用及处理，营造了醒目的对比效果。如人物刻画中，将发髻、衣服的领袖、鞋子的块面式重涂与衣衫的细线条勾勒有机结合，互相映衬，互相比照；而作为环境要素的城墙、山石、草木也在线与面、浓与淡的对比中，起到了寓变化于整一的作用，给人留下较为鲜明的印象。

山西原刻本《闺范》。《闺范》是明代学者吕坤拟《列女传》而编写的又一部宣扬封建女教的书籍，作品初刻于万历十八年吕坤就山西按察使任上，作品版式上图下文。在《闺范》"序"中，吕坤总结了自己编撰《闺范》的初衷：

自世教衰，而闺门中人竟弃之礼法之外矣。生闾阎内，惯听鄙俚之言；在富贵家，恣长骄奢之性。首满金珠，体遍縠罗，态学轻浮，语习儇巧，而口无良言，身无善行。舅姑姒娌，不传贤孝之名；乡党亲戚，但闻顽悍之恶，则不教之故。乃高之者，弄柔翰，逞骚才，以夸浮士。卑之者，拨俗弦，歌艳语，近于倡家，则邪教之

① 《中国古代版画丛刊二编》第四辑，上海古籍出版社1994年版。
② 郑振铎：《中国古代木刻画史略》，第62页。

流也。闺门万化之原,审如是,内治何以修哉? 女训诸书,昔人备矣,然多者难悉,晦者难明,杂者无所别白,淡无味者,不能令人感惕。闺人无所持循以为诵习,余读而病之,乃拟列女传,辑先哲嘉言、诸贤善行,绘之图像,其奇文奥义,则间为音释。又于每类之前,各题大旨;每传之后,各赞数言,以示激劝。①

由此可见,吕坤编《闺范》是基于明代中后期女德世风日渐败落的现实,同时也看到了前代女训诸书的弱点而欲图改进。从其所编《闺范》内容看,与《列女传》形式上的主要不同是,全书分四卷,第一卷为"嘉言",卷二至卷四为"善行",下列"女子之道""夫妇之道""妇人之道""母道""姊妹之道""姒娣之道""姑嫂之道""嫡妾之道""婢子之道"等类,收选历代孝女节妇152人的故事,其中150人绘有图像。这种选编既沿袭了古代女训诸书宣传封建礼教的共同点,又清楚表明吕坤对封建社会妇德规范有自己的新理解,因而采用了不同于前作的分类法,并在每一故事后用自己的口吻对所述故事加以评点。

《杞梁之妻》收在《闺范》卷三"善行"篇之"妇人之道"的名目下:

齐庄公袭莒,杞梁死于战。其妻迎尸,庄公将吊之。妻曰:"殖之有罪,君何辱焉? 若免于罪,则有先人之敝庐在,妾不得与于郊吊。"庄公吊诸其家而去。梁家于城下,妻枕尸哭十日,城为之崩。既葬,叹曰:"上无父母,下无子女,中无兄弟,人生之苦,亦至是乎? 吾何归矣?"乃仰天恸哭,赴淄水而死。

吕氏曰:"夫终正寝,而妇自杀以殉,余不录。录殖之妻者何? 郊吊有辞,重节义之礼也;国俗为变,极哀痛之诚也。自伤无依而投淄水,非世俗儿女子情矣。余哀其贤而数奇,非以节也。临难不夺之谓节,茹苦不变之谓节,持一念以终身之谓节。②

图13-5 山西原刻本《闺范》之《杞梁之妻》

---

① 吕坤:《闺范》序,《吕坤全集》,中华书局2008年版,第1409页。

② 同①,第1504页。

　　了解了吕坤的编著宗旨,再来考察此幅插图(图13-5),我们不难发现文图之间以互补关系而加强接受效果的目的应该是此图创作时的重要考量因素。画面以强调故事冲突为重心,将激流汹涌中挣扎的女子作为浓墨重彩渲染的焦点,以粗浅手法勾勒的崩城仅是可有可无的模糊背景。画面中,湍急的河水奔流滚滚,微微露出水面的巨石暗藏着凶险,连下垂的枝条也在强化着流水的无情。但就在这样令人望而生畏的环境中,投身水中的女子被刻画得一脸坚毅,没有挣扎痛苦的呼号,只有痛定思痛后果决的纵身一跳。画面与榜题正中"杞梁之妻"的文字互相映衬,将作者心目中具有传奇色彩的一个"节义"楷模鲜明地呈现在观者面前。

　　吕坤初刻本《闺范》面世后,流传渐广,并引起封建统治者的注意,神宗宠妃郑贵妃看到后增附数条并撰序言,重新刊刻此书,而反对郑贵妃的大臣们据《闺范》收入汉代平民出身的明德马后事迹违背封建社会纲常为由,诋毁《闺范》,弹劾吕坤。这样,吕坤和《闺范》无意中卷入朝廷和后宫纷争而沦为斗争工具。为此,吕坤在为自己因《闺范》招致的谤议而进行辩解所上的《辩忧危竑议疏》中回顾了自己绘刻《闺范》的过程:

　　万历庚寅,余为山西观察使,观列女传,去其可惩,择其可法者,作闺范一书,为类三十一,得人百十七,令女中仪读之,日二事,不得其解,辄掩卷卧。一日命画工图其像,意态情形,宛然逼真。女见像而问其事,因事而解其辞。日读数十事不倦也。且一一能道,又为人解说,不数月而成诵。余乃刻之署中,其传渐广,既而有嘉兴板、苏州板、南京板、徽州板,缙绅相赠寄,书商辄四鬻,而此书遂为闺门至宝矣。初不意书之见重于世至此也……①

　　这段自述表明,《闺范》的最初接受对象和接受范围是单一狭窄的,只是吕坤从其女儿的女训教育着眼提供的一个范本。吕坤所编《闺范》乃拟《列女传》,随着时代的发展,明代女训中的实际需要自然有所不同,所以吕坤"去其可惩,择其可法",初编为文字文本,但从其女接受的实际情形看,效果不佳,毕竟对幼小女童而言,教条式的灌输是比较枯燥的,所以中仪"日二事,不得其解,辄掩卷卧"。面对这种情况,作为明代著名思想家的吕坤没有像一般迂腐的读书人那样一味命女儿死记硬背,而是展现了灵活的教育理念,想出激发女儿接受效果的好办法,那就是利用图画艺术直观形象的特点,将文字故事图绘以激发其兴趣,这是适应学童接受天性的有意之举,其女的实际接受状况也充分证明此种教育方式的良好成效,由图像而故事而内旨,"日读数十事不倦"。接下来,因为契合封建社会女教的需求,又采用了生动直观的形式,该书得以迅速传播,成为当时闺教的重点书目。同时,吕坤说得十分明白,此书初刻本画者为不知名画工,"刻之署中",刻者亦无名,大约都是山西不知名画工与刻工罢了,自然不能与徽版重刻本诸位徽派名家相比。而且前者所面对的对象群体应该还较少,吕坤更是以教育

────────────

① 吕坤:《去伪斋集卷二奏疏辩忧危竑议疏》,《吕坤全集》,第76页。

女儿为主要目的，为了在最短时间内吸引幼童关注的目光进而增加阅读兴趣，所绘图形就要在短时间内紧紧吸引住眼球，从这个角度说，选取一个女子在水中俯仰挣扎的场面更有利，会让不了解这段故事的读者自然产生好奇心，什么样的女子因何原因没入水中，进而一读文字文本为快。后者为书商所为，立意于传播和盈利，绘刻既要考虑图书的教育功能，亦要满足大众的心理期待和审美需要，更趋精雕细刻。

如前所述，《闺范》问世后，一度流行甚广，后因卷入政治斗争，又一度禁止刊行，此版"从明万历中叶刻起，到万历四十年才刊成，但是不敢大量印行，直到康熙中叶泊如斋吴养春的后裔经过补版才大量印行"，[①]严格说来，称之为明万历刊清版本比较确切。

泊如斋徽版《闺范》的插图绘刻在徽派版画史中之所以占有重要的一席之地，很大程度缘于它凝聚了徽派版画史中最著名的绘刻者家族的集体智慧。因为特殊的外在原因，此版图画的刻制时间跨度近百年之久，涉及黄氏一族刻工至少三代人的心血，本身就是版画史上的一个传奇，所以它得到后世研究者的极高评价，郑振铎认为它"是一部了不起的艺术创作……就线条的纤弱而又刚硬，一气呵成，到底无一破败之笔，就可以知之"。[②]

重刊徽版《闺范》之《孟姜女投水》中杞梁妻插图，注重远近环境因素的对比，图中房屋、坟茔、倒塌石砖、树木构成一幅凄凉远景，而投河妇人、岸滩、急流构成一幅近景，在远近交界处则留下不小一段空白，将观者引入情感的咀嚼与回味中，景中藏情，画幅中蕴含了诗的意境，如图13-6。这同上作以据满画幅的悲剧性高潮片段的集中展现自有不同。两相对比，不难得出结论，同作为插图艺术，即使同一题材的处理，也可以根据作者的艺术匠心和主题设置而灵活应对，有的以人物刻画为主，有的以场面再现取胜，有的以环境烘托夺人眼目，有的以冲突渲染感人肺腑……作品容量的大小，回味的多少，印象的深浅，最终要看作

图13-6　重刊徽版《闺范》中之《孟姜女投水》

① 周芜：《徽派版画史论集》，安徽人民出版社1983年版，第8页。
② 郑振铎：《中国古代木刻画史略》，第109页。

者的艺术表现以及这种表现与内容是否相得益彰并别具特色。

　　另外一点有意思的对比在于人物的刻画:同以投水作为重点,原刊本图像中,杞梁妻已投入水中,身体随着湍急的河水而浮沉,凸显了杞梁妻生命选择之决绝,画家用这一细节既突出了杞梁妻之节义,也加深了观者的直观印象,产生良好的吸引效果。重刊本(徽版)图像则选择了杞梁妻投淄水之前的瞬间,背景的房屋和墓庐在以往同题材的画幅中并不多见,放在这里似乎正是刻意突出撰者所强调之"夫终正寝",而杞梁妻投水前的瞬间动作也充满了寓意的张力,其"临难不夺""茹苦不变""持一念以终身"等诸节数奇就在这种张力中蕴蓄。郑振铎对徽派木刻画曾有过这样的评价:徽派木刻画中的人物刻画往往都有一套"谱子",似乎从一个"模子"里出来,"他们的表情也似乎太从容尔雅了。就是写斗争、写死亡、写殉教似的悲剧,写自刎全贞的妇女,也还是那么温柔敦厚,那么恬静清丽,一点剑拔弩张的气势也没有"[①]。一言以蔽之,表现古典的美,恰是徽派刻家所追求的风格。以此标准衡量泊如斋版的杞梁妻是恰如其分的。在徽派黄氏一族刻工的笔下,杞梁妻的刻画没有了水中挣扎的惨烈,投水虽有义无反顾之态,但动作仍不失优雅与从容。

　　最后,我们不妨对上述六幅"杞梁妻"故事的文本和插图作一比较总结:

　　从文本来源看。以上故事分别来源于《列女传》与《闺范》,二者同属封建时代女教代表作品,文本从内容到形式具有诸多相似之处,其中的杞梁妻故事也是一以贯之,基本情节要素包括:哭夫、崩城、投水,主旨更是一致:维护封建礼教。但是文本内容的大同小异在图像再现中拉开了距离,有了一定的对比,比如《列女传》图的重点在于哭夫和崩城,但仍有某种正义的诉求,而《闺范》图的重点却在投水,更突出其殉夫之节,为道学家利用。原刊本《闺范》图中,投入水中的杞梁妻成为画面的中心,重刊本重点刻画的是岸边投水前的主人公的神情和动作,两幅图中,崩城的背景都被弱化成点缀。

　　由此可见,从《古列女传》到《闺范》,同一个故事在历史的演变中既承载了同样的道德教化意旨与道德训诫功能,也在后人的解读中微妙地转移着不同的侧重点,这在文字文本中还比较含蓄,在图画文本中就直观得多了。如果说《列女传》中的杞梁妻还可以沉浸在丧夫后的悲伤中的话,明代的杞梁妻就要"化悲痛为力量",不得不有纵身一跃的"壮烈之举",封建礼教对女性的桎梏到了明代是愈发严苛了。

　　从版画派别与风格看。以上六幅杞梁妻木刻版画图像中,图13-2真诚堂本、图13-3黄嘉育本、图13-6泊如斋藏板同为徽派版画刻工所作,带有徽派版画的共同风格。而图13-1、图13-4虽分属建安与金陵派,但在版画历史中,二派的继承关系本就紧密,风格也较为接近。周芜在《徽派版画史论集》中概括

---

① 郑振铎:《中国古代木刻画史略》,第98—99页。

徽派版画的特点、优点和不足时,其感受的着眼点正是三派版画的不同风格追求。他认为:"如若撇开共性,探讨它的个性或叫特殊性,我以为徽派版画的细密纤巧,富丽精工,典雅静穆,有文人书卷气,也有民间雅拙味,可以作文人的案头读物,也可以为村妇书童所理解,真是雅俗共赏。这是它的特点,也是优点。……但是特点也包含着缺点,要一分为二。原来风格上的粗与细、文与野、豪放与雅静,是相对而言,在具体的作品中常常是统一的整体,只是在与其他各派版画比较中感到徽派版画比建安、金陵版画细、文、雅有余,粗、野、放不足。"①这一比较在以上杞梁妻版画作品中可以得到很好的印证。

总之,从对同一题材"杞梁妻"文本故事的不同木刻版画作品的比较中,我们既可初步领略建安、金陵、徽派版画艺术家们图像演绎的不同风格和追求,感受不同版画派别之间剪不断的互相借鉴影响和推陈出新,更可以作为一个窗口管窥中国明清之际兴盛的木刻书籍中插图风尚的轨迹。

2. 木刻版画中的孟姜女故事

如果说杞梁妻故事的图像主要附载在《列女传》《闺范》等内容、形式和编撰目的均相近的传记类书籍中的话,那么,孟姜女的故事一经定型后,就在更丰富的传播路径中展开着,既有文人的加工也有民间的传说。宋元以来以孟姜女送寒衣、哭长城等为题材的戏剧创作和小说创作等一直没有中断,虽然由于时间和某些文学样式本身的制约,相当部分的文学文本已经散佚,但在明清的戏曲选集中还是保留了个别散出,有些版本还配有插图。民间创作中的孟姜女故事又是另外一种情形,虽然不可避免带有民间文艺某些粗浅、俚俗的特点,但因为鲜活、自由地传达出人民心声,它以更旺盛的生命力广泛而深远地流传于民间。这种深远的影响特别表现在该题材被广泛地移植于各种民间文艺形式中,从各种民间歌曲小调(特别是十二月花调)到宝卷、鼓词、子弟书、民间口传文学等各种俗文学形式再到地方戏乃至造型艺术中的民间年画、剪纸等,无不可以发现孟姜女题材的身影。这其中,文学与图像结合的例证也是丰富多彩,比如宝卷中有关孟姜女故事的人物插图与年画中的孟姜女传奇。

(1)戏剧中的孟姜女插图。

图13-7、13-8两幅插图出自徐文昭编《风月锦囊》之《孟姜女寒衣记下》。关于这出佚本戏文的情况,孙崇涛的考证结论是:它出自宋元戏文旧篇,但改定于明初。在戏曲的情节内容等方面,这部作品同明代流行的另一出孟姜女传奇——《长城记》(也称《寒衣记》)有很大不同,后者是"并不直接渊源于古本戏文的新编本",而"锦本,从它的情节细节与'元传奇'《孟姜女》佚曲提示的情况相符来看,则出自宋元戏文旧篇"②。除了内容与渊源的不同外,《风月锦囊》之《孟姜

---

① 周芜:《徽派版画史论集》,第13页。
② 孙崇涛:《风月锦囊考释》,中华书局2000年版,第143页。

图 13-7　书林詹氏进贤堂重刊本《风月锦囊》之《孟姜女寒衣记下》

图 13-8　书林詹氏进贤堂重刊本《风月锦囊》之《孟姜女寒衣记下》

女寒衣记下》与其他戏曲选集中的同题材作品在形式上也有一个显著不同，那就是它在排版上采用了上图下文的方式，其他选集中的单部或单出戏曲作品固然不少也配有插图，但往往以单面大页的形式个别地呈现，而《风月锦囊》则为上图下文和连续多幅插图，插图上部配有概括性文字，左右镌以联语，单从形式上看，大致可以看作建安版《列女传》与富春堂版《列女传》版式的综合。

　　《孟姜女寒衣记下》共有插图 12 幅，按照情节顺序用图画的形式再现了文本的内容，以上"姜女自造寒衣"和"姜女登途寻夫"是其中较为重要和清晰的两幅作品。从画面本身看，上图下文加题目联语的版式决定了画幅的狭小局促和画面的简单朴素，除了特定的人物和环境之外，几乎没有多余的装饰性因素，而在人物刻画方面尤其见出绘刻者的功力不逮，五官、服饰和动作都显得模糊、简陋和呆板。学者们在《风月锦囊》的刊刻地上有福建建阳和江西抚州的争论，图像显示了某种较为古朴的艺术气息，显然和万历年间辉煌一时、风头最劲的徽州版画的精致风格相差甚远。

但这并不意味着此版插图的一无是处，从文本与图像的关系看，该插图的创作显然是为了忠实和直观地再现文学文本，文字为主，图画为辅，后者是前者的补充应该是编刻者的明确意图，这虽然影响了作品的插图有粗漏之嫌，但确实达到了对文本补充和烘托的目的。特别难能可贵的一点是，此版插图的连续性是以往、当时甚至稍后的一段时期内的同类作品中所少见的，这种形式将全部文本有机地串联起来，并用图画的直观形式予以再现和强调，无疑会帮助人们对完整的文学作品和故事内容的认识和记忆，某种意义上说具有了类似连环画的功能和效果。这种尝试在清末民初流行的孟姜女年画作品中有了直接的呼应。

如前所述，明代多部戏曲作品选集中收录有以孟姜女故事为题材的《长城记》散出，集中于孟姜女故事中的送寒衣片段。之所以单单保留这一关节，原因可能是多方面的，但从内容上看，该情节所包含的人物性格特点——坚韧、执着、深情、善良、勤劳、勇敢等，体现了中国传统女性的美德，浓缩了极大的情感力量，用艺术的手法加以表现，更能触动和引发观众的精神共鸣。可惜各戏剧选集中的相关插图较少，比如《古本戏曲丛刊》中，除了《风月锦囊》外，只有明代龚正我所编的六卷本戏曲选集《摘锦奇音》中的一幅，相对说来，此版图像的制作要精致得多。

如图13-9，从画面上看，画家集中笔墨勾画了一幅特定的艺术场景：萧瑟山野中，千里送寒衣的孟姜女在荒凉小路上踽踽独行，在老树、河流、山石的衬托下，显得格外孤独，好在前方还有一只小鸟在回首顾盼，似在为孟姜女作伴导路，而孟姜女的眼神也望向小鸟，似在回应鸟儿的指引。她装扮朴素，左肩斜背包裹，左手执伞，右臂微扬，道具不多，但一路风餐露宿的艰辛已然囊括；她面容安详坚定，对千辛万苦似已安然若素；她不顾劳累、日夜兼程地奔波于路上，只为着一个信念：将辛苦缝制的冬衣早日送到心爱的丈夫手中，为其抵御边关的风寒。艺术表现上，此画亦体现了徽派版画的传统特色，线描勾勒的形象生动、细致而逼真，如路面的处理只简单两段曲折线条，却蜿蜒逶迤，将路途的荒凉

图13-9　书林敦睦堂张三怀刊本《新刻徽版合像滚调乐府宫腔摘锦奇音》之《长城记姜女亲送寒衣》

与河流的险急描绘得如在目前。孟姜女的肖像与衣饰用线条白描出来,清秀雅致。此外山石间植被、树干上表皮、河岸表面等的处理又杂以皴绘手法,和小鸟与孟姜女发髻上的黑色块面的涂染杂糅在一处,使得整个画面简单而不单调,且情景交融,富有意境之美。

另外,这幅特定场景,山河树路的截面仿佛舞台布景,人物所置犹如舞台中心,人物与小鸟的动作蕴含着某种戏剧冲突,仿佛一幕荡气回肠的情感大戏面对观众正在上演……无形中多了几许舞台性成分和效果。

在中国古代版画的发展历史中,明代万历时期的版画最为"光芒万丈",以上九幅插图中,六幅出自万历时期,对我们感受版画的时代风格提供了一个范例。

(2)宝卷中的孟姜女插图。

宝卷是"在宗教和民间信仰活动中,按照一定仪轨演唱的一种说唱文本"[①],阐释宗教经典、传播宗教教义是其根本目的,但在传达民间宗教观念的时候,宝卷往往借助于大量的文学故事,这就使得其宗教色彩中也包含了一定的文学性,尤其清代以来流行的民间宝卷中出现了大量的文学故事宝卷,而孟姜女的传说更成为宝卷作者们特别喜爱的一个题材。"明代民间宗教家已注意到民间传说故事在民众中的巨大影响,编写了《销释孟姜忠烈贞节贤良宝卷》。后期民间宝卷中……有不止一种改编本。如江浙地区的《寻夫宝卷》《南瓜宝卷》《孟姜女过关宝卷》,北方如甘肃的《许孟姜宝卷》《孟姜女哭长城宝卷》《绣龙袍宝卷》等,虽都讲唱孟姜女故事,但各具地方特色"[②]。这些孟姜女故事的宝卷作品除第一部最初刊刻于明末外,其余都是清代或清以后的作品,单从数量看,孟姜女的故事在近代宝卷作品中的体现是有相当规模的。伴随着宝卷这种"带有信仰色彩的民间说唱文学形式"在民间的流行,孟姜女故事更广泛地在民间文化土壤中传播开来。

图 13-10、13-11 为民国版宝卷,题名《绣像孟姜宝卷》,也题《孟姜仙女宝卷》。该宝卷据江浙民间流传的孟姜女故事唱本改编,保留了孟姜女故事的主要内容,只在小处情节上有所改动,如孟姜女因不愿受"血湖狼藉"而投身冬瓜出生,孟姜女投火而死后并没有像民间传说那样变鱼受苦,而是被观音大士超度等。当然,最主要的改动是人物的身世与身份,万喜良与孟姜女的前身均为天宫中的仙人,孟姜女是仙姬宫中的七星姑,万喜良是斗鸡宫中的芒童仙官,二人不忍见人间劫难,民众受苦,先后下凡人间,并在人间结为夫妻。万喜良被秦始皇下令埋入长城,孟姜女经历了送寒衣、哭长城、滴血认骨、造坟修庙、投火而死等常规情节后,二人被玉皇赦免,重归仙班,而万喜良与孟姜女投身人间时的两对父母也因虔诚地吃斋礼佛、布施修行而一起被超升。由这些情节和身份来看,

① 车锡伦:《中国宝卷研究》,广西师范大学出版社 2009 年版,第 1 页。

② 同①,第 9 页。

宝卷的主旨非常鲜明，无非是劝谕世人通过生前的修行与信佛来广结善缘，以获得死后的超升与尊荣。作品因此在故事中穿插了不少宣传"劝善惩恶""因果报应"等宗教观念，并在正文中开宗明义："昔迷今悟亮堂堂，三宝是慈航，一炷圣香叩礼法中王。孟姜宝卷初展开，重宣根由表古怀。善男信女虔心听，增福延寿得消灾。尽忠尽孝人之本，为节为义千古扬。世代流传个个敬，名垂竹帛万载芳。"

图 13-10　翼化堂书坊藏板《绣像孟姜宝卷》之《万里侯喜良》

图 13-11　翼化堂书坊藏板《绣像孟姜宝卷》之《孟姜仙女》

　　从画作本身看，两幅插图列于封面之后、正文之前，均为单页大面，画像后各附有七言四句赞体诗一首，喜良赞曰："广发慈悲救万民，顶灾顶劫惟仙心，千古是有万王庙，万载流传至于今。"孟姜赞曰："万里寻夫说孟姜，冰清玉洁岂寻常，贞心不负天宫意，传得清名千载芳。"图像与诗赞形成一个互文阐释的整体，用文图并举的形式表达了对男女主人公个性品质及命运遭际的总结与评价。但同其他体裁如前述的传记和戏剧作品中的绘画表现不同，宝卷中的两幅插图是单纯的人物画像，仅仅为了突出人物的身份，除此之外，既无故事情节的刻画，也无自然与社会环境的描绘。这种人物画像自然缺少故事性的因素所带来的引人入胜之处，因为它要承担的主要是宣传教化功能，是将宝卷所要传达的那种只有通过虔诚的宗教修行，多做善事，广结善缘，才能消弭今生的灾祸，祈求来世的福泽，并因此而名传千古的理念形象直接地予以展现，所以画中的喜良、孟姜都是以接受信徒顶礼膜拜的神仙形象出现的：他们一身华服，手拈拂尘，脚踏祥云，面色安详，仪态端庄。因为有了主题先行的设计，类似的图像在宝卷中颇为普遍，其绘制也是按部就班,并无多少形式上的创新和艺术上的可资圈点之处,却与文字配合,共同彰显了作品的主旨,同时体现了宝卷浓厚的宗教特色。

（3）年画中的孟姜女故事。

张春峰在《中国木版年画集成》的《武强卷》中介绍河北武强地区的年画历史及其与年俗的关系时,曾论及该地区的年画题材广泛,特别是那些以戏曲传说为题材的"戏出画"如《孟姜女》等,因为老百姓喜闻乐见、耳熟能详而被"年画艺人把戏出移置在画面上,庄户人家贴在炕头上、堂屋里,天天看,随时看。这些戏出画有长有短,随需要而变,备人挑选。有单出的,有用条屏形式连续表现的,也有的把长故事的主要情节用线条或方格压缩在一张纸上,重点突出,通俗易懂"①。虽然孟姜女故事中"哭"的要素似与年画所追求的喜庆色彩有些出入,但由于年画的功能是多样的,从最初的避邪祈福手段到随后的"民间进行道德伦理规范、生活知识教育、文化艺术传播的重要工具"②,题材的限制越来越少,所以孟姜女的传奇在年画艺术中也占据了一席之地。

年画作为民间美术的一支奇葩,与生动鲜活的社会现实和积淀于百姓心中的文化传统息息相关,贴合紧密,创造了与文人画大异旨趣的美术空间;同时,年画与文学的互补关系鲜明,以脍炙人口的民间传说或小说戏曲等作为题材对象,用美术的形式作用于人们的视觉,不仅满足了民间美术欣赏的期待视野,而且无形中扩大了文学的传播面和影响力,孟姜女年画无疑就具有这样的作用和价值。如图 13 - 12、13 - 13 和 13 - 14,其中图 13 - 12 采用连环画形式,从内容看应由两幅组成,但仅见一幅,由孙文雅制作,图 13 - 13、13 - 14 由吴文艺制作。

图 13 - 12　上洋孙文雅画店《孟姜女万里寻夫全部》第十一回至第二十回

---

① 冯骥才主编:《中国木板年画集成·武强卷》,中华书局 2009 年版,第 25 页。
② 同①,第 2 页。

图 13-13 吴文艺斋《孟姜女万里寻夫前本》

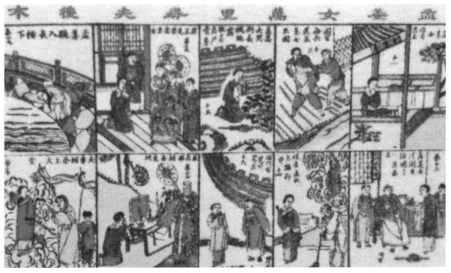

图 13-14 吴文艺斋《孟姜女万里寻夫后本》

　　据张伟在《上海小校场年画的历史演变》一文所考察,孙文雅和吴文艺均是近代上海小校场的年画店铺代表,也就是说,上述两个版本的孟姜女年画实际均出自上海小校场,是清末民初兴盛一时的上海小校场年画的代表作。它们的流行,一方面与明清以来上海、苏南一带逐渐成为后来居上的孟姜女传说最有势力的流传地域有关,另一方面也离不开小校场年画兴盛的历史背景。以孙文雅版与吴文艺版的孟姜女年画为例,对二者的异同作一简单比较,可以帮助我们初步感受年画中的孟姜女故事的特色和魅力。

　　《孟姜女万里寻夫》全本二十回,用年画的形式对明清定型的孟姜女故事予以完整而又通俗的再现。两个版本情节内容相同,单幅和整体的画面安排也没有多少差异。在形象塑造比如着装上,两版年画中的孟姜女和官员都是清代民间妇女和官员的装束,而万喜良、万员外、秦始皇更接近明代人的装扮。这一方面透露了年画创作的时代气息和艺术追求,因为面向民间,制作者有意识地融入时代和民间的审美趣味,这样就会提升消费者的兴趣,拉近欣赏者的距离;另一方面也可看出戏剧等舞台艺术对年画的巨大影响,许多消费者和欣赏者是把年画尤其是像孟姜女这样的戏出年画当作观戏的替代品来接受的,所以年画作品中的戏曲化痕迹是很自然的。

另外,在版式上,二者都采用了类似连环画的形式。因为以历史传说、小说戏曲为题材的故事年画要重点考虑情节的连续性,这样,某些具有早期连环画性质的年画就出现了,这是两版孟姜女年画形式上的突出特点,在当时不无新意。张伟在从表现形式的角度肯定小校场年画的艺术成就时,专门提到了孟姜女年画的例子:"在表现形式上,年画生产也开始出现了一些新变化,如在表现《杨家将》《孟姜女》等一些长篇历史故事时,画家将画分割成四至八个相等的小画面(有的还有前本、后本,则分割成十余个画面),故事情节分别显现于各个小画面之中,每幅画面上均有大段文字,拼合起来俨然就是精美的连环画。这种图文交融的艺术表现形式,对以后连环画的诞生不无影响。"[1]

以上共同点既说明了孟姜女故事经过几百年的流传和整理后在民间已具有高度的稳定性,同时也说明年画作为一种特定的民间文艺形式,其特定的功能与目的及其面向大众百姓的制作和销售模式,都决定了不同版本之间的借鉴、参考乃至相袭是十分普遍与流行的现象。

但二者在形式方面还是存在着一些细微的差异,如:

关于题记的内容与字数。孙版题记总体以两句为主,人物、地点等的交代较为具体;吴版题记总体一句,以画面主题的简练概括为主,故事发生地点大多省略。如孙版前两回简短的题记加上了万喜良的故乡苏州和孟姜女的故乡松江的名字,而吴版并未提及。至于孟姜女故事最重要的背景舞台——长城,孙版题记中提到 5 次,吴版只提到 2 次。吴版题记的概括是稳定的以旁观的第三人称叙述视角展开的,自始至终;孙版题记中的文字总体是第三人称的,但夹杂有复杂的双重视角,如第三回"喜良看见孟姜花园露体捞扇",第八回"七七到来好悲伤我为喜良哭于心"等,叙事视角的繁杂显示了叙事者的某种随意。另外,孙版题记还常加上表达情感色彩的文字,如第五回"可怜喜良被差捉锁拿到长城"、第十一回"凉亭思想万喜良一夜哭得好悲伤",等等,直接表达了作者对男女主人公不幸的同情,是叙述加抒情的概括,而且概括多用对偶句式;而同样的回目,吴版的概括就显得客观许多:"捉拿万喜良""孟姜女凉亭思夫",前者情感化的叙述视角与后者客观观照的叙述视角之间形成了一定的

---

① 冯骥才主编:《中国木板年画集成·上海小校场卷》,第23页。

差别,说明不同版本的作者在文图合一的篇幅中处理文学形象与图像形象的关系时是有差别的。

试比较两版回目题记:

回目	孙文雅版题记	吴文艺版题记
第一回	差官奉旨苏州去拿万喜良来京	无(皇榜形式)
第二回	喜良别父母到松江逃难太平苦事	喜良拜别双亲去逃难
第三回	喜良看见孟姜花园露体捞扇	孟姜花园捞扇子
第四回	孟姜喜良成亲	孟姜许配万喜良(非题记形式)
第五回	可怜喜良被差捉锁拿到长城	捉拿万喜良
第六回	(缺)	孟兴送寒衣
第七回	梦中相会说尸身在长城	梦中相会喜良死
第八回	七七到来好悲伤我为喜良哭于心	七七悲泪真凄凉
第九回	孟姜拜别二双亲一路寻夫到长城	孟姜拜别双亲寻夫君
第十回	孟姜在路细放(访)丈夫下洛(落)	一路探听丈夫身
第十一回	凉亭思想万喜良一夜哭得好悲伤	孟姜女凉亭思夫
第十二回	孟姜女子要出关唱十二月花名还他裙	孟姜女过关当裙唱十二月花名
第十三回	关官命兵送孟姜出关行	关官命兵送孟姜女出关
第十四回	观音点化孟姜女一路平安到长城	观音点化上路行
第十五回	孟姜哭到(倒)长城千万里倒去城豆(头)方见喜良尸身	孟姜女哭倒长城地露出喜良尸骨身
第十六回	城门官儿不诙(回)应反把孟姜骂不亭(停)	城门官儿听骂声
第十七回	秦王见爱孟姜坟前拜喜良	君王见爱孟姜女
第十八回	秦王上了孟姜当如今春秋祭邱(丘)坟	奉旨祭扫喜良坟
第十九回	孟姜女子跳入长桥登仙而去	孟姜跳入长桥下
第二十回	喜良孟姜夫妻相会全(同)升仙界	夫妻相会上天堂

关于文字题记的位置。综合来看,两版孟姜女故事年画的题记大多分布在右上角、上方和左上角,以右上方位置居多,但吴版图画在人物第一次出场时往往在旁用文字标注其姓名,如喜良、万员外、姜女、孟德隆、孟兴、关官、城门官、秦始皇等,孟姜女的名字则多次出现,彰显了其主人公的身份。孙版只对次要人物万员外和孟夫人分别进行了一次标注,似在随意地提醒观者。有些片段画面中,作者善于巧借事物或情节,将文字有机地融入画面中,如两版中的皇榜、城门上悬挂的城市和城门名、关隘名、亭名等,既交待了相关的故事内容或发生地,同时

也构成了画面的有机组成部分。

关于画面。与题记文字相对应，吴版画面相对较为简约，背景事物能省则省，画面与故事配合较为单一；而孙版画面显得较为繁复，背景事物设置较多也较为局促。如以第十一回到第二十回为例，两版都有一些共同画面的描绘，比如凉亭、长桥等，除此之外，孙版在小小的篇幅中更增添了些其他相关的背景形象，如第十一回的弯月、假山，第十二回的楼台，第十三回的关舍、树木，第十四回的树木，第十五回的长城砖石与关隘，第十六回的树木、城砖，第十七回的帷布，第十八回的坟墓，第十九回的栏杆、台阶，第二十回的天界等。比较而言，孙版的画面既注重整体的勾勒又不忘细节的堆砌，刻画细致，更像工笔，且画面与题记文图结合得更为紧密但也稍显琐屑；而吴版画面往往简略两笔，重在大致轮廓，刻画简练，就如写意，无形中多了几分类似文人画留白的韵味。

同样，在制作与着色方面，吴版孟姜女比孙版孟姜女都更加精良些，如人物面目完整清秀，更加接近孟姜女的身份和善良温婉的性格，简短的题记文字中也没有如后者那样出现较多别字，只在后本第十七、十八回的回目上似有颠倒，而这些在孙版年画中则较为突出。另外，两版年画着色均以红、蓝为主，杂以黄、灰等色。但吴版着色均匀，相对较为雅致；孙版设色不够均匀，画面难免粗糙。这一差别与两版的不同印刷方式应该有一定的关系。孙版采用套版印刷，但半印半绘，很多地方色彩与线条的融合并不妥帖，在直观上就给人简单粗糙之感；反观吴版，彩色套印虽决定了色彩的单一，但相对精良的版式决定了作品在线条和着色上都比较细致匀净，整体给人妥帖之感。

年画受刻版来源（不同版本之间的借鉴、承袭甚至照搬的印痕说明其版源单一，商家为了牟利，不肯在图版的制作上多投入）、流通目的（年画多在年节张贴，类似孟姜女一类的戏出年画更多起到的是装饰或替代的作用，因而极少被珍藏以及制作工艺等的约束，作品中人物形象的设计和刻画往往脸谱化，整体制作不够精良，色彩较为单一，失之简陋。这些不足在孟姜女年画中亦有体现。

第三节　孟姜女故事文图关系的特点

由于孟姜女故事来源于古老和真实的历史记载，在漫长的时间更替的背景下，伴随着时代、文化、风俗、意识形态、审美愿望等诸多因素的共同作用，其文本也在不断地嬗变、补充和丰富中。从最初的杞梁妻拒郊吊、哭之哀、崩城、投水的文人叙述到后来家喻户晓的孟姜女送寒衣、哭长城、戏弄秦始皇的民间传说，它被不同的阐述者和接受者鲜明地区分为两个阶段、两种性质。或者是宣扬封建礼教的故事媒介，或者是倾诉百姓反抗暴政徭役、渴盼家人团聚的心声承载。这种主题的演变既体现于文字文本的继承上，也呈现于图画文本的延续中，上述文本评述和图画赏析充分说明了孟姜女故事的传奇演变在文图中的互相辉映。

杞梁妻的文图作品,由于作者和画家在创作之初即有了明确的意图,所以作品都是围绕宣扬封建伦理纲常所提倡的贞顺知礼的女教意识,具有鲜明的教化意味。无论是刘向的《古列女传》,还是吕坤拟作的《闺范》等作品,其文本模式都大致相同:杞梁妻的故事在前,作者(有时以君子名义)的批注在后,而批注所推崇、赞扬、鼓励的正是他们所理解的、为封建社会所标榜提倡的女子的贞节、知礼、节义与贤良等教条;而这些文本的插图就是为了用图画的直观形式去进一步加强人们对这些观念的认知、信奉和秉持,所以画作和绘刻的艺术风格固然存在着地域、流派等的差异,各异的艺术风貌却都共同指向宣传与教化,这也成为这类文图最明确的主旨、最显著的追求。

孟姜女的故事成为民间传说的重要组成部分后,文本逐渐摆脱了传统文人的文化观念和艺术旨趣的制约,而具有了越来越浓厚的俗文学和民间文化的色彩。尽管在文人的笔下,孟姜女的故事也在戏剧作品中留下了烙印,但因为各种原因,如前所述,无论是宋元杂剧、南戏还是明清传奇,孟姜女的题材很少被完整地保存下来,而往往是以散出、佚曲、典故的形式存在。相反,它在民间文学和文化中却大放异彩,从语言艺术到表演艺术再到造型艺术,都不难找到孟姜女的身影。上面重点论及的戏剧、宝卷、插图、年画等只是众艺术门类中的一部分而已。虽然民间的加工也不可避免地打上封建社会意识形态的烙印,因而在思想内容上带有某些共同的精神旨归,如宣传教化的色彩,但显然民间性、乡土性及通俗化的个性气质更加突出,尤其是那种民间艺术所独具的通俗的格调色彩,更成为这类作品共同审美风格的标志。如二十回的孟姜女连环年画不仅在内容上忠实再现了流行的孟姜女传说情节,更以独具特色的年画艺术形式凸显了民间大众的审美趣味,性格鲜明的人物形象、通俗生动的故事情节与亮丽明快的色彩追求和朴素稚拙的乡土气息共同建构了一种民间的艺术美感。

孟姜女故事在流传的过程中不断被整合进民间风俗、信仰、宗教等更深层次的文化资源中,这种推进使得它逐渐承载了百姓不同层次的文化需求和精神需要,不仅远远超越了它在正统文学中的教化载体的简单定位,也突破了民间大众宣泄情感、表达内心呼声的单一愿望。宝卷中的孟姜女是仙女转世,最后重归仙班;"傩戏"中的姜女是一种文化符号,寄托人们的种种心愿;寺庙中的孟姜女塑像是万古流芳的道德化身,被信徒顶礼膜拜的文化偶像⋯⋯而且,由于民间文化习俗的鲜明地域性特征,孟姜女传说也因此变得庞大芜杂,不可避免地打上各地域风俗文化的烙印。河北秦皇岛、山东淄博、江苏苏州和上海松江、湖南津市、陕西铜川⋯⋯无论是五大流传区域的孟姜女传说,还是遍及中国大部的口传孟姜女故事,这一文化资源与广袤的地域风俗文化有机结合,无疑使得其文图传播的形态具有了无限的丰富性。

由于孟姜女故事历史的悠久、传播地域的广博,加上其作为中国四大民间传说之一的重要地位,因而,在新的时代背景下,这一传统题材并没有淡出文学艺术的视野,相反,它以更瑰丽多姿的形态保持着生机:文学创作有对它的"重述",戏曲舞台青睐于对它的"新编",影视和网络动漫等综合艺术一次次把它搬上屏幕,予以全新的"包装"……这种丰富的艺术呈现为我们从文图关系的角度分析孟姜女传说提供了更加多样化的角度和材料,故这一专题的研究应该还有许多补充与开拓的空间。

第十四章　梁祝故事及其文学图像

被誉为爱情的千古绝唱的梁祝故事在我国四大民间传说中影响最大,流布最广,几乎是家喻户晓,妇孺皆知,甚至在海外也广为流传。关于梁祝的起源地,有河南驻马店、江苏宜兴、浙江宁波、山东济宁等十几处之多,有趣的是在这些地方皆有梁祝古迹的发现,仅梁祝墓就有10座,说明人们对梁祝故事都有特殊的偏爱。作为民间传说,梁祝故事的讲述方式丰富多样,不同地域的梁祝传说千差万别,但其主体情节是一致的。从我们所熟知的梁祝故事中,女扮男装、同窗共读、离别相送、祝庄访友、同穴化蝶这几个元素是不可少的。梁祝故事开端于女扮男装外出求学,结束于同穴而死,升华于双双化蝶。任何爱情故事都有相识相知相爱的过程,梁祝故事的特殊性就在于它有一个不同寻常的开端和一个凄美和浪漫的结局。梁祝故事起源自齐梁,唐宋以来有更进一步的丰富和发展,与此相伴的是其文学图像的产生。从现存文学图像看,以清代最为多样和丰富。

第一节　梁祝故事的发生与发展

明代徐树丕《识小录》中说:"梁祝事异矣,《金楼子》及《会稽异闻》皆载之。"[1]钱南扬在上世纪20年代曾经据此考查梁祝故事的源头,然而《会稽异闻》一书遍寻不得,而《金楼子》一书也是从《永乐大典》中辑录出来的不完整的本子,并无梁祝事,所以无法判断梁祝故事到底有没有被《金楼子》记载。假若最初的《金楼子》果真记载此事,那么,梁祝故事就发生在梁元帝之前。钱南扬根据当时社会上妇女放诞风流的社会风气推想,梁祝故事有可能发生在梁元帝之前的150年之间[2]。这个推论是比较合理的,而且梁祝故事中的女扮男装、同穴而死、化蝶几个元素,几乎在此期间的不同故事中存在着。

祝英台外出求学,需要女扮男装,这跟男权社会对女性的禁锢有关。《礼记·内则》曰:"男不言内,女不言外。"[3]《孔子家语·本命解》曰:"女子者,顺男

---

① 徐树丕:《识小录》(卷三),涵芬楼秘笈本,第48页。

② 钱南扬:《梁祝故事论》,陶玮编:《名家谈梁山伯与祝英台》,文化艺术出版社2006年版,第2—10页。

③ 孙希旦:《礼记集解》,中华书局1989年版,第735页。

子之教而长其理者也，是故无专制之义，而有三从之道。幼从父兄，既嫁从夫，夫死从子，言无再醮之端。教令不出于闺门，事在供酒食而已。"①鉴于此，女子想要获得与男子一样的在人际交往、文化教育、科举仕进等方面的权利，不得不改装易服，以此打破礼教对女性的约束。女着男装从夏桀的妃子妹喜便开始了，《晋书·五行志》记载："妹喜冠男子之冠。"②殷墟的甲骨文记录，商代第二十三世王武丁的妻子妇好，率领军队东征西讨拓展疆土，是我国历史上有据可查的第一位女性军事统帅，驰骋疆场，她必然身着戎装。春秋战国时期，女子入伍从军，与男子一样守疆卫土、攻池掠地者在史书中也不乏记载。魏晋南北朝时期，战乱频仍，政权更迭频繁，不同民族、不同文化与风俗不断碰撞和融合，使这一时期的社会风气相对开放，女性在一定程度上可以冲破种种束缚，努力去追求和实现自己的理想与追求。"魏晋时代人的精神是最哲学的，因为是最解放的、最自由的。"③这时女子不爱红妆爱武装，勇敢尚武，在文学中多有反映。北朝乐府诗《李波小妹歌》曰："李波小妹字雍容，褰群逐马如卷蓬。左射右射必叠双。妇女尚如此，男子安可逢？"描绘了一位纵马驰骋于北方大草原上武艺高强的女将。北朝民歌《木兰诗》里的木兰代父从军，女扮男装，征战疆场，屡立战功。《魏书》记载了一位潘姓女性，在军中一身戎装，和丈夫杨大眼一块并肩作战。这些扮男装的勇敢女性不仅可以驰骋沙场，在其他方面也可以和男子平分秋色，《南史》记载："南齐东阳（今江苏盱眙）女子娄逞，变服诈为丈夫。粗会棋博，解文义。游公卿门。仕至扬州从事而事泄。明帝令东还，始作妇人服。"④所以为了追求与男子同样受教育的权利，女子妆扮为男性出门游学也是极有可能发生的。祝英台扮男装外出求学有一定的现实依据。外出求学的祝英台肯定会和一位或多位男性在生活中有了交集，并与其中的一位产生了深深的情感，虽彼此情投意合，却未能实现结成夫妻的愿望，所以一个郁郁而终，另一个也相随而去。

若仅仅于此，还不能产生惊天地、泣鬼神的力量。南朝时流行在长江下游的民歌《华山畿》和梁祝故事非常相似，讲述了一对青年男女为爱赴死的动人故事。一个书生途经华山脚下时，爱上一个少女，却不能接近，回家后抑郁而死。死前嘱咐家人灵车要从华山经过。当灵车途经那位少女的家门口时，拉车的牛却怎么也不肯走了。那位少女就沐浴更衣，出门唱道："华山畿！华山畿！君既为侬死，独生为谁施？欢若见怜时，棺木为侬开！"棺木应声而开，少女跳入，就再也没能打开，遂合葬。这个故事中的书生性格与梁山伯何其相似，他们都与爱情不期而遇，但追求爱情的道路注定步履维艰，于是脆弱的性格只能让他退缩，他接受

---

① 王国轩，王秀梅译注：《孔子家语》，中华书局 2011 年版，第 318 页。
② 《晋书》（卷二七·五行志上），中华书局 1974 年版，第 822—823 页。
③ 宗白华：《美学与意境·论〈世说新语〉和晋人的美》，人民出版社 1987 年版，第 190 页。
④ 冯梦龙编：《冯梦龙全集 9 太平广记钞（下）》，江苏古籍出版社 1993 年版，第 1473 页。

不了爱而不得，却也找不到两个人能相守的方法和理由，因而不愿不能或者也不敢去积极争取，他的生命就在这种苦苦挣扎中消耗殆尽。生而不能得，死后却要相守，《华山畿》中的书生死后要灵车经过少女的门口，梁山伯的坟墓就在祝英台出嫁必经的路上，《华山畿》中的少女在棺木（坟茔）之前哀伤号恸，"君既为侬死，独生为谁施？"祝英台在坟茔之前锥心泣血，断肠欲绝，她们的悲愤激烈之气，痛彻心扉之情使天地含悲、草木见泣，故而棺材和坟茔为之打开。鉴于《华山畿》与梁祝故事的相似性，故而顾颉刚和钱南扬早在上世纪30年代便认为这两个故事是存在一定的关联的。康新民也认为，《华山畿》有可能是梁祝故事的雏形①。

化蝶的故事，最著名的莫过于庄周梦蝶。《庄子·齐物论》曰："昔者庄周梦为蝴蝶，栩栩然蝴蝶也，自喻适志与，不知周也。俄然觉，则蘧蘧然周也。不知周之梦为蝴蝶与，蝴蝶之梦为周与？周与蝴蝶则必有分矣。此之谓物化。"化成蝴蝶的庄周摆脱了喧嚣的人生走向逍遥之境，其中所蕴含的浪漫情怀和审美想象空间使无数人为之倾心而醉，化蝶意味着不以凡尘之事撄心，到达自在逍遥的化境，因此梦蝶或者化蝶成为一个特殊的文学意象存在于历代迁客骚人浅斟低唱里。大自然中，在烂漫的田野枝头，人们经常看到成双的蝴蝶上下蹁跹而飞，就像一对恩爱的情侣时刻相随相伴，当现实的苦难把一对有情人生生拆分的时候，人们自然希望他们能有蝴蝶爱的自由。南朝梁简文帝的《咏蛱蝶》是最早以蝴蝶比拟男女爱情的诗歌："空园暮烟起，逍遥独未归。翠鬣藏高柳，红莲拂水衣。复此从凤蝶，双双花上飞。寄语相知者，同心终莫违。"在晋干宝的《搜神记》中，最初是记有韩凭妻衣服化蝶的故事，《太平寰宇记》卷十四引《搜神记》："宋大夫韩凭，娶妻美，宋康王夺之，凭怨王，自杀，妻腐其衣，与王登台，自投台下，左右揽之，着手化为蝶。"这至少说明，在魏晋时期，化蝶已经和哀伤的爱情故事联系在一起，人们希望那些生而不能相守的情侣死后能超越生死如自由飞翔的蝴蝶。女扮男装、同穴而死、双双化蝶已经出现在魏晋南北朝时期的故事中，但这几个元素有无综合在同一故事之中呢，梁祝故事是否在当时就已经包含了这几个元素还不得而知，只能说，在当时梁祝故事是极有可能发生的。唐以来，以蝴蝶比喻爱情的诗词非常多。李白《长干行》云："八月蝴蝶黄，双飞西园草。感此伤妾心，坐愁红颜老。"李商隐《青陵台》云："青陵台畔日光斜，万古贞魂倚暮霞。莫讶韩凭为蛱蝶，等闲飞上别枝花。"则是说韩凭夫妇死后魂魄化为蝴蝶。以蝴蝶比喻男女爱情无疑为梁祝化蝶结局的产生提供了可能。

不过目前所见梁祝故事的最早文字记载是初唐梁载言的《十道四藩志》。宋张津的《四明图经》载："义妇冢，即梁山伯祝英台同葬之地也。在县西十里接待

---

① 康新民：《〈华山畿〉和梁祝故事》，陶玮选编：《名家谈梁山伯与祝英台》，文化艺术出版社2006年版，第2—10页。

院之后,有庙存焉。旧记谓二人少尝同学,比及三年,而山伯初不知英台之为女也。其朴质如此。按,《十道四蕃志》云'义妇祝英台与梁山伯同冢',即其事也。"在《四明图经》中,提到"旧记"中有女扮男装,同窗三年事。"旧记"所指是否包括《十道四蕃志》,或者是否比《十道四蕃志》历史更靠前,不得而知,其所引用的"义妇祝英台与梁山伯同冢"太过简略,但至少证明,初唐时期,梁祝同穴而死的故事已经广为流传。清翟灏编《通俗编》卷三十七引晚唐时期张读《宣室志》所记梁祝故事发生的时间地点都已经非常明确:

英台,上虞祝氏女,伪为男装游学,与会稽梁山伯者同肄业。山伯,字处仁。祝先归。二年,山伯访之,方知其为女子,怅然如有所失。告其父母求聘,而祝已字马氏子矣。山伯后为鄞令,病死,葬鄮城西。祝适马氏,舟过墓所,风涛不能进。问知山伯墓,祝登号恸,地忽自裂陷,祝氏遂并埋焉。晋丞相谢安奏表其墓曰义妇冢。[1]

《宣室志》所记梁祝故事大体轮廓已经具备,其中梁山伯之死并不是因为求英台不得抑郁而死,他后来还做了官,属于正常的生老病死,也不见有化蝶的情节。宋代李茂诚《义忠王庙记》在此基础上有所扩展,增加了对人物的评价和描绘,人物之间有了对话,把梁祝的相逢也提到了前往求学的路上,二人"讨论旨奥,怡然相得"(《义忠王庙记》),这就为后来山伯求婚和英台临冢恸哭奠定了情感基础。因为同窗三年在文中也是一带而过,且梁山伯求婚不得之后,以"生当封侯、死当庙食,区区何足论也"(《义忠王庙记》)转移了心中的怅惘和不快,后病死于鄞令任上。因为是为梁山伯写的庙记,对祝英台的心理描写较少,从文中看不出她在读书期间及许嫁马氏不能嫁给梁山伯时的想法和态度,因此若不是前面有求学路上的"怡然相得",后面的哭坟入穴而死似乎就更加突兀了。庙记最后也并无化蝶事,但有巨蛇护冢、祷应、显灵等情节。

把蝴蝶与梁祝联系在一块的是南宋人薛季宣,他在江苏宜兴游览祝陵时,写有《游祝陵善权洞诗》诗,诗曰:"蝶舞凝山魄,花开想玉颜。"这是最早描写梁祝化蝶的文字。宋淳熙年间的《毗陵志》卷二十七《古迹·祝陵》载:"祝陵在善权山,岩前有巨石刻,云:'祝英台读书处',号'碧鲜庵'。昔有诗云:'蝴蝶满园飞不见,碧鲜空有读书坛。'俗传英台本女子,幼与梁山伯共学,后化为蝶,其说类诞。然考《寺记》,谓齐武帝赎英台旧产建,意必有人第。"可见至少在南宋时期,梁祝化蝶的故事在民间已经是广为流传。

元明清时期,梁祝故事依然主要是以民间传说的形式在发展流传,见之于文人笔端,以梁祝故事为题材的文学作品并不多见。宋代有词调《祝英台近》,其由来或许与祝英台的故事相关,但考之该词调下的词作,都与梁祝事无涉。元代白朴写有关于梁祝故事的杂剧《祝英台死嫁梁山伯》,其题目正名为"马好儿不遇吕

---

① 翟灏编:《通俗编》,商务印书馆 1958 年版,第 833 页。

洞宾,祝英台死嫁梁山伯",剧本已经散佚。从题目正名可以知道梁祝故事的结局是悲剧性的,至于这个马好儿是谁,是不是后来梁祝里的马文才则很难推测。至于吕洞宾的出现,大约也是来度化世人的吧!如果是,吕洞宾度化的应该是祝英台、梁山伯。按照元杂剧"神仙道化"剧的逻辑,大约梁山伯与祝英台是下凡历劫的仙人,虽相爱却不能相守,只能死后葬在一块。而在凡间经历种种都只不过在吕洞宾制造的一场类似"黄粱梦"的幻梦里,二人终于醒悟,最终双双入道修仙而去。如果是这样,那么与今天的梁祝故事还是有很大的不同的。

元代以来梁祝故事的各种戏曲中,保存得最为完整和最为突出的情节就是"相送"和"访友"。钱南扬的《梁祝戏剧辑存》,辑有关于元代戏文《祝英台》的三支曲,是梁山伯访祝英台的事,曲中叙写的是两人重逢时的喜悦,及祝英台女儿身份曝光后梁山伯和祝英台的反应和心情。

《梁祝戏剧辑存》还收录明代梁祝传奇四出。两出是录自《秋夜月·新锓天下时尚南北新调》卷上的《河梁分袂》与《山伯赛槐阴分别》,注出自《同窗记》,显然《同窗记》应该有不同的版本;有一出是录自北京图书馆藏明末刻本《缠头百练》的《访友》,注出《同窗记》;第四出是《秋夜月·新锓天下时尚徽池雅调》卷一的《英伯相别回家》,根据书口题名,该出来自《还魂记》,句调完全是民歌形式,应属地方小戏。这四出戏有三出是梁祝故事的"相别"情节,一出为"访友",是同一题材、相同情节的不同的戏曲文本以不同的腔调被不同的戏曲选本的收录,充分说明梁祝故事广为流传的程度,而"分别""访友"已经成为梁祝故事的核心情节。几出戏里面"送别"与我们现在看到的越剧或者其他地方戏里的"十八相送"非常相似:祝英台的性别引起了别人的怀疑,因此决定回家;梁山伯送别祝英台,一路上祝英台见风题诗,托物比兴暗示自己的女性身份和与梁山伯结成夫妇的意愿,可惜剧中的梁山伯都是痴笨懵懂的,丝毫不能领会祝英台的用意。最后祝英台只能以"妹子"许嫁梁山伯,并订好了与梁山伯相会的日子。《访友》出,叙述梁山伯赴约来迟,祝英台已经许婚马氏。梁知道了祝英台的真实身份,对祝英台隐瞒性别事有所埋怨,祝英台道以她有不得已的苦衷:"我当初要往杏坛攻书,嫂嫂笑我。我把红罗七尺埋在牡丹下,对天发誓,此去若还玷污名节,牡丹花死,红罗朽烂。因此上不敢吐真情,紧把声名守定。"出门读书之前发誓赌咒的情节在不同地方的梁祝故事中都存在,有的是与嫂嫂发誓,有的是与祝父发誓,赌咒的内容也各有不同,但目的是相同的,都是为了表明祝英台坚守名节的决心。梁山伯听说祝英台已经被父亲许婚马家,伤痛欲绝,心有不甘,还要回家后找媒人来提亲,祝英台却认为此生已是无缘。祝英台既认为与梁山伯已经不可能在一块,又对梁山伯恋恋不舍,倾诉自己一片深情,这让梁山伯更加难过,两人难舍难分,哀痛欲绝。

明代的戏曲选本《摘锦奇音》《群音类选》都曾收有梁祝故事的散出,从明代可见的为数不多的这些散出中还不能看出明代梁祝故事的全貌,以及到底有没有化蝶的情节。明代王紫涛有梁祝题材剧《两蝶诗》，王国维《曲录》收录此曲目；清黄文旸《曲海总目提要》收有明无名氏的《访友记》，云："不知何人说作记梁山伯访祝英台事，相传最久，故词名有《祝英台近》，而南中人指蝴蝶双飞者为梁山伯、祝英台，亦因此也。"由上可知《两蝶诗》与《访友记》是有"化蝶"情节的。明代彭大翼《山堂肆考》卷二二六"韩凭魂"条曰："俗传大蝴蝶必成双，乃梁山伯、祝英台之魂，又韩凭夫妇之魂，皆不可晓。"人们见蝴蝶成双则认为即是梁祝魂魄而化，可知在明代梁祝化蝶事也是广为人知。冯梦龙编辑整理的短篇白话小说集《古今小说》第二十八卷《李秀卿义结黄贞女》篇，梁祝故事是作为入话的形式被加在主体故事之前的，虽然简短，但这是明代梁祝故事最完整的叙述了，全文八百多字，这里全文抄录如下：

又有个女子，叫做祝英台，常州义兴人氏，自小通书好学，闻余杭文风最盛，欲往游学。其哥嫂止之曰："古者男女七岁不同席，不共食，你今一十六岁，却出外游学，男女不分，岂不笑话？"英台道："奴家自有良策。"乃裹巾束带，扮作男子模样，走到哥嫂面前，哥嫂亦不能辨认。英台临行时，正是夏初天气，榴花盛开，乃手摘一枝，插于花台之上，对天祷告道："奴家祝英台出外游学，若完名全节，此枝生根长叶，年年花发；若有不肖之事，玷辱门风，此枝枯萎。"祷毕出门，自称祝九舍人。遇个朋友，是个苏州人氏，叫做梁山伯，与他同馆读书，甚相爱重，结为兄弟，日则同食，夜则同卧。如此三年，英台衣不解带，山伯屡次疑惑盘问，都被英台将言语支吾过了。读了三年书，学问成就，相别回家，约梁山伯二个月内，可来见访。英台归时，仍是初夏，那花台上所插榴枝，花叶并茂，哥嫂方信了。

同乡三十里外有个安乐村，那村中有个马氏，大富之家。闻得祝九娘贤慧，寻媒与他哥哥议亲。哥哥一口许下，纳彩问名都过了，约定来年二月娶亲。原来英台有心于山伯，要等他来访时，露其机括。谁知山伯有事，稽迟在家。英台只恐哥嫂疑心，不敢推阻。山伯直到十月，方才动身，过了六个月了。到得祝家庄，问祝九舍人时，庄客说道："本庄只有祝九娘，并没有祝九舍人。"山伯心疑，传了名刺进去。只见丫环出来，请梁兄到中堂相见。山伯走进中堂，那祝英台红妆翠袖，别是一般妆束了。山伯大惊，方知假扮男子，自愧愚鲁，不能辨识。寒温已罢，便谈及婚姻之事。英台将哥嫂做主，已许马氏为辞。山伯自恨来迟，懊悔不迭。分别回去，遂成相思之病，奄奄不起，至岁底身亡，嘱咐父母："可葬我于安乐村路口。"父母依言葬之。明年，英台出嫁马家，行至安乐村路口，忽然狂风四起，天昏地暗，舆人都不能行。英台举眼观看，但见梁山伯飘然而来，说道："吾为思贤妹，一病而亡，今葬于此地。贤妹不忘旧谊，可出轿一顾。"英台果然走出轿来，忽然一声响亮，地下裂开丈余，英台从裂中跳下。众人扯其衣服，如蝉脱一般，其衣片片而飞。顷刻天清地明，那地裂处，只如一线之细。歇轿处，正是梁山伯坟墓。乃知生为兄弟，死作夫妻。再看那飞的衣服碎片，变成两般花蝴蝶，传说是

二人精灵所化,红者为梁山伯,黑者为祝英台。其种到处有之,至今犹呼其名为梁山伯、祝英台也。后人有诗赞云:

> 三载书帏共起眠,活姻缘作死姻缘。
>
> 非关山伯无分晓,还是英台志节坚。①

　　梁祝故事自南北朝时发端,在民间流传了那么久,到了冯梦龙的小说,才得窥其全貌。在这段八百多字的叙述里,女扮男装、同窗共读、离别相送、祝庄访友、哭灵祭坟、同穴化蝶这些梁祝故事中该有的元素都具备了,特别是"化蝶",首次见于完整的梁祝故事中。清代文本中的梁祝故事,"化蝶"情节已经非常普遍,清代民歌《梁山伯歌》、邵金彪的《祝英台小传》等都有"化蝶"。只不过冯梦龙叙述的是故事梗概,所以省略了很多细节的描绘。在这个梁祝故事里,姑嫂打赌,赌的是折下的石榴年年花开,把她许给马氏的是她哥哥而非她的父亲。祝英台主动以石榴花打赌发誓,又碍于哥嫂起疑心,即使心里不同意许婚马氏也没有拒绝,表现了祝英台所受的礼教束缚是非常深的。梁祝故事在民间传说中被赋予了越来越多合乎正统的伦理内容,逐渐失去了最初不加掩饰的人性光辉,越来越符合当时社会的伦理规范。而祝英台纵身入墓,与山伯的灵魂化为双蝴蝶,又是自身潜在欲求的极致张扬,超越了男权中心主义的文化思想范式。恪守闺范与个性的舒张在祝英台身上矛盾地存在着,在梁祝故事发展的整个历史中,理性秩序与生命激情,这对立的两极相互渗透、相互妥协,各在不同的阶层、不同地域、不同历史时期占据上风。

　　梁祝故事在各地的流传中不断变异,不同时期的梁祝故事也就有不同的表现形式。在主体情节基本不变的前提下,不同的传说侧重点各有不同,每一个环节都有滋生新奇情节的可能。有的围绕梁祝的"同窗同床"大做文章,力尽铺陈、渲染之能事,反映民俗文化对人生命本能潜意识的关注和追求。另一方面,有的版本将梁祝故事纳入"忠孝节义"的框架,爱情的美好与缠绵让位于抽象的道德伦理。有的让梁山伯考中状元,买马立功,平定叛逆,辅政佐国;有的让梁山伯死后灵显、平敌封神;有的让梁祝还魂成婚、享尽荣华富贵;有的让马氏子到阴间告状索妻,阎王判其另择良配,等等不一而足。民间传说就像一个大的箩筐,装着形形色色的思想、愿望和梦想。钱南扬《梁祝戏剧辑存》收录吹腔《访友》,是昆剧"传"字辈张传芳口述,赵景深笔录的,以梁山伯的书童四九、祝英台的丫鬟人心为主角,描述四九替梁山伯去祝家庄打探情况所闹出的笑话,重在搞笑,悲剧性全无。川剧《柳荫记》,共12回,回目为:柳荫结拜、英台辞馆、山伯送行、英台归家、骂媒、山伯访友、山伯寄书、求药方、英台下山、百花楼、英台打楼、封官团圆②。清乾隆四十七年南管戏刊本《同窗琴书记》,其情节为:山伯游春、英台赏

---

① 冯梦龙编:《喻世明言》,浙江古籍出版社2010年版,第244—245页。
② 林美清:《梁祝故事及其文学研究》,台湾大学1982年排印本,第105页。

花、入赏花园、遇摘牡丹、同说牡丹、山伯行、英台行、入学从师、马家求亲、画美人、看美人、巡视送琴书、英台归家、山伯辞师、山伯归家、打鸳鸯、见曾公、报厢思病、探病、打媒婆、封官主婚、团圆贺拜①。两个剧本中，梁山伯与祝英台都没有死去，祝英台为自己的婚姻进行了积极的抗争，最后以大团圆终。

清代的梁祝故事主要见之于民歌及一些民间曲艺形式中。如民歌《梁山伯歌》，鼓词《新刻梁山伯祝英台夫妇攻书还魂团圆记》《柳荫记》，木鱼书《英台回乡》《山伯访友》《全本梁山伯即系牡丹记南音》，清乾隆年间杏桥主人写的弹词《新编东调大双蝴蝶》等，都是穿插了很多新奇情节并且以大团圆为结局的。梁祝故事在民间以活泼、多样的说唱文学形式，丰富的故事情节和鲜明的人物形象存在着，但始于女扮男装，终于双双化蝶的悲剧版本是梁祝故事的主体，也最深入人心。

第二节 梁祝故事的文学图像

1. 清代以前的梁祝故事图像

南宋时期梁祝故事已有化蝶情节，可见在民间梁祝故事已经比较完整，所以宋代有以梁祝故事为题材的图像也实属正常。上海博物馆曾展出一枚宋代十二生肖大花钱（图 14-1），据相关专家考证，背后的图案就是梁祝故事中的"长亭送别"。从钱币上人物的衣着打扮、动作神情来看，不是梁山伯送别从书院回家的祝英台，而是祝英台送别来访的梁山伯。宋代没有梁祝故事的文本传世，不知道梁山伯访祝英台后，二人是如何分别的，现在所见明清时期的文本，也没有单列"长亭送别"的关目，但有二人分别场景的生动细致的描绘。明代《缠头百练》中《同窗记·访友》，祝英台送梁山伯，一路上情景是这样的：

【下山虎】须臾面对，须臾面对，顷刻离分。送别阳关道，难觅知音。巫山锁翠云，湘江泪盈盈。黄花瘦影，坠落纷纷。满眼飘红叶，都是相思泪染成。（合）欲别又难忍，欲别又难忍，止不住汪汪泪溢。难舍难分，难舍难分恩爱情。

……

【斗黑麻】金乌西坠，玉兔东升。只见宿鸟投林，昏鸦归阵。恨不得倩疏林，挂红轮，把衷曲愁肠尽洗清。（合）从此去，人居两地，月共一轮。两处相思，一般泪零。②

在这出《访友》中，梁祝二人的分别酷似元杂剧《西厢记》崔莺莺和张君瑞的长亭送别，连景物描写也都有模仿之嫌，但对表现梁祝二人当时的心境无疑也是非常恰切的。

① 林美清：《梁祝故事及其文学研究》，第 128 页。
② 钱南扬：《汉上宧文存·梁祝戏剧辑存》，中华书局 2009 年版，第 185 页。

图 14-1 十二生肖背梁祝"长亭送别"大花钱

　　明末清初的民歌《梁山伯歌》中有二人互诉衷情后依依难舍的描述："一送哥哥出绣房……二送哥哥到书房……三送哥哥出大门……四送哥哥过墙头……五送哥哥到牌坊……六送哥哥路上行……七送哥哥到桥东……八送哥哥过了桥……九送哥哥过桥西……十送哥哥到凉亭。"梁祝二人"今日相送十里亭","眼泪汪汪意正浓,情难分手各西东。两人作揖别匆匆,哭得天昏地也昏,正是藕断丝也断,恩情却有海洋深"①。

　　清代鼓词《新刻梁山伯祝英台夫妇攻书还魂团圆记》里面也有二人相别的铺陈:"送兄送到藕花旁……送兄送到藕池南……送兄送到藕池西……送兄送到藕池北……送兄送到上马台……送兄送到下马台","英台难舍梁山伯,山伯难舍祝英台。"②在其他的说唱文本中对梁祝的二次相别都是进行了大肆的渲染,突出表现二人意已决、情难舍的凄楚与悲怆。分别的场所,有的在绣房,有的送到大门口,而送出家门,在十里长亭相别的文本不多见。在《梁山伯歌》里,采取了民歌中常用的"十送"模式,每一送都哀感缠绵、心肠欲断,如此往复循环,使二人之间的情感得以不断深化,从而产生了荡气回肠的艺术效果。

　　在宋代所存这枚花钱上,梁山伯和祝英台愁眉紧锁,脸上都有哀伤的情绪。前面的梁山伯背对祝英台双手相拱放于腹部,似走又停。梁山伯背后的祝英台身体微曲左转,颔首低眉,左手抬于胸前,似乎要去擦脸上的泪水,生离死别场景的刻画非常生动传神。二人背后有亭台楼阁,左右有花草树木,道路也崎岖不平,把分别的场景衬托得如诗如画。若图中所绘,果真是梁祝二人,那么在宋代,梁祝在"访友"之后的分别无论其文字的描绘还是舞台上的表演,肯定都是浓墨重彩着力表现的。

　　元代,各地有关梁祝的风物传说已经非常多了,其中济宁市邹城峄山上梁祝读书处有梁祝石像,陈云琴游峄山写的七绝诗《万寿宫梁祝像》可证明之。明代

①《梁山伯歌》,路工编:《梁祝故事说唱集》,上海古籍出版社 1985 年版,第 36—38 页。
②《新刻梁山伯祝英台夫妇攻书还魂团圆记》,路工编:《梁祝故事说唱集》,第 94—95 页。

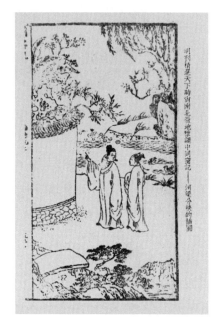

虽然没有完整的梁祝题材的剧本流传,但在仅存的几出梁祝故事选出里幸运地有和选出内容相应的插图配合出现,如图14－2为明崇祯年间刊本《缠头百练》中《同窗记·访友》的插图。

图14－2 《缠头百练》之《访友》

图14－3 《精选天下时尚南北徽池雅调》之《河梁分袂》

这幅插图展现的是梁祝二人在室内同桌相对饮酒而食的情景。二人相向而坐,桌子上摆着美酒佳肴,但是二人的注意力被外面的丫鬟人心和书童四九所吸引,都扭转头望外看。丫鬟人心跪在地上哭泣,四九在旁边正与人心说话,梁祝脸上也并无伤心愁苦的表情。画面上刻绘的主仆四人与《访友》里面所描绘的那种凄凄惨惨、愁云惨淡的场景并不相符,倒是与钱南扬《梁祝戏文辑存》中的吹腔《访友》一出极为相符。《访友》充满悲伤的情绪,但在吹腔《访友》里,主角变成了四九和人心,两个人口角打闹,四九因为偷喝了酒被梁山伯罚跪,遭到人心的嘲笑,祝英台又因此罚人心下跪,转而四九又嘲笑人心。图中所绘正是四九嘲笑人心被罚跪的情景。这说明,吹腔《访友》里面的故事情节在明代就已经在梁祝故事中出现了,而且还相当流行,以致画工在画图时,看到"访友"脑海里出现的就是嘲笑戏谑版的"访友",所以就画出了这样一幅与书中所选戏出严重不符的画面。可见,在明代梁祝故事有了多个版本,故事情节已经向外横溢斜出。画面还配以修竹芭蕉、树木山石,好似一幅夏日闲酌图,单独来看还是有很高的欣赏价值的。

明刊《精选天下时尚南北徽池雅调》中《同窗记·河梁分袂》也配有一幅插图(图14－3),《河梁分袂》相当于今天梁祝戏曲中的《十八相送》。在《河梁分袂》里一路上祝英台五次暗示自己的女儿身份,但梁山伯都没有觉察。第一次祝英台以《诗经》"窈窕淑女,君子好逑"来暗示自己的女儿之身,还说他们二人的兄弟之情:"人间夫妇之情不过如此";第二次以"彩凤潜形"来暗示,她说:"你道我是斑鸠唤友,怎知道彩凤潜形",提示梁山伯两人之间不是两个男生之间的同学之谊,而是男女之情;第三次以"刘晨阮肇遇仙姬"的故事暗示自己就是"仙姬";第四次以牛郎织女的传说来点出自己是女子;第五次把自己比作奇花正"待君拔折"。祝英台的五次暗示,都包含着对梁山伯深深的情意,可惜梁山伯单纯憨厚朴实,没有明白祝英台的真实心意。祝英台无奈托口以妹许婚,要梁山伯如约而至。图 14-3 正是梁山伯送别祝英台的一个场景,插图绘图精美,画法工整,人物造型、山石、树木、流水、围墙的勾勒点染,像极了中国传统山水画的笔墨技法。景物虽然很多,但人物仍然居于图画的核心位置。图中梁山伯一手指着探出墙外的花枝,回转头看着祝英台,似乎在让祝英台抬头观看。绘图者这样画,是在回应祝英台说的"异样奇花,待君拔折",祝英台女扮男装外出求学,不正是探出墙外的一枝花吗?"花开堪折直须折,莫待无花空折枝",绘图者明白祝英台一定有这样的担心和忧虑,所以让梁山伯以手指出墙花枝,意在感慨梁山伯能欣赏开在春天里的美丽花朵,却不明白在他身边的才是他最应该欣赏和守护的娇美奇葩。梁山伯脸上的殷殷笑意与祝英台脸上的深深忧虑形成鲜明对比,也体现了绘图者的用意。该图通篇布局十分严谨,画面极为整齐又十分丰富,近景小树山石参差错落,有疏有密,稍远处树木花草在微风下飘拂着,树下河水泛起涟漪层层,之间还有鸳鸯鸟浮在水面上。美好的景色,前路未卜的分别,梁山伯的微笑,祝英台的蹙眉,使这幅图涵韵了丰富的意韵。

2. 清代的梁祝故事图像

(1)梁祝说唱文本中的插图。

清代梁祝故事的说唱文本很多,且多配有插图。光绪二十六年(1900)上海书局石印本弹词《绣像梁祝因缘大双蝴蝶全传》(上下卷 30 回)中的插图第一幅就是一双展翅翩飞的大蝴蝶(图 14-4(1)),蝴蝶在空中一上一下,触角相抵,十分亲密,与书的名字相呼应,也与故事的内容相呼应。把蝴蝶双飞的图像放在诸图之首,是因为蝴蝶已经包含了梁祝故事的大部分内容,成为梁祝故事的标志,看到蝴蝶人们就想起梁祝,想起关于梁祝的具体故事,因此蝴蝶图具有了总领全书的特质,最富概括力也最富启发性。接下来是人物肖像图,绘图者选取了书中的主要人物作为描摹的对象,关系相近者排列一起,尊者在前,其他人物在后,两人一图,梁父与梁母一幅,梁山伯与书童一幅,祝父与祝母一幅,祝英台与丫鬟春香一幅,梁山伯一家在前,祝英台一家在后,反映了绘图者男尊女卑的思想和态度。人物肖像图没有任何背景,人物服饰采用的"古服",人物面貌清雅俊秀。

依据阅读顺序,读者首先看到的是人物绣像,在其后的阅读过程中无疑会把人物绣像带入故事情节中去,图像给读者带来的好感是可以触发读者向下读的兴趣的。在人物肖像插图之后是故事情节图,选取的是相关故事情节中最具张力的片段和瞬间,如图 14-4(4)"梁山伯书斋染病",对应弹词第二十四回"梁山伯书斋染病,姚光祖议论婚姻",插图的题目取自章节的章目,梁山伯拜访祝英台未能见面,且又听丫鬟春香说小姐许婚马大郎事,郁郁不欢,回到家后就相思成疾,卧床不起。梁父梁母从书童瑶琴处知道了梁山伯与祝英台事。因马大郎已死,梁父为了让儿子的病好起来,让姚光祖去祝家为儿子提亲。图中梁山伯斜支着身体从床上坐起,梁父站于床榻之侧弓腰曲背,一脸忧思而又带着问询的神情看着书童瑶琴。弹词中并没有正面写梁山伯染病及梁父去书斋看望儿子的病情,只是通过梁父的独白透露梁山伯病重及他对儿子病情的留意与担心:"想我那儿那日回来,甚有不悦之意,容颜憔瘦,必有所思。前日官封参政,看他甚是平常。一病恹恹,服药无效。想儿此病,却是为何?"这段话充满了父亲对儿子的关心。因此弹词中虽然没有父亲探病的情节,却在"梁山伯书斋染病"图中非常形象具体地表现了这一点。这自然有绘图者自己的阅读体会和理解,再说按照情理推测,儿子生病,父亲看望也是人之常情。而且书中的梁父在对待梁祝婚姻爱情上还是很开通的,知道儿子思念英台生病,积极主动去促成两人的婚事,就这一点而言,画工对祝父应该是怀有好感的,所以在这幅图里表现了一个父亲对儿子深深的关切和担忧。"梁山伯染病"作为该弹词中的一个大的关节,推动了梁祝情感深化和故事情节向下发展,以此为图,说明作者对故事中的情节进行了精心选择,并根据自己的理解画出了一位爱着儿子的慈父形象。所以虽然插图和文字之间不完全对等,但并不影响读者对故事情节的理解和把握。

    (1)   (2)   (3)   (4)

图 14-4 《绣像梁祝因缘大双蝴蝶全传》插图

    上海惜阴书局民国年间用古本精印的《绣像梁山伯宝卷》有插图一幅(图14-5),置于卷首。这是一幅人物肖像图,共6人,分两排站立,前面从右到左依次为祝员外、梁员外、祝安人、梁院君,后面为梁山伯与祝英台。把两家人放在一块,长辈在前,晚辈在后,男性在左,女性在右,体现了绘图者的以长者为尊、以男性为尊的观念。但是站在后面的梁祝身材明显比前面的父母要大很多,看来绘图者是有意凸显二人的主人公身份。在一张图里面要兼顾伦理与书中人物的主次轻重，绘图人真是煞费苦心。虽是人物肖像，书中也并无梁祝的父母亲在一块的场景，把他们放在一块并排而站，不合书中逻辑，却有绘图人自己的逻辑。图中祝员外与祝安人身体都朝他们的右边略微倾斜，与梁员外、梁院君说着话。梁员外、梁院君也都侧耳聆听，梁员外面带微笑，梁院君则瞪大了眼睛。后面的梁祝也在悄声耳语，梁山伯朝向祝英台，右手的折扇收拢抬至左肩，祝英台男装，手中折扇打开在胸前扇动，似若有所思。整个画面看上去和谐、美好，两家人在一起其乐融融。这种和乐温馨的氛围与《梁山伯宝卷》中让人备感压抑感伤的情绪正好相反，宝卷中梁山伯和祝英台先后死去，化为蝴蝶，飞向天庭。清代的说唱文学中，人们总是不甘心梁祝就这样死去，即使化为蝴蝶也要让他们复生重新配合在一起。《梁山伯宝卷》结尾虽然说梁祝二人是牛郎织女下凡转世，劫满后重返天庭，但是二人毕竟还是没有在现实的人世间结合在一起。况且前面用那么长的篇幅叙述二人的钟情、深情、痴情和殉情，曲终寥寥几句貌似安慰的话，又如何能安抚读者已经激动起伏的情绪。这张插图既把宝卷中主要人物集中在一块，把不可能聚在一起的两家人纳入一图，图中人物的序列安排和彼此之间互动交流，又超越了人物肖像画单纯的绘形摹神，而是集合了绘图者的伦理观念及对梁祝二人的美好期待。

图 14-5 《绣像梁山伯宝卷》插图

图 14-6 插图《山伯访英台》

　　晚清民国时期上海尚古山房铅印的鼓词《梁山伯祝英台全传》（封面题《梁祝姻缘》），卷首有插图一幅《山伯访英台》（图 14-6），是梁祝故事中的一个核心情节。在鼓词《梁山伯祝英台全传》中梁山伯访友重会英台，知道了与自己三年同窗共读的友人原来是个如花似玉的女子,对英台的感情发生了质的变化。而祝英台在梁山伯表白真心后,对梁山伯的感情也坚定起来。当梁山伯知道祝英台为女子且许婚他人后,反应非常强烈,极力争取,被英台以各种理由拒绝后,还说要告祝父嫌贫爱富,最后埋怨英台"太无情",顾虑太多,前怕狼后怕虎。与梁山伯相比,祝英台确实是少了几分锐气和胆量,既没有反抗父兄的想法,更少了对梁山伯的深情,反而埋怨梁山伯未按期来访。当然中间穿插很多与故事情节无关内容,甚是冗长拖沓,也影响了梁祝情感的集中和表达,这是民间文学的通病。图14-6中,祝英台带着梁山伯向外走,从窗户里映出芭蕉和假山,暗示外面就是花园,按照鼓词中所写,祝英台认为在房间里谈话不方便,要到外面花园去,可见二人是向花园走去。梁山伯看着英台说着话,打着手势,身体向英台微倾,说明内心非常着急,要向英台问个明白。祝英台听着梁山伯的话,但身体有一个向外的弧度,似乎在躲避梁山伯的靠近。图中的祝英台非常符合鼓词中祝英台的表现,她一开始极力地想让梁山伯放弃自己,对梁山伯怀着戒心,不想与他过于亲密。梁山伯则等不及走到花园就想向英台倾诉真情。一冷一热,甚是分明。可见该书的绘图人是很好地阅读了原文,理解了原文,所以能从人物细微的表情和动作上还原书中的描写。读者未读其文先看其图,对"梁山伯访友"有了初步的了解,即使有看不明白之处,读到原文时也会豁然开朗。可见置于正文之前的这幅插图通过其自身的特性和表意方法具备了一定的叙事功能。

(2)民间工艺美术中的梁祝故事。

民间工艺美术中梁祝无处不在,无所不有。年画、民间剪纸、艺术模型、瓷塑、石雕、木雕等都以不同的方式讲述和留存着梁祝故事。在年画里面,梁祝题材是一个很大的门类,为此叫卖年画的人,专门为梁祝年画创作了叫卖词,桃花坞年画是这样叫卖的:"梁山伯,祝英台,结拜兄弟顶开心,男上左脚,女上右脚进仔学堂门,困末困仔三年份,山伯像个活死人,拨勒先生来看清,英台连忙转家门,梁山伯,来讨亲,一看英台原来是美人,犯仔相思病,黄昏想到早起来,一命配棺材,英台得知哭伤心,花轿抬过山伯坟,下轿跳仔坟当中,恨煞马官人。"[1]年画叫卖词包含了梁祝故事的始末,基本故事情节都在里面。连环画式的年画可以表现完整的梁祝故事,武强年画中有"由《草桥结拜》《十八相送》《访祝》《楼台会》《祷墓》《化蝶》六幅画组合成戏画《梁山伯与祝英台》"。[2]《潍坊民间孤本年画》收有两幅清代的梁祝年画,一幅为《山伯英台同校读书》(图14-7),一幅为《梁祝化蝶》(图14-8)。

---

① 苏州工艺美术职业技术学院、苏州桃花坞木刻年画社编:《桃花坞木刻年画——作品·技法·文献》,上海人民美术出版社2010年版,第258页。

② 《中国年画——以武强年画为例》,陈建宪:《民俗文化与创意产业》,华中师范大学出版社2012年版,第208—209页。

图 14-7 潍坊年画《山伯英台同校读书》

图 14-8 潍坊年画《梁祝化蝶》

　　图 14-7 表现梁祝两人一块读书的场景。二人坐在同一书桌之前,祝英台拿着书卷在读书,梁山伯在写字,然而他们的目光均不在书和纸笔上,祝英台目光注视前方,梁山伯则似聆听先生讲课状。图 14-8 中,祝英台正奔向裂开的梁山伯坟墓,后面马文才似欲急趋向前拉祝英台。梁山伯坟墓的裂缝中已经飞出一对蹁跹的蝴蝶。抬花轿的轿夫和打着马府灯笼的家丁都惊讶地看着这一切。化蝶本应该在祝英台跳进坟墓之后,但在图 14-8 中蝴蝶在祝英台未跳入之前已经飞出,把同一空间不同时间内的场景融合在一块,而这不同

时间内的场景是有时间的逻辑性的,因此这并不影响人们对于画面的欣赏与解读。

潍坊杨家埠这套年画显然不止这两幅,应该还有梁祝故事中的其他情节呈现。在《东方的罗密欧与朱丽叶——梁祝口头遗产文化空间》一书中收录的一组梁祝连环画年画(图14-9)与此风格非常接近,其中就包括四个故事情节:马文才迎亲、祝英台吊孝、祝英台入坟化蝶、一对蝴蝶自由飞舞。这四个画面内容是梁祝故事后面的情节,因此不难想象它应该至少还有四个画面的年画描述梁祝前面的故事情节。这组梁祝年画中祝英台将要跳坟的画面与图14-8的构图是非常相似的,它应该就是对图14-8的描摹,只不过笔法更加稚拙,画面更显粗糙。如图14-9,"祝英台吊孝"情节在清代的说唱文本中是存在着的,鼓词《梁山伯祝英台全传》中就有祝英台去梁家吊孝的情节。图中的第四个画面,梁祝都生出了翅膀在花丛中相携如蝴蝶起舞,画的左边也画出一双飞翔的真蝴蝶,这说明在老百姓的心里,仅仅化蝶是不够的,必然要让有情人最终在一起才能满足他们对梁祝结局的美好期待。

图14-9　潍坊杨家埠年画《梁祝》

清末上海小校场"筠香斋"印制的年画《新绘梁山伯相送祝英台》(前后本)(图14-10、14-11)绘有八个故事情节,八个画面上都有七个字的题名,分别是:因游学山伯辞双亲、为投师英台改男装、梁山伯初会祝英台、庆投师梁祝结金兰、梁山伯得诗哭英台、祝英台改装吊山伯、梁祝死化双蝴蝶、马十二郎游地府。画面综合了环境、道具、人物等多种元素,描绘了故事发展的特定情节,每个场景都绘制得特别精致华丽,如"梁山伯初会祝英台"画面上梁祝二人互相行礼作揖,书

图 14-10 《新绘梁山伯相送祝英台》(前)中披

图 14-11 《新绘梁山伯相送祝英台》(后)中披

童四九和丫鬟仁心都挑着担子,近处有凉亭树木,远处有长桥、湖水和隐隐的堤岸,环境与人物的相互交融,营造出一种路途中相遇的气氛和情境。画面以红、蓝两色为主,设色均匀,新鲜别致,与晚清诸多戏曲年画相比,该连环画中人物形象和环境布局真实感较强。画中女性着清代旗装,男子则是以明代服装为基础的戏曲舞台装,而在祝英台女扮男装的时候,她的丫鬟仁心却依旧是女性妆扮,如"梁山伯初会祝英台"与"祝英台改装吊山伯"中的仁心都是女装,而祝英台是男装,画面却明明白白标注着"仁心丫头扮书童",与梁山伯男装打扮的书童四九明显不同。另外,虽然年画称绘的是"梁山伯相送祝英台",在年画中却并无相送的场景,比较重要的"访友"也未在年画中出现。不知是绘图者有意为之还是疏忽所致,当然,如果只能选择八个关键性的情节来绘图,确实有取舍的困难,既然是新绘,可能就选择相对而言比较新颖的情节,如"马十二郎游地府"在民间说唱文本中虽然也多见,但毕竟这个情节出现得晚,对于传统的梁祝故事而言,人们可能感觉要新奇一些。而"梁山伯得诗哭英台"在通常的说唱文学中一般为"梁山伯得书信哭英台",《梁山伯歌》中,梁山伯祝庄访台后,病染相思,茶饭不思,央求母亲去见祝英台求取药方,祝英台给梁山伯写了书信宽解,梁山伯得书信后,病体更加沉重,嘱咐后事后就死去了。鼓词《柳荫记》中,则是四九直接向梁山伯转述祝英台的话,《全本梁山伯即系牡丹记》是梁山伯得祝英台汗衫一件、书信一封。既然是新绘,就不仅仅是重新对既有梁祝故事的描摹,相对而言比较新的表现形式和比较新的故事情节才是绘图者的目的所在。

梁祝故事不仅可以以连环画的形式出现在年画等民间美术中,因为其在民间流传广泛,即使撷取其中某一个情节中的某一个瞬间绘图,熟悉故事的人们也会一眼猜出是梁祝故事。梁祝故事虽然带有悲剧色彩,但二人不离不弃、生死相依的情谊早就让人忽视了其殉情带来的悲伤甚至不吉利的色彩,化蝶双飞的梁祝甚至成为天长地久自由幸福爱情的象征,所以人们可以把带有梁祝故事的年画、剪纸贴在房间里,把梁祝二人雕刻在门窗、家具和墙壁上。图14-12是青年画家刘铁飞收藏的年画印版,在荷花和牡丹纹的图案中刻着一对长着蝴蝶翅膀的人,下面还有"牛郎织女"图式,雕版最下方刻着"梁山伯""祝英台"字样。印版一为牡丹,一为莲花,周围点缀其他小花,牡丹寓意花开富贵,荷花象征身心俱洁,两个印版表明富贵荣华但始终保持廉洁的操守。印版以花卉为主,其间却雕刻了两个民间传说中的人物,以印版上的"梁山伯""祝英台"字样可知,应该主要是表现梁祝故事,毕竟梁祝化蝶,在花间成双成对留连蹁跹飞舞与花的关系最为密切,而同时刻有牛郎织女的故事,可能与传说中,梁山伯与祝英台乃牛郎织女所化相关。《梁山伯宝卷》就说因牛郎织女私自相会,违反了一年一会的天规,被罚下世为人,让其三世有情却不能结成夫妇,其中一世即为梁山伯与祝英台,所以此年画印版或许就是据此传说雕刻而成。但不管制图人的想法是什么,梁祝故事和牛郎织女故事都体现了对爱情的坚定不移,所以此印版在富

图14-12　年画《梁祝》古印版

贵花开、清正高洁的寓意中又多了对爱情的笃定与坚守,可以拿来祝福有情人比翼双飞白头到老。可见以此雕版印制的年画适宜于在各个场合张贴悬挂,有花卉、有人物、有故事,吉祥喜庆,新鲜热烈,满足了普通民众的多重心理需求。

剪纸是与女性联系非常密切的一种民间艺术。在中国传统社会里,女性依附于家庭和男子,扮演着生儿育女、夫唱妇随的社会角色,在封闭的环境中长期从事单调、琐碎而又繁重的家务劳动,在这个漫长的过程中似乎泯灭了个性,但从其刺绣和剪纸的花样中能窥其对这种既定人生轨迹的不满,剪纸里面经常出现的木兰从军、西厢记、梁祝等故事说明她们其实也非常珍视实现自己人生价值的权利,也希望能有一份属于自己的白首不相移的爱情。图14-13《梁祝读书》,蕴含的正是女子不甘于狭窄的庭院碌碌终老的命运,追寻同男子一样的受教育、自由外出与人交际的权利。在图14-13中,可以看出祝英台女性特征非常明显,头上簪着花朵,冠下有留海,与梁山伯相比身姿婀娜,具有传统女性形象中的温婉。而她女扮男装,外出求学,与大部分时间留在家中相夫教子,绣花抚琴,鲜有抛头露面机会的传统家庭妇女又迥然有别,因此剪纸中的梁祝表现的是传统女性内心的一种不服命运的反抗。梁祝二人面上俱有喜悦之色,应该是有对读书生活的满足,对朋友相得的舒惬。祝英台通过抗争实现了她走出闺房在广阔天地自由呼吸的梦想,而剪纸的女子则通过手中的剪刀做起了与祝英台相同的梦。

图 14-13 山东剪纸《梁祝读书》

图14-14为老家具上雕刻的梁山伯与祝英台,右边图上的祝英台为男装,左边的祝英台为女装。两图中的人物都是在行走状态中。右图二人皆手执折扇,祝英台在前,梁山伯在后,祝英台转头向后与梁山伯说话,梁山伯眼睛微闭,面带微笑,侧耳聆听。左图中的祝英台则是娇羞回首,身子扭捏,梁山伯则左脚

图 14‑14　家具上的《梁祝》

前伸,身体前倾,含情脉脉看着前面的祝英台。图上只有人物而没有任何背景,雕刻者也似乎并没有表现故事情节的想法,只是把梁祝之间的缠绵动人的情感给传达了出来,因为说起梁祝,人们想到的首先是二人之间感天动地的爱情,梁祝二人已经成为爱情的象征。当然更具象征意义的是梁祝化蝶之后的那对蝴蝶,自梁祝化蝶的故事在民间流播开来,双蝶成为男女爱情的象征。现实中梁祝的死是让人痛心的,但人们又无力改变这一切,因此幻化出一双美丽的蝴蝶给残酷的现实增添些许亮色。爱情并没有随着梁祝二人生命的死亡而结束,死亡反而是生命的开始,生命的升华。化蝶是梁山伯与祝英台生命的轮回与延续,是美好愿望的最终实现,这一理想化的表现方法自然反映了人民的善良愿望。因此舒展着自由爱情和生命的蝴蝶与花卉的组合,寓意着比翼双飞、幸福美满的爱情。所以在一些图像里面,即使没有梁祝二人出现,仅仅有蝴蝶和花草,人们对其中的寓意也已经非常的明了。图 14‑15 为清代各地的《双蝶图》,这些蝴蝶图最重要的一个特点就是蝴蝶相向而飞,向着对方无限靠近,人们借蝴蝶双飞希望有情人能永结同心,而蝴蝶与花朵的配合,表达了人们对美好爱情和甜蜜婚姻的追求。

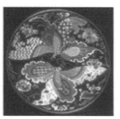

图 14‑15　民间《双蝶图》

第三节　梁祝故事文图关系的特点

相对于梁祝故事在民间的广泛传播,文字的记述显得太过简略和滞后。魏晋南北朝时期,诞生梁祝故事的土壤已经相当的肥沃,但从其破土而出到开枝散叶长成参天大树经历了一段相当长的历史时期。南宋梁祝故事中已经有化蝶情节,说明梁祝故事至此已经定型,但完整的故事情节在明代冯梦龙短篇小说《李秀卿义结黄贞女》入话中才得显现。可见梁祝故事文本并未跟上梁祝口头文学发展的步伐。虽然元明两代,已经有人创作了以梁祝故事为题材的戏剧,但大都湮没无闻,仅留存为数不多的散出和残曲。根据文学创作和流播接受的规律,这些梁祝戏剧的艺术性显然不足以引起人们更多的兴趣和关注。但梁祝故事中男女主人公对爱情的坚贞、对自由爱情的追求已经成为理想化的爱情恋曲,被人们唱了又唱,听了又听,在广大的时间与空间背景下,又生发出大同小异的多种说法。口头上的梁祝远比文字中的梁祝精彩,应该是毋庸置疑的,清代不胜枚举的说唱文本充分证明了这一点。

民间文学口口相传的变异性特点,使梁祝故事每一个情节都有生新生变的可能,特别是在梁祝化蝶的前后,重新开辟出无数的小径,最终都走向梁祝大团圆的结局。而在民间图像中,梁祝故事的多歧发展并未得以充分体现,即使在那些反映整个故事具有连环画性质的图像中,多数还是依然选择了梁祝故事中最基本的故事情节:结拜、共读、送别、访友、化蝶,这是梁祝故事在长期的口头流传过程中经过不同地域不同时期的人们的甄选而共同确定的梁祝故事的枝干和精髓,获得人们的普遍认可,而在此之后衍生的众多枝蔓,民间图像中有选择地抛弃了。即使那些求新求变来吸引顾客驻足的年画,也不能弃主干情节于不顾,还是以固有的情节为主,辅以相对合理的新变情节。这些图像反映了人们对梁祝故事的接受情况,说明民间传说虽然有它的变异性,但当它在长期的发展中形成了符合生活逻辑和艺术逻辑的情节模式之后,也具有了极强的稳定性。梁祝故事情节的稳定性在其民间图像中得以充分体现。

无论是口头文学上的梁祝故事还是文字中的梁祝故事,在思想倾向上都曾呈现出矛盾的两极:一方面想冠以梁祝故事忠孝节义的令名,另一方面又赞赏梁祝为了爱情可以奋不顾身。这矛盾的两极最终统一在自由爱情的旗帜之下,才使梁祝故事永葆迷人的艺术魅力。汤显祖在《牡丹亭·题词》中说"情之所至,生可以死,死可以复生。生不可以死,死不可以生者,皆非情之至也",所以杜丽娘对爱情的追寻才那么让人感喟。同样,梁祝故事里那种让人生死相许的爱情也最能打动人心。梁祝故事的图像虽也能反映梁祝故事在发展中被注入多元化的思想,但更能让人感受梁祝故事的美好:情感的纯粹,爱情的热烈。草桥结拜、同窗共读、访友相会、梁祝化蝶,是梁祝故事民间图像中刻画最多的情节,人们希望梁祝在同一时空中出现，希望他们时时刻刻守在一起，只要梁山伯和祝英台在一起，人们甚至可以忽略背景，忽略故事，因为人们对天下有情人的美好祝福就是祝福他们终成眷属，幸福地生活在一起。民间图像中人们把梁山伯和祝英台从并不复杂的故事中请出来，甚至只把他们的化身"蝴蝶"刻绘出来，就是因为梁祝与蝴蝶都已经具有了爱的象征意味。梁祝同框或者蝴蝶双飞的每一个画面都能体现有情人之间爱情的旖旎与温馨，都能表达对美好感情的希望与祝福。梁祝生死不渝对情感的坚持已经让他们成为中国的爱神，因此年轻人常去梁山伯庙祈福许愿，祈祷能得到梁祝二人的保佑："梁山伯庙去烧香，拜拜多情祝九娘。年少夫妻双（或作"同"）许愿，不为蝴蝶即鸳鸯。"[1]在民间有"梁山伯庙到一到，恩爱夫妻同到老"[2]的说法。

梁祝故事的图像或反映梁祝故事中的某一个特定场景，或以组图的方式讲述完整的梁祝故事，不管何种形式的图像，在绘图之前，画家或者工匠应该早就有明确的创作旨归。无论是书籍插图还是民间工艺美术，都有图像作者自己的理解体现于其中。如宋代花钱"长亭送别"中笼罩在梁祝二人身上的那一层拨不开的愁云惨雾，若不能体会这是梁祝在前途已定、生离死别的情境之下的送别，是不能刻绘如此细致的。在书籍插图中，虽然有的画工对书中内容已经熟悉，也想力图按照书中的情节表现人物，但仍不可避免受到民间传说的影响，受到自己脑海里固有梁祝故事的影响，在反映书中情节的同时，把自己的所知所感渗透到构图和线条的勾勒中去，有时甚至跳出原书，完全根据自己已有的经验和认识来画图。因此梁祝故事的图像最能体现梁祝故事在民间的接受程度，而这种接受程度反过来又影响了人们对梁祝新的文本和新的传说的理解和接受。

① 叶元章：《静观流叶》，上海文艺出版社 2011 年版，第 135 页。
② 同①，第 136 页。

第十五章　钟馗故事及其图像

　　在近现代戏曲舞台上,《钟馗嫁妹》是一出非常流行的戏,很多戏曲爱好者多从《钟馗嫁妹》这出戏得知钟馗。实际上,在至少隋唐以来一千三四百年的历史中,钟馗始终是中国民间信仰、风俗中非常重要的神灵。与这种信仰、风俗相应,产生了难以尽数的钟馗画像和钟馗传说、小说、戏曲。从文学与图像的关系来看,各种钟馗画像与各种钟馗传说故事不是简单的依从或对应关系,而是相互启发和推动,渐趋丰富,如此构成非常奇特的文化现象。欲了解这些与钟馗相关的文学、画像,我们不能不从钟馗信仰说起。

第一节　钟馗信仰的流行与钟馗画的产生

　　在中国民间信仰中,各种被崇奉的神灵对普通民众而言往往具有不同的功能或意义。钟馗之被崇奉因其具有辟邪驱祟的功能,似特别表现在其对与疾病相关的鬼祟有镇服之效。宋沈括的《梦溪笔谈·补笔谈》杂志篇载:

　　禁中旧有吴道子画钟馗,其卷首有唐人题记曰:"明皇开元讲武骊山,岁翠华还宫,上不怿,因疻作,将逾月,巫医殚伎,不能致良。忽一夕,梦二鬼,一大一小。其小者衣绛犊鼻,屦一足,跣一足,悬一屦,揎一大筠纸扇,窃太真紫香囊及上玉笛,绕殿而奔。其大者戴帽,衣蓝裳,袒一臂,鞹双足,乃捉其小者,刳其目,然后擘而啖之。上问大者曰:尔何人也? 奏云:臣钟馗氏,即武举不捷之进士也,誓与陛下除天下之妖孽。梦觉,苦顿瘵,而体益壮。乃诏画工吴道子,告之以梦曰:试为朕如梦图之。道子奉旨恍若有睹,立笔图讫以进。上瞠视久之,抚几曰:是卿与朕同梦耳,何肖若此哉! 道子进曰:陛下忧劳宵旰,以衡石妨膳,而得犯之,果有蠲邪之物,以卫圣德。因舞蹈上千万岁寿。上大悦,劳之百金。批曰:灵祇应梦,厥疾全瘳。烈士除妖,实须称奖。因图异状,颁显有司。岁暮驱除,可宜遍识,以祛邪魅,兼静妖氛。仍告天下,悉令知委。"熙宁五年,上令画工摹拓镌板,印赐西府辅臣各一本。是岁除夜,遣入内供奉官梁楷就东西府给赐钟馗之象。[①]

---

① 沈括:《梦溪笔谈》,中华书局 2016 年版,第 704 页。

　　按《梦溪笔谈》所载,中国最著名的皇帝之一唐玄宗久困于疟疾,因梦见钟馗啖鬼而痊愈。而钟馗亦因唐玄宗的嘉奖而从此名扬天下。《梦溪笔谈》所载可与晚唐周繇《梦舞钟馗赋》相参证:

　　皇躬抱疾,佳梦通神。见幡绰兮上言丹陛,引钟馗兮来舞华茵。寝酣方悦于宸辰,不知为异;觉后全销于美疢,始讶非真。开元中抚念齐民,忧勤大国。万机亲决于宸断,微疟遂沾于圣德。金丹术士,殊乖九转之功。桐箓医师,又寡十全之力。爱感神物,来康哲王。于时漏滴长乐,钟敲建章。扃禁闵兮闭羽卫,虚寝殿兮阒嫔嫱。虎魄枕欹,象榻透荧荧之影;虾须帘卷,鱼灯摇闪闪之光。圣魂恍恍以方寐,怪状朦胧而遽至,砕矶标众,颐类特异。奋长鬣于阔臆,斜领全开;搔短发于圆颅,危冠欲坠。顾视才定,趋跄忽前。不待乎调凤管,拨鸾弦,曳蓝衫而飒绩,挥竹简以蹁跹,顿趾而虎跳幽谷,吊头而龙跃深渊,或呀口而扬音,或蹲身而节拍。震雕拱以将落,跃瑶阶而欲折。万灵沮气以惕惶,一鬼傍随而奋踯。烟云忽起,难留舞罢之姿;雨雹交驰,旋失去来之迹。睿想才寤,清宵已阑。祛沉疴而顿愈,痒御体以犹寒。对真妃言寤寐之祥,六宫皆贺。诏道子写婆娑之状,百辟咸观。彼号伊祁,亦名郁垒。惟祆于凝沍之末,驱疠于发生之始,岂如呈妙舞兮荐梦,明君康宁兮福履。[①]

　　《梦溪笔谈》《梦舞钟馗赋》都记述说钟馗对驱除病祟特别有效。

　　如果说钟馗信仰自玄宗以后非常流行,那么钟馗信仰起自何时呢?

　　目前最早的有钟馗记载的文献为《太上洞渊神咒经》,卿希泰认为该经书可能出现于晋代[②]。《道藏》本《太上洞渊神咒经》载:

　　道言:大门鬼吏大真公,小门鬼吏小真公,房守门吏衣文,后守门吏万伦,灶门守吏炎景,道上守吏尸供,内外大鬼,宅中眜,男女客亡,水火金木之所杀害者,各各自约。今何鬼来病主人,人今危厄,太上遣力士、赤卒,杀鬼之众万亿。执刀缚鬼,钟馗打杀(刹)得,便付之辟邪所,付与天一北狱,恐其有枉,令敕下万民,若有疾病生人之家者,速令放置。令如法,使生人病愈,人鬼无他;若复不出者,令病人不瘟,大魔王小鬼王等,身斩百碎,必不恕矣。——如太上口敕,不得留停,急急如律令。[③]

　　自《太上洞渊神咒经》所谓“今何鬼来病主人……若有疾病生人之家属,速令放置……令病人不瘟”来看,钟馗最初的职能是治病。其打鬼驱鬼,最终目的是为了驱逐致人疾病的因素,还生人健康。

　　郑尊仁在考证钟馗信仰源起时,曾统计过唐朝之前(包含唐朝)史书中出现

① 李昉:《文苑英华》,中华书局 1966 年版,第 434 页。

② 卿希泰:《中国道教思想史纲》第 1 册,四川人民出版社 1996 版,第 249 页。

③ 叶贵良:《敦煌本〈太上洞渊神咒经〉辑校》,中国社会科学出版社 2013 版,第 23 页。

的以钟馗（音）为名的人名，表示如下①：

北魏	献文帝	张衮之孙白泽，本字钟葵，献文赐名白泽。（北史卷二十一，列传第九，张衮传）
		于劲字钟馗。（北史卷二十三，列传第十一，于栗䃅传）
		枹罕镇将西郡公杨钟葵。（北史卷九十六，吐谷浑）
	孝文帝	顿丘王李钟葵。（北史卷三，魏本纪第三）
		淮南王子名钟葵。（北史卷十六，列传第四，道武七王）
		尧暄字辟邪，本名钟葵。（北史卷二十七，列传第十五）
北齐	后主	有宦者宫钟馗。（北史卷九十二，列传第八十，恩幸传）
		慕容钟葵等宿卫近臣。（北史卷八，齐本纪）
隋	文帝	柱国乔钟葵出雁门。（北史卷七十八，列传第六十六，庶人谅传）
		处纲之父名钟葵。（北史卷七十一，隋宗室诸王）
	炀帝	蜀郡都尉段钟葵。（北史卷七十八，列传第六十六）
唐	玄宗	武郡使张钟葵攻赵州。（新唐书卷二百一十一，列传第一百三十六，藩镇镇冀，王武俊传）

由此来看，前人多喜取"钟馗"（包括"钟葵"）为名。最值得注意的是《魏书》所载："尧暄，字辟邪，本名钟葵。"按，古人名、字含义常相通，可见时人以"钟馗"为名，乃取其"辟邪"之功。

综合以上各种文献，我们认为钟馗信仰至迟在南北朝时已发生。如果说钟馗信仰可能早初偏于驱病祟，但其"辟邪"的功能后来显然更为普遍。

也正因为钟馗有辟邪驱祟之用，至迟自唐以来在壁上张贴钟馗画遂成为很普遍的现象，一直延续到近现代。

张说为唐前期名臣，玄宗时曾任宰相，其《谢赐钟馗及历日表》有：

臣某言，中使至，奉宣圣旨，赐臣画钟馗一，及新历日一轴者，猥降王人，俯临私室，荣锺睿泽，宠被恩辉。臣某中谢，臣伏以星纪回天，阳和应律，万国仰维新之庆，九霄垂湛露之恩，爰及下臣，亦承殊赐。捬祛群疠，缋神像以无邪，允授人时，颁历日而敬授。臣性惟愚懦，才与职乖，特蒙圣慈，委以信任，既负叨荣之责，亦怀非据之忧，积愧心颜，难胜惕疠，岂谓光回蓬荜，念等勋贤，庆赐之荣，贱微常及，感深犬马，载重丘山，无任感荷之至。②

唐德宗时期的大文学家刘禹锡亦有近似的谢表《为李中丞谢赐钟馗历日表》：

---

① 转引自郑尊仁：《钟馗研究》，台北秀威资讯科技股份有限公司 2006 年版，第 33 页。
② 李昉：《文苑英华》，第 3093—3094 页。

臣某言：中使某乙至，奉宣圣旨，赐臣画《钟馗》一、新历日一轴。恩降云霄，光生里巷。虽当岁暮，如煦阳和。臣某中谢。伏以将庆新年，聿修故事。绘其神象，表去疠之方；颁以历书，敬授时之始。微臣何幸？天意不遗。无任感戴屏营之至。①

由此可见，帝王岁末赏赐朝臣钟馗画及新历，唐时已为惯例，五代时犹然。《新五代史·吴越世家》卷六十七载：

佐卒，弟倧以次立。初，元瓘质于宣州，以胡进思、戴恽等自随，元瓘立，用进思等为大将。佐既年少，进思以旧将自待，甚见尊礼，及倧立，颇卑侮之，进思不能平。倧大阅兵于碧波亭，方第赏，进思前谏以赏太厚，倧怒掷笔水中曰："以物与军士，吾岂私之，何见咎也！"进思大惧。岁除，画工献《钟馗击鬼图》，倧以诗题图上，进思见之大悟，知倧将杀己。是夕拥卫兵废倧，囚于义和院，迎俶立之，迁倧于东府。俶历汉、周，袭封吴越国王，赐玉册、金印。②

既然如此，钟馗画的需求量一定是很大的，很多画工可能都会因此画钟馗。《梦溪笔谈》《梦舞钟馗赋》都提到的唐初非常著名的画家吴道子，吴道子在玄宗朝曾应召入内廷为供奉，应亲自画过不少钟馗画。关于吴道子所画钟馗图的最早记载出现在唐朝张彦远的《历代名画记》卷九：

吴道玄（子）《十指钟馗》。③

宋郭若虚《图画见闻志》记载了唐会昌元年（841）至北宋熙宁七年（1074）之间的许多画作，其中卷六"钟馗样"条记载：

昔吴道子画钟馗，衣蓝衫，鞹一足，眇一目，腰笏巾首而蓬发。以左手捉鬼，以右手抉其鬼目。笔记遒劲，实绘事之绝格也……④

宋《宣和画谱》卷十六：

黄荃，字要叔……后主尝诏荃于内殿观吴道子画钟馗，乃谓荃曰："吴道元之画《钟馗》者，以右手第二指抉鬼之目，不若以拇指，为有力也。"令荃改进。……⑤

根据以上记载，吴道子当年确实画过"钟馗图"，很可能就叫"十指钟馗"，画面绘钟馗以右手食指抉鬼目，后世将此作为钟馗图画的样本——吴家钟馗样。

吴道子的《十指钟馗》曾被蜀主王衍收藏，并指示大臣黄荃将画中钟馗抉鬼目的食指改作拇指，谓用拇指剜目"愈见有力"⑥。黄荃以"吴道子所画钟馗，一身之力，气色眼貌，俱在第二指，不在拇指，以故不敢辄改也"⑦为由，另画一幅"拇指钟馗"献上，此事《宣和画谱》有载。历史上画过"食指钟馗"的还

---

① 《四库唐人文集丛刊·刘宾客文集》，上海古籍出版社影印本1993年版，第84页。

② 欧阳修：《新五代史》，中华书局1974年版，第842页。

③ 张彦远：《历代名画记》，人民美术出版社1965年版，第177页。

④⑥⑦ 郭若虚：《图画见闻志》，人民美术出版社1963年版，第152页。

⑤ 《宣和画谱》，人民美术出版社1964年版，第157页。

有五代时期的后蜀的赵忠义。据宋代黄修复的《益州名画录》记载,五代时期后蜀朝,每逢杪冬末旬,翰林攻画鬼神者,照例进献一幅钟馗图,丙辰年末赵忠义进献了一幅以食指挑鬼目的钟馗图,得到了蜀王厚赐①。这些画作都已失传,仅见载于文献。

吴道子的"钟馗样"自现世起,便作为驱鬼辟邪的样本广泛流传。在文人钟馗画出现之前,功能型的辟邪钟馗是钟馗画的主流,剜鬼目的钟馗便是其中的主要样式。

如图15-1,《钟馗抉目》,绢本设色,画长21.2厘米,宽13厘米。此图上有"洪武廿年"字样,是明初(或之前)之物无疑。画作构图平稳,用色古淡。画上钟馗食指抉鬼目,其年代距唐虽远,仍可一窥"钟馗抉目"之气势。

图15-1 无名氏《钟馗抉目》

吴道子所确定的"钟馗样"——蓝衫,鞹足,眇目,腰笏巾首蓬发,抉鬼目——对后世当有很大影响。但鉴于钟馗信仰的普遍,唐时不同民众想象中的钟馗形貌可能有很大差异。这一点可从五代时期的一些钟馗图反观。

宋代郭若虚《图画见闻志》卷二载:

僧智蕴,河南人,工画佛像人物。学深曹体。洛中天宫寺讲堂有毗卢像。广爱寺有定光佛。福先寺有三灾变相数壁。周祖时进《舞钟馗》图,赐紫衣。②

僧人智蕴所绘《舞钟馗》应当是受周繇《梦舞钟馗赋》的影响,是"图像"对"文学"的模仿。

又,《宣和画谱》卷第七:

---

① 黄休复:《益州名画录》,人民美术出版社1964年版,第68页。
② 《宣和画谱》,第56页。

周文矩，金陵句容人也。事伪主李煜，为翰林待诏。善画。行笔瘦硬战掣，有煜书法。工道释、人物、车服、楼观、山林、泉石，不堕吴、曹之习，而成一家之学。……今御府所藏七十有六：钟馗氏小妹图五，钟馗图二。①

又，宋黄休复《益州名画录》卷中"赵忠义"条：

赵忠义，德玄子也。……先是每年杪冬末旬，翰林工画鬼神者，例进《钟馗》焉。丙辰岁，忠义进《钟馗》，以第二指挑鬼眼睛，蒲师训进《钟馗》，以拇指剜鬼睛……②

又，《宣和画谱》卷第七：

石恪，字子专，成都人也。喜滑稽，尚谈辩。工画道释人物。……今御府所藏二十有一：钟馗氏图。③

关于石恪，宋李廌《德隅斋画品》又载：

又尝见恪所作《鬼百戏图》，钟馗夫妇对案置酒，供张果肴，及执事左右皆述其情态。前有大小鬼数十，合乐呈伎俩，曲尽其妙。④

《宣和画谱》卷第十六花鸟二：

黄荃，字要叔，成都人，今御府所藏三百四十有九：写钟馗氏图一。⑤

又，卷第十一：

董元一作源，江南人也。善画，多做山石水龙。……又作钟馗氏，尤见思致，然画家止以着色山水誉之谓景物富丽，宛然有李思训风格。……今御府所藏七十有八：寒林钟馗图二，雪陂钟馗图二，钟馗氏一。⑥

又，宋李廌《德隅斋画品》"孙知微"条：破巾短褐，束缚一鬼，荷于担端，行雪林中。想见武举不第，胸中未平，又怒鬼物扰人，擒捕击搏，戏用馀勇也。知微，华阳真人，有高行，寓意于画，以画隐者也。笔墨神妙，超然度越众人⑦。

孙知微的画中提到了"武举不第"，则五代时钟馗武举不第的传说情节已经存在并广为流传。此情节或于五代前就已出现，则至少五代时期，钟馗的身份仍是"武举人"，其文进士的身份应是五代之后才被赋予的。

清代王毓贤《绘事备考》"五代"条：

王道求：工画佛道鬼神人物，始宗周昉后学卢楞伽。……有挟鬼钟馗图一。⑧

---

① 《宣和画谱》，第 123 页。

② 黄休复：《益州名画录》，第 68 页。

③ 同①，第 125 页

④ 王伯敏、任道斌主编：《画学集成——六朝—元》，河北美术出版社 2002 年版，第 433—434 页。

⑤ 同①，第 338 页。

⑥ 同①，第 239 页。

⑦ 同④，第 433 页。

⑧ 卢辅圣主编：《中国书画全书》第 8 册，上海书画出版社 1992 年版，第 632 页。

　　以上文献，大概反映了宋前钟馗画的情况。从总体看，五代时文人绘制的钟馗画，明显受到民间钟馗信仰的影响，但由于这些画出自文人手中，文人以其"文人"头脑想象钟馗时，往往反映出"文人"个人的想象。如董元（源）所绘"寒林钟馗""雪陂钟馗"固然主要为描写作为"寒士"的钟馗，但可能也有不少"隐士"的色彩——这一点在后世得到更多的反映，钟馗总体上有由威猛可惧的"武"（进士）到文质彬彬的"文"（士）的转变。

　　特别值得指出的是，钟馗小妹（如周文矩所绘）、钟馗妇（如石恪所绘）的出现，后世钟馗故事、文学，恰恰可能因此受到启发——这正是"图像"催生"文学"。

　　可惜唐五代的钟馗画多已亡佚。乾隆年间编纂的《石渠宝笈》曾载录五代顾闳中作《钟馗出猎》（如图 15 - 2），今存于台北"故宫博物院"的同名画作传为五代画家顾闳中所作。

图 15 - 2　《钟馗出猎》（局部）

　　钟馗信仰既是催生钟馗画的动因，也是钟馗文学产生的动因。唐五代相关钟馗的文学除前引周繇《梦舞钟馗赋》外，主要是敦煌文献中保留的民间讲唱。如敦煌写卷斯二零五五《除夕钟馗驱傩文》（王重民拟题）：

　　正月扬（阳）春担（佳）节，万物咸宜。春龙欲腾波海，以（异）瑞祈敬今时，

　　大王福如山岳，门兴壹宅光辉。今夜新受节义（仪），九天龙奉（凤）俱飞。

　　五道将军亲至，虎（步）领十万熊罴，衣（又）领铜头铁额，魂（浑）身总着豹皮，

　　教使朱砂染赤，咸称我是钟馗，捉取浮游浪鬼，积郡扫出三岷。学郎不才之庆（器），

　　敢请宫（恭）奉□□。音声。①

----

① 转引自刘锡诚：《钟馗传说和信仰的滥觞》，《中国文化研究》1998 年第 3 期。

还有一篇敦煌伯四九七六号写卷:

儿郎伟

旧年初送玄律,迎取新节青阳。北六寒光罢末,东风吹散冰光。

万恶随于古岁,来朝便降千祥。应是浮游浪鬼,付与钟夔大郎。

从兹分付已讫,更莫恼害川乡。谨请上方八部,护卫龙沙边方。

伏承大王重福,河西道泰时康。万户歌谣满路,千门谷麦盈仓。

因兹狼烟弥灭,管内休罢刀枪。三边披肝尽髓,争驰来献敦煌。

每岁善心不绝,结坛唱佛八方。缁众转全光明,妙典大悲,亲见中央。

如斯供养不绝,诸天助护阿郎。次为当今帝主,十道归化无疆。

天公主善心不绝,诸寺造佛衣裳。现今宕泉造窟,感得寿命延长。

如斯信敬三宝,诸佛肋护退方。夫人心行平等,寿同劫石延长。

副使司空忠孝,执笔七步成章。文武过于韩信,谋才得达张良。

诸幼良君英杰,弯孤百兽惊忙。六蕃闻名撼颤,八蛮畏若秋霜。

大将倾心向国,亲从竭力寻常。今夜驱傩之后,直得千祥万祥。

音声。[1]

这些可能作于中晚唐时期的愿文,或为民间傩仪所用,其对钟馗神威及相貌可怖的描绘极尽夸张笔法。

第二节　宋元时期变化中的钟馗信仰及其文学、图像

宋元以来的钟馗信仰,一方面是延续过去的传统,即主要以张贴钟馗画驱祟辟邪。如果说宋前钟馗画的张贴可能主要限于社会上层人士,而宋代以来由于印刷技术的普及,刻印的钟馗画开始出现于普通人家。《梦溪笔谈·补笔谈》中提到宫廷颁赐钟馗画像皆是镂板印制,也可说明钟馗画像的需求量之大了。年关岁末,市井里巷便开始贩卖钟馗、桃符之类了。

《东京梦华录》卷十"十二月"条:

近岁节市井皆印卖门神、钟馗、桃符、桃板,及财门钝驴、回头鹿马、天行帖子,卖干茄瓠、马牙菜、胶牙饧之类,以备除夜之用。[2]

宋末元初的金盈之的《醉翁谈录》提及当时各人家贴钟馗图于门壁以及皇宫中赏赐钟馗图的情形:

除夜,旧传唐明皇是夕梦鬼物,名曰钟馗。既觉,命工绘画之。至今人家图其形,贴于门壁,亦有用绡为图者。禁中每岁前赐两府各一,又或作钟馗小妹

---

① 转引自刘锡诚:《钟馗传说和信仰的滥觞》。

② 孟元老原著,姜汉椿译注:《东京梦华录全译》,贵州人民出版社2009年版,第198页。

之形。①

　　南宋诗人陆游亦有相关诗句。《岁首书事》其一"中夕祭余分馎饦,黎明人起换钟馗",《辛酉除夕》"登梯挂钟馗,祭灶分其余"等诗句都是对时人张悬钟馗图习俗的描写。

　　"钟馗"不仅可作驱邪之用,也常被做成装饰品、玩具,如五代之时就出现的钟馗玩偶,宋时的钟馗屏风等。宋人周密于元至元十七年至二十七年所作的《武林旧事》,卷三《岁除》文中就提及了此种"钟馗屏":

　　禁中以腊月二十四为小节夜,三十日为大节夜,呈女童驱傩,装六丁、六甲、六神之类,大率如《梦华》所载。……而殿司所进屏风,外画钟馗捕鬼之类,而内藏药线……②

　　实用之余又可做赏玩装饰用,百姓世人对钟馗之喜爱可见一斑。

　　最早的南戏作品《张协状元》第二十七出中,丑白"不只带丑帽,且来学个钟馗捉小鬼"③。元末无名氏《鲁智深喜赏黄花峪》杂剧第二折《乌夜啼》有词:"(正末)显出我些英勇神威,轻轻的展放猿猱臂。若是那无知,恰便似小鬼儿见钟馗。"④既然当做俗语被应用到戏文中,钟馗的普及度定是十分广泛的。

　　元秦子晋编元建安刻本《新编连相搜神广记》中有一幅"钟馗样"图形(图 15 - 3)。此图采用单色木刻版画描绘主题,用白描手法表现内容,钟馗左手捉鬼头,

图 15 - 3　《新编连相搜神广记》所收"钟馗样"

---

① 阮元辑:《宛委别藏》(84),江苏古籍出版社 1988 年版,第 43 页。

② 周密:《武林旧事》,西湖书社 1981 年版,第 46—47 页。

③ 钱南扬:《永乐大典戏文三种校注》,中华书局 2009 年版,第 136 页。

④ 隋树森编:《元曲选外编》,中华书局 1959 年版,第 941 页。

右手抉鬼目。小鬼衣犊鼻裈,一脚着履,一脚赤足,另一只鞋子别在腰侧。这样的描绘与唐代以后的明皇梦钟馗的传说是一致的。可见此图形很可能就是根据唐宋的"钟馗击鬼图"绘制的,同书记载的钟馗传说与前无大出入。此图也可以视为宋元时民间社会的想象,希望钟馗保持并发扬他"驱除邪祟,保家安民"的职能。

另一方面,作为钟馗信仰的新变化,钟馗开始出现于傩仪中,即钟馗成为傩神之一。钟馗成为傩神,在宋代较为普遍。

宋孟元老《东京梦华录》"十二月"载东京风俗云:"自入此月,即有贫者三数人为一火,装妇人神鬼,敲锣击鼓,沿门乞钱,俗呼为'打夜胡',亦驱祟之道也。"①宋吴自牧《梦粱录》"十二月"载东京风俗云:"街市有贫丐者,三五人为一队,装神鬼、判官、钟馗、小妹等形,敲锣击鼓,沿门乞钱,俗呼为'打夜胡',亦驱傩之意也。"②

《东京梦华录》"除夕"载宫中事云:"至除日,宫中呈大傩仪。并用皇城亲事官诸班直戴假面,绣画色衣,执金枪龙旗。教坊使孟景初身品魁伟,贯全副金镀铜甲,装将军。用镇殿将军二人,亦介胄,装门神。教坊南河炭丑恶魁肥,装判官。又装钟馗、小妹、土地、灶神之类,共千余人,自禁中驱祟,出南熏门外转龙湾,谓之'埋祟'而罢。"③

由此可见,宫廷、民间都出现了借装扮傩神钟馗以驱邪的风俗。宋代的各种钟馗画也正是在这种信仰背景中发展。《宣和画谱》卷第四载:

杨斐京师人也。客居江浙,后居淮楚。善画释典,学吴生,能作大像。……又作钟馗亦工。……有立像观音一,钟馗氏图一。④

宋刘道醇《宋朝名画评》卷三"鬼神门"第五:

李雄,北海人。略有艺文,不喜从俗。尤好丹青之学。太宗时祗候于图画院……富商高生家亦有雄画舞钟馗图,尤为精粹。⑤

明文嘉《钤山堂书画记》"龚翠岩"条:

《钟馗嫁妹图》用浓淡墨涂写,然用笔亦精妙,此法古人所未有,后亦无能传者。盖尽乃奇士,所作亦怪怪奇奇如此。⑥

明孙矿《书画跋跋》画卷《钟馗移家》条:

……李伯时旧戏作嫁妹图,或云即移家图。⑦

① 《东京梦华录全译》,第 198 页。
② 吴自牧:《梦粱录》,中国商业出版社 1982 年版,第 45 页。
③ 同①,第 200 页。
④ 《宣和画谱》,第 88 页。
⑤ 王伯敏、任道斌主编:《画学集成——六朝—元》,第 273 页。
⑥ 卢辅圣主编:《中国书画全书》第 3 册,上海书画出版社 1992 年版,第 833 页。
⑦ 同⑥,第 975 页。

明汪珂玉《珊瑚网》名画题跋卷五：

马远《钟馗月下弹琴》：古柏苍郁，树身屈曲如几，馗老坐其上抚琴，一鬼自后听之。月影朦胧，景界幽怪，而衣褶木纹，俱作隶篆法。笔笔奇古可异。虽相沿为马远，或超出其上，亦未可知。①

清王毓贤《绘事备考》卷五：

刘履中，字坦然，汴人也。善画人物，笔势雄畅，尤工仙佛鬼神，画之传世者……钟馗击鬼图一，舞钟馗图一。②

蔡肇，字天启，丹阳人。……画之传世者雪陂钟馗图二。③

又，卷六：

梁楷，东平相羲之后。善画山水人物兼工道释鬼神。……传世者钟馗图一。④

陈清波，钱塘人……尤善画道释钟馗无一不臻妙境。有钟馗图四。⑤

由上述文献可知，宋代文人所绘钟馗图在延续传统的同时，也增加了很多"文人"色彩。如"寒林钟馗"以及隐者钟馗的出现（比如马远《钟馗月下弹琴》等）。

《寒林钟馗》作为文献中所著录最早的钟馗图像之一，其首创可能源于董源。董源，一作元，字叔达，为五代时期南唐画家，曾官至北苑副使。从《宣和画谱》等画史文献记载来看，董源创作钟馗画的数量，仅次于同时代南唐的另一位著名画家——周文矩。周文矩是作为人物画家盛名的，董源则为著名的山水大家（《宣和画谱》中将二者分列"人物"和"山水"条下）。后世何良俊的《书画铭心录》中曾记录元代王蒙摹写董源的《寒林钟馗》，对于画面语焉不详，但可知此画特点在于描绘寒冬中的林木，凸显萧瑟冷清的山水氛围。"寒林"这种题材出现在五代，很有其深层内涵。寒林的萧瑟，又如孙知微的"雪陂"，都是凄清寂寥的意象，恰如繁盛堂皇的大唐之后对五代动荡萎缩的写照。以上画作皆不传于世，仅能从后世画家的摹写本中窥其一二。

元画家陈琳，钱塘（今浙江杭州）人。字仲美，陈兼作山水、人物、花鸟，其曾于元大德庚子（1300）五月作《寒林钟馗》，是陈氏传世名迹之一。画中绘严寒冬季，树木枝叶疏落，萧旷之野，身材魁伟的钟馗伫立于林下的坡地上。胸怀中抱有笏板，头戴幞巾，穿宽身袍服，腰系玉带，脚穿皂靴，广袖因风而飘，缩着颈脖，显出寒风凛凛冷意。钟馗形象威严，目睛圆瞪，须髯如戟，炯炯有神。背景为枯树寒林，遍地枯草，斜坡上几棵大树，树干挺拔直上，顶天立地。

陈琳《寒林钟馗》（图 15-4）为立轴，纸本，设色，纵 56.4 厘米，横 28.8 厘米。现藏北京故宫博物院。

---

① 卢辅圣主编：《中国书画全书》第 5 册，上海书画出版社 1992 年版，第 1034 页。
②③ 卢辅圣主编：《中国书画全书》第 8 册，第 659 页。
④⑤ 同②，第 669—670 页。

图 15 - 4　陈琳《寒林钟馗》　　　　　　　图 15 - 5　文徵明《寒林钟馗》

　　明文徵明，长洲（今苏州市吴中）人，明代中期最著名的画家、书法家，号"衡山居士"，世称"文衡山"，官至翰林待诏，私谥贞献先生，"吴门画派"创始人之一。他曾与仇英合作一幅《寒林钟馗》（图 15 - 5），此图是文氏极为难得的粗笔画。作者以质朴的笔触，描绘了一片枯梢老槎，显得苍劲高古。至于枝桠的穿插，虚实、浓淡的处理都自如有致，充分体现了文徵明高超的笔墨技巧。后以浓云重雾来加强树林的纵深，使人感到寒气凛然逼人。钟馗的衣纹十分简洁、精细，和周围繁杂的景致形成鲜明对比，显得十分突出。钟馗无颈，双手抄在一起，一副缩着脖子、畏寒惧冷的样子。瑟缩着的钟馗和寒林一样，都突出一个寒字，相互衬托，加强了作品荒寒的气氛。

　　从以上两幅画作可见，寒林钟馗题材的绘画皆由两部分组成，即寒林和钟馗。此钟馗袖手缩肩或怀抱笏板，并不见怒目张容持剑击鬼形貌。及至《月下弹琴》画作，仅从名称而言推测为文人情趣的表现。此时之钟馗捉妖啖鬼之态不复存在，袖手而立，月下操琴，一派彬彬文士之风。

　　与此同时，文人画中仍会选取钟馗信仰中"世俗性"的一面，最主要的即是钟馗嫁妹，其次为"钟馗出游"。

　　钟馗嫁妹这一话题可谓继承前代，得到进一步的关注（而形成对比的是钟馗妇则消失了），如龚翠岩《钟馗嫁妹》、李伯时《钟馗移家》（即嫁妹图）。

　　宋代的画家苏汉臣曾创造许多世俗趣味的画作，其《钟馗嫁妹》（图 15 - 6）亦然。

图 15－6　苏汉臣《钟馗嫁妹》(局部)

　　钟馗骑驴的形象于此首次出现。驴同中国文人的渊源,张伯伟在其《再论骑驴与骑牛——汉文化圈中文人观念比较一例》文中论述过:驴是诗人特有的坐骑;驴是人清高心志的象征。这两方面意蕴的完成,大约是在 12 世纪[①],在另一篇文章《骑驴与骑牛——中韩诗人比较一例》中谈到:到宋代时候,蹇驴多会与梅花联系在一起,一同作为诗人心志高洁的象征[②]。

　　宋代画中钟馗同蹇驴、梅花一起出现,意味着钟馗在宋文人画家心目中之形象是志向高洁、不与俗同的高雅之士。此类画的作者董源、王蒙、陈琳、文徵明、文嘉、马远、梁楷等,皆为历代文人画家圣手,有些甚至文名大于画名。清人郑绩在所著《梦幻居画学简明》中说:“画鬼神前辈名手多作之,俗眼视为奇怪,反弃不取。不思古人作画,并非以描摹悦世为能事,实借笔墨以写胸中怀抱耳。若寻常画本,数见不鲜。非假鬼神名目,无以抒磅礴之气。”[③]王蒙、陈琳等这些文人加入钟馗画创作的队伍中,并用其文人个性,为钟馗画开启了一个新的取向。这时

① 张伯伟:《再论骑驴与骑牛——汉文化圈中文人观念比较一例》,《清华大学学报》2007 年第 1 期。
② 张伯伟:《骑驴与骑牛——中韩诗人比较一例》,《中国诗学研究》,辽海出版社 2000 年版,第 382 页。
③ 俞剑华:《中国画论类编》,人民美术出版社 1957 年,第 576 页。

的钟馗并无太多实际功用,更多的即是同寒林中之钟馗一样,作为一种文人心境的体现。

南宋画师颜庚之绘钟馗嫁妹,画中钟馗骑驴而非乘辇,钟妹骑牛而非坐轿,着重刻画了众鬼卒的形象,皆张牙舞爪,瞪目竖发,如图15-7。

图15-7 颜庚《钟馗嫁妹》(局部)

王振鹏,字朋梅,浙江温州人。元代著名的画家,擅长人物画和宫廷界画,被元仁宗赐号为"孤云处士",并官至漕运千户。其有《钟馗嫁妹》一幅(图15-8),以白描法画钟馗簪花骑驴,偕同鬼卒二十余,浩浩荡荡地护送小妹出嫁。鉴于鬼卒们所持诸物,多蕴涵有祥瑞的寓意。

文人画中见世俗趣味,除钟馗嫁妹外,则是钟馗出游。较早的为南宋画家龚翠岩的《中山出游》(图15-9),现藏于美国华盛顿菲利尔博物馆。

该图画的是钟馗和小妹乘坐车轿出游的场面。有二十余个小鬼随其驱走,有男有女,有大有小,有黑有白,丽服靓装,赤身裸体,形形色色。众鬼有的抬轿,

图 15-8 王振鹏《钟馗嫁妹》(局部)

图 15-9 龚翠岩《中山出游》

有的肩壶,有的扛宝剑,有的挑行李,有的挎包裹,还有几个鬼卒将专供食用的几个小鬼吊绑在竿上或者装到筐里跟在队伍后面。小妹及其侍女均以墨涂作胭脂,钟馗则被画成一个胖老头儿,正袖手回眸环视周围,巨眼圆睁鼻孔朝天,凛凛威风不怒自威。而众位鬼卒的衣饰,皆是元兵打扮。这幅画历来被认为是作者反元心态的反映,但由于造诣新奇,寄寓巧妙,故而吸引了许多文人墨客的题咏。

元画家颜辉亦有同题材画作。《钟馗月夜出游》(图 15-10),绢本,水墨淡设色,纵 24.8 厘米,横 240.3 厘米,描绘了钟馗率被收伏的鬼卒在月夜乘兴出游的情形,现藏美国克里夫兰艺术博物馆。画中相继出场了八个表演各类杂耍的小鬼,竭尽丑态,随后是侍奉钟馗的鬼队,钟馗被三个鬼卒高高抬起,后有鬼乐队持伞、击乐。画家的笔法粗厚古拙,造型极富动感。有的鬼卒戴着蒙军的头盔,其讽意甚明。元代庄肃的《画继补遗》卷下说颜辉的画"士大夫皆敬爱之"。

《珊瑚网》名画题跋卷九高度评价此图云:

图 15－10　颜辉《钟馗月夜出游》(局部)

　　沙公彦德,挟张华之识,尤能精鉴古人名画。……今夏隆暑中,彦德持一卷示予曰:此颜秋月所绘钟进士元夜出游图也。披而观之,乃写众鬼。作小队前导,有鸣金者,擎大石者,有颠立而欲饮者,有时瓮而行者,有持枪者,有挥刃者,有舞盾者,有卓大刀者,有执壶浆者,有捧觞进者,有负椅者,有携琴书笔砚者。钟馗于后,三鬼载之而行,又数鬼拥从,有张盖者,鸣鼓者,吹笛击板者,诡态异状,各尽形势。①

　　无论"钟馗送嫁"还是"钟馗出游",无一例外皆为钟馗、小妹率一班鬼卒,鬼卒肩扛手提,携杂物若干。这些画面其实更似驱傩游行,是钟馗信仰最切实的展现。

　　值得注意的是,画中钟馗右耳簪花,此钟馗不妨视为民间最被接受的形象之一。而钟馗簪花的形象,明清时层出不穷。考虑到钟馗出现的时节都是岁除节日,簪花不失为喜庆的一种表示。

　　从文学与图像关系的角度看,我们应当说首先是因为钟馗图的大量存在,推动了题画诗的产生。故从现象层面看,先有大量的钟馗图,而后是大量题画诗。宋代钟馗题画诗尚不多见,及至元代开始涌现出大量钟馗画诗。宋人龚翠岩《中山出游》在元代就赢得不少人以诗赞咏。清代《御定历代题画诗》卷第六十六记载了时人宋无诗《题翠岩中山出游图》:

丰都山黑阴雨秋,群鬼聚哭寒啾啾。老馗丰髯古幞头,耳闻鬼声谗涎流。
鬼奴舁馗夜出游,两魃剑笠逐舆后。槁形蓬首枯骸瘦,妹也黔面破裳绣。
老馗回观四目斗,料亦不嫌馗丑陋。后驱鬼雌荷衾枕,想馗倦行欲安寝。
挑壶抱瓮寒凛凛,毋乃榨鬼作酒饮?令我能言口为噤;执缚魍魉血洒胯,
毋乃剁鬼作鬼鲊?令我有手不能把。神闲意定元是假,始信吟翁笔挥洒。
翠岩道人心事平,胡为识此鬼物情?看来下笔众鬼惊,诗成应闻鬼泣声,
至今卷上阴风生。老馗氏族何处人,托言唐宫曾现身。当时声色相沉沦,
阿瞒梦寐何曾真。宫妖已践马嵬尘,疏忽青天飞霹雳。千妖万怪遭诛击,

丰都山摧见白日。老馗忍饥无鬼吃,冷落人间守门壁。

又,韩性《题龚翠岩中山出游图》诗:

是为伯强为谲狂,睢盱鬼伯髯怒张。空山无人日昏黄,回风阴火随幽箑。

辟邪作字魏迄唐,殿前吹笛行踉跄。飞来武士蓝衣裳,梦境胡为在缣缃。

中山九首弥荒唐,犹可为人祓不祥。是心画师谁能量,笔端正尔分毫芒。

清都紫府昭回光,三十六帝参翱翔。阴气惨澹熙春阳,谓君阁笔试两忘,一念往复如康庄。

元王肖翁也有《中山出游》诗:

老馗怒目髯奋戟,阿妹新妆脸涂漆。两舆先后将何之,往往徒御皆骨立。

开元天子人事废,清宫欲藉鬼雄力。楚龚毋乃好幽怪,丑状奇形尚遗迹。

以上诗句,都是直接描绘图画的,立意都是在啖鬼驱邪这一点上。此时钟馗的形象仍是"老馗丰髯古幞头""睢盱鬼伯髯怒张""老馗怒目髯奋戟",怒目,奋髯,与最初梦赋里已截然不同,承袭的是宋代的钟馗击鬼图型。这也与当时画中的环境,画家身处的环境相联系,都是画家因地因时因事的"缘饰"。宋无的诗句"至今卷上阴风生。老馗氏族何处人,托言唐宫曾现身。当时声色相沉沦,阿瞒梦寐何曾真。宫妖已践马嵬尘,疏忽青天飞霹雳。千妖万怪遭诛击,丰都山摧见白日。老馗忍饥无鬼吃,冷落人间守门壁",应算得后世直讥钟馗的先声之作了。故与感性的绘画相比,文学多了更多理性的思考。

元代还有一些钟馗题画诗,多是借诗怀愤,通过诗人的描述,我们也可以推想今已失传的元代钟馗画的一二形貌。

郑元祐有题诗二首,一是《钟馗部鬼》,诗云:

老髯足恐迷阳棘,鬼肩藤与振双膝。前驱肥身儿短黑,非髯娇儿则已腊。

后从众丑服厮役,担携鬼脯作髯食。鬼饥未必能肥腯,哺之空劳髯手擘。

彼瘦而巾梢长窄,无乃癯儒执髯役。其余丑状千百态,专为世人尸辟怪,

楚龚狞老非其类,请问何由识其概。想龚目睛烁阴界,行尸走鬼非殊派。

民膏民脂饱死后,却供髯餐缩而瘦。无由起龚问其候,有啸于梁妖莫售。

大明当天百禄辏,物不疵疠民长寿。

其二《馗妹》:

天宝治衰妹兄出,白昼官庭馘狞猲。妹时何在不佐兄,靓妆自炫妖娴质。

后来形见知何所,百鬼尊之莫敢睹。提剑跃马从其兄,每为人家守环堵。

老韩饥穷夜缚船,送之不去今几年。妹肯从兄肆屏逐,我亦家富黄金钱。

第一首诗,钟馗坐于肩舆之上一派威严肃穆,鬼役扛着酒食。食为鬼脯,鬼脯何来?诗中言道"民膏民脂饱死后,却供髯餐缩而瘦""大明当天百禄辏,物不疵疠民长寿",鬼脯是生前搜刮民脂民膏的贪官恶鬼。这是对当时社会弊端的揭露讥讽。《馗妹》先是责备小妹先前不与兄长共同除妖降魔,而是"靓妆自炫妖娴质",现在"妹肯从兄肆屏逐,我亦家富黄金钱"。

再有冯海粟的一首《钟馗移家》：

老馗兀舆二鬼肩，一鬼勃窣袋影悬。一鬼负剑帽带斿，一鬼顶颅双角骈。

老馗之妇舆蹁跹，其荷舆者鬼婢虔。猫抱掌握鬼妾妍，提其食具雌袂玄。

摧枕而从服饰鲜，鼠蝎黏缀袴亦然。擎担最缓行李便，鬼之婴孺盛穿联。

囊包橐裹琴能仙，瓠壶穹挂吁可怜。揭竿之魅愁攀缘，最后甕鬼束缚椽。

尸而行者犹能前，肌肉消尽骨骼缠。物怪种种来无边，神禹铸鼎今几年。

魍魉在此犹翩翩，吁嗟吁嗟问老天！

萨都剌《钟馗》：

老日无光霹雳死，玉殿咻咻叫阴鬼。赤脚行天踏龙尾，偷得红莲出秋水。

终南进士发指冠，绿袍束带乌靴宽。赤口淋漓吞鬼肝，铜声剥剥秋风酸。

大鬼跳梁小鬼哭，猪龙饥嚼黄金屋。至今怒气犹未消，髯戟参差努双目。

最后一首唐肃《钟馗像》：

一片忠魂不可招，梦中有敕赐官袍。生虽不食千钟粟，死亦常为万国豪。

手擘夔山朝灭鬼，气吞国厉夜无嘷。曾携小妹骑双鹿，醉著接离秋月高。

由此可见，相关钟馗的题画诗元时甚多。这几首诗，可分为四类。一类是直接描写钟馗类，共二首，即萨都剌、唐肃的；一类是出游移家类，共七首，即宋无、韩性、王肖翁、冯海粟的；一类是部鬼图，一首，郑元祐作；一类是小妹图，一首，郑元祐作。移家出游题材最多，一是由于宋元战火连绵、社会动荡以及异族压迫下，百姓家破人亡漂泊无依的一种反映；二是前文所说的对于钟馗实用功能的看中。出游移家便是一种傩仪跳演，悬挂之后就是最好的辟邪除疫的灵符。

宋元时相关钟馗的文学创作，除题画诗外，还有钟馗民间传说与故事。钟馗民间传说与故事在宋元时其本来面目如何，已难得究竟。现今只能据文人的相关记述推想。前引沈括《梦溪笔谈》虽亦有故事意味，但相比后来，其故事意味仍较少。如北宋高承元丰年间（1078—1085）所撰《事物纪原》卷八"钟馗条"有记载：

开元中，明皇病痁，居小殿，梦一小鬼，靸一足，悬一履于腰间，窃太真紫香囊及拈玉笛吹之，颇喧扰，上叱之，曰："臣虚耗也。"上怒，欲呼武士，见一大鬼，顶破帽，衣蓝袍，束角带，径捉小鬼，以指刳其目，劈而啖之，上问为谁，对曰："臣终南进士钟馗也。因应举不捷，触殿阶而死，奉旨赐绿袍而葬，誓除天下虚耗妖孽。"言讫，觉而疾愈。乃召吴道子图之，上赏其神妙，赐以百金，是以今人尽画其像于门也。沈括笔谈曰："岁首画钟馗，不知起自何时。皇祐中，金陵发一冢，有石志云乃宋宗悫母郑夫人，云有妹馗。钟馗之设远矣。"①

对比《梦溪笔谈》，我们注意到：《事物纪原》的故事性比之沈括丰富很多。第一，捣乱的小鬼有了名字"臣虚耗也"，此小鬼不再满足于偷了东西之后绕殿

---

① 高承：《事物纪原》，中华书局 1989 年版，第 427 页。

而奔,而是乱七八糟地吹笛子,"颇喧扰",导致上怒。第二,钟馗的身份更加明确了,终南山人,应举不捷触殿阶而死。死后奉旨赐绿袍葬之。这时候已经由原来的蓝裳变为绿袍,很明显升官了。由原来的士子变成了一个六七品的小官史①。第三,穿着更见文人化,比周繇、沈括所述更齐整了,还束了角带。

稍后的《唐逸史》(明代万历年间陈耀文的《天中记》中转引)记载:

明皇开元讲武骊山,翠华还宫,上不悦,因痁疾作,梦一小鬼,衣绛犊鼻,跣一足,履一足,腰悬一履,搢一筠扇,盗太真绣香囊及上玉笛,绕殿奔戏上前,上叱问之,小鬼奏曰:"臣乃虚耗也。"上曰:"未闻虚耗之名。"小鬼奏曰:"虚者,望空虚中盗人物如戏;耗即耗人家喜事成忧。"上怒,欲呼武士,俄见一大鬼,顶破帽,衣蓝袍,系角带,跣朝靴,径捉小鬼。先刳其目,然后擘而啖之。上问大者:"尔何人也?"奏云:"臣终南山进士钟馗也,因武德中应举不捷,羞归故里,触殿阶而死。是时,奉旨赐绿袍以葬之,感恩发誓,与我王除天下虚耗妖孽之事。"延期梦觉……②

这个故事基本是《补笔谈》和《事物纪原》的结合体。较之二者不同之处亦有三。首先,虚耗鬼的行为更让人讨厌,危害更大:"虚者,望空虚中盗人物如戏;耗即耗人家喜事成忧",不除之简直不足以平民愤。其次,钟馗的身份更加具体,终南人士,唐高祖武德年间应举士子,因为应举不捷,羞归故里愤而自杀。再次,钟馗杀鬼的因由是被赐绿袍埋葬,于是感激皇恩,誓除天下虚耗妖孽。

综上,钟馗故事的发展越来越戏剧化,情节越来越完整;小鬼的形象更加具体,危害更大,不除不快;钟馗则由杀死小鬼的鬼变成杀死作怪的小鬼的大鬼,形象更正义。钟馗的形象亦有二则变化,一是祖籍故里越来越详细,二是外形上更趋于文士化。为何会出现这种变化,我们认为有两方面的原因。

关于祖籍问题,为何钟馗会落户终南山?终南山,道教的发祥地之一。山中的楼观道教,兴于魏晋时期,经过长期发展,在唐代更加兴盛。而众所周知,李唐王朝为了自抬身价,尊奉老子李耳为自家远祖,举国奉道。唐高祖多次祭拜老子,至玄宗朝,朝廷将《老子》《庄子》等道教经典列入科举选拔中③,在这种氛围下,终南山作为道教名山,成为文人士子、名优隐居的最佳去处。《新唐书》卷一百二十三,列传第四十八"卢藏用"条载:

卢藏用能属文,举进士,不得调。与兄徵明偕隐终南、少室二山,学练气,为辟谷,登衡、庐,彷徉岷、峨。……始隐山中时,有意当世,人目为"随驾隐士"。晚

---

① 陈茂同:《中国历代衣冠服饰制》,百花文艺出版社2005年版,第115页。

② 郑尊仁:《钟馗研究》,台北秀威资讯科技股份有限公司2006年版,第57页。

③ 刘昫等:《旧唐书》卷九玄宗下:"二十九年春正月丁丑,制两京、诸州各置玄元皇帝庙并崇玄学,置生徒,令习《老子》《庄子》《列子》《文子》,每年准明经例考试。内外官有伯叔兄弟侄堪任刺史、县令,所司亲自保荐。禁九品已下清资官置客舍邸店车坊、士庶厚葬。"

乃徇权利,务为骄纵,素节尽矣。司马承祯尝召至阙下,将还山,藏用指终南曰:"此中大有嘉处。"承祯徐曰:"以仆视之,仕宦之捷径耳。"藏用惭。①

终南山,名山嘉处,道教圣地。成书于唐中宗神龙二年(706)的王仁昫所著《刊谬补缺切韵》有载"钟馗,神名",可知唐玄宗(713 年为开元元年)之前,钟馗已经是人们所熟知的神灵,一个道教神仙出身于终南山顺理成章。要之,钟馗之出于终南山,跟唐代道教同终南山的关系是大有关联的。

关于钟馗形象身份的变化,为何一个豹皮总身的五道将军逐渐变成了身着官服彬彬有礼的书生呢?前文已说过,五代时候钟馗传说已经有"武举不第"的情节,至沈括的记载中仍然延续这一点。发展到《事物纪原》和《唐逸史》,则成了文绉绉的终南进士了。这种脱胎换骨的变化,隐含的是每个朝代不同的社会观念。沈括时代距离唐朝灭亡尚算不远,他记载的应是承袭了唐代遗风的传说。盛唐遗风大而化之,靡丽堂皇,讲究出将入相文武并重。想堂堂钟馗大神,鬼怪克星,定是一个披坚执锐的武士了。唐宋更迭,宋代重文抑武。宋朝中后期的《事物纪原》和明代才见于记载的《唐逸史》的作者,深受当时社会风尚影响,其创作收录的记载传说,定然脱不了当时的时代特色。同时,我们认为绘画题材中"赋闲钟馗"的出现也对此产生了影响。是故潜移默化中,钟馗便被塑造成翩翩文士的形象。

另外,宋代的传说中,钟馗死亡的情节也是必不可少的一个重点情节。钟馗因为"应举不捷,触殿阶而死",在这样的结局下,皇帝仁慈,体恤下情,"赐绿袍安葬",这才有了后面钟馗"感恩发誓,与我王除天下虚耗妖孽之事"。钟馗的故事经过这样的加工之后,基本定型,后世几无变化。自此钟馗的故事便成了:文举人钟馗→应举不捷愤而赴死→皇帝嘉赏→钟馗感恩戴德为皇家(正义)服务。这既是文人加工的结果,也是民间善恶是非观念的体现。

第三节　明清时期的钟馗信仰及其文学、图像

明清时期的钟馗信仰延续了唐宋以来的传统,当然也有新的变化。明代田汝成《西湖游览志馀》卷二十"熙朝乐事"条载:

> 十二月二十四日,谓之"交年"。民间祀灶,以胶牙饧、糯米花糖、豆粉团为献。丐者涂抹变形,装成鬼判、叫跳驱傩,索乞利物。人家各换桃符、门神、春贴、钟馗、福禄、虎头、和合诸图,粘贴房壁。买苍术、贯众、避瘟丹、柏枝、彩花,以为除夕之用。②

又,明万历十五年(1587)刻本《绍兴府志》载:

---

① 许嘉璐主编:《新唐书》第 5 册,汉语大辞典出版社 2004 年版,第 3000 页。
② 田汝成:《西湖游览志馀》,浙江人民出版社 1980 年版,第 322 页。

（腊月）二十四……自是，人家各拂尘，悬祖先像，并贴钟馗图。①

可见，民间岁末张挂钟馗画仍与前代一样。而皇宫中岁除之日，门旁照样置符板、将军炭，照样贴门神，室内照样悬挂福神、鬼判、钟馗等画。

明代宫廷画《明宪宗元宵行乐图》是彩绘长卷，有宫廷院墙建筑背景，相当具体。用色厚重，在明代宫廷主题画中近于写实。如图 15-11，画的是宫廷过年，仿效民间习惯，张灯结彩，搭鳌山灯棚（为传世明代最具体鳌山灯棚形象），放烟火花炮，舞狮子，扮种种戏文，并举行杂技百戏。又有不少宋式货郎担，推手车出售小玩具、灯彩、烟火物事。鳌山灯棚搭一牌楼，上作八仙庆寿灯景。正中空处有一戴竿人表演。戏玩灯中有在地下旋转的滚灯。乐部中有拉弓式轧筝。"三战吕布"戏文演出，骑的是纸扎马灯；另有"百蛮进宝""月明和尚度柳翠"戏文故事等，展现了各种民间技艺，诸如杂技、民间舞队等的表演。画中一处，一五人乐队在前，手执琴、琵琶、笙、管演奏，后有一人扮作钟馗，身穿袍、脚蹬靴、双手抱笏，旁有小鬼和执灯儿童随行。

图 15-11　《明宪宗元宵行乐图》（局部）

此外，此图也显示，至明代钟馗习俗已经进入了元宵节。吴宽有题诗《钟馗元夜出游图》，称"上元之夜始为出"，《西湖游览志馀》亦载："正月十五为上元节，前后张灯五夜。……出售各色华灯，其象生人物，则有老子、美人、钟馗捉鬼、月明度妓、刘海戏蟾之属。"②自此，钟馗在除夕前几日开始由驱傩入市，持续活跃至上元灯节。

清道光十五年（1835）的《恩赏日记档》有："正月初一……乾清宫午宴伺候中和韶乐承应宴戏《膺受多福》《万福攸同》一分……内殿交下赏都福星、安福

① 丁世良、赵放主编：《中国地方志民俗资料汇编·华东卷·中》，书目文献出版社1995年版，第820页。
② 田汝成：《西湖游览志馀》，第374页。

小卷红绸袍一件,钟魁六十名,每名一两重银锞一个。"咸丰八年(1858)的《恩赏日记档》记载:"正月初一日……养心殿早膳承应《喜朝五位》一分。……乾清宫午宴伺候中和韶乐,承应宴戏《膺受多福》一分。……内殿交下赏乔荣寿小卷红绸袍料一件,钟魁四十名,每名一两重银锞一个。"①清廷中的贺岁承应戏,从现存的宴戏名目看多取的是祥瑞之意,实际同前代的钟馗傩仪起到相同的作用。较之前者又有了极大的娱人性,这使得钟馗很受内廷统治者们的青睐。

明清时的钟馗,开始频繁出现在百姓的日常生活中。大约作于明代隆庆二年至万历三十年(1568—1602)间的《金瓶梅词话》第六十五回,写李瓶儿死后,各路宾客前来吊孝。演出各样百戏:《五鬼闹判》《张天师着鬼迷》《钟馗戏小鬼》《老子过函关》等,堂客都在帘内观看②。又《红楼梦》第四十回,鸳鸯众人初戏刘姥姥后,又行酒令。鸳鸯行令说"骨牌副儿":"左边是张天",贾母道:"头上有青天。……"鸳鸯道"凑成便是个蓬头鬼",贾母道:"这鬼抱住钟馗腿。"说完,大家笑着喝彩③。晚清宣鼎《夜雨秋灯录》中《汤文正》篇记有:"(苏州)暮春之际,举国若狂。其会首绅者,咸集神庙,公议敛资,置办彩衣,务极鲜艳。搬演古事则翻新出奇,争奢斗富。……《钟进士送妹》,以二尺余之白玉瓶,内插珊瑚,枝上站云拥美人,随小鬼执绣盖。此谓之'抬阁',一座之价,使人不能估测,不仅以金玉镯结栏杆而已。"④由此可见,钟馗故事已融入百姓休闲娱乐的习俗中了。

但值得指出的是,明清时代的钟馗信仰也有很大变化。这主要表现在以下几方面。

一是跳钟馗不止于腊月二十四而是延长到除夕,钟馗画的张贴也不限于岁末而是可以出现于五月的端午节。清顾禄《清嘉录》卷十二"十二月"条记载:

> 跳钟馗:丐者衣坏甲胄,装钟馗,沿门跳舞以逐鬼,亦月朔始,届除夕而止,谓之"跳钟馗"。周宗泰《姑苏竹枝词》云:"残须破帽旧衣裳,万两黄金进士香。宝剑新磨堪逐鬼,居然护国有忠良。"

> 案吴自牧《梦粱录》云:"入腊,街市即有丐者,三五人为一队,装神、鬼、判官、钟馗、小妹等形,敲锣击鼓,沿门乞钱,呼为'打夜胡'。"在宋时已始于月朔。又《吴县志》:"十二月朔,亦有扮钟馗者,至二十四日止。"今俗则否。《昆新合志》亦

---

① 《恩赏日记档》原件由中国第一历史档案馆收藏。转引自李楠:《跳钟馗源流研究》,中国艺术研究院硕士论文 2004 年。

② 兰陵笑笑生著,梅节校订,陈诏黄霖注释:《梦梅馆金瓶梅词话重校本 3》,里仁书局 2007 年版,第848 页。

③ 曹雪芹:《红楼梦》,人民文学出版社 2013 年版。

④ 宣鼎:《夜雨秋灯录》,上海古籍出版社 1987 年版,第 190 页。

云:"除夕乃止。"①

清代的跳钟馗从腊月开始至除夕乃止,已经大不同于宋代的"二十四日止"了。不仅如此,钟馗习俗的岁时节序在此时也发生了变化。清初钟馗辟邪祛瘟的习俗,却由岁末十二月转移到了夏历五月。如《清嘉录》卷五"挂钟馗"条所云:

堂中挂钟馗画图一月,以祛邪魅。李福《钟馗图》诗云:"面目狰狞胆气粗,榴红蒲碧座悬图。仗君扫荡么麽技,免使人间鬼画符。"又卢毓嵩有诗云:"榴花吐焰菖蒲碧,画图一幅生虚白,绿袍乌帽吉莫靴,知是终南山里客。眼如点漆发如虬,唇如猩红髯如戟。看彻人间索索徒,不食烟霞食鬼伯。何年留影在人间,处处端阳驱疬疫。呜呼!世上罔两不胜计,灵光一睹难逃匿。仗君百千亿万身,却鬼直教褫鬼魄。"……胡浩然《除夕》诗云:"灵馗挂户。"则知古人以除夕,今人以端午,其用亦自不同。俗又称水墨画者,曰水墨钟馗。蔡铁翁诗:"掀髯墨像聊惊鬼。"又吴曼云《江乡节物词》小序云:"杭俗,钟进士画像,端午悬之以逐疫。"诗云:"进士头衔亦恼公,怒髯皤腹画难工。终南捷径谁先到,按剑输君作鬼雄。"江、震《志》云:"五日堂中悬钟馗画像,谓旧俗所未有。"②

端午节挂钟馗,悬挂时间约为一月,此习俗前不曾有。明末清初陈洪绶的画作《唐进士钟公像》,上面落款自署:"时戊子五月五日写唐进士钟公像。"按陈洪绶此处所谓"戊子"年应是顺治四年(1648),故"午日钟馗"的习俗至迟明末已经开始普。从民俗记载来看,最早记录端午悬挂钟馗的是康熙十四年(1675)修撰《海宁县志》:"五月五"为'天中节'……各家贴符于堂,或悬真人、钟馗以辟邪。"③

钟馗出现在五月,当与端午时节避邪避瘟的风俗有关。中国古代对五月一向颇多禁忌,比如忌曝床荐席,不宜婚娶等;农历五月历来为古人所视为"毒月"或"恶月",皆因五月节气交替,气候多变,河水泛滥,人体不适应现象频发,疾病萌生。民众定然希望能有一位灵官大神驱散疫疬,扫除邪祟,救万民于水火。而自钟馗像出,其祛邪治疟之功能为民间所仰。明代李时珍的《本草纲目》"钟馗条"云:"钟馗,主治辟邪止疟。妇人难产,钟馗左脚烧灰,水服。杨起简便方。鬼疟来去,画钟馗纸烧灰二钱,阿魏、砒霜、丹砂各一皂子大,为末,寒食面和,丸大豆小。每服一丸,发明冷水下。正月十五日,五月初五日修合。"④一代医家李时珍都将此二种偏方录入医书,可见钟馗神像之药到病除,祛邪治疟功能之灵验了。所以钟馗出现在端午,算是应了当时的现实需求。

---

① 顾禄:《清嘉录》,江苏古籍出版社 1999 年版,第 207 页。

② 同①,第 103—105 页。

③ 丁世良、赵放主编:《中国地方志民俗资料汇编·华中卷·中》,书目文献出版社 1995 年版,第 663 页。

④ 中华医学名著宝库编辑委员会编:《本草纲目》上下,九洲图书出版社 1999 年版,第 1192 页。

图 15－12　佩戴钟馗祛五毒铜钱

　　明清时代钟馗信仰的第二点变化是,钟馗在民间成为为"镇宅灵官""朱砂判官"或"天师钟馗"。用朱砂画出的钟馗像,或者在午日午时用朱砂点睛的钟馗像,明清人普遍认为最具灵气、最具驱邪避瘟的效果。图 15－13、15－14 分别为年画之乡河北武强、陕西凤翔的传统木板年画"朱砂钟馗图"。这些年画虽刻于现代社会,但仍可窥见明代以来的社会心理。

图 15－13　河北武强年画《朱砂神判》

图 15－14　陕西凤翔《镇宅神判》

今河南朱仙镇的"镇宅钟馗"（图15-15），画钟馗绿袍仗剑，戴进士巾正面踞坐。

清代富察敦崇的《燕京岁时记》"五月·天师符"条记载："每至五月，市肆间用尺幅黄纸，或绘画天师钟馗之像，或绘画五毒符咒之形，悬而售之。都人争相购买，粘之门中，以避邪祟。"①此时，钟馗已被尊为"天师"了。在原来的传说中，专司斩五毒的人是张天师，即天师道的创始人张道陵。明清以来，随着钟馗与五鬼（五毒）故事的传扬，加之五毒与钟馗同在端午时节出现，斩五毒的就变成了钟馗，天师的称号也随即落到了钟馗头上，见图15-16。

图15-15 河南朱仙镇《镇宅钟馗》

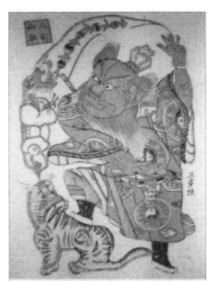

图15-16 武强年画《斩五毒的天师》

明清时代钟馗信仰的第三点变化是，钟馗成为五月石榴花花神。关于花神，自古相传认为每月各有一位花神司月，共12位。一般的说法是正月梅花花神柳梦梅，二月杏花花神杨玉环，三月桃花花神杨延昭，四月蔷薇花花神张丽华，五月石榴花花神钟馗，六月荷花花神西施，七月凤仙花花神石崇，八月桂花花神绿珠，九月菊花花神陶渊明，十月芙蓉花花神谢素秋，十一月茶花花神白乐天，十二月蜡梅花花神老令婆（佘太君）②。

钟馗何以成为五月花神呢？在我们看来，五月同时也是石榴花开的时节，而钟馗由驱疫职能进入五月，再由五月的关系成为石榴花花神。民间还有另一种说法是，钟馗触殿阶而死，额前迸出的鲜血犹如火红的石榴花，故以之为石榴花花神③。清代开始，钟馗同石榴花的组合常常出现在绘画中，作为一种新的吉庆

① 潘荣陛、富察敦崇：《帝京岁时纪胜·燕京岁时记》，北京古籍出版社1981年版，第65页。
② 王勇编：《玩镜花：60个你所不知道的〈镜花缘〉之谜》，《小议中国的花神形象的流变》，广西人民出版社2007年版，第166页。
③ 郑尊仁：《钟馗研究》，第123页。

图 15 - 17　上海年画《十二花神图》

绘画模式开始流行开来,如张祥河之《终南仰福》、任伯年之《钟馗献瑞》、王素之《醉赏榴花》等。这些绘画中,平素不苟言笑的钟馗总是侧插一朵红榴花,喜庆之余更是憨态可掬。

王素《醉赏榴花》(图 15 - 18),写峭壁陡岩上石榴花横空盛开,一只蜘蛛吐着飞丝悬于半空。钟馗醉卧崖下,笑看此景,憨态可掬。一小鬼躲在钟馗背后,从酒缸中舀酒偷饮。画面描绘了五月榴花烂漫,专司捉鬼的钟馗忘乎所以,饮酒自乐,悠闲自得的情景。

明清时代钟馗信仰的第四点变化是,钟馗与"五鬼"的程式化结合。按,明代以前钟馗画以及钟馗传说中,钟馗与鬼的数目有很大的自由度,但明清时钟馗与"五鬼"的组合渐为常式。明初有杂剧题为《庆丰年五鬼闹钟馗》,戏中"五鬼"的来源也一直是钟馗传说中的又一个令人不解之处。明戴进有《钟馗夜游图》(图 15 - 19),立轴,图上画五个小鬼,这也是钟馗画中首次出现五鬼代众鬼的形象。

自此之后,钟馗、五鬼便结下了不解之缘。这又是画家"缘饰"后被大众接受的一个例证。元代之前,钟馗的图画中其身旁若是有鬼,则或是跟随着众鬼,或是根据画者构思,只一二小鬼,到了明代才出现了五鬼。郑尊仁的《钟馗研究》认为,五鬼是源自明代信奉的五通神。《中国民间诸神》曰:"其实五通信仰,非谓五神,乃妖鬼之类尔。宋有'五通''九圣',五、九皆非实数,泛指群妖鬼也。"[1]五鬼也好,五通也罢,乃是各种妖鬼的代称。所以明清两代,既是五通信仰十分盛行之时,也是五鬼题材大量出现在钟馗画上的时候。由众鬼缩减成五鬼,也是画家

① 郑尊仁:《钟馗研究》,第 107 页。

图 15-18 王素《醉赏榴花》

图 15-19 戴进《钟馗夜游》

比较省事的作法吧。对于画家以五鬼代指众鬼的说法,我们十分赞同,但对于五鬼的源自五通信仰之说,我们有不同的认识。清代昆曲剧坛上有剧目《斩五毒》,这是一出"判儿戏"(判儿指钟馗)。此戏中,钟馗作"嫁妹"中的扮相,手拿宝剑,分斩五毒。五毒由武行分扮小妖,勾五毒脸谱:蜈蚣归武花,蝎虎子归武生,蛇精归武旦,蝎子归武丑,蛤蟆归筋斗①。这里很清楚地说明了五毒是指"蜈蚣、壁虎(蝎虎子)、蛇、蛤蟆、蝎子"。又有明代的顾起元《客座赘语》卷四"桃符画鸡蒜头五毒等仪"条记载:

> ……以采帛、通草制五毒虫,虎、蛇、蝎、蜘蛛、蜈蚣,蟠缀于大艾叶上,悬于门。②

明代民间关于五毒的记载十分明确的是指五毒虫,虎、蛇、蝎、蜘蛛、蜈蚣(其略有异于清代的五毒),这种毒虫的记载并不始于明代,宋代即早有此认知。《武林旧事》卷三"端午条":

---

① 翁偶虹:《我与金少山》,《京剧谈往录》,北京出版社 1985 年版,第 353—354 页。
② 顾起元:《客座赘语》,中华书局 1987 年版,第 117 页。

图15-20　叶澄《夜巡布丰》

……以大合三层，饰以珠翠、葵榴、艾花。蜈蚣、蛇、蝎、蜥蜴等，谓之"毒虫"。[1]

这五毒也称五鬼，被钟馗斩于剑下。是故我们认为，五鬼源于民间对五毒虫的定义，端午时节喝雄黄挂艾叶，祛邪驱虫，久而久之五毒虫衍化成五种扰人鬼物，民间遂呼唤钟馗大神来此驱除。画家受到这种习俗的影响，绘出五鬼随侍钟馗。

清叶澄《夜巡布丰》（图15-20）亦是驱傩游行类的钟馗图，扫除不祥，纳福迎吉之意。画中随侍的也是五位鬼卒。

明清时代钟馗信仰的第五点变化是，钟馗成为吉庆钟馗、送子、嫁妹等福神。据文献记录，南宋时期已经出现了含有吉庆因素的钟馗图，即《石渠宝笈三编》中所著录的南宋画家苏汉臣的《钟馗迓福》：设色画岩树下钟馗执笏，一红蝙蝠翔笏上。旁有鬼卒，负壶卢十二枚。款：画家待诏苏汉臣。后世钟馗常与蝙蝠一同出现，充满吉祥寓意。这幅作品不存于世，亦不见于其他画史，无法断定其真伪。吉庆钟馗画的题材可分两种，一种是如朱见深的《柏柿如意》，还有一种是送子图，如仇英的《天降麟儿》等。那么依此推测，钟馗在明代中后期有了两个新的身份，即福神和送子神灵。

黑脸钢髯，怒目金刚一般的钟馗，竟然做了迎福纳祥的营生，岂不怪哉？明代文震亨的《长物志》云："悬画月令，十二月宜钟馗迎福驱魅嫁妹。"[2]按月份计，到了十二月宜挂的画是钟馗迎福、钟馗嫁妹之类。迎福纳吉是岁末大事，以前岁末忙着驱邪除祟的钟馗赶走邪魅，斩杀穷鬼，为百姓带来福气祥瑞，自然也便化身福神吉星了。此外，民间年画也特别强调蝠（福）、蟢（喜）等谐音讲究，例如前所引唐子畏的《钟进士图立轴》中的喜蛛正是此种。蜘蛛在古代中国的习俗中象征好运，由于蜘蛛的外形像汉字的"喜"，则传统一向视蜘蛛为喜庆的代表。如西汉《西京杂记》云"蜘蛛集而百事喜"，蜘蛛相聚代表喜事降临，蜘蛛从蛛网上顺丝而下，则象征好运天降。中国的民间绘画中，钟馗同蝙蝠常常一起亮相，图上的钟馗多是手拿宝剑，怒指蝙蝠，此为"执剑蝠来"（只见福来）（图15-21）。还有

---

① 周密：《武林旧事》，第42页。
② 文震亨原著，陈植校注：《长物志校注》，江苏科学技术出版社1984年版，第221页。

图 15-21　高其佩《执剑蝠来》

图 15-22　任颐《钟馗降福》

一种是钟馗抬头望着蝙蝠,此为"恨福(蝠)来迟",或者"蝠在眼前"(福在眼前),钟馗或持剑或持扇。身穿文官服的文钟馗,一般画中会搭配蝙蝠或者蜘蛛,象征好运福气的到来。由于此题材十分讨喜,无论文士画还是民俗画,都十分常见。

杨柳青有年画《恨福来迟》《福在眼前》等,广东佛山也有年画《引福归堂》(图15-23)等,即是此种。

张牙舞爪模样吓人的钟馗老爷,摇身一变,又成了送子的神仙。如仇英的《天降麟儿》便是此类。画中钟馗肩舆小儿,麒麟从天而降。麒麟送子倒是常见,钟馗送子又是如何衍变的?钟馗在明代有了新的身份——判官。判官又称判子,老百姓发挥自己的想象力,就有了"判(盼)子得子"的说法。自此,无所不能又好说话的钟老爷便也兼职做了送子的神仙。

图 15-23　广东年画《引福归堂》

图 15 - 24　凤翔年画《灵宝神判》

图 15 - 25　任霞《钟馗嫁妹》

图 15 - 26　南通年画《钟馗大帝》

明清时期的钟馗嫁妹图,也有的是女子为祈求自己尽快出嫁而贴挂的。

由此可见,钟馗作为神道,其职能不像过去那样单纯,几乎是无所不包。也因此钟馗作为神道在诸神中的地位也不断被提升,产生于明清之际有关钟馗的神魔小说《平鬼传》中,钟馗被玉帝封为"驱魔大帝"。钟馗年画中也多了一种驱魔帝君的年画。

根据一些清代笔记的记载,钟馗信仰传至清初,钟馗大神不止统领四方鬼事,连妖界也要涉足了。

由于戏曲《天下乐》传奇的流行,清代钟馗也多了财神这一职务,再加上先前的除魔大神、送子大神,钟馗真可谓全能神灵了。

唐宋以来,钟馗作为神灵虽受普遍供奉,但是地位一直不高。从门神到喜神,大都是地位了了的小神祇。但明清时随着其逐渐成为全能神,其地位也渐高。茆耕茹的《钟馗信仰的演进及拓展》一文中说:钟馗在世俗宗教里的地位显著提高,是从元代《新编搜神广记》将其编入开始。后来明代刊刻的《绘图三教源流搜神大全》(即元版画像《搜神广记》之异名)、干宝《搜神记》出版,这三本书均为中国本土宗教所崇奉之主要神祇。因为

图 15 - 27　《绘图三教源流搜神大全》所收钟馗画像

以上三书的流传,钟馗才在神坛有了正神的地位。[①]

　　明清时代的钟馗多了数职,这些都是驱崇避邪职能的衍生。相应地作为钟馗信仰载体的钟馗画形象多变,有文有武,有凶煞的有喜乐的,千变万化总是他,淡妆浓抹总相宜。

　　明清时期的钟馗信仰略如上述,与钟馗信仰相应的钟馗图像也千变万化,较之前代更为丰富多样。

　　明清时期文人所绘的钟馗图像,大多为文人性情的表现,其与钟馗信仰或近或疏的关系,很难一概而论,以下略取名家名作简述。

　　首先以钟馗出身贫寒为背景的尤求《小妹缝补》,如图 15 - 28。画钟馗与小妹对坐,家徒四壁,小妹衣裙上还有几块补丁,二人似乎在讨论“年关将至,穷年难过”之类。

　　明代钟馗画多了一个新的绘画方向,即祝吉纳福的题材。这个题材的出现,既是百姓历经动荡喜逢清平世界的由心之作,也是文化高压政策下的无奈之作。此时画作中钟馗多与各种吉祥寓意的物品,

图 15 - 28　尤求《小妹缝补》

①　茆耕茹:《仪式·信仰·戏曲丛谈》,黄山书社 2009 年版,第 17 页。

461

例如花、柿、如意等搭配出现，或者选取钟馗传说中喜庆热闹的情节绘制。文人绘制的吉庆钟馗图，同民俗吉庆图之区别在于：文人讲究诗、书、印、画合为一体，既是一种功能性的信仰载体，又是一种观赏性极高的艺术品。

此类题材作者颇多，如明人殷善的《五柳钟馗》（图15-29）。在此画中钟馗俨然一隐士，令人联想到陶渊明一类的文人。

图15-29　殷善《五柳钟馗》

图15-30　朱见深《岁朝佳兆》

祝福纳吉图中，最著名的一幅乃是明宪宗朱见深《柏柿如意》又叫《岁朝佳兆》，见图15-30。

画中钟馗缕长髯无风自逸，玄色袍服，束带曳地，脚着乌靴，右手持一如意。左侧一小鬼托盘，内放柏枝、红柿，以示百事如意。图画右上端为朱见深亲题跋诗："一脉春回暖气随，风云万里值明时。画图今日来佳兆，如意年年百事宜。"左上方署成化辛丑文华殿御笔，加盖"广运之宝"章。全图上端还盖有"石渠宝笈""御书房藏宝"及乾隆、嘉庆、宣统"御览之宝"印鉴，是至今钟馗画中唯一能见到的一幅集诗、书、画、印为一体的精品①。

清代的钟馗图较前代多了两个题材，一是"午日钟馗"题材，一是"醉钟馗"题材。这两种题材在清代文人中十分流行，举凡画钟馗者无不染指此画题。最早作午日钟馗题者乃明代的钱榖，其《午日钟馗》从画面描绘看，亦是吉庆钟馗的一种，只是其以午日命名，不知是否与后世的端午钟馗有所关联。后来陈洪绶所作的钟馗像（图15-32）所绘钟馗是身躯伟岸，衣纹遒劲；双手交错，右手握着菖蒲和艾叶。后一侍从捧着一个瓶子，内插竹枝，后有自林间翩翩而来的两只蝙蝠。这种应佳节所作的吉庆图有极强的时序性，从画中

---

① 邓明编：《中国历代名画点读·百馗图说》，上海画报出版社2001年版，第6页。

图 15－31 无款《吉庆》 图 15－32 陈洪绶《钟公进士》

所绘内容,钱穀画中的石榴,陈洪绶画中的菖蒲等,都显示了此乃应端午佳节所制。再结合文献记录,基本可以认定端午钟馗习俗是形成于明末清初了。

民俗画之外,最早在端午节前后创作钟馗画的是明代职业画师李士达。他的钟馗画中,钟馗双手持笏板,双目圆睁,斜眼盯着身前小鬼。从画跋知道这幅画作于万历丙午年(1606)端午前一日,而此时钟馗画大多还是作于岁末的。明代末年,端午钟馗开始多了起来。

陈洪绶就有两幅端午钟馗传世,一幅是作于顺治元年(1645)的《劝蒲觞》(图15－33),表现了簪花钟馗的侧像。画中钟馗独自一人,右手执剑,左手捧着一杯插有菖蒲和艾叶的酒樽。

另一幅是顺治五年(1648)的《唐进士钟公像》(图 15－34)。钟馗图悬挂在端午,为钟馗图像增加了新的主题——端午(午日)钟馗。

清代钟馗绘画的另一个新题材——"醉钟馗",此题首开于扬州八怪之一的金农。本金农戏作,其后深为众喜,渐渐成为钟馗画中一大题材。而关于钟馗喝酒的情节并不见于以往任何钟馗传说之中,清代的醉钟馗从何而来呢? 我们不妨换个角度思考。考察同钟馗有关的节日,岁末除夕、端午佳节,这两个节日有一个共同之处便是可放松身心、开怀畅饮。《清嘉录》"端午条·白赏节"条有载:

五日俗称端五,瓶供蜀葵、石榴、蒲、蓬等物,妇女簪艾叶、榴花,号为端五景。人家各有宴会庆赏。端阳,药市酒肆馈遗主顾,则各以其雄黄、芷、术九、酒等品。

图15-33　陈洪绶《劝蒲觞》

图15-34　陈洪绶《唐进士钟公像》

图15-35　金农《醉钟馗》

百工亦各辍所业,群入酒肆哄饮,名曰白赏节。①

　　过年时候更不必说了。《清嘉录》"年节酒"条:

　　元旦后,戚若友递相邀饮,至十五日而止,俗称年节酒。②

　　同书"蒲剑蓬鞭条"还有:

　　蒲剑,截蒲为之,利以杀鬼。醉舞婆娑,老魅亦当退避。③

　　至此已将端午、醉、杀鬼、剑等在钟馗身上可以联系在一起的事物连接在一起了。这些记载都说明了,挂钟馗画的时节也有另一种习俗同时并行,那就是饮酒。既然有饮酒必有醉酒,既有醉酒那便有醉钟馗。这个题材被金农首先应用到绘画中,自此一发不可收拾。光是金农一人的《醉钟馗》便有不下六幅,遑论其他的《钟馗载酒》《钟馗醉吟》《钟馗醉酒》④,等等。

---

① 顾禄:《清嘉录》,第105页。

② 同①,第19页。

③ 同①,第108页。

④ 此三幅图第一幅是清代画家李世倬所作,后两幅为罗聘所作。罗聘存世画作中,尚有同类作品约6幅。

图 15－36 高其佩《钟馗醉酒》

图 15－37 王素《五美扶醉》

图 15－38 方薰《闻酒则喜》

　　历代画家在钟馗身上做了很多大胆尝试,创造了许多新的题材。这些题材有的被人接受为人喜爱,有的便被淘汰了。醉钟馗的题材自诞生之后,流传不息受众所喜,甚至传到海外去,而此题材也成为继五鬼、小妹之后,又一个进入钟馗传说的情节。在《斩鬼传》中,作者就将其与五鬼闹判的题材相结合,写成钟馗被小鬼灌醉,又遭受戏弄。读来合情合理,钟馗之憨态亦跃然纸上。绘画对钟馗传说之影响,可见一斑。

　　此外,清代较有代表性的钟馗画,还有罗聘的《钟馗垂钓》、黄慎的《钟馗训读》、方薰的《梅下读书》等。根据王阑西主编的《钟馗百图》,在清代表现钟馗随世入俗的 11 幅图画中,钟馗的身份有穷汉、塾师、酒徒、书生、钓叟等,加上送福纳吉的送子钟馗、福神钟馗,清代的钟馗是名副其实的形貌多变,辐射多个领域了。

　　清黄慎《钟馗吉庆》中绘有"钟馗击磬"谐音"吉庆",如图 15 - 39。

　　黄慎《钟馗训读》(图 15 - 40)画设色分明,人物突出。任颐《对镜钟馗》(图 15 - 41),钟馗头戴红花,骚首弄姿,得意之色跃然镜中。

图 15 - 39　黄慎《钟馗吉庆》

图 15 - 40　黄慎《钟馗训读》

元明清时代的钟馗图,延续了宋代的文人情趣。将宋代书斋、寒林中的文人钟馗辐射到了世俗生活中,文人笔下的钟馗或在深山独处、或在闹市人群,不但有诗有梅,更有酒有美人,此时文人笔下的钟馗就是文人们自己的日常写照。同宋代纯粹的赋闲题材不同,此时代的文人钟馗图兼顾钟馗图画的功能性。即使击鬼、斩妖等实用性图画也不再拘束于"怒目啖鬼"的画面,而是将实用性与文人意趣巧妙结合了。例如,明末清初五月悬挂钟馗已成习俗,画家也时常于此时节创作相应题材的画作。如图 15 - 42、15 - 43,钟馗皆执蒲草艾叶,既有驱邪避疫的实用功能,又是极具观赏价值的佳作。

图 15 - 41　任颐《对镜钟馗》

图 15 - 42　黄慎《钟馗执蒲》

图 15 - 43　任颐《钟馗执蒲》

故从总体看,民间图像与钟馗信仰有非常密切的关联(如前引各种年画),而文人所绘钟馗图则与钟馗信仰或近或疏。如各类武钟馗(大多持剑)大多与信仰关系较密,如戴进《钟馗夜游》、华秋岳《钟馗立幅》、任霞《钟馗嫁妹》、高其佩《钟馗降魔》等,而各种文钟馗(大多持扇)则更多为"文人"趣味,如清任颐《钟馗降福》、张凤《恨福来迟》、仇英《天降麟儿》等,至少钟馗早期传说中面目可怖的一面几乎完全看不到了。或者为文人趣味与信仰的结合，如各种醉钟馗、《钟馗执蒲》等。至于王素《五美扶醉》、黄慎《钟馗训读》等则几纯为文人趣味了。

明清时期的钟馗图与钟馗文学可谓互为表里、互为资源。与钟馗图相应的各类题诗非常多，与宋元时也非常相近，故我们不再赘述。而此期与钟馗故事为背景的戏曲、小说很有特色，故以下我们主要以钟馗戏曲、小说的讨论为主。

现存最早的钟馗戏曲为明初无名氏的《庆丰年五鬼闹钟馗》杂剧。全剧四折一楔子，系岁首在内廷供奉演出的吉庆戏目。传至今日的本子，有脉望馆万历钞校本，其封面标明"本朝教坊编演"，题目系"贺新正喜赏三阳宴"，正名为"庆丰年五鬼闹钟馗"。剧本最末注明钞校时间为乙卯——明万历四十三年（1615）七月二十七日，清常道人钞校。剧情大概内容为：终南山知县仰慕甘河秀士钟馗文采，请其赴试，钟馗路宿五道将军庙。夜里，大小虚耗鬼及五方众鬼前来搅扰。钟馗醒来将其赶走。钟馗赴考，科场主考杨国忠受贿将钟馗逐出。钟馗得中状元，另一位主考张伯循寻找时发现钟馗已经返回客栈气亡。后来殿官梦见上帝令钟馗掌管天下邪魔，加为判官，钟馗收服众位鬼卒，殿官表奏为其立庙[1]。这部戏是现存资料中首次确称钟馗为判官的文献。至于判官身份怎样安放到钟馗身上的，无文献可考。但钟馗作为判官的身份定是在此之前就有相关传说的，只是未曾发现文字记载。

有文章考据说钟馗的判官身份出于宋代，根据的是孟元老《东京梦华录》卷之七"驾登宝津楼诸军呈百戏"条中的一段记载：

> 又爆仗一声，有假面长髯、展裹绿袍、鞾简如钟馗像者，傍一人以小锣相招和舞步，谓之"舞判"。[2]

论者言文中的"舞判"就是后世钟馗判官的原型，这点着实不可靠。首先文中并未说明出场的就是钟馗，而仅仅是"如钟馗像者"，如钟馗像一样的角色；其次，"舞判"之"判"也不一定当做判官讲。《说文解字》注"判，分也。从刀半声"。判，最初念半，清代段玉裁《说文解字注》"判"注释："分也。媒氏掌万民之判。判，半也。得偶为合，主合其半成夫妇也。朝士有判书以治则听。注，判、半分而合者。"判的最初意义是伴，但根据孟元老书中所记载，如钟馗像者，为阎王前大鬼官也。民众未见其尊容，故假想像钟馗。

凭此实不足以认定判官即是钟馗，宋代的钟馗和判官就不是一个人。《东京梦华录》卷十"除夕"条：

> ……教坊南河炭丑恶魁肥，装判官。又装钟馗、小妹、土地、灶神之类……[3]

① 《庆丰年五鬼闹钟馗》，《孤本元明杂剧》，中国戏剧出版社1958年版，第669页。
② 《东京梦华录全译》，第132页。
③ 同②，第200页。

明代钟馗与判官也非一人，至少在写于明万历年间的《三宝太监西洋记通俗演义》（作于 1597 年）中，第九十回有"灵曜府五鬼闹判"①，文中的判官就是一位崔姓判官，而非钟馗。明代"五鬼闹判"的相关作品很多，例如前文所举《金瓶梅》中李瓶儿死后丧礼上所演的《五鬼闹判》。而钟馗与五鬼的纠缠也是渊源已久，不排除由于二者相似而于流传过程中产生了讹变的情况。

民间传说的解释是钟馗冤死之后冤情直达天庭，玉皇大帝发下慈悲，派使者通报下界一路放行不得刁难。玉帝有感于钟馗刚直不阿的性格，遂委任他做了通判阴阳两界官司的判官，掌管生死簿。

关于这个问题，在明末清初烟霞散人的《斩鬼传》中也提到过。《斩鬼传》第一回中说道：

> 钟馗看那判官时，却与自己一般模样。也戴着一顶软翅纱帽，也穿着一领内红圆领，也束着一条犀角大带，也踏着一双歪头皂靴，也长着一部络腮胡须，也睁着两只灯盏圆眼。左手拿着善恶簿，右手拿着生死笔，只是不曾戴宝剑。②

看来这个问题在清代时候也曾困扰着一些人，对此小说作者的解释为：正因为两人装扮一样，身份也一样——都是众鬼头目，所以便被众人混淆了。如何区分两位神明呢？戴宝剑的便是钟馗，不戴宝剑的便是判官了。

钟馗作为主角进入戏中，在明代尚有不少。明初朱有燉作杂剧散曲百余种，所著《诚斋乐府》有《福禄寿仙官庆会》一剧，题目为《贺新年神将驱傩》。《百川书志》卷六、《也是园杂剧书目》卷十、《古典戏曲存目汇考》卷六、《中国古籍善本书目》（集部）均以正名著录。《剧品》简作《福禄寿》，刊本题目作《贺新年神将驱傩》，演福、禄、寿三仙召钟馗捉鬼事。《古典戏曲存目汇考》云："按钟馗辟鬼事，出《天中记》引唐《逸史》。"有明永乐宣德正统间自刻本、《古今杂剧残存十种》刊本、脉望馆抄校本、《奢摩他室曲丛》刊本。该剧共分五折，开头有一楔子。楔子为福禄寿三仙官引二仙童上场，说明太平年岁要去人间赐福，此番前去须得先涤清下方戾气，因此派仙童前往请钟馗、神荼、郁垒往下方荡邪除秽。

第一折钟馗出场，诉说生平遭遇。

第二折神荼、郁垒二门将上场，诉说蟠桃盛会场景。

第三折钟馗、神荼、郁垒前往唐家宅院驱邪。

第四折探子回报驱邪情况。

第五折福禄寿三仙官再次上上场，念吉祥赐福之语，结束全剧。③

此剧后，钟馗作为驱邪斩鬼的主神正式进入戏中，同时也忙碌于民间岁末节

① 罗懋登：《三宝太监西洋记通俗演义》，上海古籍出版社 1985 年版。
② 烟霞散人：《斩鬼传》，上海古籍出版社 1992 年版，第 7 页。
③ 庄一拂：《古典戏曲存目汇考》，上海古籍出版社 1982 年版，第 411 页。

时的驱傩祭祀的各种仪式剧中。明万历二年（1574）抄立的山西《迎神赛社礼节传簿四十曲宫调》二十八宿值日开后《斗木獬》牌第五盏剧目有《钟魁（馗）显圣》，《危月燕》牌第六盏剧目有《五鬼戏胖（判）》①。

明末阮大铖撰有《狮子赚》传奇，讲钟馗事。《曲海总目提要》云：

演钟馗事，剧中关目，皆空花幻影，与《归元》《昙花》《双修》诸剧同借传奇说法。

剧云：等轮王者，统摄幽明，总持三界。谓无始以来，阴阳撮合，昼夜平分，人有罪愆，鬼亦有公案。人死而为鬼，历诸地狱；鬼转而为人，亦受诸苦恼。轮王宅心平等，秉教圆通，无异同也。遂定等轮律三条。使狮头僧传谕酆都一切官吏军民男妇诸鬼，使尽改前非，各安本分。有犯者必依律罚往阳世受罪。唐武举钟馗曾摄功曹印务，管辖八万四千鬼头。以包龙图断盆儿鬼案被揭，至总持殿转降为奈何桥桥梁候缺大使。闲曹冷署，不堪寂寞。与总持殿掌印判官喇嘛苗有旧，乃设筵招苗饮宴，并陈古玩赠苗。苗亦携地里鬼、看财鬼、两头鬼馈钟。酒酣，钟出妹侑酒，苗遂与通。于陵陈仲子以生前矫廉，死为饿鬼，来乞食，为鬼吏所殴。苗醉中遗文笔判簿在地，为仲子拾去。苗归，途遇狨头僧牵小猴一头，在奈何桥演说猴头经。使猴演故事，为众鬼指示因果。苗至，令猴重演。猴加衣冠作判赴席状，自入门揖让馈遗，以至与钟妹戏谑，及殴陈仲子，无不毕现。苗怒甚，欲挞之，猴忽化为虎。众皆惊走。苗至家，遂得疾。其妻子延医赛无常诊视。而狨头僧阴摄钟妹魂使与相见。两情方笃，忽见阳间差役拘之，病益甚，竟不起。馗方欲与苗朋比纳贿，而知苗变。又苗妻以妹赠鞋为据，告之等轮王，欲馗填命。陈仲子亦以所拾文笔判簿诉被殴状。轮王乃按律罚三人往阳间受罪。轮王欲修等轮志，且补判官缺，乃使卒以书邀祢衡苏轼。衡赴天曹修文，轼以启辞。遂以陈仲子补判职，而戒以不必矫廉云。《大藏经》在菩萨作狮子吼，故僧家有力能承佛法者，称法门狮象。剧中以狮子作引道，但有言说，都无实义，故曰'赚'。②

此剧将钟馗塑造为龌龊小人，不合习俗不为众喜，舞台演出不常见，剧本亦亡佚。

万历十年（1582）有徽州人郑之珍编撰的《目连救母劝善戏文》，内有《八殿寻母》一出，钟馗是作为主要角色出演的。目连寻母到八殿，因为手持佛祖所赐锡杖不意震开狱门，灯光照破地狱，狱中饿鬼纷纷逃出，钟馗收到蝙蝠报信，前去捉拿。钟馗上场，细说自己身世：

（净上舞介）拂袖春风苏朽槁，剑横秋水灭妖魔。自家姓钟名馗，别号南山。幼习文章，早叩科举。满拟入场，贾谊功名可就；岂知揭晓，刘蕡下第堪羞。因此

---

① 《中华戏曲》第3辑，山西人民出版社1987年版。

② 庄一拂：《古典戏曲存目汇考》，第1071页。

怒发冲冠,触死金阶之上;更有英魂不昧,流行于紫禁之中。无声或著其声,骇人之听;无象忽呈其象,耸众之观。唐王感悟于心中,官爵加封于身后,赐我青铜宝剑,收伏邪魔;显吾大节忠良,皈依正道。正是:生前富贵虽无份,死后文章尚有声。①

接下来"舞剑步诀介",并分别唱了【一枝花】【小梁州】曲子,述说生平志向。最后收服众恶鬼,按罪发落。

清代《天下乐》之前,戏曲舞台上的主流钟馗戏,除了《狮子赚》都无甚情节可言,俱是斩鬼除祟之事。例如前文列举的《五鬼闹判》《仙官庆会》,此类戏目的模式都是:仙官上场颂福→钟馗驱鬼降妖→仙官赐福,包括后来清代的岁末承应戏中,这种模式一直延续着。加上其演出时节都是岁末年节,可以认为这种节庆钟馗戏是傩仪在宋代之后的一种变体。钟馗作为驱傩主神也是戏中主角,神坛移到了戏台之上,整个仪式也呈娱乐化形式化的趋势。但是钟馗在戏中所行的台步,说的台词,仍具有仪式意义。

如《目连救母劝善戏文》之《八殿寻母》一出中:

(净舞剑步诀介)天灵灵地灵灵,太上老君将逐符行,私逃鬼犯个个来临。②

又《仙官庆会》第三折,钟馗引神荼、郁垒来到下方唐家宅院,寻鬼驱怪。接着开始一连串的动作:

(末走着唱)【马儿落】向亭台苑固搜,把殿宇庭堂扣。越门栏井章,寻到闺闲帘帷候。

(傩神云)走过宅院并无氛戾之气。

(末唱)【得胜令】寻不见怎干休,恼的咱气腾如彪。将这火四队驱傩降,好教他千般不自由。

(末入走着唱)转过那南楼,恰行到西墙后,我跳过这阴沟(四小鬼上)(末做寻见科)(末唱)呀呀呀! 原来在这答儿寻着那小鬼头。(末做拿鬼科)③

可见明清的钟馗戏,除了点缀升平之外,还是有驱邪除祟的大傩遗意的。

图 15-44 为万历年间的版画,可以看出在明代的戏曲舞台上,钟馗的装扮当如右图:身穿铠甲,头戴双翅纱帽,足履软靴,其帽上绘一只蝙蝠。据周华斌说,梅氏缀玉轩藏明清脸谱中,钟馗额头上便已经画了一个小蝙蝠④。在清代戏曲舞台上的钟馗扮相没有文字详录,但从后世戏曲舞台上的钟馗来看,至少额头之上绘制蝙蝠这一点是没有变化的。现代钟馗脸谱上,额上仍是绘制蝙蝠。

---

①② 郑之珍:《皖人戏曲选刊·郑之珍卷:新编目连救母劝善戏文》,黄山书社 2005 年版,第 454 页。

③ 庄一拂:《古典戏曲存目汇考》,第 1071 页。

④ 周华斌:《昆净的"神"气——兼谈戏曲舞台上的净及神鬼舞蹈的沿革》,《文艺研究》2002 年第 2 期。

图 15 - 44 明万历刻本《目连救母劝善戏文》插图《钟馗驱怪》

图 15 - 45 钟馗脸谱

清代戏曲相关钟馗故事的影响也是极为深远的，如"五鬼闹判"的故事，便是根据戏曲演变而来的。再如最为人所熟知的钟馗嫁妹故事，基本是承袭传奇《天下乐》而来。

清初张大复撰《天下乐》传奇，《古典戏目存目会考》云："张彝宣，一名大复，字心其，一字星其。江苏吴县人，约顺治末前后在世。居阊门外寒山寺，自号寒山子，名其室曰寒山堂。精通音律，好填词，不治生产，性淳朴，亦颇知释典。"①《曲海总目提要》云："此剧亦张心其所作，以五路财神为主。言此五人皆能散财济贫，力行善事，求得甘雨，以致丰年。国家既封五路大总管，厚赐金帛。玉帝复封为财帛司五路大将军，掌管人间利禄，令东西南北中五方，无不丰登富厚，自然天下安乐，万世太平。故名之曰天下乐也。"②此戏吉庆欢乐，正合佳节气氛，且正义人士最后终得圆满的模式也深得百姓之心，是故深受喜爱得以流传。剧情大致如下：

杜平字钧卿，杭州钱塘人，其家累世为商，家资巨万，父母早亡，未及婚娶。常与其友散财济贫。时终南山秀士钟馗，与妹媚儿同居。闻唐高祖开科取士，欲赴京应举，贫乏无赀。平在长明寺中，大舍钱帛谷米。馗闻其名，诣寺访之。平即邀至家中，赠百金为资斧，佐以宝剑。馗为人好刚使气，乘醉入寺。寺僧方为

---

① 郑尊仁：《钟馗研究》，台北秀威资讯科技股份有限公司2006年版，第163—164页。

② 《曲海总目提要》，人民文学出版社1959年版，第1033页。

杜作瑜伽道场,延请法师施食。馗见大诧,以为妖诞,毁榜殴僧,且谓平曰:'人之祸福在天,何得托名于鬼?若鬼能作祸于人,是为害人之物,必当尽杀而啖之。'诸饿鬼诉于观音大士,大士知其正直,后将为神,而怒其谤佛,乃令五穷鬼损其福,五厉鬼夺其算。馗赴京,旅次痁疟。及稍愈,由径道往长安。夜抵阴山穷谷中,为众鬼所困,变易形状,绀发墨面,丛生怪须,塞土于口而去。馗入京就试,获中会元。殿试之时,以貌丑被黜,自触殒身,大闹酆都。奏知玉帝,玉帝悯其正直无私,怀才沦落,封为驱邪斩祟将军,领鬼兵三千,专管人间祟鬼厉气。初,馗之赴举也,平厚赙其家,且使婢为其妹役,馗深感之。平以贸易入都,馗方登第,以妹许平,未及嫁而馗为神。时天子御朝,八方王子万里入贡,云睹五道祥云,辉映中国。而其时适三月不雨,有旨问袁天罡。天罡云:五云之瑞,应在五人。及召平等入见,平讼馗冤,请为立庙褒封,三日甘霖必沛。乃赠馗状元,而令平等祷雨。如期雨降。遂拜平天下五路大总管。馗践前约,亲率众鬼,笙箫鼓乐灯火车马,自空而下,以妹嫁平。五人复受玉帝之敕,为五路大将军。又令多宝天尊,赐以天女绣花云蟒五件,辟邪金盔五顶。其仆招财、利市俱得并封[1]。

《天下乐》中最为感人的是钟馗的怀才屈死,死后为民斩祟驱魔;以及死后践约,为妹做婚约之事。这也是为何整本《天下乐》传奇不曾流传下来,而嫁妹一折被丰富扩充,历时百年仍旧活跃在舞台上的原因。嫁妹情节与古代伦理、道德相关联,也符合了老百姓心中"才子佳人终成配偶"的戏场套路;钟馗斩妖除魔,又强烈表达了社会底层百姓的诉求。这样的一出戏有悲有泪有曲折,有喜有笑有圆满,如何不被观众喜爱呢?后来嫁妹情节被扩充,提炼成单折的昆曲剧目,经净何桂山的演出,该剧始蜚声剧坛。王大错《戏考》第三十八册有台本,剧情分为四场。

第一场:五鬼并钟馗上场,钟馗言自己赶考误入鬼窟坏了相貌损了性命。上帝感其为人正直,封其为驱魔斩祟大将军。又蒙杜平将其遭遇诉于皇上,皇上封其为终南进士。杜平为钟馗收尸埋骨,钟馗感其恩德,欲将小妹嫁他。

第二场:杜平等四人受封五路财神。

第三场:五鬼引钟馗还乡,钟馗与小妹相见,说明前情,兄妹二人感慨涕泣。钟馗一行人送小妹去杜平家。

第四场:钟馗与杜平拜别,杜平同钟小妹赓夜完婚。[2]

今日京昆舞台上所演的《嫁妹》,只是《戏考》载本的第三场情节,即五鬼引钟馗还乡,兄妹相见,互诉离别情意。钟馗与一众小鬼吹吹打打送妹出嫁。

明清时代的钟馗嫁妹怎样表演我们已经无从得知,只好从近代戏曲舞台上

① 《曲海总目提要》,第1033—1034页。
② 《戏考大全》,上海书店出版社1990年版,第811—818页。

的表演试着推想一番了。戏曲舞台上的钟馗和判官的形象,都是大体相似的:在化妆和造型上,要用耸肩、垫胸、假臀等特殊的塑形扎扮,来突出其魁梧、奇伟、笨重的形体特征,这种妆扮叫做"扎判"。此外,钟馗或判官出场时都要施放火彩,有时还用耍牙、喷火等特技来渲染气氛。这套程式俗称"判儿"。这些程式是从历代民间"跳钟馗"仪式中承袭来的,其喷火耍牙之形,都是节庆岁除民间社火遗留。还有一种说法,戏曲舞台上的钟馗"端肩、腆胸、撅臀"十分符合钟馗"丑恶魁肥"这个形容。相传这"端肩"一项,实为体现钟馗的"缩脖",因为当时钟馗触阶而死之时,用力过猛,脖子撞进了身子。钟馗的脸谱,额上有一大块红色,象征当时他触阶而死时的鲜血;鼻梁塌扁也是触阶的时候碰扁的。最后额上一定要绘一只蝙蝠,蝙蝠为钟馗引路斩鬼,也是引福来临的意思。

周华斌曾提到过老一辈艺术家侯玉山、徐凌云的舞台演出情况。侯玉山曾言钟馗是文人出身,有学问,他塑造的钟馗是"武戏文唱",是故北昆扮演的是武钟馗,头戴"周仓倒缨盔(按:周仓者,神将也,此为驱傩神将之装扮)"。而南昆的钟馗是文钟馗,徐凌云扮演讲究"文戏武唱"。钟馗戴"判官帽"(幞巾),鬓边插一枝石榴花(寓意多子多福,钟馗送福)。二者同样都是五小鬼相随,五小鬼分别掌灯、打伞、赶驴、捧琴箱书剑、捧"平安吉庆"(花瓶内插戟,寓意平安吉庆)[1]。钟馗的额头上绘一只蝙蝠,象征传说中引路的那只蝙蝠,也寓意"福来"。钟馗的坐骑是驴,这也符合历代画作中"钟馗策蹇"这一印象。总之在舞台上的钟馗,可谓综合了历代钟馗形象之大成,集驱傩神将、福神、喜神于一身,集不第士子和送嫁兄长于一身,文武兼备(图15-46)。

图 15-46　侯玉山《钟馗嫁妹》剧照

① 周华斌:《昆净的"神"气——兼谈戏曲舞台上的净及神鬼舞蹈的沿革》,《文艺研究》2002 年第 2 期。

从剧照看出，侯玉山头戴"八面威"，身穿蟒袍，俨然一虎虎生风不怒自威的大将军。八面威是首辅武将所用盔头，与帅盔用法近似，帽顶置八角帽沿，各缀彩穗，威风凛凛，故称"八面威"。

图 15-47　侯玉山钟馗脸谱　　　图 15-48　八面威

后来的一位戏曲大家厉慧良认为，钟馗生前是个满腹经纶的文人，应该是带书卷气质的，于是用判儿盔取代了八面威[1]。图 15-49 左为裴艳玲的钟馗造型，右为厉慧良的钟馗造型。

图 15-49　钟馗造型

---

[1]　厉慧良：《我怎样"自创"〈钟馗嫁妹〉》，《戏剧报》1985 年第 5 期，第 36—42 页。

我们可以看出，这一"判儿盔"的改革，同万历年间版画《目连救母》中钟馗的造型是极其相似的。看来，通过实践的检验，自古相传的钟馗造型还是最适合其身份的。

值得注意的是，自《天下乐》之后，钟馗一改前代传说中的天生貌丑的形象，摇身变为风度翩翩举止不凡的书生，因受恶鬼之祸，才变得形容丑恶。这一说法很快被坊间接受，百姓对于所喜爱的人，总是乐意为其所有的缺陷都找到因由的。

戏曲舞台上，还曾有另一类的钟馗戏，如川剧的《钟馗救驾》。康熙以后，钟馗斩狐斩妖的传说出现，舞台上又衍生出钟馗斩狐的戏，如福建莆仙戏有《钟馗斩狐》一出，只是以上戏目演出并不多见。

明清之际，出现了三部取材于钟馗传说创作的长篇小说。第一部是出版于明代的四卷本《钟馗全传》，国内不见有传本，日本内阁文库藏有仅存的明刊本。第二部是《斩鬼传》（十回本）。据考证，此本书有五种版本，最早的是清康熙庚子年（1720）经纶堂刻本，题为《平鬼传》四卷十回，原题"樵云山人编"，有黄越序，北京图书馆藏。第三部是《唐钟馗平鬼传》，封面题"乾隆乙巳年春新镌"，"东山云中道人评"，六卷十六回，无序无跋①。这些小说的共同特点是：在明皇梦鬼的基础传说之上，从社会生活中攫取大量现实场景，稍加润色，连缀成篇。它们都属于魔幻寄寓类的小说，以鬼域中人事来驱动情节，铺叙故事。讲的是"鬼话"，说的是"鬼事"，发的是"鬼骚"。真正魑魅魍魉，一片鬼域世界，但拂去这一层鬼域的面纱，小说所叙"皆作者欲吐之言：不可显著而隐约出之，不可直言而曲折见之，不可入于文集而借演义以达之"②，揭露和批判的却都是真实的人间世相。所谓"鬼即人"，"人即鬼"，"人鬼不分，美丑不辨，美好的人世间变成了鬼影幢幢的荒唐世界，明清的讽刺作家们曲笔叙鬼，以鬼域代人间，是宣泄他们绝望愤懑情绪的一个艺术途径③。

《斩鬼传》中，钟馗自酆都城出，一路走一路斩妖除魔，最终收服楞睁鬼功德圆满，几乎完全是一本神魔小说。对现实生活偶有讥讽，也是无伤大雅的玩笑。《平鬼传》则让人阅来时时忘记自己身在神魔妖鬼之界，恍若便是周遭世事。语语皆鬼，却句句写人。

《斩鬼传》中，钟馗上京应试，受奸相卢杞陷害含冤赴死。钟馗下到酆都地府受阎君点化，带领咸渊、富曲二人，由蝙蝠领路上界斩鬼。此一部分包含了唐宋以来钟馗身世的传说。此处钟馗由武德年间不第的士子变为唐德宗时期中举的状元，陷害他的奸相由明代《庆丰年五鬼闹判》的杨国忠变为卢杞，钟馗的悲惨遭

① 路工、谭天：《古本平话小说集》，人民文学出版社1984年版，第496—497页。
② 董说：《西游记补》，真复居士著：《续西游记》，内蒙古人民出版社2008年版，第449页。
③ 金鑫荣：《明清讽刺小说研究》，凤凰出版社2007年版，第126页。

遇也变成了自身合该的命数。以上来说,钟馗的身世未作多变,仍是一位含冤赴死的英杰。此外,绘画中作为吉祥寓意的蝙蝠也化身为为钟馗领路寻妖的使者。与以往不同,钟馗身边多了两个帮手——咸渊、富曲二将。二人生前也是怀才不遇,身世凄惨,三人述怀之后相对而泣的场景,应是作者借以抒发自己的同感之悲。紧接着钟馗一行人在蝙蝠的引领下,拿着阎君的鬼簿,按图索骥,斩收妖鬼。整部《斩鬼传》钟馗等人共邂逅制服 42 种鬼,最后收服愣睁大王功德圆满,玉帝封钟馗为翊正驱邪雷霆驱魔帝君。这是钟馗首次被封为帝君,其地位与前代的判官、福神是不可同日而语了。

该书对前代传说多有借鉴,例如第二回"诉根由两神共愤 逞豪强三鬼齐诌"中,钟馗将捣大鬼的双眼剜除生吃,这是钟馗自唐代便有的嗜好。再有第七回"对芳搏二人赏明月 献美酒五鬼闹钟馗",伶俐鬼伙同撩乔鬼、跷虚鬼、得料鬼、轻薄鬼在县衙戏弄钟馗,明显是明代杂剧《庆丰年五鬼闹判》的情节。另外,钟馗貌丑、骑乘白泽等情节,皆是之前的传说内容。

《平鬼传》中有关钟馗身世并未多做详解,只在第一回一笔带过,即德宗年间的士子,因为貌丑未中头名怒而赴死。其中没有奸臣陷害,也没有皇帝加封,钟馗自来地府,阎君怜其身世,封其为平鬼大元帅,令其携四名鬼卒:伶俐鬼、大头鬼、大胆鬼、精细鬼,五人浩浩荡荡开赴阳间。第一回"万人县群鬼赏月"中对于五人出行是这般描绘的:"钟馗头戴尖顶软翅乌纱,身穿墨丝蓝辫海青蟒袍,腰系金镶玉带,手执牙笏,上了追风乌骓马。遂吩咐大头鬼头前开路,大胆鬼挑着琴剑书箱,精细鬼手提八宝引路红纱灯,伶俐鬼擎着三沿宝盖黄罗伞。分派一定,号令一声,摆开队伍,杀气腾腾,威风凛凛……"[①]在这段钟馗出游仪仗的描写中,我们可以看到龚翠岩《中山出游》的痕迹。《平鬼传》全本有 48 种鬼物,钟馗功德圆满之后也是被玉皇大帝封为翊正驱邪雷霆驱魔帝君。《平鬼传》较《斩鬼传》年份稍晚,沿袭了钟馗这一封号,此一神号已深入人心。整本《平鬼传》除去在钟馗身世及所封神号方面对前代有所沿袭之外,其余都是自创。书中出现的各种鬼物同《斩鬼传》几无二致,这几种鬼物应是当时公认的害人之鬼。

关于这两部小说,《斩鬼传》线索比较松散,钟馗一行人的杀鬼属于见一个杀一个模式,当是作者借钟馗之手,欲将世间鬼物统统灭于剑下。《平鬼传》则是组织严密,线索分明。线索之一是钟馗受阎君所托,欲去除掉阳间作恶之鬼;线索之二是无二鬼一伙收到阎君座下候补判官周老爷的通风报信,结成组织欲对抗钟馗一行。两条线索相互交织各不牵绊,最终汇总。对比可看出《斩鬼传》有神魔小说的成分,《平鬼传》则完全是借鬼说人的寄寓小说。

唐宋以来,钟馗作为被民众普遍信奉的神道,其职能由最初的辟邪驱祟,发

---

① 烟霞散人:《钟馗全传》,华夏出版社 2013 年版,第 7 页。

展到明清时期的几无所不能的大神,其在神坛地位也日渐尊崇。各种钟馗图像及钟馗文学正是在这样的文化背景下产生的。

同时,我们也可注意到,唐宋以来钟馗图像与钟馗文学经常存在互动,相互催发。有时是钟馗画催生钟馗故事和文学(如钟馗妹在画中的出现催生了钟馗嫁妹故事),有时是钟馗文学成为钟馗画的艺术资源。正是由于钟馗信仰的日趋普遍和丰富,且钟馗图像与钟馗文学始终相互催动,使得钟馗文学和钟馗图像成为唐宋以来非常值得瞩目的艺术奇观。

与孟姜女故事、梁祝故事等很多故事不同的是,钟馗图像在其传播过程中显然有更重要的意义。如果没有图像的传播,钟馗故事则不可能产生如此广泛的影响。这是应特别指出的。

第十六章 八仙故事及其图像

　　"八仙过海,各显神通"的故事几乎为人人所熟知,张果老、钟离权(汉钟离)、铁拐李、曹国舅、韩湘子、吕洞宾、蓝采和、何仙姑是中国民间最受欢迎的道教仙人群体。他们的故事在民间广为流传,他们的图像也被人们刻绘于日常饮食起居的方方面面。甚至他们所使用的法器,也被赋予了长寿、喜庆、吉祥的寓意。在明末清初,从八仙身上分离出来,有清一代作为装饰图案被广泛用于瓷器、年画、剪纸、织物、家具及建筑上。八仙可以说是与中国各个阶层特别是普通百姓的生活关系最为密切的一个仙人群体。

　　虽然人们对八仙是相当的熟悉,但"张果老、汉钟离、铁拐李、曹国舅、韩湘子、吕洞宾、蓝采和、何仙姑"这八位"仙人"组合为八仙这个群体是在什么时候,至今人们无法给出一个确定的时间。王世贞在《弇州山人四部续稿》卷一百七十一《题八仙像后》中说:"八仙者,钟离、李、吕、张、蓝、韩、曹、何也,不知其会所由起,亦不知其画所由始。吾所亲仙迹及图史亦详矣,凡元以前无一笑,而近如冷起敬、吴伟、杜堇稍有者,亦未尝及、或庸妄画工合尾巷丛俚之谈,以是八公者:老则张,少者蓝、韩,壮则钟离,书生则吕,贵则曹,病则李,妇女则何,为各据一端,作滑稽观耶。"①清黄伯禄《集说诠真》中说:"世所传八仙,宋之前未之闻也,其起于元乎? 委巷丛谈,遂成故事。"因此八仙形成于元代的说法几成定论。根据史料记载,这八位仙人并非属于同一个朝代,最晚出现的曹国舅相传为宋仁宗朝之大国舅,即此推断,八仙群体形成的时间应在北宋仁宗朝之后。宋朝之前曾有东汉的"八仙之箓"、六朝时期的"淮南八公"、唐代的"饮中八仙"、晚唐五代时期的"蜀中八仙"之说,这些人除了"饮中八仙"外,都超脱世事,超越生死,具有一定的超能力,能预见未来、看透宇宙人生且精神上又逍遥自在、无牵无碍;当然"饮中八仙"举止洒落,超凡脱俗,也具有仙人的某种特质,然而上述八仙与后世人们所熟知的八仙似乎都没有任何关系。

　　八仙故事究竟是如何生发的,在八仙故事传播中各种八仙图像有何种意义,八仙故事与其图像是何种关系,所有这些都是值得探讨的话题。

---

① 王世贞:《弇州续稿》卷 171,《四库全书》第 1284 册,商务印书馆影印 1986 版,第 469 页。

第一节 唐宋时期的八仙故事及其图像

一、唐宋时期的八仙故事及其图像

至今,人们仍然没有发现南北宋时期,有任何文字资料对八仙群体进行介绍和说明,但这个八仙组合中的个体成员绝大多数都能从唐宋时期的文献中发现踪影,而且这些文字记载已经确定了他们的最基本的事迹和形貌特征。

1. 骑驴老者张果老

八仙中年龄最大的当属张果老,最早记录张果老故事的是唐中叶的《大唐新语》,而晚唐的《明皇杂录》记载其事则较为详细,此外还有《次柳氏见闻》《续仙传》《独异志》《宣室志》等。正史《旧唐书》和《新唐书》里也有关于张果老的记载,宋初所编《太平广记》中"张果"条则融之前张果老事迹于一体,《绀珠集》《类说》《古今事文类聚》《云笈七签》等类书也纷纷记载了张果老法术故事。唐宋两代,还有一些专门歌咏或提及张果老的诗歌。

综合众书所记,张果老的形象便清晰起来。张果老具有这样的特点,一是岁数相当大。张果老,真名是张果,"老"之一字,是对他最鲜明特征的概括。《明皇杂录》中记载,张果自己说:"余是尧时丙子年人。……尧时为侍中。"①《旧唐书》说他"自云年数百岁矣"。在唐人的心目中,张果已然是一个上千岁的老仙翁。唐人牛肃小说《纪闻》"王旻"篇中说"张果天仙也,在人间三千年矣"②,李颀《谒张果先生诗》中说张果"先生谷神者,甲子焉能计。自说轩辕师,于今几千岁"③。第二个特点,就是善于变幻之术。他能制造出自己死去的假象,如在则天朝,为不就征召,"佯死于妒女庙前,时方盛热,须臾臭烂生虫"④。可是不久人们又看到他出现了。玄宗朝他也曾佯死过两次。在玄宗面前,他曾顷刻间落齿再生,白发变青丝,鸡皮变童颜;他能用酒具变道童,金殿之上辨识千年老鹿。第三个特点是骑着一只白色的毛驴。唐《明皇杂录》中说,张果老"乘一白驴,日行千万里。休则折叠之,其厚如纸。置于巾箱中,乘则以水噀之,还成驴矣"⑤。元代画家任仁发有一幅《张果见明皇》的画(图16-1)即取材于此,画中右边第一人即是张果,一个童子蹲在地上,从一个开着口的箱箧中驱赶出一只小白驴,向唐玄宗的方向飞奔而去。此处并没有说张果老是倒骑着毛驴,张果老倒骑驴据赵杏根推测,大约始于北宋,是人们把北宋初年经常倒骑毛驴且行为狂放的潘阆的事迹加

---

① ④ ⑤ 郑处诲:《明皇杂录》,《唐五代笔记小说大观》(上),上海古籍出版社2000年版,第964页。
② 李昉编:《太平广记》(上),中华书局2001年版。
③ 《全唐诗》(第2册)卷55—卷146,中华书局2013年版,第1340页。

在了张果的身上,以突出张果老的不同寻常。经历唐宋时期的弘传,张果老法术故事已大体定型。

图 16-1 任仁发《张果见明皇》

2. 到老梳丫髻的汉钟离

汉钟离最鲜明的特征莫过于他的双丫髻了,而他头顶丫髻的形象在宋代已经出现了。《大宋宣和书谱》卷十九云:"神仙钟离先生,名权,不知何时人,而间出接物,自谓生于汉。吕洞宾于先生执弟子礼,有问答语及诗成集。状其貌者,作伟岸丈夫,或峨冠绀衣,或虬髯蓬鬓,不冠巾而顶双髻,文身跣足,颀然而立,睥睨物表。真是眼高四海,而游方之外者。自称'天下都散汉',又称'散人'。……其字画飘然有凌云之气,非凡笔也。"①宋代叶梦得《岩下放言》说钟离权是汉代人,吕洞宾是他的学生;《夷坚志》和《云麓漫抄》均提到钟离权的书法及诗歌,尤袤《全唐诗话》还录有汉钟离诗歌两首。看来汉钟离在宋代是以能书善画为其主要特点的,与吕洞宾的师承关系也已然确立。汉钟离的事迹在后世继续发展,但其头顶丫髻、虬髯红衣的形象一直继承下来,其度化吕洞宾事也一直在文学和图像艺术中被津津乐道。

3. 持板踏歌蓝采和

南唐沈汾的《续仙传》最先提到蓝采和。书中记载:"蓝采和,不知何许人也。常衣破蓝衫,六銙黑木腰带,阔三寸余。一脚著靴,一脚跣行。夏则衫内加絮,冬则卧于雪中,气出如蒸。每行歌于城市乞索,持大拍板长三尺余,常醉踏歌,老少皆随看之。机捷谐谑,人问,应声答之,笑皆绝倒,似狂非狂,行则振靴,言曰'踏歌踏歌,蓝采和,世界能几何? 红颜一春树,流年一掷梭,古人混混去不返,今人纷纷来更多。朝骑鸾凤到碧落,暮见桑田生白波,长景明晖在空际,金银宫阙高嵯峨!'歌词极多,率皆仙意,人莫之测。但以钱与之,以长绳穿,拖地行,或散失亦不回顾。或见贫人即与之,或与酒家,周游天下。人有为儿童时至,及斑白见之,颜状如故。后踏歌于濠梁间,于酒楼乘醉,有云鹤笙箫声,忽然轻举于云中。

①《宣和书谱》(二),《丛书集成初编》,商务印书馆 1936 年版,第 441—442 页。

掷下靴衫腰带板拍，冉冉而去。"后世所记蓝采和事多与此相同，如宋初的《太平广记》、元代赵道一《历世真仙体道通鉴》、明王世贞辑《列仙全传》、洪应明《仙佛奇踪》。北宋龙衮的《江南野史》还说蓝采和角发被褐，姿貌非常。

4. 仗剑度人吕洞宾

八仙中传闻最广的一位仙人当属吕洞宾。北宋的时候，吕洞宾的故事已经在民间广为流传。北宋初年的《太平寰宇记》《清异录》《杨文公谈苑》等书都有吕洞宾单个事件的记述。张齐贤的《洛阳缙绅旧闻记》中《田太尉候神仙夜降》篇"时人皆知吕洞宾为神仙"之句，稍后宋庠在《谈苑·吕先生》中记载了吕洞宾的出身。《东轩笔录》卷十记载谭州人夏钧在永州问何仙姑吕洞宾事，言曰："世人多言吕先生，今安在?"①南宋吴曾《能改斋漫录》"吕洞宾传神仙之法"条记载了岳州石刻上的吕洞宾自传，云："吾乃京兆人，唐末，累举进士不第。因游华山，遇钟离，传授金丹大药之方;复遇苦竹真人，方能驱使鬼神;再遇钟离，尽获希夷之妙旨。吾得道年五十，第一度郭上灶，第二度赵仙姑。郭性顽钝，只与追钱延年之法。赵性通灵，随吾左右。吾惟是风清月白，神仙聚会之时，尝游两浙、汴京、谯郡。尝著白襕角带，如人间使者。右眼下有一痣，筯头大。世言吾卖墨、飞剑取人头。吾闻哂之。实有三剑:一断烦恼，二断贪嗔，三断色欲，是吾之剑。世有传吾之神，不若传吾之法;传吾之法，不若传吾之行。何以故? 为人若反是，虽握手接武，终不成道。"②这个自传是对当时广为流传的吕洞宾故事的概括归纳和总结，自然是人们根据当时的传说编造的，也为后来的吕洞宾形象的塑造提供了依据。《蒙斋笔谈》《夷坚志》《鹤林玉露》《画墁集》等文献均有吕洞宾以及与吕洞宾相关的记载。从这些记载来看，吕洞宾似为唐末人，籍贯为山西永乐或陕西长安，曾读书求仕，遇钟离权得道，后仗剑行走人间，降妖除魔，度化世人。后世吕洞宾的故事也多与度人相关。元代的苗善时搜集整理了北宋以来关于吕洞宾的民间传说，编为《纯阳帝君神化妙通纪》。宋徽宗宣和元年(1119)封吕洞宾为"妙通真人"。

5. 顷刻花开韩湘子

八仙中的韩湘子，可能是唯一一位可以做实的历史人物。韩湘子实乃唐代文学家韩愈侄孙，故而韩湘子的故事与韩愈息息相关。从唐段成式的《酉阳杂俎》、唐末杜光庭的《仙传拾遗》、宋刘斧的《青琐高议》可以发现韩湘子被仙化的过程。《酉阳杂俎》讲韩愈的子侄韩湘的奇术可以让牡丹在冬天开出五色花朵，花朵上写有韩愈被贬潮阳路过蓝关时写的诗句"云横秦岭家何在，雪拥蓝关马不前"③。《仙传拾遗》则把韩愈的子侄变为韩愈的外甥，不读书，好饮酒，其行为放

① 《宋元笔记小说大观》第二册，上海古籍出版社2001年版，第2751页。
② 吴曾:《能改斋漫录》，上海古籍出版社1979年版，第504页。
③ 段成式撰:《酉阳杂俎》，中华书局1981年版，第185—186页。

荡不羁，能于"百步内卓三百六十钱，一一穿之，无差失者"，"于五十步内，双钩草'天下太平'字，点画极工"，"于炉中累三十斤炭，支三日火，火势常炽，日满乃消"①。《仙传拾遗》同样写了韩湘子让牡丹花开的故事，但其手法更加高妙，尤其是牡丹花上出现的诗句"云横秦岭家何在，雪拥蓝关马不前"是在韩愈被贬潮阳未作诗之前，这样就使诗句带上了谶语的意味，突出了韩湘子能预见未来的超能力。文中还增加了韩愈因谏佛骨被贬潮州，外甥于商山相送，韩愈作五十六字诗以别的情节。《酉阳杂俎》中韩愈的堂房子侄韩湘子只是一个有奇术的术士，《仙传拾遗》韩愈外甥一副道家打扮，言谈举止已明显具有道家风范，度脱文公迹象也开始形成。《青琐高议》吸收了《酉阳杂俎》和《仙传拾遗》的主要情节而又有所增饰，文中主人公直接成了韩愈的侄子韩湘，着重于韩湘能让牡丹"顷刻"花开，并诗谶韩愈后被贬事②。《酉阳杂俎》和《仙传拾遗》中的牡丹都是历经一月才能开花，此文中仅巡酌间韩湘已经让花开放，花上诗句更是在韩愈被贬之前，使事情更加神奇。文中亦暗示了韩湘子以后度化韩愈的情节。《酉阳杂俎》《仙传拾遗》和《青琐高议》所塑造的韩湘形象对后世影响很大，其事迹多次被直接转引，凡是提及韩湘子的文字，无不提到其令牡丹顷刻开花的事，其事迹也多与度化韩愈相关。

6. 元神出窍铁拐仙

铁拐李的形象一直以来较为固定，他是一个蓬头卷发、黑脸巨眼、衣衫褴褛、跛了右脚的叫花子形象，随身法器为铁拐和葫芦。他的形象与他最大的特点即其特异功能与元神出窍有关。唐宋笔记中没有关于铁拐李的记载，但多有元神出窍的故事，《青琐高议》后集卷十载《袁元仙翁出神救李生》篇讲仙翁袁元把自己的元神附在李生失手打死的乞丐身上，让别人认为乞丐并没有死，从而让李生避免了吃官司③。周密《癸辛杂志》别集卷下记载了两个"借尸还魂"的故事，一是老道士灵魂出窍附在一年轻男子尸体上，一是王喜儿借张合德尸还魂④。

宋代笔记小说中刘跛子形象事迹与铁拐李形象也颇为相符。《冷斋夜话》卷八载刘跛子故事三则，刘跛子持拐，每年必到洛阳观看牡丹花，他的行为与诗歌皆有超尘绝俗之气，他自作长短句曰："跛子年年，形容何似，俨然一部髭须。世上诗大，拐上有功夫，达南州北县，逢着处，酒满葫芦。醺醺醉，不知来日，何处度朝晡。洛阳花看了，归来帝里，一事全无。若还与鲍羹不托，依旧再作门徒。蓦地思量，下水轻船上，芦席横铺。呵呵笑，睢阳门外，有个好西湖。"⑤刘跛子性格

---

① 李昉等编：《太平广记》第二册第五十四卷，中华书局 1961 年版，第 331—332 页。

② 《宋元笔记小说大观》第一册，上海古籍出版社 2001 年版，第 1076—1077 页。

③ 刘斧：《青琐高议》，三秦出版社 2004 年版，第 260 页。

④ 《宋元笔记小说大观》第六册，上海古籍出版社 2001 年版，第 5879 页。

⑤ 《宋元笔记小说大观》第二册，第 2209 页。

不羁、面部多须、挂着铁拐、背着葫芦的形象与后世铁拐李非常相似。铁拐李或许就是元神出窍与刘拐子故事的结合再造。

南宋时期铁拐仙人已经在民间广为人知，元人无名氏《重刊湖海新闻夷坚续志》后集卷一《神仙门·仙异》记有《铁拐托梦》①故事：辅真道院的张道纯原是南宋末年的一个小官，后出家为道，一次他施舍斋饭，发出了一百张帖子，可是持帖来领斋饭的只有九十九人，夜里梦到一个道人托梦，说帖子在他的铁拐上呢，果然见辅真道院的铁拐仙人塑像铁拐上有一张帖子。这个故事至少说明南宋时期，已经有铁拐仙人的塑像。

7. 预知前事何仙姑

何仙姑是八仙中唯一的女性。关于她的故乡，有广东增城、广西、福建、浙江、安徽、湖南永州等多种说法。在宋代，有永州何仙姑和扬州何仙姑之说。在欧阳修的《集古录跋尾》卷十中记载永州晚年的何仙姑是一个瘦弱、皮肤黝黑的老太婆。刘斧《青琐高议》、魏泰的《东轩笔录》、曾敏行的《独醒杂志》都有关于何仙姑的异事。《东轩笔录》卷十四载："永州有何氏女，幼遇异人，与桃食之，遂不饥，无漏。自是能逆知人祸福，乡人神之，为构楼以居，世谓之'何仙姑'；士大夫之好奇者多谒之，以问休咎。"②《独醒杂志》卷四"何仙姑"条："何仙姑，永州民女子也。因放牧野中，遇人啖以枣，因遂绝粒，而能前知人事。独居一阁，往来士大夫率致敬焉。"③笔记中所记何仙姑事迹几乎都有何仙姑预测前事且分毫不差的故事。《青琐高议》《东轩笔录》《云麓漫抄》还说何仙姑与吕洞宾、钟离权交往事，如《东轩笔录》载："潭州士人夏钧罢官，过永州，谒何仙姑而问曰：'世人多言吕先生，今安在？'何笑曰：'今日在潭州兴化寺设斋。'钧专记之。到潭州日，首于兴化寺取斋，历视之，其日果有华州回客设供。"④

8. 皇亲国戚曹国舅

宋代笔记中并无曹国舅的记载，但南宋道士白玉蟾题画诗《咏四仙》中就有曹国舅，足以说明曹国舅至少在南宋就已经被仙化，而"国舅"的称谓也表明了其身份。后世传说中皆言曹国舅为宋代国舅曹佾，《宋史》载：

> 曹佾字公伯，韩王彬之孙，慈圣光献皇后弟也。性和易，美仪度，通音律，善弈射，喜为诗。……神宗每容访以政，然退朝终日，语不及公事。帝谓大臣曰："曹王虽用近亲贵，而端拱寡过，善自保，真纯臣也！"……哲宗即位，加少保。坤成节献寿，特缀宰相班，优诏减拜。卒，年七十二，赠太师，追封沂王。⑤

《宋史》不曾有曹国舅成仙的记载，事迹与仙道亦无涉，故而《玉芝堂谈荟》

---

① 《丛书集成续编八（总类）》，台北新文丰出版公司 1985 年版，第 393 页。
② 《宋元笔记小说大观》第三册，上海古籍出版社 2001 年版，第 2776 页。
③ 同③，第 3237 页。
④ 魏泰：《东轩笔录》卷十，中华书局 1997 年版，第 158 页。
⑤ 脱脱等撰：《宋史》，中华书局 1985 年版，第 13572—13573 页。

《少室山房笔丛》《陔余丛考》等书对曹国舅的身份曾提出质疑。但《宋史》中的记载无疑是后世曹国舅传说取材的一个渊薮，曹国舅明哲保身、性情仪容及腰系玉带等都与《宋史》这段记载中的曹佾相似。马致远的《吕洞宾三醉岳阳楼》就说他是"宋朝的眷属"，元代苗善时所编《纯阳帝君神仙妙通记》所记《度曹国舅》故事，记曹国舅是宋仁宗曹后之弟，仪容甚美，生性淡泊，不喜富贵，深受帝后喜爱。

自以上相关八仙的文献故事来看，八仙的记载主要集中于南宋，可见南宋人对八仙的故事贡献最大。

二、唐宋时期的八仙图像

八仙中不仅大多数成员在唐宋有文字记载，他们的图像也已经广泛出现，如前已提到的铁拐仙人的塑像。唐宋时期钟离权和吕洞宾之间的师承关系伴随着二人仙化传说就已经产生并相当的明确，宋代还出现了专门以钟离权和吕洞宾师徒问答的形式撰成的《钟吕传道记》，属道教内丹派早期著作，备受后世推崇。"钟吕受道"也不断被以后的各种文艺形式所表现和演绎。吕洞宾在宋代就受到了各个阶层的喜爱，其形象也一直被不断描绘，在文人画家的笔下，吕洞宾通常是仙风道骨、器宇不凡，图 16-2、16-3 是南宋文人画家笔下的吕洞宾。

图 16-2 佚名《吕洞宾过洞庭》

图 16-3 佚名《吕洞宾上岳阳楼》

图 16-2 描绘了吕洞宾醉酒后过洞庭湖的场景。吕洞宾为文人妆扮，穿圆领白色袍子，带黑色幞头，长袍广袖，随风飞扬，双眼凝视前方，凝思静虑，神情超脱，在水波微起的湖面上踏浪而行，展现了吕洞宾绰约的风姿和高超的仙术，更有一种与天地精神相往来的静逸之美。

图 16-3 展现的是吕洞宾以神仙之姿飞过岳阳楼的情景。天空中的吕洞宾

背负宝剑,白衣飘飘,头巾衣带随风飞舞。地面上和岳阳楼上的人或以手指天,或交头接耳,或飞腾跳跃,神情惊异和兴奋。画面上树木葱茏,人物众多,岳阳楼为双层,雕梁画栋,气势非凡。人物动态造型精准,栩栩如生,女性内穿裙子外套窄袖褙子,男性有的上穿旋袄下穿长裤,有的着短褐长裤,文人则身穿长袍,头戴高装巾子,皆符合宋代服饰的造型和样式。

这两幅图说明吕洞宾在宋代不仅是个道法高超、旷放洒脱的仙人,而且经常出现在街头酒肆这样的市井场所,吕洞宾世俗化色彩已经相当浓郁。两宋民间信仰吕洞宾者笃盛,从《夷坚志》《樵谈》等书中可知,宋代吕洞宾的绘像和塑像已经被个人居家侍奉,或被供奉于寺观、祠堂。北宋时安丰县就建立了吕真人祠,雷州天庆观有吕洞宾像①,常州天庆观有吕洞宾塑像②。

北宋道士李德柔画有二十六仙真像,其中就有"钟离权真人像"和"吕岩仙君像"③。此外他还画有《蓝采和图》④。大约生活于南宋孝宗、光宗和宁宗三朝的宫廷画家刘松年有《拐仙图》⑤。南宋道士白玉蟾有题画诗《咏四仙》,分别是:

韩湘子赞

白雪满空夜,黄芽一朵春。蓝关归去后,闲甚世间人。

陈七子赞

一卷无人识,千钟对客谈。桃花开欲谢,犹自恋寒岩。

何仙姑赞

阆苑无踪迹,唐朝有姓名。不知红玉洞,千古夜猿声。

曹国舅赞

窃得玉京桃,踏断金华草。白云满蓑衣,内有金丹宝。⑥

张果老的事迹和图像更是在唐代就有了确切的记载,就图像而言,唐代《历代名画记》卷九载"朱抱一,开元间直集贤,写张果先生真,为好事所传"⑦。《唐语林》卷七《补遗》载长安政平坊安国观精思院中"叶法善、罗公远、张果先生并图形于壁"。南宋时期张果老画像的形象特征更为明显,陆游《剑南集》卷二十六有《题〈四仙像〉》七绝诗四首,其中之一为张果画像的题诗:"曾看四岳荐虞鳏,阅岁三千一瞬间。归卧青山孤绝处,白驴半伴白云闲。"⑧宋韩淲《涧泉集》卷六有《张

---

① 洪迈:《夷坚志》第三册,中华书局 2006 年版,第 1299 页。

② 同①,第 1653 页。

③ 《宣和画谱》卷四,《文渊阁四库全书》第 813 册,台湾商务印书馆 1986 年版,第 94 页。

④⑤ 《秘殿珠林》卷二十,《文渊阁四库全书》第 823 册,台湾商务印书馆 1986 年版,第 701 页。

⑥ 白玉蟾著,盖建民辑校:《白玉蟾诗集新编》,社会科学文献出版社 2013 年,第 260—261 页。

⑦ 《四库全书》第 816 册,上海古籍出版社 2003 年版,第 429 页。

⑧ 钱仲联、马亚中主编,钱仲联校注:《陆游全集校注·剑南诗稿校注》,浙江教育出版社 2011 年版,第 54 页。

果老小刻》一诗:"袖手风前散白须,长安道上且骑驴。苍皇失脚君门里,赢得他人做书图。"范成大《吴船录》卷上记青城山建福宫真君殿:"殿四壁孙太古画黄帝而下三十二仙真,笔法超妙,气格清逸。此壁冠于西州。两庑古画尚多,半已剥落,惟张果老、孙思邈二像无恙。"①宋末诗人、画家郑思肖有 120 首题画诗,题名为《一百二十图诗集》,其中有《张果老倒骑驴图》:"云是尧时丙子生,狂迹怪踪恣幽情。拗驴面目不须看,一任骑来颠倒行。"《蓝采和踏踏歌图》:"踏踏歌中天地开,红颜春树莫相催。蓝袍转破转奇特,别看仙人舞一回。"《钟吕传道图》:"钟吕喃喃手指空,应谈玄牝妙无穷。都来造化只半句,不在丹经文字中。"《吕洞宾卖墨图》:"炼就玄玄一块金,朝磨暮写愈精神。先生此墨初无价,不识谁为买墨人。"《沈东老遇吕洞宾图》:"东老忘怀相遇时,洞宾烂醉以为期。聊题不涉豪端句,早被石榴皮得知。"②金代元好问有《跋文献公张果老图》诗,张行中也有题画诗《右垂文献公所画张果像》。据这些记载,可以非常明确地说,八仙成员的个人肖像及其故事已经成为宋代图像中常见的题材,图像中的众仙其特征与唐宋时期的文字记载也几乎是一致的,图像中的部分八仙成员其鲜明的形象特征和其主体事迹在此时已经具备。由此推断,八仙成员的个人形象和某些事迹在元代之前已经是广为人知。

不仅如此,在南宋也出现了八仙组合,只是不能明确南宋的八仙组合中是否就是上述八仙,但从宋金时期的八仙组合的图像中可以发现,八仙组合中大部分成员都在上述众仙中。这八位神仙已和祝寿及过海联系在一起,具有了吉祥喜庆的寓意。吴自牧在《梦粱录》卷二"诸库迎煮"条记载当时一种迎酒仪式中,就有装扮成八仙的道人出现在迎酒的队伍里面,"次八仙道人,诸行社对"③。周密的《武林旧事》卷三"迎新"曰:"户部点检所十三酒库,例于四月初开煮,九月初开清。……以木床铁擎为仙佛鬼神之类,驾空飞动,谓之'台阁'。杂剧百戏诸艺之外,又为渔父习闲、竹马出猎、八仙故事。"④辽宁省博物馆现藏有一幅南宋的缂丝《八仙介寿图》(图 16-4)证明,八仙群体的这个组合在南宋也已经形成。在这幅图中,人物的形象特征及所持法器有很多与元明清阶段的八仙形象和所持法器是一致的。

元代也有一幅缂丝《八仙祝寿图》(图 16-5),这幅元代的缂丝精品同样织有八仙拱手向高空乘鹤飞翔的南极仙翁祝寿的画面,画面构图疏朗有序,线条流畅清晰,格调清雅,配色典丽。八仙分两排站立,神情平和,服饰飘逸,随身各携带法器,他们皆仰面拱手。高空中老寿星南极仙翁乘坐展翅飞翔的白鹤,白发苍

---

① 范成大:《吴船录》,《范成大笔记六种》,中华书局 2002 年版,第 190 页。
② 郑思肖撰:《所南翁一百二十图诗集》,中华书局 1985 年版,第 14—15 页。
③ 吴自牧:《梦粱录》,山东友谊出版社 2001 年版,第 22 页。
④ 周密:《武林旧事》卷三,中华书局 1991 年版。

髯，额头凸出高耸，袍袖飘飘欲飞，周围有祥云缭绕，他正俯首向八仙致意。在八仙中间还有一只梅花鹿，一条腿高抬做前行状，而又扭转脖子，抬头看向南极仙翁。人物周围有山石和奇花异草，营造出高雅脱俗的仙境氛围。

图 16-4　缂丝《八仙介寿图》

图 16-5　缂丝《八仙祝寿图》

　　把图 16-5 与图 16-4 比较一下不难看出，元代的这幅《八仙祝寿图》其立意及人物造型皆袭取南宋的《八仙介寿图》。如图 16-4 中有两人是角发丫髻，黑色发髻者手擎花朵，很有可能是韩湘子，花白发髻有胡须着黄袍者则应该是汉钟离；图 16-5 梳角发的二人分站在两边，黑发者手里擎有一朵红色花朵，从茎叶看不是荷花，应该是牡丹，唐宋笔记中多记有韩湘子顷刻间让牡丹开花的故事，所以确定此人是韩湘子；韩湘子对面胡髯黄袍的则应为汉钟离。两图中都有脑后垂两发辫者，面目特征近乎女性，说明宋代八仙中已经有了女性，则应为何仙姑。金代董明墓中的一组八仙砖雕，据杨富斗、杨耕考证，其中容貌清秀，体态娴雅，所携带的篮子里放着笊篱的少女当为何仙姑[①]。图 16-4 中垂髻者扛着一个大大的笊篱，宋代已经有何仙姑的传说和画像，但并无何仙姑持笊篱的记载，在元明文献中和杂剧中手持笊篱的往往是曹国舅，何仙姑手持笊篱的形象是在明代中后期出现的，如《东游记》中何仙姑持的是竹罩，臧懋循《元曲选》中《陈季卿悟道竹叶舟》和汤显祖的《邯郸记》中何仙姑持的是笊篱，但元代刊本的《陈季

① 杨富斗、杨及耕：《金墓砖雕丛探》，《文物季刊》1997 年第 4 期。

卿悟道竹叶舟》中并无何仙姑，可能是臧懋循编选元杂剧时根据他自己生活年代所约定俗成的八仙组合进行了改编，元代其他杂剧及其散曲的八仙中并无何仙姑，但在此图中穿官服系玉带怀抱云阳板者明显是曹国舅，或许最先使用笊篱的是何仙姑吧。因为笊篱是一种做饭用的工具，主要起到过滤、漓水的作用，与女性的关系更大，但在文字记载中何仙姑为何在元代和明代早期的八仙组合中不见踪影，而在明晚期又被纳入到八仙组合中去呢？这还需要发现更多的证据，得出合理的推断。图16-5中垂髻红衣者女性的柔美特征更为明显，所以当为何仙姑，但是没有了笊篱，因此元代八仙中其实也应该有女性。此外两图中还可以明确的人物有铁拐李与张果老，图16-4中斜挎着包袱，拿着葫芦，眼白突出、双目仰视、鼻头尖耸、髯发赤脚者即为铁拐李。

在元明两代，与图16-4中铁拐李形象酷似的图像有很多，如宋末元初颜辉的《铁拐仙人图》（图16-6）、元代山西永乐宫壁画《八仙过海》（图16-7）中的铁拐仙、明代商喜《四仙拱寿图》（图16-8）中的铁拐仙等，在形象装束神态等方面是一脉相承的，这些足以说明铁拐李的形象自宋代以来已经固定。图16-5中的铁拐李面目黧黑，举着葫芦，仰视上空，大半个身体被钟离权遮住。两图中的张果老都是头戴筒帽，苍颜有须，图16-4中张果老居于众仙正中，脊背略弯，淡青袍子滚着黑边，腰系黄色丝绦，左手顺着铁拐李指向远方，无随身法器；图16-5中的张果老站在钟离权和何仙姑的后方，似有抱持简板。图16-5左前方戴华阳巾，腰跨宝剑的就是吕洞宾了，右前方腰系葫芦，右胳膊夹着长笛的应该就

图16-6　颜辉《铁拐仙人图》

图16-7　壁画《八仙过海》（局部）

图 16-8 商喜《四仙拱寿图》

是徐神翁了，因为在元曲里面，徐神翁取代何仙姑为八仙成员且多有背葫芦吹长笛的描写。图 16-4 最前面黄袍老者，腰上也有宝剑，据此推断似乎是吕洞宾，但其头顶束发、络腮胡子的老者形象与吕洞宾的潇洒磊落差别甚大。图 16-4 还有一个怀抱芝草、头巾束发的老者难以推断是哪位神仙。

上个世纪 50 年代末在山西发掘的侯马金代董明墓与 60 年代挖掘的侯马牛村墓（金代侯马 65H4M102 墓）（图 16-9）都发现了雕刻着八仙人物的砖雕。

图 16-9 "八仙"砖雕

考古学家杨富斗在仔细甄别之后，分别对两组八仙砖雕中的人物特征进行了描述，并根据这些特征做出了大致的判断，董明墓八仙砖雕上的人物为：

第一人，散发束箍，圆眼秃眉，蒜头鼻梁，面目丑陋，身穿左衽道袍，双手持杖坐于石上，其蓬头垢面，手执拐杖，显然是李铁拐。

第二人，头梳发髻，身穿道袍，背一布袋，袖手躬身，其面目清秀，仪表端庄，为一俊秀年少书生，可能是韩湘子。

第三人，头挽双髻，身著蓑披、蓑裙、赤臂跣足，满面堆笑，颔蓄长须，是一个笑容可掬的老者。其右臂挎着个篮子，双手持一把笊篱，似为曹国舅。

第四人，头梳双髻，满面胡须，瞪目怒眉，身著左衽道袍，腰系长绦，手持一物似珊瑚。其年纪虽老，却梳着双髻，似是钟离权。

第五人，头扎双辫彩带，身着蓑衣、蓑裙，左手持一把镢头，右臂携着一只篮子，篮内装一把笊篱，手执一支"灵芝草"。其容貌清秀，体态娴雅，一个美丽的少女，当为何仙姑。

第六人，头冠道巾，著道袍，五绺胡须，面堆笑容，身挎道包，欠身拱手呈作揖状。在民俗八仙中难以找见其身影。

第七人，头顶挽髻，身著道袍，腰系长绦，他背负笠帽，左手抚弄着长须，闭目疾行。道貌岸然，举止有度，是一个城府较深的老者，疑为吕洞宾。

第八人，头戴道冠，身著道袍，容貌苍老，左手持物，形似"渔鼓"，似为张果老。

65H4M 102 墓的八仙砖雕分别为：

第一人，头戴巾，身着褒衣，束带敞胸，横眉冷眼，颔下蓄长须，身背药葫芦，当为铁拐李。

第二人，褒衣束带，肩披树叶，敞胸凸肚，满面胡须，横眉怒目，姿态悠忽，其头梳大丫髻，当为钟离权。

第三人，散发束箍，袍服束带，面目慈祥，仪表端庄，手持笊篱，当为曹国舅。

第四人，袍服束带，肩披蓑衣，头梳丫髻，面容清秀，是个年轻男子，其左手提篮，右手持镢头，当为韩湘子。

第五人，头梳发髻，上着破衫，下穿长裤，腰束带，两腿叉开，双手握笛作吹奏状，当为蓝采和。

第六人，头戴幞头，褒衣束带，肩披褡膊，颔下长须，面目和善，袖手施礼，其形象与董明墓八仙中第六人相似。

第七人，头裹巾，褒衣束带，衣角飘逸，颔蓄长须，背后插扇，袖手回视，目光炯炯，风度翩翩，似为吕洞宾。

第八人，头戴巾子，身著褒衣束带，八字胡须，面目张狂，双手持物作折叠状，形似张果老的变形器——毛驴。当为张果老。①

---

① 杨富斗、杨及耕：《金墓砖雕丛探》。

董明墓八仙砖雕所刻画的可能是李铁拐、韩湘子、曹国舅、钟离权、何仙姑、徐守信（或张四郎）、吕洞宾、张果老；65H4M102 墓的八仙砖雕可能为铁拐李、韩湘子、蓝采和、曹国舅、钟离权、吕洞宾、张果老和徐守信①。虽然宋金时期八仙全部成员有不确定性，而其核心成员李铁拐、韩湘子、曹国舅、钟离权、吕洞宾、张果老等已经固定。《中国历代八仙造型艺术》一书收录宋代一面《八仙过海》的铜镜（图 16 - 10），其人物形象特征更不鲜明，自然也无从辨认八仙成员具体所指。元代也有相似的铜镜（图 16 - 11），同样是汹涌的海浪、流动的祥云和各持法器踏浪前行的八位仙人，从中可以辨认拿着芭蕉扇的钟离权、具有女性特征并持有笊篱的何仙姑及站在铁拐上的铁拐李，其余人物限于工艺技艺，也不能一一辨识清楚，但从中可以确认的是，八仙过海的故事和祝寿的故事一样，自宋代起就普遍存在了。

图 16 - 10　宋代铜镜《八仙过海》　　　　图 16 - 11　元代铜镜《八仙过海》

第二节　元明时期的八仙文学及其图像

一、元代八仙文学及其图像

元代和明中期，八仙成员仍然不固定，但元代八仙作为一个群体开始大量出现在元杂剧和散曲中。据元代陶宗仪《辍耕录》记载，金院本名目中已经有与八仙内容有关的剧目，如《瑶池会》《白牡丹》《王母祝寿》《八仙会》《蟠桃会》等。目前所知宋元南戏中和八仙故事相关的剧目有：《吕洞宾三醉岳阳楼》《吕洞宾黄粱梦》《韩文公雪阻蓝关》，前两剧演吕洞宾故事，后者则应该是韩愈蓝关遇韩湘子

---

① 徐守信即徐神翁，原名徐守信，北宋海陵人，出生于北宋明道二年（1033），卒于北宋大观二年（1108）。最大的特点是分身术和据字占卜，曾与王安石、苏辙、苏轼有交往。其弟子苗希颐辑录有《虚静冲和先生徐神翁语录》，载其事迹甚详。元明清史籍《历世真仙体道通鉴》《古今说海》《海陵三仙传》《泰州志》《历代神仙史》《宋史翼》等都有他的传记。

的故事。由于全真教的影响，元代出现了大量的神仙道化剧，根据王季思《全元戏曲》，元杂剧中的八仙戏有 14 种：马致远的《吕洞宾三醉岳阳楼》《邯郸道省悟黄粱梦》，岳伯川的《吕洞宾度铁拐李岳》，范子安的《陈季卿悟道竹叶舟》，谷子敬的《吕洞宾三度城南柳》，无名氏的《吕翁三化邯郸店》《瘸李岳诗酒玩江亭》《汉钟离度脱蓝采和》和《蓝采和锁心猿意马》，赵文敬的《张果老度脱哑观音》，纪君祥的《韩湘子三度韩退之》，赵明道的《韩湘子三赴牡丹亭》《韩退之雪拥蓝关记》，陆进之的《韩湘子引度升仙会》，其中后六种已经佚失。从元杂剧八仙戏剧目名称来看都是神仙度脱剧，这与元代全真教的盛行有关。元代全真教的势力遍布全国，大规模建立道观，度脱教众，元代度脱剧的盛行正是当时这种状况的反应。吕洞宾和钟离权皆被列入全真教"五祖"之中，是以元杂剧中二人通常以度脱者的形象出现，以吕洞宾为多。《吕洞宾三醉岳阳楼》《吕洞宾度铁拐李岳》《陈季卿悟道竹叶舟》《吕洞宾三度城南柳》《吕翁三化邯郸店》分别演吕洞宾度脱柳树精、铁拐李、陈季卿、卢生成仙的故事；《邯郸道省悟黄粱梦》《汉钟离度脱蓝采和》是钟离权度脱吕洞宾、蓝采和的故事；《张果老度脱哑观音》演张果老度脱哑观音的故事；《韩湘子三度韩退之》《韩湘子三赴牡丹亭》《韩退之雪拥蓝关记》《韩湘子引度升仙会》都是韩湘子度脱韩愈的故事。从已知剧目名及有剧本现存于世的戏剧内容来看，宋元时期演绎八仙故事的戏曲，主要集中于吕洞宾、钟离权、韩湘子、铁拐李、蓝采和诸仙。

虽然八仙在戏曲中戏份有多寡、地位有高低，但故事的结尾八仙通常是以一个群体的形象出现，"元人杂剧多演吕仙度世事，叠见重出，头面强半雷同。马致远之岳阳楼，即谷子敬之城南柳，不惟事迹相似，即其中关目、线索，亦大同小异，彼此可以移换。其第四折，必于省误之后，作列仙出场，现身指点，因将群仙名籍，数说一过"[1]。《吕洞宾三醉岳阳楼》第四折【水仙子】曲云：

（郭云）这位做官的胡子是谁？（正末唱）这一个是汉钟离现掌着群仙篆。（郭云）这位拿着拐儿的不是皂隶？（正末唱）这一个是铁拐李发乱梳。（郭云）兀那位着绿襕袍的不是令史哩？（正末唱）这一个是蓝采和板撒云阳木。（郭云）这老儿是谁？（正末唱）这一个是张果老赵州桥倒骑驴。（郭云）这位背葫芦的是谁？（正末唱）这一个是徐神翁身背着葫芦。（郭云）这位携花蓝的是谁？（正末唱）这一个是韩湘子韩愈的亲侄。（郭云）这位穿红的是谁？（正末唱）这一个是曹国舅宋朝的眷属。（郭云）敢问师父你可是谁？（正末云）贫道姓吕名岩字洞宾，道号纯阳子。（唱）则我是吕纯阳爱打的简子愚鼓。[2]

《吕洞宾度铁拐李岳》【二煞】云：

汉钟离有正一心，吕洞宾有贯世才，张四郎、曹国舅神通大，蓝采和拍板云

---

① 梁廷枏：《曲话》，俞为民、孙蓉蓉：《历代曲话汇编》（清代卷）第四册，黄山书社 2006 年版，第 24 页。

② 王季思：《全元戏曲》第二卷，人民文学出版社 1999 年版，第 185 页。

端里响,韩湘子仙花腊月里开,张果老驴儿快;我访七真游海岛,随八仙赴蓬莱。

元代刊本《陈季卿悟道竹叶舟》【十二月】【尧民歌】曲云:

这个胜仙花曾游大罗;这个吹铁笛韵美声和;这一个口略绰手拿着个笊篱;这个发蓬松铁拐斜拖;这个曾将那华阳女度脱;这个绿罗衫笑舞狂歌。

这个落腮胡常带醉颜酡。(外末云)师父,你? 我邯郸店黄粱梦经过,觉来时改尽旧山河,正是一场兴废梦南柯。真个,当初受坎坷,今日万古清风播。①

《元曲选》本《陈季卿悟道竹叶舟》【十二月】【尧民歌】曲云:

这一个倒骑驴疾如下坡,(陈季卿云)元来是张果大仙。(做拜科)(正末指徐科唱)一个吹铁笛韵美声和。(陈季卿云)是徐神翁大仙。(做拜科)(正末指何科唱)这一个貌娉婷笊篱手把。(陈季卿云)是何仙姑大仙。(做拜科)(正末指李科唱)这一个鬓蓬松铁拐横拖。(陈季卿云)是李铁拐大仙。(做拜科)(正末指韩科唱)这一个蓝关前将文公度脱。(陈季卿云)是韩湘子大仙。(做拜科)(正末指蓝科,唱)这一个绿罗衫拍板高歌。

这一个是双丫髻常吃的醉颜酡。(陈季卿云)是汉钟离大仙。(做拜科,云)敢问师父姓甚名谁?(正末云)呆汉,俺不说来?(唱)则俺曾梦黄粱一晌滚汤锅,觉来时早五十载暗消磨。(陈季卿云)师父已曾说过,弟子真个忒愚迷。(做拜科,云)今日可也拜的着哩。(正末唱)才知道吕纯阳是俺正非他。②

《吕翁三化邯郸店》【水仙子】曲云:

天书到手离神京。(钟离云)吾乃汉钟离也。(外云)这一位师父是谁?(末唱)这铁拐随身显圣灵。(李岳云)吾乃铁拐李岳是也。(外云)这一位师父是谁?(末唱)清歌信口为新令。(蓝采和云)吾乃蓝采和是也。(外云)这一位师父是谁?(末唱)驾烟霞驴背轻。(张果老云)吾乃张果老是也。(外云)这一位师父是谁?(末唱)弃皇亲隐迹埋名。(曹国舅云)吾乃曹国舅是也。(外云)这一位师父是谁?(末唱)背葫芦游三界。(徐神翁云)吾乃徐神翁是也。(外云)这一位师父是谁?(末唱)指牡丹花开四景。(韩湘子云)吾乃韩湘子是也。(外云)这七位师父都认的了,师父却是谁?(末唱)我是串无心吕字分明。(外云)原来是吕洞宾师父也。③

元末明初谷子敬《吕洞宾三度城南柳》【水仙子】曲:

这个是携一条铁拐入仙乡,这个是袖三卷金书出建章,这个是敲数声檀板游方丈,这个是倒骑驴登上苍,这个是提笊篱不认椒房,这个是背葫芦的神通大,这个是种牡丹的名姓香。(净云)这七位神仙都认的了,师父可是谁?(正末唱)贫

---

① 王季思:《全元戏曲》第二卷,第681页。
② 同①,第665—666页。
③ 王季思:《全元戏曲》第八卷,第650页。

道因度柳呵道号纯阳。①

　　八仙最后出场时的顺序在各剧中并不相同,并不意味着谁比谁就更重要一些,"只不过为了韵的限制,把各人的事迹按照韵的自然顺序排下来罢了"。② 元代杂剧中八仙的组合主要是:吕洞宾、汉钟离、铁拐李、蓝采和、张果老、徐神翁、韩湘子、曹国舅,间或有张四郎,而无何仙姑,《陈季卿悟道竹叶舟》的《元曲选》本有何仙姑而无曹国舅,应该是臧懋循编选时按照明代后期八仙的组合修改的。与之交好的汤显祖、王世贞在其著述中,也皆把何仙姑列入八仙之中。在元散曲中八仙组合亦无何仙姑,如无名氏的【双调·水仙子】③:

钟离权

　　超凡入圣汉钟离,沉醉谁扶下玉梯。扇圈一部胡髯力,绛云般红肉皮,做伴的是茶药琴棋。头绾着双鬏髻,身穿着百衲衣,曾赴阆苑瑶池。

吕洞宾

　　醉魂别后广寒宫,飞下瑶台十二峰。只因一枕黄粱梦,得神仙造化功。左右列玉女金童,采仙药千年寿,炼丹砂九转功,每日价伏虎降龙。

蓝采和

　　西风宽舞绿罗袍,每日阶前沉醉倒。头边歪裹乌纱帽,金钱手内抛,斗争夺忙杀尔曹。狂歌唱檀板敲,子是待要乐乐淘淘。

徐神翁

　　不为贼盗恋妻奴,独向烟霞冷淡居,金银财宝无心顾。浑身上破落索,褴褴缕缕衣服。冷清清为活路,闲逍遥走世途,脊梁上背定葫芦。

张果老

　　驼腰曲脊六旬高,皓首苍髯年纪老,云游走遍红尘道,驾白云驴驮高,向赵州城压倒石桥。柱一条斑竹杖,穿一领粗布袍,也醉曾赴蟠桃。

曹国舅

　　玉堂金马一朝臣,翻作昆仑顶上人。腰间不挂黄金印,闲随着吕洞宾,林泉下养性修真。金牌腰中带,笊篱手内存,更不做国戚皇亲。

李　岳

　　笔尖吏业不侵夺,跳入长生安乐窝。绌衫身上都穿破,铁拐向内拖。乱哄哄发似松科。岂想重裀卧,不恋皓齿歌,每日价散诞蹉跎。

韩湘子

　　药炉经卷作生涯,不恋王侯宰相家。乱纷纷瑞雪蓝关下,冻伤韩相马,半空

---

① 王季思:《全元戏曲》第五卷,第312页。

② 石兆原:《元杂剧里的八仙故事与元杂剧体例》,张燕瑾编:《20世纪中国文学研究论文选·辽金元卷》,社会科学文献出版社2010年版,第93页。

③ 隋树森编:《全元散曲》(下),中华书局1964年版,第1891—1893页。

中乱掺长沙，黑腾腾彤云布，冷飕飕风又刮，山顶上开花。

由此可见汉钟离、吕洞宾、蓝采和、徐神翁、张果老、曹国舅、铁拐李、韩湘子的八仙组合在元代是较为稳定的。从杂剧和散曲中我们大致可以概括部分仙人在元代的形貌特征：钟离权红脸、双丫髻、落腮胡，穿百衲衣，爱吃酒，拿着扇子，袖子里藏着三卷天书；蓝采和穿绿罗袍，手拿檀板，常醉酒狂歌；张果老驼腰曲脊，皓首苍髯，倒骑毛驴，挂着斑竹；徐神翁背着葫芦，善吹铁笛，衣衫褴褛；曹国舅，皇亲国戚，着官服，带金牌，手拿笊篱；铁拐李头发蓬乱、衣衫破烂，持铁拐；韩湘子能让牡丹顷刻绽放，主要事迹是度脱韩愈；吕洞宾戴华阳巾，背宝剑，着道袍，经常手拿渔鼓、简板。元代的度脱剧不仅明确了八仙的组合，也明确了部分八仙成员的身份和事迹。如吕洞宾和钟离权等人上场时，总是先对自己进行一番介绍，包括出身和生平事迹，如《汉钟离度脱蓝采和》中钟离权上场："贫道复姓钟离，名权，字云房，道号正阳子。"而作为被度脱者的铁拐李和蓝采和，他们在宋代的身份是含糊的，在元杂剧中铁拐李成了岳州孔目李岳；蓝采和姓许名坚，蓝采和是他的乐名，是洛阳梨园界一名优伶。

元代八仙的组合可证之上文所列元代缂丝《八仙祝寿图》，山西永乐宫元代壁画中的八仙组合与元曲也颇为吻合。永乐宫供奉吕洞宾的纯阳殿有壁画203平米，壁画以《纯阳帝君神游显化图》为主，吕洞宾的一生事迹与传说用52幅连环画描绘出来。在显化图中就有吕洞宾度化何仙姑的故事，但在北壁后门楣上的《八仙过海图》(图16-12)并没有何仙姑。《八仙过海图》中八仙依次为汉钟离、吕洞宾、铁拐李、曹国舅、张果老、蓝采和、徐神翁、韩湘子，他们在云海苍茫的海面上踏浪前行，他们的衣服裙带在海风中翻飞着，人物举止洒落，气度不凡。与颜辉的《铁拐仙人图》一样，铁拐李嘘出的仙气里面还有一个小铁拐李，而后面一股升腾而上的仙气里，则有一只奔跑着的张果老的坐骑小白驴。

图16-12　壁画《八仙过海图》

2004 年在山西屯刘县康庄村 1 号元墓出土的壁画《八仙图》(图 16 - 13),虽然画面粗糙简单,但人物的衣饰和形貌特征与元曲中的八仙形象颇为接近。壁画绘于大德十年(1306),位于墓室拱券顶南侧壁的下沿处,画面除八仙外,周围画有祥云和仙鹤,暗示墓主魂归仙境。图(1)中,红色官服、腰挂金牌的应该为曹国舅;右手拿着葫芦,双丫髻、大胡子,祖露着胸脯的可以确定为汉钟离;图(2)中,吹笛的当为徐神翁,绿袍持板的应为蓝采和;图(3)中,陀头、胡髯、挂着拐的是铁拐李,三髭髯、戴头巾的应为吕洞宾;图(4)中,扛着长长的竹杖,留着胡子的应为张果老,但又比传说中的张果老年轻一些;手拿牡丹花,双髻櫚叶云肩跣足者应为韩湘子。他们都朝着墓主的棺椁,面色祥和,似在列队欢迎墓主的到来。图中的人物虽稍嫌板滞,而状貌特点与永乐宫《八仙过海图》中的人物极其相似。

(1)　　　　　　　　　　(2)

(3)　　　　　　　　　　(4)

图 16 - 13　壁画《八仙图》

　　元代八仙图像已经被广泛应用于人们的日常生活中,以群体出现的八仙图像除上述丝织品、壁画以外,还有瓷器、塑像等,如元代龙泉窑露胎印花《八仙图》瓶(图 16 - 14)。图中左上角扛着花朵状器物的人物似乎有些女性的柔美特征,有可能是何仙姑。如果是真的,那么说明何仙姑在民间某些地方还是被纳入到八仙的组合中去的,但在元曲中何以找不到何仙姑的身影,确实让人费解。

　　在元代,八仙成员很多以个体形式出现,钟离权和吕洞宾是全真教五祖的成员,在道教典籍及道观中,多有二人画像,如《金莲正宗仙源像传》五祖画像中的

图 16 - 14　龙泉窑露胎印花《八仙图》瓶

钟、吕二人画像(图 16 - 15)。《金莲正宗仙源像传》是道士刘志玄与谢西蟾在元泰定丙午(1326)所作,图中的钟离权和吕洞宾皆拱手而立,庄严肃穆,其神情和山西永乐宫纯阳殿壁画《钟离权度吕洞宾》中的钟吕二人极为相似。图中的钟离权胡须浓密,肩披櫟叶,左手捧卷,脚着芒鞋,身形魁梧,腰系长带。吕洞宾拱手于胸前衣袖中,衣袖宽大,巾角安垂于两肩。图 16 - 16 中钟离权身着石绿色长衫,袒腹盘一腿而坐,肤色赤红,长髯飘然,足着芒鞋,身体微侧,右手撑于石上,为吕洞宾传授玄机。吕洞宾端坐于石上,着白袍,三髭须,眼皮微垂,在凝神聆听,他双手做拱,神态恭谨。钟离权自由不羁,目光如电似地注视着吕洞宾,神情超脱;吕洞宾眉间露出思虑的神色,虽神情静肃,但内心应有波涛起伏。二人身处于青山绿水之中,蟠松古柏之下。整个画面古朴沉稳,给人以超凡脱俗之感。

图 16 - 15　五祖图之钟离权(左)、吕洞宾(右)　　　图 16 - 16　壁画《钟离权度吕洞宾》

与道教典籍和道观中八仙图像庄严肃穆不同,老百姓日常所接触到的八仙图像则多了些许世俗化的色彩,如元青花"铁拐李折沿花口瓷盘"(图16-17)和钟离权塑像(图16-18)。图16-17中,铁拐李背着药葫芦,拄着拐杖,一脚高高向后抬起,似乎非常着急地赶去治病救人;图16-18中的钟离权胡髯丫鬈,赤腿,一手放于腿上,一手捋着胡子,似乎十分拘谨。

图16-17 铁拐李折沿花口青花瓷盘

图16-18 钟离权瓷塑

图16-19 颜辉《铁拐李仙人图》

元代画家颜辉绘有一幅《铁拐李仙人图》(图16-19),现藏日本京都知恩寺。这幅图上的铁拐李坐岩石之上,背着可能用于行医的袋子,标志性的药葫芦、铁拐清晰可见。画中铁拐李口吐仙气,顺着气流方向可看到一个小人正在远去,可能去执行某项使命。颜辉所绘铁拐李除了有民间画像一般性特征外,最有特点的乃其眉眼、发须,髯发陀头,极具个性,俨然一罗汉。

二、明代八仙文学与图像

现在可考知的明代八仙剧目有32种,其中度脱题材的有19种,庆寿题材的有12种,过海题材的有1种。32种八仙戏有剧本传世的有22种,度脱题材有13种,庆寿戏现存9种。与元杂剧一样,度脱剧以吕洞宾度化故事为最多,其次为钟离权、韩湘子、铁拐李。贾仲明的《吕洞宾桃柳升仙梦》、无名氏的《城南柳》《梅柳升仙记》内容为吕洞宾度柳树精的故事;汤显祖的《邯郸记》、无名氏的《邯郸道卢生枕中记》、《邯郸梦》为吕洞宾度卢生故事;《吕纯阳点化度黄龙》演吕洞宾度黄龙禅师故事;此外还有《吕真人度国一禅师》《吕洞宾戏白牡丹》、朱权的《冲漠子独步大罗天》、朱有燉的《吕洞宾花月神仙会》、无名氏的《边洞玄慕道升仙》分别是吕洞宾度国一禅师、白牡丹、冲漠子、张珍奴、边洞玄成仙的故事。贾仲明的《铁拐李度金童玉女》杂剧是铁拐李度脱金童玉女重返天界的故事,苏汉英的《吕真人黄粱梦境记》传奇是钟离权度脱吕洞宾的故事,传奇《升仙记》《蟾蜍记》《韩湘子升仙记》是演韩湘子得道成仙并度化韩愈的故事。庆寿的剧目有朱有燉的《群仙庆寿蟠桃会》《瑶池会八仙庆寿》、王淑忭的《蟠桃会》、无名氏的《众天仙庆贺长生会》《祝圣寿金母献蟠桃》《宝光殿天真祝万寿》《感天地群仙朝圣》《贺升平群仙祝寿》等。

从以上戏曲中可以发现,明代初期的八仙组合主要为铁拐李、张果老、汉钟离、蓝采和、曹国舅、吕洞宾、韩湘子和张四郎,间或有徐神翁,在朱有燉的杂剧《吕洞宾花月神仙会》中的八仙组合有徐神翁,《群仙庆寿蟠桃会》中徐神翁就为张四郎取代。朱有燉《吕洞宾花月神仙会》:

【太平令】曹国舅高擎竹罩,汉钟离鬅鬙环绦,铁拐李罗衣染皂,韩湘子牡丹鲜耀,蓝采和绿袍,徐神翁背瓢,张园子那老,共吕岩八仙同到。[1]

明初贾仲明的《铁拐李度金童玉女》的八仙中也有徐神翁:

【鸳鸯煞】从来个天堂本与尘寰隔,谁承望凡人重把神仙拜。感谢得金母提携,识认了群真风彩。唱道汉钟离绿蚁醺酣,唐吕公红颜不改,韩湘子顷刻花开,张果老倒骑的驴儿快,蓝采和达道诙谐,李先生四海云游,全凭着这条拐。

无名氏《吕纯阳点化度黄龙》中的八仙是铁拐李、张果老、汉钟离、蓝采和、曹国舅、吕洞宾、韩湘子和张四郎:

【乔牌儿】这一个汉钟离名字权。这一个张四郎更通变。这一个蓝采和拍板真堪羡。张果老赵州桥将驴迹显。

【甜水令】这一个铁拐随身,原来姓李将心修炼。(禅师云)这一位是谁?(正末唱)韩湘子顷刻牡丹鲜。俺一般而脱离凡胎超凡出圣名书金殿,引黄龙正果朝元。[2]

无名氏《降丹墀三圣庆长生》中八仙为铁拐李、张果老、汉钟离、蓝采和、曹国舅、吕洞宾、韩湘子和张四郎:

(钟离权云)献丹砂一粒;(吕洞宾云)奉五色灵芝;(铁拐李云)献不老苍松;(韩湘子云)献鲜花数朵;(张四郎云)献长青翠竹;(曹国舅云)献坚刚桧柏;(蓝采和云)有万年灵龟;(张果老云)有千年仙鹤。[3]。

无名氏《争玉板八仙过海》中的八仙是钟离权、铁拐李、徐神翁、韩湘子、张果老、曹国舅、蓝采和、吕洞宾:

【滚绣球】曹国舅将笊篱作锦舟;韩湘子把花篮作画舫;见李岳将铁拐在海中轻漾;俺师傅芭蕉扇岂比寻常;徐神翁撇铁笛在碧波,张果老漾葫芦过海洋,贫道

---

[1]《孤本元明杂剧》(二),中国戏剧出版社 1958 年版,第 259 页。

[2]《孤本元明杂剧》(四),中国戏剧出版社 1958 年版,第 390 页。

[3] 同[2],第 613 页。

踏宝剑岂为虚诳,蓝采和脚踏着八扇云阳。①

无名氏《众天仙庆贺长生会》中的上八洞神仙为:钟离权、张四郎、吕洞宾、曹国舅、铁拐李、张果老、韩湘子、蓝采和。

【秃厮儿】汉钟离丹砂共祝,吕洞宾飞剑神术,张四郎轮竿手执不钓鱼,曹国舅将笊篱共金符,端的无虚。

【圣药王】张果老跨蹇驴,李岳将铁拐扶,韩湘子鲜花胜出在须臾,更有这蓝采和檀板舒。②

这说明此时八仙中徐神翁和张四郎的地位还不太稳定,随时都有被换掉的可能。与元代的八仙相比,明代前期的八仙在形貌特征上与元代八仙是一脉相承的,随身法器偶有变化,如葫芦这件法器,就并非一人所独有,铁拐李、汉钟离、吕洞宾、徐神翁、张果老都有酒葫芦,南宋缂丝《八仙介寿图》和元代缂丝《八仙祝寿图》中铁拐李高举葫芦向南极仙翁祝寿,颜辉《铁拐仙人图》中的铁拐李背着葫芦,明代赵麒的《汉钟离像》(图16-20)赤脚站在滚滚波涛上的汉钟离不仅左手拿着葫芦身后还背着一个。

在明初无名氏所作杂剧《争玉板八仙过海》里,张果老是以葫芦为船飘洋过海的。八仙都爱喝酒,爱喝酒必然有葫芦,有时候葫芦里还盛着济世救人的仙丹妙药,所以葫芦就不是某一个仙人独有的法器,如汉钟离的主要法器是芭蕉扇,铁拐李的是铁拐,张果老的是白色毛驴,而吕洞宾的则是宝剑。不过在元曲和明代戏曲中多次写明徐神翁背着葫芦,看来,徐神翁的法器主要是葫芦,其次是铁笛。不过徐神翁的铁笛是和张四郎共享的,在有张四郎的八仙组合里,张四郎往往持有铁笛,除此之外还有一个金色钓鱼竿。《孤本元明杂剧》多记载各剧中角色的穿关,八仙的穿关基本上是固定的,如《庆圣寿金母献蟠桃》八仙的穿关③:

汉钟离:双髻陀头、红云鹤道袍、锦袄、不老叶、法墨靴、乔儿、网裙、杂彩绦、执袋、行缠、八答鞋、棕扇、猛髯。

图16-20　赵麒《汉钟离像》

吕洞宾:九阳巾、茶褐云鹤道袍、锦袄、不老叶、法墨靴、乔儿、网裙、绦儿、执袋、腿绷护膝、八答鞋、双剑、三髭髯、裙扇。

---

① 《孤本元明杂剧》(四),中国戏剧出版社1958年版,第610页。

② 同①,第769—770页。

③ 同①,第598—599页。

铁拐李：髯发陀头、皂补衲、锦袄、不老叶、法墨莛、乔儿、网裙、杂彩绦、执袋、行缠、布袜、八答鞋、猛髯、铁拐。

张果老：方巾、边襕道袍、不老叶、执袋、绦儿、白发、白髯、驴扇。

张四郎：秦巾、云鹤道袍、不老叶、执袋、绦儿、笛。

曹国舅：双鬏髻陀头、云鹤道袍、不老叶、执袋、绦儿、金牌、笊篱。

蓝采和：韶巾、绿襕、偏带、板。

韩湘子：双髻陀头、云鹤道袍、不老叶、执袋、绦儿、花篮。

无名氏的《吕纯阳点化度黄龙》、朱有燉的《群仙庆寿蟠桃会》、无名氏的《降丹墀三圣庆长生》《争玉板八仙过海》《贺升平群仙祝寿》中的八仙穿关皆与此相同，只不过《贺升平群仙祝寿》中的铁拐李由"髯发陀头"改为"陀头"，张四郎少了"笛"；《争玉板八仙过海》中吕洞宾多了"蓝绢裤"，张四郎及其装扮由徐神翁代替，钟离权、吕洞宾、铁拐李、曹国舅、张果老的"绦儿"改为"杂彩绦"；无名氏《边洞玄慕道升仙》中只出现了钟离权和吕洞宾，他俩的穿关与《庆圣寿金母献蟠桃》中钟离权和吕洞宾的穿关相比，都多了"布袜"。由此可见，在明代前期的戏曲舞台上八仙的装扮是较为稳定的，八仙的形象必然已经深入人心。

明代活跃于弘治年间的画家张路，画有八仙图四条屏（图16-21），每条屏中画二人，人物面部刻画较为精细，表情生动，各具风神，衣饰线条潇洒流畅，动感强烈。画中的古树岩石以浓墨点染勾画，使整幅图意境古奥深幽。图中持有笊篱的仙人显然是女性，其神貌意态酷似张路的《吹箫女仙图》中的吹箫女仙，都是脑后垂有双髻，俊眼修眉，娴静洒脱。此图中的女仙小脚尖尖，与图中其他男性仙人的大脚有明显的区别，因此是何仙姑无疑，她回到了八仙中取代了徐神翁或张四郎，并且依旧使用她在宋金时期的法器——笊篱。

嘉靖年间人吴元泰的小说《东游记》（又名《上洞八仙传》），一开始就说："八仙者，铁拐、钟离、洞宾、果老、蓝采和、何仙姑、韩湘子、曹国舅，而铁拐先生其首也。"[①]并在正文上卷中增加了"仙姑得梦成仙"一回。《东

图16-21　张路《八仙图》

① 吴元泰：《东游记》，载《古本小说丛刊》第三九辑（第一册），第9页。

游记》整部小说杂取了唐宋以来的笔记杂录、道教文献和民间传说,梳理和总结了八位仙人成仙的始末,小说情节的连贯性不强,如在八仙故事中生硬地加入杨家将抗辽的故事,内容杂乱,结构松散,人物形象的塑造也较贫弱,《中国通俗小说总目提要》说它系"抄拼而成,全无章法"①。但它在保存八仙出身传说,完整地叙述八仙故事方面有重要的历史价值,从它开始,八仙名录获得最终确定。

《东游记》中的铁拐李蓬其首,垢其面,袒其腹,跛其足,手提铁拐,肩背葫芦;钟离权是"披道服,执拂尘,两角带髻";蓝采和"常衣破蓝衫大带,墨水腰带,阔三寸余,一脚着靴,一脚赤足……手持大拍板长二尺余,醉则踏歌";张果老为看似六七十岁的骑驴老者;何仙姑持竹罩;常往来于人世间的吕洞宾"仪容端雅,举动端详",随身法器为宝剑,渡海时则用箫管为船,大闹龙宫时用的是可以喷火的葫芦;韩湘子法器为花篮,为王母祝寿时鼓笛而歌;曹国舅法器为玉板,腰间还有辟水犀作的玉带。

《东游记》现存明万历年间书林余文台梓本,扉页题名《全像东游记上洞八仙传》(日本内阁文库藏),上图下文,图文对应,图像以文本为基础和摹本,描画和展现了小说的主要内容,使小说更为形象、感性和直观,阅读时可以图文对照,一目了然。插图线条粗犷,风格豪放,人物较为突出,背景较为简略,左右两侧还以简单的文字对图像描绘的内容进行了说明。如图16-22为蓝采和持板踏歌形象,图16-23为吕洞宾飞剑斩蛟时的情景。图中的蓝采和一脚着靴,一脚赤足,手持大拍板,一袖轻舒,似在踏歌而行。蓝采和头梳丫髻,面部无须,神情怡然,很明显是青少年的样貌。图中的吕洞宾,手挥宝剑向水中蛟精掷去,蛟精则在汹涌的水面上张牙舞爪,面目狰狞。吕洞宾头戴巾帽,巾帽向脑后倾斜,有短带垂于脑后。两图虽是按照原文文字进行了描摹,但因为五官描绘略为简单,人物气韵风度略显单调,所以从图中不能看出蓝采和的放荡不羁和游玩世事的狂放,也不能发现吕洞宾斩蛟时的恢弘的气势与洒脱飘逸。

图 16-22

① 《中国通俗小说总目提要》,中国文联出版公司 1990 年版,第 97 页。

图 16-23

其他描绘人物和事件的插图也是如此，所以万历年间的《东游记》，其插图存在略貌遗神的缺点，虽能按文绘图，但并不着意于画面的精致和意境的营造，因此此版插图不能独立于文字之外，更不具备扩展文字意蕴的功能。插图中八仙所持法器有时并不与文字描述相符，如钟离权在小说中使用的法器为拂尘，但在插图中，他常拿芭蕉扇，如图 16-24；韩湘子在为王母祝寿时是鼓笛而歌，在插图中却拿着渔鼓和简板，图 16-25 中站于王母左侧，双丫髻，手拿简板和渔鼓的青年道士即为韩湘子，把他与插图中的蓝采和相比，如果去掉作为标志的持拿之物和文字说明外，读者是无法判断究竟是韩湘子还是蓝采和的。

图 16-24

王世贞在《弇州山人四部续稿》卷一百七十一《题八仙像后》中说："八仙者，钟离、李、吕、张、蓝、韩、曹、何也。……以是八公者，老则张，少则蓝、韩，将则钟离，书生则吕，贵则曹，病则李，女则何，为各据一端作滑稽观那。"[1]王世贞不仅点出了八仙的名字，还对他们的特点用一个词做了概括。值得注意的是，蓝采和

---

① 王世贞：《弇州山人四部续稿》卷 171，《四库全书》1284 册，第 469 页。

图 16－25

与韩湘子的形象此时发生了重要改变，特别是蓝采和，与过去的穿着破烂衣衫、一脚着靴，一脚跣露，持大拍板踏歌的乞丐形象有了很大不同，成了一个清秀的少年。

王世贞还辑有《列仙全传》，以版刻图录的形式讲述中国神仙传说故事，全书九卷，叙述了581位仙人的故事，起自老子、木公、西王母，讫至明朝成化、弘治年间，八仙中的众成员也分别被列入中国庞大的神仙群体中，八仙的传记都采自宋元旧说。该书现存明万历二十八年（1595）刊本，插图相当精美，如图 16－26 八

图 16－26 《列仙全传》中的八仙图

仙肖像：站在一团祥云中的曹国舅身着官服，何仙姑手执拂尘，衣衫褴褛的铁拐李蓬首拄拐站立；行走于深谷中的汉钟离宽袍大袖，袒腹，丫髻猛髯，执拂尘，传说中汉钟离为东汉大将，领兵作战失败，逃于深谷；站立于桃树下的韩湘子丫髻，怀抱竹管，似笛更有可能是渔鼓，因为他左手还拿着简板，背景为桃树正是为了对应传记中韩湘子堕于桃树下尸解成仙的故事；背着宝剑，头戴华阳巾，留有三髭髯的吕洞宾，右手于胸前托一葫芦，腰系长带，背后斜背宝剑，袍袖、巾带随风扬起，多了几分潇洒飘逸，他凝视着滚滚江流，似乎在等待害人的蛟龙出现；骑着小毛驴的张果老正悠然前行；丫髻、身穿破烂衣衫、赤一足的蓝采和右手挥着拍板正踏足高歌，腰间还系着一根托地串着金钱的绳子，《列仙全传》说蓝采和身着破烂蓝衫，长板高歌，沿街行乞，所得的钱用一根长长的绳子穿着，拖地而行，钱散失了也不回头，还会分钱给遇到的穷人，故事全部采自最早记载蓝采和故事的南唐沈汾的《续仙传》。

　　成书于万历三十年（1602）的《仙佛奇踪》，为洪应明撰，全书仙佛图谱并传记110人共8卷，前3卷记仙事，起自老子迄至魏伯阳共56人，其中也有八仙，八仙的传记也多采自前说，多数内容与《列仙全传》相同，书中八仙插图（图16-27）也与《列仙全传》中八仙的肖像有相似之处，而从图中人物的神情举止来看，更具一种遗世独立的仙人风采。倒骑驴的张果老同韩湘子一样，怀抱渔鼓手

图16-27　《仙佛奇踪》中的八仙图

拿简板,傲然仰视;何仙姑手拿花篮,里面装满鲜花;钟离权、铁拐李、曹国舅都是袒腹,钟离权右手似拿芭蕉扇,铁拐李拄拐,左手拿冒着一股仙气的葫芦,曹国舅则骑着一似鱼的坐骑,右手执拂尘,左手握一柳枝,其不着官服官帽单髻袒腹的形象是比较少见的;吕洞宾手拿拂尘,身后跟着头插柳枝的柳树精;蓝采和形象与图16-26中蓝采和同,只不过是赤着双足。这八仙画像还被收入清代康熙刊本的《芥子园画传》中。《仙佛奇踪》与《列仙全传》中并没有把八仙作为一个组合单独列出来,其人物介绍和画像也没有在一起,而是分散在众仙之中的,人物情貌特征及周身环境是与文字介绍的相关内容对应的。

汤显祖的《邯郸记》末出《合仙》混江龙云:"有一个汉钟离双丫髻苍颜道扮;一个曹国舅八采眉象简朝绅;一个韩湘子弃举业儒门子弟;一个蓝采和他是个打院本乐户官身;一个拄铁拐的李孔目又带些残疾;一个荷饭笊何仙姑,挫过了残春;眼睁着张果老把眉毛褪。"①在《邯郸记》中,八仙的特征依然和前面的形象相似,不同的是曹国舅的法器被何仙姑拿走后变成了上朝用的笏板,韩湘子除了依然保持其能使鲜花顷刻开放的法术外,在年龄上也变得更加年轻,书卷气息浓郁,印证了王世贞所说的八仙成员"少则蓝、韩"的说法。

明代还有两部单独叙述韩湘子与吕洞宾故事的小说《韩湘子全传》与《飞剑记》。《韩湘子全传》又名《韩湘子十二度韩昌黎全传》,是一部共30回约20万字的长篇小说,为杨尔曾编撰,讲述韩湘前世今生在钟离权、吕洞宾二人的点化下得道成仙,后又十二度韩愈,度脱婶母窦氏、妻子卢英成仙的故事。《韩湘子全传》现存明天启三年癸亥金陵九如堂刊本,卷首题"新镌批评出像韩湘子",署"钱塘雉衡山人编次,武林泰和仙客评阅",雉衡山人即杨尔曾,有"韩湘子像"一幅。此外还有图30幅,每幅图对应每回中所叙述的核心故事,用回目中的一句七言作为该图主旨,韩湘子像中韩湘子形象对应着小说中对韩湘子的描绘,韩湘子成仙拜见玉帝时,玉帝道:"朕赐卿头挽按日月的风魔丫髻,身穿紫罗八卦仙衣;缩地花篮,内有不谢之花、长春之果;冲天渔鼓,两头按阴阳二气;两个降龙伏虎的简子。"成仙之后韩湘子在人间宣道度人时,通常是拍着渔鼓简板,"头挽一个双丫髻,身穿领布衣,脚穿双草履"。可见在明代中晚期,头挽双丫髻,执渔鼓简板或花篮的韩湘子形象是颇为固定的。图16-28中桥上站立的是钟离权、坐着的是吕洞宾,图16-29画面左上角背宝剑、执拂尘的是吕洞宾,与图16-26、16-27中的钟、吕相比,其形貌特征也非常一致。

---

① 吴秀华校注:《邯郸梦记》,河北教育出版社2004年版,第308—309页。

图 16-28

图 16-29

　　《飞剑记》又名《吕祖飞剑记》，明人邓志谟著，共 13 回，叙述了吕洞宾成仙得道的故事。现存明万历年间福建书林萃庆堂余氏刻本（日本内阁文库藏），书内插图有 13 幅对应着 13 回中的部分故事内容，插图为双面连式，其中第九幅缺半幅。插图左右以 11 字的对联对图片内容进行了描绘和说明，文采优美，反映了刻绘者一定的文字功底。图 16-30 为《吕祖飞剑记》第四回《洞宾得遁天剑法飞仙剑斩蛟杀虎》的插图，该回书叙钟离权十试吕洞宾后，授以仙道，火龙真人又赠给他"昆仑山所产之铜、女娲炼石之炭、老君却魔之扇、祝融烧天之火锻炼而成的"雌雄宝剑，洞宾负剑来到吕梁洪，只见洪水泛滥，一巨蛟在此兴风作浪，专啖人性命。吕洞宾抛出雄剑，那剑凌空飞去，将巨蛟斩成两段。插图中水势浩浩荡荡，漫天溢地，巨蛟张牙舞爪，翻江搅海，吕洞宾面对巨蛟，不慌不忙，胸有成竹，呈作势拔剑状。图 16-31 为第十三回《吕纯阳度何仙姑　吕纯阳升入仙班》插图，吕洞宾背宝剑执拂尘，引扛着莲蓬状笊篱的何仙姑踏着祥云冉冉升空仙去。书中的钟离权，与《韩湘子全传》中的钟离权一样，并不袒腹，他来到长安，扮作一个道人，是"青中白袍，长髯秀目，手扶紫节，腰挂一个大瓢"，他与吕洞宾谈论玄理时，自谓："破衲头胜于紫罗袍，双丫髻胜于乌纱帽。渔鼓简板胜于玎珰珂佩，葫芦拂帚胜于象笏朝簪。紫丝绦胜于黄金带，青芒履胜于皂朝靴。"述说吕洞宾故事的还有《醒世恒言》第二十二卷的《吕纯阳飞剑斩黄龙》，描写了吕洞宾云游天下度世济人的故事。

　　八仙在明代已经成为工艺美术的重要题材，瓷器、雕塑、漆画、刺绣等，无不有八仙在。明代瓷器中，以八仙为装饰图案的器皿非常多，但绘有八仙图案的瓷器大量出现是在嘉靖及万历时期。明洪武、永乐、宣德朝不见有八仙图案瓷器传世，成化、正德年间景德镇民窑烧制有八仙图案的器皿。嘉靖以后，八仙图成为民窑及官窑瓷器上经常出现的图案，图 16-32、16-33、16-34、16-35 为明正

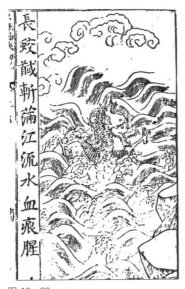

图 16 - 30

图 16 - 31

德、嘉靖、万历朝的瓷器上的八仙图像。图 16 - 32 两两一组，人物之间有互动交流；图 16 - 33 分别绘出了八位仙人手持法器的动态图；图 16 - 34 是八仙过海，各显神通；图 16 - 35 是万历时期不同瓷器上的八仙图像，无论是表现凌波过海还是凭空御风，人物动感十足，栩栩如生。明代瓷器的八仙图像很少单独出现，一般都会有精美的辅助花纹，以祝寿和过海的题材为最多。从这些瓷器上的八仙形象来看，明代中期，八仙组合——张、铁、钟离、吕、韩、蓝、曹、何已经非常稳固，对应了此时期戏曲小说中八仙成员组合。在瓷器图案的八仙中，其法器也已经非常明确，张果老的渔鼓简板、铁拐李的葫芦铁拐、吕洞宾的宝剑（有时还有拂尘）、蓝采和的花篮、韩湘子的长笛、曹国舅的笏板、何仙姑的莲蓬状笊篱。与同时期戏曲小说及仙传系列中八仙最大的不同在于，蓝采和的云阳板变成了韩湘子的花篮；韩湘子的双丫髻成了单髻，手中拿的不是花篮也不是渔鼓简板而是长笛。瓷器八仙中曹国舅官帽上均有飞扬在空中的翅角，似乎一下子就让那个在八仙中表现平庸的曹国舅灵动了不少。

图 16-32　明正德青花八仙图罐

图 16-33　嘉靖青花八仙图罐

图 16-34　嘉靖青花八仙图罐

图 16-35　万历年间不同青花瓷上的八仙图像

　　生活于嘉靖和万历早期的画家张翀有《瑶池仙剧图》(图 16-36)传世。该图以简洁流畅的线条,描绘八仙于瑶池聚乐的情景,准确地勾画出八仙的醉中形态。画面省去背景,突出人物形象,八仙围坐在一起,须髯飞扬,豪放不羁,他们皆头簪鲜花,逍遥闲适;或吹笛击节,或聆听欣赏,或饮酒仰望,高空两只白鹤相向展翅盘旋。人物面部刻画极为细腻饱满,神态生动。画家笔下遒劲有力,收放自如,刚柔相济。可以明确画中八仙即为吕洞宾、韩湘子、曹国舅、何仙姑、铁拐李、蓝采和、汉钟离、张果老,人物的形貌特征与前面所列明代瓷器和《仙佛奇踪》《列仙全传》人物插图等大致相似,表明明代中晚期八仙的成员和人物特征已经基本确立。

图 16-36　张翀《瑶池仙剧图》

第三节　清代八仙文学与图像

一、清代的八仙文学

　　清代以八仙为题材的戏曲、小说、宝卷等作品数量众多,其中既有文人之作,也有民间艺人改编、创作的作品,以八仙庆寿题材的数量为最多。戏曲方面,度脱剧有清初李玉《太平钱》、叶承宗《狗咬吕洞宾》,分别演张果老种瓜娶韦萍馨和吕洞宾度石介成仙之事;清代和八仙相关的戏剧数庆寿剧数量最为庞大,清代宫廷承应戏最重要的一类就是八仙庆寿剧,在帝、后、皇子及公主的寿诞经常作为开场戏出现,升平署抄本有蒋士铨的《西江祝嘏》、吴城的《群仙祝寿》、傅山的《八仙庆寿》等,都标新立异,喜庆热闹,喜剧气氛很浓;其他还有借八仙故事写自己心志和情感的作品,如以"韩愈雪阻蓝关"故事而作的车江英《蓝关雪》、永恩的《度蓝关》、杨潮观的《韩文公雪拥蓝关》、绿绮主人的《度蓝关》、王圣征的《蓝关度》等。各地地方戏中几乎都有以八仙故事为题材的剧目,尤其以庆寿剧为最多。清代八仙剧,世俗化的色彩大大增加。

图 16 - 37　吕祖像

清代无垢道人的《八仙得道传》是中国古代以八仙群体为书写对象的两部长篇小说之一，另一部为明代的《东游记》。《八仙得道传》是以《东游记》为蓝本进行创作的，以铁拐李和蛟龙精为主要人物，连接书中的主要情节，在《东游记》的主体故事内容上添加了大量的民间传说和神话故事，如孟姜女哭长城、田螺报恩、鬼打墙、嫦娥奔月、东方朔偷蟠桃、宝莲灯等，通过神仙的历劫、修炼和转世描写了人、魔、鬼、仙等众多人物，八仙作为神仙其上天入地的神通串联了天界、人间和冥界，连通了仙、妖、人、魔、鬼。该书是讲述八仙故事最为宏大完整的神话小说。

汪象旭的《吕祖全传》是中国通俗小说史上第一部以第一人称叙事的作品，叙述吕洞宾出身、求道、度世、成仙的故事。此书有康熙元年壬寅（1662）刊本、咸丰九年己未（1859）保贤堂刊本和光绪十一年乙酉（1885）刊本。咸丰保贤堂刊本收有吕洞宾像一幅，如图 16 - 37。

与万历三十年月旦堂刻本《仙佛奇踪》中吕洞宾像相似，吕洞宾头戴前倾的华阳巾，背宝剑，执芭蕉扇，三髭髯，宽袍广袖，衣袂翻飞；后面跟随其弟子头插柳枝的柳树精。吕洞宾三度柳树精的故事是吕洞宾度化故事中最知名的，戏曲小说中多有演绎。

明还初道人辑道教人物列传《列仙传》，清代有光绪丁亥（1887）孟秋扫叶山房校刊本，署名《绘像列仙传》，书中收太上老君、西王母、彭祖、八仙等 50 余位仙家，每家一图，每图后附介绍。八仙画像辑录如图 16 - 38，与明代及之前的八仙相比，何仙姑不再是双鬟而是梳着一个偏髻，容颜俏丽，身姿婀娜，衣带飘飞，手持盛开的荷花与民间图像中的何仙姑非常相似；韩湘子头顶单髻，横吹长笛；蓝采和肩上挑着花篮，而张果老骑着的不是驴而是一头牛。八个仙人，倒有四个是背对读者，其中背剑负手立于高楼的吕洞宾似乎透过苍茫的云海，在俯瞰芸芸众生，绘图传神精美。

在民间，八仙的传说更为广泛，大江南北几乎都有关于八仙的传说。八仙对民间社会生活各方面的渗透与影响是其他仙人或神灵所不可比拟的。八仙的这种广泛的民众基础，在宝卷这种具有浓厚民间信仰与鲜明世俗色彩的说唱文学形式中得以充分体现。

单独宣讲八仙故事的宝卷有《纯阳宝卷》《韩湘宝卷》（又名《蓝关宝卷》）、《何仙姑宝卷》《八仙上寿宝卷》《孝女宝卷》（又名《何仙姑孝女宝卷》）等，八仙故事还

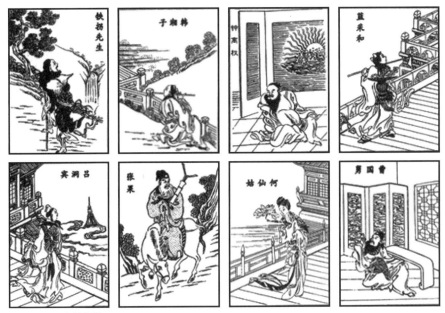

图 16-38　八仙画像

普遍渗入其他传说中,集结众多神魔故事的《劝善良言》有演唱八仙的"花名八仙",在讲述白娘子故事的《白氏宝卷》和《雷峰塔宝卷》中均有八仙出场,讲述瑶池金母普度皇胎儿女故事的《蟠桃卷》里八仙与众仙共贺老母寿辰,讲述唐僧故事的《唐僧宝卷》也有演绎八仙故事的韵文,在与神仙没有任何关系的《窦娥宝卷中》中,竟然也出现了八仙上寿的文字。可见凡是有祝寿的场合,八仙均齐齐出场,已经成为宝卷中的固定程式,其实正是八仙祝寿故事在民间影响深刻、流传广泛的一个反映。

宝卷中的八仙故事承继了元明时期八仙度化修道和祝寿的两大故事类型。度化修道的宝卷通过传授各种修炼法门和神仙美好情境的描绘,劝诱世人皈依其教,这类宝卷有《韩湘宝卷》《何仙姑宝卷》《八仙上寿宝卷》《孝女宝卷》《纯阳宝卷》等。《韩湘宝卷》讲述了韩湘子的修道以及度脱韩愈的故事,与明代小说《韩湘子全传》契合度非常高;《何仙姑宝卷》《孝女宝卷》均讲述吕洞宾度化何仙姑得道成仙事。含八仙上寿情节的宝卷,通常是八仙伙同诸路神仙,齐齐贺寿,热闹喜庆、吉庆非常,如《八仙上寿宝卷》中:"汉钟离来上寿蟠桃高献,吕洞宾来上寿送寿长生。曹国舅来上寿收灾降福,铁拐李来上寿说法谈经。张果老来上寿能开普度,韩湘子来上寿口长无疆。蓝采和来上寿执掌乾坤,何仙姑来上寿欢天喜地。这八个众神仙都来上寿,一个个献神通护福真经。"[1]而在八仙上寿的其他描述性文字中,我们可以清晰地看到八仙的形貌特点及修道度化经历。《何仙姑宝卷》中是这样描述八仙的:

①《八仙宝卷》,旧抄本。

汉钟离，头挽双髻，手捧着，八宝如意，身穿一件大红衣。

吕洞宾，他好修行，背宝剑，说法谈经，随身站了柳树精。

张果老，手捧蟠桃，穿皂袍，又束禄条，骑驴颠倒呵呵笑。

曹国舅，四海云游，人生果，万古千秋，犀牛海马登云岫。

铁拐李，识透玄机，用拐杖，脚踏云梯，浮杯过海不为奇。

韩湘子，手捧灵芝，身坐了，金毛狮子，花篮仙果赴瑶池。

蓝采和，口唱玄歌，云阳板，七头多罗，低头合掌拜弥陀。

何仙姑，腾云驾雾，背笊篱，腰挂葫芦，骑鸾跨鹤蓬莱苑。[1]

《雷峰宝卷》中卷首八仙向王母贺寿时的唱词：

韩湘子，品玉箫，志学修行家室抛。雪拥蓝关难行马，曾度文公上九霄。

曹国舅，爱逍遥，不恋荣华卸锦袍。世上万般修行好，手执云阳仙板敲。

汉钟离，性儿娇，识透人情世态枭。终南山上修妙道，列位仙班道行高。

吕洞宾，乘风飘，肩背龙剑善斩妖。悲心救苦传妙道，至今万古姓名标。

何仙姑，容貌娇，懒伴红尘愿寂寥。苦志真修千百载，也归仙界乐逍遥。

蓝采和，年纪小，最爱修行却富饶。名山修炼成正果，手执棕篮驾海潮。

李铁拐，相咆哮，黑脸浓眉腿又跷。虔心炼就长生法，挂拐登云霭霭飘。

张果老，年纪高，须发苍苍两鬓萧。倒骑驴子呵呵笑，竟把繁华世界抛。[2]

《劝善良言》是众多神魔故事的集结，其中"花名八仙"唱词：

正月梅花白飘飘，拐李仙师道德高。手拓葫芦人佛识，蓬头赤脚面难瞧。

二月杏花白迷迷，八仙魁首汉钟离。手中捏把龙须扇，赤脸垂鬓大肚皮。

三月里清明日渐长，仙人有个吕纯阳。肩驮一把莫邪剑，常带长生不老方。

四月里蔷薇玳瑁班，采和仙子提花篮。要寻长生不老草，修合神仙活命丹。

五月里石榴似火烧，年高果老乐逍遥。倒骑驴子呵呵笑，白发苍颜道德高。

六月里荷花透水鲜，韩湘子吹笛早成仙。要度文公同修道，蓝关接引上西天。

七月里凤仙遇巧多，成仙女子何仙姑。手捏酒壶来上寿，馨香扑鼻满婆娑。

八月里木樨香满庭，昔年程济大忠臣。当今万岁来封赠，证入仙班乐太平。[3]

《窦娥宝卷》中是这样讲唱八仙的：

八洞神仙齐来到，共庆贵府福寿高。张果老老年岁高，倒骑驴子呵呵笑。手捧渔鼓并简板，看破红尘世界抛。铁拐生来相咆哮，黑脸浓眉脚儿跷。一跷一拐无人识，曾度钟离上九霄。钟离大肚人人晓，度量宽洪府内包。识透世间人情薄，常扇轻摇道行高。纯阳祖师最逍遥，肩背龙泉善斩妖。玄妙观内常常

---

① 《何仙姑宝卷》，上海文益书局 1914 年石印本。

② 《雷峰宝卷》，清杭州玛瑙经房刊本。

③ 《劝善良言》，旧抄本。

到,变化无穷人不晓。曹国舅仙脱锦袍,手执云阳仙板敲。不爱荣华并富贵,位列仙班乐淘淘。采和仙姑年纪小,手执花篮甚清高。抛弃凡间富与贵,懒伴红尘愿寂寥。何氏仙姑品貌娇,苦志修行仙界跑。虔心修炼千百载,身登云路姓名标。①

《何仙姑宝卷》中八仙的形象与明代的八仙形象最为接近,何仙姑还依然手持笊篱。在《劝善良言》中,八仙队伍里加入了明代忠臣程济而少了曹国舅,而此时八仙队伍已经长期稳定下来,因此显得非常特殊。在《窦娥宝卷》中,蓝采和竟然成了一个小姑娘,这是蓝采和形象在逐步年轻化过程中的一个极端走向,这肯定是与蓝采和图像相关。从明代的八仙图中,无论是书籍插图、文人画、还是民间图像,蓝采和形象越来越年轻,有时甚至像个童子,性别特征不是那么明显,所持法器也由原来的踏板变成了花篮,这是人们看图把蓝采和误认为女孩的一个重要原因。

二、清代的八仙图像

综合起来,八仙的故事主要包括:访真求道、度化世人、八仙祝寿、八仙醉酒、八仙过海。在清代,与文学中的八仙相比,图像中的八仙可以说是蔚为大观。说唱文学中的八仙表明了八仙与民众的联系非常紧密,而无处不在的八仙图像,更说明八仙已经渗透到社会各个阶层及人们寻常生活中。这些八仙图像中最多的是祝寿、醉酒和过海,如西安钟楼门窗上有 64 块精美繁复的浮雕:

第二层从南门起,自东向西是八幅"八仙过海,各显神通"内容浮雕,依次为钟离权、张果老、吕洞宾、曹国舅、铁拐李、蓝采和、韩湘子和何仙姑;第二层从北门起,自西向东共八幅"八仙醉酒",依次仍为钟离权、张果老、吕洞宾、曹国舅、铁拐李、蓝采和、韩湘子、何仙姑。②

山东胶东半岛最北端的蓬莱阁与岳阳楼、黄鹤楼、滕王阁并称为"中国四大名楼","相传八仙曾在此阁醉酒,现阁内有八仙醉酒塑像"③。开封山陕甘会馆东西厢房的长廊下遍布木雕装饰,其中有:

"八仙醉酒"和"八仙庆寿"。"八仙醉酒"在西厢房檐下,八位仙人在松柏竹林间,或坐或卧或立,每位仙人旁有一侍童,旁边放有酒坛。由于开怀畅饮,仙人们一个个喝得东倒西歪,醉态百出,只有手持莲花的何仙姑,音容依然。所以说"八仙醉酒,醉七仙",女性的酒量比男性还要大。"八仙庆寿"在东厢房南檐下,八仙各骑仙鹤、麒麟等祥禽瑞兽,只有张果老倒骑驴。中间有一老翁,为南极老

① 《窦娥宝卷》,民国间上海惜阴书局石印本。
② 霍学进等编:《中华历史文化名楼 钟鼓楼》,文物出版社 1960 年版,第 50—51 页。
③ 人在旅途编辑部主编:《山东玩全指南》,旅游教育出版社 2012 年版,第 117 页。

图16-39　古版年画《八仙福寿联》

人,民间传说中南极老人是寿星的别称,又叫南极仙翁,坐骑是梅花鹿,寓意仙寿同庆,生命无尽。[①]

1. 八仙庆寿图像

在数以万计的八仙图像中,尤以祝寿题材的为最多。在清代民间的八仙祝寿图像里,有两种形式,一是只有八仙的祝寿图,图中一般只出现八位仙人或者再加上一位老寿星。图16-39是一副祝寿对联,上联是"寿比南山",下联是"福如东海",而八位仙人就画在这八个字上。图16-40、16-41、16-42都是八仙和老寿星辅以苍松翠柏和祥云古石等表示长寿吉祥的图案,显然是承继南宋的《八仙介寿图》和元代的《八仙祝寿图》而来。

如图16-40是八仙祝寿青花瓷盘。该盘用青花绘出八仙祝寿图,在高山巨石之畔,古松草木之间,八仙各持法器,身姿各异,或抬头向骑鹤而来的老寿星致意,或回头转盼,或相互交谈。天上流云冉冉,展翅而飞的仙鹤驮着寿星自云端而下,青花发色浓淡相宜,构图合理,层次分明,运笔熟练刚健,画风自然随意,人物生动传神。

图16-40　青花八仙祝寿纹盘

图16-41　犀角雕八仙图杯

① 骆平安等:《商业会馆建筑装饰艺术研究》,河南大学出版社2011年版,第62页。

图 16-41 为依形成材的犀角雕八仙图杯,在高低起伏的远山和繁花茂叶之间,八仙手持法器向老寿星行礼致意,缭绕的祥云之间,老寿星坐在双翅舒展的仙鹤上,低头回应,杯壁上也雕刻着嶙峋的苍松。

图 16-42 青花五彩八仙祝寿人物图

图 16-42 与前面的八仙祝寿图构思立意相似,苍山古木,云雾缭绕,人物衣袂随风飘扬,神态洒脱自然,老寿星骑鹤自云间飘然而至。祝寿图背面还书七言诗一首:"寿诞恭逢此月光,寿垒高挂斗牛边。寿香馥郁会炉内,寿烛辉煌宝殿前。寿侣青山千载秀,寿妇沧海万季诣。寿诗一谏为君赠,寿比蓬莱不客仙。"

另一种形式的八仙祝寿图,是八仙和其他神仙共同祝寿,有时图中众仙达到三十多位,但八仙往往在最显著的位置,特征鲜明,一眼即可认出,如图 16-43、16-44、16-45。

图 16-43 缂丝《瑶池喜庆图轴》　　　　图 16-44 缂丝《八仙寿字图》

图 16-43、16-44 是清代缂丝精品，两图中祝寿的不仅仅有八仙还有其他各路神仙。图 16-43 中有佛祖、王母、和合二仙等三十多个人物，他们或身带法器，或手提宝物，神态动作各异，表情栩栩如生。此外还有崇楼高阁、清风流云、苍松古石、飞鹤走鹿等疏密有致、前后错落，穿插于人物之间，起到很好的烘托及调节气氛的作用。图 16-44 把八仙、西王母和福禄寿三星及手执羽扇的仙女缂织进"寿"字里面，众仙或拱手向王母祝寿，或相向互有交流，人物衣带飘拂，神态安详，情态各有不同。也有祥云、苍松古柏、梅花鹿等，整个画面喜庆祥和。

图 16-45　年画《八仙庆寿》

年画里面，八仙祝寿题材也最为常见，图 16-45 是清中叶北京的一幅八仙庆寿图，年画最上端题写"八仙庆寿"四个大字，点明主题。图两边各书"年年如意，月月平安"的吉祥话，图中寿星坐于中间，左右是天官、禄星，下面是八仙敬献寿桃等礼物，寿星后面有二童子执扇，前有二童子抬着寿桃。整个画面透漏着吉祥喜庆的意味，因此不仅用于诞辰之时张贴，过年等喜庆的场合也比较适用。

2. 八仙过海图像

八仙过海的故事是八仙传说里面最为人所熟知的。《东游记》载，八仙赴蟠桃大会归途过海时，吕洞宾倡议，不能乘云而过，须各以物投水，乘所投之物而过。于是八仙各显神通，俱以自己的宝物投入海中，乘之而过。在不同的传说中，八仙过海所投之物是不同的。在元明杂剧《争玉板八仙过海》中，八仙过海时"曹国舅将笊篱作锦舟；韩湘子把花篮作画舫；见李岳将铁拐在海中轻漾；俺师傅

（钟离权）芭蕉扇岂比寻常；徐神翁撇铁笛在碧波，张果老漾葫芦过海洋，贫道（吕洞宾）踏宝剑岂为虚诳，蓝采和脚踏着八扇云阳"。《东游记》里面，铁拐李以铁杖、钟离权以拂尘、张果老以纸驴、吕洞宾以箫管、韩湘子以花篮、何仙姑以竹笊、蓝采和以拍板、曹国舅以玉板投水而渡。图16-46是乾隆粉彩八仙过海图盘口瓶，瓶腹八面绘"八仙过海"图，淋漓尽致地刻画了八仙赴瑶池祝寿后乘酒兴漂洋过海、各显神通的场景。在波涛翻滚的大海上，汉钟离脚踩荷瓣，铁拐李站在一只狗上，韩湘子手托花篮站在一只貌似大虾的动物上，何仙姑乘凤，张果老骑驴，蓝采和、曹国舅各踩在大鱼上，而吕洞宾则坐在一枝枯木上，八位仙人各持法器，漂洋过海，他们仙风道骨、神态怡然自得。八仙衣衫色彩浓艳，其他纹饰细腻流畅，瓶身为蔓草纹图案，富丽华贵构图繁密，层次清晰。瓶口、足分别在黄釉底色上以红蔓草纹图案作底，再绘粉色变形蝙蝠纹；肩、胫部同样图案作底，上绘双螭拱寿纹；瓶预部装饰有粉彩结、磬、璎珞纹，寓意"福寿吉庆"。

图16-46　乾隆粉彩八仙过海图盘口瓶

图16-47是滑县古版木版年画，在此图上，八仙同舟共济，各自施展法术，使船破浪前行，仙鹤在天空飞翔，三只蝙蝠从铁拐李的葫芦中飞出。虽然人物面部神情比较稚拙，但那只嶙峋的古木挖成的船和天空中的飞鹤及蝙蝠，还是为画面增添了海天辽阔的意境。这幅图与天津杨柳青年画《群仙渡海》（图16-48）极为相似，但风格意蕴迥然不同，该图充满民间画作古朴风味。

图16-47　扇面《八仙过海》

图16-48《群仙渡海》年画即八仙过海，此图是钱慧安为杨柳青爱竹斋画店所画，画面上留有大块空白，空白处有题句，富有文人画特色。钱慧安是晚清海派代表性画家之一，少年时代曾从民间画师的写真技艺中汲取营养，光绪中叶应邀北上，先后为天津杨柳青齐健隆、爱竹斋诸画店出年画样稿，擅民间祈福吉祥故事题材。这幅群仙过海图，笔意遒劲，人物神态闲雅。孤舟激流，怪石嶙峋，枯松倒挂，意蕴隽永。

图16-48　《群仙渡海》（横三裁）

图16-49　杨柳青年画《八仙过海》（贡尖）

　　图16-49表现的是八仙过海惊动龙宫水族，并与之大战的情景。在民间八

仙图像中,像这种故事性很强的画作是非常少见的。画面上八仙中的吕洞宾、钟离权、何仙姑、张果老、韩湘子、蓝采和都站立在云朵上,挥舞拂尘或法器与水族中的虾兵蟹将作战,水族兵将各自带有自己的种族特征,如蚌精的两扇大壳,螺精的螺帽,鱼兵的鱼尾巴等,挥舞着水族的旗帜,以战斗的姿态立于海面上。远处群山隐隐,海面波光粼粼。天空中飘着玉箫、拍板、铁拐、葫芦,带着无边的法力向水族兵将飞去。图中人物的妆扮,应该取自戏曲舞台,虾兵蟹将的服饰装扮和所持的旗帜均是京剧中的常用道具,特别是中间那位刀马旦妆扮的女子,插着翎子,挂着狐尾,是戏曲中外邦女将的扮相。但从其脚踏云彩,右手执拂尘,左手高举花篮来看,应该是八仙的蓝采和。若是如此,表明在当时的戏曲演出中,在天津一带,蓝采和年轻女性的身份是受到人们认可的。

3. 八仙醉酒图像

八仙中人,人人爱酒,且其传说故事也多有与酒相关者。最知名的莫过于王母寿诞,设宴于瑶池,八仙乐极兴高,持觞痛饮,不觉大醉。明代画家张翀的《瑶池仙剧图》就描绘了八仙于瑶池聚乐饮酒的情景。图 16-50 为清代杨家埠年画《八仙醉酒图》,非常形象地刻画了八仙醉酒时的场景。八仙都头簪花枝,钟离权、吕洞宾、曹国舅、铁拐李围着石桌而坐,红衣袒腹手持芭蕉扇的钟离权,与头戴华阳巾背着宝剑的吕洞宾、头戴乌纱帽的曹国舅正在划拳行酒令。铁拐李并没有坐在凳子上,而是席地而坐背靠葫芦,一手放在右膝盖上,正大笑看着划拳的三人,显然是喝醉了酒。右边韩湘子把花篮放在一个高大的圆几上身体也斜靠在上面,右手端着酒杯正要送入口中,目光注视着左边的蓝采和。何仙姑坐在地上,不胜酒力,左手支在一个酒缸上。左边背插竖笛的蓝采和留着黑色的三髭髯,右手高高举起酒杯,向右侧的韩湘子持觞劝酒。背着简板渔鼓的张果老,右手也高高举起,脸上喜笑颜开,手舞足蹈。曹国舅的云阳板、何仙姑的竹笊、

图 16-50　杨家埠年画《八仙醉酒图》(大贡尖)

铁拐李的铁拐都被随意地丢在地上。韩湘子、蓝采和、曹国舅、何仙姑衣服上的纹样及坐凳上的纹样都是蝙蝠,地上散落着如意、金钱。该图上还题有一首诗:"拐李先生道法高,钟离磐石把扇摇。洞宾背剑清风露,果老骑驴义凤毛。国舅手执云阳板,采和瑶池奏玉箫。仙姑敬来长生酒,湘子花篮献蟠桃。"在画面和题诗中,花篮还是韩湘子的法器,蓝采和的法器则为玉箫,何仙姑的依然是竹笊。清代八仙成员虽然已经非常明确,但其所持法器还没有最终统一起来。

图16-51为芜湖年画,图中描绘的是八仙醉酒时不同的情态。红衣汉钟离和黄衣吕洞宾还在石桌前痛饮,而其他六仙,或仰或靠,或以手托腮,或轻抚额头,都有明显的醉态。图中有松柏寿石、仙禽蟠桃、祥云瑞霭等景物点缀其间,从铁拐李红色大葫芦里不断有蝙蝠飞出,祥瑞、福寿的意味非常明显。画面设色浓艳,大红大绿,都带有喜庆之气。

图16-51　年画《八仙醉酒图》

4. 八仙肖像图

在长期的传说中,八仙这个群体已经有了自己固有的特殊意义,因而在清代的八仙图像中,有很多是没有任何背景点缀,不涉及任何传说的人物肖像。八仙中成员各自都有属于自己的传说故事,在各自的故事里,他们或扶困济危、斩妖除魔、救世度人;或历经重重磨难,苦修道法,最终修炼成仙。他们是善良的、智慧的、包容的、有超能力的长生者,他们也是勤奋的、执着的、洒脱的、无畏的世俗中人。他们从苦难的现实世界,积善修行,达到了长生之境:"耳目聪明,骨节坚强,颜色和泽,老而不衰。延年久视,长在世间,寒温风湿不能伤,鬼神众精莫敢犯，五兵百虫不能近，忧喜毁誉不为累。"①而当八仙作为一个群体出现时，不是在度人成功之时，便是在庆寿之际，因此八仙就有了长寿、吉祥、喜庆的寓意。八仙是人们理想的反映，是理所当然的吉仙，只要八仙出现，就有了祥和的氛围和美好的祝愿在里面。所以，八仙已经超越了他们的故事，而有了特殊存在的意义。很多图像，仅仅绘有八仙的图像，足可以表达祝福和期待。图 16-52、16-53、16-54、16-55 几乎仅仅是八仙人物和所持法器，无论是精细刻绘，还是粗笔勾勒，能让人一眼看出他们是八仙，就已经达到了创作者的目的。

图 16-52　挂千《八仙庆寿》

图 16-53　剪纸《云中八仙》

① 顾久译注：《抱朴子内篇全译》，贵州人民出版社 1995 年版，第 75 页。

图 16－54　剪纸《八仙》

图 16－55　牙雕《八仙》

5．暗八仙

　　八仙各持有法器和宝物，这些法器也有了特殊的含义，虽然直到清代，八仙中韩湘子、蓝采和、何仙姑等人的法器还没有最终得以固定。清代的韩湘子一般会有玉箫、横笛、花篮,蓝采和时而是花篮时而是玉箫,何仙姑经常会拿着荷花,但也偶尔会拿着她最初使用的笊篱或竹罩。八仙所使用的法器最普遍的说法是铁拐李的葫芦,其能盛放丹药,普救众生;钟离权的扇子,可以起死回生;曹国舅的玉板,能使山川俱寂,万籁无声;何仙姑的荷花,出污泥而不染,濯清涟而不妖,持之可修身养性;吕洞宾的宝剑,可威镇群魔;韩湘子的洞箫,其妙音能令天地万物灵气顿生;蓝采和的花篮,奇果异卉,能广通神明;张果老的渔鼓,能演算卦卜,预知前世今生。随着八仙故事的发展和流传,到了明末清初,在民间图像中人们把八仙手持的法器逐渐从八仙身上分离出来,又把八件法器的外形和特点经过了艺术的再创造,使其具有了独特的审美特征,形成了独立的"暗八仙"体系,在民间装饰艺术中被广泛应用。

　　暗八仙包含了八仙文化中祈福消灾、长寿吉祥的寓意,成为中国传统吉祥图案,在民间图像中得到普及。图 16 - 56、16 - 57 为常见的暗八仙纹,一般都装饰有飘带、鲜花,使整个造型显得丰富饱满,均衡和谐。图 16 - 58、16 - 59、16 - 60、16 - 61 分别为清代不同时期,装饰有八仙纹样的器物。图 16 - 58 为清代用整块白玉雕琢而成的暗八仙纹方觚,觚中部四面阴刻饕餮纹,窄面浮雕花卉纹,宽面浮雕暗八仙,纹样用的是飞凤嘴衔宝物的形式。觚的下部还浮雕寿石纹和海水纹,暗喻寿山福海。图 16 - 59 中坎肩为丝质,石青色缎纹上织有暗八仙纹,环绕在金团牡丹的周围,牡丹上织有同色卍字,整个画面无不在凸显富贵吉祥、万事如意的用意。图 16 - 60 为剔彩暗八仙纹桃形盖盒,每一个盒盖上都有一个暗八

图 16 - 56　暗八仙纹

图 16 - 57　暗八仙纹

图 16-58　暗八仙纹，方觚

图 16-59　暗八仙纹，织金缎一字襟小坎肩

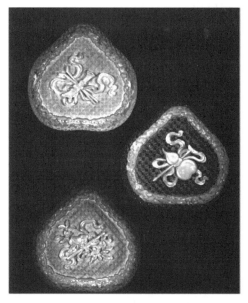

图 16-60　暗八仙纹桃形盖盒(三件)，剔彩

图 16-61　暗八仙纹样瓷器

仙纹样。图16-61为清代不同时期的瓷器，左边的为雍正朝哥釉青花暗八仙纹葫芦瓶，瓶腹上有一个单独暗八仙纹样，主题突出，形象舒展优美。中间是乾隆朝斗彩暗八仙纹笠式瓷盌，右边是嘉庆粉彩八仙团寿罐，都是暗八仙纹与折枝花

果及飘带的组合。

　　暗八仙纹可以在任何器物上出现，既可以全部刻绘于同一件物品上，也可以刻绘一样或几样。每一个暗八仙纹其实具有了全部暗八仙纹所蕴含的意义。暗八仙纹和其他纹饰如折枝花果纹、过枝花果纹、云纹、海浪纹、蝙蝠纹等进行组合搭配，起到了装饰和美化的作用，达到吉祥长寿的美好寓意和形式的完美统一。

第四节　八仙文学与图像的关系

　　八仙的图像与八仙的传说几乎是同步产生的。在八仙这个组合未出现之前，八仙个人的肖像和故事性图像已经较为常见。虽然这时流传下来的八仙图像比较少，但从人们的题画诗及相关记载中可以很明显看到，此时八仙的个人图像与当时他们的传说是分不开的。普通人见到他们的画像，看到的是他们身上突出的个性特点，然后想到他们的故事。文字的记载，总是晚于民间故事的口口相传，有时也晚于图像对传说的描绘和反映，宋代八仙介寿图和八仙过海铜镜，表明八仙祝寿和八仙过海的故事在民间已经非常盛行，但文字的记载要比这晚了很多。元明两朝，八仙文学在道教的推动下得以蓬勃发展，八仙图像也大量涌现。元代的八仙图像宗教化色彩比较多，那些绘于道教典籍和寺庙宫观的八仙像大都神情肃穆，渲染的气氛是华妙庄严。明代八仙像即使在道教典籍中也多了几分亲切温和。道教典籍插图是对描述其传记文字的图解，小说插图则是对原文故事的形象反映。八仙图像还弥补了八仙文字记载中缺失的部分，如何仙姑何以在元明两代很长一段时间在八仙组合里消失了，以至于让人们误解她是明代中晚期才加入八仙队伍中的，而图像证明，宋代的八仙队伍里已经有了女性。文字的记载也找不到韩湘子和蓝采和为何日益年轻，但在图像中，二人年轻化的趋势非常明显。因此，八仙在民间的传说其丰富性和多样性要远甚于文字的记录。

　　清代民间八仙图像是在清代八仙文学、八仙戏曲、八仙口头传说的基础上，在之前八仙图像的基础上发展而来的。从八仙组员上来说，图像中的八仙成员与文学与戏曲中的八仙成员是完全一致的，张果老、铁拐李、钟离权、吕洞宾、韩湘子、蓝采和、曹国舅、何仙姑这个八仙组合已经基本固定下来。在形貌特点上和所持法器上，张果老、铁拐李、吕洞宾、钟离权几乎与前代没什么区别，自从何仙姑回归八仙的队伍后，曹国舅的法器就由之前的笊篱变成了蓝采和之前用的云阳板，后又被演变成笏板。何仙姑拿回了属于自己的笊篱，在清代笊篱最终变成优美的荷花，不过在某些文字和传说中，何仙姑依然拿着笊篱或竹罩。韩湘子和蓝采和在明代就已经被年轻化，韩湘子的丫髻逐渐变成单髻，读书人的气息越加浓郁，所持法器不再是元明时期的花篮、筒子和简板，而是变成了长笛或玉箫。在清代的八仙图像中，韩湘子有时吹笛，有时吹箫，有时箫笛不分，明明图像上吹的是笛子,可是所配文字写的是玉箫。蓝采和面貌特征越来越年轻,性别特征也不那么明显,以至于有的文字中和图像中都把蓝采和误认为是女性,并拿走了韩湘子的花篮。有的地方蓝采和的法器是箫管,而相应的韩湘子的法器就成了花篮。值得注意的是,何仙姑的法器由笊篱或竹罩变成荷花,蓝采和由一个邋遢不修边幅的乞丐变成妙龄少女,原因应该和图像中他们的形象有关。竹罩在图画中有时非常像荷叶,如图16-31、16-32、16-33等明代图像中的何仙姑所持笊篱,形状就极像荷叶或荷瓣脱落后的莲蓬,加之何仙姑姓与"荷"读音相同,笊篱变荷花也就顺理成章了。除了元杂剧中的蓝采和成了一个唱戏的老者外,蓝采和的文字记载从宋到明都无多大的区别,而图像中的蓝采和发生的改变越来越多,其形象越来越年轻,模样越来越清秀。图16-53和图16-55中扛着花篮与敛眉低首、提着花篮的蓝采和都非常像女性,这是让有些人误认为蓝采和是女性的重要原因。

　　清代八仙图像之多要远远超过文学的描述和文字的记载,且被广泛应用于人们生活的各个方面,房屋、家具、器皿、衣服、佩饰等无处不在,过生日、过年节,甚至婚庆、丧葬八仙图像也来凑热闹。所以,八仙图像也要远甚于八仙文字对人们生活的影响。

　　八仙图像所包蕴的意义与精神是可以脱离文学的描述而存在的。如果说元明时期八仙文学和八仙图像的发展和传播与元代全真教的兴盛及明代嘉靖时期崇信道教的文化背景有密切关系,到了清代八仙的故事也依然不过是斩妖驱邪、锄恶扬善、炼丹修道、济世度人、祝寿贺喜,然而八仙图像的重点不是在讲述故事,而是在渲染和烘托一种氛围,传递一种精神。虽然八仙所具有的象征意义,所传递的精神意绪来自八仙个人及群体的传说,然而当八仙具有了这种独立的意义与精神时是可以与他们的故事分离的,所以八仙图像不必都是叙事性的,而当人们去注视和欣赏八仙图像时也不是在关注图像所讲述的具体故事,而是一看图片,其意义与精神已经了然于胸。

　　如果概括八仙的象征意义和精神意绪,会首先考虑到八仙是与长寿永生、喜庆热闹联系在一块的。道家重生、乐生,关怀个体生命,关注人生价值,希望生命之无有穷尽,因而道教强调通过自行的炼养、修道而成仙,达到长生不死、肉体飞升从而"长生久视"的目的。道家这种思想符合世俗芸芸众生的共同心愿。所有的人都希望多福长寿,自然对寿诞非常重视。《尚书》记载:"五福,一曰寿,二曰福,三曰康宁,四曰攸好德,五曰考终命。"[1]寿居于五福之首,所以在人的一生中,祝寿就成为非常重要的事情。东汉许慎的《说文解字》解释:"寿,久也,从老

---

[1]《尚书·洪范》,陈戍国:《尚书校注》,岳麓书社2004年版,第112页。

省。"①长寿被看作一种福气而备受人们的追崇。八仙祝寿图作为一种美好意愿的表达,包含着深层的文化意蕴。八仙是修道成功的长生者,由他们祝寿,自然能使寿星福寿绵长。再者无论是八仙戏剧,还是八仙挂图、带有八仙图像的礼物,八仙面貌不同、衣饰各异、法器有别,再加上蝙蝠、祥云、仙鹤、苍松等物象,更增添了喜庆吉祥的气氛,营造了一种热闹、欢天喜地的感觉,这也是寿诞或者节庆人们所需要的。这是八仙庆寿图之所以遍布天下的重要原因。最早出现的八仙图——南宋的缂丝《八仙介寿图》即与祝寿相关。历经元明清,八仙祝寿的意蕴更是被凸显出来,凡是祝寿的场合,八仙是必不可少的。这是被元明清戏曲和小说所证明了的。《梼杌闲评》第二回、第三回写祝寿演戏时说:"开场做戏,锣鼓齐鸣。戏子扮了八仙,上来庆寿。看不尽行头华丽,人物清标。"《歧路灯》第二十一回写林家为母亲做寿时:"戏班上讨了点戏,演了《指日高升》奉承了席上老爷,次演了《八仙庆寿》奉承了后宅寿母。"凡是寿诞演剧必演八仙上寿,而祝寿送礼,也必然送和八仙相关的礼物。慈禧太后过生日,有神针之称的沈寿绣了一幅《八仙上寿图》,深得慈禧太后喜爱,沈绣也从此名扬天下。

宋代八仙过海铜镜则与过海相关,意味着八仙过海的故事也是在八仙形成之初就产生了。前文所举几例八仙过海图,无不体现了八仙的神通广大。八仙过海体现了八仙无边的法力,得道成仙者可以凭虚御风,完全不受外部物质的影响,这正是滚滚红尘中的人所向往的。凡尘中个人的力量真的太渺小了,所能左右的东西微乎其微,在面对突如其来的灾难和困难的时候往往手足无措,无可奈何。八仙既可以在苍茫的大海上依靠仙术如履平地,又能在意外和强敌之前镇定自若,团结一心,勇敢对敌,任何力量都奈何他们不得。八仙过海的那份从容、淡定及超凡脱俗和遗世高蹈,是凡夫俗子心中永远的梦。

八仙组合最早出现在吴自牧的《梦粱录》和周密的《武林旧事》中,而且一出现即与一种迎酒仪式相关。八仙成员爱喝酒也算是渊源有自。八仙醉酒图,体现的是八仙的自由、散诞和自在逍遥。他们不受陈规礼俗的拘束,遵从本心,放浪形骸,进入物我两忘的逍遥之境。世俗之人,往往借饮酒达欢或借饮酒浇愁,浇愁痛饮、至乐狂饮对人身心皆无好处。以酒至乐者,无非追求肉体的刺激;借酒浇愁者,往往醒来愁绪更多。邵雍《善饮酒吟》曰:"人不善饮酒,唯喜饮之多。人或善饮酒,唯喜饮之和。饮多成酩酊,酩酊身遂疴。饮和成醺酣,醺酣颜遂酡。"饮酒至和才是饮酒的最高境界,通过饮酒使人心虚静,尘念荡涤,性灵申舒,从而摆脱尘俗利欲的牵绊,进入自由的、本真的生命状态。这一点在文人画那里尤其的明显,如明代张翀的《瑶池仙剧图》和清代黄慎的《八仙图》(图 16-62),虽然两幅图都无任何背景,与醉酒、祝寿、过海可能都没有关系,但两幅图八仙人物神情中那份无所守、无所求、无所待的宁静与祥和却是一致的。

---

① 段玉裁:《说文解字注》,上海古籍出版社 1981 年版,第 398 页。

图 16－62　黄慎《八仙图》

　　民间的八仙图像，虽然直指人们对福寿安康、热闹喜庆的现世追求，以至于八仙过海和八仙醉酒图也都色彩浓艳，寓意吉祥的蝙蝠、飞鹤、苍松、寿石等也点染其间，本质上也无非借这些幻象，摆脱来自世俗人生的逼仄和焦虑。人们对自由境界的向往，对自身生命价值的追求是共通的。

第十七章 白蛇传故事及其图像

　　白蛇传的故事因其流传广泛、妇孺皆知而被列入中国民间四大传说之中。在中国古代文学史上,雷峰塔白蛇传的形成经历了一个漫长的积累和演化的过程,其源头,以往学者持有多种不同的见解,多数学者是把冯梦龙的《白娘子永镇雷峰塔》作为雷峰塔白蛇传故事的开端,如胡士莹的《〈白蛇传〉故事的发展——从话本〈白娘子永镇雷峰塔〉谈起》,戴不凡也在其《试论〈白蛇传〉故事》一文中否认了唐传奇《白蛇传》(又名《李黄》)与雷峰塔白蛇传的联系后,认为"明末出版的《警世通言》所收的《白娘子永镇雷峰塔》,是流传于世的最早一篇《白蛇传》"。亦有把宋话本《西湖三塔记》作为白娘子和许仙故事的雏形,如陈毅勤的《〈从细化三塔记〉到〈白蛇传〉》;也有把源头上溯到唐传奇《李黄》甚至更久远的魏晋志怪小说的。若把雷峰塔白蛇传分解为蛇的故事——白蛇化成美女与男子婚恋的故事和白蛇化成美女与男子婚恋被镇雷峰塔的故事,其实不难发现雷峰塔白蛇传故事的发展历程。

　　白蛇传图像也是白蛇传故事传播中的重要形式之一。从文学与图像的关系看,如果说钟馗故事与钟馗图像、八仙故事与八仙图像都有相互生发和推动的特点,白蛇传图像一方面也有相对独立性,但从总体看则是白蛇传故事催生白蛇图像,后者主要依附于前者。为理解这一点,我们从白蛇传故事的文化渊源说起。

第一节　白蛇传故事的形成历程

1. 中国的精怪文化与蛇文化——雷峰塔白蛇传的古源

　　在中国传统文化中,精怪文化是一道根脉深远、绵延流长、异彩纷呈的独特风景。古人相信万物有灵,大自然中的日月星辰、云霞虹霓、飞鸟虫鱼、山川草木及各种人造器物皆能通灵变化,参与到人们的日常生活中,或带来灾祸,或带来福泽。他们真诚地相信动植物甚至一些原本无生命的器物年深日久皆能幻化成形,为妖为怪。《搜神记》所记《子路》篇中,孔子感慨:"吾闻物老则群精依之……夫六畜之物,及龟、蛇、鱼、鳖、草、木之属,久者神皆凭依能为妖怪,故谓之'五西'。五酉者,五行之方,皆有其物。酉者老也,物老则为怪。"①《论衡·订鬼》说:"物之老者,其精为人;亦有未老,性能变化,象人之形。"②《艺文类聚》卷八十八引郭璞《玄中记》云:"百岁之树,其汁赤如血;千岁之树,精为青羊;万岁之树,精为青牛。"在民间,精怪传说总是层出叠现,历久弥新,这些传说在不同的历史时期,以多种多样的面目渗入中国文化。

蛇,是中国文化中有灵性的神物,人们对自然界的蛇类总是另眼看待,对蛇的态度可谓是又怕又敬。原始社会,在人们构木为巢之前,人们生活于丛林草莽之间、河泽江湖之畔,或露宿于旷野,或蛰居于洞穴,而蛇的种类繁多,分布广阔,人们在艰难危险的生存中不可避免会接触到蛇。蛇身狭长、色泽奇特、浑身被鳞、头颈高翘、躯尾摆动、无足而行、蜿蜒游动、骤然而出、骤然而遁,吞食时头颅硕大,有致命毒液,其狰狞之状足以使人产生畏惧之心。据《说文解字》可知上古时期,人们见面时的问候语竟然是"没有蛇吧":"它,虫也,从虫而长,象冤屈垂尾形,上古草居患它,故相问:无它乎?"③汉焦赣在《易林》中,提到蛇对人类造成的伤害及人们对蛇的恐惧:"馗蝮所聚,难以居处;毒鳌痛甚,疮不可愈","履蛇蹑虺,与鬼相视。惊恐失气,如骑虎尾。"④蛇冬季进入休眠期,春暖花开时苏醒,僵而不死,加上蛇能蜕皮重生,繁殖能力强;蛇的出现往往会伴随着某些相关现象的出现,如蛇出洞,很可能会下雨,洪水前后会有蛇成群出现。所以蛇似乎又有一种神秘的力量,使人们对它敬畏崇拜。人们认为蛇是有灵性的动物,甚至是神,在世界各民族中普遍存在着一种对蛇的崇拜,许多远古氏族都以蛇为图腾或部族标志。

在中国传统的民族文化中,崇蛇现象一直存在。我国的创世之神女娲和伏羲就是人首蛇身。《楚辞·天问》曰:"女娲有体、孰制匠之?"⑤《楚辞章句》解释说:"传言女娲人头蛇身,一日七十七化,其体如此,谁所制匠而图之乎?"⑥王延寿在《鲁灵光殿赋》中说:"女娲蛇躯,伏羲鳞身。"⑦《艺文类聚》卷十一引《帝王世纪》:"太昊帝庖牺氏,风姓也,蛇身人首。"又曰:"女娲氏,亦风姓也,作笙簧,亦蛇身人首。"⑧汉代盛行的石刻画像,常有人首蛇身的伏羲、女娲出现。各地出土的文物中,经常见到人首蛇身的伏羲和女娲尾部缠在一起的画像,河南南阳、四川、山东、江苏、安徽、陕西等地均有发现,如山东嘉祥武梁祠汉代石刻中(图

① 干宝等:《搜神记》,中华书局1979年版,第234页。
② 王充:《论衡》,上海人民出版社1974年版,第343页。
③ 许慎:《说文解字》,中华书局1963年版,第285页。
④ 《诸子集成补编》,四川人民出版社1997年版,第520、654页。
⑤ 《楚辞》,中华书局2015年版。
⑥ 王逸:《楚辞章句》,上海古籍出版社2017年版。
⑦ 张启成、徐达编译:《汉赋今译》,贵州人民出版社2001年版,第376页。
⑧ 欧阳询编:《艺文类聚》,上海古籍出版社1965年版,第208页。

17-1），女娲梳髻执规，伏羲戴冠执矩，尾部交缠在一起。20世纪60年代，在阿斯塔那哈拉和卓古墓群中，出土了唐代多幅伏羲女娲唐绢帛画，这些画仅仅在色彩、人物造型上略有不同，其余则为图像的共同特征，如二人同是上为人身，下为蛇尾，伏羲和女娲抱在一起，四目相交，下身为蛇形相互缠绕，如图17-2。

图17-1 伏羲女娲像

根据相关史料记载，华夏民族、炎黄子孙的始祖黄帝轩辕氏也是人首蛇身，共工、蚩尤等也为人身蛇尾。《山海经》中记载了很多人首蛇身的神、操蛇的巫觋、各种各样的怪异的蛇及以蛇命名的山名和地名，蛇的影子几乎贯穿了《山海经》一书的始终。早在距今约5000—7000年前中国新石器时代，在人们生活所用的器皿上就出现了蛇的图像，如大汶口出土的印纹陶上就有蛇纹，属于仰韶文化庙底沟类型的甘肃省西坪遗址出土的一件彩陶瓶上有人首蛇身的图像，临洮冯家坪遗址出土的双连杯上有两个相互对称的人首蛇身像。

龙是古代传说中的神异动物，是中华民族共同敬奉的、延续时间最长的图腾神，凝聚与积淀了中华民族独特的蛇文化。古人认为龙蛇是可以互相转化的，或者认为蛇就是龙，龙就是蛇，王充在《论

图17-2 伏羲女娲像

衡》里说："龙或时似蛇，蛇或时似龙。"①郑玄云："龙，虫（蛇）之生于渊，行于无形，游于天者也，属天。蛇，龙之类也，或曰：龙无角者曰蛇。"②《述异记》曰："水虺百年化蛟，蛟千年化为龙。"③闻一多认为"龙"是以蛇身为主，并且"接受了兽类的脚、马的毛、鬣的尾、鹿的角、狗的爪、鱼的鳞和须"④而成的。"从龙的形状和特征来看，它与蛇最相类似；大概古人就是以蛇为蓝本，依照蛇的形状和特征，再附加某些想象而塑造出来的。"⑤这些反映了在古人的意识里，蛇既强大，又神秘，并且拥有非常顽强的生命力和极其旺盛的生殖力，是永恒生命的象征。

古代还非常盛行感生神话，《诗经》中的《商颂·玄鸟》《大雅·生民》叙说商的始祖契是由其母简狄吞食燕卵而生，周部族的始祖弃，是其母姜嫄因踩了巨人脚印而受孕。而传说中的伏羲、炎帝、黄帝、尧等都是其母感蛇而生。到了后世，帝王将相用感蛇（龙）而生的神话证明自己是天命所归，从而建立自己至高无上的权威。《史记卷八·高祖本纪第八》说刘邦乃是其母感蛇而生："父曰太公，母曰刘媪。其先刘媪尝息大泽之陂，梦与神遇。是时雷电晦冥，太公往视，则见蛟龙于其上。已而有身，遂产高祖。"⑥在中国人心目中，蛇是灵异神奇的，所以生发出种种与蛇相关的故事。唐朝的郭子仪、清代的曾国藩，据说在出生时，他们的祖父都曾梦见过大蟒蛇，所以他们能位极人臣，飞黄腾达。先秦两汉时期，人们认为蛇能感应祸福，向人们传达祥瑞和灾异，《山海经·北山经》载："又北百八十里，曰浑夕之山……有蛇一首两身，名曰肥遗，见则其国大旱。"《史记·卷四十二·郑世家第十二》：

十四年，故郑亡厉公突在栎者使人诱劫郑大夫甫假，要以求入。假曰："舍我，我为君杀郑子而入君。"厉公与盟，乃舍之。六月甲子，假杀郑子及其二子而迎厉公突，突自栎复入即位。初，内蛇与外蛇斗于郑南门中，内蛇死。居六年，厉公果复入。⑦

《后汉书·志第十七·五行五》：

熹平元年四月甲午，青蛇见御坐上。是时，灵帝委任宦者，王室微弱。⑧

蛇文化伴随着中华文化而诞生、存在。蛇在人们心目中占有重要地位，所以产生了许多有关蛇的神话传说，在这些传说中，凸显出来的蛇的兽性和神性反映了人们既畏蛇又崇蛇的复杂心理。在后来的民间传说和文学作品中，在蛇的兽

① 王充：《论衡》，岳麓书社 1991 年版，第 262 页。
② 范晔：《后汉书》(下册)，中华书局 2005 年版，第 2274 页。
③ 《笔记小说大观》四十一编第 10 册，新兴书局有限公司 1986 年版，第 24 页。
④ 闻一多：《神话与诗》，上海世纪出版集团 2006 年版，第 13、20 页。
⑤ 李湜：《龙崇拜的起源》，《云南学术研究》1963 年第 9 期。
⑥ 司马迁：《史记》，中华书局 2005 年版，第 88 页。
⑦ 同⑥，第 448 页。
⑧ 范晔：《后汉书》，中华书局 2005 年版，第 862 页。

性和神性的基础上，人们又慢慢赋予了蛇更多的人性。

2. 魏晋到唐宋的蛇故事及人蛇之恋——雷峰塔白蛇传的源流

随着中国古代传统的"物老而成精怪"文化观念的日益成熟和人们对蛇的情感越加复杂，与蛇相关的故事自魏晋以来层出不穷。魏晋南北朝时期的志怪小说《搜神记》记载有 31 则完整的与蛇相关的故事，这些故事反映了人们对蛇的认识和不同态度。这些故事中，有的蛇吃人、对人的生命和健康构成威胁，反映了人们对蛇的恐惧及厌恶。《李寄斩蛇》篇中的蛇"长七八丈，十余围"，不仅外形狰狞恐怖，且残忍、贪婪无厌，人们祭之以牛羊尚不满足，还要吃十二三岁的女童，若不是李寄勇敢机智，坚强无畏，不知还有多少女孩要葬于蛇腹之中。当然这则故事里面中的蛇已经被涂抹了神异的色彩——它会托梦给人，其实《搜神记》中的蛇大多已经被神化，如蛇的出现往往会预示某种吉凶祸福，如武昌大蛇居神祠空树中，预示国家将出现叛逆兵乱（《搜神记·卷七·神祠空树》），此为凶兆；冯绲发现绶笥中"有二赤蛇，可长二尺，分南北走"，预示着冯绲三年后能因战功而青云直上（《搜神记·卷九·冯绲绶笥》），此为吉兆。蛇能报恩亦能报仇，蛇衔明珠以报隋侯救命之恩（《搜神记·卷二十·隋侯之珠》[①]）；无辜被杀，三年后，等到仇人，使之丧命，"我昔昏醉，汝无状杀我，我昔醉，不识汝面，故三年不相知，今日来就死"（《搜神记·卷二十·陈甲猎杀大蛇》）。"以德报德，以怨报怨"，蛇不仅具有了超能力的神性，还具有与人类相同的价值取向，蛇已经被初步人性化了。

这时的蛇不仅被赋予了人的情感还被赋予了人的形体，蛇化成人与人产生种种牵绊，《搜神记》中有蛇女让男子怀孕的奇异之事，也有蛇精魅惑女子的故事，如《寿光侯》篇，女子为蛇精所魅生病[②]；《续搜神记》的《太元士人》（《太平广记》卷第四百五十六）讲的是蛇化成男子娶人间女子的故事；《列异传》的《楚王英女》篇（《太平广记》卷第四百五十六）中楚王的小女儿被蛇精所魅惑而得病。[③] 后世所有有关人和蛇相关的故事，都可以从魏晋南北朝志怪小说中找到发端。

魏晋南北朝时期人蛇婚恋的故事多是蛇化为男子魅惑人间女子，达到交合的目的，这里的蛇具备了多种幻化功能，已具人的形态，但它们作为人的样子并没有在文中描述，基本还是以蛇本来的面目出现的。这些蛇精给它们所迷惑的女子带来的是灾难，《寿光侯》篇女子被蛇迷惑生病；《太元士人》篇中的女子是惊惧涕泣无力解脱；《楚王英女》中的楚王小女病卧在床。这些蛇精是淫邪的、恐怖的，最后一般会受到严厉的惩罚，如《寿光侯》篇蛇精被寿光侯劾死，《楚王英女》

① 干宝等：《搜神记》，第 238 页。

② 同①，第 20 页。

③ 李昉等：《太平广记》，中华书局 1961 年版，第 3726、3729 页。

中蛇精为鲁国得到仙符的少千所杀。被蛇精所惑的女子则惊惧交加,或被蛊惑失去本性。故事反映在人们意识里面认为蛇性多淫、能给人带来灾祸。

唐传奇中人蛇婚恋故事有六个:分别是《老蛟》(《太平广记》卷第四百二十五)、《朱觊》(《太平广记》卷第四百五十六)、《薛重》(《太平广记》卷第四百五十七)、《李黄(含〈李琯〉)》(《太平广记》卷第四百五十八)、《王真妻》(《太平广记》卷第四百五十六),其中《老蛟》《朱觊》《薛重》《王真妻》延续了蛇化为男子迷惑俗世女子故事的模式:化作男子,潜入民宅,蛊惑尘世女子,进行奸淫,事情败露后被杀或逃逸。如唐薛用弱《集异记》中《朱觊》篇:

> 朱觊者,陈、蔡游侠之士也。旅游于汝南,栖逆旅。时主人邓全宾家有女,姿容端丽,常为鬼魅之幻惑,凡所医疗,莫能愈之。觊时过友人饮,夜艾方归,乃憩歇于庭。至二更,见一人着白衣,衣甚鲜洁,而入全宾女房中。逡巡,闻房内语笑甚欢。不成寝,执弓矢于黑处,以伺其出。候至鸡鸣,见女送一少年而出,觊射之,既中而走,觊复射之,而失其迹。晓乃闻之全宾,遂与觊寻血迹,出宅可五里巳来,其迹入一大枯树孔中。令人伐之,果见一蛇,雪色,长丈余,身带二箭而死。女子自此如故,全宾遂以女妻觊。①

故事中白蛇变成少年,迷惑邓全宾的女儿,虽未对人造成伤害,但还是被朱觊射杀。在唐传奇中,不仅延续了蛇幻化为男子的故事,蛇化女子与人交合的故事也开始出现。成书于中唐的《博异志》中的《李黄》②篇,讲元和二年,书生李黄在长安东市遇一白衣寡妇,容貌甚美,自称姓袁,李黄被其所惑,拿出钱财帮她偿还债务,后随至袁女家,由一老年轻衣女郎撮合,与袁女同居三日。第四日归家,仆人从他身上闻到一股蛇腥味,当天李黄即感头疼身重,病沉卧床,被子下身子渐渐销蚀化为脓水,最后只剩下一颗头。家人寻至袁女处,只有一座空园和皂荚树,据当地人说,树中常见一条巨大的白蛇盘绕其中。

附《李黄》篇后的《李琯》篇,叙唐元和年间,凤翔节度使李听之侄李琯,在长安路遇两个白衣美女,受其吸引,随二女同行,一路上不断闻到一种异香。至女家,与一位十六七岁的极美少女同宿,第二天回家即脑裂而死。家人访至女家,只见枯槐中有大蛇蟠曲的痕迹,遂砍倒大树,大蛇已遁,尚有小白蛇数条,遂杀之。在这两则故事里面,对蛇化成的美女有较为细致的描绘,如李黄所见蛇女是"白衣之姝,绰约有绝代之色""素裙粲然,凝质皎若,辞气闲雅,神仙不殊";李琯见到的蛇女是"姿容婉媚""姿艳若神仙"。蛇化女子相比蛇化男子,魅惑人的手段更具技巧性和社会性,不似蛇男直接以其妖性和兽性与女子交合,被迷惑的女子多是迷失本性,丧失了自由意识的,有的在清醒之后根本不知道发生了什么。

---

① 薛用若:《集异记》,中华书局1980年版,第78页。
② 同①,第47页。

在《李黄》和《李琯》两个故事中,蛇女均先以色相诱人,后以言语挑逗,《李黄》篇中蛇女还让李黄代为买服饰和偿还债务,以创造与之接近的机会。李黄和李琯自始至终都是艳羡着对方的美色,主动与之搭讪和接近,在整个事件中是有自主意识的行为主体,他们的行为是由他们内心的色欲所驱使,而不是蛇精的迷幻之术所致。他们很快就受到了来自蛇女的毒害,在与蛇女短暂的交往后即生病且不可逆转地死去。蛇化美女之毒远甚于蛇化男子,其超凡出尘的容颜与恶毒残忍的内心造成鲜明的反差,这种反差或许会使那些一味渔色的男子在面对漂亮女子时会有所疑虑。唐代社会士人放诞风流,《李黄》和《李琯》既是对这种现象的反映,又是对这种社会习气的反拨。《李黄》篇已经具备了后世白蛇传中的几个要素:白蛇幻化的美女寡妇、使女和穿青衣的老妪的牵针引线,白蛇化成的美女主动向世间男子靠近。

宋代人蛇婚恋的故事中,蛇化女类型的故事较之前有所增多,《夷坚志》是南宋时期洪迈搜集整理编选的志怪小说集,保存了当时民间流传的奇谈怪闻,蛇化男、化女类型的故事都有。值得注意的是,人蛇婚恋故事出现了新的元素,这些元素也出现在后世雷峰塔白蛇传中,以《孙知县妻》《济南王生》《衡州司户妻》《历阳丽人》《钱炎书生》《姜五郎二女子》①六则人与蛇女婚恋的故事为例。

孙知县妻子貌美,喜穿白衫,洗澡时不让人接近。十年后,孙知县偷窥妻子洗澡,始知妻子为白蛇,虽妻子待他如故,但孙知县辗转难安,怏怏成疾而死(《夷坚支戊卷二·孙知县妻》)。

济南王生登第出京,路见一华丽府第,内有极韶媚女郎正相托议亲,据言乃赴闽为官的某提举之女,遂就婚,并共同回到济南。四五年中,育有二子。期间该女与常人无异,但是只喝佣人挑的前面水桶的水,衣食起居由她随身带来的侍女侍候,后在一个电闪雷鸣火光眩目的雨夜消失(《夷坚丁志卷二·济南王生》)。

衡州某司户之妻,温柔貌美,甚得上下欢心。但每睡时,常开口伸舌,而舌表两歧。司户生疑,使人偷窥,妻觉很快病死,死后化为蛇(《夷坚支戊卷九·衡州司户妻》)。

历阳芮不疑扫墓,归途遇一青衣小鬟,持简邀之至一华屋美宅,与一丽人交好。丽人不舍芮不疑离去,挥涕送别。后每夕至芮家,还与芮不疑商榷古今,咏嘲风月,其才能吐嘱虽文人才士有所不逮。后父母讶不疑瘦弱,乃请道士作法,方知丽人乃一百尺巨蟒(《夷坚三辛卷五·历阳丽人》)。

广州书生钱炎,读书于荐福寺,有善讴美女来就。相交日久,该女怀孕,钱炎也日渐尪羸。法师刘守真识破其为蟒精,并研朱书符付炎。炎以符示女,女默默无言,化为一大一小二蛇逡巡而出(《夷坚志补卷二十二·钱炎书生》)。

建昌新城县人姜五,有二女先后至其家,先至者自言为董姓寡妇,后至者自言

① 以上分别见洪迈:《夷坚志》,中华书局 1981 年版,第 1062、1288、1423、1753、1755 页。

为赵家婢进奴。进奴容貌端秀，善弹琴弈棋绘画。后二女互相指责为妖，最终导致各自死亡，才知董女为狐，进奴为蛇(《夷坚志补卷二十二·姜五郎二女子》)。

在这几则故事里面，蛇女与凡男的交往，已经把尘世间普通男女的悲欢离合融汇其中，蛇女与男子的结合不再是为了满足肉欲和祸害人，除了芮不疑和钱炎日渐消瘦外，其他人都安然无恙。孙知县死是因为自身对蛇的恐惧，他的蛇妻对他并无伤害，甚至在一块生活了十年也无异常，可以设想，若无孙知县偷窥妻子洗澡，他们完全可以像普通夫妻那样相伴一生。这些蛇女都对人有了情感，甚至生儿育女，没有任何异常，有的还善于处理人际关系、谈吐不凡，有的多才多艺与所交书生若相知者，在它们身上已经有了人性的光芒。而它们被发现是蛇后，也没有凶相毕露，吃人或者害人，有的依然故我，有的自行离(死)去，有的被术士所杀。这些故事中的男性在不知对方是蛇的情况下，与之欢好如世间夫妻或情侣，而一旦怀疑或知道女方为蛇后，处理方式则各不相同，孙知县惊惧不已，但并未对蛇妻采取任何措施；司户能遵守妻子的遗嘱，不让开棺验尸；芮不疑是其父母请道士杀死蟒蛇；书生钱炎虽害怕，但也没有要把对方置于死地；姜五郎二女子中的进奴之死，则主要是狐女与蛇女为争取姜五郎，相互构陷的结果。他们都不是知道对方为异类后必欲置之死地而后快的无情男子，他们似乎有了些脉脉温情，但相对于故事中的蛇女而言，这点温情是不够的。尽管如此，我们可以发现这些蛇女与雷峰塔故事中的白娘子何其相似：美丽贤淑、温柔深情，和自己钟爱的男子和谐生活，没有任何祸害他人的想法和迹象，它们主动追求世间男子的情爱，却遭遇不幸让人同情怜惜。

宋代凡男蛇女婚恋故事中，虽则出现了新的元素，但蛇女魅惑人伤害人的故事仍然存在，《西湖三塔记》①是其中最为有名的一篇，因为人们一向把白娘子被压雷峰塔的故事溯源于此。《西湖三塔记》，明代晁瑮《宝文堂书目》有录，明代嘉靖年间洪楩的《清平山堂话本》收录全文，清人钱曾《也是园书目》把它归于"宋人词话"类。小说讲述宋孝宗年间，临安府青年奚宣赞，于清明节到西湖独自闲玩，遇到了一个迷路的身穿缟素衣服的女孩白卯奴扯住他不放，宣赞好心将女孩收留带回家。后一个皂衣婆婆来寻找女孩并邀请宣赞至其家以表感谢，被女孩的母亲白衣妇人强留在家中做了夫妻。白衣妇人喜新厌旧，有了新人后就要割取旧人的心肝下酒，半个多月以后，欲杀已是面黄肌瘦奚宣赞。后在白卯奴的帮助下安全逃回家。又一年清明时节，奚宣赞复被捉回，白卯奴再次救了宣赞。宣赞的叔叔奚真人让宣赞吃符水吐了妖涎，烧符作法使婆子、卯奴、白衣妇人显出了原形。奚真人将它们的原形獭、乌鸡、白蛇盛在铁罐里，用符封住，放在湖中心，并建三个石塔镇于其上。故事中的白蛇显然和此前及以后祸害人间男子的蛇精有过之而无不及，它不仅不断地寻找清秀漂亮的青年男子供其淫乐，还喜新厌

---

① 洪楩编:《清平山堂话本》，江苏古籍出版社 1990 年版，第 13 页。

旧,吃掉它玩弄的男子以满足自己的口腹之欲,真是狠毒险诈至极。倒是供它驱使的乌鸡精,被赋予了人的情感:知恩图报、同情弱小,两次为奚宣赞解除危难,可惜也被压于石塔之下。

如果说《西湖三塔记》宣扬的是妖精害人,人妖不可共处①,对妖怪要不遗余力的打击迫害,使其永无翻身之日,显然与后世白娘子被镇雷峰塔的故事主旨大相异趣。但它确实与之有许多相似之处,它第一次将白蛇故事与西湖、塔联系在一起,且白蛇幻化的白衣妇人、男主人公奚宣赞、清明时节的杭州西湖、人妖几度遇合、白蛇被镇在塔的下面都与后世雷峰塔白蛇传中的人物白娘子、许仙(宣)、地点杭州西湖,一波三折的故事情节、白娘子被镇雷峰塔非常相似。《西湖三塔记》所肯定的,反过来被雷峰塔白蛇传拿来作为要否定的一方,构成了与白娘子为幸福而不断抗争的主要矛盾。傅惜华说:"这个'灵怪'故事,恐怕是宋代杭州的民间传说,后来的许宣和白娘子的雷峰塔《白蛇传》的故事,是很可能从这《西湖三塔记》的传说发展衍变而成的罢?"

如果说中国传统的精怪文化和蛇文化是白蛇传生长的土壤,魏晋以来笔记小说中人蛇婚恋的故事则是为白蛇传撒下的种子,唐传奇中的《李黄》标志着这颗种下的种子已经发芽,《西湖三塔记》已是细嫩的幼苗。当然发芽的幼苗要长成参天大树,除了仍然需要土壤提供给养外,还需阳光的照耀、雨露的滋润。后世人们根据自己的情感喜好不断地为白蛇传增添新的内容,输送着新鲜血液,白蛇传故事日渐丰满。

3. 从话本到戏曲——白蛇传的发展与定型

明末冯梦龙的话本小说《白娘子永镇雷峰塔》已经具备雷峰塔白蛇传的基本框架,被公认为是雷峰塔白蛇传的定型之作。故事讲清明时节许宣追荐祖宗在西湖遇雨,与白娘子、青青主婢相遇,和她们同船共渡,并把雨伞借给了白娘子。第二天许宣去取伞时白娘子主动说亲赠银。但白娘子所赠之银乃邵太尉失窃的银两,许宣姐夫出首了许宣,许宣被判发配苏州,寄居王主人家。白娘子寻至苏州,通过王主人夫妇的说合,二人成亲。半年后,许宣在游玩途中遇一道士,道士交付灵符助许宣降妖,却被白娘子识破,白娘子当众捉弄道士报复,夫妇和好。然而不久许宣又因穿白娘子偷来的衣饰被拘拿,再次被发配至镇江,在李员外的生药店中做伙计。白娘子偷偷跟随至镇江,再次和许宣和好。李员外借庆贺生日之名对白娘子欲图谋不轨,却被白娘子的原形惊吓,白娘子劝说许宣自立门户开生药铺。其后,法海识破白氏为妖怪并留许宣在金山寺,白娘子不敢与法海对抗,落水逃走。许宣遇赦回到杭州,而白娘子之前已经到了他姐姐家。许宣恳求白娘子离去,却被白娘子恐吓。法海付与许宣钵盂罩住白娘子,法海将白娘子主婢收于钵盂内,后由许宣化缘砌塔镇压。

---

① 戴不凡:《试论〈白蛇传〉故事》,《名家谈白蛇传》,文化艺术出版社 2006 年版。

话本中白娘子对丈夫真心相待,赠银和赠衣服是善意的举动却让许宣吃了两次官司。她努力想做一个好妻子,却几次三番遭到别人的离间与破坏。许宣的动摇和怀疑让她不满,威胁许宣:"我如今实对你说,若听我言语喜喜欢欢,万事皆休;若生外心,教你满城皆为血水,人人手攀洪浪,脚踏浑波,皆死于非命。"尽管许宣自私、胆小、薄幸,但实际上白娘子从未将威胁付诸行动,后来的《雷峰塔传奇》里面水漫金山的经典情节可能就由此而来。白娘子在话本中虽然还带有妖性,但在人不犯我的情况下,她是专情的(一路追寻许宣)、善良的(向法海替青青求情)。

雷峰塔白蛇传在明代天启、崇祯年间已经被改编成戏曲,与冯梦龙几乎同时的陈六龙编撰了《雷峰记》传奇,但因其"以为小剧,则可;若全本,则呼应全无,何以令观者着意?且其词亦欲效鞶华赡,而疏处尚多"①。所以演出不广,剧本并未流传下来,因而未能得知其剧本内容。现在能看到的最早的戏曲刊本是于乾隆三年(1738)刊刻的黄图珌编撰的《雷峰塔传奇》,全剧32出,分别为:慈音、荐灵、舟遇、榜缉、许嫁、赃现、庭讯、邪祟、回湖、彰报、忏悔、话别、插标、劝合、求利、吞符、惊失、浴佛、被获、妖遁、改配、药赋、色迷、现形、掩恶、棒喝、赦回、捉蛇、法勤、埋蛇、募缘、塔圆②。黄本《雷峰塔传奇》是对冯梦龙话本的继承与发展,在人物和情节上既有与话本相同之处,但是增添了很多情节,人物形象也有突破,最重要的一点,他把故事的主要矛盾由之前白蛇和许宣之间的矛盾转变成白蛇、许宣和法海之间的矛盾。他把白娘子与许宣的今世婚恋写成是因为前世的宿缘使然,在这个角度上肯定了白娘子对许宣的情感。白娘子对许宣的选择是慎重的,一旦认定了人,情感就变得热烈而坚贞。尽管许宣在游方道士、姐夫和法海的怂恿下几次三番地背叛了她,但她对许宣始终一往情深。不仅白娘子人情味大大增加,许宣对白娘子也有了一定的感情,是一个动摇于世俗偏见与爱情之间的真实人物。

因为黄本《雷峰塔传奇》把白娘子与许宣的遇合视为是因果报应使然,其目的并不是歌颂男女的婚恋自由和白娘子的抗争精神,所以主旨立意不高。尽管他对白娘子有一定程度的同情,但始终认为白娘子是个妖怪,新增加的情节如白娘子收伏青鱼怪、西湖水族,成为西湖主及"回湖""彰报"等,刻意渲染了白娘子的妖性和残忍,青鱼怪化成的青儿性格也不甚鲜明。基于此,黄本在演出的过程中并不能满足观众的要求,故民间艺人根据观众的爱憎情感和演出经验不断对黄本《雷峰塔传奇》进行增删和润饰,因此在梨园中广泛流传着的不是黄本,而是经过伶工改编的各种抄本,其中尤以陈嘉言父女的演出本最为流行。该演出本

---

① 祁彪佳:《远山堂曲品》,俞为民、孙蓉蓉编:《历代曲话汇编·明代编》(第三册),黄山书社2006年版,第611页。

② 王国平主编:《西湖文献集成·第15册·雷峰塔专辑》,杭州出版社2004年版,第31页。

有 38 出，分别为：开宗、佛示、忆亲、降凡、收青、借伞、盗库、捕银、赠银、露赃、出首、发配、店媾、开店、行香、逐道、端阳、求草、救宣、窃巾、告游、被获、审问、投河、赚淫、化香、水斗、断桥、指腹、付钵、合钵、画真、接引、精会、奏朝、祭塔、做亲、佛圆①。这个演出本改变了黄本中的一些粗疏的情节，使事情的发生和进展都更为合理，增加的"端阳""盗草""水斗""断桥""指腹""祭塔"等情节，在其后的戏曲、小说及其他民间艺术形式中一直被保留，成为雷峰塔白蛇传的经典环节。

　　乾隆三十六年(1771)署帕云词逸改本，海棠巢客点校，水竹居刻本的《雷峰塔传奇》可能就是作者方成培以此为创作蓝本的。方本和抄本一样删去了体现白蛇妖性的很多情节，如黄本中盗银和其惩罚渔民的情节，把蛇妖缠人的故事变成了一个女人追求爱情的故事，细致刻画了白娘子对许宣的真挚情感。在风光旖旎的西湖，白娘子见到许宣，由邂逅而交往，两心相许，私结良缘；白娘子赠库银致许宣获罪，罚配苏州，白娘子追访相随，释惑解疑，与许宣成婚；端午节，白娘子盛情难却勉力饮下雄黄酒，现形惊死许宣，又舍生忘死求来仙草把许宣救活；白娘子用从水族偷来的宝巾为许宣装扮，致许宣再次获罪，发配镇江，白娘子复又赶去，与许宣重归于好；白娘子为争许宣水漫金山惨遭失败，断桥重逢，白娘子柔肠寸断，但对许宣爱仍胜于恨；白娘子被法海镇于塔下，对自己的一往情深却无怨无悔。许宣和白娘子之间恩爱亲密的夫妻关系也有体现，如两人月夜谈心，情意绵绵，然而随着事故的接连发生，许宣对白娘子也渐生疑虑，最终在法海的蛊惑之下，同意他来降妖伏魔。许宣在情与惧之间摇摆斗争，对白娘子的感情最终还是败给了对白娘子的恐惧。在这里白娘子更具不屈不挠的抗争精神，在冯氏话本及黄本中，白娘子去金山寺寻找许宣，看到法海都是吓得惊慌失措，不战而逃，方本则写了白娘子为了夺回许宣，与法海展开了激烈的搏斗，甚至水淹金山寺。白娘子被压在雷峰塔下，16 年后，儿子许仕林登塔祭母，母子相见的场面更是把故事推向了新的高潮。方本中不仅白娘子温柔善良、貌美情深获得观众的怜爱，青蛇化成的青儿也忠勇直率、侠肝义胆，她与白娘子情同姐妹，患难相扶，安乐与共，披肝沥胆，义无反顾，她帮助白素贞与许仙结合，对许仙的自私与软弱，她敢于批评、指责；对法海的挑拨、陷害，她敢于挺身反抗与斗争，是白娘子的好姐妹和得力助手。从方本始青儿成为白蛇传中举足轻重的角色，很难再与白娘子剥离。伴随着立意和故事情节的改变，法海也由正义收妖的得道高僧变成了蓄意破坏人家夫妻恩爱的虚伪冷酷的恶魔。

　　从黄本、梨园抄本到方本都把白娘子和许宣的今生婚姻的聚散归因于生死轮回，因果报应，由天而定的"夙缘"，但方本遵从现实和人物性格发展的逻辑，使作品的情节全部符合人的理智和情感的发展，从而使"夙缘"说成了一个空空的

---

① 中国艺术研究院戏曲研究所资料室藏三十八出《雷峰塔》梨园旧抄本。

外壳。

方本《雷峰塔传奇》集中国历史上白蛇故事之大成,从内容到形式都对过往口头和文字版的白蛇故事进行了合情合理的富有创造性的加工和改造,使它达到较高的思想水平和艺术水平,使雷峰塔白蛇传获得了更为广泛的传播,代表了白蛇传故事的高度成熟,是白蛇传故事的定型之作。在方本中雷峰塔白蛇传的经典核心情节已经全部完成,我们所熟知的"游湖借伞""盗灵芝仙草""水漫金山""断桥相遇""状元祭塔"一直存在于以后的各种版本、各地传说的白蛇传故事中。方本之后的白蛇传故事如陈遇乾的弹词《义妖传》、玉花堂主人的《雷峰塔奇传》《雷峰宝卷》等基本都未能超越方本的思想内容与艺术成就。

除小说和戏曲传奇外,在民间说唱领域中,如马头调、八角鼓、鼓子曲、鼓词、子弟书、小曲、宝卷、滩簧等均有关于白蛇传的剧目、曲目。在明代就有"陶真"《雷峰塔》:"杭州男女瞽者,多学琵琶,唱古今小说、平话,以觅衣食,谓之'陶真',大抵说宋时事,盖汴京遗俗也。……若《红莲》《柳翠》《济颠》《雷峰塔》《双鱼扇坠》等记,皆杭州异事,或近世所拟作者也。"①"陶真"一般被认为是"弹词"的前身。郑振铎见到过崇祯年间的弹词《白蛇传》,"今所知最早的弹唱故事为明末的《白蛇传》(与今日的《义妖传》不同)。我所得的一个《白蛇传》的抄本,为崇祯间所抄。现在所发现的弹词,无更古于此者"②。乾隆年间的著名说唱艺人陈遇乾创作的弹词"白蛇传"被称为"陈调白蛇传",陈调系统的版本现有嘉庆十四年(1809)署陈遇乾原稿,陈士奇、俞秀山订定的《绣像义妖传》,道光三年癸未(1823)刊本《绣像义妖全传》,同治八年(1869)刊本《绣像义妖传》,光绪二年丙子(1876)刊本《绣像义妖全传》,光绪十九年(1893)上海书局石印本《西湖缘》。

其余说唱文学作品还有《义妖传宝卷》《白蛇宝卷》《雷峰宝卷》,北方子弟书《雷峰塔》,山东琴书《白蛇传》,木鱼歌《雷峰塔白蛇记》等多种。各种说唱技艺深受百姓特别是妇女的喜爱,鲁迅在《论雷峰塔的倒掉》文中说:"然而一切西湖胜迹的名目之中,我知道得最早的却是这雷峰塔。我的祖母曾经常常对我说,白蛇娘娘就被压在这塔底下。有个叫做许仙的人救了两条蛇,一青一白,后来白蛇便化作女人来报恩,嫁给许仙了;青蛇化作丫鬟,也跟着。一个和尚,法海禅师,得道的禅师,看见许仙脸上有妖气,——凡讨妖怪做老婆的人,脸上就有妖气的,但只有非凡的人才看得出,——便将他藏在金山寺的法座后,白蛇娘娘来寻夫,于是就'水满金山'。我的祖母讲起来还要有趣得多,大约是出于一部弹词叫做《义妖传》里的。"③

---

① 田汝成:《西湖游览志馀》,东方出版社 2012 年版,第 381 页。

② 郑振铎:《中国俗文学史》,上海人民出版社 2006 年版,第 482 页。

③ 鲁迅:《坟·论雷峰塔的倒掉》,《鲁迅全集》第 1 卷,人民文学出版社 1981 年版,第 171 页。

不同时代的人们,在重新叙述雷峰塔故事时,由于所处社会背景不同,其重述的文本便带有鲜明的时代色彩。从新的角度讲述或延续老的故事,是人们采用的一些共通的方法和手段。在后来的雷峰塔白蛇传中,人们又为白许的婚恋加入了酬恩报德的因子,试图增加白蛇与许宣结合的合理性;又或者让青儿刺杀法海、火烧雷峰塔,让白子不仅得中状元还能挂帅征蛮;白许情感线上,有的让小青掺杂其中,或与白娘子争风吃醋,或二者共侍一夫。在逐奇尚巧的路上走得远了,不免会不顾事情本身发展的逻辑或异想天开,或堕入恶俗。这充分说明民间文学思想的驳杂,既富有强烈的人民性,又有一些糟粕。

第二节　白蛇传故事与图像

1. 文学本插图中的白蛇传故事

白蛇传故事的插图本可以分为章回小说本和说唱文学本。章回小说主要以玉花堂主人的《雷峰塔奇传》为主,五卷十三回,题"玉花堂主人校订"。存嘉庆十一年(1806)写刻"姑苏原本",内封题《新本白蛇精记雷峰塔》,目录题《新编雷峰塔奇传》,前有序言称为《雷峰梦史》,序的落款是"时嘉庆十有一年,岁在丙寅仲秋之月,作此于西湖官署梦梅精舍,芝山吴炳文书"。有图12幅,冠于卷首。

嘉庆十一年的《雷峰塔奇传》12幅图分别为:《游湖借伞》《匹配良缘》《二妖开铺》《露相惊郎》《盗草救夫》《穿戴宝物》《驾云寻夫》《水掩(淹)金山》《金盂飞覆》《瓶收青蛇》《脱罪超升》《遣徒雪恨》。根据插图的四字标题可以看出,图像与文本的关系十分密切,插图是根据全书的主要情节而绘,因而与文本内容是对应的。如图17-3《游湖借伞》,与小说第二回"游西湖喜逢二美,配姑苏徒罪三年"的前半回是对应的。

图 17-3　插图《游湖借伞》

图 17-4　插图《盗草救夫》

清明时分,许仙借扫墓游赏西湖,看到两位美人也欣赏风景,遂不觉跟随而去。白蛇化成的白珍娘见许仙风神秀丽便与之眉目传情。后乌云四合,风雨骤至,各自分散。许仙买舟将行,白氏和小青呼唤搭船。白珍娘假意含羞,小青则微微含笑代白珍娘答话。船靠岸后,依然细雨霏霏,许仙借伞给白氏小青,并约定明日天晴去白府取伞。图17-3正是刻画了借伞时的情景,左下角船家用力撑船,欲行离去,表明刚刚到岸不久,堤上许仙双手擎伞,上身微曲欲把伞借于眼前二美,白氏则双手抬至胸前,似欲行礼致谢,小青一手执扇,一手背于身后,仰首意味深长地看着白氏与许仙,似乎一切都在掌控之中。插图的标题与文中内容对应,但是图中内容与原文的描写未必一一相符。如图17-4《盗草救夫》是卷二"冒百险瑶池盗丹,决双胎府堂议症"的插图。端午节,许仙劝酒,白氏难以推脱,饮雄黄酒,现了原形,许仙惊吓致死。为救回许仙,白珍娘冒死上瑶池盗仙丹差点被瑶池圣母所杀,后经观音求情遂免。观音指点白珍娘去紫薇宫南极仙翁处求乞回生仙草,白珍娘求得仙草后,返回的路上被南极仙翁的弟子鹤童拦住,小说中描写白珍娘"听见鹤童的声音,魂魄早已飘散,从空中跌将下来,死在山下",几乎为鹤童啄食,幸亏南极仙翁及时赶到,救回白珍娘。仅仅听到鹤童的声音就惊吓致死,这或许不符合刻图者心目中的白娘子的形象,所以在刻图时根据戏曲或民间传说,画的是白娘子与鹤童相斗的场面。图中在鹤童和白珍娘上方各画一只冲天而下的鹤和一条蜿蜒盘曲昂首吐信的蛇,表明争斗双方真实身份。似乎也在表明鹤是蛇的天敌,鹤童之所以不放过白蛇,也是因为其天性使然,鹤蛇相斗,更使场景紧张激烈。

12幅图的人物形象在图中占有相当大的比例。因线条粗犷简略,人物面部情态的刻画并不精细,如不配合肢体动作和场景刻画,有的插图较难辨析其喜怒哀乐。有的表情与小说内容十分不协和,如图17-5《露相郎惊》,受到惊吓的许仙和闻声赶来的小青神态祥和,表情平静,除却肢体动作和场景刻画,很难与文中吓得"魂飞魄散"的许仙和唬得"面如土色"的小青联系起来。图17-6《金钵飞覆》中,许仙的眉梢眼角口型更是很明显地流露喜悦的神色,而在原文中,许仙是被法海欺骗,拿着金钵去盛水,不想,金钵从许仙手中飞起,罩住白珍娘,"汉文看见大惊,向前抱住,要把钵盂拔起,好似生根一般,莫想动得分毫","汉文听罢,肝肠断裂,不住悲哭"。绘图者本意或许也想表现许仙的震惊与悲痛,但限于绘画能力与刻绘水平,人物的表情呈现就有很大的随机性了。虽仅具人物意态,但加上人物的肢体动作和环境渲染不失活泼逼真。环境和背景的描刻也非常简单,有的场景刻画仅简单几笔带过,并不讲究远景近景的大小虚实,但对人物和情境也起到了衬托和渲染的作用,如《游湖借伞》图中的流云、树木,虽是寥寥几笔,但画面清晰,加深了现场感,整个画面呈现出浑厚质朴的黑白对比,显得古朴豪放。图17-7《水掩(淹)金山》,汹涌的波浪与天边的流云相接,手持器械的虾兵蟹将呼号呐喊,凸显了局面的剑拔弩张。

图 17-5 插图《露相郎惊》　　　图 17-6 插图《金钵飞覆》　　　图 17-7 插图《水掩（淹）金山》

此版插图，遵循了与文字对应的故事情节，图像内容配合留白处的精简的四字标题，有利于读者对小说整体理解与接受。但在具体的细节描绘上，有时并不严格按照文字对特定情节的具体设定，而是以民间传说中的模式或者情节另行刻画，体现了民间口头文学的强大力量。同时也可以发现，绘图者并不认同文字的作者对已经形成的固定的情节模式和人物形象的改编，所以绘图并不能亦步亦趋地反映文字的真实状貌。

《雷峰塔奇传》有光绪十九年（1893）水竹居石印本，四册，又名《白蛇传奇传》，有 16 幅插图，画面线条优美、笔法细腻、布局合理，人物图像较小，但神态逼真，人与景浑然一体，如卷二之《复艳》（图 17-8）。

《复艳》对应的小说回目是"吴员外见书保友，白珍娘旅店成亲"。白珍娘把五方小鬼偷的库银赠予许仙，被许仙姐夫出首，致许被发配苏州。白珍娘主仆飞赴苏州，解释前情，二人和好成婚。图 17-9《端阳》对应的是"白珍娘吕庙斗法，许汉文惊蛇殒命"。端午节，许仙劝白珍娘饮下雄黄酒，后被其显出的原形惊吓致死。图中许仙看着白珍娘，似乎在观察她喝酒后的反应，白珍娘左胳膊支在桌上托着脸，有不胜酒力之感，小青在一边紧张地看着白珍娘。小说中是白珍娘与小青驾着云，来到苏州吴家巷，看见许仙坐在店中，小青和白氏遂向前解释。而在图 17-8 中，小青在一座庭院的大门口，一手拉着许仙，一手指向院内，眼睛看着许仙，在劝许仙到院里去，围墙之内的房子里，白珍娘凭栏向外张望，期盼着许仙的到来。显然图 17-8 与小说内容有出入，嘉庆十一年的版本插图就是按照小说中的文字描绘的。如图 17-10《驾云寻夫》，高空中驾着云的白氏和小青，看到了保和堂内的许仙，遂降落云头。无论白氏和小青是向坐店的许仙道歉还是拉许仙到她们住处解释情由，都无关乎故事情节性质和人物形象的改变，绘图人无须对此更改，之所以有这样的不同，显然是依据的版本有对白许二人复合的不同描写。实际上，光绪十九年的这个版本的插图直接取自弹词唱本《绘图义妖全传》，插图外侧边缘的上部，"绘图义妖全传""卷二""复艳"字样也原封不动地移植过来。像"复艳""端阳"这样两字的标题,既是《义妖传》章回的标题,多数也是其插图的标题。在弹词《义妖传》写许仙被发配苏州后,白娘子冒充官宦王锡章的外甥女,与小青住在王在专诸巷内的空宅内,候许仙路过,小青便急忙上前拉住了许仙衣服去见白娘子。弹词里的文字描述与图17-8刻绘的内容是完全相合的。

图 17-8　插图《复艳》　　　图 17-9　插图《端阳》　　　图 17-10　插图《驾云寻夫》

上面提到的弹词《义妖传》即署名陈遇乾原稿,陈士奇、俞秀山订定的《绣像义妖传》,现在看到的最早绣像本是嘉庆十四年《绣像义妖传》,共 28 卷 54回。在目次之后,正文之前有 16 幅插图,分别是:《仙踪》《游湖》《说新》《讯配》《复艳》《开店》《闹法》《端阳》《仙草》《盗宝》《坛香》《水漫》《产子》《合钵》《学堂》《祭塔》。除《坛香》《产子》《学堂》与章目略有出入外,其余皆同。16 幅图皆是情节故事图,线条简单柔和,人物与房屋、树木等背景设置皆以简洁的线条勾勒,画面简朴,人物五官描绘略为简单,仅几笔带过,但动作神态还算清晰,人与环境浑然合一。

在弹词《义妖传》中,白娘子的名字为白素贞,被西池金慈圣母的门徒蕊芝仙子收为弟子,在西池桃园中打扫落叶,后被金母道破本来面目。金母指示她去尘世报恩,功成圆满之后才能蜕却蛇壳,列入仙班。因此白素贞在清明佳节,来到杭州西湖,寻觅恩人。在飞来峰畔遇到许仙,因此第一幅图"仙踪"和第二幅插图便是上述场景的描绘。图17-11《仙踪》中的白素贞手持拂尘,脚踏祥云,拱手向端坐在上的金母辞别;图17-12《游湖》中的白素贞一手执扇似欲遮面,一手拿着巾帕,似欲掩口,以此来表现白娘子故作娇羞的姿态,而许仙拱手屈身行礼,但仰着脸看着白素贞,暗示许仙为白娘子美貌所吸引。图17-11 以峭立的山峰,层层的台阶,缭绕的祥云和苍松翠柏刻画了西池仙境;图17-12 在层叠的山峰上写上"飞来峰"三字,以应文字所描述的在飞来峰畔白许相遇。

与嘉庆十一年《雷锋塔奇传》的插图相比,嘉庆十四年《绣像义妖传》的人物都增添了几分灵动之美,人物衣饰线条流畅,白素贞和小青身体呈漂亮的S形,而嘉庆十一年的插图人物大多僵立,似乎少了一份女性的柔情。正因为绘图者想体现白素贞的女性之美,所以16幅插图里没有出现蛇的影子,而在嘉庆十一年的12幅插图中有四幅插图中出现了蛇,其实是影响了画面的美感。即使端午节白素贞饮雄黄酒显出原形的情节,在弹词《义妖传》中也是以白素贞和许仙相对饮酒的场面(图17-13)来表现的。图中白素贞坐在椅子上,而身体几乎全靠在椅背和桌子上,左手托腮,不胜酒力,却难以拒绝;而对面的许仙正高举酒杯,殷勤劝饮;倚着栏杆向里探头的小青,满脸担心和忧戚的神色。只看此图不禁让读者和小青一样,为白素贞暗暗担心,接下来要发生什么,图中所绘已经非常明了,这比从帐子里钻出白蛇,许仙惊倒在地要含蓄很多,也要好看很多,所达到的艺术效果也要强烈很多。

图17-11 插图《仙踪》　　图17-12 插图《游湖》　　图17-13 插图《端阳》

16幅插图里面,也有不能正确传达文字意图的,最明显的莫过于《合钵》(图17-14)。文字描述是许仙严词拒绝法海拿金钵去收白素贞,众宾客也憎恶法海胡说八道,但为了名正言顺地惩罚法海,以验证法海诬陷白娘子,就让许仙拿着金钵去试一试,因为他们相信美丽贤淑的白娘子肯定不是蛇妖,不会被收走。许仙在众人的鼓噪之下不得已走近正在梳妆的白娘子,不想金钵自己飞出去,罩住白娘子。白素贞痛苦万分,许仙心疼不已,上前要把金钵从白娘子的头上拿走。据其他插图多数能正确传达原文的旨趣来看,绘图者或许也是遵照原文,表现许仙想把金钵从白娘子头上拿走的情景,实际情形却似许仙拿着金钵,照白娘子头上罩去,其用力的方向,是向下的,而非是与白娘子相反的方向。所以只看这幅图的话,是不能真正了解原文故事情节的。

　　弹词《义妖传》的插图在意趣神色上有值得称道之处，所以在以后的刊本中，还继续使用这16幅插图，如同治己巳年的刊本。光绪丙子春的刊本，在文字和图像上都是对嘉庆十四年这个刊本的全部承袭，文字中的很多错误也没有加以更正，如在嘉庆十四年的刊本中，目录中第二十七回标题为"结账"，而在正文中却是"指腹"；卷五中，白娘子和小青住的地方在专诸巷，到了卷六中就成了"穿珠巷"；另外像把"母舅"写成"母旧"这样的错误也很多，而在同治和光绪年的刊本中这样的错误依旧存在。特别是光绪丙子年（1876）的刊本，字迹更为潦草，画面也更加粗疏，把该刊本中的插图《水漫》（图17-15）与嘉庆十四年刊本中的《水漫》（图17-16）相比较，会发现图17-16中人物虽然也不精细，但其眉目神情还在，图17-15中的人物，面貌粗糙，读者无法辨别人物神态与心理活动，小青和白娘子的女性性别特征也没有了，特别是只看小青的头部，更像一个呆头愣脑、长着胡子的壮汉。

图17-14　插图《合钵》　　　图17-15　插图《水漫》　　　图17-16　插图《水漫》

　　虽然如此，嘉庆十四年的刊本插图也不是精工细描，它更像草图，只能表达文本最基本的意向，还不能满足人们对于图画更高层次的审美需求，插图不仅能图解文字，讲述故事，还应具有自己独立的美感和内涵，读者能够从中细细咀嚼画面内容。清末四卷本五十三回的《绣像义妖全传》对嘉庆十四年的插图进行了加工和改造，修饰后的插图与光绪十九年（1893）水竹居《绘图白蛇奇传》是相同的，每卷卷首各冠四幅情节插图。这个版本应该不晚于光绪十九年，因为水竹居刊的《绘图白蛇奇传》的插图就是来自改良版的《绘图义妖全传》。试以清末4卷53回《绣像义妖全传》中的插图《化檀》（图17-17）与嘉庆十四年的插图《檀香》（图17-18）进行比较，可以看出两幅图所对应的内容是相同的，构图立意也是一样的。但图17-17对人物和环境的描摹更为细致，衣服上漂亮的花纹、细腻的神情举止、枝叶婆娑的大树、高高的围墙和屋檐无不透漏着摹画者以旧出新的创造力,特别是许仙站立的地方,从敞开的大门可以看到院内的场景,这反映了刻绘者有着无比精细的内心。此版插图都是如图 17-17 一般既能传达文字信息又能给读者带来无限美感。

图 17-17 插图《化檀》

图 17-18 插图《檀香》

需要说明的是,清末 4 卷 53 回的《绣像义妖全传》在目次之后,还有 10 幅人物绣像,分别是金母、许仙、白氏、小青、白状元、钱塘县、南极仙翁、鹤童、法海、茅山道士。这些人物绣像与各卷卷首情节插图中的人物形象并不一样,图 17-19、17-20 是白素贞和小青的绣像,白素贞头戴渔婆罩,右手持拂尘,左手成兰花指样,当是戏曲舞台上"水斗"时的扮相;云山烟波钓徒绘题的《绣像白氏宝卷》中的白氏(图 17-21)也是如此形象。图 17-20 小青梳双垂丫髻,云肩、弓足。图 17-22 为卷二的情节插图《端阳》,图 17-23 为卷三《水漫》插图,与图 17-19、17-20 相比,人物在衣饰、服装、发型及面貌上存在很大不同,即使在《水漫》中,白素贞戴渔婆罩,而小青始终没有垂双丫髻的图像。其他如许仙、法海的绣像与情节插图中的人物形象也有不同,如法海的绣像是有络腮胡,而《水漫》中则没有。之所以有这样的差别,极有可能二者是出自不同的绘图人,也有可能是该书本没有人物绣像,只是在出版时,把其他版本中的人物绣像拿了过来,直接附在书前。古人没有版权意识,文字上的沿用或抄袭尚且是普遍现象,此书用彼书的插图也绝非是个别事件。

无论是《雷峰塔白蛇传》小说的 12 幅插图,还是弹词的 16 幅插图,都是对主要故事情节的提炼与形象表现,与文本的关系非常密切。它把文字形象直观地

图 17 - 19

图 17 - 20

图 17 - 21

图 17 - 22

图 17 - 23

反映给读者，能提高读者对文字的阅读兴趣，加深对文本的解读。插图一般都冠于正文之前，或每卷的卷首，在读者阅读文字之前首先映入眼帘，因此首先就起到了一个引导和指示的作用。在读者阅读文字之前对故事情节已经有了大体上的印象，阅读之时必然带着这种印象进行，能加深对文字的理解。其次，插图又限制了读者想象力的发挥，文字描述有着不确定性，而图像固化了人物形象和情节展现，所以插图是把双刃剑。好的插图能意蕴无穷，耐人寻味，成为独立的艺术主体。嘉庆时期这两个版本的雷峰塔白蛇传插图，非名家所绘，称不上是"精工绘像，灿烂之观"，却也质朴、粗犷、明快，基本上做到了忠实地反映文本的基本故事情节，对于一些文字欣赏水平不高的读者而言做到了看其图即能识其意，尤其对于弹词类的广大读者而言，他们都是一些妇女儿童及贩夫走卒，他们对文本本不甚在意，仅就图像观赏和听弹词弹唱故事就足够了。因此，弹词的插图对故事的传播和接受起到了更为重要的意义，弹词等说唱文本的插图有时就起到了直接代替文字叙述故事的功能。因为一些通俗文学的文本面对的是这样的读者群,所以在刻图时就古朴、稚拙,掺入了大量民间传唱中该故事的其他不同表述,也就出现了部分插图与原文不甚相符的现象。

2. 民间工艺美术中的雷峰塔故事

随着乾嘉之际白蛇传戏曲和说唱艺术的不断演绎,以雷峰塔白蛇传为题材的剪纸、年画、雕刻等民间图像层出不穷,遍地开花,与各种文艺形式的白蛇传故事交相辉映、异彩纷呈。这些民间的美术作品以自身的艺术特点生动地展现着雷峰塔白蛇传的故事,也改变着其中的一些内容和情节。

在民间工艺美术中的雷峰塔图像,基本上都是单元故事情节的呈现,而非单纯的人物肖像。如乾隆年间杨柳青齐健隆画店绘制的年画"盗仙草"(图17-24),表现的是白娘子为救回许仙,冒死前往昆仑山盗灵芝仙草,在拿得仙草后,被南极仙翁的鹤童追杀,白娘子勇敢抵抗的情景。图中鹤童扎着双角髻,系着百叶云肩,上身穿红衣,腰系皮裙,脚穿云头鞋,踏着祥云,手持宝剑从天而降;小青屈身向前护着白娘子作拔剑状;白娘子左手擎着灵芝,右手拿着宝剑,双唇紧闭,眼睛凝视着前面的鹤童。画面呈现出一种紧张、凝重的气氛。小青和白娘子衣饰华美,容颜俏丽,整体形象俊秀飘逸,和作为背景的奇花异草、仙山祥云和谐地融为一起。小青和白娘子头戴渔婆罩的形象在民间图像和戏曲舞台上最为常见,后发展为戏曲舞台上的额子。渔婆罩是由斗笠发展而来,不带笠斗,只有一个中空的笠檐圈,适应当时女性头顶挽有发髻的实际需要。图中白娘子和小青所戴的笠在笠檐边缀一圈丝穗,居中各装饰有白色和红色的绒球。

图 17-24　杨柳青年画《盗仙草》(贡尖)

　　这幅年画里面,前去盗仙草的是白娘子和小青二人,大敌当前,小青挡在白娘子前面,体现了小青的英雄侠气,二人的姐妹情深。说明在当时的戏曲舞台或者民间传说中,盗仙草时,小青是参与其中的,而方成培的《雷峰塔传奇》及玉花堂主人的小说《雷峰塔奇传》,都是白娘子一个人去盗仙草的,小青则留下照看许宣的尸首。盗仙草是雷峰塔白蛇传的核心情节之一,表现了白娘子对许仙深沉的爱及其勇敢无畏、自我牺牲的精神。这是白蛇化人彻底脱却其兽性和妖性的一个重要事件,在有的版本里,如玉花堂主人《雷峰塔奇传》中,小青看到许仙被吓死,对白珍娘说道:"娘娘,相公既死,不能复生,哭也无益,不如将他吞咽便了,同娘娘别往他方,怕无可意才郎。"白氏怒道:"小青,汝说哪里话,既与官人结为夫妇,岂忍用此心肠,况我是修道节女,焉肯再事他人。官人是我害他,必须设法救他还生。"于是白娘子先舍命上瑶池偷取仙丹,复去紫薇山南极宫南极仙翁处求仙草。这说明白娘子对许仙是专情的,不是朝三暮四的无情女,也不是只顾满足自己欲望的兽和妖。这幅年画,白娘子的无私无畏、勇敢抗争的精神更是体现得非常充分,小青也不再妖性未除,她与白娘子并肩作战,是白娘子的好姐妹和得力助手。"盗仙草"在不同地方的年画中,在不同形式的民间美术中被不停地演绎着,其图像呈现方式各有不同。图 17 - 25 是清代临汾年画《盗仙草》,图 17 - 26 是晚清开封年画《盗仙草》,图 17 - 27 是四川都江堰市土桥乡出土的清代僧人墓墓围石雕《盗仙草》。图 17 - 25 白娘子穿战衣战裙,耳后垂飘带,左膝着地,右手以宝剑挂地,左手则宝剑高举,回转头看着鹤童,鹤童箭步挥剑欲杀白娘子,右侧的南极仙翁左手拄着龙头拐杖,右手拿着仙草,指向鹤童与白娘子,做出制止状。画面简单地点缀有花草木石,左上角题五言诗四句,解说画面内容。图 17 - 26 只画白娘子和鹤童,白娘子右手高举宝剑,左手拿仙草,扭头回视

图 17 - 25　临汾年画《盗仙草》

图 17 - 26　年画《盗仙草》

图 17 - 27　都江堰石雕《盗仙草》

鹤童;鹤童双手高持宝剑,右腿高抬,冲向白娘子。白娘子和鹤童头顶各冒出一团仙气,仙气中画有弯曲的蛇和振翅飞翔的鹤。图 17 - 27 中五个人物都脚踩祥云,小青和白娘子都是双手持剑,奋勇向前,鹤童、鹿童则做闪避状,高额髯须的南极仙翁拄着拐杖,貌似张口说话。

在这几幅以"盗仙草"为题材的图像中,除去画面风格的精工婉约和质朴粗拙的不同,在对同一事件的表现上,体现了各地民间传说中的差异性。图 17 - 24、17 - 25、17 - 26 显然是白娘子处于弱势,是在抵挡鹤童的进攻;图 17 - 27 白娘子和小青则表现为凌厉的攻势,鹤童与鹿童处于守势。图 17 - 24 与 17 - 26 是白娘子拿到仙草后与鹤童厮杀,图 17 - 25 和 17 - 27 是还未得到仙草就遭遇了鹤童阻拦。同一故事或同一故事中的同一情节可以有两种或两种以上不同的叙述,这是因为:"口头讲述世代相传的民间故事有一个特异之处,就是同一故事在众口传诵的过程中,会自发地演绎出大同小异的多种说法,这许多种说法能够在极广大的事件与空间背景下传播生根。"①图像的作者对于故事情节的理解显然受到他所接受的叙述话语的影响，所以他们的作品就反映了他们所处的时代和所生活的地域对这一故事的理解和接受。各图中人物的服饰妆扮也各不相同，图17-24、17-26、17-27小青和白娘子都戴渔婆罩，穿战衣战裙，披云肩，系腰带，图17-25白娘子头顶和两鬓各有环形饰物，两边垂飘带，也穿战衣战裙，与其他三图在妆扮上略有差别，但基本形象还是统一的。在杨柳青和杨家埠等地的年画中，还出现了白娘子穿长旗裙，头发上插有三把扇形装饰物的形象，在下面的论述中会涉及，此处略去不谈。

雷峰塔白蛇传故事中其他相对独立经典的情节，在民间工艺美术中都被广泛体现，如游湖借伞、水漫金山、状元祭塔等。高密年画《许仙游湖》（图17-28），选取的是雷峰塔白蛇传中游湖相遇的情节，没有背景的渲染，只是描绘人物。右图许仙左手举伞，上身前屈，转头看着白娘子；白娘子目光平视向前，似害羞不敢正视许仙；小青则含笑看着许仙。左图白娘子左手撑伞，与小青目视远方，似乎在看着雨中远去的许仙。三人衣服的颜色和花纹几乎是一样的，整体色

图17-28　年画《许仙游湖》（对画）

---

① 刘守华：《中国民间故事史》，商务印书馆2012年版，第13页。

调以红褐色为主,黑色与白色为辅,而白色尤其醒目,人物面部醒目的白色打破了整体色调的黯淡,反倒造成了特别的视觉冲击效果,使人过目难忘。此图中的小青和白娘子皆着长旗裙,扎腰带,小青戴有装饰一圈绒球的渔婆罩,白娘子头顶和耳后两边各插一把小扇子。

图17-29是四川隆昌禹王宫山门石坊透雕群像中的白蛇传《水漫金山》的故事场面,共雕有六个人物,左起分别为小青、白素贞、水兵、韦驮、法海、许仙,"刀法细腻、画面布局精巧。其显著特点是:镂空的边框图案与画面透雕人物的巧妙结合,回避那种常见的镜框式处理,画面的空间拓展,可视形象更显得丰富多彩:白娘子、小青头顶的空间飘荡出两股仙气,仙气之中各有一条昂首吐信的小蛇,一前一后地扑向韦驮,……青白二蛇仙站立在波翻浪涌之上,更显出她们的法力神通"①。

图17-29　石雕《水漫金山》

图17-30是清代临汾年画《断桥》,白娘子与小青水漫金山不敌法海,未能救回许仙,退至西湖断桥,遇到趁乱逃归的许仙,小青痛恨许仙负心,几次要拔剑杀掉许仙,白娘子深爱许仙,一边劝解小青消气,又责备许仙之薄情,许仙悔恨赔罪,三人复重归于好。画面白娘子和小青都头戴渔婆罩,战衣战裙,披云肩,小青左脚跨步向前,身向左侧倾斜,左手以手背叉腰,右手倒握宝剑,满脸怒气看着右侧的许仙;许仙头戴毡帽,罩道袍,系腰巾,面向白娘子,左腿单膝跪地,双手举起;白娘子坐于石上,伸左手扶许仙右手,身子略微右转,右手抬起,似在阻止愤怒的小青;右边画桥,远景有山、树和芦苇。此图用一个凝固的细节表现人物形象,描绘人物外貌,兼顾人物动作神态,以简单的背景衬托人物情态,与画面整体结合得十分融洽。

在民间图像中,雷峰塔故事通常是以一组故事情节来出现的,或者在一幅图上有多个故事场景,或以组图或以连环画的形式把不同的故事情节串联起来,以

---

① 四川省文物管理局、四川省川剧艺术研究院编:《四川民间戏曲雕刻选·建筑雕刻戏曲文物民俗旅游研究藏本》,第31页。

图 17-30　年画《断桥》

讲述完整的故事。山西河曲县石城村弥佛洞寺有十幅戏雕,其中两幅为白蛇传里的"游湖"和"祭塔";四川都江堰市土桥乡出土的墓围石雕,九组画面皆来自《白蛇传》,分别是:游湖、端午节、吊打王道陵、夫妻开药店、许仙被拘、公堂受审、盗仙草、水漫金山、仕林祭塔①。社旗山陕会馆戏楼悬鉴楼在其垂花门楼、雀替、额枋等部位雕刻了以《白蛇传》等戏曲故事为主的木雕。悬鉴楼北面抱厦明间上额枋雕刻(图 17-31)内容有《白蛇传》中"游湖""送伞""卖药道人""上香""水漫金山""断桥"六个戏曲场景,用浅浮雕的雕刻手法,雕镂细致,人物形象生动传神,其中许仙的表情神态在不同的故事场景中均不同,如游湖初遇时候的喜悦、水漫金山时候的惊惧、断桥分别时候的懊悔等。每一幅都刻画得细致入微,雕镂技法多变,图与图之间用山石树木隔断,避免了边框式的刻板与生硬,与人物巧妙地结合起来。

图 17-31　木雕《白蛇传》(局部)

　　图 17-32 绘有三个故事场景,分别为游湖借伞、饮雄黄酒、水漫金山,三个故事发生的时间地点不同,但在这幅年画中,三个情节场景并没有截然分割开来,而是通过巧妙的构图,把三个场景完美地结合在一起。图中有曲折回廊、有凉亭、有小舟、有石山古寺,远处隐隐青山、尖塔、树木庭院,间有人物点缀其间,

---

① 车文明:《20 世纪戏曲文物的发现与曲学研究》,文化艺术出版社 2001 年版,第 216—219 页。

图 17－32　杨柳青年画《白蛇传》

不仔细看还以为是一幅单纯的人物风景画。杨柳青年画中描述整个白蛇传故事的还有很多,如图 17－33 中核心位置是"断桥",右下角为"游湖借伞"、游湖借伞上面是"开药铺""端阳饮雄黄酒""斩蛇去疑",正中其上有瓶收白蛇、状元祭塔,左边是"水漫金山"和"盗仙草",九个故事情节绘于一图中,虽不如图 17－32 那么天衣无缝,但也安排得错落有致,宛如一体。每一个场景中的人物情态和动作都是根据具体的情节而设计的,生动形象,图中人物衣饰颜色以蓝黑为主,白娘子和小青的衣饰在不同的环境中各不相同,"游湖借伞""水漫金山"中都戴渔婆罩,披云肩、系腰裙;"开药铺""端阳饮雄黄酒""斩蛇去疑"中皆是垂髻簪花,长旗裙,小青外罩黑色镶边比甲,系腰带。这些细节的不同,显示了刻画者的细心和周到。

图 17－33　杨柳青年画《白蛇传》

图 17-34 和图 17-35 是杨家埠年画中两组横批（又称炕围画、炕头画），每组四幅，每幅刻绘一个故事情节，都有"许仙游湖""水漫金山""状元祭塔"的情节，图 17-34 有饮雄黄酒，图 17-35 有"断桥"。虽然是同一地域刻绘同一故事的年画，在场景的选取，人物的情态及装扮上还是有不同的。如"许仙游湖"，图 17-34 选择的是青白二人上前探问能否登船的情景，白娘子做出娇羞矜持状，小青从其身后探头与许仙对答，船家正把船靠近岸边，注视着青白二人；图 17-35 则是许仙打伞居于船中央，白娘子和小青各撑船居于船头和船尾，并都面对许仙，似在与许仙说话。在一般的文本和传说中，通常是有船家撑船的，由青白二人撑船的则只见于此图中。两图中的白娘子都是长旗裙，不同的是，图 17-34 中，白娘子头上装饰有三把小扇子，图 17-35 则只在脑后挽着发髻。图 17-34 的风格与杨柳青年画有相近之处，如光绪年间，以白蛇传为题材的杨柳青四条屏年画画了全出的白蛇传，每条四个画面，共 16 个画面。图 17-36 为《游湖借伞》，白娘子和小青的装扮和情态与图 17-34 有异曲同工之妙，图中的景物笔法也多相似，说明不同地域的年画之间的相互影响和相互借鉴。在这组四条屏中，还出现了一个画面画出了一个事件的两个场景的现象。如图 17-37，右边画的是"灵丹救夫"，左边画的是"斩蛇去疑"，室内室外两个场景并没有截然分开。这样的构图并不仅仅是为了表现更多的故事场景，而是为了和其他画面保持和谐。因为 16 幅画尺寸是相同的，而其他画面人物都在三人以上，人物分散在左右两边，呈基本对称状态。只有三人出现的场景，因故事情节使然，人物又必须画得比较紧凑，为了保持画面的平衡，就在一幅图的左右两边

图 17-34　杨家埠年画《许仙游湖》《饮雄黄酒》《水漫金山》《状元祭塔》四幅

图 17-35 杨家埠年画《许仙游湖》《金山寺》《断桥》《状元祭塔》四幅

图 17-36 杨柳青年画《游湖借伞》

画了两个场景,使整张图有均衡之美,又与其他图非常融洽,所以图上并没有明显的分割线。在 16 幅图中,"断桥重见"和"许仙下山"也是画在了同一幅图中。

　　民间白蛇传年画中,亦出现了古朴繁杂的白蛇传画面与清新淡雅的文人书画同时出现于一幅图中的状况。如图 17-38 以白蛇传为题材的四条屏,条屏分为三部分,最上面的扇面内画的是梅、兰、菊、竹,下面的圆圈内写着两首古诗,这两部分大约占据整个条幅的五分之二,下面五分之三绘白蛇传故事,

图 17-37　杨柳青年画《灵丹救夫　斩蛇去疑》

每一幅皆有一个大标题，分别为"新绘白云仙下山""西湖游景配良缘""水漫金山犯了罪""压在塔中把身安"，一幅之中再刻绘三到四个场景，比较详细地展现了白蛇传的故事情节。画面配色以黑色为主，红、蓝、白为其点缀，人物前额和双颊皆点有红色圆点，为画面增添很多俏皮色彩。条屏中，白娘子和小青被称呼为"白云仙"和"清风仙"，每个场景都配文字说明，故事情节依次为：西湖游景、白云仙盗库银、白云仙大闹公堂，许仙受刺、白云仙赶夫同行，许仙充军镇江府、白云仙送行，许仙去金山寺烧香、法海对许仙说破白云仙系蛇妖、许仙劝白云仙喝雄黄酒，白云仙酒后现原形吓死许仙、白云仙盗灵芝草搭救许仙、白云仙与法海斗法水漫金山，断桥会、许仙用法宝暗收白云仙、许仕林祭塔会母、白氏封神。

　　图 17-38 中的某些情节与已经固化的白蛇传故事并不完全一致，首先白娘子和小青名字为白云仙和清风仙，虽然戏曲、小说和弹词等说唱文学中也有称白娘子为白云仙姑的，但只是在开始，白娘子还未出山之前，在主体故事的叙述中，她是有自己凡间名字的，青儿也是。而在图 17-38 中，凡是有二人出现的地方皆写着白云仙和清风仙。"盗库银"在一般的文本及传说中都不是白娘子亲自所盗，而是小青或指使手下五鬼去偷盗，以开脱盗库银连累许仙吃官司与白娘子的关系。在此图中，是白云仙亲自去盗库银的，此外还增加了白云仙大闹公堂的情节，这也是之前所没有过的。通常的文本叙述中，都是许仙因库银吃官司，白娘子和小青却偷偷逃走了，然后再直接去许仙的发配地镇江与许仙相见。白云仙大闹公堂表现了白娘子敢于为自己的过错负责的态度，她并没有丢下许仙不管，而是通过自己的努力，把对许仙的伤害降到最低，这就减少了对白娘子每到危难关头往往舍弃因自己而受累的许仙的质疑。图 17-38 所表现的与传统白蛇传

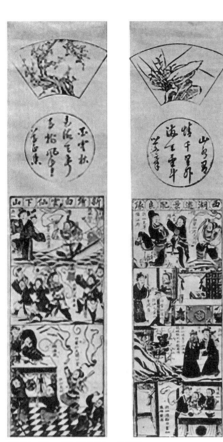

图 17-38　《白蛇传》(四条屏)

故事不同的地方,反映了年画作者美化白娘子,使故事情节更为合理的努力。因为从称谓上就可以看出,以"仙"称谓青白二蛇,在其他文本和图像中则有很多直接称之为"妖"的;其他文本或传说中,让青儿盗库银或五鬼盗库银是想说明白娘子与盗库银没有关系,然而作为青儿和五鬼的主人,不管是谁犯了错,白娘子都应该为事情负责,更不应该在连累了别人特别是自己深爱的人之后逃之夭夭,所以图 17-38 让白云仙盗库银和大闹公堂,反而更能体现白云仙敢作敢当、敢爱敢恨的真性情。说明她是光明磊落大义凛然的女中豪杰,而不是遮遮掩掩、大难来时各自飞的懦弱小人。因为刻绘者想要表现的内容太多,文字说明也不厌其烦,人物的衣饰及环境的渲染以堆砌浓烈的黑色色块为主,而少简洁流畅的线条,致使画面拙朴饱满,乡土气息十足,与上面的梅、兰、竹、菊及诗歌并不和谐。文人书画与民间书画两种截然不同的风格居然能混搭在一起,这也许只会出现在民间年画里。道光年间的四条屏年画《瑞兽图》,上面的花中四君子、古诗与此图完全一致。

晚清时期,以连环画的形式描绘白蛇传故事的年画多了起来,如图 17-39 为上海小校场孙文雅画店印制的年画白蛇传,画面颜色以红、蓝、紫为主,设色清丽,线条简洁流畅,人物比例协调,面部表情细腻。整个白蛇传故事被分为前后两本套印在两张大的纸张上，每一本又被分割成八个相等的小画面，共16个小画面，表现了白蛇传故事的16个故事情节：别师下山、青峰山收小青、借伞成亲、盗库银、开店、吊打茅山道士、吃雄黄酒、显原形、盗仙草、小青迷顾公子、捉拿夜壶精、许仙拜法海、水漫金山、断桥相会、合钵、许仕林祭塔。显然故事情节的依据主要是陈遇乾的弹词《义妖传》，"别师下山""小青迷顾公子""捉拿夜壶精"是弹词《义妖传》已经有的环节。与其他描绘白蛇传故事的图像相比，图17-39最大的不同就是明显增加了小青的画面，加上"青峰山收小青"，在16个小画面中有三个画面单独描绘小青的故事，"吃雄黄酒"和"显原形"这两个情节小青也都在现场，这表明人们对已经定型的故事情节的不满

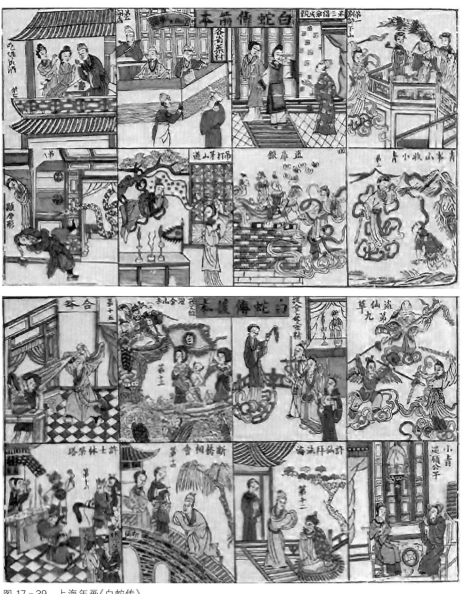

图17-39　上海年画《白蛇传》

足,逐奇尚巧之心促使人们抓住新异的元素不放,虽然多数时候这新奇情节的增加并不能为整体故事情节增色,甚至有损人物形象的完整和完美。第八个画面"显原形",白蛇冲着许仙昂然吐信,许仙骇怕欲倒,小青却在外面掀着帘子不动声色地窥视着这一幕。通常的故事情节中,是端午节那天小青怕现原形,提前躲了出去,白娘子饮雄黄酒和显原形小青都不在场,许仙吓死之后才回来。图17-39中饮雄黄酒的时候,小青也是站立于白娘子身后,她为什么没有阻止许仙劝饮雄黄酒,为什么在背后窥视白娘子显原形和坐视许仙被惊吓,这似乎暗示了白娘子、小青和许仙之间的一种微妙的关系。嘉庆十四年版的《绣像义妖全传》中,白娘子与小青曾有找到有缘人之后夫妻三七分的约定,后小青怨恨白娘子不能兑现前言,便去引诱顾公子,顾公子差点因此而命丧黄泉,这样的情节设置显然与人们心目中早已经成形的与白娘子姐妹情深、具有侠女风范的小青不相符,故而在《义妖传》弹词中增加的这些情节多被摒弃之,民间年画、雕塑更是罕有以此入画者。但当小青的形象在文本和传说中较为成熟之后,深受到民众的喜爱与支持,她的情感归属必然会引起一部分人的关心,因为关心就必然会增补新的情节。清末民初沈勤安编写了《白蛇传》的续篇《青蛇传》,让小青由金母娘娘之命名正言顺地嫁给许仙,了却当年白、青同嫁一夫之愿,其实是弥补一部分人情感上小青未能嫁给许仙的遗憾。当代作家李碧华,以现代人的视角,重新演绎了青蛇、白蛇与许仙之间的爱恨情仇。在她的《青蛇》中,小青因为自己得不到许仙,便偷偷把七根绣花针扎进白蛇的七寸,使现出原形的白娘子头不能游,尾不能摆,浑身乏力,不能回复人形,因而吓死了许仙。虽然此图未能传达详细的故事内容,但也颇能让人产生丰富的联想。

从图像上能看出与一般雷峰塔故事情节有较大不同的,还有清代杨家埠公茂堂画店绘制的白蛇传,《潍坊杨家埠年画全集》收有墨线年画裱褙六幅,每幅四个画面,共24个画面,多数画面配有七言叙述体诗,诗非常浅近,以第三人称叙述,是弹词的风格。画中小青与白娘子始终是同一妆扮,头戴渔婆罩,身穿战衣战裙,显得利索而干练;法海是大花脸,很明显人物形象是来自于当时的戏曲舞台。画面的留白处题诗,与画的构图相呼应,显然,年画的作者借鉴了文人画的题款艺术,在最初构图时已经考虑到了要题写文字,故而,先把构图布置得不均衡,然后通过题诗调节了原图中不均衡的地方,使原来的构图转为平衡,所以在构图已经饱满均衡的画面中就没有题诗,可能考虑到再题写文字会破坏画的美感。在民间年画中,随意题写文字的现象是很普遍的,但在很多情况下,这些文字虽然起到了补充说明画面内容的作用,却同时使画面繁杂、拥挤,反而让画面失色不少。像杨家埠的这组白蛇传年画文字与图像配合得天衣无缝的,是很少见的,这或许是文人参与到年画创作中的结果。虽然画面看上去整体非常协调,但每幅裱褙中的四个画面故事情节并不连贯,24个故事情节被打乱顺序随意安

图 17-40　杨家埠年画《白蛇传》(裱褙之一)

放在不同的裱褙中。如图 17-40 为其中的一幅裱褙，四个画面描绘的是"许宣船上看二女""青白二蛇与法海斗法""盗仙草""青白二蛇与许仙第一次相遇分别"的情景。24 个画面中常见的情节如"游湖""借伞""宴饮成婚""显原形""盗仙草""水漫金山""状元拜塔"都有，不同的是，"游湖"并不是许仙和青白二蛇的第一次见面，在"游湖""借伞"之前，还有许仙在船上看到林中有青白二蛇化成的美女，忙下船与之相会，三人相见恨晚饮酒甚欢的情节，后为了能与许仙再度相会，二蛇施法下雨，才有"游湖借伞"的第二次相遇，图中配诗曰：

> 白蛇青蛇有仙丹，化女为伴出林下。望见湖中一公子，三人何日才相逢。
> 林中二女似天仙，许宣情动下水船。船头剩有一般长，停棹系缆饮湖边。
> 宣入林中见美人，始会情意郎相亲。美酒佳肴留宴饮，直似前世已成姻。

会后二人各西东,许宣长性在途□①。妖女施术兴云雨,他日借伞再相逢。

在借伞还伞之后,白蛇和许仙还有第三次见面:

送伞去后已别离,各在一方两相思。辗转反侧求遇得,又去送灯相见之。

送灯之后,许仙白蛇也还没有成亲,而是许仙相思成疾,白蛇为救治许仙,和小青来到许仙的住处张家,后被主人张员外发现,责罚许仙,白娘子施法,教训了张员外。在这24幅图中,没有"盗库银""许仙发配""开药铺"等情节,除了上面所述增加的情节外,还有"许仙欲杀白蛇"的画面,联系各个画面推断,应该是在白蛇醉酒现形,白蛇盗仙草救活许仙之后。相比已经固定的白蛇传故事情节,杨家埠这组白蛇传年画显然已经做了较大的改动,这也印证了民间故事在不同的历史时期、不同的地域,其每一个环节都有产生新奇故事情节的可能。说明民间故事总是处于不断的成长过程中,从来不会到达终点。

第三节　白蛇传故事文图之关系

雷峰塔白蛇传故事植根于中国特有的神怪文化和蛇文化中,从其产生到基本定型经历了一个漫长的历史时期,在这个过程中,虽然有文人参与其中,但民间传说和说唱艺术对白蛇传的定型起到了重要的作用。它把白蛇故事中的"美女害人"和"对妖怪要进行严厉打击"改变为"蛇女对凡人怀着深沉的爱恋,并且为捍卫自己的幸福生活而进行不屈不挠的斗争"。因此雷峰塔白蛇传比较成熟的文本中带有强烈的世俗化色彩,它的故事情节为人们喜闻乐见,自然也成为民间美术接受和表现的对象,因此雷峰塔白蛇传的故事广泛存在民间剪纸、年画、泥塑、石刻、砖雕、木雕等工艺美术中。

从这些民间图像出现的年代看,白蛇传民间图像大量出现的时间与雷峰塔故事定型的时间大体是一致的。方成培的《雷峰塔传奇》是白蛇传故事定型的标志,戏曲舞台上的演出使白蛇传故事的流传速度更快、范围更广泛,也使白蛇传成为民间图像更愿意表现的题材。

尽管在《国宝大典》一书中,有一元代青白釉透雕枕说故事是取自白蛇传,单据其文字描述来看,其实并不能确定是何故事,《国宝大典》是这样对瓷枕进行描述的:"前台,借伞,桥头场景,男女各一,女作借伞道谢,男作答礼状。右面还伞,荷池边,前两角相对而立,作还伞彼此行礼道谢,左边,水漫金山寺,景同右面,前女角半跪屈身于水中,似有孕在身,正抬头与左上侧另一女角相呼,左上侧女角下欠身姿,与水中女角作答。后景,桥头,男女四人并立,中间女角戴金鸡冠,神情激动,中间男角戴冲天冠,喜悦击掌;两旁男者戴幞头,女挽双髻,均作欢呼击

---

① 原图中模糊不清,难以辨认。

掌状。"①据我们现在所熟悉的白蛇传故事,借伞和还伞都是有小青在场的,水漫金山寺的景物不可能与还伞时的景物相同,况且既没有寺也无和尚法海。男女四人并立桥头喜悦击掌的情节,白蛇传里也是没有的。其实就雷峰塔故事成熟定型的时间来看,元代不可能出现有水漫金山的故事情节,明代冯梦龙的《白娘子永镇雷峰塔》尚无此情节,何况元代。而且从文献资料看,元代也没有相关雷峰塔白蛇传故事的戏曲记载。所以瓷枕所雕故事,绝非白蛇传。出现这种错误是因为一般的民间图像既无标题也无文字提示,人们仅仅根据现有的故事去套用解释,却并不清楚故事的来龙去脉,故而易造成张冠李戴的错误。据此,这里舍弃了所有清代以前存疑的关于白蛇传的图像,也是不无道理的。清代的白蛇传图像的大量出现是在乾隆之后,正是《雷峰塔》传奇、小说、弹词等出现和被舞台搬演、阅读和弹唱的时候。因此,是雷峰塔故事的成熟和定型促进了民间图像中白蛇传故事的增加。

从图像内容看,不同的图像形式对白蛇传故事情节的选择倾向是相同的。"游湖借伞""喝雄黄酒现形""盗仙草""水漫金山""断桥相遇""状元祭塔"是定型后的雷峰塔白蛇传的核心情节,也是民间图像最常描绘的内容。这表明无论是文本还是图像,在故事的传播过程中,适合于大众接受的情节被有选择性地保留下来,越是受欢迎的情节越是能够得到广泛的传播,也更容易成为通行的叙事,不适合大众接受的情节则被淘汰或被改造了。"游湖借伞"等几个情节具有强烈的戏剧性,寄寓着普通民众对自由爱情、幸福婚姻的理想与追求,也反映了人们同情弱者,希望好人能得善报的朴素情感。戏剧性是让读者和观众保持兴趣的原因,情感的共鸣是让人们珍视和不断演绎它们的动力。

由于图像能把一个抽象的故事直观地加以呈现,把文字与口头传说里模糊不清的事与物以其无与伦比的具象化面貌亲切地出现在受众面前,使人们毫不费力便了解了白蛇传的故事,这就给传统的阅读及口头叙述增添了意趣和快感,为白蛇传的传播增添了更丰富的方式和更灵动的气息,有效地弥补了语言和文字之不足,使更多的民间受众通过图像内容的传播了解和接受了白蛇传故事。雷峰塔白蛇传定型之后的故事情节,独立性很强,辨识度较高,据此描绘刻画的图像不加文字说明,也可使人一望即知图像内容为白蛇传故事的哪个环节,所以很多民间图像如面塑、木雕、石雕等,可以很明确地确定是白蛇传故事中的相关情节。

白蛇传的相关图像可以脱离文字和语言而单独存在,以一种全新的独立的视觉形态,将白蛇传的内容,在城镇和乡村进行广泛的普及延伸。但有时,图像作者又加上文字对图像进行说明,最多的是为图像加一个标题,有的在标题之外还为每一个人物添加名字,除此之外还有对故事情节加以介绍和评价的,这样文

---

① 曹者祉主编:《国宝大典》,文汇出版社 1996 年版,第 142 页。

字就比较多了。若图像粗疏简略,添加文字能对图像起到说明和解释的作用,但另一方面,由于图像所塑造的形象是固定的,排他的,甚至带有一定的强制性,对图像进行解说的文字就进一步局限了图像所传达的信息,抑制了受众的想象力,使观者在毫不费力地接受图像信息的同时,思考的空间逐渐消失。倘若图像内容超出了人们一般所熟悉的故事情节,题写的文字就有了意义,如图 17‐39 中的"小青迷顾公子"画面,若不是上面有标题说明,观者是无论如何不会想到端坐于桌子两边的一男一女是顾公子和小青。同样包含图 17‐40 在内的杨家埠年画(裱褙),对雷峰塔白蛇传故事情节做了较大改变,若没有题写的叙事体诗,观者对许多画面内容就无从理解。图像据文字而产生,图像脱离文字而单独存在,图像借助文字而使画面内容更清晰明了,这个过程表明图像与文字的关系,也正是图像与文学的关系:图像不在文学之外单独产生,图像必须借助文学而存在,越成熟的受欢迎的文本,其图像的存在形式和存在数量就越多。

第十八章　赵匡胤故事传说及其图像

在中国历代帝王中,宋太祖赵匡胤是上层社会、民间社会共同认可赞美的、为数极其有限的帝王之一。相关宋太祖赵匡胤故事传说,在赵匡胤在世时即已发生,除官方或文人记载外,元明以来的戏曲、小说相关赵匡胤故事传说甚多,与赵匡胤故事传说相伴随,也产生了一系列赵匡胤图像,不同的文化阶层文学记述往往伴随不同面貌的文学图像。在清代则有清初戏剧家李玉创作的《风云会》传奇、清中叶小说家吴璿编撰的小说《飞龙全传》。鉴于李玉创作的《风云会》传奇可谓赵匡胤故事传说的"集大成"之作,且来自《风云会》传奇的折子戏《千里送京娘》至今犹见于舞台演出,近三百年来很多赵匡胤故事传说也深受李玉《风云会》传奇的影响,故我们主要以李玉《风云会》传奇为中心,探讨近千年来相关赵匡胤的故事传说及其图像。

▍第一节　"真命天子"之兆

《宋史》编撰者视宋太祖赵匡胤为"创业垂统之君",极尽赞美之词。《宋史·太祖本纪》卷末有赞词曰:"五季乱极,宋太祖起介胄之中,践九五之位,原其得国,视晋、汉、周亦岂甚相绝哉? 及其发号施令,名藩大将,俯首听命,四方列国,次第削平,此非人力所易致也。建隆以来,释藩镇兵权,绳赃吏重法,以塞浊乱之源。州郡司牧,下至令录、幕职,躬自引对。务农兴学,慎罚薄敛,与世休息,迄于丕平。治定功成,制礼作乐。在位十有七年之间,而三百余载之基,传之子孙,世有典则。遂使三代而降,考论声明文物之治,道德仁义之风,宋于汉、唐,盖无让焉。呜呼,创业垂统之君,规模若是,亦可谓远也已矣!"[①]

宋代文人所留下的相关宋太祖赵匡胤的记叙性很多文字,如杨亿《杨文公谈苑》、田况《儒林公议》、周辉《清波杂志》、邵伯温《邵氏闻见录》、叶梦得《石林燕语》、李廌《师友谈记》、庄绰《鸡肋编》等,其总体倾向上也与《宋史》相近,把赵匡胤作为旷世难逢的仁德之君进行描绘,唯在记叙笔法上不像《宋史》那样严肃、刻板,故宋人笔下的赵匡胤已多见传奇异闻,这些传奇异闻可谓后来小说、戏曲的

---

① 脱脱等:《宋史·太祖本纪》,中华书局 1985 年版,第 32 页。

文学资源。

李玉《风云会》传奇的第一出"家门"【满庭芳】,"世事如棋,前程似漆,男儿失却牢骚。穷通天赋,白眼任儿曹。懒去嘲弄风月,翻残史,检点英豪;汉唐后,宋家开国,意气实干宵。臣主俱豪迈,相逢草莽,久订心交。到处除残诛暴,四海萍漂。惊动华山处士,王和帝,指出蓬蒿。陈桥驿,风云龙虎,共拜赭黄袍"①。此曲可以看作是创作意图和剧情简介的结合,《风云会》的主要情节即为赵匡胤、郑恩君臣相识于草莽,四海行侠,之后投身军旅,陈桥兵变、夺得天下的全过程。本剧虽以郑恩、赵京娘为生、旦,从剧情比重和内容上看,实际的核心人物是宋太祖赵匡胤,《风云会》传奇的本事也多从赵匡胤帝王事迹增饰而来。

《风云会》传奇涉及的赵匡胤故事主要有其早年漫游(送京娘故事即以此为依托)及后来得志时的陈桥兵变等,以下我们依次略作考述。

赵匡胤早年漫游故事甚多,可概称为"飞龙故事"。史书中对赵匡胤拜入郭威军中之前的记载很少,唯《宋史》载"汉初,漫游无所遇"②。这也得到了宋代笔记的佐证:"太祖微时多游关中"③"太祖微时尝游凤翔从王彦超遗十千遣之"④"太祖微时游渭州潘原县"⑤。此外还有太祖游汉东、洛中、睢阳、武进等,基本可以确定赵匡胤在青年时代曾四处游历并结识各路豪侠,曾投奔凤翔节度使王彦超。在王彦超处遭到的冷遇使赵匡胤继续游历关中一带,直到投入柴荣帐下,方时来运转,而后有黄袍加身事。

以赵匡胤发迹变泰为主要内容的"飞龙故事"应当早在宋初即已开始流行,《宋史·艺文志》所录宋初名相赵普所撰《飞龙记》一卷已佚,《续资治通鉴长编》卷一引赵普《飞龙记》中陈桥兵变的细节。《玉海》有宋朝龙飞故事条目,"龙飞故事一卷集贤院大学士赵普记载太祖飞龙事迹"和"建隆龙飞日历一卷赵普记闻德七年正月艺祖受禅事是年改元建隆三月普撰此书普时为枢密学士"⑥。据钱大昕《廿二史考异》"赵普飞龙记一卷亦名龙飞日历"⑦。《醉翁谈录》将《飞龙记》列入"小说开闭"条中。清人搜集《宋朝事实》时,"登极赦"是从赵普《飞龙记》中所辑,直至清代赵普《飞龙记》仍有流传。

由于赵普与赵匡胤多年的交游,《飞龙记》还是有较高的可靠性。虽然此书已佚,但它很可能是坊间流传的飞龙故事的始祖。《飞龙记》之外,齐梁有《乘舆飞龙记》,南宋有《甲寅飞龙记》《建炎飞龙记》,金章宗有《飞龙记》,此外还有《飞

① 李玉:《李玉戏曲集》,上海古籍出版社 2004 年版,第 593 页。

② 脱脱等:《宋史·太祖本纪》,第 2 页。

③ 张舜民:《画墁录》,明碑海本。

④ 江少虞:《新雕皇朝类苑》卷十五,日本元和七年活字印本。

⑤ 邵伯温:《闻见前录》卷一,清文渊阁四库全书本。

⑥ 王应麟:《玉海》卷第五十一艺文,清文渊阁四库全书本。

⑦ 钱大昕:《廿二史考异》宋史卷七,清乾隆四十五年刻本。

龙录》等。这些冠以"飞龙"名的作品,应该是一种用官方记载的故事文本,甚至是具有史书的性质。赵普《飞龙记》,必然是陈桥兵变事迹的官方记录,很可能有赵匡胤青年游历时的豪侠经历记载。

《五代史平话》中,周平话部分佚失,但赵匡胤无疑是其重要人物。宋朝民间语言环境比较自由,赵匡胤故事很可能是"尹常卖五代史"常说的内容。明初朝鲜的汉语教科书《朴通事谚解》有:"'我两个部前买文书去来。''买甚么文书去?''买《赵太祖飞龙记》《唐三藏西游记》去。''买时买《四书》《六经》也好,既读孔圣之书,必达周公之理,要怎么那一等平话?'"①虽然宋元流行故事不可考证,但宋太祖飞龙故事无疑在宋元明清都曾流行过。现存的平话、戏剧、小说、话本中,有很多叙述了赵匡胤青年时期游历中除暴安良、行侠仗义的经历,从文本看来,与《风云会》传奇有先后承继关系。

相关赵匡胤的各种"飞龙故事"中,有许多应集中在赵匡胤早年"真命天子"征兆的记叙。《宋史》太祖本纪云:

> 太祖,宣祖仲子也,母杜氏。后唐天成二年,生于洛阳夹马营,赤光绕室,异香经宿不散。体有金色,三日不变。既长,容貌雄伟,器度豁如,识者知其非常人。②

这是说赵匡胤出生时即有祥兆,成年后"容貌雄伟"。南宋初人周煇《清波杂志》卷一"普安院"条也着力说赵匡胤为"伟丈夫":

> 五代时,有僧某筑庵道边,蓻蔬丐钱。一日昼寝,梦一金色黄龙,食所取莴苣数畦。僧痛惊,且曰:"必有异人至。"已而见一伟丈夫,于所梦之所取莴苣食之,僧视其状貌凛然,遂摄衣延之,馈食甚勤。顷刻告去,僧嘱之曰:"富贵无相忘。"因以所梦告之,且曰:"公他日得志,愿为老僧只于此地建一大寺。"伟丈夫乃艺祖也。既即位,求其僧,尚存。遂命建寺,赐名普安,都人称为"道者院"。则寿皇圣帝王封之名已兆于此。③

这一则记载应据当时传闻而录,李廌《师友谈记》也载此事,文字略同,难于判定哪家记录为更早。

田况《儒林公议》有关赵匡胤的天子之相则通过与李后主的对比而实现:

> 太祖天表神伟,紫而丰颐,见者不敢正视。李煜据江南,有写御容至伪国者,煜见之,日益忧惧,知真人之在御也。

由此来看,宋太祖赵匡胤确实相貌非凡,台北"故宫博物院"所藏赵匡胤坐像(图18-1)应为赵匡胤真容像,确实显得很端庄魁伟,唯不像宋人文字描绘得那般神奇,而明人的《历代古人像赞》中的赵匡胤(图18-2)似依从前者描摹而来。

---

① 转引自付善明:《〈飞龙全传〉考论》,苏州大学硕士学位论文2008年。
② 脱脱等:《宋史·太祖本纪》,第2页。
③ 周煇:《清波杂志校注》,中华书局1994年版,第6页。

图 18-1　赵匡胤坐像

图 18-2　《历代古人像赞》所收赵匡胤像

赵匡胤的"真命天子"之兆当然不限于其"容貌雄伟",还有其他各种预兆,这一点在宋人的笔记即有反映,如叶梦得《石林燕语》载:

太祖皇帝微时,尝被酒入南京高辛庙,香案有竹杯筊,因取以占己之名位,以一俯一仰为圣筊。自小校而上至节度使,一一掷之,皆不应。忽曰:"过是则为天子乎?"一掷而得圣筊。天命岂不素定矣哉!晏元献为留守,题庙中诗,所谓"庚庚大横兆,磬欬如有闻"。盖记实也。①

邵伯温《邵氏闻见录》亦载其真龙之相,则近于虚诞了。《邵氏闻见录》卷一:

太祖微时,游渭州潘原县,过泾州长武镇。寺僧守严者,异其骨相,阴使画工图于寺壁:青巾褐裘,天人之相也,今易以冠服矣。自长武至凤翔,节度使王彦超不留,复入洛。枕长寿寺大佛殿西南角柱础昼寝,有藏经院主僧见赤蛇出入帝鼻中,异之。帝寤,僧问所向,帝曰:"欲见柴太尉于澶州,无以为资。"僧曰:"某有一驴子可乘。"又以钱币为献,帝遂行。②

庄绰《鸡肋编》亦载其异事云:

始太祖微时,往凤翔谒节度使王彦才,得钱数千。遂过原州,卧于田间,而树阴覆之不移,至今犹存,谓之"龙潜木"。③

以上关于宋太祖赵匡胤当为"真命天子"的记叙中,多借助有修行的僧人,而与僧人可以并论的则是术士或道士,其中赵匡胤与苗训、陈抟的往来故事最值得注意。

苗训在陈桥兵变时显然发挥了极大的作用,《宋史·太祖本纪》云:

① 叶梦得:《石林燕语》,中华书局 1985 年版,第 1 页。
② 邵伯温:《邵氏闻见录》,中华书局 1983 年版,第 1 页。
③ 庄绰:《鸡肋编》,中华书局 1983 年版,第 13 页。

七年(959)春,北汉结契丹入寇,命出师御之。次陈桥驿,军中知星者苗训引门吏楚昭辅视日下复有一日,黑光摩荡者久之。夜五鼓,军士集驿门,宣言策点检为天子,或止之,众不听。迟明,逼寝所,太宗入白,太祖起。诸校露刃列于庭,曰:"诸军无主,愿策太尉为天子。"未及对,有以黄衣加太祖身,众皆罗拜,呼万岁,即掖太祖乘马。①

《宋史·方技传》对苗训的未卜先知有更明白的记叙:"苗训,河中人,善天文占候之术。仕周为殿前散员右第一直散指挥使。显德末,从太祖北征,训视日上复有一日,久相摩荡,指谓楚昭辅曰:'此天命也。'夕次陈桥,太祖为六师推戴,训皆预白其事。既受禅,擢为翰林天文,寻加银青光禄大夫、检校工部尚书。年七十余卒。"②

苗训是陈桥兵变的"理论"支持者,《宋稗类钞》《独醒杂志》等有苗训善卜之事。苗训作为官方的卜者,与宋太祖君臣都有交游,他的预言具有重要的政治作用,但以今天的眼光看来,苗训看相识真龙可能并无根据。在罗贯中的杂剧《赵太祖龙虎风云会》杂剧中,算命先生苗训,慧眼识得英雄。宾白和唱词的内容,实际上是从历史、笔记中摘录对赵匡胤的"天命"的卜辞改写而成。《古杂剧》本《赵太祖龙虎风云会》杂剧所配插图中,赵匡胤居中而坐,苗训作侧身作揖拜之状,显示其对这位真命天子的无比恭敬,如图18-3。

图18-3 杂剧《苗训卜卦》

罗贯中《赵太祖龙虎风云会》杂剧和李玉的《风云会》明显都是由既定的历史事实制造出的传说,再作用于艺术作品之中。苗训对未来帝王、诸侯的批命使他们结为兄弟,龙虎相会。小说《南北宋志传》及其同一系统的小说《飞龙全传》、宫廷戏剧《盛世鸿图》有类似情节。《风云会》传奇中,苗训的身份是草野算命先生,却识得英豪,因此进入了宋太祖赵匡胤的政治集团中。苗训看相是艺术创作中将陈桥兵变人物捏合起来制造的桥段,实现了介绍人物、预言剧情、为兵变戏铺垫三重作用,在情节需要的基础上,将历史人物传奇化的成果。

苗训看相仅出现在《赵太祖龙虎风云会》和《南北宋志传》等话本小说戏剧

---

① 脱脱等:《宋史·太祖本纪》,第4页。

② 脱脱等:《宋史》列传第二百二十,中华书局1985年版,第13499页。

中,且情节单一,又一脉相承;杂剧中另一位看相者陈抟,却在宋代史书和笔记中有极多关于他和宋太祖、宋太宗的轶闻传说。陈抟是历经五代、宋初著名的道教学者和隐士,名满天下,曾多次受到帝王召见。《宋史·隐逸传》载周世宗显德三年曾召见陈抟,陈抟不愿接受官职,赐号"白云先生"而去①。一般认为,陈抟隐居华山多年,终太祖朝未曾和统治集团发生任何联系。宋人笔记中虽有载宋太祖召见陈抟问养生之事,却只是张冠李戴,套用了太宗召见陈抟的言语。

宋太宗即位之初,就曾召见陈抟,雍熙二年十月又赐号希夷先生。这是陈抟与赵宋皇帝唯一真实可考的交往经历。《续资治通鉴长编》:"冬十月,上之即位也,召华山隐士陈抟入见,于是复至,上益加礼重,谓宰相宋琪等曰:'抟独善其身,不干势利,所谓方外之士也。在华山已四十余年,度其年当百岁,自言经五代乱离,幸天下承平,故来朝觐。与之语,甚可听。'因遣使送至中书,琪等从容问抟曰:'先生得玄默修养之道,可以化人乎?'对曰:'抟山野之人,于时无用,亦不知神仙黄白之事、吐纳之理,无术可传于人。假令白日上升,亦何益于世?主上龙颜秀异,有天人之表,博达今古,深究治乱,真有道仁圣之主也。正是君臣协心同德,兴化致治之秋,勤行修炼,无出于此。'琪等表上其言,上益喜。甲申,赐抟号希夷先生,令有司增葺所止台观。上屡与属和诗什,数月,遣还。"②

此处似乎跟《风云会》中,陈抟为宋太祖君臣看相没什么关系。实际上,历史记载的空白被大量荒谬奇特的笔记所填补,这些笔记所表达的中心思想为:陈抟预见到赵匡胤、赵光义兄弟的天子之命。

初兵纷时,太祖之母,挑太祖、太宗于篮以避乱。陈抟遇之,即吟曰:"莫道当今无天子,都将天子上担挑。"古谣谚引《神仙传》③。

祖宗居潜日,与赵韩王游长安市。时陈抟乘一卫遇之,下驴,大笑,巾簪几坠。左手握太祖,右手挽太宗,可相从市饮乎? 祖宗曰与赵学究三人并游,可当同之。陈眦睨韩王甚久。徐曰:"也得,也得,非渠不可预此席。"既入酒舍,韩王脚跛,偶坐席左。怒曰:"紫微帝垣一小星,辄据上次,可乎?"斥之使居席④。

《佛祖统纪》云:"陈抟闻太祖即位,大笑曰:'天下自此定矣。'"⑤《东都事略》则更加传奇化:"尝乘白驴欲入汴中,途闻太祖登极,大笑坠驴,曰:'天下于是定矣。'"⑥《太华希夷志》云:"先生揽镜自照曰:'非仙而即帝……后先生引恶少数

---

① 脱脱等:《宋史》列传第二百二十,中华书局1985年版,第13420页。
② 李焘:《续资治通鉴汇编》卷二十五,中华书局1979年版,第588页。
③ 丁传靖辑:《宋人轶事汇编》,中华书局1981年版,第2页。
④ 释文莹:《湘山野録》,明津逮秘书本。
⑤ 释志磐:《佛祖统纪》卷五十二,大正新修大藏经本。
⑥ 王称:《东都事略》卷一百十八隐逸传,清文渊阁四库全书本。

百入汴州,中路闻太祖登极,惊喜大笑。问其故,又大笑曰:'自此定矣。'"①似乎陈抟还有称帝之心。

在以上条目中,唯有佛祖统纪"陈抟闻太祖即位,大笑曰:'天下自此定矣。'"看上去合乎事实,《东都事略》等很可能是从此事发展而来。但是,陈桥兵变时,陈抟不可能预见到这个新创立的宋朝能稳守太平天下,不会像梁唐晋汉周一样迅速覆灭。

《续资治通鉴长编》引蔡惇《直笔》:"太祖召陈抟入朝宣问寿数,对以丙子岁十月二十日夜或见雪,当办行计,若晴霁须展一纪。至期前夕,上不寝。初,夜遣宫人出视,回奏星象明灿。交更再令出视,乃奏天阴,继言雪下,遂出禁钥遣中使召太宗入对,命置酒,付宸翰属以继位,夜分乃退。上就寝侍,寝者闻鼻息声异,急视之,已崩。太宗于是入继。""按(蔡)惇所载与文莹略同,但即以道士者为陈抟耳。抟本传及《谈苑》并称抟终太祖朝未尝入见,恐惇亦误矣。"②实际上斧声烛影事件是否和道士有关不知,道士的名字也有真无、混沌、张守真、陈抟等多个版本。

据白效咏《陈抟与赵宋王室之交往考析》文分析,陈抟与宋王室的交往,关系到宋初两次非正常的皇位继承:陈桥兵变和金匮之盟。"他们捏造出形形色色的传说,不过是为了宣扬太祖、太宗之天下为天命所归,为他们的即位披上'天意'这件'皇帝的新装',便于他们取信天下,完成伦理,并以此来维护他们的统治……我们可以有充分的理由怀疑,所谓陈抟与太祖、太宗的神奇传说,极有可能是人为捏造的,而其谋主极可能是与陈抟关系密切的宋太宗。"③此言或有可信,即官方对于此类"造神"故事的推动,在宋朝笔记和历史中,冠以宋太祖的异象数不胜数,其丰富性令人惊叹。此类传说通过陈抟的大名,在民间得到广泛认可,以至于马致远作《西华山陈抟高卧》,实际上使陈抟和宋太祖的故事家喻户晓,在清代小说《说岳全传》《飞龙全传》中还出现了太祖卖华山给陈抟的民间传说。如果说统治者宣扬天命伦理,无疑他们获得了极大的成功。《喻世明言》有《陈希夷四辞朝命》,几乎是陈抟传说的汇总,上面几条悉数在列,依旧传达了统治者天命理论。

太祖青年时曾经过华山,陈师道《后山诗话》有:"微时自秦中归道华下醉卧田间,觉而月出,有句云'未离海底千山黑,才到天中万国明'。"④此诗多现于《朱子语类》等宋初文字,比较可信。赵匡胤在诗中所表现出的气魄明显是所谓的"帝王气象"。如果将陈抟隐居华山的事实与本诗联系起来,捏造出太祖过华山

---

① 张辂:《太华希夷志》卷上,明正统道藏本。

② 李焘:《续资治通鉴汇编》卷十七,中华书局 1979 年版,第 379 页。

③ 白效咏:《陈抟与赵宋王室之交往考析》,《兰州学刊》2006 年第 6 期。

④ 陈师道:《后山诗话》,丁福保编:《历代诗话》,中华书局 1980 年版,第 302 页。

遇陈抟,看相、算命也不足为怪,那么"望气"之说也有所根据。元马致远所作《陈抟高卧》杂剧主要据此敷衍,其核心情节则是赵匡胤尚为草莽英雄时陈抟便慧眼识得真命天子、赵匡胤得志后劝陈抟出山辅佐而陈抟宁愿醉卧华山。《元曲选》本《陈抟高卧》杂剧涉及赵匡胤汴梁买卦及后来敕封陈抟为希夷先生情节时,均配有插图,不过插图中的赵匡胤都似文质彬彬的文人,并无多少天子气概,这只能解释为刻工们潦草从事了,如图18-4、18-5。

图18-4 《陈抟高卧》中的陈抟见赵匡胤　　　图18-5 《陈抟高卧》中的赵匡胤召见陈抟

　　而李玉《风云会》第七出"望气",陈抟从梦中醒来,先是天昏地暗,突然间"黑气都不见",只有"西北上一星,其大如斗,许多众星随之,流于东南,霞光万道,散于满天"①,于诗意暗合。李玉利用了各种有历史根据和民间基础的"天命"传说,以苗训、陈抟二人的卜辞,渲染了赵匡胤身份的神秘性和庄严性,使草莽英雄镀上神圣光辉。

　　李玉《风云会》传奇应是宋太祖"飞龙故事"在清代的衍化成果,除了陈桥兵变一段有着明确的历史本事外,《风云会》传奇多敷衍宋元民间故事。这些民间故事具有一定历史本源可考,但更重要的是历代戏剧、小说的不断加工改造,此类文学作品流传程度较高,大多可以被李玉作为创作的参考。在李玉《风云会》之前,元明杂剧、明代小说有同类情节的被列入本事考察的范围内。由于元明杂剧多一事一剧,故同归一类。

① 李玉:《李玉戏曲集》,第611页。

《风云会》	元明杂剧	《南北宋志传》①	"三言"
第二出　相面	《赵太祖龙虎风云会》第一折	苗训与匡胤推命	
第九出　买弓		大汉桥郑恩卖功	
第十出　谈星	《西华山陈抟高卧》	匡胤华山访陈抟	《喻世明言·陈希夷四辞朝命》
第十一出　观舞 第十二出　闹栏		匡胤大闹御勾栏	
第十三出　兴劫 第十四出　闹观 第十五出　送路			《警世通言·宋太祖千里送京娘》
第十六出　三霸 第十七出　劈怪 第十八出　夺嫂 第十九出　完玉	《穆陵关上打韩通》	郑恩激怒打韩升 匡胤棒打韩通	
第二十出　除暴	《赵匡胤打董达》	大舍途中打董达	
第二十一出　邸聚		匡胤酒馆遇郑恩	
第二十二出　夺印		校场选先锋	
第二十四出　陈桥	《赵太祖龙虎风云会》第二折	赵匡胤陈桥兵变	
第二十六出　归山	《西华山陈抟高卧》	陈抟堕驴大笑	《喻世明言·陈希夷四辞朝命》

中国古代阴阳五行观念深入人心,帝王将相天命所归的观念在民间也被广泛地接受。《风云会》之名,就出自《周易·乾》:"九五曰:飞龙在天,利见大人,何谓也? 子曰,同声相应,同气相求。水流湿,火就燥,云从龙,风从虎。圣人作而万物睹,本乎天者亲上,本乎地者亲下,则各从其类也。"但是,以"风云会"为题演帝王故事,早有罗贯中《赵太祖龙虎风云会》在前,剧中赵匡胤的卜辞就有"正应九五飞龙在天之数"。飞龙指赵匡胤,除前文所述的飞龙故事外,《续资治通鉴长编》开宝三年,处士王昭素对赵匡胤的卜卦即为"九五飞龙在天"。李玉所采用的

---

① 陈继儒编次:《南北宋志传》,上海古籍出版社 1992 年版。

题名,应该是从罗贯中而来,内容上风云际会,龙虎君臣共创大业,但二者都是赵宋官方反复宣扬的帝王"飞龙""天命"话语的延伸。

《风云会》在主题思想上是天命论的宣扬,但更重要的是技术手段上,预言、暗示的应用。推演命运和摸骨看相等在日常生活中渗透极深,而在民间文学艺术领域,看相成了最常用的预言方式。在已知结果的情况下,观众欣赏到的人物百态,更加符合戏剧心理。在《风云会》中,出现了三次看相的情节:苗训给郑恩看相;陈抟给赵匡胤、郑恩看相;苗训给赵普、郑恩看相,也提到赵匡胤。由于郑恩不见于历史,无法讨论;赵匡胤、赵普、苗训、陈抟则都有丰富的历史记载,李玉有丰厚的文献可资利用。

第二节 "陈桥兵变"故事

在宋太祖赵匡胤一生事迹中,最重要的事件当然是陈桥兵变事。由于历史本身就具有鲜明的戏剧性,几乎所有戏剧作品在表现陈桥兵变时,都是完全依照史书而来,不加改动。李玉《风云会》传奇在陈桥这一出中,也基本依照了历史本事。传奇中陈桥这一出的人物,有副(苗训)、生(郑恩)、小生(赵普)、净(赵匡胤),除郑恩以外都是陈桥兵变中实际的历史人物,末、丑代替了其他人物,满足传奇脚色分配。陈桥兵变本事,可见于《宋史·太祖本纪》:

> 七年春,北汉结契丹入寇,命出师御之。次陈桥驿,军中知星者苗训引门吏楚昭辅视日下复有一日,黑光摩荡者久之。夜五鼓,军士集驿门,宣言策点检为天子,或止之,众不听。迟明,逼寝所,太宗入白,太祖起。诸校露刃列于庭,曰:"诸军无主,愿策太尉为天子。"未及对,有以黄衣加太祖身,众皆罗拜,呼万岁,即披太祖乘马。太祖揽辔谓诸将曰:"我有号令,尔能从乎?"皆下马曰:"唯命。"太祖曰:"太后、主上,吾皆北面事之,汝辈不得惊犯;大臣皆我比肩,不得侵凌;朝廷府库、士庶之家,不得侵掠。用令有重赏,违即孥戮汝。"诸将皆载拜,肃队以入。[①]

《涑水记闻》《旧五代史》《续资治通鉴长编》等文献也载有此本事,详略有别,内容实同。因陈桥兵变这一真实的历史事件颇具戏剧性,后世在编排赵匡胤及宋朝开国故事时常将此作为重要关目。

现存最早描绘这一事件的图像为河北出土的宋代瓷枕画(图18-6)。在这一瓷枕画中,可见四人手持金瓜、斧、钺等物列队相迎,此四人当为宫廷仪仗队。一人太监打扮在宫门前作揖身状,其前一人骑马,身后有黄罗伞,此人当为赵匡胤;其后骑马者当为拥戴其兵变的军将。这幅画描绘的是其肃队入后周皇宫的情景。

---

① 脱脱等:《宋史·太祖本纪》,第3页。

图 18-6　宋瓷枕画《陈桥兵变》

图 18-7　杂剧《黄袍加身》

明代演义小说《南宋志传》第四十回、明代讲史小说《残唐五代史演义传》第六十回、罗贯中所作《龙虎风云会》杂剧第二折中都以历史本事为参照，撰写此事。罗贯中《赵太祖龙虎风云会》杂剧对黄袍加身一事已作为重要的看点进行描绘（图 18-7）。

而明末清初的李玉《风云会》传奇第二十四出"陈桥"敷演此事，此出上场人物有赵匡胤、赵普、苗训、郑恩四人，除郑恩为虚构人物，其余皆为陈桥兵变历史上真实出现的人物。故事情节基本依照历史本事，仅就故事连贯性对情节细处加以润色。传奇中对赵匡胤于睡梦中被黄袍加身这一段情节的编写与《续资治通鉴长编》及杂剧《龙虎风云会》的安排几乎一致，且传奇于曲白部分多处直接借鉴前作，详见下表（表中加粗部分为文辞基本一致处）：

《风云会》①	《续资治通鉴长编》②	《龙虎风云会》③
（副苗训）目今柴王升遐，点检领兵北征。	周帝命太祖领宿卫诸将御之。	
（副苗训）列位，目今，恭帝登基，我辈兵马北征，纵出死力，谁人晓得？赵点检恩威并著，人望所归，愚意欲协谋推戴，未知众位将军们意下如何？	主上幼弱，未能亲政。今我辈出死力，为国家破贼，谁则知之，不如先立点检为天子，然后北征，未晚也。	
（末）如此大事，亦需与书记商之。	即与处耘同过归德节度掌书记蓟人赵普	
（净赵匡胤）【一枝花】漫漫杀气飞，滚滚征尘罩；厌厌日月惨，隐隐阵云高。军布满荒郊。俺命将凭三略，行兵按六韬；左青龙右按着白虎，后玄武前依着朱雀。		【南吕·一枝花】漫漫杀气飞，滚滚征尘罩。闫妍红日惨，隐隐阵云高。军布满荒郊。我命将凭三略，行兵按六韬，右白虎左按着青龙，后玄武前依着朱雀。
（净赵匡胤）【牧羊关】五更筹，更听鸡鸣报。一部从休辞永夜劳，我且将半倚围屏盼天晓。		【隔尾】五更筹更听鸡鸣报。一部从休辞永夜劳。画角齐吹玉梅调。人休贪睡着。马须要喂饱。我且半倚围屏盼天晓。
（副苗训）诸将士无主，愿册太尉为天子。	诸将已擐甲执兵，直扣寝门曰：诸将无主，愿策太尉为天子。	
（小生赵普）太尉忠心，必不肯从。	太尉忠赤，必不汝赦。	
（副苗训）军中偶语，则犯族诛。今已定议，太尉若不从，我辈安敢退而受祸？	已而复集，露刃大言曰：军中偶语则族。今已定议，太尉若不从，则我辈亦安肯退而受祸。	
（小生赵普）策立大事，固宜审图，尔等何得便肆狂悖！	普察其势不可遏，与匡义同声叱之曰：策立，大事也，固宜审图，尔等何得便肆狂悖！	
（生）拿黄旗披净介	或以黄袍加太祖身	

① 李玉：《李玉戏曲集》，第 660—662 页。

② 李焘：《续资治通鉴长编》，中华书局 1979 年版，第 1—3 页。

③ 隋树森编：《元曲选外编》第二册，中华书局 1956 年版，第 621—624 页。

《风云会》	《续资治通鉴长编》	《龙虎风云会》
(净赵匡胤)【哭天皇】那我好梦来惊觉。听军中不定交,那里是兵严刑法重,只听得人怨语声高。险将咱唬倒。庙廊召会,台省攸关,君王震怒,太后生嗔。则俺这歹名儿怎地了?惊凌冽心如刀锯,颤笃速身如火燎。		【哭天皇】把好梦来惊觉。听军中不定交。那里也兵严刑法重。则末早人怨语声高。险将咱唬倒。庙廊召会,台省所关。君王振怒。太后生嗔不刺则俺这歹名儿怎地了。惊急列心如刀锯。颤笃速身如火燎。
(净赵匡胤)【乌夜啼】却被你谎阴阳惹得诸军闹,一个个该剐该敲。原来这犯由牌先把我浑身罩。凭道是天数难逃,可知情理难饶。不争这杏黄旗权当做衮龙袍、权当做衮龙袍,可将这出师表扭作郊天诏,我想受禅台争似凌烟阁?汝贪富贵,我岂英豪?		【乌夜啼】都是你谎阴阳惹得诸军闹。一个个该刮该敲。原来这犯由牌先把我浑身罩。你道是天数难逃。可甚么情理难饶。不争这杏黄旗权当滚龙袍。可将这出师表扭作郊天诏。我想受禅台。争似凌烟阁。汝贪富贵。吾岂英豪。
汝等自贪富贵,立我为主;能从我者则可,不从我命,决不可行。	汝等自贪富贵,立我为天子,能从我命则可,不然,我不能为若主矣。	
太后、幼主,我曾北面事之;公卿、大臣,皆我比肩;汝等勿得凌暴。不许扰害黎民,并劫掠府库。违令者斩!	少帝及太后,我皆北面事之,公卿大臣,皆我比肩之人也,汝等毋得辄加凌暴。近世帝王,初入京城,皆纵兵大掠,擅劫府库,汝等毋得复然,事定,当厚赏汝。不然,当族诛汝。	
(净赵匡胤)【煞尾】你做都堂朝廷正令休差错。你掌枢密天下兵机勿惮劳。你掌司天算星耀。你掌元戎司斩砟。你做司马掌刑曹,有罪的加刑、有功的增爵。且权受这一颗郊天的传国宝。		【尾】你坐都堂朝廷政事休差错。你掌枢密天下兵机勿惮劳。你管司天算星耀。你做元戎司斩砟。你统貔貅驱将校……有罪的加刑、有功的增爵……因此上权受取这一颗郊天传国宝。

《续资治通鉴长编》是南宋孝宗年间修成的编年体通史,记事自宋太祖建隆元年起,下迄宋钦宗靖康二年。此书对陈桥兵变一事的记载委曲周悉,最为详尽,对比文辞可见《风云会》正是依照史书所载陈桥兵变一事的发展顺序来安排故事,赵匡胤、苗训、赵普等人物的念白也直接套用史书文字,仅作个别修改。且《风云会》写陈桥兵变一事共用曲五支(皆由净脚赵匡胤演唱),曲辞与杂剧《龙虎

风云会》第二折中正末赵匡胤所唱曲文几乎一致,除第二支曲因曲牌名由【牧羊关】改为【隔尾】,增添字句变更格律后稍显差异外,其余四支曲可视为是对杂剧的照录。传奇此出中李玉所作改编较少,多是化用前人史书文字与前人杂剧曲文。此出情节不似其他关目,李玉的再创作比重骤减的原因应是由于史书已对陈桥兵变过程记载完整周详,且此事为宋朝开国大事,不宜妄改。

然而,对陈桥兵变这一改朝换代过程中重大节点事件的看法,历来众说纷纭。正史称赵匡胤是在领兵抵御北汉与契丹联军的入侵过程中,因下属将士感国主年幼,为国献力无人记怀,而点检赵匡胤又深具"人望",从而被迫推举为主。而《辽史》相关传记中未见显德六年有辽军南下兵马会和北汉的记载,因此有学者对正史说法存疑。又因陈桥兵变一事颇似周太祖郭威"澶渊兵变"的翻版,且《宋史》列传第一中曾记载有:"及太祖自陈桥还京师,人走后报曰'点检已作天子'。后曰'吾儿素有大志,今果然矣'。"[1]由太祖母所言可见赵匡胤恐早有篡位之心。几事相互证发,官方言论外素有认为陈桥兵变一事并非偶然事件,而是赵匡胤为篡后周帝统之位蓄谋已久的政治阴谋的观点。但《风云会》传奇依然延续了正史观点和《南宋志传》《龙虎风云会》等通俗文学的传统,将赵匡胤描写为对此事毫不知情。经《风云会》再次搬演,陈桥兵变这一历史政治阴谋也就又一次被改写成了英雄人物因天命难违、人心所向而被迫进行的义举。传奇此番做法为的是将赵匡胤身上的政治人物色彩淡化,尽可能地将其从费尽心机的权谋之事抽离出来,维护其作为英雄豪杰做事光明磊落、不暗处钻营的形象,将赵匡胤的变泰发迹塑造成历史潮流所推动的无功利性的、高尚的事件。

第三节 龙虎"风云会"故事

在以赵匡胤为核心人物的"飞龙故事"中,赵匡胤与郑恩、柴荣、赵谱等人的风云际会,也是重要的内容。

李玉《风云会》传奇第二出"相面",苗训为郑恩相面,说他是个"双亲早丧,家业凋零,骨肉无缘,孤身落魄之像"[2]。第六出"献笛"有北岳大帝为郑恩骨骼移换,赵大公见他英武不凡,将女儿赵京娘许配给他。之后,郑恩带着嫂嫂韩素梅一路行侠仗义,寻找义兄赵匡胤,相会团圆,后辅助赵匡胤陈桥兵变。《风云会》传奇中的郑恩被生的脚色所限制,完全不同于《南北宋志传》以及其他艺术作品中粗豪、莽撞。一般来说,郑恩是胸无点墨,勇力过人的,尤其是在《飞龙全传》中,郑恩几乎是个被赵匡胤驯服的野人。

郑恩是一个完全由文学艺术作品中虚拟出来的人物,不存在任何记载。有

---

① 脱脱等:《宋史》卷二百四十二·列传第一,中华书局 2000 年版,第 7148 页。
② 李玉:《李玉戏曲集》,第 595 页。

研究认为,郑恩的原型是郑仁海,因为"郑仁海曾为'恩州团练使'……可能称其'郑恩州'……'仁海'音同'人、晦',于是相对仗的两个字'子、明'也有了"①。这种观点有一定理由,但仅玩弄文字,不够有说服力。我们可以从郑恩的人物特点和经历事件出发,在后周、宋初将领中寻找郑恩的影子。在《风云会》中,郑恩出身低微、性格豪莽冲动、武力过人、山西人氏,在后周军攻打南唐中,参与陈桥兵变。在宋初的诸多将领中,王彦升似乎是与郑恩最为相似的。本市井贩缯人,显德三年攻南唐;陈桥兵变谋事;手刃韩通;宋初曾任恩州团练使;武艺高强,性格残暴。除《风云会》传奇,郑恩都是以粗豪鲁莽的形象出现,也曾有草菅人命的行为,似乎颇为相合。另外,在宋高宗朝有经略使郑恩,因抗金战死沙场,可惜因生平不可考,也无法将其与宋初故事联系起来。

　　郑恩虽是虚拟人物,但以宋朝开国将领为原型,是许多民间传说和神话的主人公。另外,郑恩在小说戏曲中也有妻子陶三春,她也以女将身份,参与了宋太祖统一天下的过程,在京剧剧目中常常出现。郑恩是赵匡胤在文艺作品中最忠心的追随者,他与赵匡胤相识于草莽,一同游历天下,两人除暴安良、行侠仗义,并最终建功立业。但是,虚构出的郑恩,必然是为了赵匡胤形象的对比塑造,为了使帝王将相英雄传奇故事更加丰富精彩,是从属于赵匡胤龙虎故事的。实际上,《赵匡胤打董达》《穆陵关上打韩通》《飞龙全传》《盛世鸿图》这几部作品中,建立起一种稳定的兄弟关系:柴荣宽厚温和、优柔寡断;赵匡胤急公好义、智勇双全

图18-8　赵匡胤绣像

(图18-8);郑恩粗莽任性、武艺高强。加上形象上赵匡胤的红脸,郑恩的黑脸,无疑是我们所熟悉的刘关张三兄弟的翻版。明代谢天瑞有《八黑记》,郑恩与项羽、张飞、周仓、尉迟恭、钟馗、赵玄坛、焦赞并列,其英豪形象可见。或许正是由于历代文艺作品的不断累积,到清代时,郑恩这一虚拟人物出现了回归历史的倾向,在各地方志中,郑恩游历真实的出身和经历,甚至成为民间信仰符号。

李玉《风云会》传奇完全忽略了柴荣,将郑恩与赵匡胤作为主副两条线索叙事,改变了郑恩惯有的人物形象,但效果并不明显。郑恩与赵匡胤英雄形象有所重合,婚恋情感故事中传统的生旦团圆也不如赵匡胤千里送京娘精彩动人,反不如其他戏剧小说作品中的柴荣、赵匡胤、郑恩三人互相磨合,一同闯荡的叙事性。总

① 钱世明:《京剧剧目考辨》,《中国京剧》2006年第8期。

而言之,郑恩为赵匡胤之副的惯用套路,在《风云会》传奇中的打破,并不成功。《风云会》传奇可以看作郑恩人物形象塑造中的一个环节,塑造者不再是伶人、说书人,而是有一定社会地位的文人。郑恩的成功转型,在《风云会》中实现了与赵匡胤一武一文的相互辉映,二人的兄弟之情是李玉重点书写的内容之一。李玉通过将虚拟人物郑恩进行艺术性改造,展现出赵匡胤广泛的交游状况,以郑恩为代表的"十兄弟",是赵匡胤获得帝位的中坚力量,这在陈桥兵变这场戏中展现无余。

近代以来,以郑恩、赵匡胤为主要人物的《斩黄袍》故事非常流行,川剧、湘剧、汉剧、滇剧、秦腔、同州梆子、河北梆子、豫剧等各种地方戏都有此剧目。剧情大概为:柴荣死后,苗训计加黄袍于赵匡胤之身,使继帝位,改国号宋。封郑恩为北平王。河北韩龙进韩素梅,受封游街,遇到郑恩,郑怒打韩龙,韩龙逃入宫。郑恩见赵匡胤力谏,赵宠幸韩素梅,醉后怒斩郑恩。陶三春闻而引兵围宫,高怀德闯宫,赵匡胤酒醒痛悔,斩韩龙,登城调解;陶三春斩赵所服黄袍泄忿,赵许郑追荐,陶始退兵。图18-9为1976年摄制的秦腔演员郭韵和、冯万奎等主演的舞台戏曲艺术片秦腔《斩黄袍》,其中舞台左侧第一人为花脸郑恩、第二人为红净赵匡胤。这种人物脚色的设定和处理,可谓《风云会》故事的传统。

图18-9 秦腔《斩黄袍》

第四节 千里送京娘故事及其他民间传说

《风云会》中最动人的情节就是千里送京娘,其同名昆剧《千里送京娘》依然在当今戏剧舞台上演出。赵京娘作为一个文艺作品中的虚拟人物,在民间有着极高的认同度。

京娘并非历史人物,但有历史学家以赵太祖好蒲州酒为依据,认为蒲州京娘曾存在而被历史抹去,实属谬测。据庄一拂《古典戏曲存目汇考》,宋元明清都有大量有关"京娘"的戏剧名目,如《京娘怨燕子传书》《四不知月夜京娘怨》《四不知荆娘怨》《夜月荆娘墓》《贤达妇京娘盗果》等。不少研究者认为这些都是叙千里送京娘故事,如钱南扬《宋元戏文辑佚》认为《京娘怨燕子传书》的佚曲"都是咏雪之辞。大概是匡胤送京娘,途中遇雪所用",谭正璧《宋元戏文二十九种内容考》误将其与《千里送京娘》联系,"此京娘当即为赵匡胤之京娘","但所谓'四不知',所谓'燕子传书',话本与小说中都无叙及,不知情节如何"①。实际上,这些京娘并非一人,诸多剧目存在于两个故事体系之下:京娘盗果、燕子传书。在周贻白的《中国戏剧本事取材之沿革》中,列出表格,统计了燕子传书系统的剧目:②

宋元南戏	元明杂剧	明清杂剧传奇	皮黄剧	备考
《京娘怨燕子传书》	《四不知京娘怨》(元彭伯威)	《燕子笺》(明阮大铖)	《燕子笺》	程砚秋本

由此可见,燕子传书故事系统的京娘与千里送京娘故事可能不属于同一个系统。

而另一京娘故事系统"京娘盗果",作品有《贤达妇京娘盗果》和《夜月荆娘墓》,前者的题目正名为"义烈夫士廉休妻,贤达妇京娘盗果"。据《元剧斟疑》分析,这应该是一个家庭伦理故事,此京娘绝非赵京娘。庄一拂列出诸多剧名后,提出荆娘(京娘)可能是宋元女子的常用名。《元剧斟疑》也说:"京、荆二字,是通假的……在宋元之时,京娘或荆娘,似是妇女们一个习惯题称的名字,我们不能胶柱鼓瑟,以某一京娘视同其他之京娘。"③历代地方志中有众多名为荆娘(京娘)的女子,可见京娘名字的广泛性。

《赵太祖千里送京娘》是一个独立的故事系统,它最早出现于明中叶的《金瓶梅》中。《金瓶梅》六十五回有"歌郎并锣鼓地吊来灵前参灵……洞宾飞剑斩黄龙,赵太祖千里送荆娘各样百戏"④。此处的戏剧形态存有争议⑤,可能只是说唱或者小戏,但其演出的存在毋庸置疑。沈德符《万历野获编》"他如千里送荆娘、元夜闹东京之属则近粗莽"⑥将千里送荆娘与诸多元人杂剧并列"杂剧院本条目下",且评价其"近粗莽",应是对比当时的戏剧演出而言。冯梦龙《警世通言》有话本《赵太祖千里送京娘》,广为世人所知。《风云会》传奇是现存剧本中

---

① 谭正璧著,谭寻补正:《话本与古剧》,上海古籍出版社 2012 年版,第 250 页。
② 周贻白著:《中国戏剧史·中国剧场史》,湖南教育出版社 2007 年版。
③ 严敦义:《元剧斟疑》,中华书局 1960 年版,第 512 页。
④ 兰陵笑笑生:《金瓶梅》卷十三,明万历刻本。
⑤ 曹广涛:《〈金瓶梅词话〉第六十五回十个剧目的定性与蔡敦勇先生商榷》,《艺术百家》2007 年第 3 期。
⑥ 沈德符:《万历野获编》卷二十五,清万历七年姚氏刻同治八年修补本。

首次出现的送京娘故事,和《警世通言》《飞龙全传》以及当今演出的京剧完全不同。

在《风云会》传奇中,赵京娘与老父出门被劫,贼人将她藏匿于庙中,赵匡胤发现后,救出京娘,认为义妹,护送她回家。但是其父之前已将赵京娘许配给郑恩,于是生旦团圆。此处赵匡胤行侠仗义,使得义妹赵京娘和义弟郑恩终成眷属。巧合构成了剧情的大团圆,虽然文辞清丽,剧情却比较平淡。而以《警世通言》为代表的另一则《赵太祖千里送京娘》中,京娘遭难,匡胤救妹都未改变,但送路途中,赵京娘对赵匡胤暗生情愫,处处暗示,赵匡胤装聋作哑。到家之后,由于嫂嫂的闲言碎语,赵京娘以死证明恩公清白,此处自然与郑恩毫无关系。从两则故事的对比中,我们不难看出,明显《警世通言》更加符合人情事理,且赵京娘与郑恩团圆在《风云会》中顺理成章,放到一个短篇话本或短剧中却不恰当。孔尚任《节序同风录》:"其舞队故事,里巷相演,雅俗悉解者……千里送荆娘、雪夜访赵普……柴世宗推车贩伞。"[1]乾隆年间苏州人钱德苍所编折子戏选《缀白裘》中有了折子戏《千里送京娘》(图18-10),可见千里送京娘的片段更易为人所接受。千里送京娘的故事,能够展现出赵匡胤锄强扶弱的英雄气概,固被李玉选为《风云会》的重要情节,但出于整体结构的需要,赵匡胤与京娘结为兄妹,毫无暧昧关系,京娘最后和赵匡胤的义弟郑恩结合。

图18-10　折子戏《千里送京娘》

图18-11　年画《千里送京娘》(中堂)

---

[1] 孔尚任:《节序同风录》,清刻本。

清代苏州年画(中堂)中也有《千里送京娘》。如图 18‑11,京娘身披斗篷,手执马鞭,骑在宝马"赤麒麟"背上。赵匡胤扎巾、戴草帽圈,穿袍系带,手提铁棍而行。自赵匡胤英武气概及装束看,似受当时舞台折子戏表演的影响。

值得注意的是,在《警世通言》的《千里送京娘》中,传达出这样一种后人很难理解的观念:宋朝建立和辉煌的原因是宋朝的皇帝都不好色。面对京娘的百般柔情,赵匡胤只装聋作哑,坐怀不乱,展现出正直守礼的英雄形象。但明清小说话本中,赵匡胤游历途中艳遇不断,他大都照单全收。清代《盛世鸿图》中,赵匡胤因为"天命"和众多女性成就姻缘,这些女性都是赵匡胤未来的后宫嫔妃。英雄人物的风流韵事为受众所津津乐道导致了民间文学作品在两性关系上的轻亵态度。《风云会》的创作时间晚于《警世通言》,李玉虽然删去京娘对赵匡胤倾心的情节,却也为赵匡胤设置了另一个爱情对象:韩素梅。赵匡胤救韩素梅出御勾栏,而韩以身相许,成就姻缘,之后赵匡胤出逃,又千里送京娘;郑恩则帮助"嫂嫂"韩素梅寻夫。在京剧《斩黄袍》中,赵匡胤贪恋韩素梅美色,醉后斩了功臣、义弟郑恩,酒醒后悔恨万分,斩黄袍以代己身。《风云会》传奇最后王妃赵京娘和贵妃韩素梅争驿,韩素梅退让,大概暗示了赵匡胤"不因女色误国"的想法。传奇中郑恩与赵京娘、赵匡胤和韩素梅各自凑成对,不再有其他桃色段子,既为了线索统一、关目严整、符合生旦净的脚色特征不乱点鸳鸯谱,也是受《警世通言》"英雄不好色"思想的影响,展现出正直的英雄形象。

除流传甚广的"千里送京娘"故事外,其他民间传说还有很多,如闹勾栏、打董达、打韩通、战杨衮等。这类传说本身大多虚幻不实,但涉及人民生活的某一方面,含有一定的政治隐射和反叛意味,所以在各地都留有痕迹。

李玉《风云会》传奇"观舞""闹栏"两出,基本与《南北宋志传》保持一致,纯属故事改编。史书以及明以前的资料中并无赵匡胤闹勾栏事,"明人《南宋志传》第十四回《匡胤大闹御勾栏》及《飞龙传》第三、第四回都叙此事,话本《赵太祖千里送京娘》(《警世通言》卷二十一)中亦曾提及"[①]。以上话本小说有明显的故事承继性,主要讲述南唐进献女乐,后汉主昏庸,为其建御勾栏。赵匡胤看女乐表演与乐人冲突,闹勾栏使父亲遭责难,趁夜打死女乐逃走。赵匡胤青年时离家游历,但离家原因并非杀人外逃,而是因家贫困窘,外出闯荡。金院本《闹平康》"疑叙赵匡胤大闹勾栏事"[②],却无法窥其真容。与李玉同时期的丘园传奇《闹勾栏》应是这一题材的沿袭。清代时"和村老汉都坐在板凳上听甚么飞龙闹勾栏消遣时光"[③],看上去"赵匡胤闹勾栏"成了流行故事。

---

①② 谭正璧:《金院本名目内容考》,谭正璧著,谭寻补正:《话本与古剧》,上海古籍出版社 2012 年版,第 201 页。

③ 傅山:《霜红龛集》卷二十三书札一,清宣统三年丁氏刻本。

"五代十国各宫廷乐舞制度,多承袭唐制,但已远不如唐代兴盛,规模也小得多。"①后蜀、后唐等宫廷仍有教坊,却时不可能使用勾栏一词。"宋朝初期仍沿用了唐朝的城坊制度,而瓦舍勾栏的兴起只能在宋初之后。"②仁宗朝以后,勾栏取代了唐代的戏场,勾栏一词从建筑用语转化为戏剧演出的代称。《东都事略》中有勾栏瓦子,即为演剧场所,故闹勾栏应是后人穿凿附会的。由于几代文人帝王的统治,南唐乐舞兴盛,向后汉进贡女乐却并未见诸史书。五代赵匡胤闹勾栏一事,更像是宋人的编造。但它成为后世诸多戏剧小说中赵匡胤初现时的核心关目,有特殊存在意义。中国历史上伶人往往与昏庸帝王联系在一起。后唐庄宗时,伶官乱政,以至于欧阳修有《伶官传》,批评庄宗任用伶人为地方官。在《资治通鉴》卷第二百八十九隐皇帝下,乾祐三年"帝初除三年丧,听乐,赐伶人锦袍、玉带。伶人诣弘肇谢,弘肇怒曰:'士卒守边苦战,犹未有以赐之,汝曹何功而得此!'皆夺以还官"③。后汉隐帝时内忧外患,史弘肇、苏逢吉把持朝政,隐帝又重视伶人。昏庸腐败的朝政在戏剧中得到了一定展现,而优伶不过是一个借口。"五代时优伶与宫戏之过分发展,就大体说,太不正常,不足为训。"④"明君"大闹"昏君"之御勾栏,借赵匡胤之名反映出对五代纷乱荒淫的反抗和不屑,有浓厚的政治教化意味。当然,此处的闹勾栏大概已经转变成英雄发迹之前的磨难,赵匡胤闹勾栏不过是市井争端,灭除苏小三的原因并非除灭奸臣,而是一时意气之争;赵匡胤夜杀女乐时所体现出来的草菅人命和残忍冷血,无疑是将人物形象描绘成市井逞凶之辈。在《风云会》中,似乎存在赵匡胤性格的变化,随着剧情的发展,他身上的匪气转变成侠气,责任感也逐渐增强。对闹勾栏传说的选取,一定程度上体现出作者为了更好的人物刻画效果,而做出的技术性处理。

《风云会》有赵匡胤打韩通、打董达及打猩猩怪的故事情节,皆是对前代的改造。韩通和董达各有元明杂剧《穆陵关上打韩通》和《赵匡胤打董达》叙其事;猩猩怪全属虚妄,大概和《南北宋志传》《飞龙全传》中层出不穷的蛇妖、鹿精类似,都是英雄人物历练的踏脚石。在《风云会》中,郑恩除猩猩怪和韩通,赵匡胤灭董家五虎,然后英豪相会,夫妻团圆。三霸故事现存的可靠的资料是明内府藏本杂剧《赵匡胤打董达》和《穆陵关上打韩通》,李玉的情节也似有从中借鉴的成分。但是赵匡胤打董达和打韩通的传说,在中原地区早有流传,李玉很可能接触到了类似的传说。

《风云会》第十六至十九出,郑恩带韩素梅寻赵匡胤,行至木铃关附近,救出被猩猩怪掳走的韩通之母,韩通上门道谢,却将美貌的韩素梅夺走。郑恩打倒韩

---

① 王克芬:《中国舞蹈史·隋唐五代部分》,文化艺术出版社 1987 年版,第 289 页。

② 廖奔:《中国剧场史》,中州古籍出版社 1997 年版,第 45 页。

③ 司马光编著,胡三省音注:《资治通鉴》,中华书局 2012 年版,第 9560 页。

④ 任半塘:《唐戏弄》卷下,上海古籍出版社 1984 年版,第 849 页。

通,救出嫂嫂。传奇中的韩通,由《南北宋志传》里的韩升和《穆陵关上打韩通》的韩通二者结合。从情节上看,打韩通与《南北宋志传》"郑恩激怒打韩升"相似,都由韩素梅貌美而起。《风云会》中的韩通,又借用了明杂剧《穆陵关上打韩通》树立起来的艺术形象:穆陵关守将韩通,他带徒弟们欺凌民众,鱼肉乡里,为人狠毒,刚愎自用,被赵匡胤打败,远走他乡。

　　李玉可能仅仅借用了已有的传说和材料,明杂剧《打韩通》实际上影射了后周大将韩通。《宋史》有韩通传:"周祖镇大名,奏通为天雄军马步军都校,委以心腹,及入汴,通甚有力焉。天平军节度使。"①他是赵匡胤陈桥兵变的反对者,因而在赵匡胤大军进入都城时被杀,成为政治牺牲品。赵匡胤和韩通同朝为官时,就有着明显的对立,韩通刚愎自用,其子"见太祖有人望,常劝通早为之所,通不听","及太祖勒兵入城,通方在内合,闻变遑遽奔归。军士王彦升遇之于路,跃马逐之,及于其第,第门不及掩,遂杀之并其妻子"②。韩通是历史上陈桥兵变唯一有力量的反抗者,虽惨遭失败,却得到广泛同情。韩通对后周的死节受到宋代文人的推崇,五代史因不为韩通立传颇受非议。从身份地位和历史事件看来,韩通有资格成为宋太祖赵匡胤称帝道路上最大的反对者,因而在民间文学中不断作为功能性人物出现。《南北宋志传》中也有兵马使韩通,与柴荣幼时相识且与之友善,与韩通的真实身份较符合。

　　穆陵关是古代重要的军事重地,今山东临沂和潍坊的交界处有穆陵关遗址,关东有"韩通城"遗址,当地传说"赵匡胤陈桥兵变,黄袍加身,改周为宋,登基称帝。韩通不服,据守穆陵关,安营扎寨,招兵买马,与赵匡胤对垒"③。在山东沂山地区有传说"赵太祖微时,阅韩通于此,弃衣而石,翁媪收之神像,犹作臂衣之形"④。虽然此语俚俗妄诞,却证明赵匡胤打韩通,在元代已经是一个流行故事。韩通与赵匡胤政治立场的对立,成为赵匡胤英雄事迹的资源,被文学艺术作品不断书写。韩通在宋初文人笔下,是值得尊重的死节者,在民间传说中,形象却不断下降,以致在《风云会》传奇中,由丑扮演,欺男霸女,完全是一个衬托郑恩英雄形象的反面角色。

　　《风云会》中打董达的情节,也基本可以看作是对明杂剧《赵匡胤打董达》的模仿,董达的身份、姓名乃至遭遇几乎与《赵匡胤打董达》相同。打董达在明代的《飞龙全传》《警世通言》等有所记载。至少在明代,关于赵匡胤打董达的民间传说已经盛行。《赵匡胤打董达》内容为赵匡胤、柴荣、郑恩三人结为兄弟,一同去关西,董家五虎霸占土桥,对贩卖油伞的柴荣抽重税。兄弟三人打败董达及其兄

---

① 脱脱等:《宋史》列传二百八十三,中华书局1985年版,第13968页。

② 同①,第13970页。

③ 刘世松:《穆陵关(甲)》,2002年10月26日,长城小站 http://www. thegreatwall. com. cn/
aboutgreatwall/shandong/mulingguan/page07.html

④ 《(至元)齐乘》卷一,清乾隆四十六年刻本。

弟,去投郭威得到重用。在《风云会》传奇中,董达依然对来往客商抽税,成为地方"三霸"之一,按剧情所叙,赵匡胤孤身一人行走天下,难以与董达发生冲突。此处,李玉为了制造赵匡胤打董达的情节,制造出"前日多蒙柴荣大哥赠我许多缎匹[①]这样荒诞的借口,导致赵匡胤过桥时因不愿交税与董达冲突。整部传奇中,完全回避了柴荣这一人物,此处一提,有些牵强,关目不够谨严,却显示出对《赵匡胤打董达》的模仿。

《赵匡胤打董达》,虽然是虚构的故事,却与赵匡胤青年时游历关西的史实有所联系,是穿凿出的英雄惩恶扬善故事的典型代表。这类历史故事剧"其作者为元为明颇不易分别;亦多半出于教坊伶人之手。但重要的是,借此得以窥见历史故事在元明间递嬗变化之迹"[②]。田仲一成将打董达、打韩通归作农村祭祀的英雄戏[③],再传入宫廷,后出现固定的内府本。另外《赵匡胤打董达》中出现大量俗语,应是出于民间。董达聚众在土桥收取过路人的税金,自称护桥龙。《酷寒亭》《桃花女》杂剧中都有护桥龙宋彬,地方豪强霸占路桥收取过路财或许确有其事。南宋有大盗董达"干顷在信阳,闻董达者其下有二千人,日遣其徒劫掠平民,至官司调发则逃匿山谷不肯为用"[④]。与剧中的董达似乎都是地方一霸。清同治榆次县志"传有董达桥在长宁涂水之间"[⑤]。民国的三门峡县"董达桥在张茅镇之东,为五代董达建筑之石桥。其下为香油河,殊饶风景,历宋元明清代有修筑"[⑥]。另外,在河北邢台市、河南南阳市[⑦]也有董达桥。值得注意的是,南阳的董达桥在小金河上,后《飞龙全传》中的销金桥,《风云会》中的小金桥,很可能与之有关。在陕西、河南、河北交界一带,可能确实有比较丰富的民间传说。这些地方的地理位置,与赵匡胤游历关西的经历相符合,即使民间传说纯属虚构,郑恩、董达、赵京娘等虚拟人物在清代逐渐被写于方志之中,实现了虚拟人物的历史重塑。《风云会》与其他戏剧、小说和当地传说故事,也应该是一脉相承的。

赵匡胤大战杨衮为前杨家将故事,其最早起于何时不可考,很可能与杨家将故事同时产生。故事说杨衮为杨老令公之父,后周柴荣继郭威称帝后,因患杨衮断其粮道,差遣赵匡胤为帅,率郑子明、高怀德等前往征讨。大兵至火塘寨,郑子明、高怀德等与杨衮轮战,皆不能获胜。赵匡胤乃亲自出马,却被杨衮击落马下。此时赵匡胤头顶突显龙形光环,杨衮方悟赵匡胤乃真龙天子,遂下马投顺。杨衮为表真心献出铜锤,赵匡胤赠以玉带为证。赵匡胤称帝后,加封杨衮。杨衮与赵

① 李玉:《李玉戏曲集》,第648页。

② 郑振铎:《西谛书话》,读书·生活·新知三联书店1983年版,第455页。

③ 田仲一成著,布和译,吴真校译:《中国戏剧史》,北京大学出版社2011年版,第122页。

④ 黄干《勉斋集》卷十六,元刻延佑二年重修本。

⑤ 俞世铨、陶良骏修:《同治榆次县志》卷十六,清同治二年刻本。

⑥ 欧阳珍修:《民国三门陕县志》卷二十一,民国二十五年铅印本。

⑦ 徐光第修:《咸丰淅川县志》卷一,清咸丰十年刻本。

图 18-12　年画《铜锤换玉带》

匡胤铜锤换玉带事,清代北方很多地方戏常见演出,图18-12为清代朱仙镇门神门画《铜锤换玉带》,左为杨衮、右为赵匡胤,赵匡胤的脸谱显然为红净,这与《千里送京娘》中的赵匡胤一样。可见自宋元以来,赵匡胤的性情、气质在故事传说中有很强的稳定性。

实际上,赵匡胤为核心人物的历史英雄传奇的书写,大多采用了与《风云会》类似的取材方法。以赵匡胤个人的发迹变泰经历为核心,在重点关目上与历史高度一致(如陈桥兵变);汲取其他文学艺术作品中创造的动人传说(如千里送京娘);在传奇性关目上采用锄强扶弱的典型故事(如闹勾栏)。但是,不同于《赵太祖龙虎风云会》以事抒情,《飞龙全传》以章回体铺陈恣肆,《盛世鸿图》堆砌俚俗妄谈和神仙精怪,李玉的《风云会》虽然采用了类似的情节人物,却有了极大的改动。这种改动,以"净化"人物形象为中心,选取了几个特殊事件中鲜明的性格特征,保留了正直、英勇、反抗昏庸王权等特征,单薄而鲜明。当然,御勾栏杀死无辜卖肉人一事,可能是作者安排的人物转型需要,也可能是对《南北宋志传》不加删改利用中出现的疏漏。另外,剧中赵匡胤的言行举止均师出有名,合乎社会道德,他作为普通民众的守护者,与以盗匪为代表的民间邪恶势力和以奸臣昏君为代表的官方邪恶势力斗争,一举一动完全站立在道德的制高点上。李玉在《风云会》创作中表现出对赵匡胤极高的评价,将侠义精神灌输到一个帝王身上,实际上是有些矛盾的。历史中的宋太祖是多疑、善战的政客,但李玉保留了他政策措施中注重民生的精神,又以精彩的民间传说获得观众对赵匡胤的好感,才在一个严格的框架体系中创造出赵匡胤这样符合他政治理想的对象。

应当说近几百年来戏曲舞台上的赵匡胤形象仍是李玉《风云会》传奇所塑造的赵匡胤形象的一种更集中、夸张的表现。这一点突出反映在赵匡胤脸谱描画上。流行的谱式为红整脸(红净),红色作为主色表示忠勇。因为赵匡胤是真龙天子(据说火龙下凡),故右眼眉间画红色火龙。龙眉表示为真龙天子。

五代纷争至赵匡胤终结,处在朝代交替间的李玉,也渴望一个能安天下的"飞龙"。李玉所创造的赵匡胤,有极高的个人素质、宽广的胸怀、锄强扶弱

图 18-13　京剧赵匡胤脸谱

的豪勇和关注民生的精神,他的经历使他的民心所向,故而是"天命",他的发迹变泰过程是高尚而无功利性的。因此,李玉在《风云会》传奇刻画赵匡胤的背后,表现出个人对于理想帝王的政治幻想。

从文学与图像的关系来看,赵匡胤的图像几乎完全为文字或文学的辅助物,它们在很大程度上是人们理想中的赵匡胤形象更集中的表现。

第十九章　杨家将故事及其图像

杨家将的故事在民间广为传颂,至今已经有近千年的历史。长期以来,它成长于各种各样的文艺样式如民间传说、词曲戏剧、小说传奇中,故事情节不断丰富,文化内涵日趋完善。杨家几代英雄为国征战,忍辱负重,浴血奋战的事迹早已经深入人心,从中所体现的忠孝节义及英雄主义精神成为华夏子孙在国势衰颓、民族危亡之际同仇敌忾、奋斗不息的精神力量,杨业、杨延昭、杨宗保、杨文广、佘太君、柴郡主、穆桂英及与他们有关的孟良、焦赞、呼延赞、寇准等有血有肉的爱国英雄,都成为家喻户晓的人物。

第一节　杨家将故事的本事

杨家将故事的事迹见载于《宋史》《辽史》《隆平集》《资治通鉴》《东都事略》《十国春秋》等文献,故事中的杨业、佘太君、杨延昭、杨文广及孟良、焦赞、王贵等人皆史有其人,但史书对他们的记载非常的简略和隐晦。《宋史·杨业传》称:"弱冠事刘崇,为保卫指挥使,以骁勇闻。累迁至建雄军节度使,屡立战功,所向克捷,国人号为'无敌'。"[1]杨业又名继业,早年事后汉刘氏,太平兴国四年(979),随北汉皇帝刘继元降宋,宋太宗任命杨业知代州,杨业屡建奇功威名大振。

雍熙三年(986),北宋分三路大举征辽,宋太宗命潘美等将云、应、寰、朔四州百姓迁回内地,监军王侁逼杨业与兵强势盛的契丹大军正面交锋,主将潘美纵容王侁的言行,并违约未布兵在陈家谷口接应,杨业无人救应,战败被擒,后绝食三日而死,其子杨延玉也战死沙场。《宋史》有对杨业最后浴血奋战、兵败被俘的描述:"(潘)美即与侁领麾下兵陈于谷口,自寅至巳,侁使人登托逻台望之,以为契丹败走,欲争其功,即领兵离谷口,美不能制,乃缘灰河西南行二十里。俄闻业败,即麾兵却走。业力战,自午至暮,果至谷口,望见无人,即拊膺大恸,再率帐下士力战,身被数十创,士卒殆尽,业犹手刃数十百人,马重伤不能进,遂为契丹所

---

① 脱脱等:《宋史》卷二百七十二,中华书局 1977 年版,第 9303 页。

擒,其子延玉亦没焉。"①杨业战功卓著,却被奸人所害以身赴死,且死后受到不公正的待遇,令壮士扼腕,寻常百姓也心痛不已。

杨业之子杨延昭,又名延朗(见《续资治通鉴》)、延钊(见《隆平集》),《宋史》记载:杨延昭"幼沉默寡言,为儿时,多戏为军阵。业尝曰:'此儿类我。'每征行,必以从"②。延昭"在边防二十余年,契丹惮之,目为杨六郎"③。在元明清戏剧里面被称之为杨景,能征善战,曾战于朔州城、坚守遂城、大败契丹、破古城,立下赫赫战功,守卫边关二十余年,威震边关,辽人惮之,目为"杨六郎"。杨延昭的儿子杨文广,曾在韩琦、范仲淹麾下参加过防御西夏的战事,也曾随狄青南征侬智高,在边疆征战三十余年。杨业祖孙三代英勇善战,有功于国,深为百姓爱戴,所以他们的英雄事迹很快便传播开来。

在杨业和杨延昭父子死后没有多久(杨业卒于公元986年,杨延昭卒于1014年),他们英勇抗敌的故事便在民间流传非常广泛了,欧阳修在宋仁宗皇祐三年(1051)为杨业的侄孙杨棋写的墓志铭《供备库副使杨君墓志铭》一文中说:"继业有子延昭,真宗时为莫州防御使。父子皆为名将,其智勇号称无敌。至今天下之士,至于里儿野竖,皆能道之。"④这是最早记载杨家将故事的文字。苏辙路过杨业庙时,写下《古北口过杨无敌庙》一诗,赞颂这位悲剧英雄:"行祠寂寞寄关门,野草犹知避血痕。一败可怜非战罪,太刚嗟独畏人言。驰驱本为中原用,尝享能令异域尊。我欲比君周子隐,诛彤聊足慰忠魂。"⑤此诗反映了当时人们对于杨业之死的叹息之情,而对于陷害忠良的潘美之流,诗人则用周处的典故委婉地表达了不满与愤慨。

南宋,民族多难,朝廷不思抵抗,在民族耻辱和渴望恢复失地的民族情绪之下,杨家将的英雄业绩也就更加让人缅怀。南宋谢维新的《古今合璧事类备要》与宋末元初徐大焯的《烬余录》均显示了当时有"杨家将"内容的话本,惜乎题名已佚。《古今合璧事类备要》载:"真宗时,杨畋,字延昭,为防御使,屡有边功,天下称为杨无敌,夷虏皆画其像而事之。"⑥杨畋是杨业的侄曾孙,杨延昭是杨业的儿子,杨无敌指的是杨业,此书中将三人混为一人,可见杨家将故事在民间口口传说中,在说书艺人的随意捏合下,已经偏离了历史的轨道。

在南宋末年,杨家将故事已经是虚实杂糅真假难辨了。成书于《宋史》之前的《烬余录》记载:"太平兴国五年,太宗莫州之败,赖杨业护驾得脱险难。业,太原人,世称杨令公,任北汉建雄军节度使,随刘继元降,授右卫大将军、代州刺史。先是,帝出长垣关,败契丹于关南,旋移军大名,进战莫州,遂为契丹所困。杨业

① 脱脱等:《宋史》卷二百七十二,中华书局1977年版,第9305页。
②③ 同①,第9306—9308页。
④ 欧阳修:《欧阳修全集》卷二十九,世界书局1986年版,第206页。
⑤ 苏辙:《栾城集》卷之十六,上海古籍出版社1987年版,第395页。
⑥ 谢维新:《古今合璧事类备要》后集卷六十三。

及诸子奋死救驾,始得脱归大名,密封褒谕,赐赉骈番。七年,业败契丹于雁门、丰州,获其节度萧太。八年,收降契丹三千余帐,迁云州观察,兼判郑州、代州。诸将大忌之。雍熙三年,业副潘美北伐,破寰、朔、应、云四州。会萧太后领众十万犯寰,业请潘美会军出雁门,不应。业分(奋)死出战,士卒尽丧,慨然曰:'不幸为权奸所陷!'遂死之。赠太尉节度使。长子渊平随殉。次子延浦、三子延训官供奉。四子延环——初名延朗、五子延贵并官殿直。六子延昭从征朔州,功加保州刺史,真宗时与七子延彬——初名延嗣者屡有功,并授团练使。延昭子宗保,官同州观察。世称杨家将。"①文中所记杨业诸子顺序及名字有很多是与史无征,此种笔法与后世的戏曲小说可谓异曲同工,从而为后来的杨家将故事发展提供了广阔的艺术空间。

第二节 杨家将故事的发展

杨家将的故事是在史书对他们记载的基础上,不断将戏曲杂剧、话本、民间传说等文艺形式中情节加工而成的。在长期的传说和不同的艺术形式的演绎之下,传说者和创作者有意无意地加入了一些虚构、想象的成分,使得有宋一代并非政治和军事舞台中心人物的杨家诸将,成了一系列身系国家安危的重要角色。南宋罗烨《醉翁谈录·舌耕叙引·小说开辟》中所列宋代的评话目录:"论这《大虎头》《李从吉》《杨令公》《十条龙》《青面兽》……《五郎为僧》《王温上边》《狄钊认父》,此为捍棒之序头。"②《杨令公》和《五郎为僧》,一定是杨家将故事,杨家将故事在宋代已经不限于史实,走上了文艺创作的层面。元代陶宗仪《辍耕录》卷二十五所载金院本目下有《打王枢密爨》,说明宋金时期,杨家将故事已经被搬上了戏曲舞台。

在元代,杨家将故事亦是元杂剧的重要题材,但剧本多所散佚,现存下来较完整的只有收入明人臧晋叔刊刻的《元曲选》中王仲元的《谢金吾诈拆清风府》与朱凯的《昊天塔孟良盗骨》;《也是园孤本元明杂剧》中无名氏的《八大王开诏救忠》《焦光赞活拿萧天佑》《杨六郎调兵破天阵》,全部被收入王季思主编的《全元戏曲》第八卷中③。此外与《昊天塔孟良盗骨》题名相同的还有关汉卿《孟良盗骨》一剧,也是演孟良往北番盗取杨继业尸骨事,但关剧未能保存下来,《北词广正谱·仙吕》收录此剧第一折《青哥儿》残曲两句:"算着我今年合尽,来日个众军众军传令。"④

---

① 徐大焯:《烬余录》(甲编),清,谢家福辑刻本《望炊楼丛书》,苏州文学山房补刻,民国13年(1924)版,第6页。

② 罗烨:《醉翁谈录》,古典文学出版社1957年版,第4页。

③ 王季思主编:《全元戏曲》第八卷,人民文学出版社1999年版,第357页。

④ 赵景深:《元人杂剧钩沉》,中华书局1959年版,第4—5页。

明代演绎杨家将故事的有佚名杂剧《黄眉翁赐福上延年》,《今乐考证》《也是园书目》《曲录》皆有著录。该剧题目正名为"杨郡马赤心全忠孝,黄眉翁赐福上延年",叙杨六郎镇守瓦桥关,因母寿诞将至,思念老母,由寇准代奏,得以回京为母祝寿。仙人黄眉翁感杨六郎忠孝,以延年酒、仙桃为佘太君上寿。该剧宣扬了"为臣者当尽其忠,为子者当尽其孝"①的思想,说教意味浓厚。以杨家将为题材的明传奇与杂剧相比,从形式到内容都发生了重大的改变。就内容而言,受到当时成熟的杨家将小说的影响,故事容量加大,情节曲折复杂,一些剧中出现了智勇双全的女将形象,如明万历朝进士施凤来的传奇《三关记》和稍后姚子翼的传奇《祥麟现》等。《三关记》,明刻《词林一枝》《万锦清音》选有《焦光赞建祠祭主》佚曲,《曲海总目提要》有剧目题要,剧情与元剧《私下三关》和《谢金吾》相近。《祥麟现》2卷28出,《曲海总目提要》有剧目提要,主要是杨六郎、孟良等破天门阵情节。在地方戏曲中,以杨家将故事为内容的剧目已经非常丰富,在明万历之前的山西东南部,目前发现的杨家将剧目有:《七郎八虎战幽州》《天门阵》《杨宗保救主》《杨宗保取僧兵代卷》《两狼山潘杨征北》《射七郎》《告御状》《六郎报仇》《私下三关》《六郎搬兵征北》《九龙屿八王被困》。可以看出后世杨家将故事的基本情节都已经具备②。

　　明代是我国古典小说迅速发展和趋于成熟的时期,叶盛《水东日记》卷二十一"小说戏文"条曰:"今书坊相传射利之徒伪为小说杂书,南人喜谈如汉小王(光武)、蔡伯喈、杨六使(文广),北人喜谈如继母大贤等事甚多。农工商贩,抄写绘画。家畜而人有之。"③叶盛生活于明代前期,由此可以得知,明前期杨家将小说已经非常普遍和流行。在嘉靖、万历年间出现了两种集大成的杨家将故事的长篇小说,一种是《北宋志传》,一种是《杨家府世代忠勇通俗演义》。它们的出现,改变了此前杨家将故事的分散、片段不成系统的状态,集了史传、民间口头传说、戏剧、曲艺等艺术形式中杨家将及与杨家将相关的人和事,改编并增加了一些以前从来没有出现过的人物和情节,使杨家将故事题材更为丰富,内容更加丰满。

　　《北宋志传》是《南北宋志传》中的后一部分,作者为明代嘉靖年间熊大木,明代即有多种版本。较有代表性的,一为建阳余氏三台馆本,《南北宋志传》全名为《全像按鉴演义南北两宋志传》,共20卷,100回。前10卷共50回为《南宋志传》,叙五代、宋初事;后10卷共50回为《北宋志传》叙杨家将事;二是绣谷唐氏世德堂万历二十一年(1593)刊本,题为《北宋志传通俗演义评传》,署"姑苏陈氏尺蠖斋评释";三为金阊叶昆池万历四十六年(1618)刊本,题名《新刻玉茗堂批点

① 无名氏:《黄眉翁》,见《脉望馆钞校本古今杂剧》八四册第十九页,《古本戏曲丛刊》第四集影印。
② 郝成文:《昭代箫韶研究》,山西师范大学2012年博士学位论文,第27页。
③ 叶盛:《水东日记》,中华书局1980年版,第213—214页。

绣像南北宋志传》,分前后集,前集题为《新刊玉茗堂批点按鉴参补绣相南宋志传》,后集题为《新刊玉茗堂批点按鉴参补北宋杨家将传》各10卷50回。三版故事内容相差不大,作品叙述了杨家"一门忠勇尽亡倾"的悲壮故事,小说从北汉主刘钧屏逐忠臣,呼延赞激烈复仇写起,到杨业归顺大宋,杨宗保大破天门阵,十二寡妇征西夏为止,通过杨家世代抵抗外族入侵的事迹,贯穿了反抗外族侵扰,歌颂抗敌英雄,谴责奸佞卖国的主题。特别是书中塑造了一个个光彩照人的巾帼女英雄如佘太君、穆桂英等形象,她们一反传统女性相夫教子、三从四德的模式,都能深明大义、武艺高强、运筹帷幄、征战沙场,体现了对儒家思想束缚女性的不满,有强烈的呼唤妇女解放和男女平等的意味,在我国文学史上具有开创性意义。

《杨家府世代忠勇演义志传》又名《杨家府演义》《杨家通俗演义》《杨家将演义》,最早的刊本为明万历三十四年(1606)卧松阁所刊,题"秦淮墨客校阅,烟波钓叟参订",有万历丙午秦淮墨客序和"纪振伦"钤印,小说8卷58则,起于宋太祖受禅建国,终于杨文广之子杨怀玉举家归隐太行山,跨越了太祖、太宗、真宗、仁宗、神宗时期,依次叙述了杨家五代同潘仁美、王钦、狄青、张茂忠奸之争,强调了杨家将前仆后继、奋勇捐躯的抗敌精神。小说里的女将武艺超群、性格豪放而不受羁绊,其英雄本色不仅不亚于其丈夫兄弟,甚至更胜一筹。

《杨家府演义》与《北宋志传》在主体情节上是相同的,都有杨业死撞李陵碑、杨延昭镇守三关、杨宗保大破天门阵、十二寡妇征西等重要情节。在具体情节设置上却有许多不同。为了符合"讲述一朝一代事"的需要,《北宋志传》定位于一朝一代的大事搬演,按时间顺序讲述历史事件,开头以八回的篇幅讲述呼延赞的故事,其后还有赵普辞官及与杨家父子无关的两场战事。《杨家府演义》以人物为中心,以历史为背景,以杨氏几代人的英雄事迹作为主线,展示杨门代代相承的忠贞爱国、英勇赴难的可贵精神。与《北宋志传》相比较,在杨六郎死后有杨宗保南平侬智高叛乱、杨文广领兵取宝、文广领兵征西番新罗国李王等故事,结束于救杨文广十二寡妇征西、杨怀玉举家上太行。杨家将演义的民族斗争、忠奸之争在《杨家府演义》中表现得更为明显,从中可以看出小说作者的历史反思精神。

《北宋志传》与《杨家府演义》最终确立了"忠"与"勇"为核心的杨家将基本精神,使杨家将故事基本定型。至此包括杨门女将在内的以杨业、杨六郎、杨宗保、杨文广、杨怀玉五代为主体的杨家英雄群像基本形成,为后来的戏曲、曲艺提供了丰富的题材,标志着杨家将小说的成熟。

清代杨家将为题材的戏曲不可胜数,昆曲、京剧、地方戏中都有大量的杨家将剧目,杨家将故事在清代进入了以戏曲为主要传播模式的时期。明末清初李玉有《昊天塔》传奇,系据元同名杂剧《昊天塔孟良盗骨》改编并增饰而成,剧叙杨六郎梦见父亲和七弟告知父子惨死事。六郎醒来后和岳胜商议去幽州昊天塔盗取父亲骨殖,岳胜建议用激将法使孟良前去盗骨,岳胜、六郎先后前去接应。杨六郎被困于番邦,孟良回朝搬取救兵,烧火丫头排风与孟良比武,赢得比赛,出征救主。

清乾隆朝内廷供奉王廷章(又名庭章)、范闻贤撰写的宫廷历史大戏《昭代箫韶》,共 10 本 20 册,240 出,约 57 万字,取材于《杨家将演义》,撰写的目的在于"明善除奸嘉勇。假优孟冠裳,声寄管弦,缓调轻弄。演出褒忠奖孝,诛妄除奸。俾令迷顽悔恸",其主要内容描写杨继业全家尽忠报国,贤王德、昭辅政的故事。前部分主要事件有:杨继业归宋,杨潘结怨;杨继业于雁门成功伏击辽军,威震辽邦;太宗亲征,被辽军困于幽州城下;辽天庆王设双龙会,杨家将替主赴会,杨家诸子死难离散;杨继业父子三人被困陈家谷,七郎遭潘仁美乱箭射死;杨继业死撞李陵碑;六郎入京告御状;杨六郎驻守三关;杨六郎私下三关,焦赞灭谢庭芳满门等。后半部分围绕大破天门阵展开,有 97 出,主要内容为杨六郎杨宗保父子及众子媳率领宋军在钟离道人等仙家帮助下与辽邦军师严洞宾等斗法破阵,中间穿插着杨宗保与穆桂英、杨宗显与李剪梅的姻缘遇合,以及在辽邦的四郎、八郎夫妇在助宋与护辽之间的艰难选择。最后的结局依然是坏人伏诛,好人受赏,与此前杨家将故事不同的是,在民族矛盾的处理上来了一个南北和好的结局,以此表达人们渴望各族之间和睦相处、反对战争、爱好和平、安居乐业的美好理想。

清代连台本历史大戏《铁旗阵》有 113 出,写杨家将杨七郎、杨八郎平南唐的故事,剧中的杨门女将泼辣大胆、英豪勇武,体现了普通民众的思想观念。

清代花雅之争中,以皮黄腔为代表的地方声腔逐渐成为剧坛的主导声腔。在皮黄腔中,杨家将的剧目有 40 余种,较为有名的是《清官册》《雁门摘印》《五台山》《孟良盗马》《三岔口》《寇准背靴》《杨排风》《四郎探母》《穆柯寨》《辕门斩子》《佘赛花》《佘塘关》《瓦桥关》《金沙滩》《李陵碑》《天门阵》《破洪州》《杨门女将》《穆桂英挂帅》等,至今还活跃在舞台上。道光四年《庆升平班戏目》记载,当时有《金沙滩》《清官册》《破洪州》《穆柯寨》《太君辞朝》《四郎探母》等十多种杨家将剧目在舞台上演出①。各地地方戏,如山西梆子(晋剧)、河南梆子(豫剧)、扬剧等,这些剧种中杨家将剧目也非常多。

清代的杨家将小说,上承《杨家府演义》与《北宋志传》的余绪,将杨门女将和杨门小将的故事进一步丰富和拓展,使杨家将小说构成了一个由最初的演述杨业、杨六郎为主,到后来演述杨业祖孙几代为主,再到最后演述杨门女将及杨家小将为主的完整系统。清代杨家将小说有《北宋金枪全传》(又名《北宋金枪倒马传》),现存有清代道光癸未博古堂刊本;《天门阵演义十二寡妇征西》,系敷演杨门女将的故事;《平闽全传》,叙杨文广与闽王蓝凤高斗争的故事;《杨文广平南全传》,亦叙杨文广平灭闽王蓝凤高事;《两狼山》叙述的是杨业兵败陈家谷狼牙村故事;此外《说呼全传》《说岳全传》《万花楼》《五虎平南》等一些小说中也有与杨

---

① 周贻白:《中国戏剧史长编》,上海书店出版社 2002 年版,第 480—482 页。

家将相关的一些故事及情节。

清代曲艺中演讲杨家将故事最负盛名的是鼓书,早期杨家将故事的鼓书有《金陵府》(全名《新刻金陵府说唱鼓词》)、《归西宁》(全名《新刻归西宁说唱鼓词》)、《勾西番》(全名《新刻勾西番说唱鼓词》),晚期杨家将鼓书有《一打天门阵》《二打天门阵》《奔牛阵鼓词》《大破洪州鼓词》《绣像洪羊洞》(全名《新编绘图洪羊洞说唱鼓词》)、《十二寡妇征西鼓词》《杨文广征西鼓词》等。

杨家将故事千百年来一直流传不息,必然有其独特的原因,首先杨业家族前仆后继为国捐躯的英勇精神、忍辱负重忠孝两全的人格建构、薪火相传的家国主义情怀以及追求和谐一统的顽强意志契合了不同历史时期相同的政治形势所造就的政治愿望与民族文化心理,自宋以来中原王朝屡受外族侵略欺凌,人们渴望政治清明,民族独立,能出现如杨家将一样的民族英雄和保家卫国的忠臣良将积极抵抗外族侵略,来洗刷外族侵略欺凌的耻辱,过上稳定安宁的幸福生活。杨家将故事经久不息的第二个原因,在于杨氏家族的悲剧精神。杨业之死是实实在在的悲剧,他的儿孙也都在抵御外辱和忠奸斗争中死去,每一个人的遭际都带有一定的悲剧性质,而悲剧人物最容易走进人们的内心,让人产生同情、怜悯、崇敬的情绪,那些真正影响国家历史,挽救国家民族于危亡之间的英雄得不到应有的待遇,反而或主动或被动地成为殉道者,在他们个体的毁灭中,彰显了坚不可摧的生命意志和生命真谛,彰显了人的独立和尊严,拓展了人超越卑微存在的雄阔景象,展现了永恒生命。杨家将故事能够长久延续的第三个原因,是塑造了一批个性张扬、武艺高强、智勇双全的巾帼英雄,这些巾帼英雄在中国文化史上独具个性、熠熠生辉。

第三节　杨家将故事的图像

杨家将故事的传播与图像的传播应该是同步的。杨业死后,在本朝遭受不公正待遇,辽邦却视他为难以抗拒的天神,给他以相当的重视和尊敬,建庙祭祀。在古北口的山坡上有一座杨无敌庙,就是辽邦为杨业修建的。宋至和二年(1055)宋人刘敞,出使辽国就曾拜谒杨业庙,并留有诗句,其时距杨业之死,才刚刚过去 69 年。宋熙宁十年(1079)宋人苏颂奉命使辽,路过古北口,也有诗作记。宋元祐四年(1089)宋人苏辙,出使辽国经过古北口,瞻顾了杨无敌庙,写有《古北口杨无敌庙》诗留记。有庙必有像,杨家将的图像崇拜和传播很早就开始了。南宋《古今合璧事类备要后集》载:"真宗时,杨畋,字延昭,为防御使,屡有边功,天下称为杨无敌,夷虏皆画其像而事之。"[①]可见杨家将的图像并不晚于杨家将故事的口头传播。元代已经出现了以杨家将人物和故事为装饰图案的青花瓷,说

---

① 谢维新:《古今合璧事类备要后集》卷六三,《四库全书》文渊阁本。

明杨家将的图像在民间已经非常普遍。

1. 小说文本中的杨家将图像

明代图书业的蓬勃发展,使得杨家将的图像以图书插图和民间工艺美术两种主要形式呈现。明代杨家将小说的刊本都是有插图的,《南北宋志传》最早的版本是建阳余氏三台馆刊本,全称是《新刻全像按鉴演义南北两宋志传》,署"云间眉公陈继儒编次,谭阳书林三台馆梓行",上图下文,典型的以图补文,以图释文,如图 19-1、19-2:

图 19-1 《太祖以杯酒释兵权》

图 19-2 《金头娘大战呼延赞》

此版插图画面清晰,人物线条简单柔和,环境布置简单,但空间表现不够真实,画面空间狭小逼仄,没有远景近景之分,人物基本处于一个平面上,层次感不强。图中人物的面目表情不很清晰,但好在肢体动作还够传神,加上图像左右简单的文字说明,能够让人明了图中所表现的情境和场面,配合书中文字,是可以达到更好阅读和理解小说的目的的。图 19-1《太祖以杯酒释兵权》，桌子上摆满了佳肴，君臣拱手相向行礼，权力的争锋和转递，心绪的潮起潮落，宴会上的危机四伏、暗流涌动都被君臣之间的彬彬有礼遮盖和化解。图 19-2《金头娘大战呼延赞》，表现金头娘子马氏与呼延赞交战场景。马氏与呼延赞大战三十余个回合仍不分胜负，足见马氏的武艺高强、骁勇善战。图中马氏大刀砍去，呼延赞举枪挡住，二人座下战马也飞扬腾动，把二人交战时的紧张激烈还是表现得非常充分的。插图创作者对文本有自己特殊的理解，能够抓住事件核心，以一个时空交融的点面把整个事件提炼和展现。

明万历年间金陵唐氏版《新刊出像补订参采史鉴南(北)宋志傅通俗演义题评》(日本公文书馆藏)，明陈氏尺蠖斋评释，绣谷唐氏世德堂校订。全书无总题，南北宋各 10 卷 50 回，每卷插图，为双面连式。图 19-3 即为《十二寡妇征西夏》，图中共有 12 个妇人，或扛枪、或举剑、或携弓、或持斧、或扛刀，皆高鬟缓带，衣袂飘飘，体态雅丽，动静皆宜，彼此之间互有交流，眼角眉梢似有盈盈笑意，骑马缓缓而行。若不是她们手中的武器和图像右上角的题名，把图像从书中分离出来，则给人一种野外踏青美人图的即视感。插图作者似乎并没有打算赋予她们行军时的肃穆庄严之感，也没有同仇敌忾的激昂之气，这与她们征西的急迫之感不相映衬。十二寡妇征西，是为了解救被困于西番的杨宗保，军情十分紧急，书中描述令婆及穆桂英、周夫人深知等到朝廷招募新兵再去营救，杨宗保性命早已休矣，才情急之下组织了一支娘子军，去救杨宗保。书中对于这支女兵是这样

图 19-3　插图《十二寡妇征西夏》

描述的:"一声炮响,十二员女将齐齐出府,各执一样兵器,端坐于马上,英英凛凛,白皂旗下军威百倍。宋真宗与文武在城楼上观望,顾谓侍臣曰:'朕今日视杨家女将出兵,军前锐气,胜如边将远矣。'"插图所绘十二女将的风姿显然和书中描述远甚。或许插图作者仅仅把关注点放在了女性的性别上,因而在绘图时只是凸显了她们的性别特点,而忽视了图像所反映的事情性质。此书中的其他插图,在描绘人物面貌神情上都比建阳余氏三台馆刊本生动了很多,在空间的表现层次上也丰富了很多,虽然图像未必能忠实反映书中情节和内容,但是单从图像本身而言,显然更具美感和韵味。

明万历三十四年卧松阁刊本《杨家府演义》,全名《镌出像杨家府世代忠勇演义志传》或《新编全像杨家府世代忠勇演义》,题"秦淮墨客校阅,烟波钓叟参订",8卷58则,每则收插图一幅,插图为双面连式。

本书的插图很有特点,在图像两边是一副对联,对插图内容作解释和评价,图像上方是图画的题名,就像横批。仅看图像和题名其实就可以很好地明了图像内容,如图19-4,题名为"十二寡妇征西",插图中有12个女子端坐于马上,彼此之间虽也有交流对视,但神情要凝重得多,比之图19-3,虽同样没有着戎装,但衣饰要简单很多,队伍要齐整很多。行伍之前有士兵扛着"杨府"的大旗,画的最右边,还露出一只向前伸的马蹄,表明十二寡妇后还有大队人马。队列中二女将挥着长长的马鞭,远处青山隐隐,图中所有的元素都在指明这是一支正在行

图19-4 插图《十二寡妇征西》

进的军旅。而插图左右的对联"红粉戎行轸及鹡原悲悴急，义兵家起怪来螭陛信谗深"，解释了为什么会有"红粉戎行"，这正在急行的娘子军何以如此心情凝重，因为有自己的亲人被围，情况危急。而下联"怪来螭陛信谗深"，点名皇帝受奸佞谗言蒙蔽，给杨家带来危机，才有"义兵家起"，才有"红粉戎行""悲悴急"。

在《杨家府演义》中，杨文广被鬼王围困于白马关，等待朝廷派遣援兵如"婴儿之待哺也"，谗佞张茂却污蔑杨文广父子降敌，使得神宗皇帝要诛杀杨氏全族，若不是周王相保，杨家全族休矣，这就是对联中的"螭陛信谗深"。对联中的情绪是图中娘子军的情绪，更是插图作者的情绪，他对杨家有深深的敬仰和同情，对谗臣和皇帝非常不满，持否定和抨击的态度。书中魏老夫人说："今朝廷听信谗言，不肯矜恤我家。动辄全家抄斩，亦不需领朝廷兵，我今聚集家兵与满堂娇、邹夫人、孟四嫂、董夫人、周氏女、杨秋菊、耿氏女、马夫人、白夫人、刘八姐、殷九娘、魏化、刘青去救兄弟而来。"可见十二寡妇征西，是迫不得已的一种自救行为，她们对朝廷有深深的怨怼和失望，对亲人有深深的牵挂和忧虑，所以她们是带着幽愤和忧虑的急行军。因此，图中有了人物神情的凝重、马鞭的扬起、旗帜的高悬。如果插图还未能把书中内容和绘图者的意图阐释明白，那么这副对联就解释得再清楚不过了。只不过，插图作者为什么没有让这些女将穿上戎装，书中已然点明是"戎装在身"，或许是为了突出她们的女性身份，毕竟在有限的尺幅内如果全副武装，只通过面部特点和神情表明性别还是有难度的。

图19－5对应书中"穆桂英活擒六郎"。宋辽交兵，杨六郎领兵欲攻萧天佐的天门阵，须用穆柯寨的降龙木。穆柯寨寨主穆桂英，乃穆羽之女，是女中豪杰，生有勇力，箭艺极精，见宗保青年俊秀，乃以心相许，杨宗保也应允。杨六郎责怪杨宗保因私爱耽误军情，将他捆缚欲斩。穆桂英率众来投，杨六郎却出战大骂穆桂英。穆桂英不知其为六郎与之交战，激战数十回合不分胜负，后搭弓射箭，杨六郎左臂受伤落马，被穆桂英活捉。图中表现的正是穆桂英搭弓射箭，杨六郎中箭翻身落马的场景。左边杨六郎正从马上翻下，其使用的兵器长枪先其坠落，前端已经着地，右边穆桂英引弓射箭的动作还在保持着，所骑战马，腾跃飞动，马尾高扬。这是二人交战时的一个瞬间，却最能体现穆桂英的英姿和风采。图中还用山石、树木和花草刻画了典型环境，它们与人物、战马等都被定格在一瞬之间，这一瞬之间却最富孕育性，人物的性格特点和场景的艺术魅力都在这一瞬间得以展现。图像都是对固定时空的展现，不能展示事情的来龙去脉和前因后果，因此插图作者如何选择一个持续过程中最能表现事情本质和人物特征的一个点是非常重要的，它能体现绘图者对文本的领悟能力和独具的匠心，至少在这幅图中可以体现绘图者的良苦用心。当然插图左右的联语，已经把事情的来龙去脉交代清楚了，它和图像相互配合，使读图者不看原文已经能对故事内容了然于心。无论是对事情的把握、对人物的刻画，还是对环境的渲染，该版插图作者确实在用心阐释着文本，也阐释着自己的理解和想法，因其是用心之作，且笔法娴熟，时

图 19-5　插图《桂英生擒六郎》

空层次的把握都非常精细,所以插图独具美感和张力,给读者以强烈的审美感受。

　　从这三版杨家将小说的插图可以看出,明代的插图非常注重对事件的场景的阐释和把握,人物的精神风貌是特殊事件和场景中的精神风貌,图中的人物形象只适应此时此刻此情此景。也就是说,明代杨家将小说的插图的着眼点是情节而非人物。

　　清代前期杨家将小说插图基本上是明末的延续,中后期则以人物绣像为主。清光绪丁亥年(1887)文德堂刻本《杨家府演义》,版心题《杨家府演义》,卷首题《新绘杨家府世代忠勇演义志传》,四册,卷首有 24 幅人物绣像,分别为太祖、八贤王、真宗、潘仁美、令公、令婆、六郎、杨宗保、汉钟离、桂英、吕洞宾、寇准、杨排风、黄琼女、焦赞、孟良、萧后、王钦、萧天佐、萧天佑、鬼王、陈抟、侬智高、宣娘。图 19-6 为选取其中的八幅人物绣像,每一位人物的上方各有一段文字,对人物进行介绍和评价,潘仁美的为:"史称仁美非纯臣,此书独无贬词,何也?"六郎的:"三军阵令惊,天地一道风声泣鬼神。"萧天左的:"萧分左右,睐逆同一心,抗衡大宋,自聆伊戚。"而汉钟离的文字介绍:"汉钟离即汉之钟离权也,得道于云房,颇著仙迹",与汉钟离在小说中的事迹则完全没有关系。这些文字,是对内容的思索,对人物的介绍和评价,与小说具体内容联系并不紧密。

　　这些人物图像不是取自书中某一情节的某一个瞬间,而是人物总的精神和

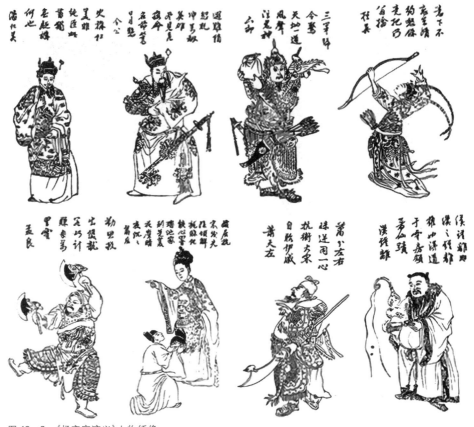

图 19-6　《杨家府演义》人物绣像

状貌。这样的人物绣像，只是把小说中人物的最基本特征、气质、神韵给展现出来，与故事情节几乎没有任何关系，既不能形象地再现某一场景，更不能帮助读者更好地理解作品。这个人物形象，也许是全书给予读者的最深刻印象，也许是长久以来在人们心目中约定俗成的样子，如穆桂英英姿飒爽，擅长射箭，因此穆桂英着戎装，背箭匣，作箭出脱手状；孟良擅长使用斧头，因此就绘出孟良挥舞双斧的样子；为突出萧太后一代女主的威风凛凛，就让萧太后着帝王服饰，面目神情不怒自威，而她面前跪着一个宋朝官员，托着官帽，作抬头乞怜状，似乎以这种表现方式表明辽对宋朝的侵扰与威胁与这位女主脱离不了干系。

　　清光绪壬辰年（1892）上海修文堂石印本《绣像杨家将全传》即《玉茗堂批点按鉴参补北宋杨家将传》（北宋志传），书前有人物单页版画 16 幅，每卷前各有叙事版画 2 幅。光绪甲辰（1904）本《增像玉茗堂批点按鉴参补北宋杨家将全传》又名《绘图杨家将全传》，书中人物绣像与此相同。两个版本均题"研石山樵订正，织里畸人校阅"。书中人物绣像如图 19-7，男性人物均膀大腰圆，武将虽执兵器却并不穿战袍铠甲，倒是巾帼英雄穆桂英一身戎装，其造型很明显受到戏曲舞台和民间年画的影响，容颜秀丽，身姿婀娜。

图 19 - 7 《绣像杨家将全传》人物绣像

　　同属玉茗堂批点系统的一种光绪石印本，封面题为《绣像北宋杨家将全传》，卷首题《增像玉茗堂批点按鉴泰补北宋杨家将全传》，书中插图每幅两人。如图19 - 8，每幅图中的两个人，如宋太宗和杨业、萧太后和耶律沙的组合，都是帝王与骁勇善战的统帅，似乎是根据他们在作品中的性格与人物关系安排的，并不是随便成对。而呼延赞和潘仁美，虽同属宋方，但忠奸对立，水火不容，他们的组合似乎又有随机性。每幅图中的二人组合，虽然没有互动，但他们都是把目光投向同一个方向，为同一事物所吸引，让人物看上去少了几分生硬，多了几分生动。

图 19 - 8 《绣像北宋杨家将全传》人物绣像

　　清代中晚期之后的杨家将小说插图，以人物绣像为主，这与清代整个图书插图的发展趋势是一致的。人物绣像插图，其特点就是在卷首出现，没有任何背景映衬，仅仅是独立的人物绣像，且这些人物绣像，很多受到了戏曲舞台人物造型的影响，如图19 - 6中双手高举帅印的杨六郎单脚站立；一脚斜伸向前、双手挥舞斧头的孟良，一腿膝盖稍微弯曲站立，另一腿踢向其右前方，几乎都是戏曲舞台上人物出场亮相时的定格。这样的人物绣像插图，已经不受书中情节的限制，完全是插图作者根据自己的理解和长期以来已经在人们心目中形成的人物面貌来绘制的，虽然他们的状貌、风姿和神采与书中人物是契合的，但也可以完全独立于文字之外，单独拿出来赏玩，这是和明代杨家将小说的情节插图最大的不同。

　　2. 民间工艺美术中的杨家将图像

　　明清两代，随着杨家将小说和戏曲的不断演绎，杨家将的故事家喻户晓、妇孺皆知，杨家将的图像也广泛地应用各种各样的民间工艺美术中，在人们的日常生活中随处可见，举凡雕塑、瓷器、剪纸、年画，杨家将都是其不可或缺的题材。壁画如"莆田地区的'二十四忠'则遴选了历史上二十四位忠君爱国代表人物，'三国演义'壁画描绘了集忠孝结义于一身的关公形象，'杨家将'壁画塑造了杨家一门忠烈的光辉形象"①。瓷器如"古瓷器在内容上也十分丰富，有杨家将、四郎探母、穆桂英……"②，雕塑如"广东省佛山市关圣大帝庙屋脊的琉璃组雕《穆桂英挂帅》的故事通过歌颂杨家将事迹，反映了当时人民抗御强敌，谴责权奸，表彰忠烈的强烈的民族精神"③。广州"陈氏书院建筑上的戏曲雕塑，故事多源自《封神演义》《三国演义》《水浒传》《杨家将》《说唐演义全传》《薛仁贵征西》《薛仁贵征东》《西游记》等小说和民间神话传说，内容均为当时流行的传统戏曲剧目"④。神像如"山下高墙内恢弘的建筑群便是世俗化的领地——万寿宫（即江西会馆），供奉的却是许逊、文天祥和杨家将"⑤。

　　清代以来，秦腔里的杨家将剧目非常丰富，陕西籍商人在各地建造的西秦会馆里，不仅经常上演杨家将剧目，还把杨家将戏曲的相关内容刻在会馆的木头和石头上。如自贡西秦会馆又称为陕西庙，石雕和木雕中就有《杨门女将》《杨宗保挂帅》等戏曲故事。年画里杨家将故事题材之丰富，正如以前人们叫卖年画时所唱："捣过两张再两张，前后正本《杨家将》，爹儿八个保君皇。杨大郎去代王，二郎、三郎死番邦。杨五郎，五台出家做和尚。老令公，李陵碑撞死见阎君。杨六郎告御状，七郎绑拉桅杆头上，乱箭射死见阎王。全亏八大王准了状，除奸党，潘洪杀死见阎王，镇守三关杨六郎。"⑥年画里几乎有杨家将的全部故事。

　　清代民间杨家将图像与清代杨家将小说插图完全不同，很少有单个人物的

① 林国平：《海峡两岸文化发展丛书·闽台民间信仰源流》，福建人民出版社2003年版，第444页。
② 王国丙：《古陶瓷鉴定口诀》，中国书店出版社2011年版，第16页。
③ 王志艳主编：《艺海燃情：点亮古代中国的艺术火把》（下卷），燕山出版社2008年版，第74页。
④ 广州市文化广电新闻出版局、广州市文物博物馆学会编：《广州文博》(5)，文物出版社2012年版，第170页。
⑤ 阳正午：《贵州秘境》修订版，中国青年出版社2014年版，第276页。
⑥ 阿英：《年画的叫卖》，《阿英全集》（第八卷），安徽教育出版社2003年版，第705页。

肖像图,一般都是带有故事情节的人物故事图,有强烈的叙事功能,这些民间艺人通常从杨家将故事中那些比较关键的情节和经典的故事入手,选择经典情节中富有意味的场景,并把它形象化地呈现出来。而且杨家将的民间图像多取自戏曲舞台,这说明杨家将戏曲盛行并深得百姓喜爱。概括起来,多数杨家将图像都可以被划分到下面几种类型里。

(1)忠勇精神的凸显。

杨家将的突出特征是忠勇,杨家归顺宋朝以后,对宋可谓是忠心耿耿,杨家将经历了无数次的战斗,为宋朝立下了汗马功劳。杨家一门许多人无数次身陷困境,有的几乎被陷害致死,可他们仍然全力以赴地为国家而战,只要大宋王朝需要,杨家人都会不顾及自己的处境而英勇抗敌,这种忠诚是难能可贵的。正如秦淮墨客在《杨家府演义·序》中感叹的,"自令公以忠勇传家,嗣是而子继子、孙继孙,如六郎之两下三擒,文广之东除西荡;即妇人女子之流,无不摧强锋劲敌,以敌忾沙漠,怀赤心白意,以报效天子,云仍奕叶,世世相承"[1]。"忠勇义烈"是一种精神、一种人格力量,体现在民间传说中,便是始终如一的舍身救民、济世安邦的精神力量,是扶国家于危亡之际,救黎民于水火之中,就算遭误解甚至不公正待遇,仍追求"以德报怨"的最高境界。这是中国古代伦理道德的重要精髓,是中国几千年灿烂文化遗产的重要组成部分。千百年来炎黄子孙在"忠勇"潜意识支配下,在国家和民族遭到外敌入侵时,能挺身而出,誓死尽忠,为了真理和正义,威武不屈,一往无前,至死不变。杨家将文学中所传达的这种精神在民间杨家将图像中得到同样的体现。

明代的民间图像中,杨家将的故事已经非常多见了,图 19-9 为明代广彩人物故事大瓶,瓶身一侧的腹部绘制了杨家将血战金沙滩的动人场景,另一侧绘制了《水浒传》中著名的战役"三打祝家庄",由此可见绘图人想要表达的"忠义"思想,笔法精细,色彩艳丽,是不可多得的佳品。金沙滩之战,史无记载,有研究者认为杨业兵败陈家谷一役即为金沙滩之战。《北宋志传》与《杨家府演义》中,皆是杨业与辽兵战于陈家谷。《北宋志传》中杨业是在狼牙村中伏后,被包围于陈家谷,全军覆没,后撞李陵碑而死;《杨家府演义》中,在陈家谷一战中,杨业被敌军引诱至狼牙谷,绝食三日不死,后撞李陵碑。小说中陈家谷一战,杨家大郎、二郎、三郎、七郎也都悲惨死去,五郎勘破前尘出家,四郎陷于辽邦,隐姓埋名。无论是史传和小说中的陈家谷,还是传说和戏曲中的金沙滩,奸佞人性的卑鄙和人心之险恶让人寒心和愤慨,战争的

图 19-9　明广彩人物故事
大瓶《杨家将》

---

① 无名氏:《杨家府演义》,上海古籍出版社 1980 年版。

惨烈和杨氏一门之忠烈无双让人敬仰与爱戴,因此成为戏曲、小说和民间图像中不断被表现的杨家将故事。图19-10雕刻的是杨家将在战场上纵马厮杀的场景,从人物挥舞的兵器和战马奔腾的马蹄可以体会到,战争的惊心动魄,兵将的英勇无畏。

图19-10　古民居窗栏板木雕《杨家将》

图19-11《金沙滩》、图19-12《新刻金沙滩》、图19-13《双龙赴会》,都是在金沙滩一役打响之前的事。辽国骗大宋皇帝在金沙滩摆一个"双龙会"要与大宋讲和,欲乘此将宋国君臣除掉,杨继业识破此乃鸿门宴,让模样与宋天子有几分相似的大郎杨延平妆扮成宋太宗赴金沙滩的"双龙会",偷梁换柱救回宋帝。在

图19-11　杨家埠年画《金沙滩》

图 19-12 杨家埠年画《新刻金沙滩》

图 19-13 杨家埠年画《双龙赴会》

鸿门宴上,杨大郎临死之前用袖箭杀死了天庆良王,以大宋的一个假皇上除掉了辽邦的一个真皇上,但杨家将为保大宋王朝的江山付出了死伤过半的惨重代价。三张年画,虽然不是一时一地所作,但共同表现的是双龙会上,敌我双方剑拔弩张的情景。图 19-11、19-13 是辽国藩王与大郎假扮的宋皇帝在宴会初始时,还在维持表面的平和,但藩王左右的侍从按剑侍立,大宋这边杨二郎、三郎和五郎也严阵以待,冲突随时都有可能爆发。图 19-12 则是在矛盾冲突的临界点上,双方各自拉开了阵势,杨七郎已经和对方交上了手,杨大郎也从袖中拿出了袖箭,藩王则以左袖掩头。一场激烈的厮杀眼看马上就要开始。

战场上与敌人面对面的厮杀,最能体现杨家将勇猛无畏,自我牺牲的精神。

图 19-14、19-15 表现的都是杨家将与辽国兵将对面厮杀的场景,虽不能清晰地看出是哪场战争中的情景,人物身份也不甚明确,但可以肯定的是使用长枪的为杨家将,拿着板斧的为孟良,敌人在杨家将的凌厉攻势下欲败退而逃,突出了杨家将的勇猛和善战。

图 19-14　青花杨家将人物盘

图 19-15　五彩杨家将故事图盘　　　　图 19-16　古彩《大破天门阵》图盘

图 19-16、19-17 中描绘的是穆桂英率领杨家将大破天门阵的场景。辽国萧天佐率领三十万大军入侵中原,在九龙口摆下天门阵。穆桂英挂帅亲征,破了阵法,胜利而回。

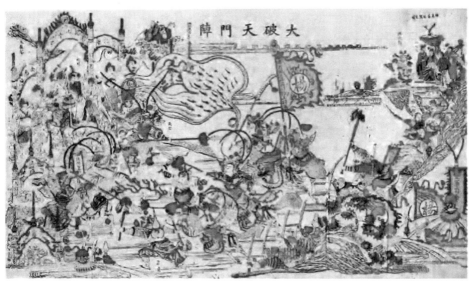

图 19-17 芜湖年画《大破天门阵》

图 19-16 盘子中央的穆桂英率众与辽军厮杀,辽军败走,退回到写着"天门阵"的栅栏之内。右侧杨六郎手持令旗在观战,身后士兵高举"三军司令"帅旗,身边还站着一个手持拂尘,穿道袍,戴华阳巾的道士,模样似吕洞宾。不过在小说中吕洞宾是站在辽邦的,是他设计的天门阵。

图 19-17 中穆桂英骑马挥舞着大刀,英姿飒爽,无数把飞刀刺向化为金光的铁头太岁。前后左右有杨宗保、杨五郎、杨六郎及孟良、焦赞等,远处佘太君带着队伍正赶来助战。辽邦有萧天佐、萧天佑、铁镜公主。天门阵上面的云彩上,有吕洞宾、汉钟离等仙道人物。杨家将和八仙故事中都有写钟离权与弟子吕洞宾参与天门阵事,吕洞宾携柳树精帮助辽摆下天门阵,钟离权则助杨家将破了天门阵。该年画色彩浓艳醒目,图中人物兵马相交,旌旗飘扬,威风凛凛。整个画面构图紧凑,场面十分热闹。

图 19-18 是桃花坞年画《金枪传杨家将前后本》,文中取前本。前本由"杨大郎围困幽州""杨二郎短剑自刎""杨三郎马踏军中散""杨四郎中计番兵擒""五郎出家""杨老令公别驾""七郎遭乱箭""老令公碰死李陵碑"八回组成,所选择的这些情节都是表现杨家将以身报国、威武不屈精神的,惨烈而悲壮。

图 19-19 是一组清代杨家将木雕,表现的是杨家军队在风波府门前集合,准备出兵赴敌的场面,有的背弓挟矢,有的走马驰骋,兵强马壮,虽一片忙碌,却秩序井然。灵动的画面把杨家军战斗的豪情、声威和士气都淋漓尽致地刻画出来。

(2)人间温情的展现。

杨家将讲述的是英雄的精忠报国和奋勇杀敌,这本来是一个以男性为主导的演义故事,好男儿忍辱负重,流血不流泪,血染疆场,马革裹尸方不失英雄

图 19 - 18　桃花坞年画《金枪传杨家将前本》

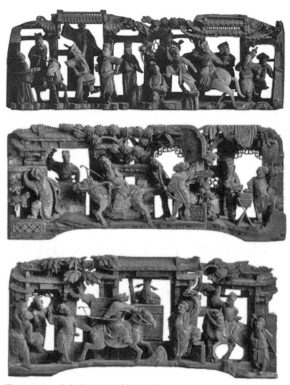

图 19 - 19　广东潮州木雕《杨家将》

本色。可在杨家将故事的发展演变中，却渐渐多了很多温情脉脉的元素，让这个本来铁骨铮铮的故事，多了几许旖旎之色。在杨家将小说、戏曲及传说中，不仅有描写宋辽两个政权之间的战争故事，更有在这个背景之下人物的悲欢离合,有时离散的悲伤和聚合的欢欣甚至可以与忠勇无关,而只关乎骨肉亲情和男女爱情。

战争导致了母子、兄弟和夫妻的离散,杨五郎去五台山当了和尚,杨四郎和杨八郎在战争中兵败被俘,隐姓埋名与辽国公主成婚,流落番邦十几年。杨家将骨肉离散的故事最终集中在杨四郎身上,明代小说中他还是"身在曹营心在汉",虽然娶了辽国公主,却时刻寻找机会尽忠报国,先后帮助孟良得到萧后的头发,给困在九龙谷的宋军运送粮草,协助杨六郎灭了辽,最终返回宋朝。在后来的戏曲和民间传说中,忠义的思想逐渐淡化,母子与夫妻的离散之痛成为杨四郎故事的重点。清宫戏《昭代箫韶》已经以异邦婚姻和家庭伦理在消解民族矛盾,民间创作也紧随其后迎合和顺应官方的倡导。道光二十五年(1845)《都门纪略》"词场"条中,春台班、四喜班、和春班、新兴金珏班、大景和班等戏班都在演《探母》,余三胜、张二奎等人擅长演杨四郎,可以看出,在道光二十五年之前,《四郎探母》已经深受欢迎。《四郎探母》背景虽然依然是宋与辽交战时期,而杨四郎没有想要破坏辽军的力量,也没有想回到大宋再也不回返,只想回到宋营探望母亲,探母之后又回到辽国与公主共同生活。杨四郎与余太君之间的母子亲情,与原配夫人和辽国公主之间的夫妻之情,在分与合、聚与散之间让人揪心,让人心痛,也让人对造成生离死别的战争深恶痛绝,从而也产生了强大的情感力量和无穷的艺术魅力,"四郎探母"的故事至今传唱不衰。民间图像自然选择普通百姓喜闻乐见的故事题材,如图 19-20 至 19-26 是清末不同地区的《四郎探母》年画,图 19-20、19-21、19-22 描绘的是杨四郎回到宋营与家人见面的情景:十五年骨肉离别,短暂的一夕相聚,说不尽的离愁别恨、诉不完的思念之情。

图 19-20　桃花坞年画《四郎探母》

图 19-21　杨柳青年画《四郎探母》

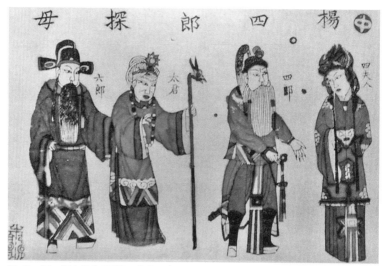

图 19-22　杨家埠年画《杨四郎探母》

图 19-23　潍坊年画《坐宫讨令》

图 19-24　芜湖年画《探母回令》

图 19-25　梁平年画《盗令出关》

图 19-26　武强年画《探母回令》

图 19-20 中挂着拐杖的老太君、杨六郎与众媳妇都掩面而泣,跪在地上扬起左臂哭着欲扑向杨四郎的应为杨四郎的妻子,杨四郎看到妻子则后退几步又抬脚奔向前去抱在一起。对佘太君及四郎妻子而言,十五年的苦苦牵念,或许从来没有想过他还活着,可是他回来了,巨大的伤痛,难以置信的惊喜,都在这一刻随着泪水爆发出来。杨四郎对母亲、妻子的愧疚也尽在他踉跄的脚步中。图 19-21 是杨四郎拜见母亲的场景,画面上只有四人:佘太君、杨四郎、杨六郎和杨宗保。佘太君挂着龙头拐杖端坐于椅子上,目光注视着杨四郎。杨六郎满脸悲戚站于母亲身旁,杨四郎拱手弯腰,似乎内疚万分地向母亲陈说着自己流落番邦十五年岁月。图 19-22 则是四郎摊开手向妻子赔礼道歉,虽然是流落在外十五年,娶了辽国的公主非出于自己本意,但十五年来让妻子牵肠挂肚,

孤孤单单是难以更改的事实。四郎的妻子原本背对着杨四郎,可听了四郎的陈情,又扭转头,一脸悲戚、埋怨和不忍。太君在四郎的身后似乎在劝慰着四夫人。同样别后相逢,图19-20、19-22突出的是夫妻情,图19-21突出的是母子情。

图19-23是公主抱着孩子向萧太后索要令箭的情景,令箭虽然重要,但为了逗外孙开心,萧太后还是把令箭给了公主。杨四郎坐一边愁眉不展,忐忑不安,另一边,萧太后则目光温和地看着公主抱着的婴儿。在戏曲舞台上讨令时杨四郎并不在场,而在此图中,杨四郎也在现场,不知是为了突出杨四郎内心的忧惧不安,还是当时的戏曲演出时就是如此。图19-24、19-25是杨四郎让公主盗令后,与公主拜别的场景,两图中公主都怀抱婴儿,或许公主怕杨四郎一去不还以此来让他产生顾念之情。图19-24杨四郎向着旗装的公主拱手致谢作别,公主身体微微前倾,有不舍之情。图19-25杨四郎一手挥着令旗,抬脚欲走,却回转头看着公主怀抱中的婴儿,左手伸向前逗弄,父爱满满。公主双眉紧蹙,紧闭双唇尽量向杨四郎探着身子力图把怀中婴儿靠近杨四郎。图中的杨四郎是辽营官将打扮,而铁镜公主并不是旗装,而是普通女将装束,头上插着翎子,可见在清代的戏曲舞台上,铁镜公主并不一定都要穿旗装。图19-26画的是杨四郎探母回来,萧太后欲杀杨四郎,公主向母亲求情,萧太后为了女儿和外孙终究还是没杀杨四郎。从盗令出关再到回令,公主始终怀抱婴儿,目的正是以亲情打动母亲,牵绊住杨四郎。在上党梆子里,佘太君却大义灭亲,亲自绑缚杨四郎上金殿,痛斥四郎,逼他碰死在自己面前。相比于这种结局,人们还是更认可富于人情味的四郎探母,所以无论是在戏曲舞台上还是在民间图像里,四郎探母故事重点展现的是母子情和夫妻情等温馨感人的场面。

能体现杨家将故事温情一面的还有爱情元素的渗入。爱情并不会因为战争而走开,在杨家将故事中不断生发出来的爱情故事主要有杨继业与佘赛花、杨六郎与柴郡主、杨宗保与穆桂英三代人的爱情。《佘塘关》讲的就是杨继业和佘赛花的故事,北汉火塘王杨衮曾为三子继业求娶佘王佘通之女赛花,杨家迟迟未行聘纳彩,佘王怕耽搁女儿婚姻,又把女儿许了孙令公孙通之子孙杰。杨衮带儿子前去抢亲不慎将孙通打死。佘王差女儿佘赛花与杨继业交战,佘赛花早就中意杨继业,二人假意交战,并趁机跟随杨继业回到火塘寨完婚。图19-27为清代嘉庆年间果王府演《佘塘关》的皮影,右边是佘赛花,左边是佘通。佘赛花穿战衣战裙,背插靠旗,一副英武的女将装束。讲述杨六

图19-27　北京皮影《佘塘关》

郎和柴郡主爱情故事的有《状元媒》，而最被人所津津乐道的是杨宗保与穆桂英的爱情故事。

图 19－28 画的是穆桂英和杨宗保初次相见的情景。焦赞和孟良去穆柯寨讨降龙木，穆桂英不许。后孟良和焦赞捡到穆桂英射下来的大雁，并欲以大雁交换降龙木，穆桂英拒绝。杨宗保前来相助。穆桂英见杨宗保年轻俊美，生爱慕之心，擒拿杨宗保吐露真情，二人结为夫妇。图中杨宗保持枪跃马，奔向穆桂英。穆桂英身姿婀娜，乌发如云，穿长裙，披长带，提花篮，裙带在风中飞舞，流露着女性的柔美与深情，和那个威风凛凛、武艺高强、驰骋疆场、戎装在身的穆桂英的风格迥异。她并无战意，转头注视着杨宗保，目光柔和满含情意。

图 19－28　杨柳青年画《穆桂英》

图 19－29、19－30 为穆桂英与杨宗保在穆柯寨交战时的场景。他们都骑在马上，杨宗保使用长枪，穆桂英则挥舞大刀。图 19－30 为立体透雕，除了杨宗保和穆桂英外还有孟良、焦赞等多个人物，造型新颖，形象生动传神，穆桂英英姿勃勃、勇敢善战的一面充分体现出来。

图 19－29　皮影《穆柯寨》（驴皮）

图 19-30　东阳清供楠木雕《穆柯寨》

　　图 19-31 画杨宗保和穆桂英大战之后,穆桂英向杨宗保吐真情,杨宗保抱拳应允。画中人物俱是戏曲舞台扮相,表情动作也是戏曲舞台上的表现形式。穆桂英一手持枪,一手拿着雉尾,含羞低首,眼睛看着杨宗保,其对杨宗保的爱慕之情刻画非常到位。

图 19-31　杨柳青年画《穆家寨》

　　杨六郎知道儿子杨宗保阵前招亲后,要按军法斩之。穆桂英带着降龙木和粮草士兵投奔宋营,看到辕门外被绑待斩的杨宗保,向杨延昭求情,并答应自己会和大家共破天门阵,杨六郎乃允许杨宗保与穆桂英成亲。图 19-32 所表现的是,穆桂英一开始求情遭到杨六郎的拒绝,她大闹中军帐,虽然还跪在地上,但已经举起了剑,怒目圆睁。穆桂英头上插的翎子和背后的靠旗都朝着杨六郎的方向飞扬,表现了穆桂英对杨六郎的不满。在戏中穆桂英说:"老元戎若不把人情准下,也罢,宋营中杀一个寸草无芽!"穆桂英天不怕、地不怕的英雄气概和泼辣大胆、无所畏惧的性格在图中表现得淋漓尽致,更体现了她对爱情的执着、认真。在戏曲舞台上这段故事又称《辕门斩子》,从穆桂英求情而使杨六郎最终放了杨宗保来看,杨六郎并非是真心要杀自己的儿子,之所以要这样大张旗鼓、虚张声势,无非就是要使穆桂英前来助阵。因此杨六郎没有杀触犯军法的杨宗保,其实也已经徇私枉法,然而人们在看戏时或者听故事时,早就忽略了这个事实,反而认为他如果真的杀了杨宗保则不合情理,难以接受,不杀杨宗保他才像一个父亲、像一个通情达理正常的人。可见情感在中国老百姓心中的分量,所以这出戏,感动观众的不仅仅是穆桂英的爱情和豪情,还有杨六郎对儿子的不易觉察的父爱,所以《辕门斩子》才会经常出现在民间图像里。

图 19-32　杨家埠年画《白虎帐》

(3) 女性主义的张扬。

明代《杨家府演义》和《北宋志传》这两部小说中,不仅塑造杨业、杨宗保等一些男性英雄,同时也浓墨重彩地展示了佘太君、穆桂英等女性的飒爽英姿,使她们与男性一样成为了小说中的主角。杨门女将的人数有一二十人,巾帼群体蔚然而成。她们个个武艺高超,谋略非凡。佘太君常打着白色令字旗与杨业并肩作战,无人能敌;穆桂英的神箭飞刀百发百中、勇不可当;杨宣娘统兵解柳州之围显示了女子的将帅之才;杨文广之女满堂春有精湛的武艺和韬略胆识,更有驭风御雨的超能力。佘太君、柴郡主、穆桂英等杨门女将深明大义,在国家有难时,常常主动请缨,和男性一样在保卫国家时立下了赫赫战功。尤为可贵的是,她们对所做的一切,有清醒的认识,都是出自她们的内心,而非外来力量的逼迫。杨家将的故事将杨门女将和杨门男将放到了同样的位置,体现了作者对女性的尊重和男女平等的观念。

穆桂英是杨门女将中最著名的一员，明代小说《杨家府演义》中被写成"木桂英"：

> 却说木阁寨主，号定天王，名木羽。有一女名木金花，又名木桂英，生有勇力，曾遇神女传授神箭飞刀，百发百中……①

《北宋志传》中，这位女英雄的姓氏首次被定为穆氏：

> ……孟良即辞五郎，径望穆柯寨来。恰遇寨主，乃定天王穆羽之女，小名穆金花，别名穆桂英，生有勇力，箭艺极精，曾遇神授三口飞刀，百发百中。②

穆桂英一出场就打败孟良，活擒杨宗保、活捉杨六郎这些叱咤疆场、战功卓绝的将帅，继而在大破天门阵中把她的武功、法术、谋略发挥得淋漓尽致。穆桂英的形象在清代文学和戏曲中继续得以发展，《昭代箫韶》中的穆桂英已经成为杨门女将的代表，道光四年"庆升平班戏目"已有《穆柯寨》剧目出现。穆桂英不仅生有勇力，飞刀百发百中，更是一位机智勇敢、具有将帅之才的巾帼英雄。在战场上她沉着冷静、临危不惧、随机应变，在关系宋辽双方生死存亡的七十二座天门阵中，她以冲锋陷阵的才能和"神箭飞刀"的绝技，奋勇当先拿下铁门金锁阵，帮助柴郡主破青龙阵，救杨六郎于白虎阵，救佘太君于玉皇殿，立下汗马功劳。穆桂英性格泼辣大胆、直率质朴，少了一般世俗女孩儿的扭捏造作、矜持羞涩。所以当她遇到她喜欢的人时，也没有"父母之命、媒妁之言"和"门当户对"之类的教条和禁忌，敢于大胆表白，勇敢追求自己的幸福，并且不惜一切代价进行抗争，在整个过程中一直牢牢掌握着主动权。以穆桂英为代表的杨门女将成为最为人所喜闻乐见的女性艺术形象。

民间图像与此相应，全面展示了杨家女将的精神和风采，"十二寡妇征西"是杨家将故事中最具代表性的情节。《杨家府世代忠勇演义》(《杨家府演义》)第八卷第六则即"十二寡妇征西"，为救困在白马关的杨文广，杨宣娘、满堂娇、邹夫人、孟四嫂、董夫人、周氏女、杨秋菊、耿氏女、马夫人、白夫人、刘八姐、殷九娘十二个寡妇与杨氏家兵两千余人组成杨家军，前去救人。《北宋志传》第四十八回到第五十回，叙写了十二寡妇征西事。第四十八回"杨宗保困陷金山，周夫人力主救兵"，参与救兵的有周夫人、黄琼女、单阳公主、杨七姐、杜夫人、马赛英、耿金花、董月娥、邹兰秀、孟四娘、重阳女、杨秋菊十二人，周夫人被授予上将军之职，领精兵五万前往救应。除了十二寡妇，在作战的过程中还出现了九妹、穆桂英等女将。清代有人专门截取《北宋志传》卷七之第三十二回至卷二十之第五十回，编写成《天门阵演义十二寡妇征西》四卷 19 回，从宋真宗发兵征辽，吕洞宾为辽摆下七十二座天门阵写起，后写穆桂英自许婚姻，大破天门阵，最后写六郎逝世，杨宗保被困金笼山，真宗封杨渊平之妻周夫人为上将军，率领众女将前往西夏救

---

① 《杨家府演义》，上海古籍出版社 1980 年版。
② 裴效维校订：《杨家将演义》，宝文堂书店 1980 年版。

援杨宗保,终得胜回朝。该书有道光、同治、光绪刻本。此外还有很多以十二寡妇征西为题的鼓词,其中十二寡妇具体所指都各有出入。

如图19-33,坐帐中位的是周夫人,分八字形左右排开的12位女将英姿飒爽。人物用京戏软靠装扮,色彩用红、绿、黄、紫、黑五种颜色,呈现出一种明艳的色彩效果。在门帐里端坐着杨大郎之妻周氏夫人,她高居于将台之上,正点将发令。八姐和九妹站在帐下,两列女将全副戎装,十分威风。因年画一般要张贴在墙上,装饰美化房屋,增添喜庆热闹的气氛,所以没有使用"寡妇"二字。年画的题名是"杨家女将征西",题名中间还夹杂着小字"十二节妇征西"。在其他年画中也都避讳出现"寡妇"二字。图19-34的题名是"杨老令婆挂帅,女将征西",画面描摹的是戏曲舞台上余太君挂帅升帐点将的场面,杨府所有的女将悉数到场,八位夫人及穆桂英八娘九妹分列两厢,左右对称,秩序井然,杨家女将巾帼英雄的传奇形象跃然纸上。两幅年画中的女性都容颜娇美,身高又做了适当的拉长,然后着戎装,队列齐整,气势豪迈雄壮,突出了杨家将女性群体的声威和气势。

图19-33 苏州桃花坞年画《杨家女将征西》

穆桂英作为清代戏曲、说唱文学所着力打造的一个女中豪杰,在老百姓的心目中,占有突出的地位,不仅是我国古代巾帼英雄的代表形象,在一些地方甚至成为神一样的存在。在杨家将故事中,穆桂英是大破天门阵的核心人物,所以在以此为题材的民间图像中,穆桂英都是居于图画的中央,如图19-16、19-17。在图19-35中,穆桂英就在画面的核心位置,挥着长枪纵马奔向敌人的阵营,头上的翎子在空中舒展着,仿佛也充满了无穷的力量。而从她头顶飞出去的无数

图 19-34　上海年画《杨老令婆挂帅女将征西》

图 19-35　苏州桃花坞年画《穆桂英大破天门阵》

把飞刀正刺向铁头太岁,显其法力高强。

　　在戏曲中有一部戏叫《穆桂英大战洪州》,讲的是辽兵进犯宋朝边境,将镇守在洪州城的杨延昭和十路总兵团团围住,但朝中诸将俱难担当重任,无人适于挂帅出征。穆桂英心怀国家和黎民而接受了元帅大印。校场去点兵时,杨宗保不知道妻子当了元帅,穆桂英不知道丈夫做了先行。元帅点兵,在校场之上闹了一场误会,最后误会解除,起兵出征。图 19-36 画的是穆桂英生气欲拍案而起呵斥杨宗保的情景,她左手拉着头上的翎子,右胳膊斜支在台案上,身体前倾,表现了对杨宗保的不满。图 19-37 为清宫戏画,杨宗保贻误军机,穆桂英要斩了他,

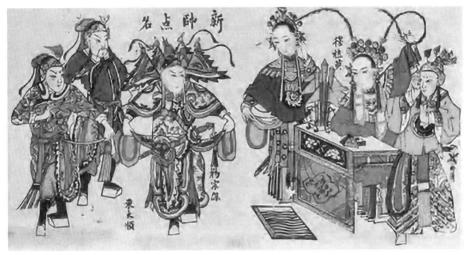

图 19－36　杨家埠年画《新帅点兵》

图 19－37　戏画《破洪州》

杨六郎前来求情,图中穆桂英端坐帅位,杨六郎在看着跪在地上的杨宗保。穆桂英的这种英武与气势,最终使得杨宗保口服心服。"在家从父,出嫁从夫,夫死从子",在女性永远只能是男人的附庸和点缀的时代,体现出了男女平等的妇女观,无疑是具有进步意义的。民间图像对这种题材的偏爱,意味着老百姓对这种进步女性观的认可。

穆桂英在民间得到广泛的认可,所以她出现在人们日常所使用的器皿上(图19－38),出现在皮影戏里(图19－39),甚至贴在大门上,把她视为门神(图19－40),让穆桂英为人们看家护院,成为众多门神中为数不多的女性之一。

图 19-38　青花五彩缸《穆桂英大破天门阵》

图 19-39　山西皮影人《女将穆桂英》

图 19-40　四川夹江年画《穆桂英》

　　杨家将故事在民间流传较广,在其集大成之作《北宋志传》和《杨家府演义》出现之前,人们口头传说、戏曲、评话里面已经对杨家将非常熟悉。这两部文人化程度并不高的小说其实是整合了此前杨家将故事的所有资源,其流露的思想情绪也是老百姓对杨家将故事的情感和态度,而且对杨家将中的主要人物形象已经有了自己的认识和理解,所以即使在杨家将文本的插图中,也不必尽然严格遵循书中的描写与逻辑。所以杨家将故事的民间图像,其内容既是书中写过的,更是在杨家将故事长期的发展中在民间已经形成的,这种状况到了清代尤为明显。清代杨家将戏曲对普通百姓的影响要远甚于小说等文本的影响,所以,小说和说唱文学的文本插图也都带有浓厚的戏曲舞台风。而民间的杨家将图像,几乎被杨家将戏曲全部攻陷,其内容涵盖了以往杨家将故事的全部内容,但随着杨家将戏曲演出的兴盛,题材内容也随着有所扩展,艺术表现形式与戏曲的表现形式越来越接近,因此清代杨家将民间图像与杨家将戏曲的关系更为紧密。

清代杨家将戏曲与之前杨家将文学在内容和思想上是继承与发展的关系,杨家将的赤胆忠心、智勇双全一直是杨家将故事自产生以来的核心,清代杨家将戏曲自然是一以贯之,而且沿着《北宋志传》和《杨家府忠勇演义》的道路,发展了其中和女性相关的故事及悲欢离合的情节,使得表现忠勇的杨家将这棵参天大树也结出了爱情与亲情的果。杨家将民间图像忠实地反映了杨家将故事的这种变化。不仅如此,杨家将民间图像中的人物无论是发式、服饰,还是动作形态、人物表情上,都与戏曲舞台上的戏曲表演极其相似,有的甚至可以说是对舞台上戏曲演出的定格。如图像中所有的人物都是面对或者斜对着读者的,即使杨宗保犯了错要跪在穆桂英跟前,也是背对穆桂英,因为在戏曲舞台上是这样演出的,目的是让观众能清楚地看到演员的动作和神情。民间图像完全可以按照正常的逻辑,让杨宗保面向穆桂英背对读者,并不影响画面的内容和情感的传达,而图画中选择了与戏曲保持一致,说明了民间图像受戏曲演出的影响之深。杨家将的民间图像可以说是与戏曲同源,戏曲、小说是无形的图画,图画是有形的戏曲、小说。

因为清代杨家将民间图像与杨家将戏曲的这种紧密关系,所以从图像中人们可以看到清代杨家将戏曲的舞台演出情况,寻找杨家将戏曲舞台发展演变的痕迹。如《四郎探母》,铁镜公主一般着旗装,可是在清代戏曲年画中也有不穿旗装的画面。《坐宫讨令》中,铁镜公主向母亲讨要令箭时,一般情况下杨四郎并不在场,可是在图19-23中,舞台妆扮的杨四郎端坐在场。

民间图像毕竟是与普通民众更为靠近的一种艺术形式,它形象地、鲜明地传达了杨家将的故事,而且更容易普及和扩散。对于广大百姓而言,对杨家将故事的感知更多地是来自图像而非小说和戏曲。普通百姓识字的少,看戏也是逢年过节偶尔为之的事,因此民间图像起到了更快更广传播和接受杨家将故事的作用。

第二十章　包公故事传说及其图像

　　包公在历史上实有其人。包公名包拯,字希仁,谥号孝肃公。安徽庐州(今合肥)人,生于宋真宗咸平二年(999),卒于宋仁宗嘉祐七年(1062)。宋仁宗天圣五年(1027)进士,担任过长县知县、监察御使、开封府尹、枢密副使等官职,追赠礼部尚书。从宋代的史书、文人笔记、民间传说和平话开始,包公故事不断地在民间被演绎、修改、增加和完善。胡适在《三侠五义》序中指出:"包龙图——包拯也是一个箭垛式的人物。古来有许多精巧的折狱故事,记载在史书,或流传民间,一般人不知道他们的来历,这些故事却容易堆在一两个人的身上。在这些侦探式的清官之中,民间传说不知道怎样选出来宋朝的包拯来做一个箭垛,把许多折狱的箭都射在他身上。包龙图遂成了中国的歇洛克·福尔摩斯。"①经过世代的演变,代表民间诉求的包公形象深入人心,包公逐渐成为正直清官的代表,对抗权贵的典型。

　　包公图像与包公事迹、故事相伴始终,首先在宋代产生包公塑像、画像,其后则是各种戏曲小说插图以及戏曲舞台形象,小人书、影视剧等各类图像。

第一节　宋代包公故事与包公图像的生成

　　从《宋史·包拯传》《两朝国史》《孝肃包公奏议》和《续资治通鉴长编》来看,包公作为清官的形象很早即已确立。据《宋史·包拯传》记载:

　　拯字希仁,庐州合肥人也。始举进士,除大理评事,出知建昌县……召权知开封府,迁右司郎中。拯立朝刚毅,贵戚宦官为之敛手,闻者皆惮之。人以包拯笑比黄河清。童稚妇女,亦知其名,呼曰"包待制"。京师为之语曰:"关节不到,有阎罗包老。"旧制,凡讼诉不得径造庭下。拯开正门,使得至前陈曲直,吏不敢欺。中官(宦官)势族筑园榭,侵惠民河,以故河塞不通,适京师大水,拯乃悉毁去。或持地券自言有伪增步数者,皆审验劾奏之。……拯性峭直,恶吏苛刻,务敦厚,虽甚嫉恶,而未尝不推以忠恕也。与人不苟合,不伪辞色悦人,平居无私书,故人、亲党皆绝之。虽贵,衣服、器用、饮食如布衣时。尝曰:"后

---

① 胡适:《中国章回小说考证》,上海书店出版社 1980 年版,第 343—344 页。

世子孙仕宦，有犯赃者，不得放归本家，死不得葬大茔中。不从吾志，非吾子若孙也。"[1]

史书还记录了包拯判割牛舌案，在端州为官贡砚不遗权贵，弹劾张贵妃伯父张尧佐等事迹。包公去世后门人张田整理其生平奏议，编成《孝肃包公奏议》十卷。在宋、明、清多次被刊刻，广为流传。宋代司马光的《涑水记闻》卷九、沈括的《梦溪笔谈》卷二十二和邵伯温《邵氏闻见录》卷十三等笔记都记载了包公的事迹。

包公在世时，民众即曾为其建生祠。宋仁宗庆历七年（1047），河南大旱，包拯要求各县富户和官吏开仓放粮救济灾民。是年迁任陕西路转运使，宋城（今商丘）县"民感其德，自发捐钱捐物，拦轿处立祠以祀"。立祠处后称"包公庙"。包公庙历经沧桑，时有兴废，到中华人民共和国初年已经损毁，1994年在原地址重建。

图 20-1　今河南商丘包公庙之包公像

包公去世后安葬在老家合肥。四年后他的家乡合肥就建成了包公祠，后来不断被修缮。祠中包公塑像是白脸，直到 20 世纪 80 年代才塑金身。"在中国

图 20-2　合肥包公祠之包公塑像

---

[1] 脱脱：《宋史》，中华书局 1977 年版，第 10315 页。按，《家训》原文为："后世子孙仕宦，有犯赃者，不得放归本家；亡殁之后，不得葬于大茔之中；不从吾志，非吾子孙！仰珙刊石，竖于堂屋东壁，以昭后世。"

大地分布众多的祭祀祖先或圣贤的祠庙中,包公祠庙是占比重较大的一类。在各地修建的包公祠庙中,合肥包公祠又是修建最早,持续时间最长,影响最大的一个。"①孔繁敏曾考证合肥包公祠在九百多年中的十七次修缮。

开封包公祠始建于何时不详。元代著名文人王恽有诗赞曰:"拂拭残碑览德辉,千年包范见留题。惊乌绕匝中庭柏,犹畏霜威不敢栖。"既然王恽凭吊包公庙时已是"残碑",可见开封的包公祠可能始建于金。明代《开封府志》记载:"任府治东祀。宋开封府尹包拯。成化九年建,嘉靖七年修,副使胡谧记。"②

图 20 - 3　开封包公祠之包公像

其他很多地方也都有包公庙。清代《泰安府志》记载:"包公祠在府城西门瓮城内,祀宋包拯。旧志称公为奉符令,正直不阿。"③《奉符县志》也记载了包拯曾为奉符县县令,后世建包公祠。广东肇庆在北宋熙宁年间就建了包公祠,四百年后由于年久失修,在城西重建包公祠,"文革"时被毁,2000 年重修。

河南辉县、福建福州等地都建了包公庙,香港湾仔、澳门和台湾海清森罗殿,甚至在菲律宾马尼拉的南洋天地宫中也供奉包公。人们用建祠庙来纪念这位民间敬仰的清官。一些祠庙除了包公的事迹,还有遗迹、传说、塑像和壁画等。开封和合肥的包公祠是典型代表,开封包公祠中有包公 2.5 吨的铜塑像,包公身着蟒袍,端坐椅上,一脸正气。合肥包孝肃公祠有包公蜡像馆。人民希望通过对清官的祭祀和朝拜活动,在现实生活中趋吉避凶,传递正能量。

---

① 孔繁敏:《包拯研究》,中国社会科学出版社 1998 年版,第 91—92 页。

② 曹金编:《开封府志》,日本内阁文库藏明万历十三年刻本,第 630 页。

③ 岳溶等监修,杜诏等编撰:《钦定文渊阁四库全书·史部·山东通志》卷二十一。

　　于此可见,包公自宋代起即已入圣贤之列。清顾沅辑道光十年(1830)刻本《古圣贤像传略》收录自上古仓颉至晚明人冒襄共 425 幅人物画像,其中也有包公的画像。与此前各种包公像相比,这一包公像稍显癯瘦,但仪容威严,其络腮胡怒然分张。绘图者显然试图使得自己的绘图与人们理想中的包青天相应。

图 20 - 4　《古圣贤像传略》之包公像

　　故我们可以说社会上层对包公的褒扬,各地包公祠的兴建,是宋元以来包公故事及其图像产生的根本动力源泉。宋代的说唱故事就有包公的故事,《醉翁谈录·舌耕叙引》列出了当时的"公案小说"《三现身》就是包公断案故事,可惜其具体情节今日已无从得知。

第二节　元明清包公故事与图像的丰富和发展

　　元明清三代以来,小说、戏曲等通俗文学有很大发展,包公故事也因此得到很大的丰富和发展。

　　元代南戏和杂剧都有包公戏。相关包公的南戏有萧德祥《小孙屠》、无名氏《王月英月下留鞋记》、无名氏《包待制判断盆儿鬼》、无名氏《包待制陈州粜米》、无名氏《林招得三负心》、无名氏《神奴儿》、无名氏《高文举》等,除了第一部存世,其余作品皆佚。

　　相关包公的宋金杂剧有《三现身》(《武林旧事》卷十《官本杂剧段数》著录,佚)、《刁包待制》(金院本名目,《南村辍耕录》著录,佚)。

　　相关包公的元杂剧有汪泽民《包待制》(《太和正音谱》《录鬼簿》著录,佚)、

图 20-5　《包龙图判百家公案》封面

《包待制双勘钉》(《元曲选目》《曲录》《太和正音谱》著录,佚)、关汉卿《鲁斋郎》《蝴蝶梦》、武汉臣《生金阁》(今存《息机子元人杂剧选》本、《元曲选》本)、无名氏《神奴儿》(今存《元曲选》本)、李潜夫《灰阑记》(今存《元曲选》本)、郑廷玉《后庭花》(今存《古名家杂剧》本、《元曲选》本)、无名氏《包待制捉旋风》(《传奇汇考标目》著录,佚)、无名氏《合同文字》(今存《息机子元人杂剧选》本、《元曲选》本)、无名氏《陈州粜米》(今存《元曲选》本)、无名氏《留鞋记》(今存《古今杂剧选》本、《元曲选》本)、无名氏《盆儿鬼》(《太和正音谱》《录鬼簿续编》著录,今存脉望馆抄校本和《元曲选》本)、萧天瑞《小孙屠》(《录鬼簿》著录,佚)等。

以上剧作中,皆有相关包公的故事情节,但其中有很多严格说主要是公案故事,由于公案故事结局一般需要以清官出场裁断,故宋元公案小说、戏曲很多都借用包公。但这种情况下的包公在才智方面也不一定有明显的过人之处,很多小说戏曲中的包公只是"官吏"或"清官"的象征性符号而已。

明代通俗小说、戏曲和说唱文学都有包公的身影。说唱文学有北京永顺堂刊印《明成化刊本说唱词话》。小说有罗贯中编万历刊本《三遂平妖传》、安遇时编万历二十二年(1594)朱氏与耕堂刊本《包龙图判百家公案》、冯梦龙编天启甲子(1624)金陵兼善堂刊本《警世通言》第十三卷《三现身包龙图断冤》、冯梦龙编金闾叶静池刊本《醒世恒言》第十四卷《闹樊楼多情周胜仙》、冯梦龙编衍庆堂刊本《喻世明言》第十二卷《宋四公大闹禁魂张》、凌濛初编尚友堂刊本《拍案惊奇》第三十三卷《张员外义抗蜈蚣子　包龙图智赚合同文》、湖海山人清虚子编天启元年(1621)闽建书林本《名公案断法林灼见》、无名氏编清初刊本《龙图公案》等。

涉及包公故事的戏曲有郑中耿《剔目记》(《大明天下春》有佚曲)、汪廷讷《忠孝完节》(《曲品》著录,佚)、无名氏《还魂记》(万历文林阁刊本)、程子伟《雪香园》(《传奇汇考标目》著录,佚)、叶碧川《瓦盆记》(《曲品》著录,佚)、范文若《闹樊楼》(《南词新谱》著录,佚)、《鱼篮记》(今存万历文林阁刊本)、《珍珠记》(今存万历文林阁刊本)、《桃符记》(今存抄本)、童养中《胭脂记》(《古本戏曲丛刊》初集收录)等。

此外,明代散出选本也有包公故事的散出剧目,这说明包公故事在当时的戏曲舞台就经常上演。《大明春》选《陈可忠剔目记》"包文拯坐水牢",《胭脂记》"郭华遇月英""郭华买胭脂""梅香递柬""观灯赴约"。《米栏记》《珍珠记》"拷问老奴"。《徽池雅调》选《胭脂记》"观灯赴约"。《群音类选》选《胭脂记》"郭华吞鞋""华买胭脂"。《玉树英》选《米栏记》"拷问老奴""文举逢妻",《胭脂记》"梅香递柬"。《乐府菁华》选《胭脂记》"递柬传情"。《乐府红珊》选《珍珠记》《米栏记》"高文举登第报捷"。《词林一枝》选《胭脂记》"观灯赴约",《还魂记》"文正托梦救妻"。《八能奏锦》选《米栏记》"拷问老奴"。《玉谷新簧》选《珍珠记》"拷问老奴""文举逢妻"。《时调青昆》选《还魂记》"韩氏自叹"。《万象新》选《胭脂记》"递柬传情",《米栏记》"文举文馆会妻"等。

清代民国是包公故事的进一步丰富和发展期。通俗小说有乾隆乙亥(1779)金阊书业堂刊本《说呼全传》、嘉庆辛酉(1801)同文堂刊本《五虎平西前传》、嘉庆十二年(1807)聚锦堂刻本《五虎平西后传》、嘉庆戊辰(1808)同文堂藏版本《万花楼演义》、金陵云崖主人编嘉庆十四年(1809)《龙图刚峰公案合编》、浦琳嘉庆奉孝轩刊巾箱本《清风闸》、咸丰七年(1857)丹柱堂刊本《鬼神传终须报》、富经堂刊本《阴阳显报水鬼升城隍全传》、广东书林《五鼠闹东京包公收妖传》、同治六年(1867)抄本《龙图耳录》、石玉昆光绪五年(1879)北京聚珍堂活字本《三侠五义》、俞樾光绪二十二年(1896)上海广百宋斋《七侠五义》、石玉昆光绪十七年(1891)文广楼刊本《续小五义》、海上鸣松居士光绪上海正谊书局《三公奇案》之包公案十卷、晚清刻本《续侠义传》、光绪甲午(1894)《续今古奇观》①(卷之一第一回"张员外义抗螟蛉子 包龙图智赚合同文")、《杨文广平南传》(不题撰人,海左书局石印)、民国七年(1918)上海书局石印本《五续七侠五义》等。

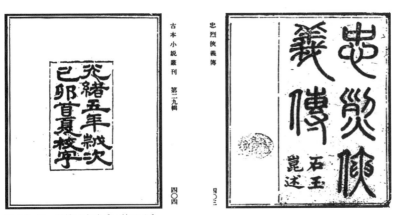

图20-6 光绪五年版《三侠五义》

来自上述小说的故事、人物也以多种图像形式呈现。如来自《三侠五义》中的包拯的舞台形象及包拯探阴山的故事,晚清即以绘画的形式出现,如图20-7、20-8。

①《续今古奇观》第一回为"张员外义抗螟蛉子 包龙图智赚合同文"。

图 20-7　清宫戏画《三侠五义》中的包拯

图 20-8　晚清年画《包龙图探阴山》

　　涉及包公故事的花部戏曲有清雍正七年（1729）抄本《酒色财气》4 卷 27 出《包拯访案》《天仙帕》（甘肃靖远清嘉庆古钟铸目）、《京遇缘》（《春台班戏目》及《庆升平班戏目》著录）、《打銮驾》（甘肃靖远清嘉庆古钟铸目及《庆升平班戏目》著录）、《遇后》（《春台班戏目》及《庆升平班戏目》著录）、《打龙袍》（《春台班戏目》及《庆升平班戏目》著录）、《赛琵琶》（《花部农谭》及《庆升平班戏目》著录)、《铡判官》(《庆升平班戏目》著录)、《杀马房》(甘肃靖远清嘉庆古钟铸目)、《铡国舅》(甘肃靖远清嘉庆古钟铸目)、《奇冤报》(《春台班戏目》及《庆升平班戏目》著录)、《神虎报》(《庆升平班戏目》著录)、《血手记》(甘肃靖远清嘉庆古钟铸目及《庆升平班戏目》著录)、《八件衣》(甘肃靖远清嘉庆古钟铸目)、《乾坤鞘》(甘肃靖远清嘉庆古钟铸目)、《铁莲花》(甘肃靖远清嘉庆古钟铸目)、《摇钱树》(《春台班戏目》著录)、《琼林宴》(《春台班戏目》著录)。郑振铎《中国戏曲选本》统计京剧包公戏 14 种。曾白融《京剧剧目辞典》中列出涉及包公的戏有 136 本,既有小戏,也有连台本。这说明包公的故事在清代和民国多次被戏曲演绎①。

清代民国的说唱文学评书、宝卷、弹词、鼓词、石派书、子弟书、大鼓书、木鱼书、北东、子歌和平话等都有包公故事。以宝卷为例,涉及包公的有:《包公宝卷》《李宸妃冷宫受苦宝卷》《狸猫换太子宝卷》《龙图宝卷》《狸猫宝卷》《林招得宝卷》《卖花宝卷》《张氏三娘卖花宝卷》《龙图案宝卷》《贞洁宝卷》《鸡鸣宝卷》《老鼠宝卷》《徐子建双蝴蝶宝卷》《喜鹊桥宝卷》《双包记宝卷》《天仙宝卷》《张四姐大闹东京宝卷》《阴审郭槐宝卷》《阴阳宝卷》《五鼠闹东京宝卷》《雪梅宝卷》等。这些宝卷书中多涉及公案故事,而多会请包公出场主持正义。

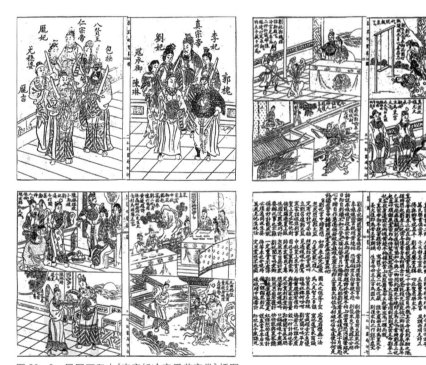

图 20-9 民国石印本《李宸妃冷宫受苦宝卷》插图

---

① 曾白融:《京剧剧目辞典》,中国戏剧出版社 1989 年版。

1949 年以来,除了对包公戏曲小说和说唱文学进行的整理考辑和研究,还出现了一些新的文学样式和传播手段。传统的小说戏曲和说唱文学外,还有连环画、影视作品等多种形式。包公的故事不仅数量多,而且传播越趋形象化。

新时期《中国民间故事集成》《中国民间故事全集》《中国传说故事大辞典》《河南民间故事集》等将各地的民间故事和传说进行收集和整理,其中河南、安徽和江苏等地的包公民间传说和故事较多,此外四川、浙江、广东甚至新疆、贵州和西藏等少数民族聚居的省份也有其民间故事。这些故事按照民间的意愿来设计包公的形象,内容除了审案,还有包公的出身、长相、仕宦生活和死后影响等。

以河南包公民间故事为例,有河南卷:包公审驴子,包公选师爷,包公放粮,包公赋诗拒寿礼,包公湖;扶沟县卷:清官的传说,包公审门墩,包公打驴,包公辨奸,包公炒豆;周口市卷:包公断鹅;淮滨县卷:老包审篓,老包庆寿,乌盆喊冤,巧判鹰犬案;沈丘县卷:老包放粮;息县卷:包公脸谱的由来;淅川卷:包公坐定阳的传说,审驴子,审银子,包公割脚,自投案,断妻,智判吃蛋案,断文约,斗狐精;清丰县卷:包公审石头,包公之死,包公断释黄道姑,包公审石磙;南召县卷:包公收礼,误考卖诗遇丞相,包公巧遇娑罗木,包拯断案问嫂;桐柏县卷:包公封相,包公审石头;淮阳卷:包公扮王八的传说;长垣县卷:包公巧断青石磙;正阳县卷:包公断伞案;驻马店卷:包公断案等。

从总体来看,元代戏剧中的包公,主要是一位刚正不阿、多才多智的人间官员;明清以来戏曲、小说、宝卷等文字中的包公,则多了很多神秘色彩,实现了由人到神的转变。

第三节　文学文本中包公之形象

在宋史书和文人笔记中已初步形成包拯不畏权贵和清廉正直的品格。朱熹《五朝名臣言行录》卷八:"包孝肃公立朝刚严,闻者皆惮之。至于闾里童稚妇女,亦知其名,为之敛手。"[1]明代胡俨在新版奏议序中曰:"观其夫敷奏详明,谏诤剀切,举刺不避乎权势,犯颜不畏乎逆鳞;明当世之务,务引其君于当道,词气森严,确乎不拔,百世之下,使人读之,奋迅其精神,发扬其志节,炳炳琅琅,光前振后,焕乎其不可掩也。"[2]

官方如此,代表民间思想的戏曲小说等则按照自己对于包公的诉求来塑造他,突出了他的清廉正直、机智善断、扶善除恶等性格,甚至让他具有神通法宝来除暴安良,伸张正义。这可以从以下几方面分说。

---

① 朱熹:《五朝名臣言行录》卷八,引自杨国宜《包拯集校注・附录一》,黄山书社 1999 年版,第 294 页。
② 杨国宜:《包拯集校注・附录三》,黄山书社 1991 年版,第 332 页。

首先是其廉洁奉公。清官原指地位显赫且政事有条理的官。"清虚无欲,进退以理,在吴历清官,入晋,除河间相,王素闻聋名,厚敬礼之。"[1]宋元后逐渐指公正廉洁的好官。"清官一词历经千年,含义从表现士族门阀的门第到中央控制的官职,再到社会认可的官德,即从表示门第、官职到官德,从以人分、以官分到以德分。这种演变与九品中正制向科举制转变百年、士族政治向官僚政治转变紧密相关,反映了时代进步。宋元以来清官所体现的清廉公正的品德,流传至今。"[2]金元好问的《薛明府去思口号》:"能吏寻常见,公廉第一难。只从明府到,人信有清官。"[3]历史上包拯公正廉洁,以民为本,且时谚有"关节不到,有阎罗包老"。再经后世文学的加工,包公成为清官的典型。

宋代话本是出自民间的市民文学。"说话艺人都是中下层社会的人,他们大多数是市民群众中比较贫苦的人,他们是被压迫者,他们和统治阶级有矛盾。他们服务的对象也主要是市民,因而他们的立场、思想以及说话的内容,必然和广大市民大体一致,可以说,说话人的基本立场是市民的立场,说话人的思想倾向反映着市民的意识。"[4]宋代话本突出案件的曲折,且表现了包公审案的睿智和正直。《宋四公大闹禁魂张》:"只因贪吝惹祸殃,引到东京盗贼狂,亏杀龙图包大尹,始知官好民自安。"批评贪官的同时,赞扬了包公的正直无私。

包公正直无私的性格在元曲中得以加强。《陈州粜米》《灰阑记》《留鞋记》《鲁斋郎》《蝴蝶梦》等剧多次提及清官,且多与贪官相提并论。例如《灰阑记》曰:"为老夫立志清正,持操坚刚。每皇皇于国家,耻营营于财利,唯忠孝之人交接,不共谗佞之士往还"。《留鞋记》曰:"老夫廉能清正,奉公守法,圣人敕赐势剑金牌,着老夫先斩后奏","我老龙图就似那一轮明镜不容尘"。在戏曲中包公用自己的机智,制裁违法的豪强贵要和凶暴奸邪之辈,为受迫害有冤屈的百姓伸冤做主。

成化说唱词话也有类似表述,如《师官受妻刘都赛上元十五夜看灯传》中"包相清正,与万民做主,不受天下财物,清似潭中水,明如天上月"。《仁宗认母》中"听说文官包丞相,清名正直理条文。只为陈州监粜米,陈州坏了四皇亲。百姓军民多快乐,感谢清官包直臣。赵王呼他为铁面,两班叫做没人情"。明清小说也突出包拯的公正无私。《百家公案》《龙图公案》和《三侠五义》等小说中包公秉公执法,他参太师,劫太后,惩皇亲,铡强暴,和侠客一起伸张正义,除暴安良。

现当代民间故事有《包公收礼》《廉泉》《包公掷砚》《清官的传说》《包公赋诗拒寿礼》等;连环画有《包公庆寿》《包公掷砚》《包公上疏》《包公锄奸》《铡包勉》

---

① 陈寿:《三国志》,中华书局1990年版,第1327页。

② 孔繁敏等:《宋元时期"清官"含义的变化及其原因》,《北京联合大学学报》2011年第2期。

③ 元好问:《元遗山诗集笺注》卷十一,道光二年南浔瑞松堂蒋氏刻本。

④ 胡士莹:《话本小说概论》,中华书局1980年版,第76页。

《铡郭槐》《怒铡陈世美》等都表现其扶善惩恶的品格。而影视作品有的题目就为《包青天》，其主题歌曰："开封有个包青天，铁面无私辨忠奸。"这些都直接概括了包拯两袖清风的个性。

其次是机智善断。在历史上包拯似乎并没那么睿智。《梦溪笔谈》中记载："包孝肃尹京，号为明察。有编民犯法当杖脊，吏受赇，与之约曰：'今见尹，必付我责状，汝第呼号自辩，我与汝分此罪，汝决杖，我亦决杖。'既而包引囚问毕，果付吏责状，因如吏言，分辩不已。吏大声诃之曰：'但受脊杖出去，何用多言！'包谓其市权，捽吏于庭，杖之七十，特宽囚罪，止从杖坐，以抑吏势。不知乃为所卖，卒如素月。小人为奸，固难防也。孝肃天性峭严，未尝有笑容，人谓'包希仁笑比黄河清'。"①现实中包公的正直往往被小人所利用。

在作品中包公却机智善断，明察秋毫。宋话本《三现身包龙图断冤》中说"那包爷自小聪明正直，做知县时，便能剖人间暧昧之情，断天下狐疑之狱"。元曲在题目上就突出了包拯的智慧：《包待制智斩鲁斋郎》《包待制智赚生金阁》《包待制智勘灰阑记》《包待制智赚合同文》《包待制智赚三件宝》和《包待制智勘后庭花》等。在处理案件时包公不仅机智和精察，且不畏权贵，为民伸冤。

成化刊本《白虎精传》的开头为："包相清正如秋水，日判阳间夜判阴，有人犯到包家手，拔树连枝要见根。三十六件无头事，尽被包家断得清。不唱龙图多清正，回文且唱一人身。"说明在当时民间说唱中包公明断案件有 36 件。《百家公案》和《三侠五义》中案件的数量增多。民国时期的《良愿龙图宝卷》载："三十六件无头案，七十二件大冤情。仁宗间知龙颜喜，官上加官职不轻。"包公审理的案件增加到 108 件。案情渐趋复杂，更加需要包拯的明断。

民间故事、连环画和影视文学中也突出其根据生活经验来辨明是非曲直的智慧。如《包公审驴子》《包公审门墩》《包公辨奸》《包公断鹅》《老包审篓子》《审银子》《智判吃蛋案》等，有的则突出包公审理案件的超能力，如《乌盆喊冤》《斗狐精》《包公斩蟒蛇精》《包公除猴精》《黑包拯除妖》等。在影视作品《少年包青天》中甚至出现了公孙策和展昭推理断案的情节。

再次是神通阴阳。中国民间一向流行"人之正直，死为冥官"。宋代后民间往往从现实世界中寻找神仙，包公无疑成为阎王和东岳判官的最佳人选。"古代最为著名的中国阎王，还得数包公包青天。"②包公在作品中经常日审阳、夜断阴，甚至成为民间崇拜的神仙。宋话本《三现身包龙图断冤》中载："包爷初任，因断了这件公事，名闻天下。至今人说包龙图'日间断人，夜间断鬼'。"开启了神判的大门。宋元的笔记小说中包拯已经成为阎王。元好问《续夷坚志》"包女得嫁"

① 沈括：《梦溪笔谈》，中华书局 1985 年版，第 148 页。
② 马书田：《中国人的神灵世界》，九州出版社 2000 年版，第 251 页。

中载："世俗传包希文以正直主东岳速报司，山野小民，无不知也。"①

元代不少杂剧把包公审案的公堂比作阎王殿和东岳阴司。《蝴蝶梦》《鲁斋郎》《后庭花》和《留鞋记》等都有"咚咚衙鼓响，公吏两边排；阎王生死殿，东岳摄魂台"的说法。《盆儿鬼》中包公是"人人说你白日断阳间，到得晚时又把阴司理"。《生金阁》提到包公"你本上天一座杀人星，除了日问剖段阳间事，到得晚间还要断阴灵"。《神奴儿》《蝴蝶梦》《生金阁》等中包公都有断鬼魂、对梦兆先知先觉等超人表现。包公有多种审案的法宝，《陈州粜米》是势剑金牌，《后庭花》和《盆儿鬼》是势剑铜铡，《灰阑记》是百余根狼牙大棒。元末明初《水浒传》的楔子称"文曲星乃是南衙开封府龙图阁大学士包拯，武曲星乃是征西夏国大元帅狄青"。包公开始成为天上的星主。

明代作品包公的能力就更强，他断尽阴阳两界的案件，神通广大，上天庭下地狱，无所不能。成化刊本词话提出包公为文曲星，"云端之中高声叫，叫言文曲姓包人"。"日判阳间夜判阴"，法宝更加多种多样。《陈州粜米》词话中有八般法物："松木大枷松木棒，要断百姓不平人。黑漆大枷黑漆棒，要断官豪宰相家。黄木大枷黄木棒，要断皇亲共国亲。桃木大枷桃木棒，夜间灯下断鬼神。"此外还有皇纛旗和斩砍皇亲剑。《刘都赛传》中为黄木、桐木、紫木、松木枷和棒。

戏曲小说中包公案的法宝有变化。《还魂记》有木枷和木棍。《珍珠记》有金剑、两口铜铡、绣木、金狮子印和12条御棍。《胭脂记》有宝剑、12道免死金牌、铜枷铁纽和桃树枷。《龙图公案》和《百家公案》中包公用赴阴床上天庭或去阴间断案。清代包公的神通减少，已不能依靠神鬼帮助来断案，智慧和侠客谋士帮助成为破案的关键。影视作品也继承了这一传统，将包公塑造成和奸臣做斗争的忠臣。戏曲《正昭阳》《五高风》和《普天乐》中包公法宝为尚方宝剑、铜铡或虎头铡。《三侠五义》中包公的法宝为龙、虎、狗头铡。

从佛教的俗讲开始，中国的说唱文学就具有浓厚的宗教色彩。明清时期很多宝卷已变成世俗说唱，借故事来宣扬教义和民间信仰。车锡伦认为宝卷是宗教和民间信仰活动中按照一定仪式演唱的说唱文本。《绘图天仙宝卷》开卷为："自修自得从古说，自作自受自己求。不信但看其中意，善恶分明在后根。"文尾为："天仙宝卷已周全，回向三宝众就天，惟愿斋主增福寿，祈求福禄广无边，朗诵心经齐拜送，再将法谜送神仙。愿以此功德，普及于一切，宣卷保延生，消灾增福寿。"这些都是宣扬民间信仰中的善恶有报。

无论是成化刊本词话还是宝卷，包公故事的明显主题是惩恶扬善和除暴安良。在宝卷中包公清廉善断、扶善惩恶，由此也被尊为神灵。这些文本的宗教信仰属性和社会教化功能非常明显，包公也成为奉劝世人弃恶从善的神仙。《仁宗认母》词话提出"善恶到头终有报，只争来早与来迟"。《乌盆传》有"善有善报终

---

① 元好问：《续夷坚志》卷一，引自杨国宜：《包拯集校注·附录一》，黄山书社1999年版，第299页。

须报,恶有恶报祸来侵"。清代宝卷将包公彻底神道化,包公有游仙枕、还魂带、还魂床等法宝,还有上天入地、呼风唤雨等神通。如《良愿龙图宝卷》说"包爷香汤来沐浴,身坐乌台断事因",《喜鹊桥宝卷》说"包公领同众将行,一路显赫好威凛。土地口头城隍接,欢迎包公大忠臣。黄泉大路如飞快,直入鬼门关来进",《张氏三娘卖花宝卷》说"前日玉帝召了我,命我伴驾在朝庭"。在宝卷中包公是判官,还是劝善人,其身份无疑乃是法力通天的真神。

第四节　文学图像中包公之形象

一、戏曲小说插图中的包公图像

元明清包公说唱文学、戏曲和小说中的插图多为版画。《元曲选》《明成化刊本说唱词话》《三遂平妖传》(清刊本)、《包龙图判百家公案》(万历刊本)、《龙图公案》(清刊本)、《五虎平西前传》《五虎平西后传》(清刊本)、《万花楼演义》(清刊本)、《清风闸》等都有插图,它们多根据故事情节描绘场景和人物,有单幅、多幅和连环绘画等多种形式。文本虽然不以图为主,但已经具有插图的功能。

北京永顺堂刊印《明成化刊本说唱词话》的插图为现存最早的戏曲木刻版画,是明初通俗读物插图的代表作,其中8个包公故事都有插图。《新刊全相说唱包待制出生传》有插图8幅半,《新刊全相说唱包龙图陈州粜米记》有插图10幅半,《新刊全相说唱足本仁宗认母传》有插图12幅半,《新刊全相说唱包龙图断曹国舅公案传》有插图12整幅,《新编全相说唱包龙图断白虎精传》有插图3整幅,《全相说唱师官刘都赛上元十五夜看灯传》有插图6幅半图、6幅整图,《新刊全相说唱张文贵传》有8幅半图、5幅整图,《新刊全相说唱包待制断歪乌盆案传》有6幅半图、3幅整图。这些插图之所以如此之多,无疑是因为其除增加阅读兴趣外,也对叙事有很大的辅助作用。

成化刊本的插图已经达到了很高的水平,刻绘俱佳。如图20-10,图版有的简约古朴,有的雕刻细致。画面以人物为主,人物表情丰富,亭台楼阁厅堂等背景布局稳妥。有的半幅图中间有云彩、屋顶或斜线自然隔开。宋元以来书籍的插图多为上图下文,它的出现说明半图或者整幅插图最迟到明代成化年间就有了多种形式的插图。

《新刊京本通俗演义全像包龙图判百家公案全传》是万历时期小说插图建阳坊刻的代表作。它在图像上采用上图下文的形式,每页都有插图,在图旁有六到八字的标题。扉页有"书林与耕堂朱仁斋绣梓",卷末书版刻有"万历甲午岁末朱氏与耕堂梓行"。图像和连环画很类似,画面的连续性强,已经具有连环画的性质。连续的图像再现每个故事的主要情节,对文字起到了说明和烘托的作用,风格简约古朴。图文并茂也是这个时期坊刻小说的特色。

图 20－10　《明成化刊本说唱词话》插图

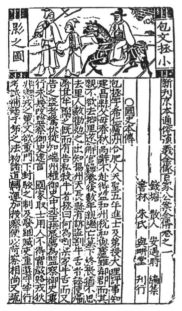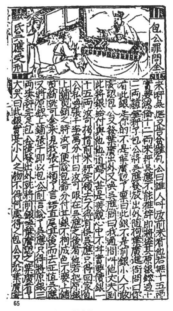

图 20－11　《新刊京本通俗演义全像包龙图判百家公案全传》插图

　　万历刊本《元曲选》的插图构图精巧,画面有流动感,绘刻精丽,是明代版画全盛期的代表作。其中 88 剧之首有精美插图 2 幅,12 剧之首有 4 幅插图。插图是根据题目、正名的内容来绘制。如第三十七《包待制三勘蝴蝶梦》题目正名为:"葛皇亲挟势行凶,赵顽驴偷马残生。王婆婆贤德抚前儿,包待制三勘蝴蝶梦。"其相应的 4 幅插图(图 20－12),不仅表现曲本中的情节,还展现当时的社会生活和民风民俗。人物刻画精工,背景绵密,手法多样。郑振铎认为万历中后期

图 20 - 12　《蝴蝶梦》插图

木刻插图的风格已经由"粗豪变为秀隽,由古朴变为健美,由质直变为婉约"。

《元曲选》所收杂剧中,关汉卿《鲁斋郎》、李潜夫《灰阑记》、无名氏《盆儿鬼》、无名氏《陈州粜米》等数种反映包公智慧、刚正的内容也较多。

《鲁斋郎》剧叙说权豪势要鲁斋郎,横行不法,先后强占许州银匠李四、郑州都孔目张珪之妻,致使两家夫妻、儿女失散,开封府包拯到民间巡访,得知鲁斋郎罪恶,将其抓获。在呈报文书上把"鲁斋郎"名改为"鱼齐即",皇帝钦定后再添笔加画,终于将鲁斋郎斩首。银匠李四的一双儿女、都孔目张珪的一双儿女都在包拯抚养下长大成人,15 年后两家重获团圆。剧中包拯自叙说:

老夫姓包名拯,字希文,庐州金斗郡四望乡老儿村人氏。官封龙图阁待制,正授开封府尹。奉圣人的令,差老夫五南采访。来到许州,见一儿一女,原来是银匠李四的孩儿。他母亲被鲁斋郎夺了,他爷不知所向。这两个孩儿留在身边。行到郑州,又收得两个儿女,原来是都孔目张珪的孩儿。他母亲也被鲁斋郎夺了,他爷不知所向。我将这两个孩儿也留在家中,着他习学文章。早是十五年光景,如今都应过举,得第了也。老夫将此一事,切切于心,拳拳在念。想鲁斋郎恶极罪大,老夫在圣人前奏过:有一人乃是"鱼齐即",苦害良民,强夺人家妻女,犯法百端。圣人大怒,即便判了"斩"字,将此人押赴市曹,明正典刑。得到次日,宣鲁斋郎。老夫回奏道:"他做了违条犯法的事,昨已斩了。"圣人大惊道:"他有甚罪斩了?"老夫奏道:"他一生掳掠百姓,强夺人家妻女,是御笔亲判'斩'字,杀坏了也。"圣人不信,"将文书来我看。"岂知"鱼齐即"三字,"鱼"字下边添个"日"字,"齐"字下边添个"小"字,"即"字上边添一点。圣人见了,道:"苦害良民,犯人鲁斋郎,合该斩首。"被老夫智斩了鲁斋郎,与民除害。只是银匠李四、都孔目张,不知所向。我如今着他两家孩儿,各带他两家女儿,天下巡庙烧香,若认着他父母,教他父子团圆,也是老夫阴骘的勾当。①

这也就是说,包拯智斩鲁斋郎的情节完全是借包拯之口说出的,并无实际的行动环节。但《元曲选》所配的插图是包拯智斩鲁斋郎的场景,如图20-13。

图20-13 《鲁斋郎》插图

图20-14 《灰阑记》插图

李行道《灰阑记》写富户马均卿娶妾张海棠,生有一子。马妻马氏与奸夫赵令史合谋,用毒药杀害亲夫,诬陷海棠害命,为独占家产,又强称张海棠之子为己生。郑州太守听信赵令史一面之词,张海棠屈打成招,被判死罪。包拯重审此人命案,知有冤弊,便在地上用石灰画一圈,让张海棠、马氏强拉幼儿,谁能将幼儿拉出圈外,幼儿便归她。张海棠作为生身母,不忍心强拽自家孩子,马氏将小孩拽出石灰圈。包拯因此断定张海棠为生身母,并审出马妻与奸夫合谋的杀人罪,给予严惩。此剧主要表现包拯的智慧,《元曲选》所配的插图正是包拯巧施灰阑计的场景,如图20-14。

无名氏《陈州粜米》写陈州三年大旱,黎民苦楚,朝廷商议派人到陈州开仓粜

---

① 臧懋循编:《元曲选》,中华书局1958年版,第853页。

图 20－15　《陈州粜米》插图

米，刘衙内竭力保荐自己的儿子小衙内和女婿杨金吾充当此任。小衙内和杨金吾到陈州后，放米时百般克扣。农民张憨古抗议，被活活打死。其子小憨古向包拯告状，包拯微服私访，查得实情，用计把小衙内和女婿杨金吾处死。戏中包拯微服私访时曾假扮为一农民，为妓女王粉莲笼驴，小衙内不认识，把他吊在槐树上。此剧主要表现包拯的智慧、刚直，《元曲选》所配的插图则是包拯被吊槐树时最有戏剧性的场景，如图 20－15。

　　清代民国版画插图为明代插图的余绪。插图多在文本前几页，情节设计较少，有的甚至是人物形象的展示，包公为官员形象。倒是宝卷《李宸妃冷宫受苦宝卷》《绘图龙图宝卷》，木鱼书《陈世美三官堂琵琶记全本》和子弟书《绘图包丞相断乌盆传》等民间说唱文学的插图有很大的变化。民国《李宸妃冷宫受苦宝卷》的插图放在文本的前面几页，以图为主，以文字为辅，处于增饰文本的地位。1918 年上海上演京剧连台本《狸猫换太子》反响强烈。连环画《包公出世》便应运而生了，它采取上文下图的方式，画面的人物和布景多为戏曲表演的片段。作品不仅通俗易懂，文字已经成为画面的辅助说明。

图 20－16　连环画《包公出世》

二、其他的包公图像

1. 戏曲中包公的脸谱

宋金以来在乐舞、戏曲和民俗活动中便有脸谱。演员演出时对面部进行图案性化妆,以便更加突出人物的某些性格。"据现有的资料可知,中国戏曲采用图案化的'涂面'化妆,其年代不早于元代,因为中国戏曲成熟于元代。但脸谱作为表演化妆的历史却早于元代,杂剧和南戏之前的各种戏曲演出中,就已经应用了面具和'涂面'两种化妆方法。"①包公在戏曲中也有面具和涂面两种形式。

戏曲脸谱文官一般不勾脸,包拯是个例外。戏曲中包公多为黑脸。"脸谱之颜色,最初较为简单,大致先有黑、红、蓝、黄、绿、白几种,后又添紫、老红、粉红等色,因演扮神怪,又添出金银等色。一般来说,汉文化圈的脸谱和面具中,黑色代表风吹日晒的肤色和神秘的夜色,用之以代表率直、朴实、刚正或者阴间神鬼。"②历代戏曲中包公脸谱整体上变化不大,黑面、白眉和月牙。

元代戏曲的包公是由正末或外来演,脸谱为黑面,两道白眉,如图20-17。明代戏曲的包公由末或净来演,其脸谱在弋阳诸腔的《剔目记》《珍珠记》《袁文正还魂记》等作品中得到了发展,也是黑面白眉,只是眉毛细些。清代戏曲的包公多为净角,黑面拧眉,额头有月牙,身着黑蟒袍。近现代京剧的包公黑面,额头有弯月。黑脸代表铁面无私、刚直不阿的个性,月牙的说法就更加多了,较为普遍的说法是表示包公日审阳、夜审阴。

明清戏曲舞台上,包公多以净脚色扮演,特称黑净,其脸谱可谓过去民间传说中包公形象一直更为集中、夸张和美化,对其他各类包公图像产生了主动性影响,如图20-18。

图20-17　元代包公脸谱

图20-18　明代包公脸谱

傩戏是中国古代各地流传很广的一种驱邪祈福的仪式,古傩中驱鬼的神几乎都是凶相,民间认为只有凶相才能祛除鬼魅。包公在古代安徽贵池傩戏和南通童子戏中是驱鬼的神,演包公的巫师都带黑色面具,眉眼唇都是红色,面貌狰狞。将贵池傩戏中的包公戏和成化刊本词话比较,剧本非常相似。"上海嘉定出土的明成化刊本说唱词话与池州傩戏的密切关系,说明至迟在南戏诸声腔流行

① 黄殿祺:《中国戏曲脸谱》,北京工艺美术出版社2002年版,第4页。
② 周华斌:《中国剧场史记》,北京广播学院出版社2003年版,第78页。

之际,池州民间一直有一种没有经过书会才人和士大夫加工的,以说唱文学为脚本的假面戏曲存在。"①最早的包公傩戏并没有准确的记载,起码傩戏和戏曲中包公的形象,影响了后世作品对于包公的容貌描述。包公也由白面书生变成黑脸拧眉的凶神。傩戏仪式中的包公面具可谓戏曲舞台脸谱与神道的一种结合。

2. 民间艺术中的包公

随着包公的故事在民间广泛流传,包公的年画也应运而生。清雍正、乾隆年间木刻年画也进入了黄金期。除了苏州的桃花坞和天津的杨柳青外,山东的潍县、河南的朱仙镇、山西临汾、河北武强、陕西凤翔、四川绵竹、福建漳州和广东佛山都出现了民风各异、风格多样的年画。"年画最早发展起来的是民间模板年画。其形式与特点都是符合广大人民的欣赏习惯,是与人民生活联系最紧密的一种艺术。……它反映了各历史时期的社会现象,人民的生活和思想感情,因而为广大劳动群众喜闻乐见。"②

作为老百姓崇拜的对象,包公也成为年画表现的题材。年画吸收了戏曲和小说的成分,比如清代杨柳青年画《打銮驾》表现的是包公案中狸猫换太子的故事,包公为黑脸白月牙,身着蟒袍的戏曲形象。同样以狸猫换太子为题材,苏州桃花坞的年画则如同后世连环画一样,以八幅画来完整表现这个故事(图20-19),而包拯在八幅画中出现了五次,足见包拯在狸猫换太子这一故事中所占的分量。

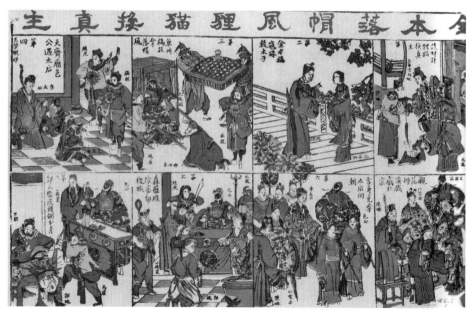

图20-19　苏州桃花坞年画《全本落帽风狸猫换真主》

---

① 何根海、王兆乾:《安徽贵池傩文化研究》,安徽大学出版社2000年版,第263页。
② 王树村:《中国年画发展史》,天津人民美术出版社2004年版,前言。

而山东潍坊杨家埠的《包公割麦》(图 20 - 20)则突破公案题材,根据《包待制出身传》的情节,展现了包公在田中割麦,神仙派神人帮他割麦,圣旨加封其为一品宰相的场景。这种图像反映的是普通农民对包公的敬重和热爱,也有底层人物善良的愿望。我们从《包公割麦》年画中,既可以看到明清戏曲舞台包公的影响(主要脸谱),也可以看到农民式的想象,包公乃为"包青天"与农夫的结合。

图 20 - 20　潍坊年画《包公割麦》

包公在民间的广受尊重,也可从其他载体上反映出来。2007 年,中国古木雕专家在皖南民居发现几种珍贵的木雕,其中之一即为《包公断案》(图 20 - 21)。其场景为包公坐堂理事,其面前站立一女子似陈述案情。可惜由于包公故事太多,我们不能推断出自哪一故事。这一木雕珍品恰巧出现在包公的故里,由此我们也不难理解当地人民对包公的敬重与爱戴。

图 20 - 21　皖南木雕《包公断案》

赵宪章认为,宋元文学是语言和图像呈现出"语图合体"和"语图互文"的时期。从包公的故事及其图像看,包公的故事在文学上广为流传,日渐丰满,同时包公故事的图像也具体形象地展现给观众和读者。包公文学的语图逐渐结合,民间按照自己的想象来不断丰富包公故事,包公的黑面、蟒袍和额头月牙已深入民心,包公断案故事也渐趋多样化、连续化,情节简洁化、合理化。这些图像增强了文本的直观和形象性,更好地阐释人物性格,拓展了包公文学的传播方式,使包公故事传播呈现出图文辉映的特点。

包公的故事和图像广为流传,说明他的民本思想和正直廉洁的品格切合了我们民族文化的主题。"在语言和图像的关系上,大凡被二者反复书写或描绘的题材,多为人类精神的'原型'。无论是神话传说还是历史故事,无论是《圣经》叙事还是中国的经史子集,无论是西方的莎乐美还是中国的王昭君、蔡文姬等,之所以在文学史和艺术史上反复出现,被文学和图像艺术反复书写或者描绘,就在于其本身蕴含着身后的历史积淀,萦绕着某种足以使整个民族难以忘怀的心结。"①包公在故事和图像中反复地被书写,流传至今已经建构了包公出生、成长、官宦仕途、断案和去世等完整的体系,正义在包公语言和图像中不断地得以张扬。

---

① 赵宪章:《文学和图像关系中的若干问题》,《江海学刊》2010 年第 1 期。

第二十一章 清人文学与图像关系之观念

　　清人讨论文学、图像（主要是文人画）的著述及散见的各种文字甚多，其中多有涉及文学与图像关系者，从中可见其思想观念，本章主要就此问题进行梳理和讨论。

　　清人的文字著述中之所以有相当多的涉及文学与图像关系，从根本来看，不论是文学（诗、词、曲、赋等），还是图像（主要是文人画），其创作的主体都主要是文人，故虽文学、图像有别，但也多有共通。故苏轼在《书鄢陵王主簿所画折枝》有诗："诗画本一律，天工与清新。"①宋人邓椿《画继》中说："画者，文之极也。故古今之人，颇多著意。张彦远所次历代画人，冠裳太半……其为人也多文，虽有不晓画者寡矣；其为人也无文，虽有晓画者寡矣。"②清人沈宗骞《芥舟学画编》也说："画与诗，皆士人陶写性情之事。故凡可以入诗者，均可以入画。"③

　　故从总体看，清人讨论文人的文学与绘画共通或共同者，远多于讨论其相异者。本章也将先梳理其共通或共同，再梳理其相异。

第一节 文学、绘画同本自"道"

　　在中国古人的观念中，汉字是非常神秘而伟大的，传说仓颉造字而鬼夜哭，敬字惜纸也是汉地沿袭很久的习俗。至于文学，当然也同样神秘而伟大。刘勰《文心雕龙》"原道"篇云："文之为德也大矣，与天地并生者何哉！夫玄黄色杂，方圆体分；日月叠璧，以垂丽天之象；山川焕绮，以铺理地之形，此盖道之文也。仰观吐曜，俯察含章，高卑定位，故两仪既生矣；惟人参之，性灵所钟，是谓三才。为五行之秀，实天地之心。心生而言立，言立而文明，自然之道也。"④这就是说，文学来自通行天地万物间的大道。

　　清中后叶著名文论家刘熙载所著《艺概》将文学、绘画、书法分别讨论，其在

① 苏轼：《苏轼全集》，上海古籍出版社1984年版，第188页。
② 邓椿：《画继》卷九，人民美术出版社1963年版，第113页。
③ 沈宗骞：《芥舟学画编》卷二，乾隆四十六年和刻本，第1页。
④ 周勋初：《文心雕龙解析》（上），凤凰出版社2015年版，第8—9页。

《诗概》部分提出，"诗"乃天人之相合："《诗纬含神雾》曰：'诗者，天地之心。'文中子曰：'诗者，民之性情也。'此可见诗为天人之合。"①由此可见，诗、文学在中国人的观念中是如何伟大而神秘。

而绘画与文学一样，也来自这种周流不息的天道。唐张彦远《历代名画记》"叙画之源流"云：

> 夫画者，成教化、助人伦、穷神变、测幽微，与六籍同功，四时并运，发于天然，非由述作。古先圣王受命应箓，则有龟字效灵、龙图呈宝。自巢燧以来，皆有此瑞，迹映乎瑶牒，事传乎金册。庖牺氏发于荣河中，典籍、图画萌矣；轩辕氏得于温洛中，史皇、仓颉状焉。奎有芒角，下主辞章；颉有四目，仰观垂象。因俪鸟龟之迹，遂定书字之形。造化不能藏其秘，故天雨粟；灵怪不能遁其形，故鬼夜哭。是时也，书画同体而未分，象制肇创而犹略，无以传其意，故有书；无以见其形，故有画。天地圣人之意也。②

宋人韩拙《山水纯全集》亦云：

> 夫画者，肇自伏羲氏画卦象之后，以通天地之德，以类万物之情。……存形莫善于画，载言莫善于书，故知书画异名而一揆也。古云："画者，画也。"益以穷天地之不至，显日月之不照。挥纤毫之笔，万类由心；展方寸之能，千里在掌。岂不为笔补造化者哉！③

为了借诸流行天地间的气，故书画家多醉中书画。宋葛立方《韵语阳秋》说："张长史以醉故，草书入神，老杜所谓'杨公拂箧笥，舒卷忘寝食。念昔挥毫端，不独观酒德'是也。许道宁以醉故，画入神，山谷所谓'往逢醉许在长安，蛮溪大砚摩松烟''醉拈枯笔墨淋浪，势若山崩不停手'是也。大抵书画贵胸中无滞，小有所拘，则所谓神气者逝矣。钟、王、顾、陆不假之酒而能神者，上机之士也。如张、许辈非酒安能神哉！"④《宣和画谱》亦谓："而张颠观公孙大娘舞剑器，则草书入神。道子之于画，亦若是而已。况能屈骁将，如此气概，而岂常者哉？然每一挥毫，必须酣饮，此与为文章何异？正以气为主耳。"⑤

文学、绘画皆本自"道"的观念在清人那里也是如此。石涛为清初著名画家，其所著《苦瓜和尚画语录》，多方面反映了其对中国画画理、画法的认识，是书首章"一画章第一"云：

> 太古无法，太朴不散。太朴一散，而法立矣。法于何立？立于一画。一画者，众有之本，万象之根。见用于神，藏用于人，而世人不知。所以一画之法，乃自我立。立一画之法者，盖以无法生有法，以有法贯众法也。夫画者，从于心者

---

① 王气中：《艺概笺注》，贵州人民出版社 1986 年版，第 139 页。

② 张彦远：《历代名画记》，上海人民美术出版社 1964 年版，第 1 页。

③ 韩拙：《山水纯全集》，《美术丛书》（第二册），江苏古籍出版社 1997 年版，第 1132 页。

④ 葛立方：《韵语阳秋》卷十四，何文焕编：《历代诗话》，中华书局 1981 年版，第 595 页。

⑤ 台北"故宫博物院"：《善本丛书》，1972 年影印元大德本《宣和画谱》卷二，第 2 页。

也。山川人物之秀错，鸟兽草木之性情，池榭楼台之矩度，未能深入其理，曲尽其态，终未得一画之洪规也。行远登高，悉起肤寸，此一画收尽鸿蒙之外，即亿万万笔墨，未有不始于此而终于此，惟听人之握取之耳。……信手一挥，山川人物，鸟兽草木，池榭楼台，取形用势，写生揣意，运情摹景，显露隐含，人不见其画之成，画不违其心之用，盖自太朴散而一画之法立矣，一画之法立而万物著矣。故曰：吾道一以贯之。①

石涛此处所谓"太朴""一画之法"实即前人所谓的"道"。清前期著名画家唐岱本为旗人，为著名画家王原祁弟子，工诗，其所著《绘事发微》论及"正派"条云：

画有正派，须得正传，不得正传，虽步趋古法，难以名世也。何谓正传，如道统自孔孟后，而递衍于广川昌黎，至宋有程、周、张、朱，统绪大明，元之许鲁斋、明之薛文清、胡敬斋、王阳明皆嫡嗣也。画学亦然，派始于伏羲画卦，以通天地之德，史皇收虫鱼卉木之形，以抒藻扬芬，笔端造化，于是始逗露一班矣。传曰：画者，穷教化，明人伦，穷神变，测幽微，与六籍同功，盖精于画者，尝间代而一出也。②

《绘事发微》论"自然"又云：

自天地一阖一闭，而万物之成形成象，无不由气之摩荡自然而成，画之作也亦然。古人之作画也，以笔之动而为阳，以墨之静而为阴，以笔取气为阳，以墨生彩为阴，体阴阳以用笔墨。故每一画成，大而丘壑位置，小而树石沙水，无一笔不精当，无一点不生动，是其工纯熟，以笔墨之自然，合乎天地之自然，其画所以称独绝也。然功夫至此，非粗浮之所能知，亦非旦暮之间所可造。盖自然者，学问之化境，而力学者，又自然之根基。学者专心笃志，手画心摩，无时无处不用其学。火候到则呼吸灵，任意所至，而笔在法中，任笔所至，而法随意转。至此，则诚如风行水面，自然成文，信手拈来，头头是道矣。所谓自然者，非乎？语云"造化入笔端，笔端夺造化"，此之谓也。③

在唐岱的观念中，"画学"通于"天地之德"，笔、墨取阴阳之气，所以说"造化入笔端，笔端夺造化"。

众所周知，"气韵生动""意在笔先"很早即成为中国古代书画家的共识。绘画作品之所以能"气韵生动""意在笔先"，关键是画家能借造化之力，若有神助，随机走笔，自然而然，成就作品。对此，清人有很多画论涉及。清初著名的书画家、诗人方咸亨在其所著《邵村论画》说到绘画之"气韵"时说：

盖神也者心手两忘，笔墨俱化，气韵规矩，皆不可端倪，仁者见仁，智者见智，所谓一切而不可知之谓神也。逸者轶也，轶于寻常范围之外，如天马行空，不事

---

① 石涛：《苦瓜和尚画语录》，《美术丛书》（第一册），江苏古籍出版社 1997 年版，第 13 页。
② 唐岱：《绘事发微》，《美术丛书》（第一册），第 259 页。
③ 同①，第 265 页。

羁络为也。亦自有堂构窈窕,禅家所谓教外别传。……总之,绘事清事也,韵事也,胸中无几卷书,笔下有一点尘,便穷年累岁,刻画镂研,终一匠作,了何用乎?此真赏者所以有雅俗之辨也。①

在方咸亨看来,绘画之"神"品、"逸"品,都是超出所谓"规矩",其"气韵""规矩"皆不可端倪,有不可知的"神"所推使。清中期著名画家黄钺《二十四画品》论及"气韵"说:

六法之难,气韵为最。意居笔先,妙在画外。如音栖弦,如烟成霭,天风泠泠,水波潋潋。体物周流,无小无大。读万卷书,庶几心会。②

黄钺的说解很玄妙,其所谓"体物周流"大概是要画家们虚心体会"大道"运化吧。相比黄钺的玄妙,其同时人画家张式所著《画谭》对"气韵生动"的解释似更具体些:

画山水以气韵生动为主,才能使笔墨。未下笔时,全幅局势先罗胸中……下笔时是笔笔生出,不是笔笔装去,至结底一笔亦便是第一笔。古所称一笔画也。气韵虽曰天禀,非学力不能全其天。老杜诗云:"读书破万卷,下笔如有神。"读得破古人墨迹,则触处透空,自然生动,使笔墨者,借笔墨以寄吾神耳。③

这里,张式直接借用了前人的"一笔画"说来解释如何才能"气韵生动",即借造化之神运笔,"笔笔生出",如此最末一笔也即是"第一笔"。这正如写诗一气呵成,如有神助一样。

清前期诗人、书画家薛雪在其所著《一瓢诗话》中提出,对画家、诗人而言,"气韵生动"实际是本自同一的"道":

独往山人黄遵古与余同客武林幕府,朝夕观其作画,其正处精神,多在测出渲染;近处位置,又从远处衬贴。浓不伤滞,淡不嫌寂,气运蓬勃而出,一时笔墨都化。微乎微乎! 画之道,诗之道,文之道也。④

书画家们所谓"意在笔先"与"气韵生动"实难分彼此。清初著名画家王原祁《论画十则》论及"意在笔先"云:

意在笔先,为画中要诀。作画于搦管时,须要安闲恬适,扫尽俗肠,默对素幅,凝神静气,看高下,审左右,幅内幅外,来路去路,胸有成竹,然后濡毫吮墨,先定气势,次分间架,次布疏密,次别浓淡,转换敲击,东呼西应,自然水到渠成,天然凑拍,其为淋漓尽致无疑矣。⑤

王原祁这里所谓"自然水到渠成,天然凑拍",实际也是一气贯注的"一笔画"。清乾隆时的著名画家郑燮善竹,其所谓"胸中之竹"也是"意在笔先"。郑燮

① 方咸亨:《邵村论画》,俞剑华编:《中国古代画论类编》,人民美术出版社 2007 年版,第 145 页。
② 黄钺:《二十四画品》,《美术丛书》(第一册),第 197 页。
③ 张式:《画谭》,俞剑华编:《中国古代画论类编》,第 304 页。
④ 薛雪:《一瓢诗话》,丁福保编:《清诗话》,上海古籍出版社 1963 年版,第 685 页。
⑤ 王原祁:《论画十则》,《美术丛书》(第一册),第 65 页。

《板桥题画兰竹》有：

> 江馆清秋，晨起看竹，烟光、日影、露气，皆浮动于疏枝密枝之间。胸中勃勃，遂有画意。其实胸中之竹，并不是眼中之竹也。因而磨墨展纸，落笔倏作变相，手中之竹又不是胸中之竹也。总之，意在笔先者定则也，趣在法外者化机也。独画云乎哉？[①]

郑燮的"意在笔先"仍强调画家对自然的体察，效法自然，而在清嘉、道时的画家盛大士看来，诗、画的"气韵生动"皆应归于"江山之助"，其所著《溪山卧游录》认为："士大夫之画，所以异于画工者，全在气韵间求之而已"，并云：

> 诗、画均有江山之助，若局促里门，踪迹不出百里外，天下名山大川之奇胜未经寓目，胸襟何由而开拓！[②]

而在方薰看来，书画的"气韵生动"即是诗文的"元气淋漓"，其《山静居画论》卷上有：

> 又谓画格与文，同一关纽。洵诗文、书画相为表里者矣。……昔人为气韵生动是天分，然思有利钝，觉有后先，未可概论之也。委心古人，学之而无外慕，久必有悟。悟后与生知者，殊途同归。气韵生动，须将"生动"二字省悟。能会生动，则"气韵"自在。"气韵生动"为第一义，然必以气为主。气盛则纵横挥洒，机无滞碍，其间韵自生动矣。杜老云："元气淋漓幛犹湿。"是即气韵生动。[③]

由此来看，不论是文学还是绘画，最上乘的作品都本自大道，天机独运，神气一贯。

第二节　文学、绘画皆源自"心"

虽然文学、绘画从根本来看都是自然天道的一种显现，这种显现毕竟要通过文学家、画家来实现的，故自唐代张彦远《历代名画记》首次引用唐张璪"外师造化，中得心源"说以来，此说就成为画家们普遍信奉的观念。

诗、画皆为诗人、画家心性之表现，此种观念流行甚久。《尚书·尧典》有："诗言志，歌永言，声依永，律和声。"《诗·大序》云："诗者，志之所之也。在心为志，发言为诗，情动于中而形于言。言之不足，故嗟叹之。嗟叹之不足，故咏歌之。咏歌之不足，不如手之舞之足之蹈之也。"

前人所谓"志"，实际即是因诗人观察自然、体悟人世而生起的兴会之感，抒发这种"志"而有"诗"（文学）。不独"诗言志"，书画也同样是"志"的表现。汉扬雄《法言·问神卷第五》："言，心声也；书，心画也。声画形，君子小人见矣。声画

---

① 郑板桥：《郑板桥诗文书画全集》，中国言实出版社2006年版，第378页
② 盛大士：《溪山卧游录》，《美术丛书》（第二册），第1341页。
③ 方薰：《山静居画论》，中华书局1985年版，第1页。

者,君子小人之所以动情乎?"①

文学、书画皆为文学家、画家心性之表现,清人相关言论甚多。如清初著名诗论家叶燮所著《原诗》谓:

作诗者,亦必先有诗之基焉。诗之基,其人之胸襟是也。有胸襟,然后能载其性情、智慧、聪明、才辨以出,随遇发生,随生即盛。千古诗人推杜甫,其诗随所遇之人、之境、之事、之物,无处不发其思君王、忧祸乱、悲时日、念友朋、吊古人、怀远道,凡欢愉、幽愁、离合、今昔之感,一一触类而起,因遇得题,因题达情,因情敷句,皆因甫有其胸襟以为基。……余又尝谓晋王羲之独以法书立极,非文辞作手也。兰亭之集,时贵名流毕会;使时手为序,必极力铺写,谀美万端,决无一语稍涉荒凉者。而羲之此序,寥寥数语,托意于仰观俯察,宇宙万汇,系之感慨,而极于死生之痛。则羲之之胸襟,又何如也!由是言之,有是胸襟以为基,而后可以为诗文。不然,虽日诵万言,吟千首,浮响肤辞,不从中出,如剪彩之花,根蒂既无,生意自绝,何异乎凭虚而作室也!②

叶燮《原诗》所谓"胸襟"实即文学家、画家个人的性情、气质。清代前期著名画家张庚《浦山论画》"论性情"条是从引用扬雄的"书为心画"说起始的:

扬子云曰:"书,心书也,心画形而人之邪正分焉。"画与书一源,亦心画也,握管者可不念乎?尝观古人之画而有所疑,及论其世乃敢自信为非过,因益信扬子之说为不诬。试即有元诸家论之:大痴为人坦易而洒落,故其画平淡而冲濡,在诸家最醇。梅华道人孤高而清介,故其画危耸而英俊。倪云林则一味绝俗,故其画萧远峭逸,刊尽雕华。若王叔明未免贪荣附热,故其画近于躁。赵文敏大节不惜,故书画皆妩媚而带俗气。若徐幼文之廉洁雅尚,陆天游、方方壶之超然物外,宜其超脱绝尘不囿于畦畛也。《记》云:"德成而上,艺成而下。"其是之谓乎?③

张庚显然深信画乃"心画",及画家性情之表现。清乾嘉时著名画家沈宗骞的《芥舟学画编》也说到诗、画之共同。卷二"山水"条有:

笔墨之道本乎性情,凡所以涵养性情者则存之,所以残贼性情者则去之,自然俗日离而雅可日几也。……揣摩古人之能恬淡冲和,潇洒流利者,实由摆脱一切纷更驰逐,希荣慕势,弃时世之共好,穷理趣之独脾,勿忘勿助,优柔渐渍,将不求存而自存,不求去而自去矣。或曰:"画直一艺耳,乃同于身心性命之争,不繄难哉?"曰:"天下宜同此一理,画虽艺事,古人原借以为陶淑心性之具,与诗实用也。"故长于挥洒者可资吟味,资妙于赋物者易于传写。④

---

① 李守奎等编:《扬子法言译注》,黑龙江人民出版社 2003 年版,第 67 页。
② 叶燮:《原诗》,丁福保编:《清诗话》,上海古籍出版社 1978 年版,第 572、573 页。
③ 张庚:《浦山论画》,俞剑华编:《中国古代画论类编》,第 225—226 页。
④ 沈宗骞:《芥舟学画编》卷二,乾隆四十六年和刻本,第 3—4 页。

《芥舟学画编》"避俗"条又云：

画与诗皆士人陶写性情之事，故凡可入诗者，皆可入画。然则画而俗，如诗之恶，何可不急为去之耶。夫画俗约有五：曰格俗，韵俗，气俗，笔俗，图俗。其人既不喜临摹古人，又不能自出精意，平铺直叙千篇一律者，谓之格俗；纯用水墨渲染，但见片白片黑，无从寻其笔墨之趣者，谓之韵俗；格局无异于人，而笔意窒滞，墨气昏暗，谓之气俗；狃于俗师指授，不识古人用笔之道，或燥笔如弸，或呆笔如刷，本自平庸无奇，而故欲出奇以骇俗，或妄生圭角，故作狂态者，谓之笔俗；非古名贤事迹，及风雅名目，而专取诀颂繁华，与一切不入诗料之事者，谓之图俗。能去此五俗，而后可几于雅矣。雅之大略亦有五：古淡天真，不著一点色相者，高雅也；布局有法，行笔有本，变化之至，而不离乎矩矱者，典雅也；平原疏木，远岫寒沙，隐隐遥岑，盈盈秋水，笔墨无多，愈玩之而愈无穷者，隽雅也；神恬气静，令人顿消其躁妄之气者，和雅也；能集前古各家之长，而自成一种风度，且不失名贵卷轴之气者，太雅也。作画者，俗不去，则雅不来。虽日对董巨倪黄之迹，百摹千临，亦自无解于俗。盖日逐逐于时俗之所为，而欲去俗，其可得乎！故惟能避俗者，而后可以就雅也。以是汩没天真者，不可以作画；外慕纷华者，不可以作画；驰逐声利者，不可以作画；与世迎合者，不可以作画；志气隳下者，不可以作画。此数者，盖皆沉没于俗，而绝意于雅者也。作画宜癖，癖则与世俗相左，而不得累其雅；作画宜痴，痴则与世俗相忘，而不致伤其雅；作画宜贫，贫则每乖乎世俗，而得以任其雅；作画宜迂，迂则自远于世俗，而得以全其雅。如欲避俗，当多读书，参名理。始以荡涤，继以消融。须令方寸之际，纤俗不留。若少著一点滞重挑达意思，即痛自裁抑，则笔墨间自日几于温文尔雅矣。[1]

不难看出，沈宗骞所谓"五俗"（格俗、韵俗、气俗、笔俗、图俗）与"五雅"（高雅、典雅、隽雅、和雅、太雅）皆与画家个人的心性修养相关，只有"多读书""参名理"，才可逐渐荡涤俗气，去俗就雅，而就此而言，诗、画一理。

清嘉道时人张式对汉人扬雄"书为心画"的言论非常认同，其所著《画谭》云：

绝去画师习气，方有士气。扬子云："书，心画也。"此气即吾人之心画，画之贵，贵此。言，身之文；画，心之文也。学画当先修身，身修则心气和平，能应万物。未有心不和平而能书画者！读书以养性，书画以养心，不读书而能臻绝品者，未之见也。[2]

在张式看来，书画乃"心之文"，故欲使画作有"士气"、绝去画师"匠气"，必当修身。

书画与诗歌一样，皆根于心志，为心志之自然流露。黄钺《二十四画品》"性灵"条：

---

① 沈宗骞：《芥舟学画编》卷二，第1—3页。
② 张式：《画谭》，俞剑华编：《中国古代画论类编》，第306页。

耳目既饫，心手有喜。天倪所动，妙不能已。自本自根，亦经亦史。

浅窥若成，深探匪止。听其自然，法为之死。譬之诗歌，沧浪孺子。①

按，《孟子》"离娄"篇说孔夫子曾听到有小孩子唱《沧浪歌》："沧浪之水清兮，可以濯吾缨；沧浪之水浊兮，可以濯吾足。"在黄钺心目中，《沧浪歌》显然为最"性灵"的诗作，就是因为它完全是心性的自然流露——"听其自然，法为之死"。而画作也当追求这种境界。

清代中期著名画家王昱在其所著《东庄论画》中谈到画家的"心性"时说：

画中理气二字，人所共知，亦人所共忽。其要在修养心性，则理正气清，胸中自发浩荡之思，腕底乃生奇逸之趣，然后可称名作。未动笔前须兴高意远，已动笔后要气静神凝，无论工致与写意皆然。②

在王昱看来，"名作"须出自心性的修养，"理"正"气"清，胸中生发浩荡之思，一鼓作气，而后才有佳作。

刘熙载《艺概·书概》对汉人扬雄的"书为心画"说也有回应：

扬子以书为心画，故书也者，心学也。心不若人，而欲书之过人，其勤而无所也宜矣。写字者，写志也。故张长史授颜鲁公曰："非志士高人，讵可与言要妙！"……笔性墨情，皆以其人之性情为本。是则理性情者，书之首务也。③

清中后期画家盛大士在所撰《溪山卧游录》论及历代画家之"真性情"云：

米之颠，倪之迂，黄之痴，此画家之真性情也。凡人多熟一分世故，即多生一份机智，多一分机智，即少却一分高雅，故颠而迂且痴者，其性情于画最近。利名心急者，其画必不工，虽工必不能雅也。古人著作藏诸名山，传之其人，曷尝有世俗之见存乎？郎芝田云："画中丘壑位置，俱要从肺腑中自然流出。"则笔墨间自有神味也，若从应酬起，见终日搦管，但求蹊径，而不参以心思，不过是土木形骸耳，从来画家不免此病。此迂、痴、梅、鹤所以不可及也。④

晚清书画家松年所著《颐园论画》也说到文学、绘画皆出于"一心独运"：

正如文章一道，须从《左》《史》入门。百读烂熟，自然文思泉涌，头头是道，气机充畅，字句浏亮，取之不竭，用之常舒。凡天地间奇峰幽壑，老树长林，一一皆从一心独运，虽千幅百尺，生趣滔滔，文章之境如此，而画境亦如此也。⑤

松年《颐园论画》此节提出，"文章"（即"文学"）与绘画如能下笔如神，一心独运，皆需要日常积累、揣摩。对"文章"而言是饱读诗书、烂熟于胸，对绘画而言则是观摩自然、领会于心，然后文章、绘画才能生机盎然，到达较高的境界。

---

① 黄钺：《二十四画品》，《美术丛书》（第一册），第197页。

② 王昱：《东庄论画》，《美术丛书》（第一册），第75页。

③ 王气中：《艺概笺注》，第439、440页。

④ 盛大士：《溪山卧游录》，《美术丛书》（第二册），第1347页。

⑤ 松年：《颐园论画》，俞剑华编：《中国古代画论类编》，第323页。

第三节 文学、绘画皆见品格

文学、绘画既然是文人性情之陶写，故文学、绘画皆可见其品格之高下。刘勰《文心雕龙·体性》篇有：

夫情动而言形，理发而文见，盖沿隐以至显，因内而符外者也。然才有庸俊，气有刚柔，学有浅深，习有雅郑，并情性所铄，陶染所凝，是以笔区云谲，文苑波诡者矣。故辞理庸俊，莫能翻其才；风趣刚柔，宁或改其气？事义浅深，未闻乖其学；体式雅郑，鲜有反其习。各师成心，其异如面。……触类以推，表里必符。岂非自然之恒资，才气之大略哉！①

刘勰《文心雕龙》认为文学可见文学家之性情、品格，在很多清人那里也有共鸣。清初诗人徐增《而庵诗话》云：

诗乃人之行略，人高则诗亦高，人俗则诗亦俗，一字不可掩饰，见其诗如见其人。

叶燮《原诗·外篇上》亦云：

诗是心声，不可违心而出，亦不可违心而入。功名之士，决不能为泉石淡泊之音；轻浮之子，必不能为敦庞大雅之响。故陶潜多素心之语，李白有遗世之句，杜甫兴“广厦万间”之愿，苏轼师“四海昆弟”之言。②

清代前中期的大文人沈德潜《说诗晬语》有：

有第一等襟抱，第一等学识，斯有第一等真诗。如太空之中，不著一点；如星宿之海，万源涌出；如土膏既厚，春雷一动，万物发生。古来可语此者，屈大夫以下数人而已。③

以上诸家都说到人品对诗歌或文学的意义。在中国文论史上，明确将“诗品”与“人品”相联系的则是刘熙载，其《艺概·诗概》有：

诗品出于人品。人品悃款朴忠者最上，超然高举、诛茅力耕者次之，送往劳来、从俗富贵者无讥焉。④

《艺概·赋概》又云：

赋尚才不如尚品。或竭尽雕饰以夸世媚俗，非才有余，乃品不足也。徐、庾两家赋，所由卒未令人满志与！⑤

在清人的观念中，不独诗品与人品密切相关，书画亦然。清前期著名画家王概在与其兄弟王蓍、王臬合著的《芥子园画传》“重品”条说道：

---

① 周勋初：《文心雕龙解析》，第475、479页。

② 叶燮：《原诗》，丁福保编：《清诗话》，第579页。

③ 沈德潜：《说诗晬语》，丁福保编：《清诗话》，上海古籍出版社1978年版，第524页。

④ 王气中：《艺概笺注》，第244页。

⑤ 同④，第304页。

自古以文章名世，不必以画传，而深于绘事者，代不乏人，兹不能具载。然不惟其画惟其人，因其人想见其画。令人矗矗起仰止之思者，汉则张衡、蔡邕，魏则杨修，蜀则诸葛亮，晋则嵇康、王羲之、王廙、王献之、温峤，宋则远公，南齐则谢惠连，梁则陶弘景，唐则卢鸿，宋则司马光、朱熹、苏轼而已。①

王氏兄弟所谓有品格的画，首先看重的是其人之品格，是"因其人想见其画"。唐岱其所著《绘事发微》"品质"条有：

古今画家，无论轩冕岩穴，其人之品质必高。昔李思训为唐宗室，武后朝遂解组遁隐，以笔墨自适。卢鸿一征为谏议大夫，不受，隐嵩山，作《草堂图》。宋李成游艺不仕。元吴仲圭不入城市，诛茅为梅花庵，画《渔父图》，作《渔父词》，自名烟波钓叟。倪云林造清秘阁独居，每写溪山自怡。黄子久日断炊，犹袒腹豆棚下，悠然自适，常画虞山。此皆志节高迈，放达不羁之士，故画入神品，尘容俗状，不得犯其笔端，职是故也。少陵诗云："五日画一水，十日画一石。能事不受相促迫，王宰始肯留真迹。"斯言得之矣。古人原以笔墨怡情养神，今人用之图利，岂能得画中之妙耶？可慨也已。②

张庚《浦山论画》有专条"论品格"亦云：

古人有云"画要士夫气"，此言品格也。第今之论士夫气者，惟此干笔俭墨当之，一见重设立色者即目之为画匠，此皆强作解事者。古人如王右丞、大小李将军、王都尉、文湖州、赵令穰、赵承旨俱以青绿见长，亦可谓之画匠耶？盖品格之高下不在乎迹在乎意，知其意者虽有青绿、泥金亦未可侪之于院体，况可目之为匠耶？不知其意，则虽出倪入黄犹然俗品。所谓意者若何？犹作文者当求古人立言之旨。③

薛雪在其所著《一瓢诗话》中说：

诗文与书法一理，具得胸襟，人品必高，其一謦一欬，一挥一洒，必有过人处。赵松雪云："右军人品甚高，故书入神品。奴隶小夫，乳臭之子，朝学执笔，暮已自夸其能，薄俗可鄙可鄙！"此言不特论书，直与学者当头一棒。④

清中后期著名画家邵梅臣在其所著《画耕偶录·论画》说：

诗格、画品一也。工致而无魄力，便有闺阁气。譬诗家妃红配绿，句虽工终落小家数。……作山水须从大家入，纵不到家，亦不堕恶道。有书卷气固佳，否则疏落肃散，切不可过求工细。友人尹艮庭尝言某富人雕梁画栋，穷极精巧，然终不若都察院街门之残牌败瓦，反觉堂皇阔大。此言不但作画，即作诗文，以至持身涉世，当书为座右铭也。⑤

---

① 王概、王蓍、王臬：《芥子园画传》卷一，清刻本。
② 唐岱：《绘事发微》，《美术丛书》（第一册），第260页。
③ 张庚：《浦山论画》，俞剑华编：《中国古代画论类编》，第224—225页。
④ 薛雪：《一瓢诗话》，丁福保编：《清诗话》，第679页。
⑤ 邵梅臣：《画耕偶录·论画》，俞剑华编：《中国古代画论类编》，第288—289页。

王昱《东庄论画》说：

学画者先贵立品，立品之人，笔墨外自有一种正大光明之概，否则画虽可观，却有一种不正之气，隐跃毫端。文如其人，画亦有然。①

诗品、画品既然取决于诗人、画家之人品，所以提升诗作、画作品格的关键也是在品性修养。关于这一点，清人相关的言论甚多。清初人唐岱认为，提升的关键在广读书、博游览，其所著《绘事发微》专列"读书"条：

画学高深广大，变化幽微，天时、人事、地理、物态无不备焉。古人天资颖悟，识见宏远，于书无所不读，于理无所不通，斯得画中三昧。故所著之书，字字肯綮，皆成诀要，为后人之阶梯，故学画者宜先读之。……朝览夕诵，浩浩焉，洋洋焉，聪明日生，笔墨日灵矣。然而未穷其至也。欲识天地鬼神之情状，则《易》不可不读。欲识山川开辟之峙流，则《书》不可不读。欲识鸟兽草木之名象，则《诗》不可不读。欲识进退周旋之节文，则《礼》不可不读，欲识列国之风土、关隘之险要，则《春秋》不可不读。大而一代有一代之制度，小而一物有一物之精微，则二十一史，诸子百家，不可不读也。胸中具上下千古之思，腕下具纵横万里之势，立身画外，存心画中，泼墨挥毫，皆成天趣，读书之功，焉可少哉。《庄子》云：知而不学，谓之视肉。未有不学而能得其微妙者，未有不遵古法，而自能超越名贤者。②

《绘事发微》又专列"游览"条云：

古云不破万卷，不行万里，无以作文，即无以作画也。诚哉是言。如五岳、四镇、太白、匡庐、武当、王屋、天台、雁荡、岷、峨、巫峡，皆天地宝藏所出，仙灵窟宅，今以几席笔墨间欲辨其地位，发其神秀，穷其奥妙，夺其造化，非身历其际，取山川钟毓之气，融会于中，又安能办此哉！彼羁足一方之士，虽知画中格法诀要，其所作终少神秀生动之致，不免纸上谈兵之诮也。古云："画有三品：神也，妙也，能也。"而三品之外更有逸品，古人只分解三品之义，而何以造进能到三品者，则古人固有所未尽也。余论欲到能品者，莫如勤依格怯，多自作画。欲到妙品者，莫如多临摹古人，多读绘事之书。欲到神品者，莫如多游多见，而逸品者亦须多游。寓目最多，用笔反少，取其幽僻境界，意象浓粹者，间一寓之于画，心溯手追，熟后自臻化境。不羁不离之中，别有一种风姿，故欲求神、逸兼到，无过于遍历名山大川，则胸襟开豁，毫无尘俗之气，落笔自有佳境矣。③

清中叶的王昱也强调"读书""游览"，其所著《东庄论画》有：

吾夫子自幼明敏，初落笔便有书卷气，盖生而知之，宜接董、巨、倪、黄衣钵，常人由学而知，必须读书以明理，游览以广识，苦心探索，循习有年，亦可到神明

---

① 王昱：《东庄论画》，《美术丛书》（第一册），第75页。

②③ 唐岱：《绘事发微》，《美术丛书》（第一册），第266页。

地位。①

王昱此处所谓"吾夫子"即其族兄大名鼎鼎的王原祁，王原祁乃王时敏之孙，与王时敏、王鉴、王翚合称清初"四王"，一般认为四王中以最年轻的王原祁成就最高。在王昱看来，其所以下笔就有"书卷气"，乃因其"读书"（以明理）、"游览"（以广识）。而饱读诗书、广游博览也似是人们的共识。王概与其兄弟王蓍、王臬合著的《芥子园画传》亦云：

> 笔墨间宁有稚气，毋有滞气，宁有霸气，毋有市气。滞则不生，市则多俗，俗尤不可侵染。去俗无他法，多读书则书卷之气上升，市俗之气下降矣。学者其慎旃哉！②

盛大士《溪山卧游录》亦云：

> 严沧浪以禅喻诗，标举兴趣，归于妙悟，其言适足为空疏者藉口。古人读破万卷，下笔有神，谓之"诗有别肠、非关学问"，可乎？若夫挥毫弄墨，霞想云思，兴会标举，真宰上诉，则似有妙悟焉。然其所以悟者，亦由书卷之味，沉浸于胸，偶一操翰，汩乎其来，沛然而莫可御。不论诗文、书画，望而知为读书人手笔。若胸无根柢，而徒得其迹象，虽悟而犹未悟也。③

由此可见，诗文、书画一样，都需读万卷书、行万里路，然后才可能下笔如有神，达到较高的境界。

第四节　文学与绘画"同法"

绘画是一种视觉艺术，以笔墨色彩为表达形式，文学则是一种抽象艺术，以文字为载体，二者的差别是很显然的。如果说文学、绘画在其思想境界方面多相通，也可理解，但其艺术创作的法则似应有很大差别。但在清人观念中，其作法也相同。如清中后期画家范玑所著《过云庐论画》即有云：

> 作画与作文同法，一处消息不通，一字轻重不称，非佳文。一树曲折乖违，一石纹理错乱，亦非佳画。文之浓丽萧疏、幽深辽远，皆本画意之回环起伏，虚实串插。画属文心，文之与画其可分乎？④

这里范玑虽然明确说到"作画与作文同法"，但究竟其在哪里相同，他似未明确说明，相形之下，其他诗人、画家的表述或更明白些。如叶燮《原诗》有云：

> 夫诗，纯淡则无味，纯朴则近俚，势不能如画家之有不设色。古称非文辞不为功；文辞者，斐然之章采也。必本之前人，择其丽而则、典而古者，而从事焉，则

---

① 王昱：《东庄论画》，《美术丛书》（第一册），第 75 页。
② 王概、王蓍、王臬：《芥子园画传》卷一，清刻本。
③ 盛大士：《溪山卧游录》，《美术丛书》（第二册），第 1347 页。
④ 范玑：《过云庐论画》，俞剑华编：《中国古代画论类编》，第 543 页。

华实并茂，无夸缛斗炫之态，乃可贵也。若徒以富丽为工，本无奇意，而饰以奇字，本非异物，而加以异名别号，味如嚼蜡。展诵未竟，但觉不堪。此乡里小儿之技，有识者不屑为也。故能事以设色布采终焉。[1]

叶燮《原诗》此节主要是从"浓""淡"的角度，谈到文与画的相同：文过于质朴则近于俚俗，如同画家之不能不设色；但文过于富丽则"味如嚼蜡"，绘画如过于求华丽当然也不可行，故高明者恰在"浓""淡"之间寻求一种平衡。

石涛《苦瓜和尚画语录》谈到"诗意"与"画意"云：

古人寄景于诗，其春曰："每同沙草发，长共水云连。"其夏曰："树下地常阴，水边风最凉。"其秋曰："寒城一以眺，平楚正苍然。"其冬曰："路渺笔先到，池寒墨更圆。"亦有冬不正令者，其诗曰："雪悭天欠冷，年近日添长。"虽值冬，似无寒意，亦有诗曰："残年日易晓，夹雪雨天晴。"以二诗论画，"欠冷""添长""易晓""夹雪"，摩之，不独于冬，推之三时，各随其令，亦有半晴半阴者，如"片云明月暗，斜日雨边晴"。亦有似晴似阴者，"未须愁日暮，天际是轻阴"。予拈诗意以为画意，未有景不随时者，满目云山，随时而变，以此哦之，可知画即诗中意，诗非画里禅乎？[2]

石涛所谓"拈诗意以为画意"道出自家作画的秘密。具体说即"拈诗意以为画意"，进而"景随时变"，在他看来诗意与画意完全相同。与石涛一样，清嘉道时画家恽秉怡为盛大士《溪山卧游录》所做《序》也是从诗文、书画之"理"上谈其同：

善画者，能与古人合，复能与古人离，会而通之，春秋冬夏皆画景也，晦明风雨皆画意也，烟斜雾横皆画态也，名山佳水皆画本也。抑且谢华启秀，通之于诗文、篆籀、分隶，通之于书法，实处皆空，空处皆实，通之于禅理。[3]

这里恽秉怡与石涛一样，也是从诗文、书画之"理"上谈其同。而盛大士则从"神""骨"谈到诗、画之同：

司农画法，吾乡后进皆步武前型，然不善领会，则重滞窒塞亦所不免。盖无炼金成液之功，则必有剑拔弩张之象；无包举浑沦之气，则必有繁复琐碎之形。司农出入百家成此绝诣，今人专学司农，不复研讨其源流，是以形体具而神气耗也。天下几人学杜甫，谁得其神与其骨？夫杜陵所推为诗圣者，上至三百篇，下至汉魏六朝，无所不学，然后有此神骨。作画亦然。先于神骨处求之，则学司农者，不可不兼综诸家以观其会通矣。[4]

此处盛大士以清初王原祁为例，告诫后学，学画效仿王司农，正如学诗之学杜，需要"观其会通"才能得其"神""骨"。

---

① 叶燮：《原诗》，丁福保编：《清诗话》，第574页。
② 石涛：《苦瓜和尚画语录》，《美术丛书》（第一册），第17页。
③ 恽秉怡：《溪山卧游录·序》，《美术丛书》（第二册），第1336页。
④ 盛大士：《溪山卧游录》，《美术丛书》（第二册），第1340—1341页。

与石涛、盛大士一样，孔衍栻在其所著《画诀》中说到画的"立意"时云："余作画，每取古人佳句，借其触动，易于落想，然后层层画去。"然而孔衍栻更进一步认为，诗文、绘画之笔法亦相同，《画诀》又云：

昔人画论山水赋诸规式其法已备，凡此数则乃读书作文之暇，不烦别有所需，即以作文之笔、作文之理作画，工拙非所计，只取自娱悦耳，不堪持赠人也。①

恽格《南田画跋》也说到诗、画之同云：

古人论诗曰："诗罢有余地。"谓言简而意无穷也。如上官昭容称沈诗"不愁明月尽，还有夜珠来"是也。画之简者类是。东坡云："此竹数寸耳，有寻丈之势。"画之简者，不独有其势，而实有其理。②

这里恽格主要是从"简"而"意无穷"谈到诗、画的共同。钱杜《松壶画忆》则是从王蒙的"变"与董其昌的"不变"谈到诗、画的共同：

古来诗家皆以善变为工，惟画亦然。若千篇一律，有何风趣？使观者索然乏味矣。余谓元、明以来善变者，莫如山樵，不善变者莫如香光，尝与蓬心、兰墅论之。③

以上诸家谈文学、绘画之同，皆偏重意境、取势等抽象层面，郑燮论诗文、绘画之同则具体而微，其《板桥题画兰竹》谓：

何以谓之文章？谓其炳炳熠熠皆成文也，谓其规矩尺度，皆成章也。不文不章，虽句句是题，直是一段谎话，何以取胜？画石亦然，有横块、有竖块、有方块、有圆块，有欹、斜、侧块，何以人人之目，毕究有皴法以见层次，有空白以见平整，空白之外又皴。然后大包小、小包大，构成全局。尤在用笔、用墨、用水之妙，所谓一块元气结而成石矣。眉山李铁君先生文章妙天下，余未有学之，写二石未寄，一细皴，一乱皴，不知仿佛公文之似否。眉山古道，不肯作甘言媚世，当必有以教我也。④

清乾隆时书画家蒋和《写竹杂记》也具体而微地谈到诗文与书画笔法之同：

写竹非排叠不成，大段排笔，沉着如诗文之有排偶也。先成小段，即用接叶，接叶之后，又加以排叠垂梢，乃成大段，凡接叶用企字，分字或平四叶，用笔当疏散逸意，在承上起下，如诗文之有连络也。排偶是实，疏散是虚。虚实相间，宾主相映，上下相生，乃成章法。排是平看，叠是直看，梢是旁看。枝先叶后，写叶补枝，枝干参差，亦章法要事。⑤

我们不难注意到，"承上起下""虚实相间"等语汇都是诗文批评中很常见的，由此也可见诗文与书画笔法之同。蒋和《学画杂论》还从"剪裁"的角度谈文学、

---

① 孔衍栻：《画诀》，《美术丛书》（第一册），第 138 页。
② 恽格：《南田画跋》，《美术丛书》（第三册），江苏古籍出版社 1997 年版，第 2434 页。
③ 钱杜：《松壶画忆》，《美术丛书》（第二册），第 1538 页。
④ 郑燮：《板桥题画》，《美术丛书》（第三册），第 2099 页。
⑤ 蒋和：《写竹杂记》，俞剑华编《中国古代画论类编》，第 1187—1188 页。

绘画之同：

　　游观山水见造化真景可以入画，布置落笔，必须有剪裁，得远近回环映带之致。如江文通《登香炉峰》诗："日落长沙渚，层阴万里生。"长沙去庐山二千余里，香炉峰何缘见之？孟浩然《下赣石》诗："暝帆何处泊？遥指落星湾。"落星在南康府去赣亦千余里。《渔洋诗话》："古人诗只取兴会超妙，不似后日章句但取里数。"今论画须剪裁，略似斯意。①

　　盛大士在其所撰《溪山卧游录》中将山水画比为散体文、花鸟画比为骈体文，并论其笔法之同云：

　　画中之山水，犹文中之散体也；画中之花卉翎毛人物犹文中之骈体也。骈体之文，烹炼精熟，大非易事，然自有蹊径可寻。犹之花卉翎毛人物，自有一定之粉本，即白描高手，亦不能尽脱其程镬。若倪、黄、吴、王诸大家山水，此即韩苏之文，如潮如海，惟神而明之，则其中浅深布置，先后层次，得心应手，自与古合。使仅执一笔二笔以求之，失之远矣。②

　　清中后期画家范玑《过云庐论画》主要从浓淡、虚实谈文学、绘画之同法：

　　作画与作文同法，一处消息不通，一字轻重不称，非佳文。一树曲折乖违，一石纹理错乱，亦非佳画。文之浓丽萧疏，幽深辽远，皆本画意之回环起伏，虚实串插，画属文心，文之与画其可分乎？然而画有不能达意者，必藉文以明；有不能显形者，必藉画以证。此又图史之各专其美也。③

　　范玑《过云庐论画》还具体的以文章的虚字说到画之转折：

　　作文必用虚字以达语气，用之不当，晦涩难明，画亦如是。盖天成之物，形体不同，随类写之，一树一石以至全体，皆有自然之骨节，若可屈伸转侧。欲其屈伸转侧，不合骨节而强之，即作文之虚字不当也。思翁所谓画树以转折为主，动笔便思转折处，如写字之转笔。又曰："下笔便有凹凸之形。"然岂特画树为然，全体皆当如是。④

　　也有的书画家从学习古人、模仿古人的角度说到文学、绘画之同。清乾嘉时人沈宗骞《芥舟学画编》"摹古"条：

　　学画者必须临摹旧迹，犹学文之必揣摩传作，能于精神意象之间如我意之所欲出，方为学之有获。若但求其形似，何异抄袭前文以为己文也。其始也，专以临摹一家为主；其继也，则当遍仿各家，更须识得各家，乃是一鼻孔出气者，而后我之笔气得与之相通，即我之所以成其为我者，亦可于此而见。初则依门傍户，后则自立门户。⑤

---

① 蒋和：《学画杂论》，俞剑华编：《中国古代画论类编》，第297页。
② 盛大士《溪山卧游录》，《美术丛书》（第二册），第1348页。
③ 范玑：《过云庐论画》，俞剑华编：《中国古代画论类编》，第543页。
④ 同③，第920页。
⑤ 沈宗骞：《芥舟学画编》卷二，乾隆四十六年和刻本，第10—11页。

由上可见,在清人的观念中,不论是着眼于抽象的或大处的"取意""神骨""取势",还是具体的"虚实""浓淡""剪裁"等笔法,诗文与绘画之"法"多有共同或共通。

第五节　文学、绘画之不同

从古人论述看,前人多是着重于诗画之共同或共通,宋人郭熙《林泉高致》谓"诗是无形画,画是有形诗",《宣和画谱》也说:"故善诗者诗中有画,善画者画中有诗。"然而,文学、绘画既然为不同的艺术样式,人们也自然会注意到其不同,如晋人陆机即谓:"宣物莫大于言,存形莫善于画。"

清人谈文学、绘画之不同,也大多从表现内容着眼,即文学、绘画所表现内容有不同。如叶燮《原诗》即说到"诗"有"画"所不能者:

《玄元皇帝庙》作"碧瓦初寒外"句,逐字论之:言乎"外",与内为界也。"初寒"何物,可以内外界乎? 将"碧瓦"之外,无"初寒"乎?"寒"者,天地之气也。是气也,尽宇宙之内,无处不充塞;而"碧瓦"独居其"外","寒"气独盘踞于"碧瓦"之内乎?"寒"而曰"初",将严寒或不如是乎?"初寒"无象无形,"碧瓦"有物有质;合虚实而分内外,吾不知其写"碧瓦"乎? 写"初寒"乎? 写近乎? 写远乎? 使必以理而实诸事以解之,虽稷下谈天之辩,恐至此亦穷矣。然设身而处当时之境会,觉此五字之情景,恍如天造地设,呈于象、感于目、会于心。意中之言,而口不能言,口能言之,而意又不可解。划然示我以默会想象之表,竟若有内、有外,有寒有初寒。特借碧瓦一实相发之,有中间,有边际,虚实相成,有无互立,取之当前而自得,其理昭然,其事的然也。昔人云:"王维诗中有画。"凡诗可入画者,为诗家能事。如风云雨雪,景象之至虚者,画家无不可绘之于笔;若初寒内外之景色,即董、巨复生,恐亦束手搁笔矣! 天下惟理事之入神境者,固非庸凡人可摹拟而得也。[①]

这里,叶燮以杜甫《冬日洛城北谒玄元皇帝庙》一诗的诗句"碧瓦初寒外"为例,具体入微地分析说明了诗(文学)有绘画所不能表现的意境、趣味,虽然有的诗可以入画,但诗亦有画所不能者。

盛大士《溪山卧游录》也谈到诗、画在内容表现方面各有所长:

画家惟眼前好景不可错过。盖旧人稿本,皆是板法,惟自然之景,活泼泼地。故昔人登山临水,每于皮袋中置描笔在内,或于好景处见树有怪异,便当模写记之,分外有生发之意。登楼远眺,于空阔处看云彩,古人所谓天开图画者是也。夫作诗必藉佳山水,而已被前人说去,则后人无取赘说。若夫林峦之浓澹浅深、烟云之灭没变幻,有诗不能传,而独传之于画者。且倏忽隐现,并无人先摹稿子,

---

① 叶燮:《原诗》,丁福保编:《清诗话》,第585页。

而惟我遇之，遂为独得之秘，岂可觌面失之乎？若一时未得纸笔，亦须以指画肚，务得其意之所在。①

盛大士认为"林峦之浓澹浅深、烟云之灭没变幻"皆"诗不能传"而"独传之于画者"，故他提出山水画家登山临水时应携带纸笔，以便捕捉画意。盛大士《溪山卧游录》也谈到了画中诗词题跋与绘画本身的相互呼应：

画中诗词题跋，虽无容刻意求工，然须以清雅之笔，写山林之气。若抗尘走俗，则一展览而庸恶之状，不可响迩。溪山虽好，清兴荡然矣。石田画最多题跋，写作俱佳。十洲画惟署实父仇英制，或只用十洲印记，而不署名。且古人名画，往往有不署姓氏者，不似今人之屑屑焉欲见知于人也。人各有能有不能，或长于画而短于诗，或优于诗词而绌于书法，只可用其所已能，不可强其所未能。果有妙画，即绝无题跋，何患不传？若其题画行款，须整整斜斜，疏疏密密，直书不可失之板滞，行草又不可过于诡怪，总在相山水之布置而安放之，不相触碍，而若相映带，此为行款之最佳者也。②

盛大士之所以特别谈到画中诗词题跋与绘画之相互呼应，是因为在他看来文学、绘画确有不同。清中后期的书画家郑绩《梦幻居画学简明》"论题款"条也说到"文"与"画"的搭配和照应：

唐、宋之画，间有书款，多有不书款者，但于石隙间用小名印而已。自元以后，画款始行，或画上题诗，诗后志跋，如赵松雪、黄子久、王叔明、倪云林、俞紫芝、吴仲圭、柯敬仲、邓善之等，无不志款留题，并记年月。为某人所画，则题上款，于元始见。迨沈石田、文衡山、唐子畏、徐青藤、陈白阳、董思白辈，行款诗歌，清奇洒落，更助画趣。惟近世鄙俚匠习，固宜以没字碑为是；即少年画学未成，或画颇得意味，而书法不佳，亦当写一名号足矣，不必字多，翻成不美。每有画虽佳而款失宜者，俨然白玉之瑕，终非全璧。在市井粗率之人，不足与论；或文士所题，亦有多不合位置。有画细幼而款字过大者，有画雄壮而款字太细者，有作意笔画而款字端楷者；有画向面处宜留空旷以见精神，而乃款字逼压者；或有抄录旧句，或自长吟，一于贪多书伤画局者，此皆未明题款之法耳，不知一幅画自有一幅应款之处，一定不移。如空天书空，壁立题壁，人皆知之。然书空之字，每行伸缩，应长应短，须看画顶之或高或低。从高低画外，又离开一路空白，为画灵光通气。灵光之外，方为题款之处。断不可平齐，四方刻板窒碍。如写峭壁参天、古松挺立，画偏一边，留空一边，则在一边空处直书长行，以助画势。如平沙远荻、平水横山，则平款横题，如雁排天，又不可以参差矣。至山石苍劲，宜款劲书；林木秀致，当题秀字。意笔用草，工笔用楷，此又在画法精通、画法纯熟者，方能作

---

① 盛大士：《溪山卧游录》，《美术丛书》（第二册），第 1344 页。
② 同①，第 1345 页。

此。若非天资超群,不能勉强学得也。①

范玑也谈到因为诗、画内容表现、艺术技巧各不同,故兼工画的诗人与兼能诗的文人都很难得,其《过云庐论画》谓:

> 文之于画,各有专精。文人著述,发明诗文之奥义,即文笔出之,如酥之取醍醐,本同一味,故易于见长。画士不能即画以发明,亦须假文笔出之,岂不难乎?若文与画萃于一手而皆无遗憾,从古有几人哉!略有偏枯,则能文者所论,画士恒不惬其意。能画者所著,文多鄙率,诚可恨也。②

范玑《过云庐论画》还从绘画、诗文之修改的角度谈诗、画之不同:

> 画与文异处,在可改不可改。文有不妥贴处,虽已付雕,犹可改正。画则一铸而定,若点画微误,玷及全体,不能换易,故其经心更胜于作文。③

中国传统文学艺术都需要效法前人,而后才能有自家面目,即所谓"温故而知新"。文学、绘画也要效法前辈名家,但在范玑看来,仿学前人之画难于仿学前人之文,其《过云庐论画》有云:

> 学画难于作文,并难于学书。文之名作自古迄今,钞印流传,画之真迹,摹勒行世,故人多易见。画则色有浓淡,笔有虚实,不能钞印摹勒,即托于木石成绣工花样矣。古迹既不易致,名手又不易逢,宜人识见每劣,明理更少也。④

自以上诸端,大概可见清人相关文学与图像关系方面的基本观念。从总体来看,谈其"同"者远多于谈其"异"者。这是因为,从根本来看,在古代中国,"文"字最早孕育,在各类艺术中"文学"最为发达,"文"或"文学"对其他艺术(包括"绘画"或图像)有根本性的影响,"文学"为强势艺术,"绘画"为弱势艺术,故人们常按"文学"的标准或思维看待"画",也更多看到了二者的相同或相通。清人也注意到文学、图像(主要是绘画)作为不同的艺术载体,其表现形式、内容也有不同,但其讨论还是较为简略的。

---

① 郑绩:《梦幻居画学简明》,俞剑华编:《中国古代画论类编》,第978—979页。
② 范玑:《过云庐论画》,俞剑华编:《中国古代画论类编》,第923页。
③④ 同①,第917、918页。

图像编目

彩图 1　袁耀《山雨欲来图轴》,绢本,设色,纵 195.1 cm,横 116.8 cm,故宫博物院藏

彩图 2　八大山人《古梅图》,纵 96 cm,横 55 cm,故宫博物院藏

彩图 3　赫达资《丽姝萃秀》册之第十二开"唐红拂",册页,绢本,设色,纵 30.1 cm,横 22.5 cm,台北"故宫博物院"藏

彩图 4　任颐绘《酸寒尉像》(轴),纸本,设色,纵 164.2 cm,横 77.6 cm,浙江省博物馆藏

彩图 5　清升平署戏画《泗州城》中的孙悟空

彩图 6　晚清年画《包龙图探阴山》,上海飞影阁印,纵 54 cm,横 31 cm,美国自然历史博物馆藏

彩图 7　清代苏州桃花坞年画《全本落帽风狸猫换真主》

图 0-1　《牡丹亭·拾画叫画》"暗戏"物:粉晶小生巾、羊脂白玉图轴、青金石书、羊脂白玉笔、羊脂白玉笔架与白玉砚

图 0-2　《牡丹亭·拾画叫画》"暗戏"物之一:羊脂白玉图轴

图 1-1　《画杜甫诗意大册》第一开"丛山落涧",纵 39 cm,横 25 cm

图 1-2　《画杜甫诗意大册》第四开"松云绝壁",纵 39 cm,横 25 cm

图 1-3　《画杜甫诗意大册》第五开"秋山红树",纵 39 cm,横 25 cm

图 1-4　《画杜甫诗意大册》第十二开"雪涧寒林",纵 39 cm,横 25 cm

图 1-5　袁耀《山雨欲来图轴》,绢本,设色,纵 195.1 cm,横 116.8 cm,故宫博物院藏

图 1-6　袁耀《山雨欲来图轴》(局部)

图 1-7　袁耀《山雨欲来图轴》(局部)

图 1-8　袁耀《山雨欲来图轴》(局部)

图 1-9　袁耀《山雨欲来图轴》(局部)

图 1-10　袁耀《山雨欲来图轴》(局部)

图 1-11　袁耀《山雨欲来图轴》(局部)

图 1-12　袁耀《山雨欲来图轴》(局部)

图 1-13　袁耀《山雨欲来图轴》(局部)

图 1-14　袁耀《阿房宫图轴》,绢本,设色,纵 219.8 cm,横 6.02 cm,12 条屏,南京博物院藏

图 1-15　袁耀《浔阳饯别图轴》,纵 103 cm,横 108 cm

图 1-16　袁耀《浔阳饯别图轴》(局部)

图 1-17　《画杜甫诗意大册》第十开"秋山枫菊",纵 39 cm,横 25 cm

图 1-18　《画杜甫诗意大册》第十一开"巫峡弈棋",纵 39 cm,横 25 cm

图 1-19　《画杜甫诗意大册》第二开"江村月色",纵 39 cm,横 25 cm

图 1-20　《画杜甫诗意大册》第三开"山村春色",纵 39 cm,横 25 cm

图 1-21　杨晋《赤壁图卷》,纸本,设色,纵 26.7 cm,横 58.6 cm,南京博物院藏

图 1-22 至 1-27　《西游证道书》插图

图 1-28　《水浒人物全图》"王英　扈三娘"

图 1-29　《水浒人物全图》"公孙胜　樊瑞"

图 1-30　《水浒人物全图》"燕青　李逵"

图 1-31　魏武帝曹操像,《三国画像》,光绪七年辛巳(1881)桐荫馆刊本,潘锦画堂摹写

图 1-32　汉献帝像,《三国画像》,光绪七年辛巳桐荫馆刊本,潘锦画堂摹写

图 1-33　周瑜像,《三国画像》,光绪七年辛巳桐荫馆刊本,潘锦画堂摹写

图 1-34　吕布像,《三国画像》,光绪七年辛巳桐荫馆刊本,潘锦画堂摹写

图 1-35 至 1-44　《金瓶梅》插图

图 1-45　清同治陕西铜川窗花《猪八戒》

图 1-46　清甘肃宁县皮影《哪吒》

图 1-47　清初北京皮影《李天王》

图 1-48　清甘肃宁县皮影《白龙太子》

图 1-49　清中叶山西曲沃云朵子《红孩儿》

图 1-50　清陕西皮影《火云洞》

图 1-51　清末山西侯马皮影《收红孩》

图 1-52　晚清陕西乾县《关羽张飞》(燻样)

图 1-53　清河北丰宁《捉放曹》(窗花)

图 1-54　清陕西皮影《白马坡》

图 1-55　清陕西渭南皮影《曹操发兵》

图 1-56　清陕西皮影《凤仪亭》

图 1-57　清陕西皮影《三顾茅庐》

图 1-58　清陕西皮影《三英战吕布》

图 1-59　清陕西皮影《卧龙吊孝》

图 1-60　清浙江浦江《空城计》(燺样)

图 1-61　清康熙五彩陶盘《三国故事》

图 1-62　清四川成都年画(彩选格)《梁山泊》

图 1-63　清雕塑《梁山聚义》

图 1-64　清末山东蓬莱窗心《黄粱梦》

图 1-65　清末河北丰宁窗花《狸猫换太子》

图 1-66　清陕西宝鸡窗花《李存孝打虎》

图 1-67　清陕西皮影《人面桃花》

图 1-68　清乾隆刊本《燕子笺·拒挑》插图

图 1-69　清雍正刊本《琵琶记》插图,《芥子园绘像第七才子书琵琶记》,清雍正十三年(1735)刊本

图 1-70　清刊本《牡丹亭还魂记》插图,《吴吴三妇合评本牡丹亭还魂记》,清康熙刊本

图 1-71　清末刊本《杀狗记》插图

图 1-72　清刊本《杂剧三集》正图,《杂剧三集》,邹式金编辑,34 卷,清顺治十八年(1661)刻本

图 1-73　清刊本《杂剧三集》副图

图 1-74　《万锦清音》之《水浒记·活捉》插图,《万锦清音》,清顺治十八年方来馆刊本,

图 1-75　《昆弋雅调》之《宝剑记·智深救契》插图,《昆弋雅调》,《万锦清音》,清顺治十八年方来馆刊本

图 1-76　《歌林拾翠》初集之《浣纱记·后访》,《歌林拾翠》初集,清初复刻本

图 1-77　《歌林拾翠》二集之《西厢记·跳墙》,《歌林拾翠》二集,清初复刻本

图 1-78　《醉怡情》之《精忠记·写本》插图,《醉怡情》,明代清溪菰芦钓叟编,清初古吴致和堂刊本

图 1-79　《醉怡情》之《西楼记·病晤》插图,《醉怡情》,明代清溪菰芦钓叟编,清初古吴致和堂刊本

图 1-80　《花面杂剧》之《出塞》王龙,咸丰五年(1855)木刻摹本

图 1-81　戏画《荆钗记·参相》,清代周氏父子绘

图 1-82　李涌绘昆曲戏画四幅　1.《后金山》　2.《弥陀寺》　3.《下山》　4.《山门》

图 1-83　宣鼎《三十六声粉铎图咏》之《燕子笺·狗洞》,清代宣鼎,《三十

六声粉铎图咏》,扬州市博物馆藏

图1-84 胡锡珪《琵琶记·拐儿》

图1-85 戏曲木雕《忠义堂》《截江夺斗》,四川自贡西秦会馆

图1-86 戏曲木雕《岳母刺字》《宁武关》,山西省襄汾县丁村民居

图1-87 戏曲木雕《比武招亲》,广东省佛山市祖庙

图1-88 古代建筑中的屋檐瓦当

图1-89 温州瓦当中的戏曲场面

图1-90 《空城计》筒瓶

图1-91 粉彩人物纹花口瓶

图1-92 《赵家楼》鼻烟壶

图1-93 清末熏画戏人

图1-94 清末剪纸《空城计》

图1-95 戏曲刺绣《拾玉镯》,山西新绛县文化馆现存清末民初织绣艺术品

图1-96 戏曲织绣"风帽"《藏舟》,山西新绛县文化馆现存清末民初织绣艺术品

图2-1 项圣谟《大树风号图》,纵115.4 cm,横50.4 cm,故宫博物院藏

图2-2 李肇亨《书画合璧六景册》之一,纵25.3 cm,横28.3 cm,1646年,上海博物馆藏

图2-3 李肇亨《书画合璧六景册》之二,上海博物馆藏

图2-4 李肇亨《书画合璧六景册》之三,上海博物馆藏

图2-5 戴本孝《山谷回廊图》,纵51.5 cm,横165 cm,安徽省博物馆藏

图2-6 戴本孝《赠冒青若山水册》之八,纵19 cm,横13.1 cm,上海博物馆藏

图2-7 戴本孝《傅山对题山水册》之十,纵20 cm,横23.2 cm,1678年,上海博物馆藏

图2-8 戴本孝《赠冒青若山水册》之二,纵19 cm,横13.1 cm,上海博物馆藏

图2-9 八大山人《古梅图》,纵96 cm,横5 cm,故宫博物院藏

图2-10 石涛《对菊图》,纸本,设色,纵99.7 cm,横40.2 cm,故宫博物院藏

图2-11 石涛《秋林人醉图》,纵161 cm,横70.5 cm

图2-12 石涛、八大山人合作《岳阳楼》,六开册,纸本,设色,纵17.2 cm,横21.9 cm,私人收藏

图2-13 石涛《岳阳楼》第五幅,全8幅,浅绛,纸本,各纵20.3 cm,横

27.5 cm,伦敦大英博物馆藏

图 2－14　龚贤《山水册》第二开,纵 22.2 cm,横 43.4 cm,美国大都会艺术博物馆藏

图 2－15　龚贤《仙山楼台图》,纸本,水墨,尺寸不详,美国王南屏家族藏

图 2－16　龚贤《山水册》第十五开,美国大都会艺术博物馆藏

图 3－1　《丽姝萃秀》册第一开"吴西施",赫达资,册页,绢本,设色,纵 30.1 cm,横 22.5 cm,台北"故宫博物院"藏

图 3－2　《丽姝萃秀》册第十二开"唐红拂",台北"故宫博物院"藏

图 3－3　《列女古贤图》(局部),佚名,屏风漆画,纵 82 cm,横 40 cm,太原博物馆藏

图 3－4　王翙《百美新咏图传》之九《西施》,木刻版画,纵 22 cm,横 12 cm

图 3－5　陶宏《仕女图》之二,册页,绢本,设色,上海博物馆藏

图 3－6　《丽姝萃秀》册第四开"汉李夫人",赫达资,册页,绢本,设色,纵 30.1 cm,横 22.5 cm,台北"故宫博物院"藏

图 3－7　《女才子书》之"张小莲",佚名,木刻版画,纵 18.1 cm,横 12 cm

图 3－8　张为邦、余省《仿蒋廷锡鸟谱》,册页,绢本,设色,纵 41.9 cm,横 43.9 cm,台北"故宫博物院"藏

图 3－9　《丽姝萃秀》册第六开"汉蔡文姬",赫达资,册页,绢本,设色,纵 30.1 cm,横 22.5 cm,台北"故宫博物院"藏

图 4－1　《兰竹芳馨图》

图 4－2　《竹石图》

图 4－3　《兰竹石图》

图 4－4　《猫石桃花图轴》

图 4－5　《竹石图》

图 4－6　《墨竹图》

图 4－7　《修竹图》

图 4－8　《扎根乱岩图》

图 4－9　《竹石图》

图 4－10　《竹石图》

图 4－11　《兰竹石图》

图 4－12　《竹子石笋图》

图 4－13　《竹兰石图》

图 4－14　《墨竹通景图》

图 4－15　《墨竹图》

图 4－16 《墨竹图》

图 4－17 《兰竹图》

图 4－18 《兰竹图》

图 4－19 《兰竹石图》

图 4－20 《兰竹图》

图 4－21 《竹兰图》

图 4－22 《兰竹》之一

图 4－23 《兰竹》之三

图 4－24 《竹石图》

图 4－25 《竹图》

图 4－26 《折枝榴花图轴》

图 4－27 《芭蕉睡鹅图轴》

图 4－28 《蕉竹图轴》

图 5－1 《康熙南巡图》第九卷（局部），绢本，设色，故宫博物院藏

图 5－2 《康熙万寿图卷》（局部）之《邯郸梦·扫花》，康熙五十二年
（1713），两卷，故宫博物院藏

图 5－3 《康熙万寿图卷》（局部）之《西厢记·游殿》，故宫博物院藏

图 5－4 《康熙庆寿图》中演戏场面（局部），纸本，设色，中国音乐研究所藏

图 5－5 《崇庆皇太后万寿盛典图》（局部），张廷彦等绘，又名《乾隆御题万
寿图》，故宫博物院藏

图 5－6 《乾隆南巡图》（局部）八仙庆寿演剧图，纸本，设色，12 卷，纵
68.6 cm，总长 15417 cm，国家博物馆藏

图 5－7 《乾隆南巡图》（局部）西湖畔演剧图，国家博物馆藏

图 5－8 《乾隆南巡图》（局部）涌金门演剧图，国家博物馆藏

图 5－9 乾隆《八旬万寿图》（局部）之戏台

图 5－10 乾隆《八旬万寿图》（局部）之戏台

图 5－11 《御制平定安南战图》（局部），《御制平定安南战图》之第六幅"阮
惠遣侄阮光显人觐赐宴之图"，承德避暑山庄博物馆藏

图 5－12 《香林千衲图》（局部）中万寿寺祝寿景象，《香林千衲图》，纸本，
设色，故宫博物院藏

图 5－13 清宫大戏台庆寿演戏图，清末画师绘，中央美术学院藏

图 5－14 清宫戏画《百草山》之崔路，故宫博物院藏

图 5－15 清宫戏画《探母》之铁镜公主，故宫博物院藏

图 5－16 清宫戏画《打金枝》，故宫博物院藏

图 5－17 清宫戏画《泗州城》之孙悟空，故宫博物院藏

图 5‐18　清宫戏画《落马湖》之黄天霸,故宫博物院藏

图 5‐19　清宫戏画《空城计》之司马懿,故宫博物院藏

图 5‐20　清宫戏画《空城计》之诸葛亮,故宫博物院藏

图 5‐21　清宫戏画《阳平关》之黄忠,故宫博物院藏

图 5‐22　清宫戏画《阳平关》之刘备,故宫博物院藏

图 5‐23　清宫戏画《三侠五义》之白玉堂,故宫博物院藏

图 5‐24　清宫戏画《张家店》之张青、和尚,故宫博物院藏

图 5‐25　清宫戏画《镇潭州》之岳飞、杨再兴,故宫博物院藏

图 5‐26　清宫戏画《恶虎村》,故宫博物院藏

图 5‐27　清宫戏画《镇潭州》,故宫博物院藏

图 5‐28　清宫戏画《打连厢》,故宫博物院藏

图 5‐29　清宫戏画《十面》之"脸儿",故宫博物院藏

图 5‐30　清宫戏画《樊城》之"脸而",故宫博物院藏

图 5‐31　清宫戏画《定军山》,故宫博物院藏

图 5‐32　清宫戏画《渭水河》,故宫博物院藏

图 5‐33　清宫戏画《六殿》之何志照,故宫博物院藏

图 5‐34　清宫戏画《泗州城》之伽蓝脸谱,故宫博物院藏

图 5‐35　清宫戏画《太平桥》之朱温脸谱,故宫博物院藏

图 5‐36　清宫戏画《伍子胥》,故宫博物院藏

图 5‐37　清宫戏画《安道全》,故宫博物院藏

图 5‐38　现存宫廷富贵衣,故宫博物院藏

图 5‐39　清宫戏画《彩楼配》之薛平贵,故宫博物院藏

图 5‐40　清宫戏画《庆顶珠》之萧恩,故宫博物院藏

图 5‐41　清宫戏画《五雷阵》,故宫博物院藏

图 5‐42　清宫戏画《百草山》之青龙脸谱,故宫博物院藏

图 5‐43　清宫戏画《青龙棍》之青龙磕脑,故宫博物院藏

图 5‐44　清宫戏画《除三害》之恶龙戏衣,故宫博物院藏

图 5‐45　戏画《蜈蚣岭》,钟粹宫外廊,国家图书馆保存的钟粹宫图样

图 5‐46　戏画《马鞍山》,钟粹宫外廊,国家图书馆保存的钟粹宫图样

图 5‐47　戏画《双官诰》,钟粹宫外廊,国家图书馆保存的钟粹宫图样

图 5‐48　戏画《捉放曹》,钟粹宫外廊,国家图书馆保存的钟粹宫图样

图 5‐49　戏画《逛灯》,钟粹宫外廊,国家图书馆保存的钟粹宫图样

图 5‐50　彩画《岳母刺字》,颐和园长廊

图 5‐51　彩画《白蛇传·游湖借伞》,颐和园长廊

图 5‐52　彩画《窦娥冤》,颐和园长廊

图 5‐53　彩画《八大锤》,颐和园长廊

图 6 - 1　《花面杂剧》之王龙,咸丰五年(1855)木刻摹本

图 6 - 2　戏画《荆钗记·参相》,周氏父子绘

图 6 - 3　戏画《虎囊弹·山门》,周氏父子绘

图 6 - 4　戏画《长生殿·惊变》,周氏父子绘

图 6 - 5　昆曲戏画　1.《后金山》2.《弥陀寺》3.《下山》4.《山门》,道光、咸丰年间人李涌绘

图 6 - 6　宣鼎《三十六声粉铎图咏》之《燕子笺·狗洞》,宣鼎《三十六声粉铎图咏》,扬州市博物馆藏

图 6 - 7　胡锡珪《琵琶记·拐儿》

图 6 - 8　沈容圃《群英会》,左起鲁肃、周瑜、诸葛亮,清代光绪年间民间画师沈蓉圃绘制

图 6 - 9　"同光十三绝"画像,沈蓉圃绘制

图 6 - 10　戏画《捉放曹》,中国艺术研究院戏曲研究所藏

图 6 - 11　戏画《莲花湖》,中国艺术研究院戏曲研究所藏

图 6 - 12　戏曲灯画《恶虎村》,中国艺术研究院戏曲研究所藏

图 6 - 13　《图画日报》"三十年来伶界之拿手戏"之杨月楼《八大锤》

图 6 - 14　《图画日报》"三十年来伶界之拿手戏"之黄月山《伐子都》

图 6 - 15　壁画《罗成征北》,河南密县洪山庙

图 6 - 16　壁画《夺棍打瓜》,四川绵阳鱼泉寺

图 6 - 17　戏曲彩绘《失印救火》,江苏金坛太平天国戴王府

图 6 - 18　戏曲泥塑《凤仪亭》,江苏省博物馆藏

图 6 - 19　戏曲泥塑《绣襦记·教歌》,江苏省博物馆藏

图 6 - 20　戏曲泥塑《虎囊弹》,苏州博物馆藏

图 6 - 21　绢衣戏曲泥人《长坂坡》,苏州博物馆藏

图 6 - 22　戏曲泥塑《三英战吕布》

图 6 - 23　戏曲泥塑《击鼓骂曹》

图 6 - 24　纱阁戏人《飞虎山》

图 6 - 25　纱阁戏人《满床笏》

图 7 - 1　年画《桃花记·崔护偷鞋》

图 7 - 2　年画《大名府》

图 7 - 3　杨柳青年画《锁阳城》

图 7 - 4　杨家埠年画《空城计》

图 7 - 5　杨家埠年画《庆贺龙衣》

图 7 - 6　年画《连环计》

图 7 - 7　桃花坞年画《金枪传杨家将前后本》

图7-8　桃花坞年画《戏曲灯画十二出》

图7-9　杨柳青年画《戏园后台》，天津博物馆藏

图7-10　年画《秦琼尉迟恭》

图7-11　年画《秦琼敬德》

图7-12　年画《扬鞭铜门神》

图7-13　年画《穆桂英门神》

图7-14　杨柳青年画《木兰从军》

图7-15　杨家埠年画《佘太君点兵众女魁征西》，上海图书馆藏

图7-16　桃花坞年画《杨家女将征西》

图7-17　年画《杨老令婆挂帅女将征西》

图7-18　年画《金阊古迹图》，藏于日本

图7-19　年画《文昌阁庙会图》

图7-20　杨家埠年画《寒亭镇庙会图》

图7-21　桃花坞年画《双锁山》

图7-22　桃花坞年画《失街亭》

图7-23　桃花坞年画《拾玉镯》

图7-24　年画《拜寿算粮》

图7-25　杨柳青年画《大观茶园》

图7-26　桃花坞年画《忠义堂》

图7-27　年画《朱光祖行刺黄天霸》

图7-28　杨柳青年画《戏园后台》，天津博物馆藏

图7-29　杨柳青年画《拾玉镯》

图7-30　年画《水斗》

图7-31　年画《文明大舞台正在演出〈四郎探母〉》

图8-1　洪洞明应王殿杂剧壁画

图8-2　明代单雄信脸谱，缀玉轩藏

图8-3　明末清初"杂剧扮妆图"之一

图8-4　彩绘《节节好音》之判官

图8-5　杨柳青年画《穆家寨》之焦赞、孟良脸谱

图8-6　秦腔中常遇春脸谱

图8-7　戏画《骆马湖》

图8-8　戏画《霸王庄》

图8-9　戏画《盗印》

图8-10　钱金福绘

图8-11　苍溪庆坛擘龙面具

图 8－12　傩戏熊头面具

图 8－13　《康熙庆寿图》龙面具、青龙脸谱、《百草山》之青龙脸谱

图 8－14　戏画《女儿国》之猪八戒

图 8－15　年画《无底洞》之猪八戒

图 8－16　白象脸谱、《百草山》之青龙脸谱、《泗州城》之白虎脸谱、《五花洞》之蝎子精脸谱

图 8－17　戏画《高平关》之赵匡胤·整脸

图 8－18　戏画《锁五龙》之尉迟恭·六分脸

图 8－19　戏画《鱼肠剑》之专诸·三块瓦脸

图 8－20　戏画《八腊庙》之费德功·花三块瓦脸

图 8－21　戏画《贾家楼》之单雄信·花三块瓦脸

图 8－22　戏画《鱼肠剑》之王寮·老三块瓦脸

图 8－23　戏画《太平桥》之朱温·花脸

图 8－24　郝寿成《取洛阳》之马武·碎花脸

图 8－25　戏画《取荥阳》之项羽·十字门脸

图 8－26　戏画《卖马》之单雄信·花十字门脸

图 8－27　戏画《太平桥》之卞宜随·元宝脸

图 8－28　戏画《五台》之杨延德·僧道脸

图 8－29　《法门寺》之刘瑾·红太监脸

图 8－30　《黄金台》之伊立·白太监脸

图 8－31　《落马湖》之于亮·歪脸

图 8－32　《泗州城》之伽蓝·鬼判脸

图 8－33　《泗州城》之白虎·象形脸

图 8－34　《渭水河》之姜子牙·揉脸

图 8－35　《落马湖》之朱光祖·小白粉脸

图 8－36　《阳平关》之曹操·大白粉脸

图 8－37　《傀儡婴戏图》之悬丝傀儡，南宋刘松年

图 8－38　布袋木偶戏《尘间之艺》（局部），清钱廉成

图 8－39　杖头木偶《清明上河图》（局部），清院本

图 8－40　杖头木偶《太平春市图》，清丁观鹏绘

图 8－41　围帐杖头木偶演戏图，明人绘

图 8－42　木偶戏《喜庆图》（局部）

图 8－43　提线木偶《婴戏图》

图 8－44　四川梓潼阳戏提线木偶

图 8－45　《影戏图》，宋人绘、明人摹本，故宫博物院藏

图 8－46　山西繁峙岩山寺文殊殿金代壁画《影戏图》

图 8 - 47　中国影戏分布图

图 8 - 48　影戏演出《庆丰图》(局部)

图 8 - 49　皮影戏《凤仪亭》实物

图 8 - 50　皮影戏丑脚

图 8 - 51　皮影戏净脚

图 9 - 1 至 9 - 6　《慈云走国》插图

图 9 - 7 至 9 - 12　《狄青初传》插图

图 9 - 13　《慈云走国》中的丁燕龙

图 9 - 14　《狄青初传》中的焦廷贵

图 9 - 15 至 9 - 26　《忠烈全传》插图

图 9 - 27 至 9 - 32　《三下南唐》之梨山云母、《忠烈全传》之蜈蚣道人等

图 9 - 33 至 9 - 37　《粉妆楼》插图

图 9 - 38 至 9 - 43　《说呼全传》中的呼守勇与王金莲,《争春园》中的孙佩与凤栖霞,《忠烈全传》中的顾孝威与姚梦兰

图 9 - 44 至 9 - 47　《梼杌闲评》中的魏忠贤

图 9 - 48 至 9 - 61　《梁武帝西来演义》插图

图 9 - 62　唐太宗、魏征、太上老君、唐僧、孙行者、猪八戒、沙和尚、牛魔王、哪吒等,清陈士斌撰《西游真诠》芥子园中小型本

图 9 - 63　《后西游记》,乾隆癸卯四十八年(1783)金阊书业堂刊本

图 9 - 64　《草木春秋演义》插图

图 9 - 65　《飞跎全传》插图

图 9 - 66　《绣像升仙传》插图

图 9 - 67　《醉菩提传》插图

图 9 - 68　《后西游记》中的悟真祖师与冥报和尚,《飞驼全传》中的悬天上帝与脱空祖师

图 9 - 69　《西游真诠》中的唐僧、《后西游记》中的唐半偈、《雷峰塔奇传》中的法海

图 9 - 70　神怪小说插图

图 9 - 71　《绿野仙踪》插图

图 9 - 72　《雷峰塔奇传》"依姑苏原本"写刻本插图

图 9 - 73　《绣像八仙缘》插图

图 9 - 74　《麟儿报》中的廉小村

图 9 - 75　《痴人福》中的田北平

图 9 - 76　《白圭志》中的张盈川

图 9 - 77　《清风闸》中的孙大理

图9-78 《痴人福》中的主人公田北平及其三位妻妾邹氏、何氏、吴氏,《痴人福》,清嘉庆十年(1805)云秀轩刊本

图9-79 《清风闸》中的皮奉山、孙孝姑、孙大理、孙强以及孙小继,《清风闸》,清道光元年(1821)华轩斋刊本

图9-80 《麟儿报》中的廉清、幸小姐与毛小姐,《麟儿报》,清康熙十一年(1672)刊本

图9-81 《白圭志》中的才子佳人,《白圭志》,清嘉庆十二年(1807)永安堂刊本

图9-82 《铁花仙史》中的王儒珍、蔡若兰、苏馨如,《铁花仙史》,清康熙年间恒谦堂刊本

图9-83 《合锦回文传》中的梁栋才、桑梦兰、刘梦蕙等,《合锦回文传》,道光六年(1826)大文堂刊本

图9-84 《绣球缘》中的万历皇、镇国公胡豹、何象峰、胡云福、铁太岁、黄世荣、朱能、黄贵宝,《绣球缘》,清咸丰元年(1851)刊本

图9-85 《铁花仙史》中的天台道人

图9-86 《麟儿报》中的葛仙翁

图9-87 《绣鞋记》中的和尚,《绣鞋记》,乌有先生订,清蝴蝶楼刊本

图9-88、9-89、9-90 《痴人福》中的恶匪兄妹黑天王、白天王、唐经略

图9-91、9-92 《合锦回文传》中薛尚武、钟爱

图9-93 《铁花仙史》中的剿匪大将苏紫宸

图9-94、9-95 《绣球缘》中的黄世荣、胡云福

图9-96 《麟儿报》中的富无知

图9-97 《玉娇梨》第一回"小才女代父题诗"插图,《玉娇梨》,清康熙间刊本

图9-98 《玉娇梨》第五回"穷秀才辞婚富贵女"插图,《玉娇梨》,清康熙间刊本

图10-1 《伏狐》

图10-2 《夏雪》

图10-3 《崂山道士》

图10-4 《崂山道士》

图10-5 《黑鬼》,左为《详注聊斋志异图咏》本插图,右为潘振镛所作

图10-6 《邢子仪》,左为《详注聊斋志异图咏》本插图,右为潘振镛所作

图10-7 左为《胡四相公》,右为《狐谐》

图10-8 《于中丞》

图10-9 《林四娘》

图 10－10　《晚霞》,左为《详注聊斋志异图咏》的插图,右为《聊斋图说》的插图

图 10－11　左为《详注聊斋志异图咏》中的《跳神》,右为明崇祯刊本《鸳鸯绦》传奇《鬻女》一折的版画

图 10－12　《翩翩》

图 10－13　从左至右:上图为《种梨》《蛙曲》《鼠戏》,下图为《戏术》《木雕美人》

图 10－14　从左至右为《小猎犬》《小官人》《梁产》

图 10－15　左为《狐梦》,右为《莲花公主》

图 10－16　版画《红线女夜窃黄金盒》,明崇祯山阴孟称舜刻本《酹江集》

图 10－17　左为《水灾》,右为《孝子》

图 10－18　上为《诗谳》与《太原狱》,下为《冤狱》与《赵城虎》

图 10－19　《三生》

图 10－20　《促织》之《母氏心伤》

图 10－21　《促织》

图 10－22　《凤仙》之《姻亲欢愉》

图 10－23　左为《详注聊斋志异图咏》中《凤仙》插图,右为《聊斋图说》中《凤仙》之《镜中督课》图画

图 10－24　左为《详注聊斋志异图咏》中《红玉》插图,中及右为《聊斋图说》中《红玉》图画

图 10－25　《红玉》

图 10－26　左为《详注聊斋志异图咏》中《罗刹海市》插图,中及右为《聊斋图说》中《罗刹海市》图画

图 10－27　左为《详注聊斋志异图咏》中《小翠》插图,中及右为《聊斋图说》中《蹴圆被责》《碎瓶交詈》图画

图 10－28　《画皮》

图 10－29　《白秋练》

图 10－30　《聂小倩》

图 10－31　《侠女》

图 10－32　《胭脂》

图 10－33　《十二寡妇西征》插图,明万历间元刊本《镌出像杨家府世代忠勇演义志传》

图 11－1、11－2　《新镌全部绣像红楼梦》,清乾隆五十六年(1791)初印本(简称程甲本)卷首绣像

图 11－3、11－4、11－5　"程甲本"卷首绣像

图 11-6、11-7 《新评绣像红楼梦全传》清道光双清仙馆刻本卷首绣像

图 11-8 "程甲本"卷首绣像

图 11-9、11-10、11-11 "双清仙馆本"卷首绣像

图 11-12 至 11-24 《新评补像全图金玉缘》,清光绪十五年(1889)石印本

图 11-25、11-26 《增评补图石头记》,清光绪二十四年(1898)石印本

图 11-27 至 11-57 《孙温绘全本红楼梦》,旅顺博物馆藏

图 12-1 《镜花缘》插图

图 12-2 骆红蕖像赞、尹红萸像赞、米兰芬像赞

图 12-3 《镜花缘》人物绣像图

图 12-4 《镜花缘》人物绣像图

图 13-1 宋代建安版《列女传》之《杞梁妻》,清道光时期阮福文选楼影刻

图 13-2 真诚堂刊本《列女传》,明万历间

图 13-3 黄嘉育刊本《古列女传》,明万历三十四年(1606)

图 13-4 金陵富春堂唐氏刻本《古今列女传评林》,明万历十五年(1587)

图 13-5 山西原刻本《闺范》之《杞梁之妻》,明万历十八年(1590)

图 13-6 重刊徽版《闺范》中之《孟姜女投水》,徽州泊如斋藏版,黄应澄画

图 13-7 书林詹氏进贤堂重刊本《风月锦囊》之《孟姜女寒衣记下》,明嘉靖三十二年(1553)

图 13-8 书林詹氏进贤堂重刊本《风月锦囊》之《孟姜女寒衣记下》

图 13-9 书林敦睦堂张三怀刊本《新刻徽版合像滚调乐府宫腔摘锦奇音》之《长城记姜女亲送寒衣》,明万历三十九年(1611)

图 13-10 翼化堂书坊藏板《绣像孟姜宝卷》之《万里侯喜良》

图 13-11 翼化堂书坊藏板《绣像孟姜宝卷》之《孟姜仙女》

图 13-12 上洋孙文雅画店《孟姜女万里寻夫全部》第十一回至第二十回,纵28 cm,横50 cm,圣彼得堡俄罗斯科学院彼得大帝人类学与民族学博物馆(珍宝馆)藏

图 13-13 吴文艺斋《孟姜女万里寻夫前本》,第一回至第十回,上海图书馆藏

图 13-14 吴文艺斋《孟姜女万里寻夫后本》,上海图书馆藏

图 14-1 十二生肖背梁祝"长亭送别"大花钱,宋代,直径6.82 cm,重75.8 g,上海博物馆藏

图 14-2 《缠头百练》之《访友》,明崇祯年间刊本

图 14-3 《精选天下时尚南北徽池雅调》之《河梁分袂》

图 14 - 4 《绣像梁祝因缘大双蝴蝶全传》插图,光绪二十六年(1900)上海书局石印本(上下卷三十回)

图 14 - 5 《绣像梁山伯宝卷》插图,民国上海惜阴书局古本精印

图 14 - 6 插图《山伯访英台》,晚清民国时期上海尚古山房铅印的鼓词《梁山伯祝英台全传》(封面题《梁祝姻缘》)卷首插图

图 14 - 7 潍坊年画《山伯英台同校读书》,木板套印,纵 27 cm,横 36.5 cm

图 14 - 8 潍坊年画《梁祝化蝶》,木板套印,纵 27 cm,横 36.5 cm

图 14 - 9 潍坊杨家埠年画《梁祝》

图 14 - 10 《新绘梁山伯相送祝英台》(前)中披,清末上海小校场"筠香斋"印制的年画《新绘梁山伯相送祝英台前后本》

图 14 - 11 《新绘梁山伯相送祝英台》(前)中披,清末上海小校场"筠香斋"印制的年画《新绘梁山伯相送祝英台前后本》

图 14 - 12 年画《梁祝》古印版

图 14 - 13 山东剪纸《梁祝读书》,清代彩绘窗花(摹作)

图 14 - 14 家具上的《梁祝》

图 14 - 15 民间《双蝶图》

图 15 - 1 无名氏《钟馗抉目》

图 15 - 2 《钟馗出猎》(局部),五代顾闳中(?),台北"故宫博物院"藏

图 15 - 3 《新编连相搜神广记》所收"钟馗样",元秦子晋编元建安刻本

图 15 - 4 陈琳《寒林钟馗》,故宫博物院藏

图 15 - 5 文徵明《寒林钟馗》

图 15 - 6 苏汉臣《钟馗嫁妹》(局部)

图 15 - 7 颜庚《钟馗嫁妹》(局部),美国大都会博物馆藏

图 15 - 8 王振鹏《钟馗送嫁》局部,台北"故宫博物院"藏

图 15 - 9 龚翠岩《中山出游》

图 15 - 10 颜辉《钟馗月夜出游》(局部),美国克里夫兰艺术博物馆藏

图 15 - 11 《明宪宗元宵行乐图》(局部),国家博物院藏

图 15 - 12 佩戴钟馗祛五毒铜钱

图 15 - 13 河北武强年画《朱砂神判》

图 15 - 14 陕西凤翔《镇宅神判》

图 15 - 15 河南朱仙镇《镇宅钟馗》

图 15 - 16 武强年画《斩五毒的天师》

图 15 - 17 上海年画《十二花神图》

图 15 - 18 王素《醉赏榴花》

图 15 - 19 戴进《钟馗夜游》,绢本,设色,故宫博物院藏

图 15 - 20　叶澄《夜巡布丰》

图 15 - 21　高其佩《执剑蝠来》

图 15 - 22　任颐《钟馗降福》

图 15 - 23　广东年画《引福归堂》

图 15 - 24　凤翔年画《灵宝神判》

图 15 - 25　任霞《钟馗嫁妹》

图 15 - 26　南通年画《钟馗大帝》

图 15 - 27　《绘图三教源流搜神大全》所收钟馗画像

图 15 - 28　尤求《小妹缝补》

图 15 - 29　殷善《五柳钟馗》,淮安博物馆藏

图 15 - 30　朱见深《岁朝佳兆》

图 15 - 31　无款《吉庆》,台北"故宫博物院"藏

图 15 - 32　陈洪绶《钟公进士》

图 15 - 33　陈洪绶《劝蒲觞》

图 15 - 34　陈洪绶《唐进士钟公像》

图 15 - 35　金农《醉钟馗》

图 15 - 36　高其佩《钟馗醉酒》

图 15 - 37　王素《五美扶醉》

图 15 - 38　方薰《闻酒则喜》

图 15 - 39　黄慎《钟馗吉庆》

图 15 - 40　黄慎《钟馗训读》

图 15 - 41　任颐《对镜钟馗》

图 15 - 42　黄慎《钟馗执蒲》

图 15 - 43　任颐《钟馗执蒲》

图 15 - 44　明万历刻本《目连救母劝善戏文》插图《钟馗驱怪》

图 15 - 45　钟馗脸谱

图 15 - 46　侯玉山《钟馗嫁妹》剧照

图 15 - 47　侯玉山钟馗脸谱

图 15 - 48　八面威

图 15 - 49　钟馗造型

图 16 - 1　任仁发《张果见明皇图》,绢本,设色,纵 41.5 cm,横 107.3 cm,故宫博物院藏

图 16 - 2　佚名《吕洞宾过洞庭》,团扇,绢本,设色,纵 23.1 cm,横 25.1 cm,美国波士顿美术博物馆藏

图 16 - 3　佚名《吕洞宾上岳阳楼》,绢本,设色,纵 23.8 cm,横 25.1 cm,

同前

　　图 16 - 4　缂丝《八仙介寿图》,纵 38.3 cm,横 22.8 cm,辽宁博物馆藏

　　图 16 - 5　缂丝《八仙祝寿图》,纵 99 cm,横 44 cm,故宫博物院藏

　　图 16 - 6　颜辉《铁拐仙人图》,纵 191.3 cm,横 79.8 cm,日本京都知恩寺藏

　　图 16 - 7　壁画《八仙过海》(局部),元代,山西永乐宫

　　图 16 - 8　商喜《四仙拱寿图》,明代,绢本,设色,纵 98.3 cm,横 143.8 cm,台北"故宫博物院"藏

　　图 16 - 9　"八仙"砖雕,1965 年侯马市牛村出土,高 52 - 54 cm,上宽 17.5 - 19 cm,下宽 42 - 43 cm,山西博物馆藏

　　图 16 - 10　宋代铜镜《八仙过海》

　　图 16 - 11　元代铜镜《八仙过海》

　　图 16 - 12　壁画《八仙过海图》,元代,山西永乐宫纯阳殿

　　图 16 - 13　壁画《八仙图》,元代,山西省屯留县出土,图(1)(3)高约 55 cm,宽 80 cm;图(2)(4)高约 55 cm,宽约 88 cm,长治市博物馆藏

　　图 16 - 14　龙泉窑露胎印花《八仙图》瓶,元代

　　图 16 - 15　五祖图之钟离权(左)、吕洞宾(右),元刘志玄《金莲正宗仙源像传》

　　图 16 - 16　壁画《钟离权度吕洞宾》,高 3.7m,面积 16m^2,元代山西永乐宫

　　图 16 - 17　铁拐李折沿花口青花瓷盘,直径 15.6 cm,底径 12.2 cm,高约 1.8 cm

　　图 16 - 18　钟离权瓷塑,元代,高 29.8 cm

　　图 16 - 19　颜辉《铁拐李仙人图》

　　图 16 - 20　赵麒《汉钟离像》,立轴,绢本,设色,纵 134.5 cm,横 57.2 cm,美国克里夫兰艺术博物馆藏

　　图 16 - 21　张路《八仙图》,条屏,绢本,设色,纵 153.1 cm,横 102.6 cm,清华大学美术学院藏

　　图 16 - 22 至 16 - 25　取自《东游记》,明万历年间书林余文台梓本,扉页题名《全像东游记上洞八仙传》,日本内阁文库藏

　　图 16 - 26　《列仙全传》中的八仙图,明万历二十八年(1600)刊本

　　图 16 - 27　《仙佛奇踪》中的八仙图,万历三十年(1602)月旦堂刻本

　　图 16 - 28、16 - 29　取自《韩湘子全传》,明天启三年癸亥金陵九如堂刊本

　　图 16 - 30、16 - 31　《飞剑记》,明万历年间福建书林萃庆堂余氏刻本,日本内阁文库藏

　　图 16 - 32　明正德青花八仙图罐

　　图 16 - 33　嘉靖青花八仙图罐,残高 38.2 cm,口径 22 cm,石家庄博物馆藏

　　图 16 - 34　嘉靖青花八仙图罐,高 33 cm,口径 18.2 cm,河北省博物馆藏

图 16－35　万历年间不同青花瓷上的八仙图像

图 16－36　张翀《瑶池仙剧图》,绢本,设色,纵 192.5 cm,横 103.5 cm,故宫博物院藏

图 16－37　吕祖像,咸丰保贤堂刊本

图 16－38　八仙画像,明还初道人《绘像列仙传》

图 16－39　古版年画《八仙福寿联》,纵 102 cm,横 22 cm,河南滑县

图 16－40　青花八仙祝寿纹盘,清顺治,直径 34.5 cm

图 16－41　犀角雕八仙图杯,高 10 cm,口径 17 cm×9.5 cm

图 16－42　青花五彩八仙祝寿人物图,高 40.8 cm,口径 21.5 cm,底径 14.5 cm

图 16－43　缂丝《瑶池喜庆图轴》,高 317 cm,宽 143.5 cm,北京艺术博物馆藏

图 16－44　缂丝《八仙寿字图》,清乾隆,高 193 cm,宽 92 cm

图 16－45　年画《八仙庆寿》,清中叶,纵 53.6 cm,横 49 cm

图 16－46　乾隆粉彩八仙过海图盘口瓶,高 42 cm

图 16－47　扇面《八仙过海》,纵 27 cm,横 14 cm,滑县古版木版年画

图 16－48　《群仙渡海》(横三裁),纵 32.5 cm,横 59 cm

图 16－49　　杨柳青年画《八仙过海》(贡尖),光绪版后印,纵 71 cm,横 119 cm

图 16－50　杨家埠年画《八仙醉酒图》(大贡尖),纵 66 cm,横 139 cm,潍坊杨家埠年画研究所藏

图 16－51　年画《八仙醉酒图》,清末芜湖

图 16－52　挂千《八仙庆寿》,彩绘剪纸,纵 49 cm,横 31 cm

图 16－53　剪纸《云中八仙》,纵 8 cm,横 6 cm,清末山东掖县

图 16－54　剪纸《八仙》,纵 19 cm,横 7 cm,清末山西静乐

图 16－55　牙雕《八仙》,高 21 cm

图 16－56　暗八仙纹

图 16－57　暗八仙纹

图 16－58　暗八仙纹,方瓿,高 19.6 cm,宽 8 cm,厚 4.3 cm

图 16－59　暗八仙纹,织金缎一字襟小坎肩,清光绪

图 16－60　暗八仙纹桃形盖盒(三件),剔彩,清乾隆,长 10 cm,宽 10 cm,高 7.8 cm

图 16－61　暗八仙纹样瓷器,雍正、乾隆、嘉庆时期

图 16－62　黄慎《八仙图》,立轴,绢本,设色,纵 228.5 cm,横 164 cm,泰州博物馆藏

图 17-1　伏羲女娲像，汉石画像拓本

图 17-2　伏羲女娲像，汉代

图 17-3　插图《游湖借伞》，《雷峰塔奇传》，嘉庆十一年（1806）写刻"姑苏原本"

图 17-4　插图《盗草救夫》，《雷峰塔奇传》，嘉庆十一年写刻"姑苏原本"

图 17-5　插图《露相郎惊》，《雷峰塔奇传》，嘉庆十一年写刻"姑苏原本"

图 17-6　插图《金钵飞覆》，《雷峰塔奇传》，嘉庆十一年写刻"姑苏原本"

图 17-7　插图《水掩（淹）金山》，《雷峰塔奇传》，嘉庆十一年写刻"姑苏原本"

图 17-8　插图《复艳》，《雷峰塔奇传》光绪十九年（1893）水竹居石印本，又名《白蛇传奇传》

图 17-9　插图《端阳》，《雷峰塔奇传》光绪十九年水竹居石印本，又名《白蛇传奇传》

图 17-10　插图《驾云寻夫》，《雷峰塔奇传》光绪十九年水竹居石印本，又名《白蛇传奇传》

图 17-11　插图《仙踪》，嘉庆十四年（1809）《绣像义妖传》

图 17-12　插图《游湖》，嘉庆十四年《绣像义妖传》

图 17-13　插图《端阳》，嘉庆十四年《绣像义妖传》

图 17-14　插图《合钵》，嘉庆十四年《绣像义妖传》

图 17-15　插图《水漫》，光绪丙子年（1876）刊本，嘉庆十四年弹词《义妖传》

图 17-16　插图《水漫》，嘉庆十四年刊本弹词《义妖传》

图 17-17　插图《化檀》，清末《绣像义妖全传》中插图

图 17-18　插图《檀香》，嘉庆十四年《绣像义妖全传》插图

图 17-19 至 17-23　清末《绣像义妖全传》插图

图 17-24　杨柳青年画《盗仙草》（贡尖），乾隆年间杨柳青齐健隆画店绘制，纵 84.2 cm，横 175.5 cm

图 17-25　临汾年画《盗仙草》

图 17-26　年画《盗仙草》，纵 20.5 cm，横 26 cm，晚清，开封

图 17-27　都江堰石雕《盗仙草》

图 17-28　年画《许仙游湖》（对画），纵 51.5 cm，横 94.5 cm，高密

图 17-29　石雕《水漫金山》，四川隆昌禹王宫

图 17-30　年画《断桥》，清代临汾

图 17-31　木雕《白蛇传》（局部），社旗山陕会馆悬鉴楼北面抱厦明间额枋木雕

图 17-32　杨柳青年画《白蛇传》

图 17 - 33　杨柳青年画《白蛇传》

图 17 - 34　杨家埠年画《许仙游湖》《饮雄黄酒》《水漫金山》《状元祭塔》,纵 29 cm,横 47 cm,山东美术馆藏

图 17 - 35　杨家埠年画《许仙游湖》《金山寺》《断桥》《状元祭塔》,纵 22 cm, 横 40 cm,山东省潍坊市博物馆藏

图 17 - 36　杨柳青年画《游湖借伞》,纵 32.5 cm,横 59.5 cm,清光绪

图 17 - 37　杨柳青年画《灵丹救夫　斩蛇去疑》,纵 36.5 cm,横 59 cm,清光绪

图 17 - 38　《白蛇传》(四条屏),上海福斋画店

图 17 - 39　上海年画《白蛇传》,中轴,彩色套印

图 17 - 40　杨家埠年画《白蛇传》(裱褙之一),纵 62 cm,横 23 cm,潍坊杨家埠年画研究所藏

图 18 - 1　赵匡胤坐像,台北"故宫博物院"藏

图 18 - 2　《历代古人像赞》所收赵匡胤像,明天然撰赞,弘治十一年(1498)重刻本

图 18 - 3　杂剧《苗训卜卦》,明刊《古本戏曲丛刊》第四辑《古杂剧》本罗贯中《赵太祖龙虎风云会》

图 18 - 4　《陈抟高卧》中的陈抟见赵匡胤,《元曲选》本

图 18 - 5　《陈抟高卧》中的赵匡胤召见陈抟,《元曲选》本

图 18 - 6　宋瓷枕画《陈桥兵变》,开封陈桥驿纪念馆影壁墙所摩

图 18 - 7　杂剧《黄袍加身》,明刊《古本戏曲丛刊》第四辑影印《古杂剧》本罗贯中《赵太祖龙虎风云会》

图 18 - 8　赵匡胤绣像,采自《飞龙全传》

图 18 - 9　秦腔《斩黄袍》,郭韵和冯万奎扮演,1976 年摄制的舞台戏曲艺术片

图 18 - 10　折子戏《千里送京娘》,侯少奎、胡锦芳扮演

图 18 - 11　年画《千里送京娘》(中堂),苏州

图 18 - 12　年画《铜锤换玉带》,朱仙镇

图 18 - 13　京剧赵匡胤脸谱

图 19 - 1　《太祖以杯酒释兵权》,建阳余氏三台馆刊本《新刻全像按鉴演义南北两宋志传》

图 19 - 2　《金头娘大战呼延赞》,建阳余氏三台馆刊本《新刻全像按鉴演义南北两宋志传》

图 19 - 3　插图《十二寡妇征西夏》,明世德堂本《南(北)宋志傅通俗演义》

图 19-4　插图《十二寡妇征西》,明万历三十四年(1606)卧松阁刊本《杨家府演义》,《镌出像杨家府世代忠勇演义志传》

图 19-5　插图《桂英生擒六郎》,明万历三十四年卧松阁刊本《杨家府演义》,《镌出像杨家府世代忠勇演义志传》

图 19-6　《杨家府演义》人物绣像,清光绪丁亥年(1887)文德堂刻本

图 19-7　《绣像杨家将全传》人物绣像,清光绪壬辰年(1892)上海修文堂石印本

图 19-8　《绣像北宋杨家将全传》人物绣像,玉茗堂批点系统光绪石印本

图 19-9　明广彩人物故事大瓶《杨家将》,高 133m

图 19-10　古民居窗栏板木雕《杨家将》

图 19-11　杨家埠年画《金沙滩》,纵 28 cm,横 45 cm,山东美术馆收藏

图 19-12　杨家埠年画《新刻金沙滩》,纵 35 cm,横 55 cm,民国,山东美术馆收藏

图 19-13　杨家埠年画《双龙赴会》,纵 29 cm,横 47 cm,山东美术馆收藏

图 19-14　青花杨家将人物盘,清康熙

图 19-15　五彩杨家将故事图盘,清康熙

图 19-16　古彩《大破天门阵》图盘,清康熙

图 19-17　芜湖年画《大破天门阵》,清末

图 19-18　桃花坞年画《金枪传杨家将前本》,纵 30 cm,横 50 cm

图 19-19　广东潮州木雕《杨家将》

图 19-20　桃花坞年画《四郎探母》,清末民初,纵 26 cm,横 23 cm

图 19-21　杨柳青年画《四郎探母》

图 19-22　杨家埠年画《杨四郎探母》

图 19-23　潍坊年画《坐宫讨令》,纵 109 cm,横 58 cm

图 19-24　芜湖年画《探母回令》

图 19-25　梁平年画《盗令出关》,纵 47 cm,横 30 cm

图 19-26　武强年画《探母回令》

图 19-27　北京皮影《佘塘关》,纵 38 cm,左纵 40 cm

图 19-28　杨柳青年画《穆桂英》

图 19-29　皮影《穆柯寨》(驴皮)

图 19-30　东阳清供楠木雕《穆柯寨》,纵 70 cm,横 30 cm

图 19-31　杨柳青年画《穆家寨》,清光绪,纵 38.8 cm,横 63.3 cm

图 19-32　杨家埠年画《白虎帐》,纵 35 cm,横 60 cm,山东省美术馆藏

图 19-33　苏州桃花坞年画《杨家女将征西》,纵 29 cm,横 49 cm

图 19-34　上海年画《杨老令婆挂帅女将征西》

图 19-35　苏州桃花坞年画《穆桂英大破天门阵》,纵 29 cm,横 48 cm

图 19－36　杨家埠年画《新帅点兵》

图 19－37　戏画《破洪州》

图 19－38　青花五彩缸《穆桂英大破天门阵》，清康熙

图 19－39　山西皮影人《女将穆桂英》，纵 43 cm，横 15 cm

图 19－40　四川夹江年画《穆桂英》，清中叶，纵 39 cm，横 30 cm

图 20－1　今河南商丘包公庙之包公像

图 20－2　合肥包公祠之包公塑像

图 20－3　开封包公祠之包公像

图 20－4　《古圣贤像传略》中之包公像，顾沅辑道光十年刻本《古圣贤像传略》

图 20－5　《包龙图判百家公案》封面，万历二十二年（1594）朱氏与耕堂刊本

图 20－6　光绪五年版《三侠五义》

图 20－7　清宫戏画《三侠五义》中的包拯

图 20－8　晚清年画《包龙图探阴山》，上海飞影阁印，纵 39 cm，横 30 cm，美国自然历史博物馆藏

图 20－9　民国石印本《李宸妃冷宫受苦宝卷》插图

图 20－10　《明成化刊本说唱词话》插图，北京永顺堂刊印

图 20－11　《新刊京本通俗演义全像包龙图判百家公案全传》插图，明万历年间

图 20－12　《蝴蝶梦》插图，万历雕虫馆刻本《元曲选》本

图 20－13　《鲁斋郎》插图，万历雕虫馆刻《元曲选》本

图 20－14　《灰阑记》插图，万历雕虫馆刻《元曲选》本

图 20－15　《陈州粜米》插图，万历雕虫馆刻《元曲选》本

图 20－16　连环画《包公出世》

图 20－17　元代包公脸谱，缀玉轩藏

图 20－18　明代包公脸谱，缀玉轩藏

图 20－19　苏州桃花坞年画《全本落帽风狸猫换真主》

图 20－20　潍坊年画《包公割麦》

图 20－21　皖南木雕《包公断案》

参考文献

古代文献

阮元编：《十三经注疏》，中华书局影印本 1980 年版

杨伯峻：《春秋左传注》，中华书局 1990 年版

孙希旦：《礼记集解》，中华书局 1989 年版

杨伯峻：《孟子译注》，中华书局 1962 年版

司马迁：《史记》，中华书局 1999 年版

班固：《汉书》，中华书局 1962 年版

范晔：《后汉书》，中华书局 2005 年版

陈寿：《三国志》，中华书局 1990 年版

房玄龄等：《晋书》，中华书局 1974 年版

欧阳修等：《新唐书》，中华书局 1999 年版

欧阳修等：《新五代史》，中华书局 1974 年版

司马光编著，胡三省音注：《资治通鉴》，中华书局 2012 年版

李焘：《续资治通鉴汇编》，中华书局 1979 年版

脱脱等：《宋史》，中华书局 1985 年版

郑樵：《通志》，中华书局 1995 年版

李鸿章等编：《清会典事例》卷 1050，中华书局 1991 年版

刘向：《古列女传》，中华书局影印本 1985 年版

李守奎等译注：《尸子译注》，上海古籍出版社 2006 年版

赵晔：《吴越春秋》，商务印书馆 1968 年版

董诰编：《全唐文》，上海古籍出版社 1990 年版

王国轩、王秀梅译注：《孔子家语》，中华书局 2011 年版

赵善诒疏证：《说苑疏证》，华东师范大学出版社 1985 年版

郑晓霞、林佳郁编：《列女传汇编》，北京图书馆出版社 2007 年影印明万历本

屈原等：《楚辞》，中华书局 2015 年版

李昉：《文苑英华》，中华书局 1966 年版

谈蓓芳等汇校：《玉台新咏汇校》，上海古籍出版社 2014 年版

王充：《论衡》，上海人民出版社 1974 年版

薛用若：《集异记》，中华书局 1980 年版

葛洪：《抱朴子》，中华书局 2013 年版

欧阳询编：《艺文类聚》，上海古籍出版社 1965 年版

干宝等：《搜神记》，中华书局 1979 年版

郭茂倩编：《乐府诗集》，中华书局 1979 年版

钱泳：《履园丛话》，上海古籍出版社 2012 年版

谢正光、范金民编：《明遗民录汇辑》，南京大学出版社 1995 年版

叶贵良：《敦煌本〈太上洞渊神咒经〉辑校》，中国社会科学出版社 2013 年版

李昉编：《太平广记》，中华书局 2001 年版

张彦远：《历代名画记》，人民美术出版社 1965 年版

高承：《事物纪原》，中华书局 1985 年版

魏泰：《东轩笔录》，中华书局 1997 年版

耐得翁：《都城纪胜》，中国商业出版社 1982 年版

吴自牧：《梦粱录》，山东友谊出版社 2001 年版

邓之诚：《东京梦华录校注》，中华书局 1980 年版

王世贞：《弇州续稿》卷 171，《四库全书》第 1284 册，商务印书馆影印 1986 年版

丁如明、李宗为、李学颖等校点：《唐五代笔记小说大观》，上海古籍出版社 2000 年版

孙静庵：《明遗民录》卷四十，浙江古籍出版社 1985 年版

全祖望：《全祖望集汇校集注》，上海古籍出版社 2000 年版

周亮工：《读画录》，上海商务印书馆 1936 年版

朱彝尊：《静志居诗话》，人民文学出版社 1990 年版

吴曾：《能改斋漫录》，上海古籍出版社 1979 年版

段成式：《酉阳杂俎》，中华书局 1981 年版

叶梦得：《石林燕语》，中华书局 1985 年版

邵伯温：《邵氏闻见录》，中华书局 1983 年版

庄绰：《鸡肋编》，中华书局 1983 年版

卓尔堪辑：《遗民诗十二卷》，华东师范大学出版社 2013 年版

顾炎武：《日知录》，上海古籍出版社 1985 年版

田汝成：《西湖游览志馀》，上海古籍出版社 1958 年版

宣鼎：《夜雨秋灯录》，上海古籍出版社 1987 年版

顾起元：《客座赘语》，中华书局 1987 年版

文震亨：《长物志》，中华书局 1985 年版

顾禄：《清嘉录》，上海古籍出版社 1986 年版

汉语大词典出版社编：《中国古代小说版画集成》，汉语大词典出版社 2002 年版

周骏富编：《明代传记丛刊·艺林类》，台北明文书局 1991 版

周骏富主编：《清代传记丛刊·艺林类》，台北明文书局 1986 年版

佚名撰：《绘图三教源流搜神大全·外二种》，上海古籍出版社 2012 年版

潘荣陛、富察敦崇：《帝京岁时纪胜·燕京岁时记》，北京古籍出版社 1981 年版

张照等撰，故宫博物院编：《石渠宝笈》，海南出版社 2001 年版

梁辰鱼著，吴书荫校点：《梁辰鱼集》，上海古籍出版社 2010 年版

王嘉：《拾遗记校注》卷三，中华书局 1981 年版

颜希源著，李乔译评：《百美图记》，河南人民出版社 2007 年版

鸳湖烟水散人：《女才子书》，上海古籍出版社 1994 年版

郑振铎编：《中国古代版画丛刊二编》，上海古籍出版社 1994 年版

钱杜：《松壶画忆》（卷上），清光绪榆园丛刻本

阮元：《淮海英灵集（丙集卷四）》，清嘉庆三年小琅嬛仙馆刻本

赵翼：《檐曝杂记》，上海古籍出版社 2012 年版

张岱：《陶庵梦忆》，中华书局 1985 年版

徐珂：《清稗类钞》，中华书局 1984 年版

李斗：《扬州画舫录》，中华书局 1960 年版

震钧：《天咫偶闻》，北京古籍出版社 1982 年版

上海古籍出版社编：《宋元笔记小说大观》，上海古籍出版社 2001 年版

崇彝:《道咸以来朝野杂记》,北京古籍出版社 1982 年版

徐树丕:《识小录》,涵芬楼秘笈本

沈括:《梦溪笔谈》,中华书局 1985 年版

田汝成:《西湖游览志馀》,东方出版社 2012 年版

吕坤:《吕坤全集》,中华书局 2008 年版

《秘殿珠林》,《文渊阁四库全书》,台湾商务印书馆 1986 年版

白玉蟾著,盖建民辑校:《白玉蟾诗集新编》,社会科学文献出版社 2013 年版

范成大:《范成大笔记六种》,中华书局 2002 年版

郑思肖:《所南翁一百二十图诗集》,中华书局 1985 年版

洪迈:《夷坚志》,中华书局 2006 年版

还初道人辑:《绘像列仙传》,中国社会科学出版社 1996 年版

烟霞散人:《钟馗全传》,华夏出版社 2013 年版

金盈之:《醉翁谈录》,上海古籍出版社 1996 年版

周密:《武林旧事》,中华书局 1991 年版

钱仲联、马亚中主编,钱仲联校注:《陆游全集校注·剑南诗稿校注》,浙江教育出版社 2011
  年版

郭若虚:《图画见闻志》,人民美术出版社 1963 年版

黄休复:《益州名画录》,人民美术出版社 1964 年版

《宣和画谱》,人民美术出版社 1964 年版

社会科学文献出版社编:《宋元明清名画图录·人物卷》,社会科学文献出版社 2003 年版

周煇:《清波杂志校注》,中华书局 1994 年版

方薰:《山静居画论》,中华书局 1985 年版

丁传靖辑:《宋人轶事汇编》,中华书局 1981 年版

丁福保编:《历代诗话》,中华书局 1980 年版

陈继儒编:《南北宋志传》,上海古籍出版社 1992 年版

欧阳修:《欧阳修全集》,世界书局 1986 年版

苏辙:《栾城集》,上海古籍出版社 1987 年版

丁福保编:《清诗话》,上海古籍出版社 1978 年版

罗烨:《醉翁谈录》,古典文学出版社 1957 年版

无名氏:《杨家府演义》,上海古籍出版社 1980 年版

黄文旸:《曲海总目提要》,人民文学出版社 1959 年版

钱南扬:《永乐大典戏文三种校注》,中华书局 2009 年版

李玉:《李玉戏曲集》,上海古籍出版社 2004 年版

罗懋登:《三宝太监西洋记通俗演义》,上海古籍出版社 1985 年版

隋树森编:《元曲选外编》,中华书局 1959 年版

刘世德、陈庆浩、石昌渝主编:《古本小说丛刊》,中华书局 1991 年版

洪楩编:《清平山堂话本》,江苏古籍出版社 1990 年版

路工、谭天编:《古本平话小说集》,人民文学出版社 1984 年版

真复居士:《续西游记》,内蒙古人民出版社 2008 年版

朱传誉编:《明清善本小说丛刊》,台北天一出版社 1985 年版

曹雪芹、高鹗:《新镌全部绣像红楼梦》,清乾隆五十六年初印本

曹雪芹、高鹗:《红楼梦》,山东人民出版社 1980 年版

王墀:《增刻红楼梦图咏》,上海书店出版社 2006 年版

孙温绘,刘广堂主编:《孙温绘全本红楼梦》,作家出版社 2004 年版

王韬:《绘图镜花缘序》,中国书店出版社 1985 年版

冯梦龙编:《古本小说集成》,上海古籍出版社 1994 年版

冯梦龙:《冯梦龙全集》,江苏古籍出版社 1993 年版

冯梦龙编:《喻世明言》,中华书局 2010 年版

李汝珍:《镜花缘》,《古本小说集成》第 119 册所收道光十二年芥子园本,上海古籍出版社 1991
年版

现代文献

曹树基:《中国移民史》(第五卷),复旦大学出版社 2001 年版

何炳棣:《明初以降人口及其相关问题 1368—1953》,葛剑雄译,生活·读书·新知三联书店
2000 年版

童书业:《中国手工业商业发展史》,中华书局 2005 年版

王立器编:《元明清三代禁毁小说戏曲史料》,上海古籍出版 1981 年版

中国美术全集编辑委员会编:《中国美术全集》工艺美术编(十二)民间玩具剪纸皮影,文物出
版社 1991 年版

中国美术全集编辑委员会编:《中国美术全集》工艺美术编(三)陶瓷(下册),文物出版社 1991
年版

中国美术全集编辑委员会编:《中国美术全集》雕塑编(六)元明清雕塑,人民美术出版社 1988
年版

中国美术全集编辑委员会编:《中国美术全集·绘画编·民间年画》,上海人民美术出版社
1989 年版

王树村编:《民间年画百图》,人民美术出版社 1988 年版

王树村编:《杨柳村墨线年画》,人民美术出版社 1980 年版

周芜编:《中国版画史图录》,上海人民美术出版社 1988 年版

阿英:《剧艺日札》,晨光出版公司 1951 年版

陆萼庭:《昆剧演出史稿》,上海教育出版社 2006 年版

陆萼庭:《清代昆曲与昆剧》,中华书局 2014 年版

《中国戏曲志·河南卷》,文化艺术出版社 1992 年版

《中国戏曲志·山西卷》,文化艺术出版社 1990 年版

《中国戏曲志·福建卷》,文化艺术出版社 1993 年版

《中国戏曲志·湖南卷》,文化艺术出版社 1990 年版

《中国戏曲志·广东卷》,中国 ISBN 中心 1993 年版

《中国戏曲志·江西卷》,中国 ISBN 中心 1998 年版

《中国戏曲志·上海卷》,中国 ISBN 中心 1996 年版

《中国戏曲志·浙江卷》,中国 ISBN 中心 2000 年版

《中国戏曲志·江苏卷》,中国 ISBN 中心 1992 年版

《中国戏曲志·陕西卷》,中国 ISBN 中心 1995 年版

《中国戏曲志·云南卷》,中国 ISBN 中心 1995 年版

《中国戏曲志·四川卷》,中国 ISBN 中心 1995 年版

杨健民:《中州戏曲历史文物考》,文物出版社 1992 年版

车文明:《20 世纪戏曲文物的发现与曲学研究》,文化艺术出版社 2001 年版

孙机:《中国古代物质文化》,中华书局 2014 年版

廖奔:《中国戏剧图史》(修订本),大象出版社 2000 年版

穆青:《清代民窑彩瓷》,河北人民出版社 1999 年版

苏州市文化局、苏州戏曲志编辑委员会编:《苏州戏曲志》,古吴轩出版社 1998 年版

宋兆麟:《中国传统熏画与剪纸》,世界图书出版公司 2006 年版

郑巨欣主编:《浙江民间剪纸史》,杭州出版社 2013 年版

傅仁杰、行乐贤等编:《河东戏曲文物研究》,中国戏剧出版社 1992 年版

赵园:《明清之际士大夫研究》,北京大学出版社 2014 年版

陈垣:《通鉴胡注表微·本朝篇》,辽宁教育出版社 1997 年版

王伯敏主编:《中国美术全集·绘画编 20 版画》,上海美术出版社 1988 年版

周骏富辑:《今世说·新世说》,台北明文书局 1985 年版

邓之诚:《清诗纪事初编》,上海古籍出版社 1984 年版

李浚之:《清画家诗史》,中国书店 1990 年版

李毓美等整理:《渔洋精华录集释》,上海古籍出版社 1999 年版

卢辅圣主编:《中国书画全书》,上海书画出版社 2009 年版

俞剑华编著:《中国古代画论类编》,人民美术出版社 2007 年版

朱良志:《八大山人研究》,安徽教育出版社 2008 年版

乔迅:《石涛:清初中国的绘画与现代性》,生活·读书·新知三联书店 2016 年版

龚贤:《龚半千山水画课徒稿》,四川人民出版社 1981 年版

王耀庭主编:《故宫书画图录》,台北"故宫博物院"2006 年版

中国第一历史档案馆、香港中文大学文物馆合编:《清宫内务府造办处档案汇总》第二卷,人民
    出版社 2007 年版

巫鸿:《时空中的美术》,生活·读书·新知三联书店 2009 年版

曹惠民编:《郑板桥诗文书画全集》,中国言实出版社 2006 年版

曹惠民编:《扬州八怪全书》,中国言实出版社 2007 年版

黄宾虹、邓实编:《美术丛书》,江苏古籍出版社 1997 年版

王芷章:《清升平署考略》,上海书店 1991 年版

中国戏曲研究院编:《中国古典戏曲论著集成》,中国戏剧出版社 1960 年版

昭梿:《啸亭续录》,中华书局 1980 年版

清华大学土木建筑系剧院建筑设计组师生编:《中国会堂剧场建筑》,清华大学土木建筑系
    1960 年版

中国艺术研究院音乐研究所编:《中国音乐史图鉴》,人民音乐出版社 1988 年版

《中国大百科全书·戏曲曲艺卷》,中国大百科全书出版社 1983 年版

张庚、郭汉城:《中国戏曲通史》,中国戏剧出版社 1981 年版

廖奔:《中国戏剧图史》,河南教育出版社 1996 年版

周华斌:《京都古戏楼》,海洋出版社 1993 年版

故宫博物院编:《故宫珍本丛刊》第 690 册,海南出版社 2001 年版

刘占文主编:《梅兰芳藏戏曲史料图画集》,河北教育出版社 2002 年版

王文章主编:《中国艺术研究院藏清升平署戏装扮像谱》,学苑出版社 2005 年版

黄克芹主编,杨连启编著:《清宫戏出人物画》,花山文艺出版社 2005 年版

李德生、王琪编:《清宫戏画》,百花文艺出版社 2011 年版

齐如山:《国剧艺术汇考》,辽宁教育出版社 1998 年版

齐如山:《京剧之变迁》,辽宁教育出版社 2008 年版

章乃炜等编:《清宫述闻》(初续编合编本),紫禁城出版社 2009 年版

齐如山:《齐如山回忆录》,辽宁教育出版社 2005 年版

刘曾复:《京剧脸谱图说》,北京燕山出版社 1990 年版

朴趾源:《热河日记》,上海书店出版社 1997 年版

张淑贤主编:《清宫戏曲文物》,上海科学技术出版社 2008 年版

朱家溍、丁汝芹:《清代内廷演剧始末》,中国书店 2007 年版

王芷章:《升平署志略》,商务印书馆 2006 年版

易明编著：《颐和园长廊彩画故事全集》(修订版)，中国旅游出版社 2012 年版

黄宝虹、邓实编：《美术丛书》，神州国光社 1936 年版

陆萼庭：《清代昆曲与昆剧》，中华书局 2014 年版

傅谨主编：《京剧历史文献汇编》，凤凰出版社 2011 年版

冯俊杰、王志峰编著：《平遥纱阁戏人》，山西古籍出版社 2005 年版

丁汝芹：《清代内廷演戏史话》，紫禁城出版社 1999 年版

路工选编：《清代北京竹枝词》(十三种)，北京出版社 1982 年版

张殿英：《杨家埠木版年画》，人民美术出版社 1990 年版

丰子恺：《艺术漫谈》，岳麓书社 2010 年版

冯骥才主编：《中国木版年画集成》，中华书局 2011 年版

赵宪章主编：《文学与图像》第三卷，江苏凤凰教育出版社 2014 年版

赵山林选注：《安徽明清曲论选》，黄山书社 1987 年版

曹淑勤：《中国年画》，中国建筑工业出版社 2009 年版

李畅：《清代以来的北京剧场》，北京燕山出版社 1998 年版

张次溪辑：《清代燕都梨园史料》，中国戏剧出版社 1988 年版

朱家溍编：《故宫退食录》，北京出版社 1999 年版

龚和德：《乱弹集》，中国戏剧出版社 1996 年版

李孟明：《脸谱覃思》，南开大学出版社 2003 年版

王国维：《王国维戏曲论文集》，中国戏剧出版社 1984 年版

李孟明：《脸谱流变图说》，南开大学出版社 2009 年版

孙楷第：《傀儡戏考原》，上杂出版社 1952 年版

康保成等著：《中国皮影戏的渊源与地域文化研究》，大象出版社 2011 年版

魏力群：《中国皮影艺术史》，文物出版社 2007 年版

江玉祥：《中国影戏》，四川人民出版社 1992 年版

鲁迅：《鲁迅全集补遗》，天津人民出版社 2006 年版

朱一玄主编：《聊斋志异辞典》，天津古籍出版社 1991 年版

朱一玄主编：《聊斋志异资料汇编》，南开大学出版社 2002 年版

朱一玄主编：《红楼梦资料汇编》，南开大学出版社 2001 年版

俞剑华：《中国美术家人名辞典》，上海人民美术出版社 1981 年版

郑振铎：《中国古代木刻画史略》，上海书店出版社 2006 年版

顾颉刚：《孟姜女故事研究集》，上海古籍出版社 1984 年版

庄一拂编：《古典戏曲存目汇考》，上海古籍出版社 1982 年版

周芜：《徽派版画史论集》，安徽人民出版社 1983 年版

孙崇涛：《风月锦囊考释》，中华书局 2000 年版

车锡伦：《中国宝卷研究》，广西师范大学出版社 2009 年版

陶玮编：《名家谈梁山伯与祝英台》，文化艺术出版社 2006 年版

宗白华：《美学与意境》，人民出版社 1987 年版

林美清：《梁祝故事及其文学研究》，台湾大学 1982 年排印本

钱南扬：《汉上宦文存·梁祝戏剧辑存》，中华书局 2009 年版

路工编：《梁祝故事说唱集》，上海古籍出版社 1985 年版

苏州工艺美术职业技术学院、苏州桃花坞木刻年画社编：《桃花坞木刻年画——作品·技法·
　文献》，上海人民美术出版社 2010 年版

薄松年：《中国年画艺术史》，湖南美术出版社 2008 年版

《潍坊民间孤本年画》，中国美术学院出版社 2003 年版

陈勤建主编：《东方的罗密欧与朱丽叶：梁祝口头遗产文化空间》，黑龙江人民出版社 2005

年版

上海图书馆编:《清末年画荟萃》,人民美术出版社 2000 年版

王伯敏编著:《中国民间剪纸史》,中国美术学院出版社 2006 年版

叶元章:《静观流叶》,上海文艺出版社 2011 年版

卿希泰:《中国道教思想史纲》,四川人民出版社 1996 版

郑尊仁:《钟馗研究》,台北秀威资讯科技股份有限公司 2006 年版

殷伟、任玖编:《钟馗》,文物出版社 2009 年版

翁偶虹等:《京剧谈往录》,北京出版社 1985 年版

邓明编:《中国历代名画点读·百馗图说》,上海画报出版社 2001 年版

王伯敏、任道斌主编:《画学集成——六朝—元》,河北美术出版社 2002 年版

刘育文、洪文庆:《海外中国名画精选Ⅲ元代》,上海文艺出版社 1999 年版

陈茂同:《中国历代衣冠服饰制》,百花文艺出版社 2005 年版

丁世良、赵放主编:《中国地方志民俗资料汇编》,书目文献出版社 1995 年版

中国国家博物馆编:《中国国家博物馆馆藏文物研究丛书:绘画卷风俗画》,上海古籍出版社
    2007 年版

沈泓:《钟馗文化》,中国物资出版社 2012 年版

茆耕茹:《仪式·信仰·戏曲丛谈》,黄山书社 2009 年版

郑之珍:《新编目连救母劝善戏文》,黄山书社 2005 年版

胡菊人编:《戏考大全》,上海书店出版社 1990 年影印版

金鑫荣:《明清讽刺小说研究》,凤凰出版社 2007 年版

郑军、刘冬云编:《中国历代八仙造型艺术》,人民美术出版社 2008 年版

俞为民、孙蓉蓉编:《历代曲话汇编》,黄山书社 2006—2009 年版

王季思编:《全元戏曲》,人民文学出版社 1999 年版

张燕瑾编:《20 世纪中国文学研究论文选·辽金元卷》,社会科学文献出版社 2010 年版

隋树森编:《全元散曲》,中华书局 1964 年版

杨耀林主编:《金元红绿彩瓷器中的神祇与世相》,文物出版社 2009 年版

江苏社科院明清小说研究中心文学所编:《中国通俗小说总目提要》,中国文联出版公司 1990
    年版

朱裕平:《中国瓷器鉴定与欣赏》,上海古籍出版社 1993 年版

穆青、汤伟建:《明代民窑青花》,河北人民出版社 2000 年版

骆平安等:《商业会馆建筑装饰艺术研究》,河南大学出版社 2011 年版

魏庆选编:《滑县木版年画》,大象出版社 2007 年版

剑矛、方昭远编:《古董拍卖精华·瓷器》,湖南美术出版社 2012 年版

刘庆平主编:《武汉馆藏文物精粹》,武汉出版社 2006 年版

天津市艺术博物馆编:《杨柳青年画》,文物出版社 1984 年版

《潍坊杨家埠年画全集》编委会编:《潍坊杨家埠年画全集》,西苑出版社 1996 年版

杨家埠木版年画研究所编:《杨家埠年画》,文物出版社 1990 年版

上海图书馆编:《清末年画荟萃》,人民美术出版社 2000 年版

浙江省博物馆编:《玉蕤·浙江慈溪许氏藏皇宋修内司暨古代玉器珍品》,文物出版社 2010
    年版

马未都编:《百盒·千合·万和》(下),紫禁城出版社 2009 年版

刘仲宇:《中国精怪文化》,上海人民出版社 1997 年版

闻一多:《神话与诗》,上海世纪出版集团 2006 年版

王国平主编:《西湖文献集成·第 15 册·雷峰塔专辑》,杭州出版社 2004 年版

郑振铎:《中国俗文学史》,上海人民出版社 2006 年版

鲁迅:《鲁迅全集》,人民文学出版社1981年版

刘守华:《中国民间故事史》,商务印书馆2012年版

《高密民间艺术精品选》编委会编:《高密民间艺术精品选》,亚太国际有限公司1999年版

车文明:《20世纪戏曲文物的发现与曲学研究》,文化艺术出版社2001年版

张道一、郭廉夫主编:《古代建筑雕刻纹饰·戏文人物》,江苏美术出版社2007年版

石谷风编:《上海木版年画》,天津人民美术出版社2005年版

曹者祉主编:《国宝大典》,文汇出版社1996年版

王克芬:《中国舞蹈史·隋唐五代部分》,文化艺术出版社1987年版

谭正璧著,谭寻补正:《话本与古剧》,上海古籍出版社2012年版

周贻白著:《中国戏剧史、中国剧场史》,湖南教育出版社2007年版

严敦义:《元剧斟疑》,中华书局1960年版

任半塘:《唐戏弄》,上海古籍出版社1984年版

赵景深:《元人杂剧钩沉》,中华书局1959年版

周贻白:《中国戏剧史长编》,上海书店出版社2002年版

林国平:《海峡两岸文化发展丛书·闽台民间信仰源流》,人民出版社2013年版

王国丙:《古陶瓷鉴定口诀》,中国书店出版社2011年版

王志艳主编:《艺海燃情:点亮古代中国的艺术火把》,燕山出版社2008年版

广州市文化广电新闻出版局、广州市文物博物馆学会编:《广州文博》,文物出版社2012年版

阳正午:《贵州秘境》修订版,中国青年出版社2014年版

阿英:《阿英全集》,安徽教育出版社2003年版

余春明:《中国名片:明清外销瓷探源与收藏》,生活·读书·新知三联书店2011年版

宁钢、刘芳:《康熙古彩艺术》,学林出版社2008年版

姚迁主编:《桃花坞年画》,文物出版社1985年版

宋水亭编:《中国古董文化艺术收藏鉴赏·明清人物木雕精粹》,内蒙古人民出版社2009年版

张道一编选:《老戏曲年画》,上海画报出版社1999年版

马志强、汪稼明编:《潍坊民间孤本年画》,中国美术学院出版社2003年版

陈和莲编:《三峡民间美术精粹》,重庆出版社2004年版

童芸编:《皮影》,黄山书社2013年版

董洪全:《明清木雕鉴赏历史戏曲人物卷》,万卷出版公司2005年版

许绍银、许可编:《中国陶瓷辞典》,中国文史出版社2013年版

胡适:《中国章回小说考证》,上海书店出版社1980年版

孔凡敏:《包拯研究》,中国社会科学出版社1998年版

曾白融:《京剧剧目辞典》,中国戏剧出版社1989年版

杨国宜:《包拯集校注》,黄山书社1991年版

胡士莹:《话本小说概论》,中华书局1980年版

马书田:《中国人的神灵世界》,九州出版社2000年版

黄殿祺:《中国戏曲脸谱》,北京工艺美术出版社2002年版

周华斌:《中国剧场史记》,北京广播学院出版社2003年版

何根海、王兆乾:《安徽贵池傩文化研究》,安徽大学出版社2000年版

王树村:《中国年画发展史》,天津人民美术出版社2004年版

王德威:《被压抑的现代性:晚清小说新论》,北京大学出版社2005年版

丁文江、赵风田编:《梁启超年谱长编》,上海人民出版社1983年

梁启超:《饮冰室合集》,中华书局1989年版

钱仲联:《人境庐诗草笺注》,上海古籍出版社1981年版

陈大康:《中国近代小说编年》,华东师范大学出版社2002年版

林明德:《晚清小说研究》,台湾联经出版事业公司 1988 年版

王气中:《艺概笺注》,贵州人民出版社 1986 年版

包天笑:《钏影楼回忆录》,山西古籍出版社 1999 年版

陈平原:《文学的周边》,新世界出版社 2004 年版

阿英:《晚清文艺报刊述略》,中华书局 1959 年版

丁锡根编:《中国历代小说序跋集》,人民文学出版社 1996 年版

陈平原编:《点石斋画报选》,贵州教育出版社 2004 年版

冯金牛:《图画日报》,上海古籍出版社 1999 年版

范伯群:《中国近现代通俗文学史》,江苏教育出版社 2000 年版

杨义:《中国新文学图志》,人民文学出版社 1997 年版

丁守和:《辛亥革命时期期刊介绍》,人民出版社 1983 年版

阿英:《晚清文艺报刊述略》,古典文学出版社 1958 年版

范文澜:《文心雕龙注》,人民文学出版社 1978 年版

邓椿:《画继》,人民美术出版社 1963 年版

乐蒂、任洁主演:黄梅戏《红楼梦》DVD,香港邵氏电影公司 1962 年版

汪明荃主演:《红楼梦》DVD,香港无线电视台(TVB)1975 年版

周璇主演:《红楼梦》DVD,(上海)中华电影联合股份有限公司 1944 年版

外国文献

李·R.波布克:《电影的元素》,伍菡卿译,中国电影出版社 1992 年版

马塞尔·马尔丹:《电影语言》,何振淦译,中国电影出版社 1992 年版

欧内斯特·林格伦:《论电影艺术》,何力等译,中国电影出版社 1993 年版

安德烈·巴赞:《奥逊·威尔斯论评》,陈梅译,中国电影出版社 1986 年版

普多夫金:《论电影的编剧、导演和演员》,何力译,中国电影出版社 1980 年版

M.爱森斯坦:《蒙太奇论》,富澜译,中国电影出版社 2003 年版

田仲一成:《中国戏剧史》,布和译,吴真校译,北京大学出版社 2011 年版

后　记

自 2010 年受赵宪章先生之约,加入"中国文学与图像关系史"课题组以来,至今日忽忽竟已有八年。八年来,一方面也不得不临时应对世间的种种杂事,包括书稿校对、会议论文撰写等,但我承担的"中国文学与图像关系史"(清代卷)的书稿撰写无疑应该是八年中最长线的一项工作。

在进入这一课题之前,我对文学图像的理解主要限于明清小说、戏曲刊本中的插图以及一些文人画,这应该主要缘于郑振铎先生《插图本中国文学史》的影响。随着对这一课题参与的日渐深入,我才逐渐意识到各种图像乃是中国文学、中国文化研究的另一种文献史料,而这种文献史料有文字类史料不能替代的文献信息和价值。从中国文学与图像的关系来看,图像并非仅仅是文学的附庸——文学或文字在前,图像在后,图像主要是增加观者的趣味,图像有时可能是催生文学的动因(如本卷讨论到的钟馗画),文学与图像之间存在相互作用。同时,即使是文学或文字在前,因文学或文字而产生的图像在后,图像对文学的图像化也不是模式化的或单向的,而是可能存在选择性的呈现或倾向性的表现,因而可能出现完全不同于文学或文字的意趣神色。近代以来的影视图像更是一种新型的视听语言,是声音与图像的一种组合,故影视图像作为人类信息传达的一种媒介,明显有别于传统的文字媒介,不能仍简单地理解为文字的附庸。故如何理解某一历史时期文学与图像的关系,某一时代的文学图像是否可能具有该时代特有的特征,有哪些文学或文化现象主要要借诸图像材料去解决,这些问题都值得我们进一步思考。

最近几年,我也几乎形成一种思考的习惯:这一问题(如孟姜女故事或中国戏班乐队构成)除了文字材料,是否还可以寻觅相关的图像资料,以便对这一问题能有更圆满的解释? 在这样的思维习惯下,近几年我指导了好几篇本科、硕士和博士学位论文,我本人也尝试写了几篇小文章。本卷很多专题研究,如果说与过去同一问题的研究有不同或学术创新,我认为首先是试图充分利用文字以外的图像资料,以求得更圆满的论证。近年我对与中国文学、中国文化问题相关的图像资料的关注和兴趣,无疑也应归功于赵宪章先生最初的邀约,这也是我一直铭感于心的。

清代卷是"中国文学与图像关系史"古代部分的最后一卷,因整套丛书的体例等原因,清代卷之前的各卷未能作为母题进行论证的重要问题,很自然就成为清代卷义不容辞的写作内容,如梁祝故事、八仙故事、杨家将故事等皆是这样。从内容方面说,清代卷既要讨论与士大夫文化密切相关的文人画、文人肖像等图像,也要讨论与民间文化密切相关的年画、窗花、壁画等图像,涉及多方面的史料与识见,绝非我一人之力可以胜任。因此本卷能最终顺利完成,我应该感谢清代卷各位同仁的共同努力。特别应该提到的是:中国人民大学的付阳华教授多年致力于明遗民画家研究,本与我素昧平生,慨然应允撰写了"明遗民画家的诗与画"这关键性的一章;扬州大学何萃教授自始至终参加了清代卷的资料收集、章节内容规划和撰稿,除按时完成自己的撰写任务外,在后期还撰写了按体例需要补充和完善的多个章节;我的同事周欣展教授自始至终参加了清代卷的编务工作,为文献资料的收集、全书的结构框架设计等献计献策,任劳任怨。

清代卷各章节撰写具体分工是:绪论为解玉峰,第一章第一节、第二节为何萃,第三节为朱浩,第二章为付阳华、温翔然,第三章为戴悦,第五、六、七、八章等四章为朱浩,第四、九、十一章等三章为何萃,第十章为路露,第十二章为乔光辉,第十三章为贺莉,第十四、十六、十七、十九等四章为齐静,第十五章为杨琳琳、解玉峰,第十八章为黄雨露、解玉峰,第二十章为尹丽丽、解玉峰,第二十一章为解玉峰。

中国文学与图像关系研究是一种极具学术创新的新问题,清代卷所完成的也主要是一种初创性的工作,即力求在资料搜集类型的全备和可靠,在搜集和辨析资料方面用工夫,也力求对各种文献有较圆满的阐释,但对中国文学与图像关系的深度研究和阐释,可能还是要等待来日。如果我们今日的工作对未来能有所助益,我们已极感欣慰了。

解玉峰

2018 年 10 月 10 日

本卷主编解玉峰教授因病于 2020 年 3 月 1 日不幸去世。英年早逝,令人痛惜。在他去世以后,根据总主编赵宪章先生的安排,本卷的修订和校对工作由周欣展组织协调,由何萃、朱浩、胡汪凯、路露、乔光辉、贺莉、齐静、杨琳琳、黄雨露、陈晓屏、周欣展共同完成。

本卷责任编辑王建军先生对全书的修订和校对都提出了宝贵的意见,付出了辛勤的劳动,为保证全书的出版质量作出了重要的贡献,在此谨致衷心的感谢。

解玉峰教授安息!

周欣展　补记

2020 年 8 月 26 日

图书在版编目(CIP)数据

中国文学图像关系史. 清代卷：上、下/赵宪章主编. —南京：江苏凤凰教育出版社，2020.12(2023.10 重印)
ISBN 978 - 7 - 5499 - 9039 - 9

Ⅰ.①中… Ⅱ.①赵… Ⅲ.①中国文学-古代文学史-清代 Ⅳ.①I209

中国版本图书馆 CIP 数据核字(2020)第 231613 号

书 名	**中国文学图像关系史·清代卷(上、下)**
主 编	赵宪章
本卷主编	解玉峰
策 划 人	顾华明
责任编辑	王建军
装帧设计	周 晨
监 印	杨赤民
出版发行	江苏凤凰教育出版社(南京市湖南路 1 号 A 楼 邮编 210009)
苏教网址	http://www.1088.com.cn
照 排	南京前锦排版服务有限公司
印 刷	江苏凤凰通达印刷有限公司(电话：025 - 57572508)
厂 址	南京市六合区冶山镇(邮编：211523)
开 本	787 毫米×1092 毫米 1/16
印 张	44
版 次	2020 年 12 月第 1 版
印 次	2023 年 10 月第 2 次印刷
书 号	ISBN 978 - 7 - 5499 - 9039 - 9
定 价	256.00 元(上、下卷)
网店地址	http://jsfhjycbs.tmall.com
公 众 号	苏教服务(微信号：jsfhjyfw)
邮购电话	025 - 85406265,025 - 85400774
盗版举报	025 - 83658579

苏教版图书若有印装错误可向承印厂调换
提供盗版线索者给予重奖